BASTEI
LÜBBE

Von Yaël Guiladi ist außerdem bei Bastei Lübbe Taschenbücher lieferbar:

15098 Die schöne Orovida

Über das Buch:

Ein farbenprächtiger, gut recherchierter historischer Roman, der das Schicksal einer Familie großer jüdischer Gelehrter und Staatsmänner im mittelalterlichen Spanien über drei Generationen nachzeichnet und sie durch die Wechselfälle des Lebens und der maurischen Herrschaft in Spanien begleitet.

Über die Autorin:

Yaël Guiladi wurde in Neuseeland geboren. Sie studierte Wirtschaft und englische Literatur und ließ sich 1955 in Jerusalem nieder, wo sie nach längeren Aufenthalten an verschiedenen Orten Europas heute als Schriftstellerin lebt.

Yaël Guiladi

Die Zypressen von Cordoba

Aus dem Englischen von
Ulrike Seeberger

BASTEI
LÜBBE

BASTEI LÜBBE TASCHENBUCH
Band 15196

1. Auflage: September 2004

Vollständige Taschenbuchausgabe

Bastei Lübbe Taschenbücher
ist ein Imprint der Verlagsgruppe Lübbe

Titel der Originalausgabe: *The Cypresses of Cordova*

Lizenzausgabe: Verlagsgruppe Lübbe GmbH & Co. KG,
Bergisch Gladbach
Einbandgestaltung: Gisela Kullowatz
Titelbild: Ausschnitt, Gemälde v. Freiherr Carl Wilhelm
v. Heideck (1788 - 1861) »Die Brücke von Cuenca, 1885«,
Wittelbacher Ausgleichsfonds, Artothek
Satz: Übernahme vom Aufbau Taschenbuch Verlag
Druck und Verarbeitung: GGP Media, Pößneck
Printed in Germany
ISBN 3-404-15196-8

Sie finden uns im Internet unter
www. luebbe.de

Der Preis dieses Bandes versteht sich einschließlich
der gesetzlichen Mehrwertsteuer.

Für Keshet und Shelly

INHALT

TEIL I
Ya'kub und Da'ud

1

Abd ar-Rahman ließ die Hände unter das flauschige weiße Handtuch gleiten, auf dem er ausgestreckt lag, und strich mit beinahe sinnlichem Vergnügen mit den Fingern über die glatte rote Marmorunterlage. Während Mustapha duftendes Mandelöl in die von vielen Kämpfen verhärteten Gliedmaßen des Kalifen massierte, um dann mit geübten Griffen alle Spannung aus ihm herauszukneten, seufzte und murmelte der Herrscher vor Wohlbehagen. Im Spektrum seiner Lebenswonnen nahm das Hochgefühl eines Sieges in der Schlacht das eine Extrem ein, dieses weiche Dahinschmelzen aller Gliedmaßen und Muskeln das andere. Nur eine Freude übertraf noch beide Wonnen, lag sie doch weit jenseits jeglicher Maßstäbe und Vergleiche. Und auch diese würde er später am Abend noch genießen, nach dem Empfang für die Würdenträger von Córdoba, mit dem er in Kürze die Einweihung seines neuen Palastes Medina Azahara zu feiern gedachte, der ein wenig abseits der umtriebigen, geschäftigen Stadt lag. Heute nacht würde er gewiß die höchste menschliche Verzückung erleben. Von allen Frauen seines Harems hatte er nur Zahra hierher in die großartige neue Palaststadt mitgenommen, die nach ihr benannt war. Ihre raffinierte, einfallsreiche Sinnlichkeit würde ihn heute nacht zu ungeahnten Höhen der Leidenschaft treiben. So würde sie ihrer Dankbarkeit über die Ehre, die er ihr hatte zuteil werden lassen, Ausdruck verleihen. Viele Stunden hätte er noch so liegen mögen und den Marmor streicheln können, dessen Glätte ihn an Zahras Haut erinnerte, während Mustaphas warme, geschmeidige Hände die mächtigen Muskeln seiner Schultern massierten, bis sie völlig entspannt waren, seinen Rücken bearbeiteten, bis er warm durchglüht war. Doch inzwischen versammelten sich gewiß bereits seine Gäste.

Auf ein unmerkliches Zeichen seines Herren hin ließ der getreue schwarze Eunuch in einer letzten Bewegung noch einmal die Handflächen zu beiden Seiten des Rückgrats herabgleiten. Dann erhob sich Kalif Abd ar-Rahman III. al-Nasir, Herrscher der Gläubigen, und begab sich in sein rundes Marmorbad, räkelte sich dort genüßlich, während Mustapha ihm das kurze helle Haar mit einer parfümierten Seife wusch, deren Zusammensetzung er eifersüchtig wie ein Staatsgeheimnis hütete. Er hatte gut daran getan, überlegte Abd ar-Rahman, dem Rat seines Sohnes zu folgen und Basil aus Byzanz zum Entwurf seiner Badehalle heranzuziehen. Nur die Griechen wußten, wie man Marmor so brach, polierte und verlegte, daß sich die Muster der Maserung in all ihrer geheimnisvollen und verschlungenen Schönheit offenbarten. Mit Basil waren Handwerksmeister gekommen, die die Kunst beherrschten, wie man Marmor in feinste, zarte steinerne Spitze verwandelte. Gemeinsam mit den geschickten Handwerkern aus Córdoba hatten sie die herrlichen Verzierungen der Eingangshalle geschaffen, die bald schon ganz Córdoba bewundern würde, später die ganze Welt. Endlich besaß das Kalifat der Omaijaden, dem er die Herrschaft über beinahe die gesamte iberische Halbinsel verschafft hatte, einen Palast, der seiner Macht, seinem Reichtum und seiner Größe gerecht wurde.

Wenn Abd ar-Rahman auf die dreißig Jahre seiner Regierungszeit zurückblickte, dann sah er einen Reigen von Triumphen: nach dem Tod von Omar ibn Hafsun, dem Erzfeind seines Vaters, dem Sproß einer spanischen Familie, die sich zum Islam bekehrt, aber gegen das Haus der Omaijaden revoltiert hatte, hatte er geschickt die Rivalität zwischen den beiden Söhnen des Rebellen angefacht. In der Folge hatte sich schließlich Bobastro, die letzte Hochburg der Rebellen in der gefährlichen Schlucht von Guadalhoce unweit von Malaga, ergeben, nachdem ihre Stärke von innen ausgehöhlt war. Eine Reihe wagemutiger Expeditionen in die nördlichen Regionen des Landes hatten die Christen in Schach gehalten und ihre Überfälle auf muslimisches Gebiet unterbunden. Kurz darauf hatten sich ihm auch die spanisch-muslimischen Herrscher des südwestlich gelegenen Badajoz unterworfen. Offensichtlich hatte die Familie der Ibn al-Jilliqi begriffen, daß der kraftstrotzende junge Kalif von Córdoba entschlossen war, jegliche Bedrohung der Einheit seines Königreiches zu unterdrücken, notfalls mit Gewalt. Nachdem er die niederen Regionen unter seine Herrschaft gebracht hatte, folgten die mittleren Gebiete, als auch Toledo seine Oberherrschaft anerkannte. Und sogar die Tujibiden in Saragossa, Rivalen arabischer Herkunft, die kurze Zeit mit dem christlichen Herrscher von Leon geliebäugelt hatten, hatte er sich mit der unerbittlichen Belagerung ihrer Stadt im Jahre 947 gefügig gemacht. Also hatten sich ihm auch die oberen Landstriche gebeugt. Nur die völlige Unterwerfung der christlichen Prinzen war noch nicht erzwungen …

Nachdem Mustapha seine Handreichungen beendet hatte, ließ sich Abd ar-Rahman in das heiße, duftende Wasser gleiten und bedachte noch einmal mit Freude die Nachricht, die man ihm am Morgen zugetragen hatte. Sein mächtiger christlicher Feind im Norden, Ramiro II. von Leon, hatte es mit einer Rebellion der Kastilianer zu tun bekommen, die ihm ihre Unabhängigkeit abringen wollten. Nichts hätte sich besser zu seinen eigenen ehrgeizigen Plänen fügen können. Jetzt brauchte er nur noch abzuwarten, bis die Christen durch ihre internen Streitereien so sehr geschwächt waren, daß ihnen gar keine andere Wahl mehr blieb, als ihm Tribut zu zollen. Dann wäre ihm ganz Spanien untertan. Wie süß würde die Rache schmecken an jenem Tag, da Ramiro vor ihm auf die Knie sank! Erst dann wäre die Schmach vergolten, die ihm der christliche Prinz vor einem Jahr in der Schlacht von Simancas angetan hatte.

Abd ar-Rahman stieg die Schamröte ins Antlitz, als die immer noch frische Erinnerung an diese Begebenheit erneut seinen Stolz zutiefst verletzte. Wie war es möglich, daß er, der unbesiegbare Befehlshaber der Militärmacht von al-Andalus, er, der entschlossene Heerführer, dem es gelungen war, so verschiedene, ja sogar rivalisierende Kräfte zu einer starken, geeinten Armee zusammenzuschließen, die jegliche äußere Bedrohung abschreckte oder unterdrückte, er, der aufgeklärte Staatsmann, der die unterschiedlichsten Völker in seinem Herrschaftsbereich ermutigt hatte, zum Wohlstand und zur kulturellen Blüte seines Reichs beizutragen, er, Abd ar-Rahman III. al-Nasir, für seine Männlichkeit und seine Eroberung von Männern und Frauen gleichermaßen berühmt, wie war es möglich, daß er ohnmächtig war, wenn es darum ging, seine uralte Kinderangst vor Vergiftung durch einen Schlangenbiß zu besiegen? Seit er als Dreijähriger den qualvollen Tod seines jüngeren Bruders miterlebt hatte, den eine giftige Natter im Palastgarten gebissen hatte, als ein maulender Gärtner für kurze Zeit die Aufmerksamkeit des Eunuchen abgelenkt hatte, der die Kinder eigentlich hätte beaufsichtigen sollen, seither hatte er sich von dieser lähmenden Furcht nicht frei machen können. Beinahe fünfzig Jahre waren inzwischen vergangen, aber die Erinnerung an das winzige Lebewesen, das schutzlos dem tosenden Fieber ausgesetzt war, das ihn verzehrt hatte, war nie verblaßt. Das Grauen hatte sich für immer in seine Seele gegraben, spukte ihm nachts durch die Träume, beunruhigte ihn, wenn bei Tag der Gedanke daran wieder in ihm aufstieg. Aber niemals waren die Konsequenzen so katastrophal gewesen wie in der Schlacht von Simancas.

Er war von Córdoba ausgezogen, um Ramiro mit einer Streitmacht herauszufordern, die wesentlich mächtiger als üblich war. Am Vorabend der Entscheidungsschlacht war er von einem Lagerfeuer zum anderen geschritten, in einem letzten, verzweifelten Versuch, die schwindende Moral seiner Truppe zu stärken. Die Männer, die um die tanzenden Flammen geduckt saßen, hatten nur einen einzigen Gedanken: wie sie sich vor dem schneidenden Wind schützen könnten, der über die Meseta gefegt kam und in Böen über die Anhöhe bei der Festung von Simancas wehte, auf der sie ihr Lager aufgeschlagen hatten. Sie schlugen sich frierend die Arme um den Körper, summten dabei traurige, an- und abschwellende Melodien, die vom Verlangen nach den weichen, warmen Nächten Andalusiens durchzogen waren, das Welten von diesem unwirtlichen nördlichen Landstrich entfernt zu liegen schien.

Die Nacht war schon weit fortgeschritten gewesen, als er zu seinem Zelt zurückkehrte und sich auf die weichen Teppiche bettete. Doch trotz der körperlichen Erschöpfung des Tages und der nächtlichen Anstrengungen zur Hebung der Moral seiner Truppen schlief er sehr unruhig. Und dann stellte sich sein ständig wiederkehrender Alptraum erneut ein. Überdeutlich, lebendig, furchterregend lebensnah, so kam die grünlich schwarze Schlange auf ihn zu, glitt, schlängelte sich, zischte, schnellte ihren Giftzahn zu seinem Hals, während er schlafend in seinem Zelt auf einem seidenen Teppich lag … Seine Schreie waren so furchterregend gewesen, daß Mustapha, der wie ein Wachhund zu seinen Füßen schlummerte, ihm zur Seite gesprungen war und ihn wachrüttelte. Doch ohne Erfolg. Wie von Sinnen vor Angst, war er nicht in der Lage gewesen, zwischen Traum und Wirklichkeit zu unterscheiden. Seine Leibärzte waren ihm zur Seite geeilt, hatten ihm den Puls gefühlt, ins Antlitz gestarrt, von Aderlaß geredet. Aber in seiner Panik hatte er nur wild um sich geschlagen, sie verscheucht, als seien auch sie Schlangen, die zischend ihre Häupter erheben und ihn vergiften würden. Mit Mustaphas Hilfe gelang es den Ärzten schließlich, ihm ein Beruhigungsmittel aus Mohnsamen zu verabreichen, und als seine Furcht abgeklungen war, verfiel er in einen tiefen, betäubten Schlaf. So war es gekommen, daß seine Sinne, die ansonsten so scharf und wach waren, daß sie ihn beim geringsten Anzeichen einer Gefahr warnten, ebenfalls geschlummert hatten und daß sein Ohr die Geräusche verstohlener Bewegungen in der Ebene unterhalb des Lagers überhört hatte. Als er am nächsten Morgen seine Soldaten in die Schlacht führte, gerieten ihre Pferde ins Taumeln und fielen in einen perfekt getarnten Graben, den man frisch quer über die Felder gezogen hatte, die sein Heer überqueren mußte, um die Festung von Simancas zu belagern. Dann hatten sich Ramiros Soldaten von ihrem erhöhten Standpunkt aus auf sie gestürzt und ein grausames Gemetzel unter ihnen angerichtet.

Als er sich wieder an dieses blutige Massaker erinnerte, verwandelte sich Abd ar-Rahmans Scham abrupt in eiskalten Zorn. Warum hatten es all seine Ärzte nach all den Jahren trotz seiner wiederholten flehentlichen Bitten und Forderungen und trotz der ungeheuren Geldsummen, die er ihnen zur Verfügung gestellt hatte, nicht geschafft, das Geheimnis des Großen Theriak zu enthüllen? Es war höchste Zeit, daß er einen oder zwei von ihnen hinrichten ließ, vorzugsweise diejenigen, die bei Simancas Zeugen seiner schändlichen Schwäche gewesen waren, die bis dahin ein eifersüchtig gehütetes Geheimnis gewesen war, das er nur mit Abu Ilyas, seinem Leibarzt, und seinem getreuen Mustapha teilte. Ja, er würde ihre blutigen Häupter auf Stangen durch die Straßen von Córdoba tragen lassen, um die

Überlebenden zu größerem Eifer anzuspornen. Es war unvorstellbar, daß so viele berühmte Gelehrte es nicht geschafft hatten, alle Pflanzenarten festzustellen, die für die Zubereitung dieses Gegengiftes benötigt wurden, das die alten Griechen für ein unfehlbares Heilmittel gegen Schlangengift gehalten hatten.

Voller Tatendrang sprang Abd ar-Rahman mit Schwung aus dem Bad. Er stampfte ungeduldig mit dem Fuß auf, während ihn Mustapha mit einem rauhen Handtuch abrieb, ihm das Haar kämmte und ein, zwei silberne Fäden aus dem säuberlich viereckig gestutzten Bart schnitt, ehe er ihn mit Moschus parfümierte. Rasch schlüpfte der Kalif in das schneeweiße Gewand, das ihm der Eunuch hinstreckte, zog dann aus der Ebenholzschatulle, die dieser ihm hinhielt, einen einzigen Ring hervor, dessen riesiger Smaragd das erste Glied seine Zeigefingers, an den er ihn steckte, völlig verdeckte.

Während Mustapha Parfüm auf die Hände seines Herren träufelte, erkundigte er sich vorsichtig: »Den türkisblauen Umhang oder den scharlachroten?«, obwohl er die Vorliebe seines Herren bereits kannte. Der wählte unweigerlich stets einen Farbton, der den bläulichen Schimmer seiner dunkelgrauen Augen herausstrich, das Erbe der gefangengenommenen fränkischen Prinzessinnen, die seine arabischen Vorfahren verzaubert hatten.

»Den türkisen«, erwiderte Abd ar-Rahman knapp. Seine Finger zuckten ruhelos, während Mustapha den Umhang so befestigte, daß die Pfauen, die mit goldenen und silbernen Fäden prächtig gestickt den Umhang säumten, einander auf der mächtigen Gestalt seines Herren von Angesicht zu Angesicht gegenüberstanden.

»So«, sagte der Eunuch schließlich und beugte sich tief herunter, um noch den Saum zu richten, ehe er wieder in die Rolle der Leibwache seines Oberherrn schlüpfte.

Kalif Abd ar-Rahman III. al-Nasir, der Herrscher der Gläubigen, richtete sich zu seiner ganzen imposanten Größe auf und schritt mit königlicher Würde den Marmorkorridor entlang auf den großen Empfangssaal zu, wo sein Hofstaat ihn erwartete.

Stille senkte sich über die versammelte Gesellschaft, als sich die schweren Türen aus Zedernholz vor ihm öffneten. Prinzen, Höflinge und Würdenträger seines Reiches in ihren schimmernden Festgewändern warfen sich ehrfürchtig nieder, als ihr Herrscher erschien. Die ihm am nächsten standen, küßten den glänzenden Saum seines Umhangs. Mit liebenswürdiger Herablassung richtete er sie wieder auf, nahm ihre Huldigungen und Beifallsbekundungen gnädig entgegen, während er sich durch die Reihen bewegte. Manche ließen ihre glühende Bewunderung der luftig sich emporschwingenden Hufeisenbögen hören, andere staunten über die schleierzarten Verzierungen, die die Kapitelle der Säulen schmückten, die diese Bögen stützten. Aber die größte Begeisterung empfanden alle für die Ornamente, die vom Boden bis zur Decke in den Marmor gemeißelt waren, eine endlose und doch vollkommen geordnete ständig wiederkehrende Reihung von Stämmen und Ästen, Stengeln und Blättern, Knospen und Ranken, die sich wie Liebende umeinander schlangen, eine überschäumende Feier des unendlichen Lebens.

Nun bewegte sich Abd ar-Rahman zu den Tischen, die mit köstlich gewürztem Fleisch und Pasteten und allerlei Naschwerk, mit saftigen Früchten und duftenden Weinen beladen waren, und zupfte eine einzelne Traube aus einem goldenen Füllhorn. Dies war das Zeichen, daß nun das Festmahl beginnen konnte. Mit ungeheurem Stolz angesichts seiner Errungenschaften ließ der Kalif den Blick über die angesehenen Persönlichkeiten seines Reiches schweifen, einen glänzenden Hofstaat, zu dem viele herausragende

Philosophen, Dichter, Sprachkundige und Musiker, Heilkundige, Mathematiker, Astronomen und Wissenschaftler gehörten, die im ganzen Mittelmeerraum, wenn nicht sogar weit darüber hinaus ihresgleichen suchten. Mit einer einzigartigen Mischung aus brutaler Gewalt und aufgeklärter Toleranz – ein Erbe seiner gemischten Herkunft? fragte er sich manchmal – hatte er erfolgreich Spanier, Berber und Araber, Christen, Moslems und Juden zu einer Einheit verschmolzen, all ihre Energien und Talente zum größeren Ruhm seines Kalifats zusammengeführt. Niemandem war deutlicher bewußt als ihm, daß nur durch den Erhalt dieser so geschaffenen Einheit die herrschende Minderheit der Omaijaden ihre Gewalt über das ungeheuer große und vielgestaltige Reich bewahren konnte. Fur einen flüchtigen Augenblick beflügelte ihn ungetrübtes Hochgefühl. Er genoß diese so seltene Erfahrung in vollen Zügen, bis sein durchdringender Blick, bei Hof so wach wie auf dem Schlachtfeld, auf die Gestalt des Arztes Abu ʻAmr fiel, der ihn nach Simancas begleitet hatte. Halb verdeckt war er hinter einer Säule am anderen Ende des Saales ins Gespräch mit dem knollennasigen Abu Bakr vertieft, einem spanischen Christen, der sich zum Islam bekehrt hatte und durch seine Ehe mit dem herrschenden Haus von Leon verbunden war. Zu seinem großen Glück war Abu Bakr auch der tüchtigste Steuereintreiber des Kalifats, eine Stellung, die ihn praktisch unverwundbar machte.

Mit seinem untrüglichen Gespür für Verschwörungen fühlte Abd ar-Rahman, daß die beiden kein unschuldiges Gespräch über den Gesundheitszustand Abu Bakrs führten. Es konnte für die Intensität ihrer Unterhaltung nur eine einzige Erklärung geben. Zwanghaft kehrten seine Gedanken nach Simancas zurück, immer wieder nach Simancas. Es bestand kein Zweifel. Das war die Konsequenz, die Katastrophe, die er stets gefürchtet hatte: von denen verraten zu werden, die ihm am nächsten standen, indem sie seinen Feinden seine Schwäche offen darlegten. Hatte nicht Simancas bewiesen, was für eine mächtige Waffe solches Wissen sein konnte? Nun, da er darüber nachdachte, war dies wohl auch der Grund für die »Unfähigkeit« seiner Gelehrten, alle Zutaten des Großen Theriak festzustellen. Das ganze vergangene Jahr über hatten Ramiros Leute sie unzweifelhaft bestochen, ihn mit lahmen Entschuldigungen hinzuhalten, so daß niemals ein Heilmittel gegen seine Phobie gefunden würde. Die morgige Hinrichtung zweier Ärzte, die in Simancas anwesend waren – und es war immer noch Zeit genug, auch Abu 'Amr auf diese Liste zu setzen, – war schön und gut als Strafmaßnahme und als unheilvolle Warnung an alle anderen, aber sie löste sein Problem nicht. Er mußte Gelehrte und Ärzte finden, deren Treue über alle Zweifel erhaben war. Ruhelos schweifte sein Blick über die lächelnde, schmeichelnde, unterwürfige Menschenmenge, die ihn umschwärmte, auf der Suche nach Männern, deren Sicherheit und Wohlstand nur von seiner herrscherlichen Gnade abhingen, nach vertrauenswürdigen Untertanen, die weder ehrgeizige Absichten auf die Herrscherwürde hegten, noch mit seinen Rivalen gemeinsame Sache machten, seien dies die Araber, Spanier oder Berber, die er in seinem Reich in Schach hielt, oder die Christen, die ihn von außen bedrohten. Die Wahl war eindeutig. Er winkte Mustapha zu sich und murmelte: »Suche Abu Da'ud und bringe ihn zu mir.«

Abu Da'ud Ya'kub ibn Yatom näherte sich dem Kalifen mit einer Miene bescheidenen Respekts, die bei aller Vorsicht doch der Würde nicht entbehrte. Obwohl er als begüterter Mann bekannt war, trug er ein Gewand von zurückhaltender Eleganz, war sein Festkleid schlicht, aber aus hervorragend geschnittener feinster Seide aus Córdoba. Das einzige Schmuckstück, das er zur Schau stellte, war ein dunkler, in Silber gefaßter Hämatitring. Der Stein war in Form einer Olive geschnitten und quer gestellt, er schien der Form seiner dunklen, stillen Augen nachgebildet zu sein.

»Möge der Herr tausend Segnungen auf Euch herabregnen, o Anführer der Gläubigen!« begann er und fiel vor seinem Herrscher auf den Boden, »und möge Euch ein langes Leben beschert sein, auf daß Ihr dieses Gebäude, das die Augen der Betrachter mit seiner Herrlichkeit blendet und alle auf Erden je von Anbeginn der Zeiten bis in unsere Zeit von Menschenhand geschaffene Schönheit übertrifft, lange genießen könnt.«

Der Kalif nahm dieses Kompliment mit einem leisen Lächeln der Zufriedenheit entgegen. »Es steht der Herrlichkeit unseres Kalifates wohl an und wird uns Ehre und Respekt unter den Nationen verschaffen.«

»Eure Weisheit ist grenzenlos«, erwiderte Abu Da'ud, während Abd ar-Rahman von einem vorübergehenden Diener einen goldenen Kelch mit perlendem Wein entgegennahm und ihm diesen reichte. »Wie geht es Eurer Frau und Eurem Sohn?«

»Gott sei gelobt, es geht ihnen gut.«

»Und Euer Handel?«

»Blüht.«

Nachdem sie derart die höfliche Konversation hinter sich gebracht hatten, wählte sich Abd ar-Rahman mit äußerster Sorgfalt von einer Platte, auf der Früchte und Nüsse hoch aufgetürmt lagen, einen Mandelsplitter aus, untersuchte ihn peinlich genau, ehe er ein winziges Eckchen abbiß. Er kaute lange daran, während Ya'kub geduldig abwartete, was sein Herrscher zu tun geruhte. Schließlich nahm er den Mann beim Ellbogen, nickte den Prinzen und Höflingen im Vorübergehen huldvoll lächelnd zu, und führte ihn in den Garten, der eine elegante Fortsetzung des Saales bildete.

Es war einer jener Abende, deren Schönheit die Dichter

von al-Andalus zu preisen nicht müde wurden – lau und sanft, zärtlich, vom Duft des Jasmins und der Orangenblüten durchweht, ein Abend, der alle Menschen lockt, die ach so vergänglichen Freuden des Lebens zu genießen. Das Mondlicht glitzerte auf den Fontänen, die sich überall in den Teichen aus den Mäulern der großen bronzenen Hirsche und Greife in zarten Bögen ergossen, und das Murmeln der Wasserströme begleitete die Stille der Nacht. Wortlos schritt Abd ar-Rahman auf eine abgeschiedene Laube zu, welche vom dichten Laub prächtig gedeihender Zypressen gebildet wurde, die in geometrischer Präzision um einen kleinen achteckigen Teich angepflanzt waren, dessen stille Wasser das Mondlicht in silbernen Glanz tauchte.

»Abu Da'ud«, hob Abd ar-Rahman schließlich an, während sie miteinander spazierten, seine mächtige Gestalt neben Ya'kubs zarter Silhouette. »Euch, als Anführer der Juden von Córdoba sind sicher alle Gelehrten und Ärzte Eures Volkes bekannt?«

»Ich kann mit Stolz behaupten, daß ich ausgezeichnete Beziehungen zu ihnen pflege.«

»Ihr seid Euch gewiß auch bewußt, daß wir während unserer gesamten Herrschaft ein besonderes Interesse an der Zusammensetzung des Großen Theriak bekundet haben?«

»Ich habe es sagen hören.«

»In meinen ersten Jahren als Kalif machten wir große Fortschritte bei der Entdeckung der zweiundvierzig Zutaten, die uns zunächst nur mit ihren griechischen oder lateinischen Namen bekannt waren. Doch in den letzten Jahren hat keiner der Gelehrten und Ärzte, die ich mit der Suche nach den beiden noch verbleibenden Ingredienzen betraut habe, die für die Formel noch fehlen, diese zu finden vermocht. Das Geheimnis des Großen Theriak zu lüften würde bedeuten, daß Tausende von Leben gerettet und unermeßliches menschliches Leid vermieden werden könnte.«

Abd ar-Rahman hielt einen Augenblick inne und packte Ya'kub fest beim Arm, als bedürfe er seiner Stütze. Seine innere Triebkraft schien plötzlich aus ihm gewichen zu sein, er wirkte schwach und verletzlich. Seine Stimme senkte sich zu einem drängenden Flüstern, und er fuhr fort: »Ohne Übertreibung kann ich sagen, daß es mir größere Wonne bereiten würde, als der Mann Unsterblichkeit zu erlangen, der das Geheimnis des Großen Theriak wiederentdeckt hat, denn als der Kalif, der die Medina Azahara errichten ließ. Dies sind nur leblose Steine, deren Sinn es ist, die Mächtigen zu beeindrucken und die Schwachen in ihre Schranken zu verweisen. Eines Tages wird ein anderer Kalif sie zerstören, oder sie zerfallen von selbst zu Staub. Aber der Große Theriak gäbe uns die Kraft, das Geschenk zu erhalten, das nur Allah in seiner Macht verleihen kann, jenen zarten Atemhauch, dessen Geheimnis alle Philosophen der Welt bisher nicht zu entschlüsseln vermochten. Was könnte eine größere Leistung sein, als die Menschen von der Gefahr des tödlichen Schlangengiftes zu befreien?«

»Wie unerforschlich sind die Wege des Herren, o Herrscher der Gläubigen!« stimmte ihm Ya'kub feierlich zu. »Ihr bringt mit unendlicher Weisheit und unerreichter Eleganz einen Gedanken zum Ausdruck, den mir mein Sohn erst unlängst mit schlichteren Worten mitteilte.«

»Interessiert sich Da'ud für die Wissenschaften?«

»Ganz gewiß. Seine religiösen und weltlichen Studien hat er bereits abgeschlossen, und zu denen gehört auch das Studium der Sprachen und der Naturwissenschaften sowie die beste Ausbildung in der Kunst der Medizin, die man in Córdoba genießen kann«, erklärte Ya'kub mit väterlichem Stolz. »Ich hatte die Hoffnung gehegt, er würde seine Studien des Hebräischen und der jüdischen Religion und Tradition fortsetzen und einmal die Rolle des spirituellen Oberhauptes und Mentors unserer Gemeinschaft übernehmen, aber er scheint eher geneigt, die Geheimnisse der Natur zu erforschen, um die Leiden der Menschen zu lindern. Obwohl ich sein Vater bin und eine gewisse Autorität über ihn besitze, sehe ich mich doch machtlos angesichts dessen, was ich als eine echte Berufung erkenne. Und außerdem würde ich es als unrecht ansehen, seinen Ehrgeiz zu untergraben, da er doch nach dem Höchsten strebt.«

»Aus Euch spricht die Weisheit, Abu Da'ud.« Abd ar-Rahman ließ Ya'kubs Arm los und erlangte sein erhabenes Gleichgewicht wieder. Mit militärischer Knappheit befahl er nun: »Dein Sohn soll morgen hier erscheinen. Ich möchte allein mit ihm reden. Und ich befehle dir, den Inhalt unserer Unterhaltung niemandem außer deinem Sohn zu enthüllen.«

»Ihr habt mein feierliches Wort, daß nichts von dem, was zwischen Eurem erhabenen Hause und meiner bescheidenen Hütte geschieht, nach außen dringen wird«, erwiderte Ya'kub, dessen stille Augen keinerlei Gefühlsregung verrieten.

»So sei es«, bestätigte der Kalif, während er sich schon abwandte und zu seinen anderen Gästen zurückkehrte. Er mischte sich noch eine Weile unter die Menge, beobachtete Freunde und Rivalen mit gleichermaßen scharfem Blick, bis ihn die Sehnsucht nach der weichen und tröstlichen Umarmung Zahras übermannte. Er gab einer der Palastwachen noch einen knappen Befehl und zog sich dann still zurück, überließ die anderen ihrem Gelage.

2

Abd ar-Rahman wirkte erheblich jünger als seine fünfzig Lenze, als er am nächsten Morgen ohne Begleitung in das abgeschiedene Gemach schritt, in das er Da'ud ben Yakub ibn Yatom zu führen befohlen hatte. Er schritt kraftvoll und energiegeladen aus, seine Bewegungen waren rasch, sogar ein wenig abrupt, und es umgab ihn eine Aura der Macht und Autorität, die bedingungslosen Gehorsam erzwang. Sein Hochgefühl des vergangenen Abends war noch durch die raffinierte Sinnlichkeit der wunderschönen Zahra jenseits aller Erwartungen gekrönt worden. Sie hatte seiner Männlichkeit eine jugendliche Kraft geschenkt, die er wiederzuerlangen sich nicht einmal in seinen kühnsten Träumen erhofft hatte. So war er nun ein Herrscher auf dem Gipfel seiner Herrlichkeit, als er den schlanken jungen Mann musterte, der sich vor ihm zu Boden geworfen hatte.

Die Ähnlichkeit mit dem Vater war erstaunlich: die gleichen stillen, olivenförmigen Augen und fein geschwungenen Brauen, die gleichen schmalen Wangen, das gleiche feste Kinn, die leicht vorragende Unterlippe, wie man sie bei den meisten entschlossenen Menschen findet. Wie sein Vater war auch Da'ud mit schlichter Eleganz gekleidet, und seine Haltung spiegelte die gleiche würdevolle Demut wider. Doch schon nach dem ersten Austausch höflicher Floskeln spürte Abd ar-Rahman hinter Da'uds bescheidener Haltung auch ein durchaus gefestigtes Selbstvertrauen, das sich aus seinen großen intellektuellen Fähigkeiten nährte, und einen brennenden Ehrgeiz, der längst nicht gestillt war. Warum auch nicht? Er war der Sohn eines der reichsten Seidenhändler von Córdoba, hatte die beste Erziehung genossen, die im ganzen Westen zu haben war, ein Schlüssel, der ihm viele Türen öffnen würde – wenn er erst die Fertigkeit erworben hatte, ihn im Schloß umzudrehen. Mit der Zeit würde er das sicherlich lernen, doch diese Zeit war jetzt noch nicht gekommen. Im Augenblick paßten Da'uds jugendlicher Ehrgeiz, sein ungeheures Wissen und sein Mangel an Erfahrung mit dem Leben bei Hof hervorragend in die Pläne des Kalifen.

»Nun, junger Mann«, begann Abd ar-Rahman liebenswert, als Da'ud wieder aufrecht vor ihm stand. »Euer Vater teilte mir mit, daß Ihr gründliches Wissen in der griechischen und lateinischen Sprache erworben habt?«

»So gründlich, wie es mir meine Lehrer vermitteln konnten und wie es meine geringen Fähigkeiten zuließen«, erwiderte Da'ud mit falscher Bescheidenheit, die Abd ar-Rahman sofort durchschaute.

»Persisch?«

»Angemessene Kenntnisse.«

»Und Hebräisch und Aramäisch natürlich.«

Da'ud nickte zustimmend.

»Und Ihr müßt auch gründlich vertraut sein mit den Schriften unserer großen arabischen Heilkundigen Hunayn ibn Ishaq, Ali ibn Rabban al-Tabari und Muhammad ibn Zakariyya al-Razi?«

»Ich kenne sie.«

»Hervorragend.« In herzlichem, vertraulichem Ton fuhr der Kalif fort: »Ich suche schon lange einen Gelehrten Eurer Art, der in der Lage wäre, einen Vergleich zwischen den alten griechischen Schriften des Hippokrates und des Galen, den Vätern der antiken Medizin, und den verschiedenen arabischen Übersetzungen anzustellen, die im Laufe der Jahre angefertigt wurden.«

»Das ist ein außerordentlich glücklicher Zufall, denn ich habe oft in Erwägung gezogen, mich einer solchen Studie zu widmen. Viele Geheimnisse sind uns im Laufe der Jahrhunderte verlorengegangen, und es ist mein Ehrgeiz, sie wiederzuentdecken, auf daß die Menschheit Nutzen ziehe aus diesem großen Schatz des Wissens.«

»Soviel hat mir Euer Vater mitgeteilt, und ich denke, daß dieses Euer Ziel höchstes Lob und äußerste Unterstützung verdient, um so mehr, als es sich so sehr mit dem meinem deckt. Ich interessiere mich besonders für die beiden Zutaten des Großen Theriak, die uns heute noch ein Geheimnis sind. Deswegen bin ich geneigt, Euch eine großzügige Summe zur Verfügung zu stellen, unter der Bedingung, daß Ihr Euch ausschließlich der Suche nach diesen Ingredienzen verschreibt. Wenn Ihr diese Aufgabe zu meiner Zufriedenheit erfüllt, liegt eine glänzende Zukunft vor Euch.«

Da'ud errötete vor Stolz und Vergnügen darüber, eine so unerwartete Ehre zu erfahren. Während seiner langen Studienjahre hatte er oft darüber nachgedacht, wie er das Vertrauen des Kalifen gewinnen könnte, aber nicht einmal in seinen kühnsten Träumen hätte er zu hoffen gewagt, daß er sich die Gunst des Hofes erwerben würde, ehe er sich einen soliden Ruf als Gelehrter und Heilkundiger geschaffen hatte. Niemals hätte er sich vorzustellen gewagt, daß ihm diese Ehre so bald schon und scheinbar mühelos zuteil würde. Sein Hochgefühl wurde durch die Herausforderung an seine Gelehrsamkeit in schwindelerregende Höhen gesteigert, und er war sich seiner Fähigkeit, die Anforderungen des Kalifen zu erfüllen, sicher – so sicher, daß er keinen Gedanken auf die Möglichkeit – oder die Konsequenzen – eines Versagens verschwendete. Ohne auch nur einen Augenblick zu zögern, nahm er Abd ar-Rahmans Angebot an.

»Ich bin zutiefst und aufrichtig dankbar für die ungeheure Ehre, die Ihr mir zuteil werden laßt, o Herrscher der Gläubigen. Ich werde mein Möglichstes tun, um mich des mir erwiesenen großen Vertrauens würdig zu erweisen.«

»Daran habe ich keinen Zweifel«, erwiderte Abd ar-Rahman, in dessen Stimme sich jetzt eine stählerne Härte geschlichen hatte. »Alle Menschen Eures Volkes, die wir bisher in unsere Dienste nahmen, haben sich als fähige, ehrliche und vor allem treue Diener des Glanzvollen Hauses der Omaijaden erwiesen. In Eurem Falle ist das besonders wichtig, da ich von Euch verlangen muß, daß Eure Arbeit ein eifersüchtig gehütetes Geheimnis bleibt, das nur Euch und Eurem Vater bekannt ist. Ihr habt jederzeit freien Zugang zu unserer Bibliothek, aber niemand darf den Gegenstand Eurer Forschung wissen. Ich habe Euch für diese Aufgabe nicht nur wegen Eurer erwiesenen Gelehrsamkeit und wegen Eures besonderen Interesses an diesem Thema ausgewählt, sondern auch, weil Ihr, der Sohn des erhabensten Anführers der Juden von Córdoba, sicherlich gelernt habt, die Toleranz zu schätzen, die ich Eurem Volke erweise, dessen Sicherheit und Wohlbefinden einzig und allein von meinem Wohlwollen abhängt. Ich weiß also, daß ich mich darauf verlassen kann, daß Ihr Eure Arbeit vor neugierigen Augen verborgen haltet und mir die erwünschten Ergebnisse binnen kürzester Zeit bringen werdet.«

Da'ud war keineswegs verstört von der Andeutung des Kalifen, daß alle Juden von Córdoba leiden müßten, falls er sein Vertrauen mißbrauchte. Daran waren sie im muslimischen Spanien gewöhnt, und die Mitglieder seiner Familie – und alle Juden – hatten damit zu leben gelernt, denn nirgendwo, weder in den christlichen Königreichen noch im Rest der muslimischen Welt, lebte man als Jude in größerer Sicherheit als hier in al-Andalus unter der relativ aufgeklärten Herrschaft der Omaijaden.

Abd ar-Rahman begab sich nun mit lässigem Schritt zum Fenster und winkte Da'ud zu sich, forderte ihn mit einer Handbewegung auf, durch das unterste Sechseck des netzfeinen Marmorfensters zu blicken. Unten lief eine Abordnung der Palastwache vorüber. Auf deren Speeren aufgespießt steckten Menschenköpfe, und das frische Blut, das noch heraustroff, hinterließ im ockerfarbenen Staub rostrote Spuren. »So verfährt Kalif Abd ar-Rahman al-Nasir, Herrscher der Gläubigen, Verteidiger der Religion Gottes, mit Verrätern seines Reiches!« schrien die Wachmänner, während sie sich daran machten, den Bürgern von Córdoba diesen schrecklichen Anblick ringsum zu bieten. Da'ud merkte, daß die Augen des Kalifen auf ihn geheftet waren, aber er zuckte nicht. »Erkennt Ihr die Gesichter?« fragte ihn Abd ar-Rahman mit leiser Stimme. Aber er wartete die Antwort nicht ab. »Dies sind die Köpfe dreier meiner Leibärzte bei Hof, dreier Narren, die …« Er unterbrach sich abrupt. Er wußte zu wenig über diesen jungen Mann, als daß er es wagen könnte, ihm den Zwischenfall von Simancas zu enthüllen. »… die meine Befehle mißachteten.«

Da'ud spürte, wie ihm das Blut aus dem Gesicht wich, wie seine Hände eiskalt und vor Angstschweiß klamm wurden. Wie naiv und gutgläubig er doch gewesen war, so geblendet von der Ehre, die ihm zuteil wurde, und von den Zukunftsaussichten, die sich ihm eröffneten, daß er gar nicht überlegt hatte, was noch hinter dem verlockenden Angebot des Kalifen steckte. Das hatte er nun von seinem übersteigerten Selbstbewußtsein und seinem überzogenen Ehrgeiz, machte er sich bittere Vorwürfe, ganz zu schweigen von seinem Mangel an Erfahrung mit der krassen Wirklichkeit der nackten Macht. Dieser brutale Absturz in eine grausame und fremde Welt hatte ihn völlig unvorbereitet getroffen. Er hatte immer nur das beschauliche Leben des Lernens gekannt, war von Menschen umgeben und geschützt gewesen, die nach nichts anderem trachteten, als ihm bei seinen Unternehmungen zu helfen und Ermutigung zu schenken. Ihm war Abd ar-Rahmans Vorschlag nur als eine reibungslose und ganz natürliche Fortsetzung dieses Weges erschienen, als das Angebot eines geschützten, privilegierten Bereichs fern von allen Machtspielen, vom schmutzigen Wechselspiel der Interessen, von Verdacht, Intrigen und niedrigem Verrat. Eine gefährliche Illusion, das wurde ihm nun klar. Bei Hof hatte alles seinen Preis. Wie leicht hatte er sich täuschen lassen! Und doch, versuchte er sich zu rechtfertigen, hätte auch ein Mann mit weit feinerem Gespür wohl das Ausmaß der Gefahr nicht erkannt, die hinter der Gunst des Kalifen lauerte. Welche Art des Ungehorsams hatte den Heilkundigen eine solch grausame Strafe beschert? Und was lag hinter Abd ar-Rahmans übertriebenem Interesse am Großen Theriak? Die Diskretion, die sowohl er als auch sein Vater hatten geloben müssen, ließ darauf schließen, daß ihm ein weit mächtigeres Motiv als nur wissenschaftliche Neugier oder Ehrgeiz zugrunde lag. Es mußte sich um ein lebenswichtiges Interesse handeln. Warum war dann die Wahl auf einen unerprobten und unbekannten Gelehrten wie ihn gefallen? Doch all diese Überlegungen verblaßten vor der einen, fatalen Frage: Was hieß »binnen kürzester Zeit«?

Alle Sinne Da'uds waren nun wach und höchst konzentriert. Ganz streng trennte er seine Gedanken von seinen Gefühlen. Unter keinen Umständen durfte er zulassen, daß die Furcht sein klares Denken trübte. Hatte er einen Monat, sechs Monate, ein Jahr Zeit? Das Risiko war so beängstigend, daß er es für weise hielt, besser nicht danach zu fragen und so die Festlegung eines unverrückbaren Termins herauszufordern. In der Zwischenzeit würde vielleicht der Zorn des Kalifen auf seine Leibärzte schwinden, wichtigere Dinge würden seine Aufmerksamkeit auf sich ziehen, und wenn er, Da'ud, bei der Erfüllung seiner Aufgaben auf Schwierigkeiten stieß, würde er all seine Gewitztheit aufbringen und Zeit schinden ... Er hatte keine Wahl. Ein treuer Untertan schlägt seinem Herrscher keine Bitte aus. Er konnte sein Wort nicht zurücknehmen, ohne die glänzende Zukunft zu gefährden, die zum Greifen nah vor ihm lag. Er mußte das Risiko eingehen, wie unangemessen hoch es auch immer schien ...

»Morgen werdet Ihr beim Verwalter des alten Palastes von Córdoba vorstellig, der die Zahlung Eurer Vergütung in die Wege leiten wird. Er wird Euch auch freien Zugang zur Palastbibliothek verschaffen, die zum Nutzen unserer erhabenen Gelehrten in der Stadt verbleiben soll.«

Eine beinahe unmerkliche Bewegung des mit Juwelen geschmückten Zeigefingers des Kalifen gab Da'ud zu verstehen, daß er nun entlassen war. Mit bemühter Ruhe verließ er den Raum und ging mit festen Schritten unter den wachsamen Augen der schwarzen Eunuchen, die ihn begleiteten, durch die vielen riesigen Innenhöfe und eleganten Torbögen, die aus dem Palastbezirk hinausführten. Erst als er wieder innerhalb der schützenden Stadtmauern Córdobas war, wagte er, die selbstbewußte Miene, die er aufgesetzt hatte, ein wenig zu lockern und die widerstreitenden Gefühle an die Oberfläche zu lassen, die in ihm tobten. Der Kopf schwirrte ihm beim Gedanken an die Zukunft, die vor ihm lag, wenn er Erfolg hatte, der Magen drehte sich ihm um vor Furcht, wenn er an die Folgen eines Scheiterns dachte. Doch allmählich drang auch der vertraute Anblick der lebendigen Stadt zu seinem Bewußtsein vor, ihre Geräusche und Gerüche, die so sehr zu ihm gehörten wie die zarte Oberfläche antiker Manuskripte. Diese Eindrücke ließen seine innere Unruhe abklingen und brachten ihn in die tröstliche Wirklichkeit seines früheren Lebens zurück. Doch gerade als er sich seinem Zuhause näherte, trug die Morgenbrise wieder die kehligen Schreie der Palastwachen an sein Ohr, die ihre grausigen Schreckensobjekte ringsum auf dem Marktplatz zur Schau stellten, und noch einmal überliefen ihn die Schauder der Furcht.

Als er in die Sackgasse einbog, die zum Haus der Ibn Yatoms führte, sah er auf der Schwelle die schmale Gestalt seines Vaters, der ängstlich auf seine Rückkehr harrte. Die beiden umarmten einander in schweigendem Mitgefühl und sprachlosem Verständnis.

»Kein Wort von alledem zu deiner Mutter«, warnte Ya'kub seinen Sohn, wobei aller Stolz, den er über die unerwartete Gunst des Hofes empfunden hatte, vor dem Wissen über die Bedrohung, die über seinem Sohn schwebte, geschwunden war. »Ich habe ihr nicht gesagt, wer die Opfer des Kalifen diesmal waren, um ihr unnötige Sorgen zu ersparen. Warum sollten wir sie beunruhigen, da doch dein Erfolg nicht in Zweifel steht? Spiele ihr nur eitel Stolz und Freude vor. Das soll zugleich deine erste Lektion in der Kunst der Täuschung sein, einer Kunst, die du dir aneignen mußt, wenn du in den Korridoren der Macht überleben und gedeihen willst.«

3

Da'ud ging in die Hocke, reckte den Rücken gerade und streckte müde die Arme von sich. Seit dem frühen Morgen kniete er hier in der Bibliothek des Sultans in einer abgeschiedenen Ecke auf einem Stapel Kissen, war über die in Leder gebundenen Folianten gebeugt, die sich vor ihm auf einem niedrigen Tisch auftürmten. Eine Sondergenehmigung erlaubte ihm, die Bibliothek auch an einem Freitag zu betreten. Nun war er dort allein mit dem alten wachhabenden Christen in dem großen mit Zedernholz getäfelten Raum. Eher um der Vollständigkeit willen als in der Hoffnung, irgend etwas Wichtiges für seine Studien zu erfahren, hatte er begonnen, die berühmten arabischen Fassungen der Schriften des Hippokrates und des Galen zu studieren, Übersetzungen, die Hunayn ibn Ishaq und Ali ibn Rabban al-Tabari vor beinahe einem Jahrhundert in Bagdad angefertigt hatten. Seit Jahren hatte er sich schon gewünscht, einmal auch nur einen flüchtigen Blick auf die reich illustrierten Abschriften in der Palastbibliothek werfen zu dürfen, aber nun hatte er nicht viel Zeit, die winzigen, an Teppichmuster gemahnenden Verzierungen zu bewundern, die zart wie ein Frauenschleier den Anfang jedes Abschnittes schmückten.

Ohne große Mühe fand er die Passagen, die sich mit Gegengiften beschäftigten, aber als er auf die Liste der Zutaten für den Großen Theriak stieß, stand er vor der gleichen undurchdringlichen Mauer wie all die anderen Gelehrten, die ihm vorangegangen waren. Die abgegriffenen Spalten dieser Abschnitte legten ein beredtes Zeugnis darüber ab, wie viele Finger sie auf der Suche nach dem gleichen unergründlichen Geheimnis schon betastet hatten. Ein Vergleich mit den griechischen Originalen erwies sich als praktisch unmöglich, so alt, abgegriffen und verblaßt waren die Abschriften in der Bibliothek. Doch selbst wenn sie sich in einem besseren Zustand befunden hätten, sie hätten ihm nur wenig genutzt, das wußte Da'ud. Was konnte er wohl zu entziffern hoffen, das Hunayn und al-Tabari nicht bereits erfaßt hatten? Beide gaben eine sehr ähnliche Liste von Zutaten: Opium, nach strengen Vorschriften gekochtes Schlangenfleisch, sowie achtunddreißig Gewürze und Kräuter, darunter frisches Salz und feuchter Dill. Beide berichteten, daß zwei Zutaten noch nicht identifiziert werden konnten, wobei Hunayn schrieb, er wisse nicht, auf welche Pflanze sich die griechischen Worte bezögen. Andererseits hatte al-Tabari einige Jahre in Persien gelebt und merkte an, das griechische Wort *Vatermörder* sei im Sanskrit *motscha*. Sonst nichts. Auch bei der zweiten Pflanze war Hunayn wenig hilfreich, aber al-Tabari machte die Angabe *handakuka*, ebenfalls ohne jegliche weitere Erklärung. Methodisch durchforstete Da'ud alle anderen Abschnitte der Übersetzung und suchte dabei nach weiteren Bezügen auf die beiden Zutaten oder auf deren Eigenschaften, aus denen sich vielleicht auf deren Art und Gattung schließen ließe. Aber vergebens.

Er rieb sich die müden, roten Augen, stand auf und ging zum anderen Ende des dunklen Gemachs, um den Wächter der kostbaren Manuskripte der Bibliothek zu finden. Der spindeldürre, weißhaarige alte Mann saß im Schneidersitz auf einem Seidenkissen in der Nähe der großen Holztür, sein Kopf baumelte im Schlummer der Alten hin und her. Plötzlich aus dem Schlaf aufgeschreckt, erhob sich der Wächter langsam und entschuldigte sich wortreich für seine Unaufmerksamkeit.

»Ich würde mir gerne al-Kindis Pharmakologie ansehen, falls sie vorhanden ist.«

Das, hatte Da'ud beschlossen, sollte die letzte gelehrte Schrift sein, die er befragen wollte. Wenn auch sie, wie er erwartete, keine neuen Erkenntnisse brächte, müßte er seine akademischen Recherchen beenden und sich unkonventionelleren Forschungsmethoden zuwenden.

»Kommt mit, junger Mann. Das Manuskript liegt in einem der unteren Kästen, und meine alten Knochen sind zu steif, als daß ich mich so weit hinunterbeugen könnte.«

Die Scharniere des fein geschnitzten Deckels quietschten, als Da'ud ihn anhob und sich hinabbeugte, um den Band herauszunehmen, auf den der alte Mann deutete. Aber als er das machte, fiel sein Blick auf ein dünnes Pamphlet, das kaum erkennbar unter einer dicken Staubschicht am Boden des Kastens lag.

»Was ist das?« fragte er, hob es auf und pustete den Staub herunter, ehe er die Titelseite vor die kurzsichtigen, wäßrigen Augen des Wärters hielt. Der blinzelte auf die säuberliche, aber schmucklose Kalligraphie und antwortete: »Das ist ein altes Werk von Qusta ibn Luqa, einem minderen Gelehrten, um dessen Meinung sich heute niemand mehr schert.«

»Darf ich es einmal ansehen?«

»Wenn Ihr es wünscht«, antwortete der Alte und schlurfte zu seinem Kissen zurück.

Da'uds Müdigkeit war auf einmal wie weggeblasen. Er eilte zu seinem Platz zurück und schlug das längst vergessene Werk auf dem Tisch auf. Wie in den antiken Arbeiten, die er studiert hatte, war auch hier ein Abschnitt den Gegengiften gegen Schlangenbiß gewidmet, und auch hier wurde eine Liste mit den Zutaten für den Großen Theriak aufgeführt. Obwohl die Schrift kaum leserlich war, schien sie doch beinahe genau den Listen des Hunayn und des al-Tabari zu entsprechen. Allerdings stand bei der letzten Gruppe von Pflanzenarten ein Name, neben dem zwei Zeilen in kleinerer Schrift eingefügt waren, nicht von der gleichen Hand geschrieben und mit einem rechteckigen Rahmen umgeben. Den Namen entzifferte er recht schnell: *Vatermörder*! Da'uds Finger bebten vor Erregung, als er das Büchlein näher zum Fenster schob, so daß das Licht unmittelbar auf die beiden hinzugefügten Zeilen fiel. Sie waren mit einer schlechteren Tinte zu dem restlichen Manuskript hinzugefügt worden, und die Buchstaben waren nur noch sehr schwach zu sehen, waren beinahe unsichtbar. Er zwang sich zur Ruhe und begann mit unendlicher Geduld mit dem Zeigefinger die Längen und Kurven der Buchstaben nachzufahren, die er schwach ausmachen konnte, fuhr sie mit einer natürlichen Bewegung nach, als schriebe er selbst. So hoffte er die fehlenden Zeichen zu erraten, die, wenn er sie einmal entziffert hatte, eine Beschreibung der Pflanze ergeben mußten.

Er war so sehr in seine Arbeit vertieft, daß er nicht hörte, wie sich der Wächter genähert hatte. »Es ist Zeit zu gehen. Bald bricht die Abenddämmerung herein, und Ihr werdet nicht mehr genug Licht haben. Außerdem fängt bald Euer Sabbat an«, fügte er noch hinzu.

»Nur noch ein kleines bißchen«, murmelte Da'ud, ohne den Kopf zu erheben, »bis das Licht ganz erloschen ist.«

»Nun gut«, stimmte der Alte widerwillig zu, »aber keinen Augenblick länger. Kerzen sind hier verboten. Aber sagt mir, was ist für Euch von solchem Interesse, daß Ihr sogar bereit seid, Euren heiligen Sabbat dafür zu schänden?«

»Persisch«, murmelte Da'ud, den Kopf immer noch über den Text gebeugt. »Ein Freund meines Vaters aus Kindertagen, ein Kaufmann aus Esfahan, braucht dringend die Namen bestimmter Heilmittel, die ihm mein Mentor gegen seinen trockenen Husten verschrieben hat, der ihn manchmal sogar Blut spucken läßt. Er will sich unmittelbar nach dem Sabbat auf den Heimweg machen, und ich habe versprochen, ihm nach bestem Können zu helfen.«

»Und dafür hat man Euch eine Sondergenehmigung zum Betreten der Palastbibliothek sogar am Freitag gewährt?«

»Mein Vater, das Oberhaupt der jüdischen Gemeinde von Córdoba, hat hervorragende Beziehungen zum Verwalter.«

Mit dieser Erklärung gab sich der alte Mann zufrieden. Er schlurfte davon, setzte sich stillschweigend noch eine Weile auf sein Kissen und kam dann, als sei ihm plötzlich etwas eingefallen, zurückgeschlurft.

»Da Ihr danach trachtet, das Leiden eines Kranken zu lindern, könnte ich vielleicht die Regeln ein wenig beugen und Euch eine Kerze bringen, aber nur für sehr kurze Zeit.« Er trat eine Weile unschlüssig von einem Fuß auf den anderen, ehe er fortfuhr: »Wenn Ihr später wieder einmal in die Bibliothek zurückkehren solltet, könntet Ihr vielleicht Euren Mentor nach einem Heilmittel für meine schmerzenden Gelenke fragen.«

»Ich kenne selbst ein einfaches Heilmittel für Eure Schmerzen«, erwiderte Da'ud rasch, gleichermaßen aus dem echten Bedürfnis heraus, zu helfen, wie auch, um die freundliche Geste des Mannes zu erwidern. »Nehmt Taubenkot, zermahlt ihn zu Staub und filtert ihn, und dann legt ihn als Umschlag auf, wo immer ihr Schmerzen empfindet. In manchen Fällen erweist sich dies als außerordentlich wirksam, aber zusätzlich dürft Ihr nur leichte Speisen essen und müßt Eure Gliedmaßen bewegen, jeden Tag ein wenig mehr.«

»Gott segne Euch, junger Meister«, murmelte der alte

Mann, dem Tränen der Dankbarkeit in den längst blaß und wäßrig gewordenen Augen standen. Doch seine Schritte schienen plötzlich leichter, und er eilte davon, um Da'ud eine brennende Kerze zu bringen.

Als er wiederkehrte, tanzten die winzigen Arabesken bereits vor Da'uds Augen, aber es war nur noch eine halbe Zeile zu entziffern. Er richtete sich noch einmal auf, ehe er sich wieder über den Text beugte und die Kerze darüber hielt, in einem letzten verzweifelten Versuch, dem Manuskript sein Geheimnis abzuringen. Schließlich zog er einen Fetzen Papier aus der Tasche und schrieb das Ergebnis seiner Suche auf:

Früchte ... [—]vor...Sprossen

Es war nicht viel, aber der Anfang war gemacht.

Er stand auf, reckte sich noch einmal, blies die Kerze aus und ging mit raschen Schritten auf die Tür der Bibliothek zu. Dort dehnte der Wächter vorsichtig seinen rechten Arm von sich weg. »Wenn ich das nächste Mal komme, könnt Ihr diesen Ellbogen ausstrecken«, sagte Da'ud lächelnd zu dem alten Mann, während er ihm aufmunternd auf die Schulter klopfte, ihm die Kerze reichte und ihm eine gute Nacht wünschte, ehe er in die laue Abendluft trat. Auf dem Nachhauseweg holte Da'ud seinen Vater ein, der vom Vorabendgebet des Sabbat zurückkam. Obwohl er kein tief religiöser Mann war, hatte Ya'kub ibn Yatom doch immer darauf bestanden, daß sein Sohn ihn in die Synagoge begleitete, die er selbst der jüdischen Gemeinde von Córdoba zum Geschenk gemacht hatte. An diesem Abend jedoch enthielt er sich in dem gleichen wortlosen Einverständnis, das er seinem Sohn bereits gezeigt hatte, jeden Kommentars über dessen Abwesenheit beim Gottesdienst.

Während des Essens im Kreis der Familie war Da'ud ungewöhnlich schweigsam. Seine sorglos plappernden Schwestern schenkten ihm nur wenig Aufmerksamkeit, aber die

Augen seiner Mutter umwölkten sich mit Sorge, wenn ihr Blick auf ihn fiel. Gerade wollte sie ihren Sohn nach dem Grund für seine Grübelei befragen, die ihr angesichts der Gunst des Kalifen unerklärlich schien, als Ya-kub, der ihre Gedanken erraten hatte, ihr Einhalt gebietend die Hand auf den Arm legte. Sola war eine Frau von unendlicher Güte, die jedoch wenig Erfahrung mit der Welt jenseits ihres Hauses hatte. Eine Herzensangelegenheit, dachte sie liebevoll, nichts, das die Zeit und ein anderes junges Fräulein nicht heilen könnten. Jetzt, da ihr Sohn eine derart ruhmvolle Zukunft vor sich hatte, wäre jede angesehene jüdische Familie in Córdoba nur zu gern bereit, ihm die Hand ihrer Tochter anzutragen. Wie stolz sie das machte!

Sobald das Mahl zu Ende war, zog sich Da'ud unter dem Vorwand von Kopfschmerzen auf sein Zimmer zurück. Dort warf er sich auf seinen Diwan und vergrub das Gesicht in den weichen Seidenkissen, die darauf gebreitet lagen. Er ließ die Wörter, die er entziffert hatte, in Gedanken hin und her kreisen und wirbeln, überlegte sich alle möglichen Deutungen. Schließlich ging er von der Annahme aus, daß das Bruchstück *——vor* wohl das Ende des Wortes *bevor* sein müsse. Was das fehlende Wort vor *Sprossen* betraf, so konnten die wenigen Striche, die er hatte entziffern können, möglicherweise Teil des Wortes *neuen* sein. Also hatte er jetzt *Früchte … bevor … neuen Sprossen…* Früchte, so überlegte er, fielen doch im allgemeinen, bevor neue Sprossen wuchsen. Wieso brauchte man dann diese gesonderte Erklärung? Es mußte etwas Ungewöhnliches am Verhalten des *Vatermörders* geben, das diese Erläuterung notwendig machte. *Vatermörder* … Könnte es möglich sein, daß hier die neuen Sprossen wuchsen, ehe die Früchte gefallen waren, als wollten sie diese umbringen? Wenn ja, dann würde der Text lauten: *Die Früchte fallen nicht, bevor nicht neue Sprossen wachsen.* Gab es eine derart seltsame Pflanze, oder war seine Hypothese nur ein verzweifelter Versuch, die eigenen nebulösen Annahmen zu stützen?

Er konnte seine Neugier nicht länger bezähmen, stand leise auf, zündete eine Kerze an und suchte unter den Büchern, die ordentlich auf seinem Tisch gestapelt lagen, das illustrierte Pflanzenbuch des Abu Hanifah al-Dinawari, das sein Vater für ihn hatte kopieren lassen, als er seine religiöse Volljährigkeit erlangt hatte. Obwohl er den Text beinahe auswendig wußte, da er ihn in seiner Jugend gelesen und gründlich studiert hatte, und obwohl seine Finger schon viele Male über die sorgfältigen Zeichnungen gefahren waren, um sie dem Gedächtnis anzuvertrauen, wollte er das Buch noch einmal durchgehen, um einen Hinweis zu finden, eine Einzelheit, die ihm entfallen war, irgend etwas, das ihn zur Identität des *Vatermörders* hinführen könnte. Aber bis zum Morgengrauen hatte er noch nichts entdeckt. Erschöpft sackte er schlafend über dem aufgeschlagenen Manuskript zusammen. Als sein Vater am nächsten Morgen ins Zimmer trat, um ihn zu wecken, damit er rechtzeitig zum Morgengottesdienst kam, warf er nur einen Blick auf die reglose Gestalt, die auf dem Tisch zusammengesunken lag, und zog sich, Furcht im Herzen, leise wieder zurück.

Es war schon einige Zeit nach Mittag, als Da'ud aufwachte, gerade eben noch rechtzeitig zum Mittagsmahl des Sabbats. Unter den mitleidigen Blicken seiner Mutter nahm er schweigend seinen Platz an dem niedrigen, mit Leder überzogenen Tisch ein. Gedankenverloren zupfte er eine Traube von der saftigen Rebe, auf der noch die Frische des Morgens lag, aß ein, zwei Happen Fisch und knabberte lustlos an einem Hühnerflügel, den seine Mutter eigens selbst für ihn gewürzt hatte, um sicher zu sein, daß er nach seinem Geschmack wäre. Seine Leibspeise, die Schmalzkringel, die in Öl ausgebacken waren und von wildem Honig trieften, rührte er nicht einmal an, der Anblick des schimmernden Öls auf der goldbraunen Kruste ließ Übelkeit in ihm hochsteigen, die er kaum zu verbergen wußte. Seine Zerstreutheit brachte ein so ungutes Gefühl in die sonst so fröhliche Familienrunde, daß Ya'kub die Tafel schnell aufhob. Er stand von seinem Kissen auf und schlug vor, entgegen einer langen Tradition und seiner eigenen geheiligten Gewohnheit, sich zur Siesta zurückzuziehen, sollten er und Da'ud einen Spaziergang am Fluß entlang machen. Sola versuchte schwach Einspruch dagegen zu erheben, aber Ya'kub tat ihre besorgten Gegenargumente verächtlich ab.

»Er braucht nichts als ein bißchen frische Luft und Bewegung.«

»Vater hat recht«, bestätigte ihr Da'ud, und die Autorität, die er dank seines medizinischen Wissens besaß, beruhigte sie. Er sehnte sich wirklich nach ein wenig körperlicher Anstrengung, um Spannung abzubauen.

Die beiden Männer wanderten schweigend durch die verlassenen Gassen des schlummernden Judenviertels, dessen niedrige Wohnhäuser von dem hoch aufragenden Minarett mit seinen silbernen und goldenen Spitzen überschattet wurden, das Abd ar-Rahman neben der größten Moschee der Stadt hatte errichten lassen. Aber als sie sich der Straße näherten, die zwischen dem alten Palast und der Moschee hindurch zum Fluß führte, wählten sie instinktiv einen Umweg, bogen hinter den geheiligten Bezirken der Moslems links ab und schritten über eine parallele, aber weniger belebte Gasse zum Ufer hinunter. Erst jetzt, als sie fern von allen neugierigen Augen und Ohren waren, sprach Ya'kub seinen Sohn an.

»Hast du Fortschritte gemacht?«

»Ein wenig.«

»Das ist ein gutes Zeichen.«

»Nicht unbedingt, denn ich bin in einer Sackgasse gelandet.«

»Noch ein paar Nachforschungen mehr, und du findest sicher einen Ausweg«, erwiderte Ya'kub mit gespielter Überzeugung.

»Nein. Nur ein Botaniker oder vielleicht ein Kräuterkundiger könnte mir jetzt noch helfen.«

»Mahmud?«

»Auf keinen Fall. Er zieht nur die Kräuter, die er sicher verkaufen kann. Ich brauche jemanden, der mit den Pflanzen lebt und sie hegt und pflegt, der die Natur um ihrer selbst willen liebt.«

Ya'kub fuhr sich mit der Hand über die schmalen, glatten Wangen, als die beiden sich unter dem spärlichen Schatten eines knorrigen Olivenbaums auf einem Grasflecken niedergelassen hatten. »Früher einmal gab es so jemanden, eine Art Einsiedler, der oben in den Bergen inmitten eines wilden Dickichts von Pflanzen lebte, durch die nur er sich hindurchfinden konnte. Von Zeit zu Zeit kam er herabgestiegen und tauschte Kräuter gegen einige wenige Lebensmittel ein, dann verschwand er wieder für Monate. Ich erinnere mich, daß wir uns als Kinder immer über ihn lustig machten, wenn er hier erschien. Sein langer, ungepflegter Bart stand ihm in alle Richtungen, seine Augen hatten etwas Wildes, seine hagere Gestalt war nach vorne gebeugt, wenn er durch die Straßen schritt und seine Umgebung kaum wahrnahm. Ich weiß nicht, was aus ihm geworden ist. Er wurde lange Jahre nicht mehr gesehen. Wenn er überhaupt noch lebt, muß er ein sehr alter Mann sein.«

Da'ud sprang sofort auf die Beine. »Ich will mich gleich auf den Weg machen und ihn suchen.«

»Vorsicht, mein Sohn, Vorsicht. Es reicht, daß nur ein Augenpaar auf dich fällt, und schon werden unangenehme Fragen gestellt – der Sohn von Ya'kub ibn Yatom, dem Vorsteher der Juden von Córdoba, der in der Hitze des Nachmittags am Sabbat über die Hügel zieht ...«

»Vater«, beharrte Da'ud fest, »du vergißt, daß ich bereits Arzt bin. Würde ich nicht zu jeder Tages- und Nachtzeit aus dem Haus gehen, am Sabbat und an allen Feiertagen, sogar an Jom Kippur, wenn ein Menschenleben auf dem Spiel steht?«

Ya'kub akzeptierte schweigend das unumstößliche Argument seines Sohnes und staunte über die Selbstsicherheit, die dieser sich während seiner langen Studienzeit erworben hatte. Seine Rolle als väterlicher Ratgeber war nun eindeutig zu Ende. Jetzt mußte er zuhören lernen, seinen Rat nur noch dann geben, wenn man ihn darum gebeten hatte ... Er stand ebenfalls auf und begleitete Da'ud zum nördlichen Stadttor, wo er ein Maultier mietete und einem Händler, der im Schatten des Hufeisenbogens schlummerte, eine Kürbisflasche mit Wasser abkaufte. Ya'kub umarmte seinen Sohn herzlich und sprach in einem Anfall von Frömmigkeit den Reisesegen, während er ihm zusah, wie er auf das Maultier stieg und sich auf den steinigen Pfad machte, der zu den Ausläufern der Sierra Morena hinaufführte.

Jetzt mußte Gott mit ihm sein ...

4

Den Staub und die drückende Hitze nicht achtend, spornte Da'ud sein Reittier mit beinahe brutaler Gewalt an. Jede Sekunde im Leben eines so alten und einsamen Mannes war kostbar – wenn er überhaupt noch am Leben war. Während das Maultier rasch über den schmalen Pfad trottete, der sich durch Olivenhaine und in Terrassen angelegte Weinberge schlängelte, suchte Da'ud unruhig die weiter oben liegenden Hänge nach der Klause des Einsiedlers ab. Schließlich konnte er einen dunklen Flecken dichter Büsche ausmachen, der sich scharf vom spärlichen Bewuchs der Umgebung abhob. Er stieß dem Maultier die Hacken in die zotteligen Flanken, verließ den Pfad und trieb das Tier geradewegs den Hang hinauf auf das Gebüsch zu. Beim Näherkommen erkannte er eine baufällige Hütte, die zum Teil hinter einem Schutzwall aus seltsamen, bedrohlich wirkenden Pflanzen verborgen lag, die eng miteinander verflochten waren und die fleischigen, speerförmigen, stacheligen Blätter wie drohende Krummschwerter aufgerichtet hatten. Er bewegte sich vorsichtig um sie herum, stieg ab und schritt auf die Tür der kläglichen Hütte zu. Sie stand offen und schwang an den Scharnieren wie das zerfetzte Segel eines Schiffes nach einem Sturm.

Einen Augenblick lang stand Da'ud reglos auf der Schwelle der Hütte, ließ die Augen über den trostlosen Anblick schweifen, der sich ihm bot – grobe Tongerätschaften standen beschmutzt überall auf dem Boden, umgeben von Fetzen alter Kleider. Heruntergebrannte Kerzenstummel lagen neben erdverkrusteten Sandalen, deren Sohlen schief- und durchgelaufen waren. Dichte Spinnweben spannten sich ungestört zwischen den wurmstichigen Holzbrettern der Hütte, und über allem lag eine Schicht ockerfarbenen Staubs. Nur eines schien sorgfältig gepflegt: eine Reihe von Töpfen, die ordentlich nebeneinander auf einem Brett unter dem Loch standen, das als Fenster diente. Zarte junge Sprossen wuchsen darin. Leben!

Mit klopfendem Herzen ging Da'ud rasch hinein. Als sich seine Augen an das Dunkel im Inneren gewöhnt hatten, erblickte er ein schmuddeliges Laken, das über eine Gestalt gebreitet lag, die so winzig war, daß man sie kaum noch ausmachen konnte. Er schlug das Laken zurück und sah den alten Einsiedler reglos auf einer dünnen Binsenmatte am Boden liegen. Ausgemergelt, starr, das Gesicht über dem wilden weißen Bart grau und eingefallen, schien er Da'uds Anwesenheit gar nicht zu bemerken. Nur die leise Bewegung seiner Brust bei den schwachen Atemzügen verriet, daß noch nicht alles Leben aus ihm gewichen war.

Mit geschickten, geübten Bewegungen sammelte Da'ud draußen ein paar dürre Zweige, entfachte ein Feuer, zog im Brunnen hinter der Hütte Wasser hoch und brachte es in einem Topf zum Kochen, den er in dem Durcheinander am Boden gefunden hatte. Nachdem das Wasser ein paar Minuten gesprudelt hatte, nahm er den Topf vom Feuer und deckte ihn zu. Während er wartete, daß das Wasser wieder abkühlte, ging er neben dem sterbenden Mann in die Hocke. Sanft tastete er nach dem schwachen Puls, wusch dem Alten das Gesicht und rollte einige alte Kleidungsstücke zu einem Kopfkissen zusammen. Dann goß er ein wenig Wasser in einen Becher, stützte den Kopf des Einsiedlers mit dem Unterarm und führte ihm den Becher an die ausgetrockneten, blau angelaufenen Lippen. Zunächst nippte der Alte nur, dann trank er die lauwarme Flüssigkeit in gierigen Schlucken, bis der Becher leer war. Da'ud legte seinen Kopf wieder auf dem improvisierten Kissen ab, kniete sich neben den alten Mann, ließ die Augen nicht von ihm, versuchte ihm seinen Willen aufzuzwingen, betete, flehte ihn an, er möge das Bewußtsein wiedererlangen ... Er versuchte ihm seinen Willen aufzuzwingen, weil es sein höchster Ehrgeiz als Arzt war, den Tod zu besiegen. Er flehte ihn an, weil dieser Mann, wenn das Leben aus ihm wich, kostbares Wissen mit ins Grab nehmen würde und weil damit auch sein Leben auf dem Spiel stand. Er betete, weil er sonst nichts tun konnte. Die Minuten verrannen, angespannt und qualvoll, bis schließlich der Einsiedler die Augen aufschlug.

»Wer bist du? Was machst du hier?« murmelte er.

»Ich bin Da'ud, ein Arzt aus Córdoba«, beruhigte ihn Da'ud, während er ihm den Becher wieder an die Lippen hielt. »Ich bin gekommen, mich um Euch zu kümmern«, fügte er hinzu, und seine Stimme war in seiner unaussprechlichen Erleichterung ganz hell und leicht geworden.

Aber ehe er noch zu Ende gesprochen hatte, war der Einsiedler schon wieder in eine halbe Ohnmacht zurückgesunken. Da'ud wandte kaum die Augen von ihm, stand auf und suchte in der Hütte nach Lebensmitteln. Essig fand er beinahe sofort, eine große Flasche, sauber und ordentlich verkorkt, sorgsam auf einem hoch angebrachten Regal verwahrt. Es war klar, daß der alte Mann sie hier für Zeiten der Krankheit aufbewahrt hatte. Wenn er nur Honig finden könnte, gäbe es vielleicht eine Chance ... Er fühlte noch einmal den Puls des alten Mannes. Der schlug inzwischen ein wenig stärker. Beruhigt ging er wieder nach draußen und machte sich auf die Suche nach einem Bienenkorb, den er auch wie erwartet unweit des Brunnens fand. Er schützte sich mit dem Unterarm gegen die ausschwärmenden Bienen und hebelte mit einem langen, spitzen Stock ein Stück Wabe ab, trug sie in die Hütte und entnahm ihr so viel Honig, daß er ihn mit dem Essig zu einer Sauerhoniglösung aufkochen konnte. Dann kehrte er zu seinem Patienten zurück, betete und flehte, flehte und betete ...

Die Dämmerung war bereits nah, als der Einsiedler erneut aufwachte, sichtbar erfrischt. Wieder ließ ihn Da'ud trinken, und gab ihm dann, als er neu belebt war, ein wenig von dem Sauerhonig.

»Wer bist du?« fragte die schwache Stimme.

»Ich bin Da'ud, ein Arzt aus Córdoba. Ich bin gekommen, mich um euch zu kümmern«, wiederholte Da'ud geduldig.

»Ich brauche keinen Arzt, der sich um mich kümmert, viel weniger noch einen jungen Quacksalber, dem nichts anderes einfällt, als mich zur Ader zu lassen und mir das bißchen Leben, das noch in mir ist, zu rauben.«

»Ich werde Euch nicht zur Ader lassen«, beruhigte ihn

Da'ud. »Ich lasse niemals Patienten zur Ader, die für diese Behandlung zu schwach sind. Hier, trinkt noch ein wenig Oxymel und ruht Euch aus bis zum Morgen.«

Die ganze Nacht wachte Da'ud bei dem gebrechlichen alten Mann, hielt ihm jedesmal, wenn er sich rührte, den Becher mit Wasser an die Lippen, fiel selbst in unruhigen Schlummer, wenn der Alte schlief, und betete mit aller Kraft, daß der Mann bis zum Morgen überleben würde. Beim ersten Dämmern des Tages stand er auf, zündete ein Feuer an und kochte aus einer Handvoll Gerstenkörner, die er in einer Ecke der Hütte unter einer umgedrehten Schüssel gefunden hatte, eine Grütze. Sobald sich der Einsiedler regte, flößte er ihm eine weitere Dosis Oxymel ein und fütterte ihn dann löffelweise mit der dünnen Grütze. Das Gesicht des Alten war nun nicht mehr grau. Es war zwar immer noch blaß, hatte aber eine viel gesündere Farbe.

»Warum machst du dir die Mühe? Was nützt es, einen alten Mann wieder zum Leben zu erwecken, für den die Zeit zum Sterben gekommen ist?«

»Leben verlängern, näher kann ein Mensch nicht an den göttlichen Schöpfungsakt gelangen.«

»Anmaßung! Die Natur nimmt ihren Lauf nach Gottes Willen. Du hast kein Recht, ihr ins Handwerk zu pfuschen. Aber du wußtest nicht, daß ich krank war, als du kamst. Was hat dich hierhergebracht?«

»Ich bin auf der Suche nach Eurem ungeheuren Wissen über das Leben der Pflanzen hierhergekommen.«

Diese Worte schienen den alten Mann wunderbar zu beleben. »Sieh sie dir an, bitte«, sagte er und zeigte auf die Reihe junger Sprossen auf dem Brett unter dem Fenster. »Es ist eine Pflanzenart aus dem Orient, die ich hier anzusiedeln versuche. Haben Sie Wurzeln geschlagen? Brauchen sie Wasser? Ich habe sie vernachlässigt, seit mich das Fieber ereilt hat.«

»Sie leben und gedeihen gut«, versicherte Da'ud ihm. »Schon bald werdet Ihr wieder auf den Beinen sein und könnt sie selbst pflegen.«

»Dafür bin ich dir dankbar«, seufzte der alte Mann. »Was willst du also wissen?«

»Ich suche eine Pflanze, die von den Griechen *Vatermörder* genannt wird. Das wenige, das ich aus den alten Manuskripten zu erfahren vermochte, scheint darauf hinzudeuten, daß die Früchte nicht fallen, ehe nicht neue Sprossen gewachsen sind. Aber vielleicht habe ich auch die Abschnitte falsch gedeutet.«

Ein Leuchten der Bewunderung flackerte im leblosen Blick des Alten auf. »Nein, junger Meister, das hast du nicht. Die Art, die du beschrieben hast, ist ein Baum mit einer glatten roten Rinde, dunkelgrünen, glänzenden Blättern und Blüten, die weiß oder rosa sind. Sie blühen im Herbst und mischen sich mit den scharlachroten Beeren des Baumes, die erst im zweiten Jahr nach der Blüte heranreifen. Daher sind sie noch am Baum, wenn die alten Blüten welken und neue knospen.« Der alte Mann schloß die Augen und verstummte einen Augenblick, nahm seine geringe Kraft zusammen, ehe er fortfuhr. »Der Baum gedeiht in Griechenland und Italien, daher wußten die Alten von ihm. Sein lateinischer Name ist *arbustus unedo*, und im Romanischen nennen wir ihn *madrona*.«

»Der Erdbeerbaum!« rief Da'ud aus. »Aber natürlich! Und er gedeiht hier ganz üppig. Ihr habt keine Vorstellung, wie lebenswichtig dieses Wissen für mich ist.«

»So lebenswichtig wie deine Anwesenheit hier für mich, ein Trost in meiner Sterbestunde«, flüsterte der alte Mann. »Aber ist das alles, was du zu wissen trachtest?«

»Da ist noch eine andere Art, die unter dem seltsamen Namen *handakuka* bekannt ist und die ich auch zu bestimmen begierig bin.«

»Die kenne ich nicht, aber wenn du mir ihre Eigenschaften beschreibst, dann kann ich sie vielleicht benennen.«

»Leider weiß ich außer dem Namen nichts über sie«, antwortete Da'ud und flößte seinem Patienten noch ein wenig Grütze ein. »Aber ich werde meine Suche fortsetzen, und wenn ich einen Hinweis gefunden habe, komme ich wieder und frage Euch. Doch aus reiner naturwissenschaftlicher Neugier wüßte ich gern den Namen der stacheligen Pflanzen, die ich vor Eurer Hütte gesehen habe?«

»Es ist eine Variante der Aloe, deren Auszug in Afrika als Wundermittel gilt.«

»Hat sie einen besonderen Namen?«

»Ich habe ihn nie herausgefunden.«

»Welche Eigenschaften hat diese Art?« fragte Da'ud wißbegierig, auf jedes Fetzchen Information versessen, das er bekommen konnte.

»Mehr als ich im Augenblick die Kraft habe, dir zu erklären.«

»Dann ruht ein wenig. Ich reite nach Córdoba und hole Milch und Schrot, das ich für euch in Essig kochen will. Es wird Euch gut tun. Inzwischen trinkt noch von dem Wasser, das ich für Euch abgekocht habe – hier, der Topf steht neben Euch –, und achtet darauf, daß Ihr ihn stets bedeckt haltet. Wenn Ihr Hunger verspürt, es ist noch ein wenig Grütze da, genug für Euch, bis ich wiederkomme.«

»Du schwörst, daß du mich bei deiner Rückkehr nicht zur Ader lassen willst?«

»Ich schwöre.«

»Dann darfst du kommen. Es ist an der Zeit, daß ich das Wissen, das ich mir in meinem Leben mit den grünen Dingen erworben habe, mit jemandem teile.«

Da'ud war trunken vor Freude, als er den Hang hinunter ritt. Er hatte nicht nur den Einsiedler dem Rachen des Todes entrissen, er hatte sich auch selbst ein gutes Stück vom

Abgrund entfernt, war auf halbem Weg zur Erfüllung des Auftrags, den ihm der Kalif gegeben hatte. Mehr noch, er würde unschätzbare Reichtümer an Wissen erfahren, die er damit auch der ewigen Vergessenheit entriß. In wilder Hast kaufte er die Lebensmittel, die er brauchte, tauschte sein Maultier gegen ein feuriges Roß ein und galoppierte in halsbrecherischem Tempo zur Hütte zurück.

Aber als er dort ankam, war der Einsiedler tot. Da'ud fand ihn am Boden liegend, unter dem Brett, auf dem die Reihe neuer Sprossen wuchs, neben ihm zerschmettert ein Wasserkrug. Was für eine Niederlage! Er hob den beinahe gewichtslosen Körper auf, trug ihn nach draußen und begrub ihn inmitten der Pflanzen, die der Einsiedler sein Leben lang gehegt und gepflegt hatte. Anmaßung! Dieser Ruf des Alten hallte ihm noch in den Ohren wider, als er das Grab mit Erde bedeckte. Anmaßung, daß er versucht hatte, Gottes Willen zuwiderzuhandeln! Verdutzt stand er dem Rätsel des Lebens gegenüber, niedergeschlagen, weil er es nicht geschafft hatte, den Tod des Einsiedlers zu verhindern, bitter enttäuscht, weil der Alte all sein Wissen nun mit ins Grab genommen hatte. Da'ud ging in die Hütte zurück, nahm die zarten Sprossen – das einzige Erbe des Einsiedlers – vom Brett unter dem Fenster und trug sie mit sich zurück nach Córdoba.

5

Körperlich erschöpft und im Herzen ermattet vom Sturm der Gefühle, den er in den letzten Stunden des Einsiedlers durchlebt hatte, schlief Da'ud den ganzen restlichen Tag und die folgende Nacht hindurch. Als er am nächsten Morgen erfrischt und in vertrauter Umgebung erwachte, hatte er sein Gleichgewicht beinahe wiedererlangt, vertrieb ihm das angeborene Selbstvertrauen die Zweifel, die der Einsiedler in seinem Denken geweckt hatte, ob es etwa anmaßend sei, gegen den Willen Gottes anzukämpfen. Jetzt war nicht die Zeit für philosophische Betrachtungen. Er mußte all seine Energie auf die Suche nach dem *handakuka* bündeln, alles andere hatte zu warten. Nachdem er die griechischen und arabischen Texte erschöpfend befragt hatte, mußten nun andere Wissensquellen gefunden werden, andere Einsiedler, hier oder anderswo …

Da'ud verließ das Haus, ehe sich sonst jemand gerührt hatte, und machte sich auf den Weg zum Marktplatz. Dort trafen Menschen aus Ost und West, aus Nord und Süd zusammen, um zu kaufen und zu verkaufen, um Waren, Güter, Sklaven – und Informationen – zu tauschen und zu handeln. Zu dieser frühen Morgenstunde waren die Straßen noch menschenleer. Die kahlen Wände, die sie säumten, schlossen die Wohnhäuser gegen die Außenwelt ab und schützten diejenigen, die drinnen wohnten, vor neugierigen Blicken. Es war wie in einer Geisterstadt. Aber als sich Da'ud dem Marktplatz näherte, wurde er in die stille Geschäftigkeit hineingezogen, in die Vorbereitung auf das emsige Leben des Marktes, in jene ungesehenen Stunden, in denen eine Stadt zu erwachen beginnt. Hoch aufgeschossene berberische Fellachen, deren Schritt so würdevoll war wie der ihrer Kamele, trugen auf dem Kopf Körbe voller glänzender schwarzer Oliven und dunkelblauer Trauben, Orangen, Aprikosen und runder gelber Melonen. Bäcker klopften Teig flach für die Pitas des Tages, formten ihn rund für Brötchen. Konditoren buken aus Blätterteig und stark duftendem Ziegenkäse goldene Wunder, die schon bald von den Straßenverkäufern in der ganzen Stadt wohlfeil gehalten würden. Nach und nach wurden die hölzernen Läden vor den schattigen Nischen entfernt, wo die Kunsthandwerker ihre Ware ausstellten und ihren Berufen nachgingen: die Töpfer und Kupferschläger, die Lederarbeiter und Seidenweber wünschten einander einen einträglichen Tag.

Starker Moschusduft stieg Da'ud in die Nase, als er auf den offenen Platz trat, und aus der gleichen Richtung drangen wütende Flüche an sein Ohr. Ein Parfümverkäufer hatte, während er seinen Stand aufbaute, einen Flakon der kostbaren Flüssigkeit verschüttet. Da'ud näherte sich ihm mit leisen Schritten und kaufte ihm für einen großzügigen Betrag das wenige ab, das noch auf dem Boden der kleinen Flasche übrig war. Entzückt und begierig darauf, einem so großzügigen Kunden alles recht zu machen, goß der Händler das Parfüm sorgfältig in ein kleines Bronzefläschchen um und träufelte dann ein wenig über Da'uds bewegliche, schmale Finger, ehe er das Behältnis verkorkte. Wahrend er das machte, fragte Da'ud ihn wie beiläufig: »Wann erwartet Ihr wieder einmal radanitische Kaufleute bei uns?«

»Radaniten? Ihr meint gewiß die jüdischen Kaufleute, die vieler Sprachen mächtig sind und von Frankreich durch Spanien nach Ägypten reisen, um von dort nach Arabien und in den Orient zu segeln?«

»Genau die.«

»Es ziehen heutzutage nicht mehr viele von ihnen auf den Handelsstraßen nach Osten. Die Venezianer haben sie beinahe ganz verdrängt. Ich erinnere mich noch, daß mein Vater von ihnen Moschus und Kampfer kaufte, wenn sie aus Indien und China zurückkehrten. Und bei uns erwarben sie Seide und Leder, um es den orientalischen Fürsten anzudienen. Die wenigen, die noch übrig sind, erscheinen ab und zu, meistens mit Sklaven aus Prag. Die Slawen sind sehr gefragt, die Männer als Soldaten und Arbeiter im Dienste des Kalifen, die Frauen für die Harems der Reichen – besonders die Rothaarigen«, fügte er mit einem anzüglichen Zwinkern hinzu. »Die Omaijaden sind ganz versessen auf sie. Sucht Ihr ein hübsches junges Ding für Euch selbst?«

»Nein, keineswegs. Ich interessiere mich für die Kaufleute, nicht für ihre Ware.«

»Dann fragt den Unterhändler da drüben, wann der nächste Sklavenverkauf angesetzt ist. Vielleicht findet Ihr bei den Händlern einen Radaniten.«

Da'ud dankte dem Mann und überquerte den Marktplatz. Der Unterhändler saß auf einem niedrigen Lederhocker und schaute eine Liste von Pferde- und Sklavenauktionen durch, die er in Kürze ankündigen würde. Ja, erwiderte er auf Da'uds Anfrage, in Kürze solle ein Sklavenverkauf beginnen. Um sich die Wartezeit zu vertreiben, schlenderte Da'ud zu einem Obststand und wählte sich dort eine Aprikose aus, die flaumig und weich, gerade reif zum Essen war. Mit sinnlichem Vergnügen ließ er den Finger über die weichen Rundungen gleiten, öffnete die Frucht an der Mulde, die ihn an die reifen Brüste einer Frau erinnerte ... Sorgfältig entfernte er den Stein, nachdem er die Aprikose genau untersucht hatte, ob sich auch kein Insekt in ihr verbarg, hieb dann die Zähne in das weiche Fleisch mit dem zarten Aroma. Er wollte sich gerade eine weitere Frucht nehmen, als ihm eine bärtige Gestalt auffiel, ein sonnenverbrannter Mann mit scharfem Blickt, der sich ihm vom Gasthaus näherte, das gleich am Marktplatz lag. Neben dem Mann schritt ein schmales Mädchen, die schlanke Hand lose in die seine gelegt, die Augen fest zu Boden gerichtet, so daß man nur ihren üppigen rostroten Haarschopf sehen konnte. Hinter den beiden ging, von einem stämmigen Wachmann angeführt, ein halbes Dutzend junger Männer mit gebräunten Gesichtern, die wilden Augen trotzig und aufmüpfig. Kaum hatten sie den Ort des Sklavenmarktes erreicht, da erschien neben ihnen schon ein Beauftragter des Kalifen in Begleitung eines Imams mit Turban, der ihnen den üblichen Handel vorschlug: ihre Freiheit im Tausch gegen den Übertritt zum Islam, gefolgt von der Rekrutierung in die Armee des Kalifen.

»Mit der Beute, die ihr aus der Schlacht mit nach Hause tragt, könnt ihr eines Tages ein Stück Land kaufen, und wenn ihr hart arbeitet, werdet ihr damit reich wie andere eures Schlages schon vorher«, versprach ihnen der Agent des Kalifen. »Und die Jungfrau …«

»Nein!« unterbrach sie der Händler mit barscher Stimme. »Sie ist noch ein Kind. Sie steht nicht zum Verkauf.«

»Wie Ihr wünscht«, meinte der Beauftragte des Kalifen und zuckte gleichgültig die Achseln, während er die jungen Männer von Kopf bis Fuß musterte.

»Mein Herr zahlt Euch jeden geforderten Preis für so eine«, fuhr eine hohe Stimme dazwischen.

»Du schon wieder«, gab der Händler mit einiger Verachtung zurück. Er kannte den Eunuchen gut. Er war auch Slawe, man hatte ihn als Kind verkauft und kastriert. Inzwischen war er der getreue Diener eines Prinzen aus dem Haus der Omaijaden und war ständig auf der Suche nach neuen Leckerbissen, mit denen er den abgestumpften sexuellen Appetit seines Herren noch reizen konnte.

»Du hast gehört, was ich gesagt habe. Sie steht nicht zum Verkauf, weder für den Kalifen, noch für seinen Neffen, noch für sonst jemanden.«

Nach dem rituellen Feilschen kaufte der Beauftragte des Kalifen die männlichen Sklaven, und der Imam führte sie fort, damit sie zum Islam übertreten konnten. Auch der Eunuch tänzelte davon, um anderswo seine Beute zu suchen. Erst dann trat Da'ud auf den Händler zu und grüßte ihn in hebräischer Sprache. Beim Klang der vertrauten Worte flog ein Lächeln des Erkennens über das Gesicht des Mannes, auch das Mädchen hob die Augen – ein kurzer Blick in ein tiefblaues Meer.

»Heute sind keine jüdischen Sklaven auszulösen«, teilte ihm der Radaniter mit.

»Deswegen bin ich nicht hier. Ich bin Arzt und möchte

etwas über eine Pflanze herausfinden, die unter dem Namen *handakuka* bekannt ist. Zu Zeiten der Antike war sie als ein wirksames Gegengift gegen den Schlangenbiß bekannt, aber heute weiß kaum noch jemand von ihr.«

»Ich bin der letzte auf der Welt, den Ihr dazu befragen solltet. Ich kenne mich mit Pflanzen nicht aus.«

»Das hatte ich auch nicht anders erwartet. Ich hatte gehofft«, erklärte Da'ud, während er eine Handvoll Goldmünzen in die ledrige Hand des Kaufmanns gleiten ließ, »ich hatte gehofft, Ihr würdet Euch bereit erklären, die Reisenden, die Ihr auf Euren Wegen trefft, besonders jene aus östlichen Ländern, zu befragen, ob sie von einer solchen Pflanze je gehört haben. Wenn das so ist, dann könntet Ihr Euch auch noch erkundigen, ob sie noch einen anderen Namen für dieses Gewächs kennen, noch besser, ob sie Euch einen Ableger für mich mitgeben könnten.«

»Dagegen habe ich nichts einzuwenden«, erwiderte der Mann und warf einen anerkennenden Blick auf die erkleckliche Summe auf seinem Handteller. »Aber es werden viele Monate vergehen, ehe ich wieder nach Córdoba zurückkehre. Wenn Ihr jedoch einen wirksamen Theriak sucht, dann kann ich Euch etwas anbieten, das wir Radaniten schon vor vielen Jahren entdeckt haben, als wir in Afrika Handel trieben. Dies hier tragen wir immer bei uns.«

Mit skeptischer Miene beäugte Da'ud den Mann, während der einen Beutel aus seinen Gewändern hervorzog und ihm einen grünen Stein entnahm, der die Form einer Eichel hatte. »Bezoar«, sagte der Händler und hielt Da'ud den Stein auf dem Handteller hin, damit er ihn genau betrachten konnte.

»Das ist das persische Wort für ›Schutzschild gegen Gift‹«, rief David aus, dessen Erregung deutlich wurde, »aber die alten Quellen erwähnen ihn nicht.«

»Ihr habt vielleicht die Klassiker studiert, junger Meister, aber ich habe reiche Erfahrung in der wirklichen, lebendigen Welt gesammelt. Diesen Stein findet man in der Gallenblase des Elefanten. Wir zermahlen ihn zu Staub, vermischen ihn mit Öl und flößen ihn dem Opfer der Schlange ein. Wir machen auch eine Paste daraus, die wir auf die Bißstelle auftragen. Ich habe mehr als einen Unglückseligen gesehen, der so gerettet wurde.«

»Wo habt Ihr diesen Stein her?« drängte Da'ud den Mann und ließ alle Goldmünzen, die er noch bei sich hatte, in dessen ausgestreckte Hand fallen. In jenem Augenblick hätte er dem Mann ohne Zögern seinen gesamten Besitz gegeben, denn dieser unerwartete Fund war genau das, was er jetzt brauchte, um den Kalifen so lange hinzuhalten, bis es ihm gelungen war, auch das *handakuka* zu finden.

»Wenn nötig, so reise ich über die See nach Ägypten, wo ein Elfenbeinhändler, den ich kenne, damit handelt.«

»Es ist nötig, jetzt und für mich.«

»Es tut mir leid, junger Herr, aber ich plane im Augenblick keine solche Reise. Ich muß mich um dieses arme junge Geschöpf kümmern.«

»Wer ist sie?«

»Ich weiß es nicht. Eine alte Frau hielt mich an, als ich gerade Prag verlassen wollte, und bot sie mir für einen sehr günstigen Preis an. ›Die ist auf dem Markt von Córdoba eine Menge Geld wert, eine blasse junge Rothaarige wie sie‹, kicherte die Alte. ›Und sie ist Jüdin, wie Ihr selbst, und hat keine Menschenseele auf der Welt‹, fügte sie hinzu. Als ich ihr die Münzen in die schmutzige Hand zählte, versuchte ich ein wenig mehr über das Mädchen herauszufinden, doch die Alte verweigerte mir jegliche Auskunft, ballte nur die Faust über dem Geld und verschwand. Sie ist ein seltsames kleines Ding, die kleine Sari. Gewiß, sie ist sehr folgsam, aber viel zu still und zurückhaltend für ein so junges Mädchen. Sie trägt sicher ein überaus schmerzliches Geheimnis mit sich herum, wenn ich mich nicht täusche. Aber inzwischen habe ich mich so sehr an ihre Gesellschaft gewöhnt, daß ich nicht die Absicht habe, mich von ihr zu trennen.«

Da'ud beugte sich herab, legte einen Finger unter Saris Kinn und hob sanft ein wenig ihren Kopf. »Wie schön sie ist!« rief er beim Anblick der leicht schrägen tiefblauen Augen, der hohen Wangenknochen, des lebendigen Mundes und des rostroten, weich gelockten Haares, das ihre beinahe durchsichtige Haut unterstrich. »Ich könnte mich während Eurer Abwesenheit um sie kümmern«, schlug er vor, ohne die Augen von dem Mädchen abzuwenden.

»Wie kann ich sicher sein, daß Ihr sie nicht mißhandeln werdet? Ihr seid jung und kräftig, sie dagegen ist kaum mehr als ein schutzloses, verschrecktes Kind.«

»Ich bin der Sohn von Ya'kub ibn Yatom, dem Vorsteher der jüdischen Gemeinde von Córdoba.«

»Oh!« rief der Händler aus, sichtlich verlegen. »Das wirft ein anderes Licht auf die Sache. Ich kenne Euren Vater sehr gut. Er hat in der Vergangenheit so manchen jüdischen Sklaven von uns freigekauft. Ein Mann von Ehre. Als sein Sohn besitzt Ihr gewiß die gleichen Tugenden.«

»Dann würdet Ihr mir vielleicht erlauben, Sie von Euch freizukaufen?«

»Ich weiß nicht. Ich habe sie sehr liebgewonnen, müßt Ihr wissen.«

»Dann müßt Ihr an ihr Wohlergehen und ihre Zukunft denken. Was für ein Leben erwartet sie denn, wenn sie Euch weiterhin auf den Straßen Europas begleitet? Wenn sie in unseren Haushalt aufgenommen wird, hat sie ein gutes Zuhause und die Möglichkeit, unter der Schirmherrschaft meines Vaters eine vorteilhafte Ehe zu schließen.«

Der Händler antwortete nicht, hielt den Blick unverwandt zu Boden gesenkt, während er nervös von einem Bein auf das andere trat.

»Wir wollen einen Handel machen«, schlug Da'ud vor, der entschlossen war, den Mann zu der gewünschten Reise zu überreden und das Mädchen unter seine Fittiche zu nehmen. »Ihr vertraut sie bis zu Eurer Rückkehr aus Ägypten meiner Obhut an. Dann soll sie selbst frei entscheiden, ob sie bei uns bleiben oder ihr Vagabundenleben mit Euch wieder aufnehmen will.«

»Das würde mich sehr benachteiligen.«

»Nicht unbedingt. Es könnte sein, daß ihr das geruhsame, seßhafte Leben in einem fremden islamischen Land nicht zusagt.«

»Aber Ihr könntet ihr sehr wohl zusagen – jung, reich, gebildet und elegant in Aussehen und Benehmen.«

Da'ud ignorierte sowohl das Kompliment als auch den unterschwelligen Vorwurf und beharrte: »Ich werde Euch für die Reise reichlich entlohnen.«

»In diesem Falle geht es nicht um Geld. Kommt heute Abend wieder hierher, und dann gebe ich Euch meine Antwort.«

Alle Blüten, die auf den Seiten der botanischen Abhandlungen abgebildet waren, über die Da'ud den Rest des Tages gebeugt saß, schienen in einem tiefblauen Meer zu versinken, in einem Meer von der Farbe von Saris Augen, schienen dann aufzusteigen und vor seinen Augen zu schweben. Mit der gleichen unerbittlichen Selbstdisziplin, mit der er während der Audienz beim Kalifen seine Gefühle bezähmt hatte, versuchte er nun, seine Gedanken von der Verwirrung zu befreien, die das Mädchen in ihm ausgelöst hatte. Wieder und wieder versuchte er die Vorstellung zu zügeln, die seine Phantasie in ihm heraufbeschwor: Sari, wie sie in nur wenigen Jahren aussehen würde, die Brüste gerundet, die Hüften sanft geschwungen, die Lippen leicht geöffnet wie die Blütenblätter einer Blume, begierig, die Wärme des Lebens in sich aufzusaugen. Plötzlich erschien ihm sein der Gelehrsamkeit geweihtes Leben kalt und öde. Wäre nicht die Drohung gewesen, die über ihm schwebte, er hätte seine Bücher augenblicklich im Stich gelassen, Sari gesucht und zu einem Spaziergang am Flußufer eingeladen …

Am Ende eines erfolglosen Tages beim Studium der Bücher kehrte er zum verabredeten Treffpunkt zurück, wo der Händler und das Mädchen, einander locker bei der Hand haltend, bereits auf ihn warteten. Als sie ihn erblickte, ließ Sari die Hand des Händlers los und kam auf Da'ud zu, voller Zurückhaltung, aber nicht widerstrebend. Er erinnerte sich nicht, je eine solche Freude verspürt zu haben.

»Wir sprechen bei meiner Rückkehr wieder miteinander«, sagte der Kaufmann. Zerstreut nickte Da'ud zustimmend, nahm Saris Hand leicht in die seine und führte sie nach Hause.

Während der folgenden Wochen sah Da'ud nur wenig von seiner Schutzbefohlenen. Sie war beinahe ausschließlich der Sorge seiner Mutter anvertraut, lebte im Frauenflügel des Hauses und aß genau wie die anderen Frauen nur am Sabbat mit Ya'kub und ihm. Von Woche zu Woche beobachtete er ihre Fortschritte in der arabischen Sprache, die Sola ihr unendlich geduldig mit Gesten und ermunterndem Lächeln beibrachte. Obwohl sie sich mit Leichtigkeit in den Haushalt der Ibn Yatoms einfügte, blieb Sari weiterhin still und zurückgezogen, hielt stets den Blick zu Boden gesenkt, die Schultern gebeugt, ließ die langen, schmalen Hände locker zwischen den Knien hängen, wenn sie nicht gerade mit einer Hausarbeit beschäftigt war. Die einzige Reaktion, die Da'ud manchmal erkennen konnte, war das Aufflackern staunender Überraschung über die Wärme und Zärtlichkeit, mit der seine Mutter sie behandelte.

Er selbst forschte unverdrossen weiter nach dem geheimnisvollen *handakuka*. Morgens stand er schon in der Dämmerung auf, streifte durch die Lande und befragte spanische Bauern, arabische Kräuterheiler, berberische Hirten und slawische Ackerbauern, kehrte jedoch jeden Abend unverrichteter Dinge heim. Erst wenn sein Vater ihm versicherte, daß wieder kein Bote gekommen war, der ihn vor den Kalifen zitierte, atmete er ein wenig auf. Jeder Tag, der verstrich, brachte den Bezoar-Stein ein wenig näher, und mit ihm die einzige Hoffnung, ein wenig Zeit zu gewinnen ... Die Nächte waren für Da'ud genauso unruhig wie die Tage, denn da spukten ihm Saris blaue Augen durch die Träume, Augen, die so still waren wie seine eigenen, Augen, die ihm nichts von der Kindheit erzählten, die sie erlebt hatte – wenn sie überhaupt so etwas wie eine Kindheit gekannt hatte. Wenn der Kaufmann wieder Ansprüche auf sie erhöbe, dann würde sie ihr Schweigen mit sich nehmen und ihn mit nichts als seiner quälenden Phantasie zurücklassen, mit der Vorstellung, wie sie als heiratsfähige junge Frau aussehen würde, einer Vorstellung, die ihn seit dem Augenblick, als er sie zum erstenmal erblickte, nicht losgelassen hatte. Aber wenn sie sich zum Bleiben entschied, dann würde er sie mit Geduld und Zärtlichkeit aus der Reserve locken, würde ihr Vertrauen einflößen, bis sie bereit war, sich ihm zu öffnen.

Am Vorabend eines Sabbats verfolgte er gerade schweigend die grazilen Bewegungen ihrer langen, schlanken Glieder, während sie sich herabbeugte, um das fein gearbeitete Ledertuch über den Tisch zu breiten, als ihn der Vater aus seiner Träumerei riß.

»Da'ud, mein Sohn, trotz deiner großen Müdigkeit, die sich in deiner Abwesenheit beim heutigen Abendgebet gezeigt hat, muß ich dich doch bitten, der Gemeinde morgen einen Dienst zu erweisen. Rabbi Zacharia ist unwohl, und niemand sonst ist gelehrt genug, um am Nachmittag die

Talmudstunde zu übernehmen. Du als einer unserer glänzendsten Gelehrten und als mein Sohn wirst ihn morgen vertreten müssen.«

»Wie du wünschst, Vater.«

»Ich habe dir ein Exemplar der Traktate aus der Bibliothek der Synagoge mitgebracht.«

»Welcher Text wird morgen behandelt?«

»Ketubot, 77 b.«

»Ist das nicht der Abschnitt über die Hautkrankheit, die zu Zitteranfällen führt?«

»Das könnte schon sein«, erwiderte Ya'kub, der vor den Frauen nur sehr ungern seinen Mangel an Wissen offenbarte.

»Es ist schon lange her, daß ich diesen Text studiert habe, aber ich bereite ihn morgen früh vor. Mutter, sag Yusuf, er soll mich morgen in der ersten Tagesdämmerung wecken, wenn ich da nicht bereits auf den Beinen bin.«

Diese Vorsichtsmaßnahme erwies sich als überflüssig. Lange vor Tagesanbruch kämpfte sich Da'ud aus einem fürchterlichen Alptraum ins Wachen, starrte mit vor Schreck geweiteten, verstörten Augen auf die Bücher auf dem Tisch, auf die Pflanzen des Einsiedlers auf der Fensterbank, in dem verzweifelten Versuch, seine Gedanken in der festen Wirklichkeit zu verankern, während der Schrecken des Traums ihn noch in den Klauen hielt.

»Handakuka!« hatte der todgeweihte Einsiedler ihm mit einem abschätzigen Lachen aus seinem zahnlosen, weit aufgerissenen Maul zugerufen. »Ich sag dir, was das ist. Gib mir nur Sari, daß sie mir die alten Knochen wärmt wie seinerzeit die Abischag dem David. Sie ist eine zarte Pflanze, die mit liebenden Händen gepflegt werden muß«, grinste er lüstern und streckte die eisigen, knochigen Finger nach ihr aus.

»Nein!« schrie Da'ud und stellte sich schützend vor das Mädchen.

»Ja!« vernahm er hinter sich eine donnernde Stimme. Als er sich umdrehte, sah er den Kalifen, der ein blinkendes Schwert aus der juwelenbesetzten Scheide zog und es über seinem und Saris Kopf schwenkte. »Ich kann nicht mehr länger warten. Gib sie ihm, oder ihr habt beide euer Leben verwirkt«, drohte er und legte Da'ud die kalte Klinge an den Nacken.

»Gnade, o Herrscher der Gläubigen! Nur noch einen einzigen Tag!« hatte er gerufen und war von seinem eigenen unterdrückten Traumschrei aufgewacht. Immer noch schweißgebadet, wollte er sich gerade auf den Weg in die Badekammer machen, als Yusuf leise ins Zimmer trat, um ihn zu wecken. Er spürte, wie verstört sein junger Herr war, und massierte ihn kurz, während das Badewasser erwärmt wurde. Dann half er ihm beim Baden und Ankleiden und brachte ihm, als er sich zum Lesen hinsetzte, einen Teller Obst, Milch und ein Stück frisch gebackenes Sabbatbrot.

Erfrischt schlug Da'ud das Talmudtraktat auf und blätterte die viel gelesenen Seiten durch, bis er den Abschnitt gefunden hatte, den er studieren sollte. Rasch las er den hebräisch-aramäischen Text, dessen Worte, die er in seiner frühen Jugend genau betrachtet hatte, ihm nun wieder in Erinnerung kamen: »Was ist die Heilung für die Zitterkrankheit? *Pila, ladanum*, die Rinde eines Nußbaums und abgeschabte Späne von einer gegerbten Haut, *akalil malka* und der Blütenkelch eines roten Dattelbaums.« Als er die Seite umblätterte, fiel ihm ein Stück Papier, das vom Alter schon ganz durchscheinend und vergilbt war, auf das Knie. Zerstreut hob er es auf und warf nur einen flüchtigen Blick auf die ordentlichen, kantigen hebräischen Buchstaben, die darauf gerade eben noch sichtbar waren. Doch dann bemerkte er etwas Seltsames. Er schaute noch einmal genau hin, wollte den Augen kaum trauen. Einen Augenblick lang standen all seine Gedanken still, waren unfähig, das aufzunehmen, was vor ihm lag, aber schon bald konnte er wieder klar denken. Er konzentrierte all seine Kräfte auf die schattenhaften Wörter und las langsam: »Akalil malka, das heißt Hadnakuka.« Da stand es, starrte ihm von einem brüchigen Stück Papier ins Gesicht, das so alt war, daß es schon bald zu Staub zerfallen würde. Durch einfaches Vertauschen von zwei Buchstaben wurde aus *hadnakuka* das Wort *handakuka* – *akalil malka*! Das kannte er. Auf Arabisch hieß es *iklil al-malik*, die Königskrone. Die Römer nannten es beim gleichen Namen, *corona realis*, was sich im Laufe der Jahrhunderte zum Romanischen *coronilla* verschliffen hatte. Und das war nichts anderes als der gemeine Steinklee, *melilot*, dessen skorpionartige Wurzeln als ein wirksames Mittel gegen giftige Bisse bekannt waren. Da'ud warf den Kopf zurück und brach in schallendes Gelächter aus, hysterisch vor Erleichterung. Ein Papierfetzen, den ein unbekannter Gelehrter verlegt hatte, hatte dieses Geheimnis unzählige Jahre gewahrt – und das hätte ihn um ein Haar das Leben kosten können! An was für einem feinen Faden sein Schicksal doch durch den Willen Gottes gehangen hatte! In einer Aufwallung frommer Dankbarkeit beugte er sich nieder, um den uralten hebräischen Text zu lesen, flüsterte dann den althergebrachten Segen, den man nach der Errettung aus Todesgefahr und aus Dankbarkeit für das Geschenk eines neuen Tages spricht.

6

Ein stummer schwarzer Eunuch geleitete Da'ud in die gleiche abgeschiedene Laube in den Gärten der Medina Azahara, in der sein Vater am Abend der Einweihung des Palastes seine Unterredung mit Abd ar-Rahman gehabt hatte. Der Morgen war noch frisch, die schmalen Zypressen spiegelten sich im glatten Wasser des achteckigen Marmorbeckens. Die Hände auf dem Rücken verschränkt, beobachtete Da'ud im Wasser sein eigenes dunkles, schlankes Spiegelbild, bis er Schritte näher kommen hörte. Er wandte sich um und sah den Kalifen rasch auf sich zuschreiten, vor ihm den getreuen Mustapha, der eine Fliegenklatsche schwenkte. Als der Kalif die Laube erreicht hatte, zogen sich die beiden Entmannten in diskretem Abstand zurück. Mit ausgestreckten Armen hieß Abd ar-Rahman seinen jungen, schlicht gekleideten Schützling willkommen.

»Ich hatte Euch nicht so früh zurückerwartet«, lächelte er. Da'ud war sich inzwischen seiner Meisterschaft in der Kunst der Verstellung bewußt.

»Das Lächeln des Allmächtigen hat mich gewärmt«, erwiderte er bescheiden, während er dem Kalifen seine Reverenz erwies. »Wie Ihr mir befohlen habt, o Herrscher der Gläubigen, habe ich die beiden Pflanzen gefunden, die zur Vervollkommnung des Großen Theriak noch fehlten.«

»Und niemand weiß um Eure Entdeckung?«

»Keine Menschenseele.«

»Wie kann ich sicher sein?«

»Ihr habt mein feierliches Ehrenwort. Der Einsiedler, der eine der Pflanzen kannte, ist inzwischen gestorben. Ich habe ihn mit eigenen Händen beerdigt und kann Euch sein Grab zeigen, wenn Ihr Euch dieser Tatsache versichern wollt. Die zweite Zutat habe ich durch Zufall entdeckt, allein in meinem Zimmer, als ich gerade einen Abschnitt des Talmuds studierte. Sie wurde vor vielen Jahren von einem Gelehrten auf ein Fetzchen Papier geschrieben und lag zwischen den Blättern eines Traktates in der Bibliothek der Synagoge verborgen.«

»Eure Worte klingen wahrhaftig.«

»Ich fühle mich tief geehrt durch Euer Vertrauen. Ich möchte Euch weiterhin zu wissen geben, daß ich auf meiner Suche nach den beiden Zutaten ein Gegenmittel entdeckt habe, das den Menschen der Antike nicht bekannt war. Obwohl es nicht leicht zu finden ist, kann man es doch von einem gewissen ägyptischen Elfenbeinhändler erwerben, und es ist einfacher zuzubereiten als der Große Theriak. Ich möchte Euch daher untertänigst den Vorschlag unterbreiten, dieses Mittel als Reserve aufzubewahren. Einige von den zweiundvierzig Zutaten des Großen Theriak sind selten, teuer und schwer zu beschaffen. Wenn durch einen unglücklichen Zufall einmal eine fehlen sollte, könnte man statt dessen den Bezoar benutzen.«

»Ihr habt bei Eurer Suche alle meine Erwartungen übertroffen«, lächelte der Kalif, diesmal mit offensichtlicher Aufrichtigkeit. »Das Haus der Omaijaden ist dafür bekannt, daß es sich denen gegenüber außerodentlich erkenntlich zeigt, die ihm Treue erweisen, wie Ihr dies so glänzend getan habt. Ihr werdet Euch daher offiziell meiner Hofhaltung anschließen, als Gelehrter und Arzt. Eure erste Aufgabe soll sein, sicherzustellen, daß mir jederzeit ein Vorrat des Großen Theriak zur Verfügung steht. Eure zweite Aufgabe ist, diese Entdeckung keiner Menschenseele mitzuteilen, obwohl Ihr sicher den brennenden Ehrgeiz verspürt, für Eure Errungenschaft Ruhm und Ehre zu gewinnen und der gesamten Menschheit ihre Segnungen zukommen zu lassen. Ich verstehe Eure Enttäuschung«, fuhr er fort, nachdem er den flüchtigen Ausdruck der Überraschung und Ernüchterung bemerkt hatte, der Da'uds Stirn umwölkte. »Mit der Zeit werdet Ihr die Gründe für dieses Gebot der Verschwiegenheit erfahren. Inzwischen, denke ich, ist eine Stellung am Hofe eine gerechte Belohnung.«

»Meine Dankbarkeit kennt keine Grenzen, o Herrscher der Gläubigen, und ich beuge mich ohne Fragen der überlegenen Weisheit Eurer Entscheidung«, erwiderte Da'ud mit einer Bescheidenheit, die nicht von Herzen kam. »Darf ich die Bitte äußern, den Großen Theriak in der Vertrautheit meines eigenen Heimes zubereiten zu dürfen, um neugierige Fragen und spionierende Augen zu meiden?«

»Dagegen habe ich keine Einwände. Aber sobald Ihr Eure Aufgabe zu meiner Zufriedenheit erledigt habt, ist Eure Gegenwart bei Hofe erforderlich. Eure Sprachkenntnisse und Eure angeborene Diskretion sind seltene Eigenschaften, die ich sehr zu schätzen weiß. Geht in Frieden, junger Meister, und möge Euch der Allmächtige segnen.«

Da'ud eilte nach Córdoba zurück, trotz der Geheimhaltung, zu der man ihn verpflichtet hatte, sprühte er vor Freude. Hätte zu Hause Sari, wie er es sich in seinen Träumen vorstellte, auf ihn gewartet, er hätte sich wie im Paradies gefühlt, doch das Paradies ist nun einmal nicht von dieser Welt ... Das letzte, was er bei seiner Heimkunft erwartet hätte, war sein Vater, der zusammen mit Isaac bar Simha seiner harrte. Kaum hatte er den stattlichen Kaufmann erblickt, dessen runde, vorgewölbte Stirn wie immer vor Schweiß glänzte, da wußte Da'ud um den Grund des Besuches. Der reiche Edelsteinhändler, der großzügig für den Unterhalt der jüdischen Gemeinde, für ihre Gelehrten und Einrichtungen spendete, war mit drei Töchtern gesegnet, denen er allen, wie er immer wieder verlauten ließ, eine beträchtliche Mitgift zukommen lassen würde. Aber es war nicht einfach, drei junge Männer von passendem Stand zu finden. Ya'kub hatte dies ab und zu mehr oder weniger deutlich vor Da'ud zur Sprache gebracht, doch da sein Sohn auf diese Anspielungen nicht reagierte, hatte der Vater es nicht für angebracht gehalten, die Angelegenheit weiter zu verfolgen. Jetzt aber, da Da'uds Zukunft gesichert war, hatte sich Ya'kub anscheinend entschlossen, eine Entscheidung zu erzwingen. Da'ud wußte sehr wohl, daß sein Vater nicht eben glücklich über die geflüsterten Klatschgeschichten war, zu denen die Ehelosigkeit seines Sohnes Anlaß zu geben schien. Obwohl er das Heiratsalter bereits weit überschritten hatte, war es bisher noch möglich gewesen, anzudeuten, daß ihn vor allem seine Studien vereinnahmten und alles andere dahinter zurücktreten mußte. Aber schon bald würde die glänzende Laufbahn, die vor ihm lag, der Gesprächsstoff – und der Stolz – der gesamten Gemeinde sein, und man würde es nur für recht und billig halten, daß er nun auch seine Rolle als verantwortliche, wohl etablierte Persönlichkeit annehmen und einen eigenen Hausstand gründen würde.

Obwohl Da'ud es nie ausgesprochen hatte, hatte keine der drei Töchter des Isaac bar Simha in ihm auch nur den geringsten Wunsch nach einer Heirat erweckt. Sein Vater hatte gelegentlich die ganze Familie eingeladen, das Sabbatmahl mit ihnen einzunehmen. Während Da'uds Augen von Sitbora zur Dona und von Dona zu Palomba wanderten, schien es ihm, als wären alle drei Frauen aus dem gleichen Guß: Alle drei waren sie dunkle Schönheiten mit Rehaugen, dazu erzogen, ihren vom Schicksal erwählten wohlhabenden Ehegatten gefügige Ehefrauen zu werden und ihnen mit einer Art animalischer Passivität Kinder zu gebären. Gerade diese Gefügigkeit erschien Da'ud öde, fade und langweilig. Sari dagegen war eine Herausforderung für ihn. Hier galt es ein Geheimnis zu ergründen, einen Menschen zu hegen und zu pflegen, eine Seele zu erobern. Nichts war vorhersehbar, alles war möglich. Und nachdem er einmal ihre mondbleiche Haut erblickt hatte, den kupfernen Schimmer ihres Haares, ihre grazile Gestalt an der Schwelle vom Mädchen zur Frau, erschien ihm die alltägliche Schönheit der Mädchen des Isaac Ben Simha schwer, grobschlächtig, ja, sogar widerwärtig. Je mehr Sari mit jedem Tage zur Frau heranreifte, desto weniger verspürte er das Bedürfnis, sich auf eine Verlobung einzulassen. Jetzt reichte Sari gerade den Männern Obst, Wein und Leckereien. Sie hatte die blauen Augen wie immer gesenkt und schien sich seiner

Gegenwart völlig unbewußt zu sein, von der Anziehung, die sie für ihn besaß, die ihn aber in keiner Weise beunruhigte, ganz zu schweigen. Wenn die Zeit reif wäre, dann würde er Wege finden, auch in ihr Gefühle zu wecken, die so stark und drängend waren wie seine eigenen.

Nachdem sie die üblichen Höflichkeitsfloskeln hinter sich gebracht hatten, unterbreitete Ya'kub selbst seinem Sohn das Angebot des Isaac bar Simha und unterstrich damit deutlich seinen Wunsch, dieser möge es annehmen. Da'uds stille Augen folgten Sari bei jeder Bewegung, während sie mit vollendeter Grazie die Weinkelche nachfüllte. Er erwog seine Antwort sorgfältig. Schließlich wandte er sich an Isaac bar Simha und sagte: »Ich fühle mich außerordentlich geehrt durch das großzügige Angebot, das ihr mir gemacht habt. Eure Töchter sind zauberhaft und voller Grazie, eine so schön wie die andere, und jeder Mann wäre glücklich zu preisen, der eine von ihnen als Zierde seines Hauses und Mutter seiner Kinder sein eigen nennen kann. Ich fühle mich jedoch noch nicht bereit, die Verpflichtungen einer Ehe auf mich zu nehmen. Das mag Euch seltsam erscheinen. Viele Männer, die jünger und weniger gutsituiert sind als ich, sind bereits verheiratet und mit zahlreichen Nachkommen gesegnet. Doch mein Vater stimmt mir sicherlich zu, wenn ich sage, daß ich kein gewöhnlicher junger Mann bin. Und genau aus diesem Grunde bin ich wahrscheinlich nicht der ideale Gatte, den Eure Töchter so sehr verdienen.«

»Inwiefern seid Ihr kein gewöhnlicher junger Mann?« fragte Isaac bar Simha zögerlich und zog zweifelnd eine Augenbraue in die Höhe.

Ya'kub mischte sich eilends ins Gespräch. »Da'ud meint, daß seine Studien ihn so vollständig vereinnahmen, daß in seinem Leben kein Platz für die alltäglichen Sorgen des häuslichen Lebens ist.«

»Aber ein Mann hat doch seine Bedürfnisse«, warf Isaac bar Simha spitz ein. In die Enge getrieben, hatte Da'ud nun keine Wahl mehr. Er mußte die älteren Männer kraft seiner medizinischen Autorität niederringen.

»Als Arzt kann ich Euch versichern, daß sich darin keine zwei Männer gleichen, ebensowenig wie in anderen Bereichen des Lebens«, konstatierte er. »Jeder Mensch ist eine Welt für sich – mit seinen – oder ihren – persönlichen Entwicklungen, Reaktionen, Wünschen und Antrieben. Niemand hat das Recht, in diesen Angelegenheiten für einen anderen ein Urteil zu fällen.«

Zum Schweigen gebracht und kleinlaut, erhob sich Isaac bar Simha. »Später einmal vielleicht«, murmelte er und konnte kaum verhehlen, wie sehr der junge Meister seinen Stolz verletzt hatte. Er wischte sich den Schweiß ab, der ihm nun aus purer Verlegenheit über das Gesicht rann, und während Ya'kub ihn aus dem Haus geleitete, bemühte er sich tapfer, den jovialen Ton beizubehalten, der seine Verbindung mit der Familie stets gekennzeichnet hatte. Stolz hin oder her, man konnte es sich einfach nicht leisten, es sich mit den Männern aus dem Hause Ibn Yatom zu verderben ...

Tief im Innersten war Ya'kub zerrissen, was die Verheiratung seines Sohnes anging, die er von Herzen herbeisehnte, die er aber nicht gegen dessen Willen erzwingen wollte oder gar konnte. Er erachtete es als das beste, auf die Sache nicht weiter einzugehen. Als er sich wieder zu seinem Sohn gesellte, sagte er, als sei nichts Außergewöhnliches geschehen: »Der radanitische Kaufmann ist aus Ägypten zurückgekehrt. Er ist heute morgen hier gewesen, während ich auf Isaac wartete, und hat darum gebeten, mit Sari sprechen zu dürfen.«

»Was hat sie gesagt?« fragte Da'ud und versuchte das Beben in seiner Stimme unter Kontrolle zu halten.

»Ich weiß es nicht. Isaac kam gerade, also habe ich den Händler an deine Mutter verwiesen.«

»Ich habe ihn gebeten, in Ägypten eine bestimmte Substanz für mich zu kaufen«, meinte Da'ud kühl. »Wenn du mich entschuldigst, Vater, so will ich Mutter fragen, ob er mir eine Nachricht hinterlassen hat.«

In einem Aufruhr der Gefühle überquerte Da'ud den Hof zu den Frauengemächern. Die Sonne stand inzwischen hoch am Himmel und blendete ihn. Ihre Strahlen blitzten auf den leuchtend bunten Keramikfliesen, mit denen der Innenhof ausgelegt war, ließen aus dem Wasser des Beckens, das seine Mitte zierte, Lichtfunken stieben. Da'uds Mutter saß Sari gegenüber. Zwischen den beiden war ein riesiger seidener Bettüberwurf ausgebreitet, und jede Frau stickte auf ihrer Seite an der verschlungenen, vielfarbigen Umrandung. Sola hob den Kopf, als er sich näherte, und legte mit einem leisen, freudigen Lächeln die Arbeit aus der Hand. Sari jedoch stickte eifrig weiter. Die Krümmung ihres Nackens und die sanfte Biegung ihres Rückens, während sie sich zur Arbeit herabneigte, glichen den Zweigen einer jungen Weide, die sich grazil über die Wasser eines langsam fließenden Stroms beugen.

»Sari hat sich entschieden, fürs erste bei uns zu bleiben«, sagte seine Mutter mit warmer Stimme.

»Nur fürs erste?« erkundigte sich Da'ud beunruhigt.

»Der Kaufmann, der sehr um ihr Wohl besorgt ist, hat uns gebeten, daß sie sich ihm jederzeit wieder anschließen darf, wenn sie das möchte. Er kommt einmal im Jahr durch Córdoba, meinte er, und würde uns dann jedesmal besuchen und sich nach ihr erkundigen. Er hat das hier für dich dagelassen«, fügte sie hinzu und deutete auf einen großen Lederbeutel, der auf dem Boden neben ihr lag. »Er meinte, es würde bis zu seiner Rückkehr im nächsten Jahr reichen.«

»Hat er gesagt, was ich ihm schuldig bin?«

»Nein. Er wollte nicht bis zu deiner Rückkehr in Córdoba verweilen, und weil er unsere Familie kennt und ihr vertraut, hat er gesagt, er wolle sich das geschuldete Geld im nächsten Sommer abholen.« Sola stand auf, nahm ihren Sohn beim Arm und ging langsam mit ihm über den Innenhof, so daß Sari sie nicht mehr hören konnte. »Ich hatte das Gefühl, daß Saris Wunsch, hier bei uns zu bleiben, ihn außerordentlich betrübt hat. Ich verstehe ihn vollkommen. Eine zartere, gelehrigere Seele habe ich nie gekannt. Es ist, als könnte sie alle meine Wünsche vorausahnen, sie erfüllen, ehe ich sie ausgesprochen habe. Ob sie aus Dankbarkeit oder aus Furcht so handelt, habe ich noch nicht herausgefunden, denn manchmal, wenn ich ihr ganz sanft einen Fehler erkläre, sehe ich die nackte Angst in ihren Augen. Und wenn ich sie dann zu beruhigen versuche, scheint sie überrascht, als hätte sie erwartet, für ihren Fehler bestraft und nicht getröstet zu werden. Sie scheint auch kein Verlangen nach den Dingen zu haben, die deinen Schwestern so große Freude bereitet haben. Neulich wollte ich ihr einen wunderschön bestickten Gürtel schenken, aber sie hat ihn nicht angenommen, beinahe als stünde ihr derlei nicht zu. Sie scheint am glücklichsten, wenn sie wie jetzt einfach nur ruhig und still dasitzt – sie ist so bescheiden«, seufzte Sola und schüttelte traurig den Kopf. »Wir, die Glücklichen, halten dies für selbstverständlich. Wer weiß, was ihre Seele so verletzt hat, welche Tragödie ihr das genommen hat, was ihr als Mensch zusteht?«

»Das werden wir mit der Zeit sicher herausfinden«, meinte Da'ud nachdenklich, als sie zu Sari zurückgingen. Er mußte die Hände fest auf dem Rücken verschränken, um nicht einem Impuls nachzugeben und dem Mädchen die prächtigen rostbraunen Locken zurückzustreichen, die ihr in die Stirn gefallen waren, als sie sich über ihre Arbeit beugte. Geduld, gebot er sich. Nach und nach, Schritt für

Schritt würde er auch dieser Herausforderung entgegentreten und sie bezwingen wie all die anderen. Eines Tages würden diese meerblauen Augen sich voller Liebe auf ihn richten, würde ihre Leidenschaft so stark werden wie die seine.

7

Herrlich in seiner schlichten Eleganz saß der Kalif aufrecht auf dem niedrigen goldenen Thron, das linke Bein untergeschlagen, das rechte Knie angehoben. Zu jeder Seite stand ein schwarzer Eunuch. Der getreue Mustapha wedelte mit der Fliegenklatsche, sein stummer Geselle schwenkte einen Fächer aus Elfenbein. Gereizt, wie Abd ar-Rahman war, hätte er gut und gerne auf die unaufhörlichen Handreichungen der beiden verzichten können, aber sie waren Teil des Hofzeremoniells, das ihm so am Herzen lag, und so hatte er keine andere Wahl, als die ständige Geschäftigkeit zu ertragen, die ihn dauernd umgab. Sein Zorn hätte beinahe den obersten Techniker den Kopf gekostet, aber da er niemanden sonst hatte, der über genug Wissen verfügte, um mit der gestrigen Katastrophe in der Medina Azahara fertig zu werden, hatte er Milde walten lassen müssen. Am Tag zuvor war, kurz bevor er eine Gesandtschaft aus Byzanz empfangen sollte, eines der Hauptwasserrohre in der neuen Palaststadt geborsten. Die Überschwemmung hatte den gesamten Palast in helle Aufruhr versetzt, hatte nicht nur die Werkstätten für Gold- und Elfenbeinarbeiten beschädigt, sondern auch, was am schlimmsten war, den Platz überflutet, wo binnen kurzem die neue Münze eingerichtet werden sollte. Unter Androhung schrecklichster Strafen hatte man sämtliche Würdenträger, Wachleute, Sklaven und Eunuchen zusammengepeitscht und zur Arbeit angetrieben. Sie hatten den ganzen vergangenen Tag und die Nacht hindurch geschuftet, um einen Empfang im alten Stadtpalast vorzubereiten, der dem Ruhm ihres Monarchen zur Ehre gereichen würde. Jetzt war alles an Ort und Stelle – schimmernde Seidenbehänge in Rot, Gold und Violett, üppige Sträuße zartvioletter und scharlachroter Blüten in goldenen Amphoren, Höflinge in reichen, vielfarbigen Gewändern und mit verschwenderischem Juwelenschmuck, die Ehrengarde säuberlich ausgerichtet. Und vor diesem strahlend bunten Hintergrund die weiß gekleidete Gestalt des Kalifen, unbeweglich und majestätisch auf dem Löwenthron.

Die Mitglieder der byzantinischen Gesandtschaft schritten nun auf ihn zu, eine gemessene Prozession in Silber und Blau, ein verblüffender Kontrast zum opulenten Glanz des Omaijaden-Hofs. Während ein Kammerherr zum Zeichen des Willkommens die Hände der Gäste mit Parfüm beträufelte, verrauchte Abd ar-Rahmans Zorn, und ein leises Lächeln der Zufriedenheit spielte ihm auf den schmalen Lippen. Er hatte allen Grund zur Zufriedenheit. Nicht er, sondern Kaiser Konstantin höchstpersönlich hatte die Unterzeichnung dieses Freundschaftsvertrags zwischen dem byzantinischen und seinem Reich angeregt. Offensichtlich hatten die beiden Herrscher eine gemeinsame Gefahr zu bekämpfen. Die aufstrebende Dynastie der Fatimiden in Nordafrika bedrohte nicht nur die riesigen Gebiete des Kalifen dort, Ländereien, die sich von Algier im Norden bis Sijilmasa im Süden erstreckten. Sie begann auch die Besitztümer des byzantinischen Herrschers zu gefährden und war zu einer ständigen Bedrohung für dessen Mittelmeerflotte geworden. Was den Kalifen mit besonderer Genugtuung erfüllte, war, daß Byzanz ihn nun für ebenbürtig erachtete, für eine Macht, mit der man in dieser Region rechnen und um die man sich bemühen mußte. Stephanos, der Kammerherr des Kaisers, der Anführer der Delegation, trat jetzt vor und überreichte Abd ar-Rahman mit allen gebührenden Bekundungen der Hochachtung eine große silberne Truhe. Aus dieser zog der Kalif eine Schriftrolle aus blauem Pergament, die mit goldenen Buchstaben beschrieben und mit einem schweren goldenen Siegel versehen war. Wie er auf den ersten flüchtigen Blick bemerkte, prangte auf der einen Seite des Siegels ein Bild Jesu und auf der anderen ein Bildnis des Kaisers und seines Sohnes. Er nickte zustimmend, während er den Vertragstext überflog, den seine Abgesandten so geduldig ausgehandelt hatten und der in arabischer und griechischer Sprache verfaßt war. Dann reichte er die Goldbulle an einen seiner Wesire weiter und bedachte das Geschenk des Kaisers mit einem gnädigen Lächeln der Anerkennung, als man nun einen Satz goldener und silberner Gefäße mit eingelegten Edelsteinen von außerordentlicher Größe hereintrug und vor ihm ausbreitete. Wieder trat Stephanos vor, trug diesmal einen schweren Kasten aus Zedernholz. Er näherte sich dem Thron und sprach den Kalifen an.

»Möge der Herr unzählige Segnungen auf Euch und Euer großes und ruhmreiches Herrscherhaus herabregnen lassen, o Herrscher der Gläubigen! Mein hoher Herr, Seine Kaiserliche Majestät Konstantin VII. Porphyrgenetos, der selbst als Gelehrter und Autor einigen Ruhm erreicht hat, wünscht Euch, eingedenk der vielen eminenten Gelehrten, die dank Eurer großzügigen Unterstützung diesen Hof zieren, die beiden in dieser Schatulle befindlichen seltenen und kostbaren Bücher zum Geschenk zu machen. Das eine ist ein vor 400 Jahren in lateinischer Sprache verfaßtes Geschichtswerk des spanischen Gelehrten Orosius. Das andere ist ein Manuskript der *De Materia Medica* des Dioskurides in der ursprünglichen griechischen Sprache. Obwohl der große Hunayn dieses Werk bereits vor einem Jahrhundert in Bagdad ins Arabische übersetzt hat, ist uns bekannt geworden, daß es ihm nicht gelungen ist, alle Pflanzen in diesem Buch der einfachen Heilmittel zu bestimmen. Seine

Kaiserliche Majestät hat sich daher großmütig bereit erklärt, wohlwollend auf Euren Vorschlag einzugehen und die Besiegelung dieses Freundschaftsvertrages zwischen dem byzantinischen Reich und dem Kalifat von Córdoba dadurch zu unterstreichen, daß er einer gemeinsamen Schirmherrschaft über die Anfertigung einer neuen Übersetzung dieses großartigen Werkes zustimmt. Zu diesem Behufe hat er den hier anwesenden gelehrten Mönch Nicolas dazu bestimmt, Eure Gelehrten bei der Durchführung dieses Unterfangens zu unterstützen.«

»Euer Herrscher zeigt große Urteilskraft und immenses Verständnis sowie auch eine tiefe Kenntnis unseres Hofes«, erwiderte Abd ar-Rahman gnädig. »Unsererseits setzen wir Abu Suleiman Da'ud ben Ya'kub ibn Yatom ein, einen glänzenden jungen Gelehrten, der bereits großes Interesse an der Übersetzung griechischer Werke in die arabische Sprache bewiesen hat.«

In schlichten Gewändern und diskret im Schatten einer Marmorsäule verborgen, lauschten Da'ud ibn Yatom und sein Vater Ya'kub mit großer Spannung den Worten des Kalifen, und das seltene Aufblitzen in ihren ansonsten stillen Augen verriet den Stolz, den sie bei den so öffentlich ausgesprochenen Lobesworten für Da'uds Gelehrsamkeit empfanden. Aber vieles hatte der Kalif unerwähnt gelassen. Er allein wußte, welch großen Anteil Da'ud an der Formulierung des Freundschaftsvertrages hatte. Als Experte, der für die Übersetzung der Klauseln in die entsprechenden Nuancen der überaus reichen griechischen Sprache zuständig war, hatte Da'ud mehr als einmal die Bedeutung und Konsequenzen bestimmter Konzepte in Frage gestellt und, wenn er dies für nötig erachtete, auch seinen Rat angeboten. Mehr noch, er war einer der wenigen, der sich darüber im klaren war, daß der Vertrag nur eine Fassade für die geheime Zusammenarbeit der beiden Mächte in ihrem gemeinsamen Kampf gegen die Ausbreitung der Fatimiden und ihrer Helfershelfer unter den Berbern darstellte. Ein großer Teil von Abd ar-Rahmans Geheimkorrespondenz mit seinen Spionen in Nordafrika und mit seinen byzantinischen Bundesgenossen ging durch Da'uds Hände – ein undurchdringliches Dickicht aus Verschwörungen und Gegenverschwörungen, Unterwanderung und Verrat, Seitenwechseln und zweifelhaften Treueschwüren, in das eine Vielzahl von Stämmen und Familien verstrickt war. Als stummer Zeuge der schmutzigen Wirklichkeit, die hinter der Wahrung schlagkräftiger Macht steckte, erkannte Da'ud schnell, daß er seine Position am Hof nur halten konnte, wenn er sich unauffällig verhielt, seinem Herrscher unerschütterliche Treue bewies und allen Versuchungen der Intrige, wie verlockend sie auch immer sein mochten, widerstand. Indem er Abd ar-Rahman diskret zu verstehen gab, daß der Ruf seines Hofes in den Augen des gelehrten Konstantin außerordentlich wachsen würde, wenn er die Schirmherrschaft für eine Übersetzung der *De Materia Medica* durch Gelehrte beider Reiche übernähme, hatte er sich eine ruhmreiche Betätigung gesichert, die ihn vor all diesen Anfechtungen schützen würde. Mehr hätte er sich kaum wünschen können.

Nun begannen die Hofdichter Lobgesänge anzustimmen, die sie zu Ehren der erlauchten Gäste des Kalifen verfaßt hatten. Noch ehe sie zu Ende gesprochen hatten, hatten sich Ya'kub und Da'ud mit der ihrer Familie eigenen Diskretion schon wieder unbemerkt entfernt. Es reichte ihnen, daß Da'ud öffentlich geehrt worden war. Wenn sie geblieben wären und an dem Festmahl teilgenommen hätten, wären sie nur Gefahr gelaufen, daß öffentliche Ruhmesworte Eifersucht entfachten. Im Gegensatz dazu vermochte die Abwesenheit der Ibn Yatoms, der Abstand, den sie vom Getümmel des Hoflebens zu halten schienen, den Respekt, mit dem man sie betrachtete, nur noch zu vergrößern, erweckte ihre Reserviertheit eine gewisse Faszination.

Langsam gingen Vater und Sohn nach Hause, vereint in ihrem glühenden Stolz und dem Hochgefühl einer großen Errungenschaft. Als sie nach Hause kamen, saßen Sola und Sari auf dem Innenhof in der kühlen Abendluft, und es war eine Atmosphäre weiblicher Vertrautheit um die beiden.

»Ihr kommt früher zurück, als ich erwartet hätte«, begrüßte Sola sie lächelnd.

»Wir sind aufgebrochen, ehe das Festmahl begonnen hat, aber nicht bevor der Kalif Da'ud vor der versammelten Gesellschaft geehrt hat.«

»Und das hat er auch verdient«, konstatierte Sola schlicht. »Schon bei seiner Geburt wußte ich, daß eine glänzende Zukunft vor ihm liegt. Aber ihr müßt Hunger haben. Sari, meine Liebe, sei so gut und bitte Yusuf, den Männern ihr Abendessen zu bereiten.«

Sola folgte dem Mädchen liebevoll mit den Blicken, als es im Haus verschwand, und kehrte dann zu ihren eigenen Sorgen zurück. »Also, lieber Ya'kub, die Zeit ist gekommen, unsere kleine Sari zu verheiraten. Sie ist jetzt eine Frau, gut unterrichtet in der Führung eines jüdischen Haushalts und vertraut mit unserer Lebensweise.«

»Ist es dir gelungen, etwas über ihre Vergangenheit herauszufinden?«

»Nichts. Ich habe sie auch nicht gedrängt. Wir müssen es ihr überlassen, davon zu erzählen, wem und wann immer sie es für gut befindet.«

»Wie gewöhnlich sprichst du weise. Da ist ein junger Mann, den ich schon seit einer Weile für sie in Erwägung ziehe, ein Lehrling bei Isaac ibn Simha. Isaac sagt, er sei ehrlich und fähig und werde wohl mit der Zeit ein hervorragender Juwelenhändler werden. Ich will morgen mit ihm reden.«

»Nein, Vater«, fuhr Da'ud heftig dazwischen. »Bitte, nein. Ich habe andere Pläne für Saris Zukunft.«

»Und welche sind das?«

»Ich möchte sie selbst heiraten.«

»Du? Hast du den Verstand verloren? Du willst ein Findelkind heiraten, ein Mädchen unbekannter Herkunft, das du auf dem Sklavenmarkt aufgelesen hast?«

»Nein, Vater. Nie im Leben habe ich klarer gedacht. Seit ich dieses Mädchen zum erstenmal erblickt habe, fühle ich mich unwiderstehlich zu ihr hingezogen. Doch ich hielt es für angemessen, so lange zu warten, bis sie erwachsen geworden war, ehe ich ihr meine Gefühle entdeckte.«

»Ich weigere mich, das gutzuheißen«, murmelte Ya'kub mit leiser Stimme, aber bebend vor Zorn. »Deine Gelehrsamkeit gereicht dir zur Ehre, aber ich erlaube nicht, daß sie dich für die Wirklichkeit des Lebens blind macht. Du kannst nicht erwarten, daß die Welt sich allen deinen Launen beugt, nur weil du ein berühmter Gelehrter geworden bist. Nein, mein Sohn, deine Stellung in der Gesellschaft verlangt von dir, daß du dich an die üblichen Gepflogenheiten hältst.«

»Zum Teufel mit den Konventionen! Meine Stellung, wie du das nennst, ist heute nicht mehr zu erschüttern, und nichts an dieser Heirat hindert mich an der Erfüllung meiner Pflichten, sei es als zukünftiger Leiter der jüdischen Gemeinde oder als Höfling im Dienste des Kalifen. Die ›Stellung‹, auf die du dich berufst, zu wahren ist meine Aufgabe, nicht Saris.«

»Und was ist mit den Kindern, den Söhnen und Töchtern einer ... einer ...«

»Einer was? Einer Zigeunerin? Oder einer verstoßenen Prinzessin? Wer weiß das schon?«

»Aber das ist ja gerade das Problem. Mit der Zeit stellt sich vielleicht heraus, daß sie geistig unzurechnungsfähig, körperlich versehrt, moralisch verwerflich ...«

»Und doch könnte sie sich auch als eine warmherzige und liebevolle Frau und vollkommene Mutter herausstellen. Dieses Risiko will ich auf mich nehmen. Wenn ich mein Leben für meine Laufbahn aufs Spiel setzen kann, dann kann ich auch für die Frau, die ich begehre, mein Glück aufs Spiel setzen. Wenn sie geistig unzurechnungsfähig ist, dann sorge ich für sie. Wenn sie körperlich versehrt ist, so will ich sie heilen. Wenn sie moralisch verwerflich ist, so bringe ich sie auf den rechten Weg zurück.«

»Du machst dir keine Vorstellung davon, welche Last du dir aufbürdest, ein Leben der Aufopferung, das dich schließlich zu Tode erschöpfen wird.«

»Das glaube ich nicht, Vater.«

»Nun gut. Wenn du willst, dann liebe sie, aber warum sie heiraten? Deine Leidenschaft für sie ist vergänglich, die erste, die du je verspürt hast. Nichts hindert dich daran, sie in deinem Haushalt zu behalten, aber heiraten mußt du eine Frau von gesellschaftlicher Stellung und mit ihr einen ehrbaren Hausstand gründen.«

»Niemals würde ich ihr eine solche Demütigung antun.«

»Als ihr Vormund weigere ich mich, meine Zustimmung zu dieser Heirat zu geben.«

»Du vergißt, daß ich es war, der das Mädchen gefunden hat. Mein Anspruch, als ihr Vormund zu gelten, ist genauso gültig wie der deine, obwohl sie tatsächlich keinem von uns unterstellt ist. Der Kaufmann hat die Summe, die ich ihm angeboten habe, um sie auszulösen, niemals angenommen. Wenn sie also keine Einwände hat, dann werden sie und ich in Kürze Mann und Frau – eine ruhige, diskrete Eheschließung, wie es dem Ansehen unserer Familie gebührt.«

Angespanntes Schweigen lag zwischen Vater und Sohn, als Ya'kub ibn Yatom das volle Gewicht seiner Jahre auf sich lasten fühlte. Er hatte nicht mehr die Energie, der aufstrebenden Jugend etwas entgegenzusetzen. Deren Kraft und

Vitalität hatte ihn besiegt. Sola, die seine Verzweiflung spürte, legte ihm tröstend eine Hand auf den Arm. Zusammen gingen sie ins Haus, ließen Da'ud allein, damit er sein Leben jenseits ihres Lebenskreises weiterführte.

8

Allein auf dem Innenhof zurückgeblieben, setzte sich Da'ud gedankenverloren an den Rand des Wasserbeckens. Zerstreut ließ er die Finger durch das dunkler werdende Wasser gleiten, bedachte die Situation, die er heraufbeschworen hatte, die er so lange und so glühend herbeigesehnt hatte. Obwohl er es seinem Vater niemals eingestanden hätte, hatte er keinerlei Vorstellung, wie er zu diesem Mädchen, von dem er nichts wußte, am besten einen mit Sinn erfüllten Kontakt aufbauen sollte. Davon hatten ihm seine Bücher wahrhaft nichts gesagt ... Doch ehe er noch Zeit hatte, sich eine angemessene Vorgehensweise zu überlegen, trat Sari schon aus dem Haus und ging auf dem Weg zu den Frauengemächern über den Innenhof.

»Komm her zu mir«, sagte er spontan. »Komm und setz dich ein Weilchen zu mir an das Wasserbecken.«

Wie an dem Tag, an dem er ihr zum erstenmal begegnet war, erhob sie die Augen einen flüchtigen Augenblick zu ihm – dieses Blitzen des tiefsten Meerblaus – und senkte sie dann rasch wieder, ehe sie sich steif ein wenig abseits von ihm hinsetzte, den Kopf gesenkt, die Hände lose zwischen den Knien gefaltet.

»Sag mir, Sari, bist du glücklich hier bei uns in Córdoba?«

»Glücklich?« fragte sie mit kaum hörbarer Stimme, den Blick starr auf ihre Knie gerichtet.

»Ja.«

»Ich bin nicht sicher, ob ich weiß, was Glück ist.«

»Zufrieden dann wenigstens, oder zumindest nicht unglücklich?«

»Weniger unglücklich als ich je war, außer …« Sie verstummte.

»Außer?«

»Außer an dem Tag, als mich der Händler mit sich fortnahm.«

»Wo?«

»Da.«

»In Prag?«

Sie nickte.

»Fort von wem?«

»Von niemand. Da war niemand.«

»Der Händler hat mir erzählt …«

Aber ehe er seinen Satz noch zu Ende sprechen konnte, erhob sich Sari unvermittelt und machte sich auf den Weg zu ihrem Zimmer. »Gute Nacht, Herr.«

»Warte!« rief er ihr hinterher. »Warte! Ich möchte dich um einen kleinen Gefallen bitten. In meinem Zimmer steht auf dem Fensterbrett eine kleine Sammlung von Pflanzen, die der ständigen Pflege bedürfen. Meine neuen Pflichten bei Hofe werden mich sehr in Anspruch nehmen, und ich fürchte, ich könnte die Pflanzen vernachlässigen. Ist es zu viel verlangt, wenn ich dich bitte, dich um sie zu kümmern?«

»Wie Ihr wünscht, Herr.«

»Wenn ich am Sabbatmorgen aus der Synagoge zurückkomme, wollen wir die Pflanzen zusammen ansehen.«

»Wie Ihr wünscht«, wiederholte sie. »Gute Nacht, Herr.«

»Es geziemt sich nicht, daß du mich Herr nennst«, sagte er und stand auf, um ihr zu folgen. »Du bist frei, Sari, niemandem untertan.«

»Frei?«

»Ja, frei.«

»Niemand ist frei. Niemand kann allein existieren, und da jeder Mensch jemanden braucht, kann niemand frei sein.«

»Frei in dem Sinne, daß du das Leben wählen kannst, das du zu leben wünschst.«

»Um auswählen zu können, muß man Alternativen haben. Ohne Alternative kann es keine Wahl geben. Ich muß gehen, Meister. Gute Nacht.«

Da'ud war wie vor den Kopf gestoßen. So viel Hoffnungslosigkeit in einem so jungen Geschöpf, solch klares Denken, solch kalte Verzweiflung! Nur tiefstes menschliches Leid konnte sie so verbittert haben. Was war schlimmer? fragte er sich. Ein Körper, den die Schmerzen peinigten, oder eine Seele, die eine menschliche Tragödie zerstört hatte? Einer Sache war er sich sicher: es war weniger anmaßend, den Verlauf eines menschlichen Schicksals ändern zu wollen, als um das Leben eines Sterbenden zu ringen. Kein Mensch, der nach Gottes Ebenbild geschaffen war, verdiente es, sein Leben ohne die Aussicht auf Glück zu fristen. Das zumindest mußte er Sari geben, ihr so anbieten, daß sie es willentlich annahm ... Die ganze Nacht hindurch wälzte sich Da'ud im Bett, ständig von einem Alptraum heimgesucht: Ihm träumte von einem kleinen, blau gefrorenen Kind, das man in einer jungfräulich weißen Schneewehe ausgesetzt hatte. Jedesmal kam er, nachdem er sich mühsam durch den knietiefen Schnee gekämpft hatte, auf Armeslänge an das Kind heran, doch da schien es in die Weiße fortzuschmelzen, tauchte weiter oben an einem endlosen Hang wieder auf, ständig außerhalb seiner Reichweite. Erst gegen Morgen fiel er in ruhigen Schlaf, wachte viel später als gewöhnlich auf. Der Morgen war schon beinahe halb verstrichen, als er das Gemach neben der alten Palastbibliothek erreichte, in dem er zusammen mit dem Mönch Nicolas jeden Tag einige Stunden arbeitete.

»Ihr seid doch nicht krank, hoffe ich?« erkundigte sich

der griechische Gelehrte höflich, das Gesicht mit dem spitzen silbergrauen Bart fragend zu ihm erhoben.

»Nein, nein, danke der Nachfrage. Dringende Familienangelegenheiten haben mich aufgehalten.«

»Der Kalif hat nach Euch gefragt. Er ist in seinen Gemächern hier im alten Palast.«

»Ich gehe unverzüglich zu ihm.«

In dem Augenblick, als er vor den Kalifen trat, reichte Abd ar-Rahman ein kurzer Blick auf das bleiche Gesicht und die dunkel umschatteten Augen, und er kannte den Grund für die Verwirrung seines Schützlings: »Gewiß eine Herzensangelegenheit, mein jammervoller Gelehrter?«

Da'ud errötete, zum erstenmal sah sein Herrscher ihn verwirrt und aus der Ruhe gebracht. »Schön?«

»In meinen Augen, ja.«

»Hartherzig wie alle? Läßt Euch um ihre Gunst flehen? Lockt Euch, nur um Euch noch mehr zurückzuweisen?«

»In gewisser Weise.«

»Seltsam, ich wollte Euch in einer ähnlichen Angelegenheit sprechen.«

»Ich bin auf diesem Gebiet ein Mann von geringer Erfahrung«, antwortete Da'ud traurig, aber wahrheitsgemäß.

»Eure Erfahrung brauche ich nicht. Davon habe ich selbst mehr als genug. Wenn ich mich entscheide, mit Euch über ein so heikles Thema zu sprechen, dann deswegen, weil ich reichliche Beweise dafür habe, daß mein Vertrauen in Euch gerechtfertigt ist. Keine noch so geringe Einzelheit der Geheimkorrespondenz, die ich Euch anvertraut habe, ist je verraten worden. Und Ihr seid von einer solchen Bescheidenheit und Diskretion, daß keiner meiner Wesire auch nur vermutet, daß Ihr über derlei vertrauliches Wissen verfügt. Wärt Ihr ein Moslem, so hätte ich Euch für die unerschütterliche Treue, die Ihr mir erwiesen habt, mit dem Titel eines Wesirs belohnt, doch das würde meine Absichten zunichte machen. Die Imame würden Eure Beförderung in einen Rang, der Euch Macht über Moslems geben würde, als einen Vorwand nehmen, um den Neid meiner anderen Wesire zu entfachen und sie so zu Intrigen gegen Euch anzustiften. Aber seid versichert, daß ich Euch in anderer Form entschädigen werde.

Nun zu der heutigen Angelegenheit. Da Ihr ausgebildeter Arzt seid, kann ich offen zu Euch sprechen. Um es ohne Umschweife zu sagen, meine wunderschöne Zahra, die jüngste meiner Konkubinen und diejenige, die ich am meisten liebe, scheint meiner müde zu werden. Da ich ihr an Jahren zweifach überlegen bin, ist dies nicht verwunderlich, aber mir ist es unerträglich. Es muß etwas geschehen, um diese Situation zu ändern. Ihr, der Ihr alle Geheimnisse der Vorväter kennt, was könnt Ihr mir vorschlagen, um meine Manneskraft zu steigern?«

»Mit allem nötigen Respekt vor Eurer Religion …«

Abd ar-Rahman winkte diese Bedenken mit einer lässigen Handbewegung zur Seite.

»… ist Wein das wirksamste Mittel zur Anregung, das wir kennen. Aber ich vermute, daß Ihr darauf in der Abgeschiedenheit Eures Schlafgemachs bereits zurückgegriffen habt.«

»Natürlich.«

»Eidechsenfleisch?«

»Nein.«

»Dann schlage ich vor, Ihr versucht das, insbesondere den Magen und die Eingeweide. Eine weitere als sehr wirksam geltende Methode ist es, getrockneten Ochsenpenis zu einem Pulver zu zerreiben und auf ein weichgekochtes Ei zu streuen.«

»Alles schön und gut«, murmelte der Kalif gereizt, »aber diese Dinge sind nicht leicht zu bekommen und könnten in der Küche zu ungebührlichen Kommentaren führen. Könntet Ihr nicht etwas Einfacheres, Gewöhnlicheres vorschlagen?«

»Das Hirn aller Tiere oder Vögel gilt als Aphrodisiakum, und wenn man es mit Pfeffer, Ingwer, Zimt, Anis und Muskat würzt, gewinnt es noch an Kraft. Auch Eier aller Art sind zuträglich, seien sie von Tauben, Fasanen, Hühnern oder anderen Vögeln, und natürlich auch noch die Hoden von Hähnen. Eine Kombination dieser Zutaten mit Röstzwiebeln sollte sich als äußerst wirksam erweisen. Andererseits wäre es ratsam, wenn Ihr auf Lebensmittel verzichten könntet, die das Blut kühlen, so etwa Salat, Gurke, Melone und vor allem Essig. Auch von Seerosenknospen solltet Ihr absehen sowie von allem, was Blähungen verursacht, wie etwa Erbsen und Linsen.«

»Ich liebe Seerosenknospen.«

»Wie Ihr wünscht. Versucht die Mittel, zu denen ich Euch geraten habe. Es sind die bekanntesten. Wenn sie die gewünschte Wirkung zeigen, fahrt fort damit. Wenn nicht, dann suche ich weitere Methoden.«

»Danke, mein gelehrter Freund. Und nun zu den Tagesgeschäften. Die christlichen Fürsten im Norden stehen wieder einmal auf Kriegsfuß miteinander. Nichts könnte unseren Zwecken dienlicher sein. Was Ramiro von Leon schwächt, stärkt uns. Wir müssen daher alle Mittel einsetzen, die zu unserer Verfügung stehen, um die Rebellion anzufachen, die man gegen ihn in Kastilien begonnen hat, und alle anderen Fürsten gegen ihn aufstacheln. Hört also gut zu und schreibt das, was ich jetzt sage, in angemessenen lateinischen Worten nieder ...«

Während des abendlichen Sabbatmahls dieser Woche erwähnte Ya'kub Saris Heirat nicht. Da'ud nahm sein Schweigen als klares Zeichen dafür, daß sein Vater beschlossen hatte, ihn allein über sein Schicksal entscheiden zu lassen – zumindest im Augenblick. Die Sache hatte schließlich keinerlei Dringlichkeit. Jetzt, da alle ihre Töchter verheiratet waren, genoß Sola die Gesellschaft des Mädchens, verspürte große Befriedigung über das Band der Vertrautheit, das sie voller Geduld mit diesem seltsamen, fremden Geschöpf geknüpft hatte, indem sie Sari mit ihrer mütterlichen Wärme einhüllte. Obwohl sie sorgsam vermied, dies zuzugeben, um ihren Gatten nicht zu betrüben, verstand sie sehr gut den Reiz, den Saris ungewöhnliche slawische Schönheit auf ihren Sohn ausübte, ebenso die Herausforderung, die Saris Persönlichkeit für ihn als Mann und als Heiler menschlicher Gebrechen darstellte. Deswegen hatte sie am Sabbatmorgen, als die Männer von der Synagoge zurückgekehrt waren, Ya'kub mit einem Gespräch über die Reparatur des Daches abgelenkt, die noch vor dem Winterregen erfolgen mußte, während Da'ud Sari in sein Zimmer führte, um ihr zu erklären, wie sie sich um seine Pflanzen kümmern sollte.

»Diese hier muß häufig gegossen werden, aber diese kleinen stacheligen Gesellen scheinen mit sehr wenig Wasser auszukommen. Hier, fühle die Erde«, sagte er. Gehorsam legte sie ihren Zeigefinger leicht auf die ziemlich trockene Blumenerde. »Nein, du mußt den Finger fester in die Erde drücken, bis du die Feuchtigkeit im Topf spüren kannst«, erläuterte er und drückte sanft mit seinem Finger auf den ihren. Bei der ersten Berührung zog sie abrupt die Hand weg, als hätte sie sich verbrüht.

»Hab ich dir weh getan?« fragte er, als er ihr plötzlich kreideweiß gewordenes Gesicht erblickte.

Sie antwortete nicht, also fuhr er fort: »Diese hier liebt den Schatten, diese wendet sich der Morgensonne zu. Beide müssen regelmäßig alle drei oder vier Tage gegossen werden, so daß die Erde immer gleichmäßig feucht ist, so wie hier«, erklärte er und nahm diesmal ihre Hand in die seine und ließ sie die feuchte Erde unter der Handfläche spüren. Erneut zuckte sie zurück, diesmal noch heftiger als zuvor. »Ist etwas mit deiner Hand? Laß mich einmal sehen.«

Sari schüttelte den Kopf.

»Warum ziehst du sie dann zurück, wenn ich sie berühre, als hättest du Schmerzen?«

Wieder störrisches Schweigen.

»Hast du Angst vor mir?«

Ein Aufblitzen von Meeresblau, als das Mädchen für den Bruchteil einer Sekunde voller Schrecken die Augen zu ihm hob, dann wieder nichts.

»Sari«, begann er noch einmal, entschlossen, aufrichtig, aber auch sanft. »Meine Mutter hat mir und meinem Vater unterbreitet, die Zeit sei gekommen, einen angemessenen Ehemann für dich zu suchen. Hat sie dir von den intimen Beziehungen gesprochen, die zwischen einem Ehemann und seiner Gattin bestehen?«

»Ihr meint, zwischen Mann und Frau?«

»Das ist eine gröbere Art, es auszudrücken.«

»Ich habe Eure Mutter nicht gebraucht, um das zu lernen.«

»Wer hat dich darüber belehrt? Der Kaufmann?«

»O nein, nicht er, der liebe Mann. Er war der einzige, der ...«

»Der?«

»Und was ist mit den Pflanzen hier drüben?«

»Vergiß die Pflanzen. Sari, hier ist es Brauch, daß heiratsfähige Mädchen mit jungen Männern verheiratet werden, deren Stand dem ihren entspricht – und der Mitgift, die sie mitbringen. Mein Vater hat bereits einen angemessenen Partner für dich in Aussicht, aber ich habe mich seinem Vorschlag widersetzt.«

»Danke.«

»Warum dankst du mir?«

»Weil ich nicht heiraten möchte, niemals.«

»Aber die Ehe gehört doch zum natürlichen Verlauf eines menschlichen Lebens.«

»Es gibt keinen natürlichen Verlauf eines menschlichen

Lebens. Jeder Mensch ist dazu verdammt, in der Falle seines eigenen Schicksals gefangen zu sein.«

»Niemand ist dazu verdammt. Das Schicksal läßt sich wenden. Jeder Mensch hat die Freiheit, die Bedingungen seiner Existenz zu verändern.«

»Dann sind wir uns einig. Ich habe die Freiheit, niemals zu heiraten.«

»Nicht einmal mich?«

»Bitte macht Euch nicht über mich lustig. Wenn es der Wunsch Eures Vaters ist, dann verlasse ich sofort Euer Haus und hole den Kaufmann auf seiner Handelsreise noch ein.«

»Niemand wünscht, daß du dieses Haus verläßt, und ich mache mich nicht über dich lustig. In dem Augenblick, als du auf dem Sklavenmarkt das erstemal dein Gesicht zu mir erhoben hast, war ich von Liebe zu dir erfüllt. Seither hat mich dein Bild nicht verlassen, Tag und Nacht, aber ich habe gewartet, bis du zur Frau herangewachsen bist, ehe ich dir davon spreche. Mehr noch, ich habe mich meinem Vater widersetzt und eine Heirat ausgeschlagen, die er seit langem für mich plant.«

»Das hättet Ihr nicht tun sollen. Ihr müßt heiraten, Meister, heiraten, da dies der ›natürliche Verlauf eines menschlichen Lebens‹ ist.«

»Ich weigere mich, eine Frau zu heiraten, die ich nicht liebe.«

»Ich glaube, ich weiß nicht genau, was Liebe ist. Aber wenn es bedeutet, daß Ihr Euch in irgendeiner Weise um mich sorgt, dann bitte heiratet mich nicht.«

»Aber ich würde dich zu einer überaus glücklichen, geehrten und reichen Frau machen.«

»Zu dem Preis, daß Ihr mich als Eigentum habt, von meinem Körper Besitz ergreift und damit macht, was Ihr wollt.«

Die eiskalte Bitterkeit ihrer Entgegnung zwang Da'ud, noch heftiger zu reagieren.

»Unsinn! Du sprichst von primitiver Lust. Was ich dir anbiete, ist ehrliche, aufrichtige und andauernde Liebe. Die körperliche Vereinigung von zwei Menschen, die einander lieben, eine Vereinigung, die von Gott und der Natur so bestimmt ist, ist die größte Wonne, die der Herr seinen Geschöpfen geschenkt hat, eine Erfahrung, die sich mit keiner anderen vergleichen läßt. Das Leben eines Mannes oder einer Frau ist ohne sie nicht vollkommen.«

»Ihr sprecht mit der gewandten Zunge eines Gelehrten, aber Eure süßen Worte können die Wirklichkeit nicht verwandeln. Und jetzt, können wir bitte mit den Pflanzen weitermachen? Es ist schon bald Zeit, den Tisch für das Mittagessen zu decken.«

Da'ud war nicht willens, sie weiter zu drängen, und ließ die Sache auf sich beruhen.

Von Woche zu Woche gediehen die Pflanzen auf dem Fensterbrett besser, wurden üppig grün, wuchsen gerade und glänzten, als pflegte sie eine liebende Hand. Gegen Ende des Sommers stellte Da'ud eines Tages beim Erwachen fest, daß eine herrliche tiefrosa Blüte aufgegangen war, beinahe über Nacht an der Spitze einer der stacheligen Pflanzen erschienen war. Die Blütenblätter entfalteten sich um einen strahlend gelben Mittelpunkt. Als er Sari über den Innenhof laufen sah, rief Da'ud ihr aufgeregt zu: »Sari, komm schnell, sieh nur!«

Beim Anblick der herrlich leuchtenden Blüte, die aus einer so feindseligen Pflanze gewachsen war, sah er sie zum erstenmal lächeln. Ihre schmalen, mädchenhaften Finger liebkosten zart die zerbrechlichen Blütenblätter, und während sie ihm einen raschen Blick zuwarf, verriet das blitzende Meerblau ihrer Augen zumindest einen zaghaften Anschein von Freude.

»Siehst du, Sari, das ist der natürliche Verlauf des Lebens.

Sogar die ausgedorrtesten, unscheinbarsten Lebewesen finden, wenn man sie richtig pflegt, ihre Blütezeit, ihren Augenblick der Freude und zeugen neues Leben. Wenn du zuließest, daß ich dich hege und pflege, so wie du diese zarten Pflanzen gehegt und gepflegt hast, dann würdest auch du erblühen und über alle deine Vorstellungen hinaus glücklich werden. Du sagst, du weißt nicht, was Liebe ist, aber ohne etwas, das der Liebe zumindest ähnelt, ohne die sorgsame Pflege, die du diesen zarten Pflanzen hast angedeihen lassen, hätten sie nicht überlebt und wären nicht so erblüht.«

»Aber es sind keine Menschen. Sie bitten um nichts, sie verlangen keine Opfer.«

»Ich glaube nicht, daß die Liebe zwischen Mann und Frau Opfer verlangt. Vielmehr bedeutet sie, daß man alle Erfahrungen des Lebens miteinander teilt, seine Freuden ebenso wie seine Schmerzen und Sorgen.«

»Eure Worte sind schöner als alle, die ich je gehört habe, aber sie können die Wirklichkeit im Leben der Frauen nicht verschleiern, die ihre Körper dem blinden tierischen Instinkt der Männer unterwerfen müssen, gegen deren Kraft sie machtlos sind.«

»Sie werden nur unterworfen, wenn keine Liebe im Spiel ist, sind nur gegen brutale Tiere wehrlos. Sari, was du auch immer erlebt oder in deiner Kindheit mitgemacht hast, du darfst deswegen nicht auf alle herrlichen Geschenke des Lebens verzichten, die zum Greifen nah vor dir liegen. Für jede Unze Böses, das in der Welt ist, gibt es ein gleiches Maß an Gutem, für jede Last der Traurigkeit eine gleich große Freude. Gott hat uns die Kraft geschenkt, das eine zu ertragen, und die Sehnsucht, das andere zu genießen, jeder nach seinen Neigungen. Was muß ich noch tun, um dir dies zu beweisen?«

»Zeigt mir, was Liebe ist. Liebt mich, ohne mich zu besitzen.«

Eine Pflanze ohne Blüte, seufzte Da'ud in seinem Herzen. Aber bei allem, was ihm heilig war, schwor er, diese Pflanze zum Blühen zu bringen.

Die Eheschließung wurde im engsten Familienkreis begangen. Nur die Rabbis und die Richter der jüdischen Gemeinde, ihre führenden Mitglieder und besten Gelehrten sowie einige enge Freunde waren zugegen. Nicolas kam, und Abd ar-Rahman schickte einen Abgesandten mit prächtigen Geschenken: für den jungen Haushalt ein Dutzend goldener Teller, die herrlich ziseliert waren, für Da'ud einen seidenen Mantel, dessen Ärmel und Kragen mit Goldbrokat gesäumt waren, in den man den Namen des Kalifen eingewebt hatte, und für die Braut einen silbernen Gürtel, der über und über mit Saphiren besetzt war – um das Blau ihrer meerblauen Augen zu verstärken, schrieb er in einem Gedicht, das er für sie verfaßt hatte. Das auserlesene Geschenk lag in einem eigens dafür angefertigten Elfenbeinkästchen, in das dem Anlaß entsprechend Paare von Vögeln und Menschen inmitten des üppigen Laubes des Lebensbaumes geschnitzt waren.

In ihrem unvergleichlichen Stil gelang es den Ibn Yatoms wieder einmal, durch die gewählte zurückhaltende Form dieser Feier ihren Ruhm noch zu mehren. Die Ehre, die man den Eingeladenen zuteil werden ließ, erschien nur um so größer, weil sie zum kleinen Kreis der Privilegierten gehörten – und um so größer war auch die Begierde, zu dieser erlauchten Gesellschaft zu gehören ... Aus Respekt vor dem Rang der Familie wurde keine einzige Frage zur Herkunft der wunderschönen Braut gestellt, kein Wort des Klatsches geäußert, keine Augenbraue hochgezogen. Im Gegenteil, dank des Beispiels, das Ya'kub gegeben hatte, als er großmütig eine Situation akzeptierte, gegen die er machtlos war, wurde Sari mit äußerster Höflichkeit behandelt, als habe man im Zweifel zu ihren Gunsten entschieden. Trotz ihrer Beklommenheit war sie tief bewegt von der Würde und Eleganz der Feier, von der Wärme, mit der man sie umgab, und von der Ehre, die man Ya'kub und Da'ud, ihrem Mann, erwies. Ihr Mann! Wie seltsam das klang, wie unwirklich es schien! Und doch hatte er seinen Anspruch erfüllt und ihr Schicksal gewendet – zumindest äußerlich. Und in ihrem Innersten? Das stand noch aus …

Ya'kub hatte dem Paar ein bescheidenes Haus überschrieben, das unweit seines eigenen Heims stand. Als persönliche Geste der Zuneigung zu ihrem Schützling hatte Sola das Haus renoviert und eingerichtet. In ihrer scheuen und bescheidenen Art hatte Sari ihre Dankbarkeit zum Ausdruck gebracht, aber nichts an ihrem Benehmen ließ vermuten, daß für sie das Haus, das Symbol ihres neuen und ehrenwerten Standes, den Höhepunkt aller Lebenswünsche darstellte. Im Gegenteil, sie schien seltsam peinlich berührt, als verdiene sie es nicht.

Nachdem die ruhige Feier vorüber war, ging das junge Paar den kurzen Weg zum eigenen Heim in freundschaftlichem Schweigen. Im Innenhof blieben sie einen Augenblick stehen und zögerten, bis Da'ud seine Frau bei der Hand nahm und zu dem Teil des Hauses geleitete, der für sie reserviert war. Sie ließ sich führen, äußerte weder Widerspruch noch Zustimmung. Sie zog sich rasch aus, schlüpfte in das wunderschöne Nachthemd, das ihr Sola mit liebevoller Hand auf das Ehebett gebreitet hatte, und legte sich neben ihren Gatten. Langsam wandte sich Da'ud zu ihr und hob mit unendlich zarter Geste das Hemd, um die Schönheit ihres nackten Körpers zu betrachten. Sie zuckte unter seinem Blick unwillkürlich zusammen, bebte vor Furcht. Mit der gleichen Zartheit zog er das seidene Hemd wieder über sie, legte sich zurück und nahm ihre Hand locker in die seine.

»Du hast nichts zu befürchten, mein Liebling«, flüsterte er ihr tröstend zu. »Ich werde nichts tun, was dir Schaden zufügen könnte. Ich will dir nur zeigen, daß die Liebe die größte Wonne ist, die uns das Leben zu bieten hat, und ich will sie mit dir zusammen genießen. Mit dir und niemandem sonst. Du mußt mir glauben, wenn ich dir sage, daß ich selbst nichts als tierische Begierden befriedigen würde, wenn ich eine Vereinigung erzwänge, deren Freuden du nicht teilst.«

»Ich würde dir gerne glauben, aber ich kann es nicht. Mir sind deine süßen und liebevollen Worte nichts als ein Köder, der mich sanft zurücklocken soll in ... in ...«

»In was?«

»In eine Vergangenheit, die ich vergessen möchte.«

»Was immer die Vergangenheit für dich birgt, du mußt es hinter dir lassen. Stelle dir vor, daß dein wirkliches Leben hier und heute beginnt. Denke dir, daß alles, was du in deiner Kindheit erlebt hast oder erleiden mußtest, nur eine Verirrung war. Von jetzt an sollst du allein das Vergnügen kennen, das sich aus dem natürlichen Lauf der Dinge ergibt und das aus der Liebe zwischen Mann und Frau entspringt. Ich liebe und verehre dich, ich will mit dir eins sein, wie Gott und die Natur es gefügt haben.«

»Ich verstehe nicht, was Liebe dieser Art sein soll – viel weniger noch, was Gott ist.«

»Mit der Zeit wirst du es verstehen. Laß mich dich jetzt küssen, und danach wollen wir in Frieden schlafen.«

Zart küßte er sie auf die Stirn, die Augen, die Wangen und streifte dann sanft ihre Lippen. Sie lag reglos da, mit weit aufgerissenen Augen, angespannt unter seiner leisen Berührung. Schließlich schlief er ein, und sie, erschöpft von den Anstrengungen des Tages, tat es ihm nach.

9

Wie ein Lauffeuer verbreitete sich die Nachricht vom Tod des Ramiro von Leon in den Korridoren des alten Palastes in Córdoba. Sobald der Kalif aus der Medina Azahara in die Stadt zurückgekehrt war, wurde Da'ud zu ihm gerufen. Unbeweglich ruhte Abd ar-Rahman auf seiner vergoldeten Ottomane, schien sich Da'uds Anwesenheit gar nicht bewußt zu sein, so tief war er in Gedanken versunken, Gedanken über das Hinscheiden seines größten christlichen Widersachers, des Mannes, der ihn in der Schlacht von Simancas so sehr gedemütigt hatte – an dem er sich nun aber seinerseits nicht mehr rächen konnte. Als der Kalif die Augen hob und sich an seinen jüdischen Vertrauten wandte, war seine Sprache jedoch so entschlossen wie immer, legte er seine weiteren Pläne kristallklar dar. Die Beleidigung mußte gerächt werden, wenn nicht am Täter, dann an dessen Sohn, noch ehe Ordoño III. sich auf dem Thron seines Vaters einrichten konnte. Er selbst würde seine Truppen in die Schlacht führen.

»Ich brauche bis zur Morgendämmerung eine große Flasche des Großen Theriak«, bestimmte er. »Ihr werdet ihn mir persönlich bringen, allein. Mustapha wird Euch in Eurem Gemach bei der Bibliothek abholen und zu mir geleiten. Ich erinnere Euch noch einmal daran, daß Geheimhaltung das höchste Gebot ist.«

Da'ud verbeugte sich zur Zustimmung tief und schickte sich zum Gehen an, doch der Kalif erhob sich, richtete sich zu seiner ganzen Herrschergröße auf und gebot ihm mit einer Bewegung seiner juwelengeschmückten Hand Einhalt. »Vor dieser Tür warten meine militärischen Oberbefehlshaber und Wesire auf den Marschbefehl nach Leon. Ihr werdet also den Palast durch einen anderen Ausgang verlassen.« Ein leichtes Aufstampfen des Fußes, und schon erschien

Mustapha in einer kleinen, niedrigen Tür, die kunstvoll in den Wandpaneelen verborgen war. »Führe Abu Suleiman nach draußen.«

Da'ud achtete sorgfältig auf das Labyrinth aus Durchgängen und Korridoren, durch das ihn der Eunuch geleitete, aber als er schließlich unter den unzähligen Säulen der Großen Moschee auftauchte, die sich Reihe um Reihe ringsum ihn her bis in die Unendlichkeit fortzusetzen schienen, bemerkte er, wie völlig – und wirkungsvoll – man ihn in die Irre geführt hatte. Mustapha verschwand und überließ es ihm, selbst den Weg aus dem schattigen Gebetshaus heraus zu finden. Er ging eilends nach Hause, wich voll beladenen Lasteseln aus, schritt über die Bettler hinweg, stieß um ein Haar mit den fliegenden Händlern zusammen, die auf der schmalen Gasse zum jüdischen Viertel ihrem Gewerbe nachgingen.

Als er in sein Arbeitszimmer trat, fand er dort Sari, die seine Pflanzen goß, ehe die Hitze des Tages so stark wurde, daß sie austrockneten. Er packte sie sanft von hinten bei der Schulter und küßte sie zart auf den Nacken, auf die Wange, Liebesbezeugungen, die sie hinzunehmen gelernt hatte. Sie schrak nicht mehr zusammen bei der leisesten Berührung, wie in den ersten Tagen ihrer Ehe. Sie hatte sich inzwischen an seine Anwesenheit in ihrer Nähe gewöhnt, reagierte manchmal sogar auf seine liebevolle Umarmung. Aber immer noch weigerte sie sich, ihm ihren Körper zu schenken. Mit einer Mischung aus Abscheu und Verachtung hatte sie viele Male mit angesehen, wie er neben ihr seinen süßlich riechenden Samen verströmte, war anscheinend völlig ungerührt von der Pein, die sie ihm bereitete. Er seinerseits hatte es sorgsam vermieden, sie zu drängen, obwohl er manchmal, wenn sie abends vor ihrem Heim im Innenhof beieinander saßen, auf Kinder zu sprechen kam.

»Kinder?« antwortete sie dann immer. »Warum? Warum

sollte ich leiden, um sie zur Welt zu bringen, und dann mit ihnen leiden, wenn sie in einer Welt voller Leiden leben?«

»Sie sind nicht von vorne herein zum Leiden verurteilt.«

»Noch ist ihnen das Glück sicher. Aber bitte, Da'ud, wenn du dich so glühend nach einem Erben sehnst, dann nimm eine andere Frau, die dich körperlich befriedigt und deine Kinder zur Welt bringt. Ich will deinem Glück nicht im Weg stehen. Das hast du nicht verdient.«

»Niemand außer dir wird meine Kinder zur Welt bringen«, versicherte er ihr jedesmal, »wenn nicht jetzt, dann eben später, wann immer du es wünschst.«

Wenn er sie so betrachtete, wie sie den schlanken weißen Nacken über die glänzenden grünen Blätter der Pflänzchen beugte, die sie so wunderbar pflegte, dann fragte er sich, wann diese Zeit wohl kommen würde …

»Du überraschst mich«, sagte sie. »Ich bin es nicht gewohnt, dich am hellen Morgen zu Hause zu sehen.«

»Ich möchte hier heute allein arbeiten.«

»Dann überlasse ich dich deinen Studien«, erwiderte sie und zog sich leise zurück.

Mit raschen, konzentrierten Bewegungen wog und maß Da'ud, zerstieß und mischte die zweiundvierzig Zutaten des Großen Theriak, erschöpfte beinahe seinen gesamten Vorrat der seltenen Ingredienzen, um die übergroße Menge des Mittels herzustellen, die der Kalif verlangt hatte. Gegen Abend goß er die Mischung in eine mit Stroh umhüllte Flasche, verkorkte diese fest und stellte sie sorgfältig auf ein hohes Regal. Dann füllte er zur Sicherheit noch einen Topf mit zermahlenem Bezoar und steckte ihn in die Tasche des Gewandes, das er am nächsten Tag tragen wollte. Erst jetzt atmete er auf. Als er sich daran machte, die Arbeitsfläche aufzuräumen, beschwor der Anblick der leeren Gefäße eine tiefe Unruhe in ihm herauf. Was würde geschehen, wenn der Kalif in einer Herrscherlaune mehr von dem kostbaren

Gegenmittel verlangen sollte, ehe seine Vorräte wieder aufgefüllt waren?

Hätte er gewußt, was seiner noch harrte, er hätte sich gewünscht, daß dies seine einzige Sorge wäre …

Die Nebel der Morgendämmerung hingen noch über dem Fluß, als er am nächsten Morgen durch die schlummernden Straßen Córdobas schlüpfte. Er wollte gerade wie jeden Tag in die Bibliothek eintreten, als eine rauhe Stimme ihn von hinten anrief. Er wandte sich abrupt um und fand sich dem knollennasigen Steuereintreiber Abu Bakr gegenüber, jenem ehemaligen Christen, dessen Familienbande mit dem Königshaus von Leon kein Geheimnis waren. Anmaßend hatte der sich in seinem üppigen scharlachroten Gewand vor ihm aufgebaut, die hellen, nahe beieinander stehenden Augen mit bohrendem Blick auf Da'ud gerichtet, dessen Augen wie immer dunkel und still waren.

»Was bringt Euch zu so ungewöhnlich früher Stunde in den Palast?« fragte er mißtrauisch.

»Ich könnte Euch die gleiche Frage stellen«, erwiderte Da'ud.

»Geld ist die beste Waffe eines militärischen Anführers. Es steht in meiner Verantwortung, dieses Geld aufzutreiben, je früher, desto besser. Ihr hingegen habt keine solch dringende Aufgabe zu erfüllen«, bemerkte er spitz, und seine Augen verengten sich ein wenig, als er die weiten Falten des Umhangs genau studierte, der um Da'uds schlanke Gestalt gehüllt war. »Das ist nicht ganz richtig«, antwortete Da'ud mit Gleichmut. »Als einer der Hofärzte bin ich dafür verantwortlich, bestimmte Medikamente zur Behandlung der Verwundeten bereitzustellen.«

»Die werden im allgemeinen in der Palastapotheke unter der entsprechenden Oberaufsicht angefertigt, und nicht in der Bibliothek – oder anderswo.«

»Ich möchte nachsehen, welche Art von Harz Galen für

die Behandlung von Nervenverletzungen an jungen, gesunden Körpern empfiehlt.«

»Und das da?« fragte der Wesir mit eisiger Stimme und schlug mit einer raschen Bewegung einen Zipfel von Da'uds Mantel zurück, unter dem die Korbflasche zum Vorschein kam, die er dort verborgen hielt.

»Das ist ein neuer Trank aus wärmenden Zutaten, den ich selbst aus Kamille, Melisse, Lavendel, Koriander und Cannabis bereitet habe. Er soll den Soldaten zur Hilfe gereichen, die auf dem Schlachtfeld verwundet wurden.«

»Und deshalb kommt Ihr in der Morgendämmerung in den Palast geschlichen, diesen sogenannten Wärmtrank unter Euren Gewändern verborgen? In Kriegszeiten nutzt Euch Eure viel gepriesene Gelehrsamkeit nichts mehr.« Damit drehte sich Abu Bakr um und machte sich auf den Weg zum Haupteingang des Palastes.

Da'uds Gedanken rasten, als er die Bibliothek betrat. Es blieben ihm nur Sekunden, eine Methode zu finden, wie er sich aus dem Netz der Intrigen befreien konnte, das sich um ihn gelegt hatte, als er es am wenigsten erwartete. Welch besseres Alibi hätten sich die heimlichen Helfer Leons, die am Hofe des Kalifen lebten, denn wünschen können? Wenn am Vorabend der entscheidenden Schlacht ein Attentat auf Abd ar-Rahman ausgeführt würde, brauchten sie nur ihn zu beschuldigen, er habe heimlich »nicht überwachte Heilmittel« in den Palast geschmuggelt, und schon stünde er im Verdacht des Königsmordes. Sollte er den Kalifen von dem Vorfall unterrichten, schon vorab seine Unschuld demonstrieren? Das war genauso riskant, wenn man überlegte, wie peinlich Abd ar-Rahman darum bemüht war, das Gegenmittel und alles, was damit zusammenhing, geheimzuhalten. Als Mustapha ihn wiederum durch das Labyrinth der Türen und Korridore führte, wurde Da'ud klar, daß er in der Falle saß, daß tödliche Gefahr lauerte, wohin er sich auch wandte. Mit geschmeidigen Schritten bewegte sich der Eunuch vorwärts. Er öffnete eine kleine Tür und wies Da'ud ins Gemach des Kalifen. Als er über die Schwelle trat, erhaschte Da'ud noch einen kurzen Blick auf Scharlachrot, auf den Saum von Abu Bakrs Gewand, das gerade durch die Haupttür auf der Gegenseite verschwand. Das bewog ihn, sofort zu handeln.

Er reichte Abd ar-Rahman die Korbflasche, stand aufrecht vor ihm und begann: »Ich bitte um die Erlaubnis zu sprechen, o Herrscher der Gläubigen. Euer ehrenwerter Steuereintreiber Abu Bakr hat mir aufgelauert, als ich soeben die Bibliothek betreten wollte, und hat die Flasche gesehen, die ich unter meinem Mantel verborgen hatte. Auf seine dringende Befragung antwortete ich, sie enthielte ein von mir bereitetes schmerzlinderndes Mittel für die auf dem Schlachtfeld verwundeten Soldaten. Er schien meine Erklärung mit äußerstem Mißtrauen zu hören, drohte mir wohl sogar. Allerdings ist es mir nicht gelungen, zu unterscheiden, ob Mißtrauen und Drohung echt oder vorgetäuscht waren. Ich fürchte …«

»Ihr tut gut daran, zu fürchten«, unterbrach ihn der Kalif grob. »Ihr setzt Euer Leben aufs Spiel, da Ihr mir die himmelschreiende Verletzung der Geheimhaltungspflicht gesteht, auf die ich Euch eingeschworen habe.«

»Darüber bin ich mir im klaren, aber ich setze nicht weniger aufs Spiel, wenn die Höflinge, die sich mit den Aristokraten von Leon gegen Euch verschwören, mit anklagenden Fingern auf mich deuten, um den Verdacht von ihren eigenen verräterischen Taten abzulenken.«

Mit undurchdringlicher Miene lauschte Abd ar-Rahman. Abu Bakrs Machenschaften waren ihm bekannt, doch die Hinrichtung des Steuereintreibers würde dem Schatzamt größeren Schaden zufügen als seinen Feinden. Es würde sich immer irgendein anderer bekehrter Christ finden, der ihn verraten würde, wenn nur der Preis hoch genug war, denn ein Mann, der einmal Verrat begangen hatte – an seinen Freunden, seinem Herrscher oder seiner Religion –, zögert selten, wiederum Verrat zu üben. Was der besorgte junge Gelehrte, der da vor ihm stand, nicht wußte: Abu Bakr war sich nicht zu schade, dem Kalifen wertvolle Informationen über seine Feinde zuzutragen, um ihm seine Treue zu beweisen. Noch waren sich Da'ud oder Abu Bakr selber im klaren darüber, daß Abd ar-Rahman den Steuerberater häufig dazu benutzte, seinen Feinden falsche Informationen in die Hände zu spielen oder die Kastilianer gegen ihre Herrscher in Leon aufzuwiegeln. Er war auf der Hut vor dem Ränkespiel des konvertierten Christen und hatte sich schon längst Methoden erdacht, wie er sie bekämpfen könnte. Eine einzige Schwäche hatte es in seinen Verteidigungswällen noch gegeben, seine panische Angst vor Schlangenbissen, die sich in der Schlacht von Simancas offen gezeigt hatte. Aber auch das war nun dank der kostbaren Korbflasche vorbei, die er in den Händen hielt. Trotzdem machte Abd ar-Rahman keinerlei Anstalten, die Ängste Da'uds zu beschwichtigen. Im Gegenteil.

»Die Zeit wird die Wahrheit ans Licht bringen«, bemerkte er geheimnisvoll. Niemand, der in seinen Diensten stand, sollte sich je völlig in Sicherheit wähnen …

Da'ud, dessen Gedanken die drohende Gefahr messerscharf geschliffen hatte, hatte plötzlich eine Eingebung, eine gewagte neue Idee, die sehr wohl das Leben des Kalifen retten könnte – vielleicht auch sein eigenes. Ohne einen Augenblick zu zögern, äußerte er diesen Gedanken.

»Erlaubt mir, o Herrscher der Gläubigen, Euch in meiner Eigenschaft als Hofarzt folgenden Rat zu geben: Wenn Ihr Euch im Verlaufe des Feldzugs der Gefahr eines Schlangenbisses besonders ausgesetzt wähnt, so nehmt vorbeugend das Viertel eines Schekels vom Großen Theriak ein.« Im gleichen ruhigen Ton fuhr er nun fort, dem Kalifen das übliche Verfahren nach der Vergiftung durch einen Schlangenbiß zu erläutern. »Wenn Euch, der Himmel möge es verhüten, eine Schlange gebissen hat, so zieht eine Abbindeschnur oberhalb des Einbisses so fest wie möglich zu, um zu verhindern, daß das Schlangengift sich im gesamten Körper ausbreitet. Dann nehmt ein Schekel des Großen Theriak ein und streicht noch diese Paste aus Bezoar auf die Wunde. Wenn Ihr so vorgeht, wird Euch kein Leids geschehen. Was andere Gifte betrifft, die Euch Eure Widersacher vielleicht zu verabreichen suchen, so achtet stets darauf, daß Ihr nur Gerichte zu Euch nehmt, die in Wasser gekocht oder einfach gesotten sind, ohne Zugabe von Farbstoffen oder Gewürzen oder Zucker, die den Geschmack, Geruch oder Anblick von Gift verschleiern. Weiterhin, wenn Ihr den Verdacht hegt, daß jemand plant, Euch zu vergiften, so laßt ihn oder jemand anderen eine reichliche Portion des Essens genießen, das auch Euch gereicht wird, nicht nur einen Mundvoll, wie es oft gehandhabt wird. Wie Ihr wißt, ist der Große Theriak ein Gegenmittel gegen Gifte aller Arten, nicht nur das der Schlange.«

»Euer Rat kommt zur rechten Zeit, mein gelehrter Freund. Mustapha«, rief er seinen Eunuchen, »verbirg diese Korbflasche unter meinem persönlichen Gepäck und bewache sie mit deinem Leben.«

»Ich würde respektvoll vorschlagen«, drängte Da'ud, »daß Ihr einen Teil der Flüssigkeit in einige kleine, unzerbrechliche Phiolen abfüllt, am besten solche aus Gold, die jeweils ein Schekel des Mittels enthalten. Eine solltet Ihr stets mit Euch führen, die anderen verteilt unter Eurer persönlichen Habe. So könnt Ihr stets sicher sein, daß Ihr im Laufe des Feldzuges einen Vorrat zur Hand habt.«

»Es soll geschehen, wie Ihr es uns ratet. Aber kehrt nun zu Euren Studien zurück, ehe neugierige Augen Euch erspähen.«

10

In der Abgeschiedenheit der vertrauten Bibliothek fiel die mutige Haltung, die er in der Gegenwart des Kalifen gewahrt hatte, von Da'ud ab. Zutiefst besorgt, schritt er im Raum auf und ab. Seine Befürchtungen wuchsen noch, als ihm die volle Bedeutung seines zufälligen Zusammentreffens mit Abu Bakr klarer wurde. Wieder einmal schwebte er in Lebensgefahr, doch diesmal stand es nicht in seiner Macht, sich selbst zu verteidigen. Sein Schicksal lag nun in den Händen anderer, entzog sich seiner Kontrolle. Welches Übel dem Kalifen im Verlauf des bevorstehenden Feldzugs auch widerfuhr – die Möglichkeiten waren endlos –, ihm würde man die Schuld dafür geben. Nur für den unwahrscheinlichen Fall, daß die Kräfte des Großen Theriak sich wirklich zeigen würden, wäre er von jeglichem Verdacht befreit. Einer plötzlichen Eingebung folgend, hatte er zusätzlich zur vorbeugenden Einnahme des Gegenmittels geraten, doch diese Methode war nicht erprobt, nicht überprüft, und daher war der Erfolg nicht gewährleistet. Wieder einmal blickte er in die häßliche Fratze, die Kehrseite der höfischen Ehrungen. Wenn das der Preis war, dann war er nur zu gern bereit, darauf zu verzichten.

Oh, wie er sich danach sehnte, jetzt den Kopf zwischen Saris sanft gerundete Brüste zu betten, dort in ihrer Liebe Trost und Sicherheit zu suchen, wie ein erschrecktes Kind Sicherheit in der warmen Umarmung seiner Mutter sucht. Wie lange mußte er ihre passive Ablehnung noch erdulden, ihre Weigerung, seine Kinder zu gebären? Es war, als unterzöge sie ihn einer langen, mühsamen Prüfung seiner Beharrlichkeit. Doch wo er früher einmal überzeugt gewesen war, daß die Kraft seiner Liebe in ihr eine Antwort erwecken würde, schwand inzwischen sein Zutrauen zu dieser Kraft. Wie lange noch mußte er seine Leidenschaft zügeln, um die Aufrichtigkeit seiner Zuneigung unter Beweis zu stellen? Während bei Hof die Spannung wuchs und auch seine Nerven stets aufs äußerste gereizt waren, schwand allmählich auch seine Geduld mit ihrer Widerspenstigkeit und mit ihr die Fähigkeit, die Enttäuschung länger zu ertragen, die sie ihm bereitete. Vielleicht sollte er seine Einstellung ändern, weniger Verständnis zeigen, auf seinem ehelichen Recht bestehen, es von ihr verlangen, sie vielleicht sogar mit Gewalt nehmen …

Nicolas Ankunft zwang ihn, seine übliche gefaßte Haltung wieder einzunehmen. Im Laufe des Morgens veranlaßte sein deutlich bemerkbarer Mangel an Konzentration den Mönch jedoch, sich besorgt nach seiner Gesundheit zu erkundigen.

»Ich danke Euch für Eure Umsicht. Mir selbst geht es gut. Der Zustand meiner Frau ist mir Anlaß zur Sorge.«

»Die Leiden der frühen Schwangerschaft?« erkundigte sich Nicolas, dessen strahlende Augen vor Anteilnahme einen warmen Schimmer bekamen.

»Das könnte wohl sein«, erwiderte Da'ud und erstickte beinahe an diesen Worten. Kurz verspürte er das überwältigende Verlangen, aus seiner begrenzten, bedrückenden Welt auszubrechen, allem zu entfliehen, genau wie der arme tote Einsiedler an einem einsamen Ort Zuflucht zu suchen, wo Lügen, Intrigen, Enttäuschung und Gewalt ihn nicht erreichten.

Nicolas, der Da'uds Verwirrung bemerkte, legte ihm freundlich die Hand auf den Arm. »So geht doch und kümmert Euch um sie. Dioskurides hat so lange in der Vergessenheit geschlummert, er mag noch ein wenig länger warten.«

Da'ud nutzte diesen Vorwand. Mit kräftigen Schritten eilte er nach Hause, wild entschlossen, Sari mit sich zu reißen, mit ihr zur Hütte des Einsiedlers zu reiten und dort mit all der Kraft seiner aufgestauten Leidenschaft die Lebenskraft zu wecken, die in ihr schlummern mußte. Doch kaum hatte er das Haus betreten, da vertrieb ihm die ungewohnte, unnatürliche Stille diese Gedanken aus dem Kopf. Es war etwas geschehen. Es mußte etwas mit Sari sein.

Er fand sie ausgestreckt auf dem Diwan liegend, geschüttelt von einem heftigen Fieber. An ihrer Seite saß hilflos weinend die Dienerin Malka.

»Warum hast du nicht unverzüglich nach mir geschickt?« fragte er zornig.

»Es kam ganz plötzlich über sie, Herr, erst vor kurzer Zeit. Ich hatte Angst, sie allein zu lassen. Alle paar Minuten verspürt sie den Drang, Wasser zu lassen, und ich muß ihr zum Abtritt helfen. Jedesmal, wenn sie Wasser abschlägt, wimmert sie vor Schmerzen.«

»Gut«, murmelte er, um das von panischer Angst erfaßte Mädchen zu trösten. »Jetzt hör auf zu heulen und gehe in meinem Arbeitszimmer die Utensilien für den Aderlaß holen«, gebot er ihr, während er sanft Saris heiße, schlaffe Hand anhob, um ihr den Puls zu fühlen. Bei dieser Berührung schlug sie wie wild um sich.

»Nimm deine schmutzigen, lüsternen Hände von mir«, rief sie fiebertrunken. »Du und all deine greisen, geifernden Kumpane. Au!« schrie sie auf, als erlitte sie unerträgliche Schmerzen, und dann keuchte sie und drückte die Hände nach oben, als müßte sie ein Gewicht von sich abwälzen, das sie zu zermalmen schien. Da'ud beugte sich erneut über sie, diesmal legte er ihr die kühle Handfläche an Nacken und Wange, um ihre Körpertemperatur zu fühlen. Nun jaulte sie auf, als würgte sie jemand, und heulte dann: »Nimm dein gräßliches, schlaffes Ding aus meinem Mund! Macht daß ihr rauskommt, ihr geifernden Tiere, macht, daß ihr zwischen meinen Beinen rauskommt! Au!« stöhnte sie wieder, hielt sich die Scham mit beiden Händen. »Raus aus mir! Raus!«

»Barmherziger Gott!« flüsterte Da'ud und sank auf dem Diwan neben ihr zusammen. Das war es also! Und die ganze Zeit hatte sie Stillschweigen bewahrt, hatte zugelassen, daß diese Erinnerung ihr Leben aushöhlte. Das arme, wehrlose Kind, von einem Haufen lüsterner Greise brutal mißhandelt, die irgendeine perverse Macht verspüren wollten, die sie mit anderen Mitteln längst nicht mehr erreichen konnten. Kein Wunder, daß sie sich ihm verweigerte. Allmächtiger, gütiger Gott, wie sollte er das je an ihr wiedergutmachen? Wie sollte er ihre verwundete Seele heilen, wie die schreckliche Verletzung an Körper und Geist lindern? Er beobachtete sie einige Sekunden ganz genau, wie sie sich hin und her warf, wie sie etwas murmelte, das wie slawische Flüche klang, dazwischen immer wieder Bruchstücke von Schreien, inständigen Bitten, Flehen, Aufbegehren. »Hör auf zu beißen … Blut … Blut … Au! Meine Brüste! Nein, von unten … faß meinen Hintern nicht an, du Hund! … Raus aus mir! Raus!«

In Malkas zitternden Händen klirrten die Schale und das Skalpell aneinander, als sie diese ihrem Herrn reichte. Der beschloß, seine Frau sofort zur Ader zu lassen, um sie von dem Überschuß übler Körpersäfte zu befreien, der ihr die Infektion und das heftige Fieber verursacht hatte. Nachdem er sich überzeugt hatte, daß sie stark genug war, um diese Behandlung auszuhalten, band er ihr das Bein über dem Knie ab, ehe er mit dem Messer einen Einschnitt in der Kniekehle machte. Er führte das scharfe Instrument so geschickt, daß sie kaum den Schmerz des Schnittes spürte. Die Farbe des Blutes schien gesund. Er stillte den Blutfluß, ehe er ihren Körper zu sehr schwächte. Seine Handbewegungen waren so geschickt und sanft, daß sie nicht einmal bemerkte, wie er die Wunde versorgte.

»Du bist sehr tapfer«, lächelte er zu ihr herab.

Endlich zeichnete sich in ihren meerblauen Augen ein

Schimmer des Erkennens ab. Dann flüsterte sie ganz schwach: »Malka, Malka, hilf mir auf den Abort.«

»Ich helfe dir«, antwortete Da'ud. »Als dein Arzt muß ich deinen Urin sehen.«

Zu schwach, um sich dagegen aufzulehnen, ließ Sari zu, daß er sie aufrichtete und stützte, während sie langsam den Flur zum Abort entlangging. Dabei preßte sie die Beine fest zusammen, um dem Schmerz Einhalt zu gebieten, den sie verspürte. Wimmernd quetschte sie einige wenige Tropfen heraus, die Da'ud in einem Fläschchen auffing. Zu seiner großen Erleichterung war darin kein Blut zu sehen. Ein kühlendes Astringenz aus Sauerhonig mit viel Essig auf wenig Honig, ein wenig Zimt, um die schlechten Körpersäfte aufzulösen, und es sollte ihr am nächsten Morgen schon besser gehen.

Den Rest des Tages wich er nicht von ihrer Seite, beobachtete aufmerksam, ob sich ihr Zustand verschlechterte, streichelte ihr die Hand, kühlte ihr die fieberheiße Stirn, führte ihr Wasser an die Lippen. Gegen Abend, als ihre Temperatur wieder anstieg, gab er ihr zusammen mit dem Sauerhonig ein mildes Beruhigungsmittel aus Mohnsamen. Er ließ eine Matratze hereinbringen und legte sich neben ihr auf den Boden, nickte ein wenig ein. Bei der geringsten Regung fuhr er auf, versicherte sich, daß das Fieber nicht noch mehr gestiegen war, überprüfte, ob sie noch bequem lag, und verfiel dann wieder in unruhigen Schlaf.

Sie erwachten beide beim ersten Schimmer des Morgens.

»Besser?« erkundigte er sich leise, während er ihr Hals und Stirn befühlte, die nun viel kühler waren.

»Viel besser, danke. Ich dachte, ich müßte sterben.«

»Nicht als meine Patientin.«

»Die ganz Nacht hindurch habe ich gespürt, daß du bei mir warst.«

»So sorge ich für die Menschen, die ich liebe.«

»Liebe«, murmelte sie, »da sein, aufpassen, Sicherheit schenken. Ist es das, was du Liebe nennst?«

»Das und mehr.«

»Vielleicht begreife ich es allmählich.«

»Und ich verstehe nun, wie es kommt, daß du dergleichen nicht kennst.«

Sie warf ihm einen fragenden, beinahe furchtsamen Blick zu.

»In deinem Fieberwahn hast du ein wenig von den Greueln verraten, die du in deinen Kinderjahren zu erleiden hattest.«

»O Gott!« stöhnte sie, und Tränen rannen ihr über die bleichen Wangen.

»Warum hast du mir nie davon erzählt?«

»Weil ich mich geschämt habe und weil ich all das unbedingt vergessen wollte.«

»Wer waren diese Männer?«

»Freunde des alten Witwers, der mich als Säugling gefunden hat, ausgesetzt beim Grab seiner Frau auf dem Prager Friedhof. Er hat mich bei sich aufgenommen und aufgezogen, und später hat er dann seine Schuld von mir eingetrieben, indem er …«

»Ruhig, Liebes. Der Rest ist mir klar. Du brauchst nie mehr daran zu denken oder davon zu sprechen. Ich schäme mich, daß ich dich belästigt habe, sei es auch noch so wenig. Ich schwöre, ich werde dich nie wieder auch nur mit einem Finger berühren. Es sei denn, du suchst meine Nähe aus freien Stücken, dann komme ich gern zu dir.«

Sari schloß die Augen, und ein Ausdruck tiefster Zufriedenheit, wie sie dergleichen noch nie im Leben verspürt hatte, durchglühte ihr zartes, schimmerndes Gesicht. Wie ungeheuer erleichtert mußte sie sich fühlen, nachdem sie sich ihm anvertraut hatte! Und nun, da die unsichtbare Schranke gefallen war, die zwischen ihnen gestanden hatte, würde sie vielleicht mit der Zeit aus eigenem Antrieb zu ihm kommen, und sie würden zusammen das Lebensglück erreichen, das er immer so ersehnt hatte.

Die neue innig vertraute Bindung, die jetzt zwischen Da'ud und seiner Frau wuchs, hielt ihn während der folgenden Tage und Wochen aufrecht. Allerdings enthüllte er Sari nicht die Gefahr, in der er schwebte. Er vertraute ihr nicht an, welche Furcht ihn packte, wenn ein Bote von der Kriegsfront in den Palastbezirk galoppiert kam. Er beschrieb ihr nicht, wie hinterhältig Abu Bakr jedesmal lächelte, wenn er ihn traf. Doch sie spürte die Spannung, die ihn ergriffen hatte – seine Ungeduld mit der Dienerschaft, seine zerstreute Miene, sein brütendes Schweigen.

»Du hast große Sorgen«, sagte sie schließlich zu ihm, als sie an einem Sabbatabend Hand in Hand nach dem Abendessen mit der Familie von Ya'kubs Haus heimgingen. »Ich habe noch nie erlebt, daß du so wenig Geduld mit deinem Vater hattest.«

»Ja, ich muß zugeben, ich bin im Augenblick nicht ich selbst. In den Zeiten eines Krieges zwischen zwei Gebieten ein und desselben Landes, zwischen gegnerischen Lagern, in denen viele Personen durch Blutsbande, durch ihre Herkunft oder ihre Religion mit dem Feind verbunden sind, muß eine heimtückische Atmosphäre des Mißtrauens entstehen, die jeden Winkel des Lebens am Hof durchdringt.«

»Erhebt dich deine Arbeit als Gelehrter nicht über all das?«

»Das hatte ich gehofft, aber sogar das uralte Wissen, das ich entschlüssele, gerät in diesen schwierigen Zeiten in Verdacht. Wer soll garantieren, daß ich es nicht benutze?«

»Aber zu welchem Zweck? Du hast doch keinerlei Interesse daran, dich mit den Feinden des Kalifen zu verbünden.«

»Nein, aber diejenigen, die ein solches Interesse hegen, möchten es vielleicht so aussehen lassen.«

»Ich verstehe«, erwiderte Sari und umklammerte seine Hand fester, um ihn zu beruhigen. Nach kurzer Überlegung fuhr sie fort: »Aber das, was du fürchtest, muß nicht eintreten. Du besitzt das Vertrauen des Kalifen.«

»Bis jemand sich mit Entschlossenheit daran macht, es zu untergraben. Der Kalif vertraut selten nur einem Menschen auf unbestimmte Zeit.«

»Selten vielleicht, aber nicht nie. So wie du ihn beschrieben hast, ist er ein guter Menschenkenner, klug genug, um Wahrheit von Lüge, Treue von Verrat zu unterscheiden. Da du dir nichts vorzuwerfen hast, hast du auch nichts zu befürchten.«

Sie hatte natürlich recht. Ihre ruhige Klarheit milderte seine besessene Furcht ein wenig, half ihm, das Gleichgewicht wiederzugewinnen, das er verloren hatte, als er meinte, sein Schicksal entgleite ihm und liege nun in den skrupellosen Händen anderer.

»Du sprichst weise«, erwiderte er, wie er seinen Vater unzählige Male zu seiner Mutter hatte sagen hören. Hoffentlich gab die Zukunft ihren klugen Worten recht … Als sie ins Haus traten, küßte er sie zärtlich auf die Wange, ehe sie sich trennten und jeder sich in seine eigenen Räume begab.

Von nun an spürte Da'ud, wenn er von der Bibliothek nach Haus zurückkehrte, die tröstende Nähe seiner Frau, ihre Sorge um ihn, die sich in der kleinsten Aufmerksamkeit zeigte – in den Kissen, die sie ihm in den Rücken stopfte, wenn er sich auf dem Diwan zurücklehnte, in dem Glas Wein, das sie ihm einschenkte und das sie leicht zwischen den Händen anwärmte, ehe sie es ihm reichte, in den frischen Blumen, die sie ihm täglich auf den Tisch stellte. So gelang es ihr jeden Abend, die Spannung der unendlich scheinenden Tage zu lösen, ihm das Warten auf eine Nachricht vom Ausgang der Schlacht ein wenig leichter zu machen.

Selbst als die Kunde vom triumphalen Sieg des Kalifen über Leon und Kastilien in Córdoba verkündet wurde, linderte das Da'uds Ängste nur unwesentlich. Als er jedoch mit eigenen Augen sah, wie Abd ar-Rahman im Triumph in den Palastbezirk einritt – unter schallendem Jubel, zum Klang schmetternder Trompeten und mit stolz wehenden scharlachroten und goldenen Bannern –, atmete er auf. Das Getümmel im Palast war so groß, seine Erleichterung über die wohlbehaltene Rückkehr des Kalifen so ungeheuerlich, daß Da'ud Nicolas vorschlug, die Arbeit für einen Tag ruhen zu lassen und sich den allgemeinen Freudenfeiern anzuschließen. In Wirklichkeit wollte er nur nach Hause eilen und mit Sari sein köstliches Gefühl der Befreiung teilen, nun, da die panische Angst von ihm gewichen war, die ihn seit Beginn des Feldzugs Tag und Nacht heimgesucht hatte. Er wollte gerade die Bibliothek verlassen, als Mustapha ins Zimmer gestürzt kam.

»Der Erhabene Kalif, der ruhmreiche Sieger und triumphale Eroberer, verlangt unverzüglich die Gegenwart von Abu Suleiman.«

Verblüfft über diese rasche Vorladung, unsicher, ob sie Böses oder Gutes verhieß, eilte Da'ud hinter Mustapha her. Geschwind schritt der Eunuch voran, diesmal nicht über verschlungene Umwege, sondern offen über den Innenhof des Palastes, der vor Menschen nur so wimmelte, durch den Vorhof und geradewegs in den Audienzsaal. Kaum war Da'ud eingetreten, da entließ Abd ar-Rahman die Würdenträger, die um ihn herumscharwenzelten, mit einer ungeduldigen Handbewegung. Als auch der letzte voller Bestürzung über diese zeitige Beendigung der Audienz verschwunden war, eilte der Kalif strahlend vor Freude über seinen Sieg auf Da'ud zu, um ihn zu begrüßen.

»Ich habe Euch sofort rufen lassen, weil Euer Anteil an diesem Sieg weit größer ist, als Euch bewußt ist«, erklärte er. »Erst jetzt kann ich Euch die Wahrheit enthüllen. Ich habe keine Sekunde gezweifelt, daß meine Feinde versuchen würden, mich in die Knie zu zwingen, indem sie die einzige schwache Stelle in meiner Verteidigung nutzten, nämlich meine tiefsitzende Angst vor dem Biß einer Natter, von der Ihr nichts wußtet. In der schändlichen Schlacht von Simancas waren meine Ärzte Zeugen dieser meiner Schwäche, die ihnen bis dahin verborgen geblieben war. Sie haben das Geheimnis verraten und mußten dieses Verbrechen mit dem Leben bezahlen.«

»Ihr meint die drei Köpfe, die Ihr mir an jenem Tage in der Medina Azahara gezeigt habt?«

Der Kalif nickte, ehe er fortfuhr. »Wie zu erwarten war, haben sie dieses Wissen an Abu Bakr weitergereicht, auf daß er es zu gegebener Stunde nutze. Aber dank Eurer Hilfe, mein junger und gelehrter Freund, scheiterte ihr abscheulicher Plan schmählich. Am Vorabend der Entscheidungsschlacht nahm ich als Schutzmaßnahme ein halbes Fläschchen des Großen Theriak zu mir, genau wie Ihr mir geraten hattet, und fiel in einen tiefen und ruhigen Schlaf. Um Mitternacht schüttelte mich Mustapha wach, bebend vor Angst. »Eine Natter, eine Natter!« kreischte er, jedoch eine Sekunde zu spät. Sie hatte mich bereits gebissen. Doch verspürte ich keine Panik, keine Angst. In aller Ruhe und Gelassenheit nahm ich eine volle Dosis des Gegenmittels zu mir, ließ mir dann von Mustapha den Arm oberhalb des Bisses abbinden, das Gift aussaugen und die Salbe aus Bezoar auftragen. Dann wartete ich. Wartete auf das Fieber, auf die Schmerzen. Aber es geschah nichts. Absolut gar nichts. Eine Stunde, dann noch eine, und immer noch spürte ich keinerlei üble Wirkung. Also dankte ich Allah, rief seinen Segen auch auf Euch herab und schlief wieder ein. Im Morgengrauen erschien ich heil und gesund auf dem Schlachtfeld, zur äußersten Verwunderung Ordoños und seiner

Hauptleute. In diesem entscheidenden Augenblick verloren sie alle den Kopf. Die Truppen, denen ihre Verwirrung nicht entging, scherten in Panik aus den Reihen aus, als unser Heer sich auf sie stürzte. Und sie bezogen die Prügel, die ihnen nach dem Massaker zustand, das sie in Simanca unter meinen Soldaten angerichtet hatten. Ich stehe also zweifach in Eurer Schuld, um meines Lebens und um meines Sieges willen.«

»Ihr erweist mir große Ehre, o Herrscher der Gläubigen, aber es ist eine Ehre, die ich wohl kaum verdiene. Es waren die Altvordern, die einst den Großen Theriak entdeckten, ich entriß ihn nur der Vergessenheit. Das einzige, das ich mir vielleicht als Verdienst anrechnen kann, ist mein Vorschlag, das Mittel auch vorbeugend einzusetzen. Die Tatsache, daß das Schlangegift bei Euch keinerlei Schäden hervorrief, könnte wohl darauf hindeuten, daß eine vorbeugende Wirkung besteht, denn obwohl der Große Theriak ein gutes Gegenmittel ist, ist es doch ungewöhnlich, daß das Opfer eines Natternbisses keinerlei Beschwerden verspürt. Ein Fall reicht jedoch nicht aus für eine allgemeine Schlußfolgerung. Was der einen Person nutzt, muß nicht unbedingt bei einer anderen die gleiche Wirkung zeigen.«

»Wenn es mich gerettet hat, so ist mir das Beweis genug. Aber auch jetzt darf kein Sterbenswörtchen über die Wiederentdeckung des Großen Theriak an die Öffentlichkeit dringen. Ich weiß«, fuhr der Kalif fort und hob, Einhalt gebietend, die Hand, »ich weiß, daß es Euer liebster und ehrgeizigster Wunsch ist, die gesamte Menschheit in den Genuß dieses Mittels zu bringen. Auch ich hege den gleichen Wunsch, aber seine Erfüllung muß warten bis nach meinem Tod. Niemals dürfen meine Feinde erfahren, wie ihr teuflischer Plan vereitelt wurde, damit sie nicht andere Wege ersinnen, mich zu beseitigen. Wenn die Welt so lange auf die Enthüllung dieses uralten Geheimnisses gewartet hat, so wird sie eben noch ein wenig länger warten müssen. Ihr seid noch jung und habt viele Jahre vor Euch, in denen Ihr den Ruhm genießen könnt, den Euch Eure Entdeckung bringen wird. Ich jedoch spüre die Last meiner Jahre schwer auf den Schultern und sehne mich danach, die Zeit, die mir noch verblieben ist, frei von der Furcht zu verleben, die mich seit meiner Kindheit verfolgt. Mir genügt es, nach meinem Tode als der Herrscher geehrt zu werden, unter dessen Herrschaft die uralte Formel wiederentdeckt wurde. Ihr müßt in meiner Nähe bleiben, Abu Suleiman. Ihr habt mein Leben in Händen gehalten und mich nicht enttäuscht. Ich brauche Euch jetzt und werde Euch mit der Zeit immer mehr brauchen.

Doch nun zu praktischen Angelegenheiten. Da dieser Sieg auch der Eure ist, möchte ich mit Euch die Bedingungen für die Kapitulation Ordoños besprechen. Binnen kürzester Zeit wird er um Frieden bitten, und wir müssen darauf vorbereitet sein, damit wir ihm unsere Bedingungen aufzwingen können, ehe er zuviel Zeit hat, sich von seiner Niederlage zu erholen. Wir müssen entscheiden, wie viele Festungen er uns übergeben muß und welche das sein sollen, müssen die Höhe des jährlichen Tributes festlegen, den er uns zu entrichten hat, und die Höhe des Lösegeldes für die Gefangenen, die wir gemacht haben …«

»Ich denke, Ihr wäret gut beraten, wenn Ihr Eure spanischen Feinde mit Großmut behandelt, um sie nicht zu Racheakten anzustacheln. Frieden an den Grenzen im Norden ist unerläßlich, damit Ihr die Angriffe der Fatimiden auf Eure Ländereien im Norden Afrikas zurückschlagen könnt.«

»Diese finsteren barbarischen Festungen sind mir nicht so wichtig wie das Geld der Christen. Ich brauche vor allem Geld, um einen großen Feldzug gegen al-Mu'izz und seine berberischen Verbündeten in Algerien zu führen. Wir reden morgen noch einmal darüber. Nun muß ich mich in die Medina Azahara begeben, wo meine kleine Zahra schon auf mich wartet – *le repos du guerrier*, mein Freund. Oh, ich glaube, ich habe Euch noch nicht berichtet, daß sie über meine erneuerte Manneskraft entzückt war, die zu großen Teilen auf Eure Anweisungen zurückgeht.«

Da'ud wäre auch gerne zu Sari geeilt und hätte mit ihr den *repos du guerrier* genossen, doch trotz der neuen Vertrautheit zwischen ihnen, trotz des feinen Gespürs, das sie zeigte, indem sie all seinen Wünschen zuvorkam und auf seine wechselnden Stimmungen einging, hatte er nur wenig Hoffnung, daß sie ihm diese Freude je gewähren würde …

11

»Laßt bloß das hämische Grinsen von euren unverschämten Gesichtern verschwinden!« brüllte Königin Toda von Navarra die Gruppe von Adeligen, Stallmeistern und Dienern an, die lustlos im Innenhof ihrer Festung in Pamplona warteten, um sie auf einem der wilden Galoppritte zu begleiten, die sie sich gewöhnlich gönnte, wenn sie von rasender Wut ergriffen war. »Ich dulde derlei unverschämten Mangel an Respekt nicht, den ihr gegenüber meinem geliebten Enkelsohn Sancho zeigt, dem rechtmäßigen Herrscher von Leon und Kastilien. Augenblicklich mag er abgesetzt sein, doch ich schwöre bei der Erinnerung an seinen armen toten Vater Ramiro II. und an seinen armen verstorbenen Halbbruder Ordoño III. und bei den Häuptern meiner noch am Leben verbliebenen Kinder, König Garcia von Navarra und seiner Schwester Teresa, Sanchos Mutter, daß ich ihn wieder auf den Thron von Leon setzen werde, wie viel es mich und das Königreich meines Sohnes, Navarra, auch kosten mag.«

Während sie so sprach, hielten die Stallmeister Sancho bereits zum vierten Male den Steigbügel. Erneut versuchte er sich in den Sattel zu hieven. Sein Gesicht war vor Anstrengung scharlachrot angelaufen, doch es fehlte ihm die Kraft in den schlaffen Muskeln, um das ungeheure Gewicht seines Körpers in den Sattel zu heben. Geschlagen glitt er zu Boden zurück und stand hilflos neben seinem lammfrommen und geduldigen Pferd, die Beine vom Knie abwärts absurd nach außen gedreht, die plumpen Arme kraftlos am Körper herabhängend, einen Ausdruck der Verblüffung auf dem teigigen Gesicht. Eine Jammergestalt.

»Setzt Euren Arsch in Bewegung!« brüllte Toda die Stallmeister an. »Wenn er sich nicht selbst in den Sattel heben kann, dann habt, verdammt noch mal, ihr dafür zu sorgen, ihr unfähigen Trottel! Und ihr Kerle da oben«, schrie sie den Wachen zu, die von den Zinnen des Burgfrieds auf ihren Enkel heruntergrinsten, »wenn ich euch noch einmal erwische, wie ihr euch über Seine Majestät lustig macht, dann lasse ich euch auf den nächsten Lanzenschaft spießen.«

Kaum saß Sancho endlich mehr oder weniger sicher im Sattel, da winkte er auch schon mit fettem Zeigefinger den Verpflegungsmeister zu sich heran. »Die Wildpastete«, befahl er. Der Diener eilte herbei, um den Wunsch seines königlichen Herren zu erfüllen, und wühlte in dem guten Dutzend Satteltaschen, die man den Eseln aufgelegt hatte, die zur Begleitung der Reitpartie bereitgestellt waren. Schließlich fand er, was er suchte, eine saftige Pastete mit goldener Kruste, gut eine Handspanne im Durchmesser. Mit einer respektvollen Verbeugung reichte er sie dem jämmerlich ungekrönten König. Geduldig wartete die ganze Reitgesellschaft im Sattel, während die Pferde ungeduldig auf den glitschigen Pflastersteinen tänzelten, bis Seine Majestät die Pastete bis auf den letzten Krümel verzehrt hatte. Erst dann wagten sie es, aufzubrechen.

Toda galoppierte in wütendem Tempo vor ihrem Gefolge davon. Der graue Umhang aus grober Wolle flatterte wild hinter ihr. Stundenlang ritt sie am Flußlauf des Arga aufwärts, der sich durch die struppigen grünen Weiden des niederen Tales schlängelte, dann schmaler wurde, sich allmählich durch die raschelnden Buchenwälder in die Vorgebirge der Pyrenäen erhob bis zur Quelle des Flusses im Gebirge hin. Wie eine Besessene galoppierte sie durch den Wald, bis aus einiger Entfernung ein Schrei an ihre Ohren drang. Sie verlangsamte das Tempo und suchte den Wald mit ihrem scharfen Auge ab, bis sie eine Lichtung erspähte, wo die Reitgesellschaft verweilen konnte. Einer nach dem anderen gesellten sich die Höflinge zu ihr, Sancho kam als letzter. Er war sichtlich erschöpft, und es entrang sich ihm ein erstickter Schrei. Halb rollte, halb fiel er vom Pferd und lag dann unbeweglich am Boden, stierte nur in den Himmel.

Toda eilte zu ihm, war unter den erstaunten Augen der Höflinge plötzlich wie verwandelt. Die angriffslustige, herrische und starrköpfige Anführerin, unter deren unnachgiebigem Blick sie alle zitterten, war nun keinen Deut anders als alle anderen Großmütter, die sie je gesehen hatten, unglaublich warmherzig, liebevoll und sanft. »Sancho, Sancho, mein Herz«, flüsterte sie, während sie dem jungen Mann über die Stirn streichelte. »Sprich zu mir, sag etwas. Ich bin es, deine Großmutter.«

Aber der Herrscher, der seinen Thron verloren hatte, nahm ihre Anwesenheit nicht wahr. Die Adeligen von Navarra blickten beunruhigt auf Sanchos umfangreiche Gestalt, die reglos am Boden lag, die Augen glasig, als hätten seine Sinne ihn verlassen, und sie zogen sich in sichere Entfernung zurück. Sie hatten Andeutungen über die »Anfälle« des jungen Mannes vernommen oder über seine »Absencen«, wie man sie auf Todas Geheiß nannte, aber weil man sich diese Attacken nicht erklären konnte, fürchteten die

Männer sie instinktiv. Nur Toda hatte den Mut, neben ihrem Enkelsohn zu verweilen. »Sancho, mein Herz, meine Seele, ich bin es, Toda, deine Großmutter«, wiederholte sie immer wieder. »Kannst du mich hören? Siehst du mich? Erkennst du mich?«

Aber Sancho gab kein Zeichen des Verstehens. Still lag er da, ein Berg aus Menschenfleisch, und starrte ins Nichts. Obwohl Toda sich alle Mühe gab, ihre Gefühle zu verbergen, war doch jede Sekunde, in der ihre Höflinge sie so sahen, für sie eine unerträgliche Schande. Aber sie machte sich keine übermäßigen Sorgen. Aus Erfahrung wußte sie, daß Sanchos regelmäßig wiederkehrende Anfälle des *petit mal*, wie es ihre französischen Feinde nannten, kaum je länger als einige wenige Minuten andauerten.

In ihrem unermüdlichen Bestreben, Heilung für ihn zu finden, hatte sie jeden berühmten Arzt diesseits und jenseits der Pyrenäen konsultiert – wenn man diese Haufen unfähiger Quacksalber überhaupt so nennen konnte. Alle hatten sie ihr versichert, der Zustand ihres Enkels müsse sich nicht notwendigerweise verschlimmern – wenn das natürlich auch geschehen könne, fügten sie dann noch zaghaft hinzu, weil sie um ihren zu unrecht erworbenen guten Ruf bangten. So Gott wolle, salbaderten sie fromm weiter, könne die Krankheit sogar eines Tages auf ebenso geheimnisvolle Weise verschwinden, wie sie gekommen war. Wäre Sancho, der zweite Sohn von Todas Tochter Teresa, nicht wegen des frühen Todes seines Halbbruders, dessen Herrschaft nur kurz gewesen war, Thronerbe von Leon geworden, seine Krankheit wäre keine Angelegenheit von politischer Bedeutung gewesen. Nun aber diente sie dem Thronräuber Ordoño IV. als tödliche Waffe. Der Usurpator war Mitglied des königlichen Hauses von Leon und Verbündeter des Fernan Gonzales, des rebellischen Prinzen von Kastilien. Welches Argument konnte überzeugender begründen, daß Sancho nicht geeignet war, die Regierungsgeschäfte zu führen, als der Anblick dieses massiven Fleischbrockens, wie er da am Boden lag und nichts von dem wahrnahm, was rings um ihn herum geschah?

»Steht nicht so herum und haltet Maulaffen feil, ihr hirnlosen Idioten!« brüllte Toda ihr Gefolge an. »Geht und vertretet euch in den Wäldern die Beine, und Ihr, Verpflegungsmeister, bereitet eine Mahlzeit vor. Sobald Sancho das Bewußtsein wiedererlangt, wollen wir uns alle daran laben.«

Lustlos spazierten die Männer in die Wälder, redeten von allem möglichen, nur nicht von Sanchos Krankheit, für den Fall, daß Toda sie hören könnte. Als die Höflinge zurückkehrten, war Sancho schon wieder er selbst, offenbar völlig unbeeinträchtigt von seiner Ohnmacht. Mit der üblichen Gier stopfte er gesottene Tauben und Räucheraal, Entenbrust, Rinderpasteten und geräucherten Schinken in so ungeheuren Mengen in sich herein, daß sogar diejenigen ihn voller Erstaunen betrachteten, die selbst mit einem herzhaften Appetit gesegnet waren. Nachdem er alles mit mehreren Humpen Bier heruntergespült hatte, machte sich Sancho mit unverminderter Gier über eine Reihe von Süßspeisen her, die im christlichen Norden völlig unbekannt waren. Einer der Konditoren des Kalifen, den man in der Schlacht von Simancas gefangengenommen und in die Dienste von Sanchos Vater gepreßt hatte, hatte sie eigens für ihn zubereitet. Sancho trauerte tief, weil man ihn hatte zurücklassen müssen, bis seine liebende Großmutter den Mauren auslöste und zum Gefolge Sanchos gesellte. Endlich gesättigt, ließ sich der thronlose König nach hinten sacken, schloß die Augen und verfiel in einen tiefen Schlaf. Einen Ausdruck überirdischer Seligkeit auf dem aufgedunsenen Gesicht, wölbte er seinen faßförmigen Bauch so weit vor, daß die Höflinge sich eines Kicherns kaum erwehren konnten.

»Ihr Barbaren, die ihr euch Adelige schimpft«, schnappte Toda. »Was ich brauche, um die Ehre meiner Familie wiederherzustellen, sind eure Schwerter, nicht euer Gelächter. Da steht ihr nun, ein Haufen saft- und kraftloser Memmen, ein albernes Grinsen auf dem Gesicht, während der schurkische Kastilianer Fernan Gonzalez sich mit dem Thronräuber verbündet, um meinem Sohn sein ererbtes Recht auf den Thron von Leon zu rauben. Ich weigere mich, diese Situation noch länger zu ertragen.«

Nachdem sie die Ehre seiner Männer dergestalt besudelt hatte, konnte Rodrigo de Estella, Anführer der kläglichen Streitkräfte des winzigen Fürstentums Navarra, nicht mehr länger an sich halten.

»Bei allem Respekt, Eure Majestät, nicht ohne Grund hat man Eurem Enkelsohn den Thron genommen. Seine überstürzte, um nicht zu sagen willkürliche Entscheidung, die Zahlung des jährlichen Tributs zurückzuhalten, die dem Kalifen nach den Bestimmungen des Vertrags zusteht, den einst dessen Unterhändler Da'ud ibn Yatom ausgehandelt hat, hat das ehemalige Königreich Eures Enkels der Gefahr erneuter Angriffe durch die maurischen Horden ausgesetzt. Doch Leon ist nicht in der Lage, derlei Angriffen standzuhalten, weil seine Kräfte aufgezehrt werden durch die ständigen Streitereien mit seinem ungebärdigen Vasallen, dem Fürstentum Kastilien.«

»Alles Geschwätz!« rief sie und wischte das Argument des Befehlshabers mit einer wütenden Armbewegung beiseite. »Abd ar-Rahman ist viel zu sehr mit den Fatimiden in Algerien beschäftigt, als daß er sich um uns kümmern könnte.«

»Die Männer des Thronräubers wären da nicht Eurer Meinung. Sie behaupten, der Kalif hielte stets eine Garnison Soldaten in Reserve, die jederzeit bereit sind, Leon anzugreifen. Einige stellen sogar in Frage, ob Sancho bei klarem Verstand war, als er den Kalifen so offen provozierte. Und auch die Gemäßigteren zögern, das Schicksal von Leon einem jungen

Herrscher anzuvertrauen, dessen körperliche und geistige Gesundheit …« Der Krieger mit dem wettergegerbten Gesicht hielt einen Augenblick inne, ehe er unverblümt die für alle offensichtliche Wahrheit aussprach: »… ihn außerstande setzt, die Geschicke des Landes zu lenken.«

»Ja, nun«, murmelte Toda mißmutig, zog sich mit einer herrischen Bewegung den schweren Silbergürtel zurecht, der ihren Umhang zusammenhielt. »Kommt«, sagte sie und führte Don Rodrigo ein Stück von den anderen Adeligen weg. »Machen wir einen kleinen Spaziergang und besprechen wir die Sache unter vier Augen.« Während sie unter den luftigen Buchen einherschritten, packte Toda die Angelegenheit mit eiskalter Klarheit an. »Also, Don Rodrigo, wir stehen vor zwei Problemen. Erstens: Sancho muß wieder gesund werden, um das Vertrauen und die Treue seiner Untertanen für sich zu gewinnen. Zweitens: wir müssen eine militärische Streitmacht aufbieten, die stark genug ist, den Thronräuber und die kastilischen Rebellen in die Knie zu zwingen und Sancho bei seiner rechtmäßigen Thronbesteigung verteidigen zu können. Welche Vorschläge habt Ihr zur Lösung dieser Fragen vorzubringen?«

»Nicht die Lösungen, die Ihr Euch wünschen würdet, Madam.«

»Erklärt Euch, Don Rodrigo. Ich bin es nicht gewohnt, Euch in Rätseln sprechen zu hören. Als Militär seid Ihr gewöhnlich offener.«

»Nun gut, Eure Majestät. Wie Ihr wißt, gibt es in der ganzen Christenheit keinen einzigen Arzt, der Sancho heilen könnte.«

»Weiter«, fuhr Toda ungeduldig dazwischen, ärgerlich über die müßige Wiederholung einer derart offensichtlichen Tatsache.

»Die Toleranz und Großzügigkeit der Omajiaden-Herrscher hat die größten *medici* unserer Zeit an den reichen

Hof von Córdoba gelockt. Dort ist die beste medizinische Versorgung zu finden.«

»Schlagt Ihr mir etwa vor, ich solle mich bei meinem Erzfeind, dem moslemischen Kalifen, einschmeicheln?«

»Offen gestanden, Majestät, ja, genau das schlage ich vor. Vor nicht zu langer Zeit habt Ihr erklärt, daß Ihr entschlossen seid, Sancho wieder auf den Thron zu verhelfen, der ihm rechtmäßig zusteht, koste es, was es wolle. Ein Teil des Preises, den Ihr zahlen müßt, ist die Bitte, die Ärzte des Kalifen mögen den jungen Sancho heilen.«

»Und ich soll ihn meinen Feinden ausliefern? Don Rodrigo, habt Ihr völlig den Verstand verloren?«

»Nein, Madam, im Gegenteil. Ich habe die Situation von allen möglichen Blickwinkeln aus betrachtet, seit man Sancho abgesetzt hat. Meiner Meinung nach gibt es keine andere Lösung, wie wenig sie Euch auch behagen mag.«

»Sie kommt überhaupt nicht in Frage. Ich werde mich niemals mit der Bitte um Hilfe an Abd ar-Rahman wenden!«

»Bei allem Respekt, Madam, Sanchos eigene Untertanen, sowohl in Leon als auch in Kastilien, sind kaum eine geringere Gefahr für ihn als der Kalif. Zumindest verlangt der Maure nur Tribut, während die Rebellen den Thron wollen.«

Angesichts dieser unbestechlichen Logik konnte Toda nur noch schweigen. Nachdenklich geworden, machte sie auf dem Absatz kehrt und begab sich zur Lichtung zurück. Dort weckte sie Sancho aus dem Schlaf, sprang dann trotz ihres massiven Körperbaus mit großer Leichtigkeit in den Sattel und brüllte ihre Befehle: »Nach Pamplona, und helft Seiner Majestät in den Sattel.« Zu Rodrigo, der neben ihr ritt, sagte sie: »Ich denke darüber nach.« Dann trieb sie ihr Pferd mit den Sporen zu einem wilden Galopp an und ritt zurück in die Sicherheit ihrer finsteren grauen Festung.

»Was haltet Ihr von diesem Schreiben?« fragte Abd ar-Rahman Da'ud und reichte ihm den Brief, den er von Toda, der verwitweten Königin von Navarra, der wirklichen Macht hinter dem Thron ihres Sohnes, erhalten hatte.

»Eine äußerst ungewöhnlich Bitte«, erwiderte Da'ud vorsichtig.

»Wahrlich, vor allem von diesem furchteinflößenden alten Schlachtroß. Doch ist es auch eine unverhoffte Möglichkeit, meinen Einfluß im Norden zu stärken. Das *petit mal*«, murmelte er, als er sich mit gekreuzten Beinen auf den goldenen Kissen niederließ, faltete die Hände zufrieden im Schoß und richtete einen durchdringenden Blick auf seinen gelehrten jüdischen Arzt.

»Wie bei jeder anderen Krankheit hängt viel von der Schwere des Falles und vom allgemeinen Gesundheitszustand des Patienten ab. Es gibt gewisse Heilmittel, aber ihre Wirkung ist von einem Menschen zum anderen unterschiedlich. Ehe ich Sancho nicht persönlich gesehen habe, kann ich mir keine Meinung bilden.«

»Seine Fettleibigkeit ist allgemein bekannt. Wie ich höre, ist er der Spott des gesamten nordspanischen Adels.«

»Das kann eine zusätzliche Komplikation seiner Krankheit bedeuten und die Behandlung in die Länge ziehen.«

»Mir gefällt der Gedanke nicht, daß Ihr auf unbestimmte Zeit vom Hof von Córdoba abwesend seid. Eure Treue und Eure guten Ratschläge sind für meinen Seelenfrieden unverzichtbar geworden.«

»Ich kann mir kaum vorstellen, daß Toda damit einverstanden wäre, Sancho längere Zeit in ›Feindeshand‹ zu lassen, wenn sie es überhaupt erlaubt.«

»Ihr müßt sie von unserer Vertrauenswürdigkeit überzeugen.«

»Ich bin nicht sicher, daß Worte allein ausreichen werden. Wir wollen einen Augenblick über diese nie vorher dagewesene Situation nachdenken. Allein für sich genommen, reicht das *petit mal* nicht aus, um eine Frau vom Schlage Königin Todas zu bewegen, ihren Erzfeind um Hilfe zu bitten. Letztendlich steckt hinter ihrem Wunsch nach Sanchos Heilung der ehrgeizige Plan, er möge dann wieder in der Lage sein, Leon zu regieren. Doch um ihn zurück auf den Thron zu setzen, braucht sie eine Streitmacht, die ihr in Navarra völlig fehlt. Solltet Ihr Euch bereit erklären, Ihr in gewisser Weise militärisch beizustehen, könntet Ihr sicher sein, daß Leon völlig von Euch abhängig ist, sobald Sancho den Thron wieder besteigt. Wenn ich Eure Erlaubnis hätte, anklingen zu lassen, daß derartige Hilfe geleistet werden könnte, dann könnte ich sie vielleicht davon überzeugen, daß Sancho mit mir nach Córdoba kommen darf.«

»Ihr argumentiert gut, wie immer, aber Ihr rückt die Sache in ein völlig anderes Licht. Wenn es zusätzlich um militärische Hilfeleistung geht, so muß ich meine ›Verbündete‹ persönlich treffen und die Bedingungen einer solchen Zusammenarbeit in allen Einzelheiten mit ihr besprechen. Wichtiger noch: als die wahre Macht hinter dem jungen Sancho, dem zukünftigen König von Leon, muß mir Toda deutlich zeigen, daß sie sich mir unterwirft.«

»Sie ist eine sehr stolze und schwierige Frau.«

»Ich verlasse mich auf Eure Überredungskünste. Überzeugt sie davon, ihren kranken Enkel an unseren Hof zu begleiten.«

12

Obwohl das Wetter in den ersten Frühlingsmonaten des Jahres 958 recht mild war, erhob sich Da'ud steif und fröstelnd von dem harten Lager, auf dem er die Nacht verbracht hatte. Die Feuchtigkeit, die der rauhe graue Stein der Burg von Pamplona aufgesogen hatte, war ihm bis in die

Knochen gedrungen, eine Feuchtigkeit, die im sanften Klima Córdobas völlig unbekannt war. Da man ihm nichts als einen Krug kalten Wassers gebracht hatte, wusch er sich nur flüchtig, legte dann sein schlichtes Gewand und das schwere, mit Juwelen besetzte Goldmedaillon an, das er auf Abd ar-Rahmans ausdrücklichen Wunsch bei solchen Gelegenheiten trug – »um meine christlichen Feinde mit dem Reichtum und der Macht des Kalifen zu beeindrucken, dessen Gesandter Ihr seid.«

Immer noch fröstelnd, betrat Da'ud den unwirtlichen großen Saal der Festung, dessen einzige Zierde ein einfaches Holzkreuz war, das über dem leeren Kamin an der Wand hing. Jemand schob ihm ein mageres Frühstück, bestehend aus dunklem Brot und Ziegenmilch, hin, und man bedeutete ihm grob, er solle noch warten. Während die Zeit verflog, verspürte Da'ud, wie sein Zorn wuchs. Er war es gewohnt, mit größerer Höflichkeit behandelt zu werden. Gerade überlegte er, ob er nicht in der kühlen Morgensonne einen Spaziergang um die Wälle machen sollte, als er auf der Wendeltreppe, die zum Saal führte, schwere Schritte vernahm. Einen Augenblick später kam Toda auf ihn zugeeilt.

»Endlich lernen wir uns kennen, Meister Da'ud«, meinte sie und musterte ihn unverhohlen, während sie ihren Umhang in dem massiven Silbergürtel zurechtzog. »Ihr seid das also, der damals von Sanchos Halbbruder, dem verstorbenen und viel beweinten Ordoño III., einen solch hohen Tribut erpreßt habt.«

»Sehr wohl, Madam, aber ich habe ihm seine Festungen gelassen.«

»Jämmerliche Entschädigung«, knurrte Toda. Nachdem sie einen Krug Bier heruntergestürzt hatte, den ihr ein übellauniger Diener gereicht hatte, kam sie zum Thema, ohne die höflichen Eingangsfloskeln zu beachten, die im arabischen Handel üblich waren. »Wenn Ihr ein ebenso geschickter

Arzt wie Verhandlungsführer seid, dann sollte mein Enkelsohn Sancho in kürzester Zeit geheilt sein. Aber ich warne Euch, ich habe bereits jeden Arzt konsultiert, der in der gesamten Christenheit diesen Namen verdient. Wenn Ihr also keine Behandlung zu bieten habt, die diese Herren nicht kennen, dann sagt dies besser gleich und geht zu Euren Mauren nach Córdoba zurück.«

Obwohl Da'ud dergleichen von der furchteinflößenden Toda erwartete hatte, war er doch schockiert über ihr unverhohlen rüdes Verhalten. Wie immer hatte er sich jedoch meisterlich in der Gewalt und antwortete mit ruhigen und gemessenen Worten. »Ehe ich Seine Majestät nicht gesehen habe, bin ich nicht in der Lage, zu beurteilen, welche Behandlung hier nötig wäre.«

»Ich habe Euren Herrscher bereits in Kenntnis gesetzt, daß Sancho am *petit mal* leidet.«

»Das ist nicht ausreichend, Madam. Ein Patient ist eine komplexe Person, nicht nur das Opfer einer einzelnen Krankheit.«

»Soll ich die Schüsseln für einen Aderlaß vorbereiten lassen?«

»Das wird nicht nötig sein.«

»Ihr wollt ihn nicht zur Ader lassen? All die anderen haben das getan.«

»Aber es ist keinem von ihnen gelungen, ihn zu heilen«, konterte Da'ud trocken. Allmählich verlor er die Geduld mit der überheblichen Königin.

»Sancho wird in Kürze hier eintreffen. Er hat die Angewohnheit, lange zu schlafen.«

»Ist seine Mutter auch hier in der Burg?«

»Teresa? Nein, sie ist in den Bergen, wo sie hingehört, überwacht die Viehherden der Familie. Zu mehr taugt sie nicht, dieses hirnlose, rückgratlose Kind. Keine Courage für das Schlachtfeld, kein Händchen für Intrigen.«

»Aber gesund?«

»Wie ein Schlachtroß, wie ihre Mutter.«

»Und Euer Sohn, König Garcia von Navarra?«

»Die gleiche zähe Rasse. Er ist auf der Jagd und kommt erst in einigen Tagen zurück.«

»Also müßt Ihr hier sozusagen die Festung halten?«

»Daran ist nichts Ungewöhnliches. Das mache ich schon von Jugend an, und mit großem Erfolg. Juan!« brüllte sie plötzlich los. »Geh und wecke Seine Majestät König Sancho und sage ihm, er soll sich unverzüglich zu uns gesellen. Und dann bestelle dem Verpflegungsmeister, daß er ihm hier auftragen soll.«

Als Sancho in den Saal geschlurft kam, rieb er sich noch den Schlaf aus den Augen, kleinen, tief eingesunkenen Schlitzen in den dicken, unnatürlich geröteten Wangen. Er beachtete Da'ud gar nicht und steuerte geradewegs auf den Tisch zu, auf dem man ungeheure Mengen Essen aufgetürmt hatte. Er begann mit seiner Leibspeise, einer riesigen, goldbraunen Wildpastete, ging dann über zu Hühnerschlegeln, Eiern und Leberpastetchen, gefolgt von viel Brot und Käse und einem halben Dutzend süßer Leckereien, die vor Öl und Honig nur so trieften. Mit einem Krug Bier in der stämmigen Faust kam er langsam zu dem Arzt herübergeschlendert, ein dümmliches sattes Grinsen auf dem Mondgesicht. Da'ud verbeugte sich kurz vor seiner Majestät König Sancho, dem abgesetzten Herrscher von Leon, doch seine Ehrbezeugung wurde nur mit mürrischer Feindseligkeit beantwortet. Ungeduldig, jedoch keineswegs verstört, wurde sich Da'ud darüber klar, daß er die Situation in die Hand nehmen mußte.

»Sire«, begann er mit strenger Förmlichkeit, »ich bin auf die Bitte Eurer Großmutter ins Königreich von Navarra gereist. Es ist ihr Wunsch, daß ich Euch in jeder möglichen Weise dabei unterstütze, Eure Gesundheit wiederzuerlangen.

Ich möchte Euch respektvoll ersuchen, meine gegenwärtige Rolle von der Funktion zu trennen, die ich während der Verhandlungen zwischen meinem Herrscher und Eurem Halbbruder, dem verstorbenen Ordoño III., im Auftrage meines Kalifen erfüllte. Heute stelle ich mich Euch untertänig in meiner Eigenschaft als Hofarzt von Abd ar-Rahman III. vor, und meine einzige Sorge ist, Euch von dem Gebrechen zu heilen, an dem Ihr leidet.«

»Und was werdet Ihr oder der Kalif oder beide von mir im Gegenzug erpressen?«

»Wir wollen einen Schritt nach dem anderen machen, Sire. Ehe ich nicht eine Heilung bewirkt habe, kann von Entlohnung keine Rede sein. Falls ich Erfolg habe, werden wir die Situation von neuem bedenken, im Lichte der dann herrschenden Umstände.«

Von Da'uds höfischen, geschliffenen Manieren ein wenig eingeschüchtert, nickte Toda stumm.

Da'ud wandte sich direkt an sie und sagte: »Madam, ich muß Euch nun bitten, mich mit Seiner Majestät allein zu lassen.«

»Allein?«

»Ja, Madam. Ich ziehe es vor, mit all meinen Patienten in strengster Vertraulichkeit zu reden.«

»Was für eine unglaubliche Unverschämtheit! Ich kenne den Jungen besser als er sich selbst.«

»Vielleicht, aber ich muß trotzdem darauf bestehen.«

»Eure Arroganz ist unerträglich, junger Mann! Ich weigere mich, meinen Enkel allein und ungeschützt hier bei Euch zu lassen. Was ist, wenn ihm etwas zustößt?«

Bei diesen Worten richtete sich Da'ud steif auf und starrte ihr mit eisiger Würde ins Gesicht. »Madam, entweder Ihr setzt Euer Vertrauen in mich oder nicht. Da das letztere der Fall zu sein scheint, laßt Ihr mir keine andere Wahl, als unverzüglich nach Córdoba zurückzukehren.

Würdet Ihr gütigst Eure Stallmeister anweisen, mein Pferd zu satteln.«

»Das wird nicht nötig sein«, blaffte Toda. Sie fuhr abrupt herum und verließ den Saal ohne ein weiteres Wort.

»Nun denn, Eure Majestät«, sagte Da'ud und wandte sich freundlich seinem königlichen Patienten zu. »Wollen wir miteinander in der herrlichen Frühlingssonne einen Spaziergang über die Befestigungswälle machen?«

»Ich laufe nicht gern.«

»Was macht Ihr denn gern?«

»Essen, schlafen und das Geld in meinen Truhen zählen.«

»Wie alt seid Ihr?«

»Siebzehn.«

»Abgesehen vom *petit mal*, leidet Ihr noch an anderen Gebrechen?«

»Nein.«

»Magenschmerzen, ab und zu ein wenig Wind?«

»Ab und zu.«

»Verstopfung vielleicht?«

»Gelegentlich.«

»Wie oft befällt Euch das *petit mal*?«

»Ich habe nicht besonders darauf geachtet.«

»Dauern die Anfälle lange?«

»Fragt meine Großmutter.«

»Habt Ihr schon bei einer Frau gelegen?«

»Nein.«

»Verspürt Ihr das Verlangen danach?«

»Nicht besonders.«

»Ich verstehe. Zweifellos haben Euch die anderen Ärzte, die Ihr konsultiert habt, erklärt, daß viele Krankheiten, unter anderem die Eure, auf ein Ungleichgewicht der Körpersäfte zurückzuführen sind und daß es die Aufgabe des Arztes ist, dieses Gleichgewicht wieder herzustellen. Das *petit mal* tritt auf, wenn die Körpersäfte kalt, dickflüssig und feucht sind. Also kann ein warmes Klima, zusammen mit leicht gewürzten und verdünnenden Speisen und mit Medikamenten, die eine wärmende und trocknende Wirkung haben, sich günstig auf Kranke auswirken, die an diesem Gebrechen leiden.«

»Und welche Speisen sind trocken und warm?«

»Nüsse und Feigen und Mandeln und Ingwer sowie eine große Vielzahl von Kräutern und Gemüsen.«

»Ich verabscheue Gemüse.«

»Ihr werdet es nicht mehr verabscheuen, wenn der Leibkoch des Kalifen es für Euch zubereitet hat.«

»Soll denn der Leibkoch des Kalifen nach Pamplona gerufen werden?«

»Nein, Sire, vielmehr werdet Ihr mich nach Córdoba begleiten.«

»Bei Jesus und allen zwölf Aposteln, meine Großmutter hat recht gehabt! Ihr seid wirklich der unverfrorenste und schamloseste Arzt, den wir je zu befragen das Mißgeschick hatten. Wie könnt Ihr die Stirn besitzen, auch nur den Vorschlag zu machen, daß ich mich in Abd ar-Rahmans Hände ausliefere?«

»Sire, erlaubt, daß ich mich erkläre. Ihr seid noch ein junger Mann, und Ihr habt hervorragende Aussichten, völlig kuriert zu werden, wenn Euch jetzt die richtige Behandlung zuteil wird. Die Kur, die ich Euch vorschlagen möchte, sieht zunächst und als Wichtigstes einen völligen Klimawechsel vor, und zweitens einen festgelegten Tagesplan, den ich persönlich ausarbeiten werde. Wenn diese beiden Bedingungen erfüllt sind, wird sich Euer Gesundheitszustand allmählich normalisieren. Córdoba erfreut sich eines idealen Klimas für Euer Leiden, und dort, in der hervorragenden Apotheke des Kalifen, sind die Mittel, die ich für Eure Behandlung benötige, jederzeit verfügbar.«

»Aber Ihr habt unerwähnt gelassen, daß Eure Behandlung mich zu einer königlichen Geisel am Hof meines Todfeindes machen würde.«

»Ganz im Gegenteil, Sire. Heute sind Eure Todfeinde Ordoño IV. und sein kastilianischer Verbündeter, der Rebell Fernan Gonzales. Sie, nicht Abd ar-Rahman, haben Euren Thron unrechtmäßig an sich gerissen. Als König werdet Ihr schon bald lernen, daß die Feinde von gestern die Freunde von morgen sein können, wenn man mit ihnen gemeinsame Interessen hat, wie vorläufig diese auch sein mögen. Der Kalif ist außerordentlich daran interessiert, Euch wieder auf den Thron zu bringen. Als weiser Regent müßt Ihr diese Situation zu Eurem eigenen Vorteil ausnutzen.«

»Und eine Marionette in den Händen meines muselmanischen Beschützers werden?«

»Ihr überseht eine grundlegende Tatsache, Sire. Obwohl der Kalif von Eurem Königreich Tribut fordert, hat er doch nie die direkte Herrschaft über Eure Gebiete verlangt. Noch hat er versucht, Eure Untertanen zum muselmanischen Glauben zu bekehren oder Eure Ländereien mit arabischen Siedlern oder Berbern zu kolonisieren. Nach der gegenwärtigen Sachlage ist er wohl der einzige Herrscher, der Eurer Sache militärischen Beistand leisten könnte. Beugt Euch dem Wind, Sire. Werdet gesund und nehmt die Hilfe des Kalifen heute an. Morgen, wenn Ihr König seid, steht es Euch frei, zu handeln, wie Ihr es für angemessen haltet. Die Umstände ändern sich, Fürsten leben und Kalifen sterben. Ergreift Eure Chance und wartet die Ereignisse ab.

Jetzt geht und beratet Euch mit Eurer Großmutter und laßt sie wissen, daß sie Euch gerne nach Córdoba begleiten kann. Mehr noch: ihre Gegenwart dort würde uns in die Lage versetzen, den Feldzug gegen den Usurpator mit größerer Leichtigkeit zu planen. Habt die Freundlichkeit, mir Eure Entscheidung bis heute abend mitzuteilen. Wenn mein

Vorschlag Eure Zustimmung findet, brechen wir nach Córdoba auf, sobald Ihr bereit seid. Wenn nicht, dann mache ich mich morgen früh im Morgengrauen wieder auf den Weg nach al-Andalus. Inzwischen wäre ich Euch äußerst verbunden, wenn Ihr einen Eurer Stallmeister anweisen könntet, mein Pferd zu satteln. Ich möchte durch Eure herrlichen Buchenwälder reiten und in dem wunderbar getupften Sonnenlicht spazierengehen, das durch die zarten, flüsternden Blätter dringt.«

»Ihr laßt einen derart alltäglichen Ritt recht poetisch erscheinen.«

»Die Poesie ist eine der großen Gnaden des zivilisierten Lebens.«

»Und warum wünscht Ihr zu gehen, da Ihr doch reiten könntet?«

»Tägliche Bewegung ist für mein Wohlbefinden unerläßlich.«

»Ich fürchte, Ihr werdet ein wenig warten müssen, bis der Verpflegungsmeister eine Wegzehrung für Euch bereitet hat.«

»Das wird nicht nötig sein. Eine Mahlzeit am Tag reicht mir aus.«

»Kein Wunder, daß Ihr so mager seid«, spottete Sancho.

»Mager, aber gesund, dem Herrn sei Dank.«

Während er den Flußlauf des Agra entlangritt, der inzwischen durch das Schmelzwasser, das von den hoch aufragenden Pyrenäen zu Tal schoß, zu einem tosenden Strudel geworden war, stellte sich Da'ud die Unterredung zwischen Sancho und dessen ehrfurchtgebietender Großmutter vor: Toda, wie sie tobte und schrie, wie sie ihre Wut in die Welt hinausbrüllte, daß sie von ihrem Erzfeind abhängig war, wie sie sich mit ihren schwächlichen Höflingen beriet, nur um deren Rat zu verwerfen, und wie sie dann in stumme Resignation verfiel beim Anblick von Sancho, der sich ein gigantisches Mittagsmahl einverleibte und danach in Schlummer sank. So wie er die Dinge sah, würden die schmerzlichen Erwägungen des Tages eines von zwei möglichen Ergebnissen zeitigen: entweder würde Toda, die hinter all ihrer aufbrausenden Art doch eine Pragmatikerin war, sich mit seinem Vorschlag einverstanden erklären; oder Sancho, vom glühenden Ehrgeiz getrieben, das Unrecht zu sühnen, das man seiner jämmerlichen Person angetan hatte, würde seinen königlichen Willen durchsetzen und den Vorschlag aus eigenen Stücken annehmen. Wie auch immer, der erfolgreiche Ausgang seiner Mission stand außer Frage.

Seltsam, überlegte er, als er vom Pferd stieg und mit raschen Schritten durch den Wald ging, der in zartem Frühlingsgrün prangte, seltsam, wie sein jugendlicher Ehrgeiz, sich ganz dem Studium der Medizin hinzugeben, in völlig andere Bahnen gelenkt worden war, wo er sein Wissen und seine Person zu politischen Zwecken einsetzte. Wie weit er sich doch von dem Einsiedler entfernt hatte, der damals auf dem Totenbett gelegen hatte, von dem alten Wächter in der Bibliothek mit den schmerzenden Gelenken und von den anderen unbekannten Patienten, die er in einer inzwischen weit zurückliegenden Vergangenheit behandelt hatte. Und doch war er nicht unzufrieden mit dem Lauf seines Lebens. Man hatte ihn mit Ehrungen und Wohlstand überhäuft, und wenn er das Vertrauen des Kalifen nicht mißbrauchte, war seine Stellung bei Hofe gesichert, ungeachtet des Mißtrauens, mit dem die Imams diese enge Verbindung zwischen ihm, dem Juden und *dhimmi*, und seinem muselmanischen Herrn beäugten.

Nur ein Bereich seines Lebens war noch immer dunkel umwölkt, der einzige Bereich, in dem die Eigenschaften, die ihm Größe gebracht hatten – sein Scharfblick und seine Gelehrsamkeit, seine Weisheit, sein Verständnis und seine bemerkenswerte Überredungsgabe – völlig versagt hatten.

Acht Jahre waren seit seiner Hochzeit mit Sari vergangen, und doch entzog sie sich ihm noch immer. Zunächst hatte ihre Weigerung, ihn in ihr Bett zu lassen, sein Verlangen nach ihr noch verstärkt, seine Entschlossenheit, das Unerreichbare zu erreichen, noch gesteigert, hatte ihn angestachelt, alle möglichen Wege zu beschreiten, um ihre körperliche Abneigung gegen ihn zu überwinden. Aber all seine Bemühungen waren ohne Erfolg geblieben, und mit wachsender Verzweiflung über sein Versagen nahm auch seine Hoffnung ab, daß er je die leidenschaftliche Beziehung zu ihr würde aufbauen können, nach der er sich so sehnte. Und was war mit einem Erben für die edle Familientradition, die er begründete? Sollte der Reichtum an Wissen, an Erfahrung, an Ehre und Auszeichnungen, den er sich nach und nach zusammentrug, mit ihm begraben werden? Die Zeit war gekommen, an die Wahrung dieser Errungenschaften zu denken. Sobald er mit seinem königlichen Schutzbefohlenen nach Córdoba zurückgekehrt war, würde er Sari klar und deutlich an ihre Pflichten erinnern …

»Wir müssen sie beeindrucken und demütigen.«

»Vielmehr beeindrucken und ehren.«

»Dieses alte Schlachtroß und ihren lächerlichen Möchtegern-König ehren?«

»Ja, und Ihr müßt Euch großmütig zeigen, o Herrscher der Gläubigen. Toda ist eine mächtige und zu allem entschlossene Frau, in der Zukunft *de facto* die wahre Herrscherin von Leon und Kastilien, zusätzlich zu ihrem Einfluß auf Navarra. Aber sie besitzt auch einen klaren und ungeheuer praktischen Verstand. Ihr gewinnt nichts, wenn Ihr Euch ihren Zorn zuzieht und sie zu Rachegelüsten anspornt. Es ist beschämend genug für sie, daß sie gezwungen ist, Euch um Hilfe zu bitten, es nutzt nichts, sie noch Staub fressen zu lassen. Ein königlicher Empfang in der Medina Azahara im herrlichsten Stil der Omajiaden, glänzender und zivilisierter als alles, was sie je erlebt hat, das beweist Eure Macht eindrucksvoller als alle Beleidigungen, die es darauf anlegen, sie zu demütigen. Eine Ehrengarde mit seidenen Bannern soll den Zug ihres Gefolges durch die luftigen Innenhöfe und zierlichen Portale des Alkazars bis zum großen Empfangsaal säumen, wo Ihr sie im Kreis all Eurer Wesire erwartet. Ihr werdet Euch mit Toda und ihrem Enkelsohn in den Gärten und zwischen den Brunnen ergehen, ihnen Wein und herrliche Köstlichkeiten anbieten. Und Geschenke sollen gemacht werden, wie es Tradition ist, Ehrengewänder und edle Vollblutpferde mit juwelenbesetztem Zaumzeug. Indem Ihr Toda mit fürstlicher Gnade und königlicher Großzügigkeit behandelt, werdet Ihr sie sowohl mit Dankbarkeit als auch mit Bewunderung erfüllen, und folglich wird sie eher bereit sein, in Eure Forderungen einzuwilligen.«

Abd ar-Rahman spielte mit seinem riesigen Smaragdring, drehte ihn hin und her, bis das Licht sich in allen Facetten widerspiegelte, während er Da'uds Worte überdachte.

»Aber Ihr zäumt das Pferd vom Schwanz auf, mein gelehrter Freund. Was mir Sorgen bereitet, ist die Kur. Alles hängt vom Heilerfolg ab. Ist er wirklich möglich?«

»Weitaus leichter, als Ihr oder sie denken. Bei jungen Leuten verschwindet das *petit mal* gewöhnlich in der Pubertät, wenn die Körpersäfte trockener werden. Sancho ist spät herangereift und hat noch nie bei einer Frau gelegen.«

»Wie ungewöhnlich!« murmelte Abd ar-Rahman, der sich keinen Prinzen vorstellen konnte, der mit siebzehn Jahren noch »Jungfrau« war.

»Dies ist eine Situation, die ich zu ändern gedenke. Zusätzlich werde ich meinen königlichen Patienten allmählich an einen Tagesplan mit körperlicher Bewegung und einer geregelten Ernährung gewöhnen, der sowohl seine Epilepsie kurieren wie auch sein Gewicht verringern soll. Sobald sich eine sichtbare Verbesserung seines Zustandes zeigt, können die Verhandlungen über die Bedingungen Eurer Teilnahme an dem Feldzug zu seiner Wiedereinsetzung als König beginnen.«

»Ihr wollt diese Festungen, die Ihr damals auf mein Geheiß dem Ordoño überlassen mußtet, nicht wahr?«

»Ich halte sie immer noch für unverzichtbar, um die Ruhe an Eurer nördlichen Grenze zu wahren.«

»Was sonst könnten wir gewinnen, zusätzlich zu dem üblichen hohen Tribut?«

»Die Unterstützung von Navarra.«

»Aber Todas Streitmacht ist so gut wie ausgelöscht.«

»Sie ist groß genug, um in Kastilien ein Ablenkungsmanöver zu veranstalten und die Truppen von Fernan Gonzales zu beschäftigen, während der Hauptangriff auf Leon fortschreitet. Mit dieser Strategie ist der Erfolg des Feldzugs gesichert.«

»Aber wird sich Toda damit einverstanden erklären?«

»Ich glaube, dafür kann ich mich verbürgen, vorausgesetzt, sie und ihr Gefolge werden während ihres Aufenthaltes hier mit der ihnen gebührenden Ehre und mit Respekt behandelt.«

»Das sagtet Ihr bereits«, bemerkte der Kalif spitz. »Aber bedenkt, wie absurd Euer Rat ist. Angenommen, ich erkläre mich bereit, diesen Empfang zu Ehren der christlichen Fürsten zu geben. Wie soll ich meine hochnäsigen muslimischen Höflinge hindern, sich über den fetten, impotenten und epileptischen Prinzen lustig zu machen, dem sie wieder auf seinen Thron verhelfen sollen? Angenommen, er purzelt auf dem Weg durch den Alkazar vom Pferd?«

»Wir sorgen dafür, daß er in einer mit Vorhängen verhüllten Sänfte getragen wird.«

»Und was ist, wenn er sich während des Festes ohnmächtig frißt?«

Ein kleines Leuchten blitzte in Da'uds stillen Augen auf, ehe er mit vollem Ernst fortfuhr: »Eine der möglichen Ehrungen, die der mächtige Herrscher der Gläubigen dem jungen Sancho zukommen lassen könnte, wäre vielleicht ein Besuch in Eurem Harem? Wenn wir ihm zuvor ein mildes Aphrodisiakum verabreichen, können wir wohl mit ziemlicher Sicherheit davon ausgehen, daß wir ihn während der Festlichkeiten nicht allzu lange zu Gesicht bekommen.«

»Ihr seid unschlagbar, Abu Suleiman«, lächelte der Kalif, und die Belustigung über diesen Gedanken spielte ihm um die Mundwinkel. »Es ist höchste Zeit, daß all die wunderschönen Frauen, die sich in meinem Harem verzehren, eine Möglichkeit bekommen, ihre Talente unter Beweis zu stellen. Was für ein Vergnügen wird es ihnen bereiten, ihn mit ihren Künsten und Kunststücken zu reizen, ihn hierhin zu rollen und dorthin zu wälzen. Er wird nicht einmal merken, wie sie sich über ihn lustig machen! Und übrigens, da wir beim Thema sind, was ist mit diesen kraftvollen Liebestränken, von denen Ihr mir vor Jahren gesprochen habt? Obwohl ich inzwischen ein alter Mann bin, steht mir doch noch der Sinn nach den Freuden des Fleisches, aber ich möchte vor meiner liebreizenden Zahra nicht geschwächt erscheinen.«

»Es gibt ein Mittel, das nur einer Handvoll von Ärzten bekannt ist und dessen Wirkung an Wunder grenzen soll, aber ich selbst kann mich nicht dafür verbürgen. Ich lasse Euch gerne seine Zusammensetzung wissen, Ihr wendet es jedoch auf eigene Verantwortung an. Körperliche Vereinigung ist zwar in jedem Lebensalter zu empfehlen, doch ein allzu starkes anregendes Mittel birgt auch seine Gefahren.«

»Welche Gefahren können das schon sein? Daß ich mein sterbendes Haupt auf die herrlichen Brüste meiner Zahra bette? Ich kann mir keinen süßeren Tod vorstellen.«

»Wie Ihr wünscht. Die Formel verlangt je einen Liter

Karottenöl und Rettichöl und einen Viertelliter Senföl. In diese Mischung gebt einen halben Liter lebendiger saffranfarbener Ameisen. Alles wird nun etwa fünf Tage der Sonne ausgesetzt, und das Öl wird zwei oder drei Stunden vor dem Geschlechtsakt in den Penis einmassiert. Darauf wird das Glied gewaschen, und es wird dann selbst nach dem Samenerguß noch erigiert bleiben.«

»Ich danke Euch, mein treuer Freund, ich danke Euch. Ich lasse Mustapha dieses Mittel für mich zubereiten. In all den Jahren habt Ihr mich nie enttäuscht.«

»Ich habe versucht, Euch nach Kräften zu dienen.«

»Möge Gott seinen Segen auf Euch und Euer Haus herabregnen lassen. Noch kein Erbe, was?«

Da'ud schüttelte den Kopf.

»Es ist Zeit, mein gelehrter Freund, höchste Zeit. Denkt darüber nach.«

»Es ist meine vornehmste Sorge.«

»Gut, gut. Dann geht zu ihr, und möge Eure Vereinigung mit Fruchtbarkeit gesegnet sein.«

»Danke, o Herrscher der Gläubigen«, murmelte Da'ud. Es zerriß ihm beinahe das Herz, während er sich ehrfürchtig verneigte und sich dann entfernte.

13

Ya'kub ibn Yatom begleitete seinen Sohn nicht zu dem Empfang, den man in der Medina Azahara zu Ehren von Sancho dem Fetten und seiner Großmutter, der verwitweten Königin Toda von Navarra, gab. Obwohl er wußte, daß dies ein persönlicher Triumph Da'uds war, ein glänzender Beweis seines außerordentlichen Geschicks als Diplomat und Arzt, fühlte er sich doch solchen Festlichkeiten nicht mehr gewachsen. Er sei in letzter Zeit ein wenig müde, erklärte er. Er würde sich in der Menschenmenge eingeengt fühlen, vom Lärm belästigt und von der ständigen Bewegung ringsum verwirrt.

»Hast du vor, lange dort zu bleiben?« fragte er seinen Sohn mit leicht unsicherer Stimme wie nebenbei.

Da'ud rückte sorgfältig die zarte Silberborte zurecht, mit der die Ärmel seines schlichten Gewandes eingefaßt waren, während er antwortete. »Nicht länger, als wir je bei solchen Anlässen geblieben sind.«

Ya'kub schien erleichtert.

Seine eiserne Regel der würdigen Diskretion und des bescheidenen Auftretens in den Korridoren der Macht hatte sich also auch in das Bewußtsein seines Sohnes und Erben unauslöschlich eingegraben. Es war vielleicht das kostbarste Erbe, das er ihm mitgeben konnte.

Aber dies war nicht der einzige Grund, warum Da'uds Erscheinen im Palast von kurzer Dauer sein würde. Da Sanchos Vertrauen lebenswichtig für ihn war, mußte er sich um jeden Preis hüten, in die zweifelhafte Rolle eines Vermittlers gedrängt zu werden, falls es jemand wagen sollte, es dem jungen Mann gegenüber an Respekt mangeln zu lassen. In einem solchen Fall würde unweigerlich er, der Bote, der Verlierer sein, da beide Parteien nun ihn bezichtigen würden, der anderen zu sehr verpflichtet zu sein. Außerdem, so überlegte er kühl, sollte dieses Fest als Triumph des Abd ar-Rahman erscheinen, und nicht als sein eigener. Nichts sollte ablenken von dieser großartigen Demonstration der Vorherrschaft des Kalifats von Córdoba über die gesamte iberische Halbinsel, der absoluten Abhängigkeit der christlichen Fürsten von seinem Herrscher. Und was Sanchos Einführung in den Harem des Palastes betraf, diese Ehre konnte ihm ebenfalls nur der Kalif persönlich erweisen …

Erst am nächsten Tag, im Abendgottesdienst des Sabbats, erlaubte sich Da'ud, seinen Erfolg offen zu genießen. Er hatte sich damit einverstanden erklärt, daß zu dem traditionellen Segenswunsch für den Kalifen und sein Haus auch sein Name hinzugefügt würde, und hatte erlaubt, daß ein eigens zu seinen Ehren komponiertes Lied gesungen würde. Den Juden von Córdoba sicherten Da'uds große Errungenschaften und die hohe Stellung, die man ihm deswegen bei Hof zugewiesen hatte, ein ruhiges Leben unter der Herrschaft des Kalifen. Ein Loblied war ein Lied zum Lobe Gottes, der ihnen diesen Schutzschild gegen mögliche Gefahren geschenkt hatte. Gegen Ende des Gottesdienstes versammelten sich die ehrwürdigen Mitglieder der Gemeinde um Da'ud, ließen Segenswünsche auf ihn und seine Lieben herabregnen. Die einfacheren Leute waren es zufrieden, sein Gewand zu berühren. Als Vorsteher der Gemeinde hatte sich Ya'kub die Mühe gemacht, dem Gottesdienst beizuwohnen, aber als die beiden dunkel gewandeten Gestalten zusammen nach Hause gingen, wie sie das über Jahre hinweg an jedem anderen Sabbatabend auch gemacht hatten, spürte Da'ud eine Schwäche in den Schritten seines Vaters.

»Was ist dir, Vater?«

»Ich bin in letzter Zeit ungeheuer müde.«

»Ich will dich gleich untersuchen, sobald wir zu Hause sind.«

Aber Ya'kub legte seinem Sohn, Einhalt gebietend, die Hand auf den Arm.

»Nicht heute abend. Deine Mutter und Sari haben sich große Mühe gegeben und ein Festmahl zubereitet, um deinen Triumph zu feiern. Die ganze Familie wird versammelt sein, wenn wir nach Hause kommen, auch deine Schwestern und ihre Ehemänner und alle unsere Enkelkinder. Laß uns diesen Abend nicht mit düsteren Gedanken überschatten. Morgen ist noch Zeit genug, mich gründlich zu untersuchen.«

Vater und Sohn, Meister in der Kunst der Verstellung,

nahmen mit aller gebotenen Freude an dem Familientreffen teil. Erst gegen Ende des köstlichen, wunderbar angerichteten Mahles zeigte sich die Müdigkeit auf Ya'kubs eingefallenem, blassen Gesicht. Ohne ein Wort schlich er sich aus dem Zimmer, so leise und diskret, daß man sein Verschwinden kaum bemerkte, daß die Fröhlichkeit der Familie nicht gestört wurde. Nur Da'ud begriff es – und zitterte innerlich. Noch nie hatte er sich so sehr danach gesehnt, daß seine Nichten und Neffen endlich zu quengeln und zu streiten begannen, so daß seine Schwestern unter vielen Bekundungen des Bedauerns aufstehen und sich verabschieden würden. Endlich machten sie sich auf den Weg. Als man ihnen sagte, ihr Vater ruhe sich bereits von den Anstrengungen des Tages aus, baten sie Da'ud, ihm ihre Küsse zu überbringen, und verließen mit ihren Sprößlingen das Haus. Kaum war der letzte Besuch gegangen, da eilte Da'ud ans Bett seines Vaters. Liebevoll nahm er Ya'kubs Hand in die seine, fühlte ihm unmerklich den Puls, strich ihm dann zart über Nacken und Stirn, um die Temperatur zu messen.

»Wie lange leidest du schon an dieser Müdigkeit?«

»Längere Zeit.«

»Hast du noch andere ungewöhnliche Symptome bemerkt?«

»Überhaupt keine. Ich hätte dir sonst davon berichtet.«

Während sie sprachen, ließ Da'ud sanft die Hände über den Körper seines Vaters gleiten. Er schien dünner zu sein, als er ihn in Erinnerung hatte, obwohl das natürlich auch an seinem fortgeschrittenen Alter liegen konnte. Aber dann, als seine empfindlichen Finger Ya'kubs Knie berührten, bemerkte er am linken eine unnatürliche Beule. Als er das Gewand seines Vaters hob, sah er an der Innenseite des Knies eine Schwellung von der Größe einer kleinen Orange. Er drückte fester und merkte, daß die Beule hart war.

»Wie lange ist dein Knie schon so geschwollen?«

»Ich weiß es nicht. Ich habe es erst vor wenigen Wochen bemerkt, als ich mich an einem Ballen Seide gestoßen habe.«

»Tut es weh?«

»Überhaupt nicht.«

»Gut«, meinte Da'ud leichthin. »Ich sage Mutter, daß sie dir mit Gerstengrütze und Milchsuppe und ihrem fein gewürzten Huhn wieder etwas zu Kräften verhelfen soll, und dann versuchen wir, die Schwellung abzubauen, indem wir getrocknete Feigen und Knochenmark in deine Mahlzeiten mischen.«

»Das ist ungeheuer viel zu essen für einen so dünnen Menschen wie mich«, lächelte Ya'kub. »Mein Appetit ist nie übermäßig gewesen, und er hat sich auch mit zunehmendem Alter nicht vergrößert.«

»Iß stets kleine Portionen, den ganzen Tag über, du wirst es nicht einmal bemerken. Ruh dich jetzt aus. Ich komme morgen früh wieder und sehe nach dir.«

»Nach der Synagoge«, mahnte ihn Ya'kub. »Du mußt die Familientradition aufrechterhalten. In meiner Abwesenheit ist es deine Pflicht, meinen Platz einzunehmen.«

»Wie du wünschst, Vater«, erwiderte Da'ud, und es schnürte ihm den Hals zu, als er seinen Vater auf die Stirn küßte und sich zurückzog.

Seine Mutter erwartete ihn mit fragendem, ängstlichem Blick, als er auf den Innenhof trat. »Es ist schlimm, nicht wahr? Ich weiß es, ich kann es spüren«, sagte sie und rang verzweifelt die Hände.

»Es ist ernst, aber nicht hoffnungslos. Ich werde Ibn Zuhr zu Rate ziehen, welche Behandlung am besten geeignet ist. Inzwischen gib ihm viel Huhn, Milchsuppe mit Zimt und Gerstengrütze, um ihn zu Kräften zu bekommen, dann Honig, getrocknete Feigen und Mark, um die Geschwulst aufzuweichen.«

»Geschwulst?« Das Wort hallte wie ein Todesurteil durch die reglose Nachtluft. »Wo?«

»Am Knie.«

»Er hat nichts davon gesagt.«

»Weil es nicht schmerzhaft war.«

»Was ist zu tun, mein Sohn. Was können wir nur tun?« flehte und stöhnte Sola, und ihre Augen standen voller Tränen, als Sari zu ihr trat und ihr tröstend den Arm um die Schulter legte.

»Alles Menschenmögliche. Dessen kannst du sicher sein. Du mußt jetzt deine Tränen trocknen. Er darf deine Angst nicht spüren. Dein Lächeln, deine warme und tröstliche Gegenwart sind ein grundwichtiges Element in seiner Behandlung. Ich verlasse mich darauf. Laß mich nicht im Stich.«

»Soll ich heute hier schlafen?« bot Sari an.

»Ich glaube nicht«, antwortete Da'ud anstelle seiner Mutter. »Er schwebt nicht in unmittelbarer Gefahr. Wir dürfen keine düstere Atmosphäre schaffen. Ich komme nach dem Morgengebet wieder. Gute Nacht, meine liebe Mutter, und verzweifle nicht. So Gott will, heilen wir ihn.«

Weder Da'ud noch Sari verspürten in jener Nacht das geringste Bedürfnis zu schlafen. Lange saßen sie draußen auf dem Innenhof und grübelten. Obwohl jeder wußte, was im Kopf des anderen vorging, hielt doch keiner die Zeit für gekommen, um darüber zu reden. Es war schon lange nach Mitternacht, als die beiden schließlich aufstanden, sich nach einer traurigen flüchtigen Umarmung trennten und jeder in sein Schlafzimmer ging.

Nach wenigen Stunden unruhigen Schlafes stand Da'ud auf und verließ beim ersten Morgenschimmer leise das Haus. Wie er es während seiner Studentenzeit beinahe jeden Morgen gemacht hatte, eilte er mit schnellen Schritten durch die menschenleeren Straßen zum nördlichen Teil der Stadt, vorbei am Haupteingang des alten Palastbezirks, hinter dem die Familie Ibn Zuhr wohnte. Das faltige Gesicht des vertrauten alten Dieners leuchtete auf, als er die große Holztür öffnete, nachdem Da'ud laut und dringlich angeklopft hatte.

»Abu Sa'id wird entzückt sein, mit Euch im Garten zu frühstücken wie in alten Zeiten. Ihr kennt den Weg«, sagte der Diener und eilte auf krummen Beinen voraus, um seinem Herrn Da'uds Besuch anzukündigen.

»Welch ein großes Vergnügen, dich hier zu sehen!« rief Abu Sa'id Hatim ibn Zuhr aus, als er in den ummauerten Garten hinter seinem Haus trat, um den ehemaligen Schüler zu begrüßen. Er war ein großgewachsener Mann, und seine höfische Eleganz verlieh der Habichtnase, den grauen, lebhaften kleinen Augen sowie dem scharfen Kinn, das durch einen kurz gestutzten, ergrauenden Bart ein wenig gemildert wurde, einen aristokratischen Zug. Die beiden Männer umarmten einander herzlich und spazierten dann zusammen durch das üppige Grün zu den Steinbänken in der berühmten Frühstücksecke des Meisters, die in einer Nische inmitten einer herrlichen Masse violetter Bougainvillea lag. Auf dem Marmortisch waren bereits Früchte, Milch und Honig neben frisch gebackenem Pitabrot aufgedeckt. Abu Sa'id lud Da'ud mit einer Handbewegung ein, sich zu setzen, brach dann ein Pitabrot auf, füllte es mit Honig und reichte es seinem Gast.

»Ganz Córdoba redet von deinem großen diplomatischen Erfolg. Du hast die christlichen Fürsten in unsere Hauptstadt gebracht, wenn ich auch ganz besonders stolz darauf bin, daß es dir gelungen ist, ihnen Vertrauen zu deinen Fähigkeiten als Arzt einzuflößen. Das einzige, was mir im Laufe der Jahre Sorge bereitet hat, ist die Tatsache, daß du es zugelassen hast, daß deine Tätigkeit bei Hofe deine ärztliche Praxis beeinträchtigt hat.«

»Die Umstände haben mich dazu gezwungen, verehrter

Meister. Meine Arbeit an der Übersetzung des Dioskurides verlangte meine ständige Gegenwart in der Bibliothek des Palastes, und der Kalif hat sich daran gewöhnt, sich meiner Dienste in einer ständig wachsenden Anzahl von Bereichen zu bedienen. Da ein treuer Untertan seinem Herrn keine Bitte ausschlägt, habe ich ihm in all diesen Dingen getreulich gedient.«

»Ich verstehe. Und wie geht es deiner Frau?« fuhr Ibn Zuhr fort und kehrte zu den Höflichkeitsfloskeln der arabischen Konversation zurück.

»Es geht ihr gut, danke der Nachfrage.«

»Ich bin sicher, sie wird dir schon bald einen Erben schenken, der dein Haus fortbestehen läßt, einen Sohn, der sich als ein ebenso glänzender Gelehrter herausstellen mag wie du selbst, so daß in deiner Familie so wie in der unseren die medizinische Tradition von einer Generation auf die andere weitergegeben wird.«

»Das ist meine innigste Hoffnung«, erwiderte Da'ud, und das Herz zog sich ihm vor Schmerz und Enttäuschung zusammen.

»Und deine Eltern? Ist das hohe Alter gnädig mit ihnen?«

»Meine Mutter ist bei guter Gesundheit, mein Vater nicht.«

»Bringt dich dies zu so früher Morgenstunde zu mir?«

»Leider ja, Meister.«

»Was gebricht Abu Da'ud?«

»Eine Geschwulst am linken Knie, übermäßige Müdigkeit, leichter Gewichtsverlust. Ich würde mich gerne mit Euch darüber besprechen, ob Ihr es für geraten haltet, die Geschwulst durch das Messer zu entfernen, und wenn ja, um Euren Rat bitten, welcher Chirurg diesen Eingriff am besten machen könnte.«

»Leidet dein Vater noch an anderen Krankheiten?«

»Nein.«

»Ich gehe also davon aus, daß sein allgemeiner Gesundheitszustand gut ist. Sonst hättest du einen chirurgischen Eingriff in seinem Alter nicht in Erwägung gezogen. Eine Geschwulst am Knie … Immer das gleiche Dilemma. Wenn sie lokal begrenzt ist, ist das Risiko, das man mit einem chirugischen Eingriff eingeht, gerechtfertigt. Wenn sie sich jedoch schon auf andere Organe ausgedehnt und sie bereits in Mitleidenschaft gezogen hat, ist es müßig, den Patienten der zusätzlichen Qual der Chirurgie zu unterziehen, da seine Tage ohnehin gezählt sind. Im Falle deines Vaters liegt die Geschwulst nicht in der Nähe größerer Blutgefäße oder Organe. Wir müssen also keine Gefahr für solche lebenswichtigen Körperteile befürchten. Ist sie groß?«

»Etwa von der Größe einer kleinen Orange.«

»Verglichen mit anderen, die ich gesehen habe, ist das nicht übermäßig, spricht also für eine lokal begrenzte Geschwulst. Aber wir können nicht sicher sein, ehe wir die Stelle nicht genau untersucht haben. Die Wucherung kann sehr wohl im Inneren in beträchtliche Tiefen vorgedrungen sein, so daß die wirkliche Größe des Gewächses unseren Augen verborgen ist. Wir wollen jedoch diesen Aspekt im Augenblick beiseite lassen und uns mit der zweiten Frage beschäftigen. Ich habe kürzlich einen außergewöhnlichen Studenten namens Abu'l Kasim Khalaf al-Zahrawi unterrichtet, dessen Leistungen in der Chirurgie ans Wunderbare grenzen. Er ist mit einem ruhigen Auge und einer schnellen, geschickten Hand gesegnet, ist in allem, was er macht, außerordentlich vorsichtig, und trotz seiner Jugend würde ich keinen Augenblick zögern, ihn zu empfehlen. Die Geschicklichkeit des Chirurgen muß daher bei deinen Erwägungen keine Rolle spielen.«

»Was ist Eure Meinung?«

»Der allgemein gute Gesundheitszustand deines Vaters, die Lage der Geschwulst und die Fähigkeiten des Chirurgen scheinen mir anzuzeigen, daß die Vorteile einer Operation die Risiken übertreffen. Falls die Geschwulst sich noch nicht ausgebreitet hat, könnte eine sauber durchgeführte Entfernung des Gewebes das Leben deines Vaters verlängern und ihm erlauben, in Frieden zu sterben. Aber die letzte Entscheidung liegt bei dir. Wenn du dich für einen chirurgischen Eingriff entscheidest, so werde ich meine bescheidenen klinischen Einrichtungen gerne dem Abu'l Kasim zur Verfügung stellen. Es ist bedauerlich, daß Córdoba noch kein Hospital und keine Lehrstätte besitzt, die sich mit denen von Bagdad vergleichen läßt und die den hervorragenden Gelehrten auf dem Gebiet der Medizin angemessen wäre, die sich innerhalb seiner Stadtmauern aufhalten. Jetzt, da der Palast in der Medina Azahara beinahe fertiggestellt ist, könnten wir vielleicht den Gedanken vorbringen, daß man dergleichen in dem weitläufigen Gelände einrichten könnte, das den Palast umgeben soll. Die Münze und ein Teil der Palastverwaltung wurde ja bereits dorthin verlegt, wie mir zu Ohren gekommen ist.«

»Das stimmt, desgleichen auch die Werkstätten für Gold- und Elfenbeinarbeiten. Aber was ein Hospital betrifft, so bezweifle ich, daß Abd ar-Rahman in seinem Alter noch ein so ungeheures Unterfangen in Angriff nehmen würde. Sein Sohn andererseits würde derlei begrüßen. Jedes Vorhaben, das dazu angetan wäre, den Ruf Córdobas als Zentrum der Wissenschaft und Kultur zu mehren, beflügelt seine Phantasie. Ich werde die Angelegenheit bei der nächsten Gelegenheit vor ihm zur Sprache bringen. Wenn mein Vater geheilt würde, so bin ich sicher, daß er einen erheblichen finanziellen Beitrag zu einer solch ehrwürdigen Einrichtung leisten würde.«

»Wir reden später noch einmal darüber. Geh nun und kümmere dich um ihn. Du weißt, daß du mich jederzeit, Tag und Nacht, zu Hilfe rufen kannst.«

14

Am Vorabend der Operation an seinem Vater fand Da'ud keine Ruhe. Nach einem letzten Besuch bei den Eltern, um die Ängste seines Vaters zu beschwichtigen und Solas Widerstandsfähigkeit zu stärken, ging er rastlos stundenlang am Ufer des Guadalquivir entlang, konnte seine quälenden Selbstzweifel nicht unterdrücken. Niemand wußte besser als er, welche fatalen Dinge selbst den Händen der besten Chirurgen passieren konnten ... Zweimal war sein eigenes Leben in Gefahr gewesen, aber er hatte selbst das Risiko dafür getragen. Noch nie hatte er das Leben eines anderen aufs Spiel gesetzt. All seine vielfältigen Sorgen erschienen ihm nun lächerlich im Vergleich zu der furchterregenden Verantwortung, die er auf sich genommen hatte, als er die Entscheidung über das Leben seines Vaters getroffen hatte. Es war, als spielte er Gott, ohne jedoch die Allmacht Gottes zu besitzen. War es wirklich Anmaßung, wie es der alte Einsiedler behauptet hatte? War es Anmaßung, auch nur den Versuch zu unternehmen, den natürlichen Verlauf eines Menschenlebens zu ändern? Oder war es die freie und vollständige Entfaltung aller Fähigkeiten und Kräfte, die ihm und einigen wenigen seiner Kollegen verliehen worden waren? Hätte Gott nicht gewünscht, daß die Menschen mit ihren Talenten wuchern, warum hatte er sie ihnen dann geschenkt? Es mußte rechtens sein, daß man Lösungen für menschliche Probleme suchte, Heilung für die Leiden der Menschheit, genauso wie es rechtens war, daß die Hungrigen Nahrung suchten. Und da die Altvorderen lehrten, daß ein jegliches in der Natur auch seinen Widerpart hatte, mußte man Krankheiten auch heilen können. Die Suche nach Heilmethoden mußte weitergehen. Tod? Der Tod war so sehr Teil der Natur wie das Leben, sein Widersacher, auf den Tod folgte der regelmäßige Kreislauf der Wiedergeburt.

Neues Leben, nicht die Verlängerung des alten ... Aber wie alle Gelehrten, die ihm vorangegangen waren, blieb er so unwissend über den Ursprung des Lebens wie er machtlos war, die Endgültigkeit des Todes zu besiegen. Gott war und blieb der letzte Richter, diese Wahrheit mußte er anerkennen und annehmen, ein stilles Gebet im Herzen. Neues Leben, sinnierte er, als er sich auf den Heimweg machte. Das war die einzige Antwort auf die Fragen der Menschheit, die einzige Art, der Unausweichlichkeit des Todes entgegenzuwirken.

Die Tür zur Straße quietschte in den Angeln, als er in der Stille der Nacht nach Hause zurückkehrte. Als sie den Klang seiner leisen, schnellen Schritte vernahm, kam Sari ihm über den Innenhof entgegen. Einen Augenblick lang saßen sie zusammen im bleichen Schimmer des Mondes.

»Sari«, hob Da'ud leise an, nahm ihre schmale Hand in die seine, »wie auch die Operation morgen ausgeht, es ist klar, daß die Tage meines Vaters gezählt sind. Wir können noch einige wenige Jahre für ihn gewinnen und ihm übermäßiges Leiden ersparen, aber das Geheimnis der Unsterblichkeit besitzen wir nicht. Der einzige Trost, auf den wir unsere Hoffnung setzen können, ist die Zeugung neuen Lebens, um das zu ersetzen, das seinen Abschluß gefunden hat. Es ist Zeit, Zeit für dich und mich, Sari, Zeit, daß wir den ewigen Kreislauf des Lebens erneuern.« Sari erhob ihren Blick zu ihm, blickte ihm in die Augen, nicht ängstlich oder trotzig, sondern mit großer Aufrichtigkeit und Zuneigung.

»Ich warte schon einige Zeit darauf, daß du mir davon sprechen würdest, aber seit Ya'kubs großer Mattigkeit noch mehr. Ich habe keine Rechtfertigung, dir das zu versagen, was dein natürliches Recht ist. Du hast mich gelehrt, daß ich meine eigene Wahl treffen kann, aber ich darf auf keinen Fall für dich entscheiden. Du mußt dir eine andere Frau nehmen, Da'ud, eine Frau, die dir viele Söhne und Töchter gebiert und dein Haus mit Leben und Jugend und Fröhlichkeit erfüllt. Ich werde in meinem Herzen keinen Groll gegen dich oder gegen die Mutter deiner Kinder hegen. Noch wird sich an meiner tiefen Zuneigung zu dir etwas ändern«, murmelte sie und legte ihm den Kopf an die Schulter. »Denn in meiner eigenen unvollkommenen Art habe ich dich lieben gelernt.«

»Aber ich wünsche mir doch dich als die Mutter meiner Kinder«, antwortete Da'ud ihr, und jede Silbe, die er sprach, kündete von seinem Schmerz.

»Ich weiß. Und von dem Augenblick an, als ich die Aufrichtigkeit deiner Liebe zu mir erkannte, habe ich mich so sehr bemüht ...«, erklärte sie ihm, und die Tränen, die ihr über die Wangen strömten, vermengten sich mit den seinen. »Aber ich darf deinem Begehren nicht länger im Weg stehen. Du mußt dir eine Frau suchen und Erfüllung finden. Das muß die kostbaren Bande, die zwischen uns bestehen, nicht durchtrennen.«

Verwirrt und innerlich zerrissen, konnte Da'ud nicht antworten. Eine andere Frau zu nehmen, eine Frau, die er niemals so lieben könnte, wie er Sari geliebt hatte und immer noch liebte, das würde bedeuten, daß er sich sein Versagen eingestand, ihre panische Angst vor der körperlichen Liebe zu überwinden – trotz der großen Geschicklichkeit, ja Kunst, die er in seinen langen, geduldigen Versuchen aufgebracht hatte, sie davon zu befreien. Versagen, das war ein bitteres Gefühl, das ihm bisher unbekannt gewesen war. Er lehnte sich dagegen auf, weigerte sich, es hinzunehmen. Und doch war die Logik hinter Saris Worten ganz klar. Eine andere Ehefrau. Wie sehr ihm das widerstrebte. Nur der Gedanke, daß er kinderlos bleiben würde, war ihm noch mehr zuwider.

»Ich denke darüber nach«, war alles, was er dazu sagte.

»Gehe nun und ruhe dich aus. Ich werde noch eine Weile länger aufbleiben. Vielleicht bringen mir die Sterne Rat.«

Zufriedenheit strahlte auf dem rosigen Gesicht von Abu'l Kasim, als er aus dem Krankenzimmer trat. Er umarmte Da'ud herzlich und sagte: »Er hat sich erstaunlich gut gehalten. Einige Wochen der Ruhe, und er sollte wieder ganz der Alte sein.«

»Und die Geschwulst?« drängte ihn Da'ud.

»Klein genug, daß ich sie ganz herausschneiden und ausmerzen konnte, und in einer Lage, daß ich auch die Umgebung bis zum gesunden Gewebe entfernen konnte. Ich habe die Wunde bis in die Wurzeln hinein ausgebrannt, was die Heilung beschleunigen sollte. Ich bitte Euch um Entschuldigung dafür, daß ich Euch nicht erlaubt habe, bei der Operation anwesend zu sein. Ich fürchtete, daß eine Gefühlsbezeugung von Euch, dem Sohn des Kranken, oder von Eurem Vater meiner Konzentration hätte abträglich sein können. Geht jetzt zu ihm. Er ist noch ein wenig benommen von dem Mohntrank, den ich ihm zur Beruhigung verabreicht habe, aber ansonsten geht es ihm so gut, wie man es nur erwarten kann.«

Da'ud schwirrte der Kopf vor Erleichterung, als die Anspannung plötzlich von ihm abfiel. Ein Dankgebet auf den Lippen, betrat er das improvisierte Behandlungszimmer und ergriff die Hand seines Vaters, der friedlich schlummerte.

Hoch aufgeschossen, das dunkle, großflächige Gesicht mit den breiten Wangenknochen hager und von Falten durchzogen, näherte sich Bahya ibn Kashkil, als Da'ud sich aus der Menge befreite, die ihn nach dem Sabbatgottesdienst umringt hatte, um sich nach dem Gesundheitszustand seines Vaters zu erkundigen. Trotz seiner imposanten Statur hatten die Schritte des Fremden etwas Furchtsames, jenes Zögern des Neuankömmlings in einer Umgebung, die ihm nicht vertraut war.

»Ich entschuldige mich von ganzem Herzen, daß ich Euch in einer so schwierigen Zeit belästige«, begann Bahya ibn Kashkil, dessen Arabisch eine gewisse Bildung verriet. »Aber Meir ibn Migash, der Vorsteher der jüdischen Gemeinde von Marrakesch und erste Tuchhändler dieser Stadt, nannte mir den Namen Eures Vaters. Ehe ich mich auf den Weg nach Córdoba machte, versicherte er mir, Ya'kub ibn Yatom würde alles in seiner Macht Stehende tun, um mir bei meiner Ankunft hier behilflich zu sein. Ich glaube, die beiden hatten im Laufe der vergangenen Jahre geschäftliche Beziehungen und empfinden großen Respekt für einander. Ihr könnt Euch meine Bestürzung vorstellen, als ich von der Krankheit Eures Vaters erfuhr. Ich hoffe, er ist auf dem Wege der Besserung?«

»Soweit das sein fortgeschrittenes Alter zuläßt«, antwortete Da'ud mit kühler Höflichkeit. »Als sein Sohn und Erbe seiner Verpflichtungen im Dienste der Gemeinde kann ich Euch vielleicht helfen?«

»Ihr seid zu gütig«, erwiderte der Neuankömmling und verbeugte sich respektvoll, um Da'uds Saphirring zu küssen.

»Was bringt Euch von Marrakesch nach Córdoba?«

»Der Wunsch nach Sicherheit, mehr nicht. Vor nicht allzu langer Zeit stolperte meine Frau über einen Stein und wurde auf dem Weg zum Brunnen unseres Heimatdorfes unweit von Marrakesch zu Tode getrampelt. Plötzlich waren Überfalltrupps der Fatimiden aus dem Osten aufgetaucht. Sie preschten durch unser Dorf, um gegen die Truppen der Zenata zu kämpfen, die die westlichen Gebiete verteidigen, die noch unter der Herrschaft der Omaijaden stehen. Meine arme Aisha war, als sie stolperte, den dahinjagenden Fatimiden direkt in den Weg geraten und wurde von den Hufen ihrer wilden Araberhengste zu einem jämmerlichen Häuflein Menschenfleisch zermalmt. Derlei Überfälle geschehen immer häufiger, und ich habe an ihrem Grabe geschworen, daß ich alles in meiner Macht Stehende tun würde, um unsere Tochter vor einem ähnlichen Schicksal zu bewahren.«

»Ich verstehe Euren Kummer«, antwortete Da'ud förmlich. »Womit habt Ihr Euch in Marokko Euren Lebensunterhalt verdient?«

»Mein Vater hat mir ein kleines Stück Land in unserem Dorf vererbt, aber die Erträge waren nicht ausreichend, um uns einen guten Lebensunterhalt zu sichern, also habe ich mein Einkommen dadurch ergänzt, daß ich in den Kinderklassen der jüdischen Schule von Marrakesch Hebräisch unterrichtete. Aber seid ohne Furcht, Abu Suleiman, ich bin nicht verarmt und werde Eurer Gemeinde nicht auf der Tasche liegen. Ich habe mein Haus und mein Land verkauft und besitze daher zusammen mit meinen Ersparnissen genügend Geld, um hier ein bescheidenes Anwesen zu erwerben. Ich suche Arbeit, und ich hoffe auf eine Anstellung als Lehrer an Eurer Talmud- und Thoraschule.«

Während die beiden Männer sich noch unterhielten, hatte sich der Hof der Synagoge geleert. Nur ein junges Mädchen, beinahe so groß wie der Fremde selbst, stand noch in einer Ecke und hatte die lebhaften braunen Augen auf sie gerichtet, während sie versuchte, das Gespräch zu verfolgen.

»Eure Tochter?« fragte Da'ud mit einer Kopfbewegung in ihre Richtung.

»Ja. Darf ich sie Euch vorstellen?«

»Sicher.«

»Komm, Djamila, und erweise Abu Suleiman Da'ud ben Ya'kub ibn Yatom, dem Sohn des Gemeindevorstehers von Córdoba, deinen Respekt.«

Die aufrechte, selbstbewußte Haltung der jungen Frau, als sie den Hof überquerte, die anmutigen Bewegungen ihrer langen, aber nicht ungelenken Gliedmaßen erweckten einen Funken des Interesses in Da'uds Gedanken, wenn auch nicht in der Tiefe seiner wie immer ruhigen Augen.

»Willkommen in Córdoba«, sagte er steif, als sie sich niederbeugte, um den Saum seines Gewandes zu küssen, und fuhr dann, an ihren Vater gewandt, fort: »Eine Stelle als Lehrer, sagt ihr. Das müßte der Leiter der Talmud-und Thoraschule entscheiden. Kommt heute abend, wenn der Sabbat zu Ende ist, in mein Haus, und ich gebe Euch einen Brief an ihn mit.«

»Bei allem Respekt, Abu Suleiman, ich möchte Djamila nur ungern nach Einbruch der Dunkelheit allein zu Hause lassen. Morgen in aller Frühe vielleicht?«

»Ihr könnt gern Eure Tochter mitbringen«, hörte sich Da'ud antworten, und seine Worte entfachten ein Funkeln in Djamilas wachen und aufrichtigen Augen. »Jetzt entschuldigt Ihr mich bitte«, murmelte er und eilte zum Mittagessen ins Haus seines Vaters.

Ya'kub ging es recht gut. Er schien nicht allzu sehr unter den Folgen der Operation zu leiden und konnte allmählich sogar sein Bein wieder gebrauchen. Da'ud sorgte sich allerdings wegen der zunehmenden Schwäche seines Vaters, wegen des langsamen, aber stetigen Gewichtsverlusts, dem auch alle Köstlichkeiten, die seine Mutter mit liebender Hand zubereitete, keinen Einhalt gebieten konnten. Sein Herz sagte ihm, daß dies nur eine Folge des fortgeschrittenen Alters war. Sein Wissen als Arzt sagte ihm etwas anderes. Und in ihm tobte der Streit zwischen den beiden, schien ihn zu zerreißen …

»Da'ud, mein Sohn«, begrüßte ihn Ya'kub und strengte sich an, um aufrecht in den Kissen zu sitzen, während die beiden Männer einander umarmten. »Ich bin jetzt ein alter Mann. Jeden Tag spüre ich, wie mich meine Kraft mehr verläßt. Ich habe mich daher entschlossen, mit dir zu sprechen, ehe es zu spät ist. Da'ud, mein Sohn«, wiederholte er, »es ist Zeit, daß du der Familie einen Erben schenkst. Ich verstehe deine Liebe zu Sari. Sie ist eine liebe und sanfte Seele, wunderhübsch anzusehen, und ich spüre, daß sie dich inzwischen beinahe genauso liebt wie du sie. Was in der Intimität eures Bettes zwischen euch ist, geht mich nichts an, das Ergebnis allerdings sehr wohl. Wenn sie nicht in der Lage ist, dir Kinder zu gebären, dann erlauben es Recht und Tradition, ja fordern dich sogar dazu auf, daß du eine andere Frau nimmst.«

»Ich denke schon eine ganze Weile über diese Angelegenheit nach, Vater, und Sari hat mich ermutigt, das zu tun, was du vorgeschlagen hast. Ich bin derjenige, der zögert. Seit dem Augenblick, als ich Sari das erstemal gesehen habe, habe ich nur von ihr als der Mutter meiner Kinder geträumt.«

»Nicht alle unsere Jugendträume gehen in Erfüllung. Dank deines wohlhabenden Elternhauses und deiner natürlichen Gaben ist dein Leben so reibungslos verlaufen wie der Flug eines Vogels, der in den Himmel aufsteigt. Du warst nie gezwungen, die Lehren der Entbehrungen, des Versagens oder der Enttäuschung über dich ergehen zu lassen. In deinem Alter ist es schwierig, sich mit Enttäuschung abzufinden, aber du mußt dich der Unabwendbarkeit der Tatsachen beugen.«

Da'ud antwortete nicht, doch plötzlich sah er ein paar große, dunkle, funkelnde Augen vor sich, die vor Lebenslust nur so blitzten ... Er war erleichtert, als Sola zum Mittagessen rief. Jeder gab vor, nicht zu bemerken, wie lustlos Ya'kub in seinen Lieblingsgerichten herumstocherte, wie grau seine Gesichtsfarbe war und wie sehr er sich anstrengen mußte, allein um mit ihnen am Tisch zu sitzen. Es war ein trauriger, schmerzlicher Anblick. Man redete von allem möglichen, nur nicht von seiner Gesundheit, und der Ton erzwungener Normalität klang allen falsch im Ohr. Sobald das Essen vorüber war, kehrte Ya'kub zu seinem Diwan zurück, um sich auszuruhen, und Da'ud und Sari verabschiedeten sich. Die zärtliche Umarmung, mit der Da'ud seine sorgengeplagte Mutter umfing, sagte mehr als alle Worte des Trostes, die er ihr anbieten konnte. »Ich komme später am Abend noch einmal vorbei«, versprach er, als er sie wieder losließ, und küßte ihr eine Träne aus dem Augenwinkel.

Auf dem kurzen Heimweg berichtete Da'ud Sari von seiner Begegnung mit Bahya ibn Kashkil und dessen Tochter. »Sie kommen heute abend zu uns, um sich ein Empfehlungsschreiben an Rabbi Meir abzuholen. Wir sollten vielleicht ein paar Erfrischungen bereitstellen, ein Zeichen des Willkommens in unserer Gemeinschaft«, sagte er.

Während er neben seiner Frau Sabbatsiesta hielt, ihre schmale Hand leicht auf der seinen, dachte Da'ud über die Ironie des Schicksals nach, die in der Begegnung am Morgen gelegen hatte. Als Abd ar-Rahmans loyaler Sekretär hatte er vielleicht selbst das Schreiben verfaßt, das die Zenatas dazu anstachelte, sich gegen al-Mu'izz, den Rivalen der Omaijaden-Kalife in Nordafrika, zu erheben, der mit den Jahren dem Kalifat im Osten und Süden weite Landstriche entrissen hatte. Diese gewalttätige Auseinandersetzung hatte die Lebensgrundlage seiner jüdischen Glaubensgenossen zerstört, die sich heute um Hilfe an ihn gewandt hatten. Und doch lag ein gewisser Trost in der Tatsache, daß seine Stellung bei Hof zumindest den Juden in Córdoba Sicherheit garantierte, daß sie den Opfern des Kampfes zwischen den Omaijaden und den Fatimiden in anderen Gebieten von Abd ar-Rahmans Reich eine sichere Zuflucht bot.

Gereizt verscheuchte er eine Fliege, die um seinen Kopf surrte, und fegte sie in Richtung Fenster, damit sie Sari nicht belästigte, die friedlich neben ihm schlummerte. Wie wunderschön sie noch immer war, beinahe unverändert seit ihrem Hochzeitstag. Ihre Haut war noch so glatt und durchscheinend, ihr rostbraunes Haar noch so üppig und glänzend, ihre Gliedmaßen so schmal und zerbrechlich – das zarte Pflänzchen, das er noch nicht zum Blühen gebracht hatte, trotz aller Liebe und Leidenschaft, mit der er sie überhäuft hatte. Wie anders war sie als diese junge Flüchtlingsfrau von der marokkanischen Hochebene, deren offener, lebendiger Blick und aufrechte Haltung von einer gesunden Lebenslust und dem Verlangen sprachen, alles voll auszukosten, was das Leben zu bieten hatte. Und Djamila ihrerseits, wie anders war sie als die Töchter aus den angesehenen jüdischen Familien von Córdoba – lebendig, wach, ohne eine Spur müder Passivität. Sie kam aus einer bescheidenen bäuerlichen Familie, hatte wohl auf dem Hof ihren Teil der Aufgaben übernehmen müssen, hatte gelernt, ums Überleben zu kämpfen und, wenn sein Gefühl ihn nicht trog, dabei den Entschluß gefaßt, nach Besserem zu streben. Ihre ganze Haltung drückte ihren jugendlichen Drang aus, sich in der reichen und glänzenden Stadt Córdoba eine bessere Stellung zu erobern, obwohl sie nur die Tochter eines bescheidenen Neuankömmlings war.

Wieder einmal ein romantischer Jugendtraum, der sich nicht erfüllen würde? überlegte er, als seine Gedanken zu dem Gespräch zurückwanderten, das er mit seinem Vater geführt hatte. Eine zweite Frau … Aber wer? Welche von den heiratswilligen jungen Frauen Córdobas würde sich einverstanden erklären, seine Kinder zu gebären, aber in seinem Herzen und in seinem Haushalt stets eine untergeordnete Rolle zu spielen? Das Prestige seines Ranges würde diese jungen Frauen – oder ihre Väter – vielleicht zunächst locken, aber für nichts und niemanden würde er, Da'ud, je Sari, die große Liebe seines Lebens, aufgeben. Wie langweilig und apathisch diese jungen Frauen doch alle waren! Und wie sie ihn belasten würden! Nicht einmal um eines Erben willen konnte er sich vorstellen, sich mit einem dieser passiven, kuhäugigen Wesen im gleichen Haus aufzuhalten.

Wer aber dann? Noch eine unbekannte Fremde, noch eine Sari? Das konnte er sich nicht erlauben. Er mußte jemanden finden, der außerhalb seines vertrauten Lebenskreises stand, eine Fremde, und doch keine völlig Unbekannte. Wieder schwebte vor ihm das Bild der strahlenden und lebhaften Augen. Eine Fremde, doch nicht völlig unbekannt ... Hatte nicht Djamila bereits genug vom Leben gesehen und mußte wissen, daß man einen Preis bezahlen muß, wenn man sein Los verbessern will? Sie konnte sich sicher in ihren kühnsten Träumen eine solch glänzende Möglichkeit nicht ausmalen. Jung, gefügig, gerade eben aus ihrem fernen marokkanischen Dorf angekommen, doch nicht ohne eine gewisse Bildung, würde sie alles annehmen, was er ihr bieten konnte, als Gegenleistung für das ungeheure Prestige, das sie als Mitglied seines Haushaltes gewinnen würde. Als Person war sie nicht abstoßend. Im Gegenteil, ihr Elan hatte eine gewisse Grazie, ihre Energie, hervorgebracht von einem Leben inmitten der Fülle – und der Grausamkeit – der Natur, entbehrte nicht eines gewissen Zaubers. Er würde sie sich heute abend einmal genauer ansehen. Wenn aus seinen zerbrochenen und aus ihren noch unerfüllten Träumen ein Sohn geboren würde, dann wäre er es zufrieden.

15

Bahya ibn Kashkil und Djamila fanden sich pünktlich eine Stunde nach Sonnenuntergang im Haus von Da'ud ibn Yatom ein. Ihre weiten, freien Bewegungen ließen auf ein in der freien Natur verbrachtes Leben schließen. Die beiden wirkten in der nüchternen Eleganz des Hauses unbeholfen, fehl am Platze. Anders als ihr Vater und die anderen seltenen Besucher im inneren Heiligtum von Da'uds Zuhause, zeigte Djamila keinerlei Anzeichen von Schüchternheit oder Ehrfurcht. Im Gegenteil: sie schaute sich mit unverhohlener Neugier um, bestaunte die Teppiche mit ihren herrlichen Farben, die Fenstergitter, die so fein gearbeitet waren, daß sie aussahen, als hätte man sie auf die Fenster gestickt, die leuchtenden Seiden und warmen Samtstoffe, die über die Diwane gebreitet waren. Wie reich und herrlich, jubelten ihre flinken Augen, aber Da'ud sah tiefer. Die Haltung von Nacken und Schultern, das selbstbewußte Auftreten mit einer Spur angeborenen Stolzes schienen hinzuzufügen: Auch ich werde einmal in solchem Wohlstand und Luxus leben.

Sari selbst reichte den Neuankömmlingen Wein und Süßigkeiten, die wunderschön auf silbernen Platten angerichtet waren, und Da'ud unterhielt sich auf Hebräisch mit Ibn Kaskhil, um dessen Kenntnis dieser Sprache zu prüfen. Der Mann besaß zwar nur Grundlagenwissen, sprach aber korrekt, und das reichte aus, um dem amtierenden Lehrer der Kinderklassen in der Talmud- und Thoraschule zur Seite zu stehen. Während er zuhörte und mit seinen stillen Augen Djamila beobachtete, überlegte Da'ud, ob er seinem Empfehlungsschreiben hinzufügen sollte, daß er selbst anonym die Kosten für die Entlohnung ihres Vaters zu übernehmen bereit war.

Mit einem kurzen Nicken deutete Da'ud an, daß er Ibn Kashkils Befähigung für ausreichend hielt. Ermutigt lehnte sich Bahya aus den Kissen vor und fragte ein wenig selbstsicherer: »Ich bin mit den hiesigen Bräuchen nicht vertraut, aber in Marrakesch hat Djamila mir in der Talmud- und Thoraschule mit kleinen Dingen geholfen.«

»Wie zum Beispiel?« erkundigte sich Da'ud zerstreut, um sein Interesse an dem Mädchen zu überspielen.

»In Marrakesch wie zweifellos auch in Córdoba schicken nur die Armen ihre Kinder in die Gemeindeschule. Die Reichen lassen ihre Kinder zu Hause unterweisen. Also hat Djamila den Kindern grundlegende Dinge beigebracht. Sie hat mit ihnen Hände gewaschen, ihnen die Haare gekämmt und ihre Kleider geflickt. Wenn sie Hunger hatten, hat sie den nächstgelegenen Bäcker beschwatzt, ihr warmes frisches Pitabrot für die Kinder zu geben.«

»Wurde sie für ihre Dienste entlohnt?«

»Gewiß nicht«, erwiderte Bahya entrüstet. »Es war doch ihre Pflicht, dem Vater zu helfen und auch denen zur Seite zu stehen, die weniger vom Glück begünstigt waren als sie selbst.«

Beeindruckt wandte sich Da'ud direkt an Djamila. Mit höfischem Charme und einer neuen Wärme in der Stimme erkundigte er sich: »Angenommen, Rabbi Meir schließt sich meiner Empfehlung an und stellt Euren Vater ein, wärt Ihr bereit, die gleiche Aufgabe auch an unserer Schule zu erfüllen?«

Djamilas Augen strahlten vor Freude, weil der große Da'ud ibn Yatom sie angesprochen hatte, und sie antwortete mit fester Stimme und ohne eine Spur von Schüchternheit: »Aber natürlich. Es wäre mir eine Ehre und ein Vergnügen.«

Da'ud schickte einen Diener, der ihm Papier und Feder aus seinem Arbeitszimmer holen sollte. Rasch schrieb er seine Empfehlung. Er verfaßte sie so, daß sie eher einem Befehl entsprach, faltete und versiegelte sie und reichte sie Bahya ibn Kashkil.

»Ich bin sicher, dies wird Euch behilflich sein, Euch in Eurem neuen Zuhause einzurichten. Wir heißen Euch in unserer Gemeinschaft willkommen und wünschen Euch hier viel Glück.«

Sari sprach als erste, nachdem die beiden sich verabschiedet hatten. »Eine recht ungewöhnliche junge Frau, nicht wahr?«

»Ungewöhnlich im guten oder im schlechten Sinne?« fragte Da'ud mit gleichmütiger Stimme, während er sein silbernes Tintenfaß verschloß.

»Ganz gewiß im guten Sinne. Sie scheint mir so selbstsicher, so zielstrebig, Eigenschaften, die ich mir nie erworben habe, weil niemand da war, der sie mir hätte anerziehen können.«

»Wie kannst du einen so absurden Vergleich anstellen! Du bist die Freundlichkeit, die Ruhe und das Verständnis selbst, hast diese seltenen Gaben, die sie nie besitzen wird. Djamila ist begierig auf alles, was das Leben ihr zu bieten hat.«

»Das ist doch völlig berechtigt. Mein Schicksal ist so verlaufen, daß ich vom Leben nur noch ein Mindestmaß an menschlicher Würde erstrebte, ein wenig elementaren Anstand und ein wenig echte Zuneigung – einfache, natürliche, grundlegende Dinge, die man mir vorenthalten hatte. Sie sucht nun das, wovon sie annimmt, daß man es ihr vorenthalten hat, all die schönen Schmeicheleien des Lebens, das sich jenseits ihres abgelegenen, jämmerlichen Dorfes abgespielt hat. Daß mir der Reichtum und das Prestige, das ich durch dich gewonnen habe, so gleichgültig geblieben sind, bedeutet nicht, daß diese junge Frau nicht das Recht hat, derlei anzustreben.«

»Du könntest recht haben«, gestand ihr Da'ud widerwillig ein, als er aufstand, um vor der Nachtruhe noch einmal seinen Vater zu besuchen. Auf dem kurzen Weg zu seinem Elternhaus versuchte er, seine Eindrücke von seinem zweiten Zusammentreffen mit Djamila zu ordnen. Wie er selbst, so hatte auch Sari rasch gespürt, daß diese junge Frau sich verbessern wollte. Mehr noch, Sari hatte den Wunsch für völlig gerechtfertigt gehalten und den Unterschied zwischen Djamila und sich selbst betont. Genau dieser Gegensatz verhieß Gutes für die Beziehung zwischen den beiden, war ein entscheidender Faktor in Da'uds Überlegungen, denn er würde in seinem Haus keinen Streit dulden. Aber was würde Sari von ihm halten, wenn er Djamila nur heiratete, um ihren Körper dazu zu benutzen, ihm einen Erben zu schenken? Er liebte sie nicht, würde sie nie lieben. Er würde mit ihr das Lager ohne Liebe teilen. Wie konnte Sari ihn nach allem, was ihr Männer angetan hatten, für eine solche Tat nicht verachten, obwohl sie ihn ermutigt hatte, sich eine andere Frau zu nehmen? War Djamilas Ehrgeiz, sich in der Welt zu verbessern, den seine Frau so von ganzem Herzen guthieß, ausreichende Rechtfertigung – oder Entschädigung – für den zielgerichteten, ja zynischen Plan, den er hegte? Es war paradox, aber er verlangte nach der Billigung seiner ersten Frau, die er liebte, für seine Heirat mit einer zweiten, die er nicht liebte …

Sollte er vorgeben, Djamila zu lieben, oder ihr die Situation von Anfang an offen darlegen? In jedem Falle würde er sich darum bemühen müssen, sie zu bezaubern. Sie sollte doch auch Vergnügen daran haben, mit einem Mann das Lager zu teilen, der zwanzig Jahre älter war als sie. Es war eine lästige Aussicht, für die er weder die Geduld noch das Verlangen in sich spürte, aber wenn er nicht in Djamila eine gewisse Leidenschaft entfachte, würde er der Frau, die er wirklich liebte, nicht mehr in die Augen sehen können. Wäre sein Vater bei besserer Gesundheit gewesen, er hätte ihn vielleicht um Rat gefragt, aber wie die Dinge standen, wagte er es nicht, ihn weiter zu ermüden … Er würde noch ein wenig warten, Djamila etwas gründlicher in Augenschein nehmen, seine Entscheidung einige Zeit hinausschieben …

Ya'kub schlief schon, als Da'ud in seinem Elternhaus eintraf. Auf Solas leidenschaftliche Bitte, er möge seinen Vater retten, antwortete Da'ud mit einer verzweifelten Geste.

»Ich habe in der Natur schon Wunder gesehen, ich habe von Wundern gelesen, aber es liegt nicht in meiner Macht, Wunder zu vollbringen«, sagte er und umarmte sie voller Mitleid. So standen sie, als an der Haustür ein gebieterisches Klopfen ertönte. Einen Augenblick später erschien Mustapha mit einem dringenden Befehl für Da'ud. Er sollte sich unverzüglich in den alten Palast begeben, wo al-Hakam, der Sohn und Erbe des Kalifen, krank darniederlag.

Da'ud merkte, daß Sola ganz steif vor Entrüstung wurde, weil jemand derart in den Kreis ihres Familienlebens eindrang. Der Sohn des Kalifen mochte krank sein, aber ihr Mann, Da'uds Vater, war dem Tode nahe. Auch Da'ud war nicht erfreut über Mustaphas Botschaft, konnte das aber im Gegensatz zu ihr geschickt verbergen.

»Es ist schon spät, Mutter. Du mußt dich ausruhen, während Vater schläft. Ich schaue morgen wieder vorbei.«

Als Da'ud in den Palast kam, lag al-Hakam, der gewöhnlich ruhig und nachdenklich war, auf dem Diwan und krümmte sich in furchtbaren Schmerzen. Von Angst gepeinigt, lief Abd ar-Rahman unruhig im Raum auf und ab, hatte angesichts der Leiden seines Sohnes seine ganze Herrscherwürde verloren.

»Gott sei Dank, Ihr seid hier!« rief er und packte Da'ud heftig beim Arm. »Es muß Gift sein! Einer seiner eifersüchtigen Halbbrüder versucht wohl, ihn aus dem Weg zu räumen, um selbst den Thron an sich zu reißen, wenn ich nicht mehr bin. Nur Ihr könnt ihn noch retten!«

Da'ud löste sich sanft aus dem mächtigen Klammergriff des Kalifen, stand einen Augenblick ruhig da und beobachtete den Patienten, beugte sich dann vor, um ihm Nacken und Stirn zu fühlen.

»Im Augenblick hat er kein Fieber. Wenn seine Temperatur sich nicht erhöht, können wir mit Sicherheit ausschließen, daß Gift die Ursache seiner Krankheit ist.«

»Allah sei gepriesen!« rief Abd ar-Rahman aus. »Eine solche Tragödie hätte ich nicht überlebt!«

»Wo verspürt Ihr den Schmerz?« erkundigte sich Da'ud und setzte sich auf die Kante von al-Hakams Diwan.

»Hier«, antwortete der junge Mann und zeigte auf die Gegend zwischen Zwerchfell und Oberbauch. »Es ist, als würde ich in zwei Teile geschnitten.«

Da'ud legte eine Hand auf den Bauch des Patienten. Er war so straff gespannt wie eine Trommel.

»Habt Ihr schon einmal solche Schmerzen gehabt?«

»Ja, aber sie waren nie so schlimm wie jetzt, und sie hören normalerweise auf, wenn ich mich der Blähungen entledigt habe.«

»Wann genau sind diese Schmerzen aufgetreten?«

»Sie kommen und gehen schon viele Jahre, eigentlich seit meiner Jugendzeit.«

»Waren sie mit einer bestimmten Speise oder einem Getränk verbunden?«

»Nicht daß ich mich besinnen könnte.«

»Sorgen? Ängste? Anspannung?«

Al-Hakam warf seinem Vater einen raschen Blick zu, der jedes Wort der Unterhaltung verfolgte. Da'ud begriff schnell und wartete die Antwort gar nicht erst ab. Sanft drückte er al-Hakams Bauch und meinte: »Ihr hattet einige Tage keinen Stuhlgang.«

»Woher wißt Ihr das?«

»Ein geschickter Arzt merkt das, wenn er den Bauch nur mit der Fingerspitze berührt. Ihr werdet Euch nach einem Einlauf besser fühlen, der all die überflüssigen Schlacken und Gase, die Euren Körper jetzt so schmerzhaft aufblähen, aus Euren Eingeweiden entfernen wird. Danach nehmt Ihr ein warmes Bad, trinkt einen Tee aus beruhigenden Kräutern und ruht bis zum Morgen aus.« Da'ud wandte sich dem Kalifen zu und fuhr fort: »Es gibt keinen Grund zur Besorgnis. Morgen ist Euer Sohn wieder gesund. Wenn man seinen täglichen Speiseplan ein wenig überwacht, sollte sich dieses Unwohlsein nicht mehr allzu häufig wiederholen. Als Euer Arzt möchte ich vorschlagen, daß auch Ihr Euch jetzt ein wenig Ruhe gönnt. Sorgen und Ängste könnten Eurem allgemeinen Gesundheitszustand nur abträglich sein.«

»Ich kann jetzt nicht ruhen. Ich bin zu aufgewühlt. Ein Ritt zur Medina Azahara wird meine Erregung besänftigen, und Zahra meine unruhige Seele.«

»In meiner Eigenschaft als Euer Leibarzt würde ich Euch, wiederum mit allem Respekt, raten, hierzubleiben und Euch ein wenig Ruhe zu gönnen.«

»Ich danke Euch für Euren Rat, aber es gibt Zeiten, in denen ein Patient besser als sein Arzt weiß, was gut für ihn ist.«

Als der Kalif gegangen war, verabreichte Da'ud rasch seinem Sohn und Erben den Einlauf und wartete geduldig auf dessen Wirkung. Danach saß er neben dem Patienten, bis dieser sich von dem Aufruhr erholt hatte, den der Einlauf in seinem Körper hervorgerufen hatte.

»Nun«, begann er, nachdem der Prinz sich ein wenig ausgeruht hatte, »was bedrückt Euch?«

Al-Hakam zuckte die Achseln. »Nichts Besonderes«, antwortete er, nicht gerade gewillt, seine innersten Gefühle zu offenbaren.

»Eine gewisse Unruhe bei dem Gedanken, daß Ihr die Aufgaben Eures Vaters übernehmen müßt, wenn die Zeit gekommen ist?«

»Ihr seid ein weiser und aufmerksamer Beobachter, Abu Suleiman.«

»Ich habe Euch beobachtet, wie Ihr vom Jüngling zum Mann herangereift seid, habe Eure häufigen Besuche in der Bibliothek bemerkt, wenn Eure Kameraden mit den Falken auf der Jagd waren oder ihre Fechtkünste vervollkommneten. Euer Hang zu den spirituellen Dingen, weniger zu den materiellen ist mir nicht verborgen geblieben. Eure Besorgnis angesichts der Verantwortung, die Ihr als Herrscher übernehmen müßt, ist aber unbegründet. Euer Vater hat so regiert, daß die Sicherheit und der Wohlstand seines Reiches und seine Verwaltung auf viele Jahre gesichert sind. Das Gebäude steht fest. Ihr müßt es nur pflegen.«

»Mit Eurer getreuen Hilfe und Eurem weisen Rat wird mir dies sicherlich gelingen.«

»Eure natürliche Intelligenz und die Bildung, die Ihr Euch so eifrig erarbeitet habt, machen Euch in bewundernswerter Weise für diese Aufgabe geeignet, aber wenn dies Euer Wunsch ist, so will ich Euch so treu dienen, wie ich Eurem Vater gedient habe. Jetzt aber müßt Ihr Euren Geist und Euren Körper entspannen. Laßt alle Spannung von Euch fließen, wenn Ihr im Bad liegt, und schlaft dann bis zum Morgen. Mit Eurer Erlaubnis verabschiede ich mich nun.«

»Nein. Bleibt noch ein wenig. Laßt uns über die Zukunft sprechen. Es ist mein glühender Wunsch, den Ruhm von Córdoba zu solchen Höhen zu erheben, daß es mit dem Glanz von Bagdad wetteifern kann. Die Große Moschee muß vergrößert und üppig ausgeschmückt werden, mit sich hoch aufschwingenden Bögen und glitzernden Mosaiken. Und ich träume von einer Bibliothek, die zehnmal größer ist als die heutige, mit Exemplaren jedes Werkes, das seit der Antike verfaßt wurde. Wir werden eine ganze Schule von Übersetzern um uns versammeln, die uns alles Wissen, alle Gedanken und Vorstellungen zugänglich machen, die die Menschheit seit der frühesten Geschichte gekannt hat.«

»Und wir müssen ein Hospital und eine medizinische Schule einrichten, die in der Qualität ihrer Behandlung und ihrer Lehre selbst die von Bagdad übertreffen«, erwiderte Da'ud mit eifriger Stimme.

»Nichts würde mir größeres Vergnügen bereiten. Wir sprechen wieder darüber, wenn die Zeit reif ist. Ich nehme jetzt mein Bad. Ihr habt meine Erlaubnis, Euch zurückzuziehen.«

16

Die wahren Umstände vom Tod Abd ar-Rahmans III. wurden nie bekannt. Mustapha entfernte sofort alle Spuren des Öls, das er in das Glied seines Herren massiert hatte, ehe sich der Kalif in die Umarmung seiner geliebten Zahra, des einzigen Objektes seiner Begierde in seinen späten Jahren, gestürzt hatte. Gemeinsam mit ihr hatte er dann den Leichnam seines Herrn in den Vorhof des Harems gebracht und ihn dort so hingelegt, daß es schien, als sei er auf dem Weg zu seiner Lieblingskonkubine zusammengebrochen und gestorben. Peinlich berührt, hatten die Hofärzte seine Version vom Tod des Kalifen bestätigt, hatten keinerlei Bedürfnis gehabt, die Angelegenheit näher zu untersuchen ... Die Nachricht kam für Da'ud nicht überraschend. Abd ar-Rahman hatte lange gespürt, daß sein Ende nahte, und wenn er in den Armen der Frau gestorben war, die er liebte, so war das der süßeste Tod, den er sich hätte wünschen können.

Völlig gebrochen, weigerte sich sein Erbe, al-Hakam II. al-Mustansir, Da'ud während der folgenden Tage von seiner Seite zu lassen, weder beim Empfang für die unzähligen Menschen, die erschienen, um ihn in seiner Trauer zu trösten, noch bei den Festlichkeiten, mit denen man seine Übernahme des Titels eines Kalifen und Herrschers der Gläubigen feierte. Gereizt beschwerte er sich bei Da'ud über die seiner Meinung nach ungerechtfertigten Freudenbezeugungen und erhielt von diesem nur den schwachen Trost, derlei Kundgebungen seien wichtig, um seinen Ruhm zu mehren und seine Untertanen zu treuen Diensten zu verpflichten. Al-Hakam fühlte sich sichtlich unwohl inmitten all der Festlichkeiten, machte in seinen königlichen Roben eine schüchterne, in sich gekehrte Figur und fand, daß die farbenfrohen Verzierungen, die den Palast schmückten, ihn in den Augen schmerzten, erlebte die wirbelnden, fröhlichen Reitervorführungen als ermüdendes Spektakel, das üppige Festmahl als ungehörig. Nur die blumigen Lobgesänge, die ihm zu Ehren von den größten Dichtern des Reiches vorgetragen wurden, die herrlichen Metaphern, die kunstfertigen und strengen Reime bereiteten ihm ein wenig Vergnügen. Und die klagende Musik, die von den besten Musikern aus Sevilla noch bis spät in die laue andalusische Nacht hinein gespielt und gesungen wurde, verschmolz mit seiner Melancholie.

Während Da'ud den neuen Herrscher von al-Andalus die Woche hindurch beobachtete, wurde ihm klar, daß seine Verpflichtungen bei Hofe sich schon bald grundlegend ändern würden. Unter Abd ar-Rahman war er ein getreuer Diener gewesen, hatte bestimmte Aufgaben erfüllt, für die seine Begabungen und seine Ausbildung unverzichtbar waren, aber nur Rat erteilt, wenn man ihn in Angelegenheiten, die er zu beurteilen in der Lage war, darum ersucht hatte. Im Gegensatz dazu sah al-Hakam in ihm eindeutig eine lebenswichtige Stütze seiner Herrschaft. Er forderte seine ständige Anwesenheit, suchte seinen Rat in einer Vielzahl von Fragen, die mit der Regierung des Reiches verknüpft waren. Diese Rolle gefiel Da'ud gar nicht, denn sie verstieß gegen die traditionelle Zurückhaltung seiner Familie gegenüber dem Herrscherhaus. An jeder Wegbiegung würde er nun den hinterlistigen Intrigen der neidischen muselmanischen Höflinge ausgesetzt sein. Jeden Augenblick mußte er wach und auf der Hut sein. Und doch würde seine Zukunft – nein, vielmehr sein Leben – auf dem Spiel stehen, wenn er seinen Schwur, dem Oberherren treu zu dienen, zurücknähme. Wieder einmal saß er in der Falle, war Gefangener einer ausweglosen Situation. Ab jetzt würde ständig eine verdeckte Drohung über ihm, seiner Familie und der ganzen jüdischen Gemeinde schweben. Eines war ihm klar: Er mußte unverzüglich für das Weiterbestehen des Hauses Ibn Yatom sorgen.

Sobald die Festlichkeiten vorüber waren, rief al-Hakam seine Ingenieure und Architekten zusammen, um mit ihnen die Erweiterung und Ausschmückung der großen Moschee von Córdoba zu besprechen, die er schon lange plante. Da'ud nutzte diesen Spielraum, um an einem frühen Morgen einen Besuch in der Talmud- und Thoraschule abzustatten. Der Anblick, der sich ihm bot, während er unbeobachtet beim Eingang zum Innenhof stand, zerstreute alle Zweifel, die er noch gehegt hatte. Da stand Djamila, und eine Schar von kleinen Kindern wuselte um sie herum. Sie nahm sie spielerisch bei den Händen, um ihnen an dem Brunnen aus grob behauenen Steinplatten, der mitten im Innenhof stand, Gesicht und Hände zu waschen. Dann schickte sie die Kleinen mit einem leichten Klaps auf das Hinterteil ins Haus, wo ihr Vater seine Schar erwartete, um ihnen die ersten Grundlagen der Sprache ihrer Vorväter beizubringen. Als das letzte Kind verschwunden war, trat Da'ud ins Sonnenlicht, um Djamila zu begrüßen.

Mit koketter Hast stopfte Djamila ihre in Unordnung geratenen Gewänder in den Gürtel und strich sich das Haar zurück, das ihr ins Gesicht gefallen war, als sie mit den Kindern herumtobte. Erst dann verneigte sie sich respektvoll vor dem erlauchten Besucher.

Mit höfischer Eleganz beschwichtigte Da'ud sie. »Ich gratuliere Euch zu der Arbeit, die Ihr hier leistet. Euer Vater betrachtet sie als Eure Pflicht, aber es scheint mir, daß Ihr auch großes Vergnügen daran habt. Ihr habt eine natürliche Begabung für den Umgang mit Kindern, eine Lebhaftigkeit, die sie begeistert und ihr Vertrauen gewinnt.«

»Ich fühle mich selbst wieder wie ein Kind, wenn ich sie zufrieden lachen sehe.«

»Ihr tut ihnen einen größeren Dienst, als Ihr wißt. Wenn sie im Leben auf Schwierigkeiten stoßen, und gewiß liegen viele vor ihnen, dann sind diese Augenblicke sorglosen Glücks kostbare Erinnerungen, auf die sie gerne zurückblicken werden.«

»Ihr erweist mir mehr Ehre, als ich verdiene.«

»Im Gegenteil. Nicht mehr, als Euch zusteht. Ich selbst bin, wie Ihr wißt, kinderlos. Ich sehne mich nach dem Klang solch unschuldiger Fröhlichkeit in der Stille meines Heimes.«

Bahya ibn Kashkil hatte im Hof Stimmen gehört und kam nach draußen, um festzustellen, wer der frühe Besucher war. »Welchem Umstand verdanken wir diese unerwartete Ehre?« erkundigte er sich überrascht bei Da'ud, während er sich respektvoll näherte und ihm die Hand küßte.

»Ich möchte eine persönliche Angelegenheit mit Euch besprechen. Vielleicht könnte Djamila auf die Kinder aufpassen, während wir reden?«

Als das Mädchen im Klassenzimmer verschwunden war, kam Da'ud gleich zur Sache, wollte sie schnell hinter sich bringen. »Es ist in der jüdischen Gemeinde von Córdoba kein Geheimnis, daß ich kinderlos bin, obwohl ich schon seit über zehn Jahren mit meiner geliebten Ehefrau Sari verheiratet bin. Ich selbst bin über vierzig Jahre alt und kann nicht mehr länger warten, daß der Herr ein Wunder tut wie bei Avraham und Sarah, unseren heiligen Ahnen. Deine Tochter Djamila gefällt mir. Sie ist jung, gesund und kräftig, besitzt einen Lebenshunger und Elan, der mich anrührt. Aber vor allem hat sie eine natürliche Kinderliebe. Das hat mich dazu bewegt, heute mit Euch zu sprechen. Ich möchte jedoch eines klar sagen. Ich werde meine erste Frau Sari nie verstoßen, denn ich liebe sie mit einer tiefen und andauernden Liebe. Was ich von Euch erbitten möchte, ist Eure Zustimmung, daß ich Eure Tochter als meine zweite Frau und Mutter meiner Kinder zu mir nehmen kann, vorausgesetzt, sie ist selbst damit einverstanden.«

Bahya ibn Kashkil war wie vom Donner gerührt. Der große Da'ud ibn Yatom bat um die Hand von Djamila, der Tochter eines verarmten – wenn auch belesenen – Bauern aus einem obskuren marokkanischen Dorf? Selbst Gott hätte er kein solches Wunder abverlangen mögen! Wenn nur seine liebe Frau Aisha noch am Leben wäre, um dies zu sehen! Und doch: war es richtig, taumelten seine Gedanken durch die Verwirrung seines konventionell denkenden Hirns, daß ein so Großer sich mit einer so Niedrigen verband? Würden die, die groß und mächtig geboren waren, sie nicht ständig wegen ihrer niedrigen Herkunft demütigen? Plötzlich schallte ihm die Stimme seiner verstorbenen Frau in den Ohren: »Wach auf, du Kürbiskopf! Djamila ist meine so gut wie deine Tochter, und sie ist allemal so viel wert wie die Großen und Mächtigen und ganz und gar in der Lage, sich unter ihnen zu behaupten. Wie sonst hätte sie die Aufmerksamkeit von Da'ud ibn Yatom erregen können? Gib ihr eine Chance im Leben! Sie ist Frau genug, das Beste daraus zu machen.«

Als spräche jemand anderer an seiner Stelle, hörte sich Bahya stammeln: »Aber ich kann ihr keine Mitgift geben.« In dem Augenblick, als die Worte ausgesprochen waren, war ihm klar, wie absurd sie waren, und doch schämte er sich nicht seines rechtmäßigen Wunsches, seine Tochter in aller Würde zu verheiraten. »Wir besprechen die Vereinbarungen ein andermal«, erwiderte Da'ud feierlich, sorgsam darauf bedacht, den Stolz seines zukünftigen Schwiegervaters nicht zu verletzen. »Darf ich daraus schließen, daß Ihr meinen Antrag gutheißt?«

»Die Ehre, die Ihr uns erweist, ist so ungeheuerlich, so

unerwartet, daß ich keine Worte habe, meiner Dankbarkeit Ausdruck zu verleihen.«

»Ich nehme sie so, wie Ihr sie sprecht. Wenn Ihr jetzt so gut wärt, zu Eurer Klasse zurückzugehen, so würde ich gerne mit Djamila sprechen und ihr Herz zu gewinnen versuchen.« Jetzt, da er sich dieser Situation, die er bewußt herbeigeführt hatte, unmittelbar gegenüber sah, war Da'ud sehr unbehaglich zumute. Beim Anblick von Djamila, die eifrig mit langen, freien Schritten auf ihn zu kam, schien alle Würde, die ihm Rang und Position verliehen, von ihm zu weichen wie der schmelzende Schnee vor der Berührung des Frühlings, und er stand verletzlich und schutzlos vor dieser starken, lebensfrohen jungen Frau, die über zwanzig Jahre jünger war als er. Wie alt mußte er ihr erscheinen, und was für eine Jammergestalt mußte er abgeben, mehr als einen halben Kopf kleiner als sie, zart gebaut neben ihrer kräftigen Gestalt, von brauner Hautfarbe, wo die ihre rosig war, als hätte die rote Erde ihres Heimatdorfes ihre Spuren hinterlassen.

Er wandte ihr den Rücken zu, um seine Verwirrung zu verbergen, ging langsam über den Hof in die entfernteste Ecke, suchte verzweifelt nach Worten, die seine Absichten mit der gebotenen Zartheit zum Ausdruck bringen würden. Aber Djamila übertölpelte ihn.

»Vater sagt mir, Ihr wollt mich heiraten«, platzte sie heraus, und Freude schwang in ihrer Stimme mit.

Erstaunt über ihren Mut, den ersten Schritt zu machen, fuhr Da'ud herum, um ihr ins Gesicht zu sehen, und ein Funken der Anerkennung blitzte in seinen ruhigen, dunklen Augen auf.

»Und dein strahlendes Lächeln sagt mir, daß du mein Angebot annimmst«, erwiderte er und lächelte mit ausgesuchtem Charme zurück.

»Wer würde das nicht?« antwortete sie freudig, warf ihm

die Arme um den Hals und küßte ihn mit einem sinnlichen Beben auf den Mund. »Aber warum ich?« fragte sie mit entwaffnender Offenheit und trat einen Schritt von ihm zurück. »Warum nicht eine der Töchter aus den großen jüdischen Familien, wie es deinem Stande angemessen wäre?«

Reue traf Da'uds Herz. Wie sollte er diesem unschuldigen Geschöpf erklären, wie zynisch er ihre Armut und ihren Ehrgeiz für seine Zwecke ausnutzen wollte? Wie ihr sagen, daß die Töchter aus den großen jüdischen Familien es sich nicht gefallen lassen würden, an die zweite Stelle zu treten, daß sie sich seiner ersten Frau, der ehemaligen Sklavin, nicht unterordnen würden, die in seinem Haushalt für immer die Vorrangstellung hatte?

»Wie ich schon deinem Vater gesagt habe, gefallt mir deine jugendliche Lebhaftigkeit und dein Hunger nach Leben, und deine Kinderliebe ergänzt sich wunderbar mit meinem dringenden Wunsch, Kinder zu zeugen.«

Die Wahrheit lag in dem, was nicht gesagt wurde, im Fehlen einer Liebeserklärung, die er beim besten Wissen und Gewissen nicht hervorbringen konnte. »Sari, meine Frau, die mir sehr lieb ist, ist eine sanfte und stille Seele. Ich bin sicher, du wirst in Frieden und Eintracht mit ihr leben.«

»Aber natürlich werden wir miteinander auskommen. Sie wird wie eine ältere Schwester für mich sein. O, wie glücklich ich bin, wie ungeheuer glücklich! Ich möchte singen und tanzen und meine Freude in die ganze Welt hinausrufen!«

In einer spontanen Regung wirbelte sie herum und warf ihm die Arme um den Hals, und ihre Begeisterung riß ihn mit. Er hatte keine andere Wahl, er mußte sie einfach umarmen, wenn auch sein Gebaren eher onkelhaft als leidenschaftlich war. Aber dann erinnerte er sich der Rolle, die er spielen mußte, und erwiderte ihren Kuß mit einer Sinnlichkeit, die ein wenig dringlicher als die ihre war. Erwartungsvolle Spannung schwebte zwischen ihnen, als sie voneinander ließen und Djamila in ihr Klassenzimmer und Da'ud zu seinem Herrscher zurückkehrte.

Da Ya'kubs Kräfte von Tag zu Tag schwanden, konnte man nicht daran denken, die Eheschließung von Da'ud ben Ya'kub ibn Yatom mit Djamila, Tochter des Bahya ibn Kashkil, mit einem großen Fest zu begehen. Die religiöse Feier fand bei Sonnenuntergang im Innenhof von Ya'kubs Haus statt, und nur die engste Familie war anwesend. Während man Wein und leichte Erfrischungen reichte, nahm Ya'kub all seine Kraft zusammen, um Djamila im Hause der Ibn Yatom willkommen zu heißen, und kurz darauf verabschiedeten sich Da'ud, Sari und Djamila. Gemächlich spazierten sie durch die laue Nacht den kurzen Weg nach Hause, Djamila fröhlich und sorglos, Sari seltsam heiter, Da'ud kaum in der Lage, sein tiefes Unbehagen zu verbergen. Seit dem Morgen hatte er sich den Augenblick vorgestellt, wenn Sari sich allein zurückziehen würde, während er Djamila in das zweite Geschoß folgen würde, das er für sie hatte anbauen lassen, um die Intimsphäre seiner ersten Frau zu schützen. Sich von Sari zu trennen, das würde seine Seele zerreißen. Der Gedanke bedrückte ihn so ungeheuerlich, daß er alle anderen Erwägungen aus seinem Kopf verdrängte.

»Ich habe die Angewohnheit, vor dem Zubettgehen noch eine Weile draußen zu sitzen«, teilte er seiner Neuvermählten kühl mit, als sie zu dritt zögernd in dem mondbeschienenen Innenhof standen.

»Dann gehe ich hinauf und mache mich bereit«, antwortete Djamila mit der ihr eigenen Offenheit und eilte, zwei Stufen auf einmal nehmend, die Treppe hinauf. Unglaublich erleichtert, zog Da'ud Sari neben sich auf die alte Steinbank, wie er das in der Vergangenheit so oft gemacht hatte. Ihre Finger mit den seinen verschlungen, flüsterte er: »Ich werde dich heute nacht noch mehr lieben als je zuvor, seit ich dich zum erstenmal gesehen habe, denn im Geiste wirst du es sein, mit der ich mich vereinige.«

Sari nahm seine Worte mit einem langsamen, traurigen Nicken hin. So saßen sie in vertrauter Gemeinschaft einen langen, stillen Augenblick da. Dann stand Da'ud auf und ging zu seiner Braut, die ihn erwartete.

Sari zog sich rasch aus und legte sich auf das Bett, das sie und Da'ud bisher immer geteilt hatten. Instinktiv schob sie die Hand neben sich, auf Da'uds Platz, aber der war kalt und leer, keine Hand wartete auf die ihre, um sie zu ergreifen. Erst jetzt drang ihr die Wirklichkeit dessen, was geschehen war, ins innerste Herz, und es war ihr ein so bitterer Schmerz, daß ihr die Tränen in die Augen schossen. Die verzweifelte Sehnsucht nach seiner Anwesenheit, das dringende Bedürfnis, ihn neben sich zu spüren, die Intimität zu fühlen, die zwischen ihnen erwachsen war, war das die Liebe? In ihr zerriß etwas und entfesselte einen Sturm der Schluchzer und Tränen, der aus den tiefsten Tiefen ihrer verletzten Seele strömte.

17

Die Begierde loderte in dem Augenblick auf, als Da'ud und Djamila einander berührten. Djamila reagierte voller Leidenschaft auf die verfeinerte Liebeskunst, die Da'ud meisterlich beherrschte. Ihr großgewachsener, starker Körper mit den wohlgerundeten Brüsten und den dunklen Brustwarzen bewegte sich entspannt und geschmeidig unter seinen geschickten Händen. So heftig reagierte sie auf Da'ud, daß ihm alle Sinne wirbelten, daß die Umrisse der Frau verschwammen, die er besaß. Als sie spürte, wie er kraftvoll seinem Höhepunkt entgegenstrebte, spannte auch sie sich an und schnellte ihm entgegen, gesellte sich in vollkommener Vereinigung zu ihm. Sie war hingerissen. Großer Friede senkte sich über Da'ud, als er endlich zur Ruhe kam, ein Friede der körperlichen Erfüllung und Befriedigung, ein Friede der Erleichterung, genau das erreicht zu haben, was er sich vorgenommen hatte. Ihm hätte es genügt, sich von diesem Gefühl in einen sinnenschweren Schlummer einlullen zu lassen, doch Djamila war noch ruhelos vor Begierde, und er nahm sie erneut, und dann noch einmal. Erschöpft fiel er gegen Morgen in traumlosen Schlaf.

Erst als er erwachte und ihre kräftige dunkle Gestalt neben sich ausgestreckt sah, überkam ihn tiefste Scham. Er fand kein Vergnügen am Anblick ihres schweren Bauernkörpers, verspürte nicht das Verlangen, seine innersten Gedanken und Gefühle mit ihr zu teilen, auch nicht den Wunsch, sie ständig an seiner Seite zu haben. Die ungeheure Befriedigung, die sie aneinander gefunden hatten, war nur auf die Vereinigung ihrer Körper zurückgegangen, nicht auf eine Verschmelzung der Seelen. Würde er ein Kind lieben können, das aus einer so lieblosen Tat geboren wurde? fragte er sich, als er leise aufstand und die Treppe zum morgendämmerigen Innenhof hinunterging. Er sehnte sich danach, seine wirkliche Frau Sari zu besuchen und ihr seine ewige Liebe zu beteuern, aber er hielt sich zurück, um sie nicht unabsichtlich zu verletzen.

Warum war es ihm nicht vergönnt, mit der einzigen Frau in seinem Leben eine geistige und seelische und körperliche Einheit zu erreichen? haderte er mit seinem Gott, mit seinem Schicksal, während er rasch durch die morgendlich stillen Straßen wanderte.

Wie es seine Gewohnheit war, betrat er den Palast durch den etwas abseits gelegenen Eingang zur Bibliothek und begab sich diskret zum Arbeitszimmer al-Hakams, um dort sein tägliches Gespräch mit ihm zu führen.

»Ihr seht heute morgen außerordentlich wohl aus, mein gelehrter Freund, erfrischter und entspannter, als ich Euch je gesehen habe«, grüßte ihn der Kalif, legte das uralte Manuskript zur Seite, das er gerade studierte, und musterte seinen jüdischen Höfling genauer. »Eine Frau, nehme ich an«, lächelte er.

Mit einem kleinen Nicken stimmte Da'ud zu, gab aber keine weitere Erklärung.

»Ich freue mich, Euch bei so guter Laune zu finden«, meinte al-Hakam. »Ich hoffe, sie noch weiter zu verbessern, indem ich einen Gedanken fortführe, von dem wir bereits gesprochen haben. Ihr seid so begierig auf Wissen wie ich selbst, ganz gleich, aus welcher Quelle es auch kommen mag, und Ihr müßt folglich meinen Ehrgeiz teilen, unsere Stadt Córdoba mit einer Bibliothek ausgestattet zu sehen, die so reich und vielfältig sein soll wie das menschliche Streben selbst. Ich stelle sie mir als ein Schatzhaus des Wissens vor, das die Gelehrten von nah und fern anziehen wird und so meine Sehnsucht stillt, den weit verbreiteten Gedanken auszumerzen, daß wir nichts als eine Rasse von Kameltreibern und Eidechsenfressern sind, deren einzige Vergnügung das Schwingen des Krummschwertes ist. Unsere Sammlung religiöser, historischer und biografischer Schriften muß neben Werken unserer eigenen antiken arabischen Gelehrten noch durch Werke ergänzt werden, die von den Persern und Griechen verfaßt wurden. Wir sind zum Beispiel schlecht ausgestattet mit Büchern über Astronomie, Mathematik und Medizin. Als einen der größten Gelehrten in ganz al-Andalus halte ich Euch für den würdigsten unter meinen Höflingen, um diese edle Aufgabe auszuführen. Ich ermächtige Euch also, Sendboten in alle Winde auszuschicken, um dort in meinem Namen die Werke zu finden und zu erwerben, die Ihr für wert erachtet, einen Platz in unserer großen Bibliothek des Kalifen zu finden.«

»Diese Aufgabe übernehme ich mit Vergnügen«, erwiderte Da'ud. »Und da Ihr erneut den Wunsch äußert, den

Ruhm unserer großen Stadt zu mehren, möchte ich respektvoll zu dem Gedanken zurückkehren, ein Hospital und eine medizinische Fakultät einzurichten, die es mit der von Bagdad aufnehmen kann. Schon jetzt strömen die Patienten nach Córdoba, um dort die Hilfe unserer berühmten Ärzte zu suchen, und«, fuhr er geläufig fort, »es werden noch viel mehr kommen, da es uns nun freisteht, das Geheimnis zu lüften, daß unter der ruhmreichen Herrschaft Eures Vaters das Geheimnis des Großen Theriak von Eurem untertänigen Diener entdeckt wurde.«

»Eine glanzvolle Leistung«, sagte al-Hakam. »Mein Vater hat mir kurz vor seinem Tode davon berichtet. Sie wird uns allen großen Ruhm bringen.«

»Das wird sie sicherlich, aber uns fehlen leider die entsprechenden Einrichtungen, um unsere eigenen Kranken zu behandeln, ganz zu schweigen von denen aus anderen Landen. Mit allem Respekt, o Herrscher der Gläubigen, gereicht uns diese Situation nicht zur Ehre.«

Al-Hakam sprang auf und begann aufgeregt im Zimmer auf und ab zu schreiten, seine schmalen Augen blitzten vor Erregung.

»Natürlich! Natürlich! Ihr habt völlig recht! Bei Allah, wir werden eine medizinische Einrichtung schaffen, die der Neid der gesamten zivilisierten Welt ist!«

»Da Euch der Gedanke annehmbar scheint, werde ich mich mit meinem Lehrmeister Abu Sa'id besprechen, der dieses Thema als erster angesprochen hat, sowie mit Eurem hervorragenden jungen Chirurgen Abu'l Kasim, damit sie mir sagen, wen man ihrer Meinung nach mit der Ausführung des Planes betrauen sollte.«

»Ihr werdet niemanden um Rat fragen. Ihr selbst seit hervorragend geeignet, ein solches Vorhaben zu vollenden. Ich habe völliges Vertrauen in Eure Eignung und Euer Urteil.«

»Aber …«

»Kein Aber, Abu Suleiman. Dies soll der Höhepunkt Eurer glanzvollen Laufbahn sein, die krönende Errungenschaft meiner Herrscherjahre. Wir dürfen keine Kosten scheuen. Dank Eurem Verhandlungsgeschick bei den christlichen Fürsten sind unsere Truhen übervoll. Bedient Euch dieser Reichtümer mit freier Hand. Nutzt sie für das Wohlbefinden unserer Untertanen und zum Ruhme unseres Reiches.«

»Ich bin zutiefst dankbar für die Ehre, die Ihr mir erweist, aber ich habe in Gelddingen nur wenig Erfahrung«, versuchte Da'ud wiederum zu protestieren, denn er wollte sich nur ungern möglichen Anschuldigungen aussetzen, er hätte öffentliche Gelder verschwendet oder gar unterschlagen.

»Kommt, kommt, wenn es Euch möglich war, das Geheimnis des Großen Theriak zu entschlüsseln, so werdet Ihr doch in der Lage sein, Geschäftsbücher zu überwachen. Besprecht das Vorhaben mit Euren Kollegen, den Ärzten, und unterbreitet mir Eure Gedanken, so daß wir den Rat unseres Architekten einholen können.«

Weiterer Protest war sichtlich vergebens. Zum Glück war die politische Situation des Kalifats so geartet, daß Da'ud nicht glaubte, al-Hakam würde seine Dienste auf anderem Gebiet benötigen: die christlichen Fürsten waren zu sehr mit ihren internen Streitereien beschäftigt, als daß sie ihren muselmanischen Herrscher hätten angreifen können. Und nachdem der Fatimide al-Mui'izz große Teile des Gebietes erobert hatte, das einstmals Abd ar-Rahman in Nordafrika regiert hatte, schien er es zufrieden, al-Hakam Ceuta und Tanger zu überlassen. Im Augenblick war der Kalif wohl nicht geneigt, zur Wiedererlangung seiner Oberherrschaft über das ganze Mittelmeer in den Kampf zu ziehen. Seine – und damit auch Da'uds – Energie würde sich nun ausschließlich auf die kulturelle Blüte seines Reiches richten.

Abu Sa'id Hatim ibn Zuhr bat die Studenten, die rings um ihn saßen, eine komplizierte Zeichnung des menschlichen Skeletts genau zu betrachten, während er hinausging, um sich mit Da'ud ibn Yatom in der Kühle seines üppigen Gartens zu unterhalten.

»Wie geht es deinem Vater?«

»Schlecht, verehrter Meister, schlecht«, erwiderte Da'ud und wandte sich ab, um den Duft eines Jasminstrauchs einzuatmen und seine Gefühle zu verbergen. »Dank Abu'l Kasims Geschick ist die Wunde völlig verheilt, aber seine Lebenskraft schwindet täglich mehr.«

»Schmerzen?«

»Nein.«

»Sein Zustand deutet wohl darauf hin, daß eine andere Geschwulst sich irgendwo an einer verborgenen Stelle gebildet hat und das gesamte Umfeld verseucht, seine lebenswichtigen Organe auszehrt. Dagegen, mein Sohn, gibt es kein Heilmittel.«

»Ich weiß, Meister, ich weiß. Aber ich kann mich nicht damit abfinden. Wenn in der Natur jede Erscheinung ihren Widerpart hat und jede Krankheit ihre Heilung, warum hat man noch nichts entdeckt, was diese bösartige Krankheit aufhalten kann?«

»Es sind mir Gerüchte zu Ohren gekommen, daß in den östlichen Ländern ein Heilmittel eingesetzt wird, aber ich habe noch nichts Genaueres darüber in Erfahrung bringen können.«

Sofort dachte Da'ud an den radanitischen Händler, der eine mögliche Verbindung in diese fernen Gegenden sein könnte, aber dessen letzter Besuch in Córdoba lag so lange zurück, daß Da'ud bezweifelte, daß der Mann überhaupt noch lebte.

»Ich werde die Sendboten, die ich auf Befehl des Kalifen zur Suche nach alten Manuskripten in die ganze Welt ausschicke, darum bitten, für mich Erkundigungen einzuziehen. Sie könnten zufällig auf etwas stoßen, so wie ich zufällig auf das Geheimnis des Großen Theriak gestoßen bin.«

»Du bist was? Willst du mir damit sagen, du hast tatsächlich die fehlenden Zutaten herausgefunden?« rief Ibn Zuhr ungläubig aus, das edle Gesicht von Bewunderung erhellt. »Wie? Wann?«

»Vor vielen Jahren, Meister, und auf dringlichen Wunsch Abd ar-Rahmans, der mir den Schwur abnahm, bis zu seinem Tode Stillschweigen darüber zu wahren. Er war besessen von der Furcht, zufällig oder vorsätzlich durch das Gift einer Schlange getötet zu werden, und befahl mir, nach den verlorengegangenen Zutaten zu suchen.«

»Erzähl mir, erzähl mir«, drängte Ibn Zuhr seinen ehemaligen Schüler und zog ihn neben sich auf eine mit Moos bewachsene Bank im Schatten eines riesigen Feigenbaums. Mit aller Ausführlichkeit berichtete Da'ud seinem Lehrer, wie er das uralte Geheimnis entschlüsselt hatte.

»Aber das ist nicht alles, Meister. Als Abd ar-Rahman gegen Ordoño in den Kampf zog, gab ich ihm eine große Flasche von diesem Gegenmittel mit. Und dann kam mir plötzlich der Gedanke, ihm vorzuschlagen – einerseits, um seine Angst zu mindern, und andererseits, um eine sichere Wirkung zu erzielen –, er solle eine kleine Menge vorbeugend trinken, falls er sich in Gefahr wähnte. Wenn es nichts nützte, so würde es doch sicherlich auch nicht schaden, dachte ich. Er tat, wie ich ihm geraten hatte, und wurde wenige Stunden später tatsächlich von einer Schlange gebissen, genau wie er es vorausgesehen hatte. Da nahm er eine volle Dosis des Großen Theriak ein und verspürte keinerlei Wirkung des Gifts. Keine. Überhaupt keine!«

»Unglaublich!« rief Ibn Zuhr aus. »Ganz unglaublich! Aber wir können daraus nicht ableiten, daß der Große Theriak auch als vorbeugende Maßnahme gegen das Gift wirkt, da er nach dem Biß noch eine weitere Dosis zu sich genommen hat. Es gibt keine Möglichkeit, herauszufinden, ob deine Intuition, wie du es nennst, begründet ist, ohne jemanden der Todesgefahr auszusetzen. Ah«, seufzte er, »wenn wir nur die Einrichtungen hätten, die es uns erlauben würden, unter gleichen Bedingungen die Reaktion von Patienten auf verschiedene Formen der Behandlung zu beobachten, unsere Beobachtungen aufzuzeichnen und auszutauschen ...«

»Ein Hospital und eine medizinische Schule«, lächelte Da'ud. »So Gott will, werden wir beides bald haben. Al-Hakam ist beseelt von dem Gedanken, das medizinische Zentrum, von dem wir gesprochen haben, zu bauen, und er hat mich damit beauftragt, die Verantwortung für die Durchführung dieses Plans zu übernehmen.«

»Was für wunderbare Nachrichten du mir bringst! Wäre nicht der schlechte Gesundheitszustand deines Vaters, es gäbe Grund zum Feiern. Wir müssen uns mit Abu'l Kasim treffen und den Plan bis in alle Einzelheiten besprechen. Wir haben dir viel zu verdanken«, murmelte der Meister, als er seinen ehemaligen Schüler nach draußen begleitete. »Und darf ich dir Freude mit deiner neuen Frau wünschen?«

»Freude ist wohl ein zu starkes Wort. Zufriedenheit vielleicht. Oder vielmehr könnt Ihr mir wünschen, daß ich Vater eines Sohnes werde.«

In jener Nacht und jede Nacht in den drei Monaten nach seiner Heirat mit Djamila teilte Da'ud mit ihr das Beilager. Da sie von Natur aus überschwenglich und völlig ungehemmt war, bereiteten ihr die unzähligen Varianten des Liebesspiels, in die er sie einweihte, ungeahntes Vergnügen. Für ihn als Arzt barg der weibliche Körper kein Geheimnis. Als ihre Blutung jedoch bereits den dritten Monat in Folge ausgeblieben war, klang seine Leidenschaft ab. In gleichem Maße wuchs umgekehrt seine Sorge um ihren Zustand. Mit penibler Sorgfalt überwachte er ihren Tagesplan und ihren Gesundheitszustand, eine Fürsorge, die sie als übertrieben empfand. »Schwangerschaft und Geburt sind einfache, natürliche Dinge«, lachte sie ihn mit ihrem gesunden Bauernverstand oft aus, dennoch nahm sie seine Aufmerksamkeiten mit Demut entgegen. Er bestand sogar darauf, daß sie ihre Besuche bei den Kleinen in der Talmud- und Thoraschule, die sie seit ihrer Eheschließung so vermißten, einschränkte. »… um einen Unfall zu vermeiden – einen Fall, einen Stoß, Überanstrengung, wenn du mit den Kindern herumtollst. Schon bald wirst du ein eigenes Kind haben, um das du dich kümmern kannst«, fugte er dann in dem Versuch hinzu, sie bei Laune zu halten.

Djamila war ein Leben im Freien gewohnt. Sie hielt sich nur ungern längere Zeit in dem eingeschränkten Bezirk des Hauses auf, wie Sari das gerne tat. Djamila gewöhnte es sich also an, die Damen der feinen Familien der Gemeinde zu besuchen, die alle so begierig darauf waren, ihre Bekanntschaft zu machen, wie sie, die ihre zu pflegen. Die drei Schwestern Bar Simha, die längst mit wohlhabenden Händlern vermählt und Mütter zahlreicher Nachkommen waren, trugen ihr besonders drängende Freundschaftsangebote an und verbargen ihre Neugier über die zweite Ehefrau des Mannes, der sie so hochmütig abgelehnt hatte, hinter einem überschwenglichen Lächeln. Da'ud runzelte die Stirn über diese neue Vertrautheit, denn die Familientradition verlangte, stets einen gesunden Abstand zu jenen zu wahren, die vorgaben, vertraute Freunde werden zu wollen. Aber er brachte die Sache nicht zur Sprache. Jetzt war nicht die Zeit, Djamila zu verärgern oder zu reizen. Sari war seine Verstimmung aufgefallen, und sie versuchte ihn zu besänftigen. »Wenn das Kind erst einmal geboren ist, hat sie nicht mehr viel Zeit für solche Sachen«, sagte sie und legte ihm beschwichtigend die Hand auf den Arm.

Als Djamila immer runder wurde, steigerte sich Da'uds Angst und Aufregung noch. Er zog sogar die Sterne zu Rate – ein Brauch, den er sonst mit äußerstem Mißtrauen beäugt hätte –, um sich zu versichern, daß die himmlischen Gestirne in einer günstigen Lage stehen würden, wenn das Kind geboren werden sollte.

Eines Abends war er gerade damit beschäftigt, die Sterne zu befragen, als ihn ein Diener aus seinem Elternhaus holen kam. Voller unguter Vorahnungen eilte er zum Bett seines Vaters. Der war so in sich zusammengesunken, daß man seine Gestalt unter den vielen Decken kaum noch ausmachen konnte, die seine Mutter auf das Bett gebreitet hatte, um ihn zu wärmen. Sein Gesicht war eingefallen, die straff über die hervorstechenden Knochen gespannte Haut so grau, daß sie den nahen Tod ahnen ließ, der Atem schwach wie der letzte Abendhauch. Als er spürte, daß Da'ud in der Nähe war, winkte er ihn mit knochigem Finger zu sich herunter. »Mögest du mit einem starken und gesunden Sohn gesegnet werden«, flüsterte er mit dem letzten Atemzug, der ihm noch vergönnt war. Dann wandte er sein Haupt und fand für immer seinen Frieden.

Trotz der langen Monate, in denen Da'ud sich auf das Sterben seines Vaters vorbereitet hatte, traf ihn die Endgültigkeit des Todes nun mit einer Gewalt, die all sein ärztliches Wissen und seine Erfahrung nicht mildern konnten. Warum hatte man noch keine Heilung für die Leiden der Menschen gefunden? Warum war der Tod ein unabwendbares Schicksal, das Gott und die Natur verhängt hatten? Diese ewigen Fragen wirbelten ihm durch den Kopf, unbeantwortet wie je. Wochenlang peinigte ihn dieser Schmerz und lehnte er sich gegen das Schicksal auf. Allein Sari schien ihm Trost spenden zu können.

»Das Kind wird kommen und die Leere füllen, die Ya'kub in unser aller Herzen hinterlassen hat«, wiederholte sie immer wieder. »Denk an das Kind, denk an die Zukunft, an das neue Leben, das du gezeugt hast, zur Fortsetzung des alten.«

Sie unterstützte ihn stetig und beständig. Obwohl sie sich nie daran gewöhnt hatte, ohne ihn an ihrer Seite zu schlafen, bereitete ihr das Wissen Trost, daß seine Nächte zwar Djamila gehörten, doch sein Leben, seine innersten Gedanken und Gefühle immer nur ihr, wie eh und je.

Die Wochen bis zur Geburt zogen langsam dahin. Hinter Da'uds äußerer Ruhe verbrachen sich Angst und Anspannung, Djamila sehnte voller Ungeduld die Entbindung herbei, und Sari versuchte, den einen zu beruhigen und die andere aufzuheitern.

Und dann klang in den frühen Morgenstunden eines eiskalten Wintertages der Schrei eines neugeborenen Kindes durch Da'uds Haus, ein Ruf zum Leben. Es war ein starker und gesunder Schrei, eine Antwort auf Ya'kubs letzten Wunsch. Aber er kam von Djamilas Tochter, nicht von Da'uds langersehntem Sohn.

Da'ud erblaßte, seine Schultern sanken herab, und seine Lippen bebten vor eiskalter Wut, als die Hebamme ihm ängstlich die Nachricht brachte. Abrupt wandte er sich um und wollte schon das Haus verlassen, doch Sari hielt ihn mit fester Hand zurück.

»Die Geburt war leicht, das Kind ist gesund, und Djamila geht es einigermaßen gut. Viele Söhne werden folgen. Komm, nimm das kleine Wesen in den Arm«, drängte sie ihn und forderte die Hebamme mit einer Handbewegung auf, ihm den Säugling zu reichen.

»Viele Söhne werden folgen?« fragte Da'ud dumpf, während er, peinlich berührt, auf das rötliche, verschrumpelte Wesen in seinem Arm schaute.

»Laß mich sie auch einen Augenblick halten«, sagte Sari. Ungläubig, seine alte schmerzliche Liebe zu ihr noch wie einen Dorn im Herzen, beobachtete Da'ud sie, wie sie ihm das kleine Bündel abnahm und es an sich schmiegte.

»Was für ein winziges, wunderbares Etwas!« flüsterte sie, und Tränen glitzerten ihr in den Augen. »Das Wunder des Lebens, das wir nähren und lieben und zu einem vollkommenen Menschenwesen machen müssen.«

Eine warme Welle stieg aus einer geheimnisvollen urzeitlichen Quelle im Innersten ihres Wesens in ihr empor, versetzte ihre Sinne in einen so mächtigen Aufruhr, daß sie beinahe das Bewußtsein verlor. Tiefe Röte überzog ihre blassen Wangen, während sie leise murmelte: »Liebster Da'ud, ich glaube, du hast mich endlich verstehen lassen, was die Bedeutung von Leben und Liebe ist.«

Als sie die Augen zu ihm hob, war das tiefe Blau von einem Licht der Liebe erhellt, das er nicht mehr in ihnen zu sehen gehofft hätte. »Ja. Viele Söhne werden folgen«, wiederholte er und nahm ihr Gesicht zärtlich in beide Hände. »Aber du wirst sie mir schenken.«

»Ja, o ja, mein Liebster, gerne werde ich sie dir schenken.«

Da'ud rief die Hebamme zu sich und gab ihr das Kind zurück. »Bring sie zu ihrer Mutter«, befahl er.

Dann lagen er und Sari zusammen. Ihre Vereinigung war voller Ekstase, von einer ungeheuerlichen, kosmischen Gewalt. Es war eine vollkommene Verschmelzung des leidenschaftlichen Lebensdrangs, der so lange in Sari verborgen geschlummert hatte, mit dem Strom von Da'uds Liebe, der so lange in seiner Seele gefangen gewesen war. Nie hätten sie gedacht, ein solches Glück erleben zu dürfen, so groß, so allumfassend, daß sie nicht voneinander lassen konnten. Erst am hellen Tag kamen sie wieder zum Vorschein, strahlend vor Glück, das um so größer war, da sie so lange darauf gewartet hatten.

Von nun an bewegten sich Da'ud und Sari wie außerhalb der Welt. Vom Sturm der Leidenschaft mitgerissen, der kein Ende zu nehmen schien, wurden sie vom Wunder ihrer vollkommenen Vereinigung von Leib und Seele zu unvorstellbaren Höhen getragen. Sie lebten wie verzaubert, auf einer Wolke aus Liebe und Leidenschaft, aus Zärtlichkeit und Ekstase, und ihr Glück strahlte Freude auf alle Menschen in ihrer Umgebung aus.

Außer auf Djamila. Sie wurde nicht mehr bemerkt, ihr Bett war leer und verlassen, das knospende Leben ihrer Tochter wurde nicht beachtet. Sie kämpfte tapfer, um ihren Stolz und ihre Selbstachtung nicht zu verlieren. Sie hatte ihrem Mann keine Vorwürfe zu machen. Er hatte sie gleich zu Anfang gewarnt, daß er nur Sari liebte. Hätte sie ihm einen Sohn geboren, so hätte er sich gewiß anders verhalten, wenn schon nicht zu ihr, so doch dem Neugeborenen gegenüber. Sie hatte für ihn gleichsam zu existieren aufgehört. Nur das Mädchen Amira war ein Beweis dafür, daß sie einmal vereint gewesen waren.

TEIL II
Da'ud und Hai

18

Es war das einzige Mal in seinem Leben, daß Da'ud ibn Yatom die Mauer der Diskretion durchbrach, mit der er sonst eifersüchtig das Privatleben seiner Familie hütete. An dem Tag, den man für die Beschneidung seines erstgeborenen Sohnes Hai bestimmt hatte, standen die Türen seinen Hauses allen weit offen, die kommen und seine Freude mit ihm teilen wollten.

Erst wenige Wochen vor der Geburt des Kindes hatte man letzte Hand an das neue Haus angelegt, das Da'ud für seine wachsende Familie hatte errichten lassen. Von der Tür zur Straße hin führte ein schmaler Flur in einen großen Innenhof, um den die drei Flügel des Anwesens gruppiert waren. Der mittlere war ausschließlich Da'ud vorbehalten. Hier würde er arbeiten und seine wenigen Besucher empfangen. Die seitlichen Flügel waren für die beiden Frauen und ihre Kinder vorgesehen, eine Trennung, die jetzt und in Zukunft dem Haushalt Frieden und Ruhe sichern sollte. In emsiger Geschäftigkeit waren die griechischen Mosaikkünstler und Marmorbearbeiter, die arabischen Wasserexperten und Meister des Kachelverlegens, die berberischen Maler, die persischen Teppichverkäufer und die Seidenhändler aus Córdoba ein und aus gegangen, stets dienstbeflissen und eifrig, hatten sich in ihrer Hast beinahe überschlagen, um das Werk zum verabredeten Zeitpunkt zu vollenden.

Wenige Augenblicke, bevor die Gäste kommen sollten, nahm Da'ud Sari bei der Hand und ging mit ihr zum fernen

Ende des wunderbar harmonisch gestalteten Wassergartens, der mit seinen schönen Schwüngen den Mittelpunkt des Innenhofes bildete. Dort, in der lauschigen Stille ihres Glücks, blieben sie einen Augenblick stehen, um den schmalen Wasserlauf zu betrachten, der geschützt zwischen zwei Reihen dichter, dunkler Zypressen lag. Feine Wasserschleier stiegen aus einer im Laub verborgenen Quelle auf, schwebten durch die Lüfte, ehe sie wieder ins ruhige Wasser zurücksanken. Die schlanke, nach oben schmaler werdende Silhouette der Bäume, die aufrecht, reglos und stumm wie Wachtposten dastanden, fand ihren Widerhall in einem einzigen fedrigen Zypressenschößling, der in eine Marmoreinfassung mitten im Wasserlauf gepflanzt war. Dorthin lenkte Da'ud seinen Blick.

»Ich habe dieses zerbrechliche, zarte Ding heute im Morgengrauen gepflanzt, damit es mit Hai zusammen aufwachse. Solange er noch klein ist, wollen wir seine Körpergröße daran messen, und wenn er herangewachsen ist, wollen wir beobachten, wie der Baum an Kraft und Größe gewinnt und wie unser Sohn zu den Höhen großer Errungenschaften, zu Würde und Stolz aufsteigt. Dies hier«, fuhr er fort und wandte sich seiner Frau zu, während er aus dem Ärmel seines Festgewandes einen kleinen Samtbeutel hervorzog, »dies hier ist für dich.« Er hob zärtlich ihre Hand und ließ eine goldene Kette hineingleiten, an der, aus Smaragden in goldener Fassung, ein Ebenbild des kleinen Schößlings hing.

»Wie ähnlich dir das sieht«, lächelte ihn Sari sanft an, »immer ein elegant gedrechselter Satz, eine kunstvolle höfische Geste.«

»Weder Worte noch Gesten reichen aus, um dir meine unendliche Freude mitzuteilen. Wie viele Menschen genießen zu Lebzeiten das Glück – was sie auch immer dafür bezahlen –, all ihre ehrgeizigen Wünsche erfüllt zu sehen?«

»Ein ernüchternder Gedanke, der uns mit Bescheidenheit erfüllen sollte«, murmelte Sari, als sie in Gedanken zu den ersten Erinnerungen ihres Lebens zurückkehrte, zu der primitiven Gewalt, den niedrigen Instinkten, der Furcht und dem Schrecken, dem Schmerz, der Häßlichkeit, dem Elend, der Einsamkeit – den einzigen Weggefährten ihrer unglückseligen Kinderzeit. Sie konnte nicht wie Da'ud sagen, daß alle ehrgeizigen Wünsche ihres Lebens erfüllt waren. Ehe er sie gerettet hatte, war ihr gar nicht bewußt gewesen, daß das Leben überhaupt irgend etwas Erstrebenswertes bieten konnte. Ihr einziger glühender Wunsch war allein die Flucht gewesen, obwohl sie nicht wußte, wohin sie fliehen sollte. Wären da nicht der radanitische Kaufmann und dann Da'ud selbst gewesen, sie hätte vielleicht nie erfahren, daß das Leben auch etwas anderes sein konnte als die Schrecken, die sie durchlitten hatte. Mehr noch, daß die Liebe, ein Gefühl, das sie weder empfangen noch gegeben hatte, tierische Lust zu höchster menschlicher Ekstase wandeln konnte.

Oh, welche Ekstase! Wie leicht und zart er sie berührt hatte, wie zärtlich er sie liebkost, mit seinen Händen das leiseste Beben der in ihr erwachenden Lust erspürt hatte. Mit diesen sicheren, liebenden Händen, die sie langsam auf den Pfaden ihres Verlangens emporführten, bis sie aus eigener Kraft mit ihm zu den schwindelerregenden Gipfeln der Leidenschaft aufstieg. In den Monaten nach der Geburt Amiras hatten sie sich ihrer Liebe hingegeben. Ihre Sinne, ihre Körper, ihrer beider Wesen verschmolzen zu einem einzigen lebendigen Ganzen, in das sich beide versenkten, einer vom anderen durchdrungen. Und wenn sie getrennt waren, sehnte sich einer nach der Berührung, nach dem Anblick des anderen, harrte ungeduldig auf das nächste Verschmelzen. Wie groß war die Gefahr gewesen, daß sie ihr Leben in Unkenntnis dieses höchsten Geschenks verbracht hätte, der vollkommenen Liebe eines Menschenwesens zu einem anderen, und der Wonne ihrer Erfüllung in der Erschaffung eines neuen Menschen – einer gottähnlichen Handlung. Wie vielen anderen, die wie sie in ein elendes Leben hineingeboren waren, war es denn vergönnt, eine so wundersame Wandlung ihres Geschicks zu erfahren? Dieses Wissen um die Unwägbarkeiten des menschlichen Schicksals – warum ausgerechnet sie, warum nicht eine andere? – zwang sie zur Bescheidenheit.

Wenn sie jetzt ihren Ehemann betrachtete, durchströmte sie ein überwältigendes Gefühl der Freiheit. Nun empfand sie nicht mehr die Schuld, ihm Enttäuschung und Unglück gebracht zu haben. Jetzt, da sie ihm freizügig gewährt hatte, was er geduldig erwartete, wonach er sich so schmerzlich verzehrte, was er aber nie erzwungen hatte, jetzt, da sie so viel gegeben wie gewonnen hatte, fühlte sie sich ihm ebenbürtig in der Partnerschaft ihrer Liebe, frei und gleich, so daß sie ihm ihre innersten Gedanken enthüllen konnte.

»Warum warst du während meiner Schwangerschaft so ruhig, so beinahe unnatürlich gelassen, und als Djamila ihr Kind Amira erwartete, so übermäßig besorgt?«

»Diese Frage habe ich mir in all den Monaten immer wieder selbst gestellt«, erwiderte Da'ud. »Ich hätte eigentlich ebenso von Ängsten geplagt werden müssen, nicht nur, weil sich vielleicht während deiner Schwangerschaft oder bei der Geburt ein nicht wiedergutzumachender Schaden, den man dir in deiner Kindheit zugefügt hatte, furchtbar hätte auswirken können. Der bloße Gedanke, dich im Kindbett zu verlieren, hätte mich Tag und Nacht verfolgen müssen. Aber es war nicht so. Von dem Augenblick an, als du dich mir so großzügig, so vollkommen geschenkt hast, mit grenzenloser Liebe und schrankenlosem Vertrauen, da wußte ich in meinem Innersten, daß unsere Vereinigung vom Himmel gesegnet war. So wie ich beim erstenmal, als dich meine Augen erblickten, wußte, daß ich mein ganzes Leben lang dich und nur dich lieben würde, so hatte nun die unerschütterliche Überzeugung von mir Besitz ergriffen, daß Hai dazu bestimmt war, gesund und sicher in diese Welt zu kommen, das lebendige Symbol unserer Vereinigung, das Zeugnis unserer Liebe, bestimmt dazu, sie fortzusetzen.«

»Und doch haben die Hebammen die Geburt nicht als leicht bezeichnet. Sie waren sehr besorgt. Einen Augenblick lang dachte ich, man hätte mir ein Stück meiner selbst mit Gewalt entrissen.«

Da'ud wartete einen Augenblick, ehe er antwortete. »Ich habe mit ihnen gesprochen.«

»Es wird keine weiteren Kinder geben, nicht wahr?«

»Vielleicht nicht. Das kümmert mich nicht. Ich habe nicht das Verlangen, dich noch einmal so leiden zu sehen. Ich habe dich, und ich habe unser Kind der Liebe, Hai, dessen Name ›Leben‹ heißt. Mit zwei solchen Schätzen wäre es vermessen, um noch mehr zu bitten.«

»Und du hast Amira – und Djamila ebenso.«

Da'ud brachte sie mit einer Handbewegung zum Schweigen. »Sie hat ihren Zweck erfüllt«, sagte er nüchtern und bestimmt.

Hais leises Weinen beendete das Gespräch. Sari eilte in ihren Flügel des Hauses zurück, um ihr neugeborenes Kind zu stillen, während Da'ud die Ärmel seines dunklen Gewandes zurechtzupfte und die Gäste empfangen ging.

Rabbi Samuel Ben Mar Shauk, der ehrwürdige Gelehrte aus Lucena, kam als erster. Er war noch nie von kräftiger Gestalt gewesen, inzwischen jedoch gebrechlich und ein wenig zitterig geworden, und sein dünner weißer Bart gemahnte an den feinen Wasserschleier, der über dem Wassergarten schwebte. Tränen der Rührung standen ihm in den schwach gewordenen Augen, als er seinen ehemaligen Schüler umarmte, der sich von Anfang an als hervorragender Denker gezeigt und Großes versprochen hatte. Was für ein Vergnügen war es gewesen, ihm die Schönheit der biblischen Sprache und ihrer poetischen Bilder zu vermitteln, ihm die Weisheit der Talmudgelehrten zu erläutern. Welche Befriedigung hatte ihm die Gewißheit verschafft, daß jedes seiner Worte vom wachen Verstand dieses Jungen aufgenommen und dort sorgfältig abgewägt wurde. Selbst wenn Da'ud in seinem späteren Leben die Einhaltung bestimmter Regeln, die seiner Meinung nach mit seinem Alltag nicht vereinbar waren, weniger ernst genommen hatte, so war er sich ihrer doch bewußt und hatte eine wohlüberlegte eigene Entscheidung getroffen. Dafür konnte ihm Rabbi Samuel im Grunde seines Herzens keinen Vorwurf machen. Er war zutiefst gerührt über die Ehre, die Da'ud ihm hatte zuteil werden lassen, als er ihn zum Paten für Hai ausgewählt hatte. Obwohl Rabbi Samuel wußte, daß ihn die Reise aus der Abgeschiedenheit Lucenas in die geschäftige Stadt Córdoba, die einmal seine Heimat gewesen war, sehr ermüden würde, hätte ihn nichts bewegen können, diese Ehre auszuschlagen. Als nun seine schwachen Arme die schmale, ernste Gestalt Da'ud ibn Ya'kub ibn Yatoms, des mächtigsten Juden in ganz al-Andalus, umfingen, da murmelte er ein Dankgebet, daß Gott ihn am Leben erhalten und dafür gesorgt hatte, daß er diesen Tag erleben durfte. Da'ud war gerührt und zutiefst zufrieden. Die Wahl Rabbi Samuels zum Paten hatte ihm nicht nur die Möglichkeit gegeben, seinen Mentor zu ehren, er entging so auch der Gefahr, eifersüchtige Streitereien zwischen den prominenten Mitgliedern der Gemeinde heraufzubeschwören, die alle um seine Gunst buhlten.

Gleich hinter Rabbi Samuel erschien Rabbi Ezra, der Beschneider, dem Abu Sa'id und Abu'l Kasim unmittelbar folgten. Nachdem die beiden Ärzte Da'ud begrüßt hatten, unterhielten sie sich mit Rabbi Ezra über die sicherste und schnellste Art, die Vorhaut eines Neugeborenen zu entfernen. Mit der Miene der absoluten Autorität fuhr Ibn Zuhr mit dem Finger über die scharfe Klinge des Messers, das der *mohel* benutzen würde, während Ab'ul Kasim überprüfte, ob der Schlitz zwischen den lotosförmigen silbernen Blättern der Schutzklemme, die den Penis des Säuglings abschirmen würde, die richtige Breite hatte. »Diese Instrumente wurden eigens für den heutigen Anlaß gefertigt«, gab Rabbi Ezra zu verstehen.

Nach einem zustimmenden Blick auf Abu'l Kasim verkündete Ibn Zuhr knapp: »Sie sind in Ordnung.« Dabei ließ er ein kleines goldenes Behältnis in die Hand des Beschneiders gleiten, das ein weißes alkalisches Pulver enthielt. »Streut ein wenig davon auf die Wunde, ehe Ihr sie verbindet«, sagte er und mischte sich dann zusammen mit Ab'ul Kasim unter die anderen Gäste.

Eine glänzende Gesellschaft hatte sich versammelt. Der jüngere Bruder des Kalifen war als al-Hakams persönlicher Vertreter zugegen, zusammen mit anderen Prinzen aus dem Hause der Omaijaden, alle mit reichen Gewändern und funkelnden Juwelen geschmückt. Zu bedeutenden Wesiren gesellten sich Höflinge von geringerem Rang. Rabbis und Richter von den jüdischen Gerichten waren aus allen Gemeinden von al-Andalus gekommen. Dichter, Gelehrte und Philosophen in großer Zahl waren erschienen. Aus den christlichen Königreichen hatten die Herrscher von Leon und Navarra ihre persönlichen Gesandten geschickt. Königin Toda, die noch nie jemand der Undankbarkeit hatte bezichtigen können, schickte dem Sohn des Mannes, dem ihr Enkel Gesundheit und Thron verdankte, ein Miniaturschachspiel: filigrane Figuren aus Gold und Silber, das Schachbrett aus rotem und grünem Jaspis.

Als Da'ud den Blick über die zahllosen Gäste schweifen ließ, erfüllte ihn ein Stolz, der ihn ein wenig ängstigte. Wenn ein Mann den Gipfel seiner ehrgeizigen Wünsche erreicht hat, wenn die Höchsten des Landes ihm, dem engsten Vertrauten des Kalifen, dem Gelehrten und Arzt und dem Höchsten unter den Juden in al-Andalus, ihre Ehrerbietung erwiesen, was lag dann noch vor ihm? Der Titel eines Wesirs war ihm verwehrt, um ihn vor der Gegnerschaft der Imame zu schützen, die es nicht dulden würden, daß ein Jude Autorität über die Moslime bekam. Er konnte also nicht weiter aufsteigen. Die Zukunft konnte ihm folglich nur Stillstand oder Niedergang bringen. Andere junge Männer, die so sehr vom Ehrgeiz getrieben waren wie einstmals auch er, würden sicherlich auftauchen und mit ihm um die Gunst des Kalifen wetteifern ... Und wer konnte vorhersagen, wie es in der Zukunft um sein persönliches Glück bestellt sein würde, das heute vollkommen war, aber doch zugleich äußerst verletzlich, da zwei Frauen, zwei Kinder einander gegenüberstanden, getrennt durch den harmonischen Garten, den er zwischen ihnen angelegt hatte. Bis heute war alles gutgegangen, ermahnte er sich. Genieße deinen Triumph! So wie du in der Vergangenheit den Gefahren getrotzt hast, so wirst du dich auch in Zukunft verteidigen, dich und deine geliebte Frau Sari und Hai, euren langersehnten Sohn.

Nun winkte ihn Rabbi Ezra zu sich. Seine Mutter Sola hatte Sari den Säugling bereits abgenommen und ihn an Rabbi Samuel weitergereicht, der auf seidenen Kissen ruhte und das Kind auf dem Schoß hielt, die Handreichungen des Beschneiders erwartete. Rabbi Ezra hatte die glänzenden neuen Instrumente sorgfältig auf einer makellosen Marmorplatte ausgebreitet und näherte sich dem Kind, entfernte die Windeln und spreizte die winzigen, protestierend strampelnden Beine weit auseinander. Sari, die vom Fenster ihres Zimmers aus die Zeremonie beobachtete, unterdrückte einen Angstschrei, ihr Körper krampfte sich heftig zusammen. Ihr einziger Wunsch in diesem Augenblick war die Flucht, die Flucht vor dem Anblick Ezras, der mit starker Hand die Beine des Kindes gegen dessen Willen spreizte, so wie andere, grausamere, brutale Hände vor vielen Jahren ihre mageren Kinderbeine mit Gewalt gespreizt hatten … Auch damals hatte sie ihre Angstschreie unterdrückt, aus Furcht, die Hände der alten Männer könnten ihr noch größere Gewalt antun … Sola, die sich ihrer inneren Qual nicht bewußt war, legte mütterlich den Arm um sie, eine warme menschliche Berührung, die tief in Saris innerstem Wesen etwas löste. Hemmungslos ließ sie ihren Tränen freien Lauf, und mit ihnen strömte all der Schmerz aus ihr heraus, den sie seit ihrer Kindheit stumm in sich verborgen hatte. Es war, als wäre sie durch ihren Sohn selbst wiedergeboren und hätte sich nun endlich davon befreit. Der Klang von Hais gesundem, kräftigem Protestgeheul – schwach in den Ohren anderer, aber ein durchdringender Schrei in den Ohren seiner Mutter – vermischte sich mit ihren eigenen Schluchzern, mit ihrem eigenen verspäteten Protest. Erst jetzt war in ihr der Wunsch nach Flucht für immer gewichen, und mit ihm in der Flut ihrer reinigenden Tränen auch der Schmerz. Sie mußte hierbleiben, ihren Sohn beschützen, ihn in den Armen wiegen, ihn an ihrer Brust nähren, ihn trösten, wie sie selbst getröstet worden war. Niemals würde sie ihn verlassen, so daß er die Prüfungen des Lebens allein bestehen mußte. Niemals, so lange sie Atem in sich verspürte.

An der gegenüberliegenden Seite des Gartens weinte auch Djamila an ihrem Fenster – heiße Tränen des Grolls und des verletzten Stolzes. Nicht um ihrer selbst willen, versuchte sie sich einzureden. Da'ud hatte aus seinen Absichten nie einen Hehl gemacht, als er sie zur zweiten Frau nahm. Sie hatte den Handel, den er ihr angeboten hatte, bereitwillig angenommen. Sie hatte nur sich allein die Schuld zuzuschreiben. Wie offenkundig er sie auch ignorierte, sie war jetzt und in Zukunft Mitglied seines Haushaltes, mit all dem Respekt und all den Annehmlichkeiten des Lebens, die ihr in dieser Rolle zustanden. Nein, sie weinte um Amira, seine Tochter, deren Existenz er nicht zu Kenntnis nahm. Der Anblick der festlichen Menge, die draußen versammelt war, ließ in ihr eine Welle der Auflehnung emporsteigen, trieb ihr vor Wut das Blut in den Kopf. Für Hai wurde eine öffentliche Feier veranstaltet, wie es sie in den Annalen dieser zurückhaltenden, aber mächtigen Familie noch nie gegeben hatte. Für Amira hatte es nichts gegeben. Gar nichts. Kaum eine Familienfeier. Daß Da'ud seit der Geburt ihrer Tochter ihr Bett gemieden hatte, war eine Beleidigung, die sie sich zu ertragen zwang. Aber daß er keinerlei Zuneigung zu seinem erstgeborenen Kind zeigte, war etwas, das sie ihm nicht vergeben konnte und wollte.

Ihre Freundinnen, die Schwestern Bar Simha, die gekommen waren, um ihr während der Zeremonie Gesellschaft zu leisten, versuchten sie nach Kräften zu trösten. Niemals würden sie die Erniedrigung vergessen, die sie über sich ergehen lassen mußten, als Da'ud sie abwies und einem Findelkind den Vorzug gab, das er auf dem Sklavenmarkt aufgegabelt hatte. Es wurde kein einziges Wort zwischen ihnen und Djamila gewechselt, aber sie verstanden sich auch so vollkommen. Während man den Schwestern jedoch beigebracht hatte, ihren Groll zu unterdrücken und sich ergeben in ihr Schicksal zu fügen, war Djamila aus anderem Holz geschnitzt. Sie war ein unabhängiger Geist, in ihr brodelte die Auflehnung, sie weigerte sich, ihr Schicksal einfach hinzunehmen. Plötzlich hörte sie auf zu weinen, richtete sich voller Stolz auf und sagte mit ruhiger, entschlossener Stimme zur Amme ihrer Tochter: »Fatma, komm und sieh dir die Zeremonie an. Ich kümmere mich um Amira.«

Gespanntes Schweigen herrschte in der versammelten Menge, viele Augenpaare ruhten auf Rabbi Ezras Händen:

Ibn Zuhrs durchdringender Habichtblick war voller Unruhe. Da'uds unvergleichliche äußerliche Ruhe wurde Lügen gestraft durch das unruhige Nesteln seiner Hände an der silbernen Borte seines Gewands. In Rabbi Samuels alten Augen standen Tränen des Mitleids. Saris Augen waren vor Angst fast blind. Und Djamilas Augen funkelten vor Groll. Mit einer schnellen, geschickten Bewegung seines glänzenden Messers nahm Ezra den kleinen Hai ben Da'ud ibn Yatom in den uralten Bund Gottes mit dem Volk Israel auf. Im Gartenhof erhob sich lautes Geschrei, als die versammelte Menge Segenswünsche über das Kind und über das Haus Ibn Yatom ausschüttete.

Auf diesen Augenblick hatte Djamila gewartet. Mit einer ausladenden Bewegung ihrer kräftigen Arme hob sie Amira hoch und trug sie mit festen, sicheren Schritten nach draußen in den Garten. Dort stand sie, trotzig, herausfordernd inmitten der erlesenen Männergesellschaft, in frecher Mißachtung aller Sitten. Ihre mutige, störrische Haltung war ein verzweifelter Protest: Und mein Kind, deine Tochter, ist sie nicht auch würdig, von den Menschen gesegnet zu werden? Zutiefst erschreckt von der drängelnden Menschenmenge, ließ Amira einen durchdringenden Schrei ertönen. Die Köpfe wandten sich zu dem Störenfried um. Ängstliche Blicke flogen zum Hausherren. Aber Da'ud schien sich der Unruhe nicht bewußt zu sein. Nun schwollen Amiras Schreie zu einem ohrenbetäubenden Gebrüll an. Mit einer Kraft, die man ihrem kleinen Körper nicht zugetraut hätte, schlug sie wild mit Armen und Beinen um sich, versuchte sich mit aller Macht aus der Umklammerung ihrer Mutter zu befreien. Djamila unternahm nichts, um sie zurückzuhalten. Sie drängte zu Da'ud, ihrem Mann, als könne sie ihn durch bloße Willensanstrengung zwingen, sie zu bemerken, aber es half alles nichts. Amira, die kleinen Füße fest gegen die Brust ihrer Mutter gestemmt, konnte sich mit einem letzten Aufbäumen befreien. Mit einem Angstschrei fiel sie zu Boden, das Gesicht vor Wut und Schrecken schon blau angelaufen. Schockiertes Schweigen senkte sich über die Menge, man wechselte erstaunte und über diesen skandalösen Zwischenfall entrüstete Blicke. Ein schüchterner junger Mann, dem Amira zu Füßen gefallen war, hob das Kind auf, gab es seiner Mutter zurück und geleitete die beiden mit unerwarteter Freundlichkeit ins Innere des Hauses zurück. Im gleichen Augenblick reichte Da'ud, der die unerhörte Szene ignorierte, den kleinen Hai, dessen Schluchzen man mit einem Tropfen Wein auf die Lippen gelindert hatte, in die Obhut seiner Mutter zurück.

So wurde nun Hai sanft an der Brust seiner Mutter gewiegt, und auch Amira lag sicher und geborgen in den Armen Djamilas, die Ordnung war wieder hergestellt. Das Fest konnte beginnen. Die Musikanten spielten ihre Weisen, deren Rhythmen in die herannahende Nacht hinausdrangen. Dichter deklamierten elegante Verse, perfekt gereimte und fein formulierte überschäumende Lobpreisungen auf ihren Gastgeber und Mäzen. Roter Wein ergoß sich schäumend aus goldenen und silbernen Karaffen in edle Kelche. Die letzten Gäste verabschiedeten sich erst, als der Gesang der Vögel sie daran erinnerte, daß die Morgendämmerung nahte. Dieses Fest sollten alle Anwesenden noch viele Jahre in Erinnerung behalten, jeder aus seinem eigenen, ganz besonderen Grund.

19

Am nächsten Morgen kam Rabbi Samuel vor seiner Rückreise nach Lucena noch einmal zu Da'ud, um von seinem ehemaligen Schüler Abschied zu nehmen. In der Gegenwart seines alten Lehrers schien sich Da'ud wieder in den glänzenden, doch gehorsamen Schüler zu verwandeln, all seine Größe abzulegen. Traurigkeit überschattete das Gespräch. Beide Männer wußten, daß sie einander im Leben wohl nie mehr wiedersehen würden. Sie erinnerten sich an die Vergangenheit und besprachen die Zukunft, und Da'ud ging so weit, seine Sorge über die vielen verschiedenen Pflichten zum Ausdruck zu bringen, die ihm al-Hakam auferlegte und die ihm nicht alle behagten.

»Wie ehrenvoll die Aufgaben auch sein mögen, die du zu erfüllen berufen wirst, vergiß niemals deine Verpflichtungen gegenüber deinen jüdischen Brüdern«, warnte ihn Rabbi Samuel, und der ernste Ton verlieh seiner zittrigen Stimme Festigkeit. »Deine Stellung bei Hofe gibt dir nicht nur die Macht, sie zu beschützen, sie verleiht dir auch die moralische Autorität eines Richters und Schlichters.«

»Es ist weder meine Absicht noch mein Wunsch, diese Verpflichtungen zu vernachlässigen«, antwortete Da'ud bescheiden. »Im Gegenteil, ich suche schon eine Weile nach einem jungen Mann, der mir in diesen Angelegenheiten behilflich sein könnte. Es fehlt nicht an möglichen Kandidaten, aber die Wahl ist heikel. Wenn ich dem Sohn einer hervorragenden Familie meine Gunst zeige, ziehe ich mir unweigerlich die Feindseligkeit aller anderen zu. Unter gar keinen Umständen möchte ich die Einheit und Stärke unserer Gemeinde von Córdoba aufs Spiel setzen.«

»Dann mußt du jenseits der Stadtgrenzen suchen. Wir haben in unseren Akademien von Lucena viele begabte Studenten«, erwiderte Rabbi Samuel nachdenklich und strich sich über die feinen Strähnen seines dünnen weißen Barts. »Der junge Mann, der mich begleitet hat, könnte eine solche Aufgabe hervorragend erfüllen. Er ist ein wenig schüchtern und genau wie du hochintelligent, zugleich diskret. Da er aus einer bescheidenen Bauernfamilie stammt, würde er sich über die Bezahlung freuen und dir sicher gern dienen.

Vielleicht möchtest du mit ihm reden, ehe wir uns auf den Heimweg machen? Er wartet draußen.«

Da'ud nickte zustimmend und befahl einem Diener, den jungen Mann hereinzubitten. In dem Augenblick, als er den Raum betrat, flackerte in Da'uds ruhigen Augen verblüffte Erinnerung auf. Dieser Mann hatte am Vortag die von Djamila provozierte Störung bei der Beschneidungszeremonie auf so elegante Weise überspielt. Auch heute nahm Da'ud keinen Bezug auf den Zwischenfall. Noch würde er jemals mit dem leisesten Hinweis andeuten, daß er ihn bemerkt hatte.

Rabbi Samuels Beschreibung des Menahem ben Saruq war zutreffend, wenn auch oberflächlich gewesen – mit Absicht? fragte sich Da'ud. Er fand die unterwürfige Bescheidenheit des jungen Mannes ein wenig unangenehm, trotz der offensichtlichen Vorteile, die eine solche Eigenschaft bei einem Untergebenen hatte. Aus Respekt vor der Empfehlung seines Mentors erkundigte sich Da'ud bei dem jungen Mann trotzdem nach seinen Studien und Hoffnungen für die Zukunft. Nach langem bohrendem Befragen brachte er ihn endlich dazu, von dem Vorhaben zu sprechen, das er schon eine ganze Zeit plante.

Menahem klemmte die Hände fest zwischen die Knie und richtete die seelenvollen Augen auf seine weißen Fingerknöchel, ehe er begann: »Es ist mein sehnlichster Wunsch, ein biblisches Lexikon in hebräischer Sprache zu verfassen, das die Reinheit und Eleganz unserer uralten Sprache aufzeigt.«

»Auf Hebräisch?« fragte Da'ud überrascht. »Warum nicht in arabischer Sprache, wie sie Eure glänzenden Vorgänger in Babylonien benutzt haben? Arabisch ist schließlich auch die Umgangssprache in den Gemeinden Andalusiens und dient in zunehmendem Maße selbst unseren besten Dichtern als Vorbild, ob sie nun in hebräischer oder arabischer Sprache schreiben.«

Menahem errötete vor Verlegenheit, aber er war schon zu weit gegangen, um noch Ausflüchte zu machen. Er verlagerte auf dem niedrigen Diwan sein Gewicht und rieb einen Augenblick die Hände gegeneinander, während er über eine Antwort nachdachte. »Ist es denn nicht die tiefste Sehnsucht eines jeden gläubigen Juden, unser altes biblisches Erbe zu bewahren, unser einziges und einzigartiges literarisches Vorbild?«

»Ich bin mir dessen nicht völlig sicher«, antwortete Da'ud kühl, verärgert, weil dieser angeblich so sanfte junge Mann dem Wunsch Ausdruck gab, sich gegen den wachsenden Einfluß arabischer literarischer Formen auf die jüdischen Literaten Spaniens zu stemmen, auf Männer, die den Geist und die Schriften ihrer Zeit und ihrer Umgebung gründlich in sich aufgenommen hatten. »Euer Bemühen ist zwar löblich, doch bezweifle ich, daß Ihr Erfolg haben werdet, wenn Ihr unsere Dichter zu überreden versucht, ihre überaus kunstreiche Verwendung der glänzendsten Ausdrücke literarischer Kultur aufzugeben, wie sie im heutigen al-Andalus blüht und gedeiht. Ihr tätet gut daran, Eure Energie und Eure Gelehrsamkeit anderswo einzusetzen«, schloß er.

»Genau dieses ›anderswo‹ ist es doch, wo ein hebräisches Lexikon von unschätzbarem Wert wäre«, mischte sich Rabbi Samuel ein und warf das ganze Gewicht seiner Autorität zu Gunsten seines jungen Schülers in die Waagschale. »Unser Volk lebt in alle Winde zerstreut, unsere Sprache ist eine der wenigen Verbindungen, die uns noch eint. Wenn zum erstenmal in unserer Geschichte ein biblisches Wörterbuch in hebräischer Sprache verfaßt werden sollte, dann wäre es allen Gemeinden in der Diaspora zugänglich und würde für sie alle einen gemeinsamen Maßstab in der Reinheit und Eleganz der Sprache setzen. Sicherlich braucht doch auch unsere geheiligte Sprache in gleichem Maße die

Pflege, den Schliff und die Verfeinerung, die die Araber der ihren zukommen lassen?« Rabbi Samuel lehnte sich vor und argumentierte eindringlich – und mit genauer Kenntnis seines Gesprächspartners. »Wenn du die Schirmherrschaft über einen derart wichtigen Meilenstein im Studium der hebräischen Linguistik übernehmen würdest, so würde dein Ruhm in der gesamten jüdischen Welt ins Unermeßliche steigen, dein Name für alle Zeiten von all jenen bewundert werden, die unser jüdisches Erbe ehren und bewahren.«

Trotz seiner spontanen Abneigung gegen den jungen Gelehrten, dessen Bescheidenheit eindeutig eher vorgetäuscht als echt war, konnte sich Da'ud bei all seiner Macht und Größe der Autorität seines Mentors nicht widersetzen. Außerdem gefiel ihm Menahems Projekt eigentlich. Dessen Durchführung unter seiner Ägide würde dem Namen Da'ud ben Ya'kub ibn Yatom einen unvergänglichen Platz in den Annalen des jüdischen Volkes sichern. Diese Aussicht ließ ihn – genausowenig wie jeden anderen Menschen – nicht völlig unberührt.

So kam es, daß eine Woche später Menahem ben Saruq seine Arbeit als Da'uds Assistent für jüdische Angelegenheiten aufnahm. Jeden Donnerstag kam er ins Haus, wo man ein kleines Zimmer neben Da'uds Arbeitszimmer für ihn eingerichtet hatte. Dort bereitete er sich auf das wöchentliche Treffen mit seinem Gönner vor, das im allgemeinen am Freitag, dem Ruhetag der Moslems, stattfand. Den Rest seiner Zeit verbrachte Menahem in dem geräumigen Zimmer, das er sich bei der Witwe Tamara gemietet hatte. Sie war eine entfernte Verwandte der Familie Bar Simha und nur zu froh, einen anderen Menschen in ihrem riesigen, leeren Haus zu haben. Außerdem konnte sie es sich, auch wenn es nach außen hin anders schien, nicht leisten, auf diese Ergänzung ihres mageren Einkommens zu verzichten.

So unsympathisch ihm sein hebräischer Sekretär mit den eckigen Bewegungen, den knochigen Händen und dem ständig vorwurfsvoll traurigen Gesichtsausdruck auch war, so sehr sah sich Da'ud doch schon nach kurzer Zeit gezwungen, zuzugeben, daß Rabbi Samuels dringende Empfehlung berechtigt gewesen war. Menahem führte den umfangreichen Briefwechsel mit den jüdischen Gemeinden von al-Andalus und anderen Teilen des Omaijadenreichs, schrieb Briefe von makelloser Eleganz, traf stets unfehlbar genau den richtigen Ton. Wenn man ihn in strittigen Fragen um seine Meinung bat, antwortete er mit Bescheidenheit, Ausgewogenheit und kristallklarer Logik.

Mehr noch, als er erfuhr, daß Da'ud für die Anschaffung von Manuskripten fur die Bibliothek des Kalifen verantwortlich war, schlug er vor, eine ähnliche Sammlung jüdischer Werke zusammenzutragen, wie sie in den großen Talmudzentren Babyloniens zahlreich zu finden waren. Ein solches Vorhaben würde der jüdischen Gemeinde von Córdoba zu höchster Ehre gereichen, brachte er vor. Er, Menahem, würde die alleinige Verantwortung für dieses Projekt übernehmen, wenn Da'ud es genehmigen und die notwendigen Geldmittel zur Verfügung stellen würde. Obwohl Da'ud über die Initiative seines Sekretärs entzückt war, reagierte er auf den Vorschlag sehr kühl und ließ einige Zeit verstreichen, ehe er seinen Segen dazu gab. Menahem mußte unbedingt in seine Schranken verwiesen werden. Wenn Da'ud die Zügel schleifen ließ, könnte er gefährlich werden ... Die Gelder kamen aus Da'uds Privatvermögen. Er wollte sich mit keinem anderen Menschen die Ehre teilen, der Mäzen eines so ehrenvollen Unternehmens zu sein.

Während der wenigen Stunden, die sie jede Woche miteinander verbrachten, nahm keiner der beiden Männer je wieder Bezug auf die strittige Frage, die zwischen ihnen im Raum stand – Menahems Bestreben, sich dem wachsenden

Einfluß arabischer literarischer Formen auf die hebräische Sprache zu widersetzen. So gelang es ihnen, in kühler, unpersönlicher Harmonie miteinander zu arbeiten.

Auch in Da'uds häuslichem Leben herrschte der Anschein von Harmonie, aber dort verbargen sich ebenso Spannungen hinter der heiteren Fassade. Nach dem Vorbild des Hausherrn drehte sich unter seinem Dach alles um Hai. Alles Tun wurde den Bedürfnissen und Wünschen des Kindes untergeordnet, und die Liebe und Aufmerksamkeit des gesamten Haushaltes wurde ihm ohne Einschränkung in reichem Maße zuteil. Über jede seiner Bewegungen, jedes Murmeln, jede Handlung oder Reaktion wurde Bericht erstattet, alles wurde bis in die kleinste Kleinigkeit von seiner Mutter, seiner Großmutter, seiner Kinderfrau und sämtlichen Dienstboten kommentiert, dann seinem Vater unverzüglich bei dessen Heimkehr aus dem Palast mitgeteilt. Von dem Augenblick an, da er das Haus betrat, hatte Da'ud nur noch Augen für Hai und seine geliebte Sari. Bis weit in den lauen, süß duftenden Abend hinein blieben die drei draußen neben dem murmelnden Wasserlauf oder unter den dunkler werdenden Zypressen, und die Eltern bewunderten die Vorwitzigkeit des Kleinen, sahen darin den unwiderlegbaren Beweis für seinen herausragenden Verstand, schrieben seine tiefblauen Augen der Mutter zu, die dunkle Gesichtsfarbe dem Vater, die langen Hände allein ihm selbst …

Amira ließ sich nur schwer in Djamilas Flügel des Hauses halten, wenn sie einmal ihren Vater und den kleinen Halbbruder draußen beim Spielen erspäht hatte. Temperamentvoll und entschlossen befreite sie sich aus jeglicher Umklammerung und strebte resolut zu den beiden hin. Wenn Sari sah, wie sie angelaufen kam, streckte sie mit einem warmen Willkommen die Arme nach ihr aus. Sie drückte das Mädchen an sich und zeigte ihm das Wunder von Hais

Händen mit den langen, schlanken Fingern, nahm dann die kleine Patschhand des Mädchens in die ihre und ließ sie damit sanft die Hand des Säuglings berühren. Sie würde alles in ihrer Macht Stehende tun, beschloß sie für sich, um in dem Mädchen liebevolle, beschützende Gefühle für Hai zu wecken. Da'ud jedoch ignorierte seine Tochter weiterhin und fachte damit den Groll im Herzen der verstoßenen Mutter nur noch mehr an.

Wie schon in den langen Monaten der Schwangerschaft besuchte Djamila weiterhin die feinen Damen der Gemeinde, insbesondere die Schwestern Bar Simha. So weilte sie immer länger und häufiger außer Haus, und mit der Zeit schloß sich Amira immer mehr an Sari an. Wäre Sari nicht gewesen, hätte dieses Kind vielleicht niemals das Licht der Welt erblickt. Letztlich war Sari dafür verantwortlich, daß Amira lebte, nicht dieses kleine Mädchen selbst. Amira sollte nicht unter den Folgen von Saris eigener schrecklicher Kindheit leiden müssen und auch nicht unter dem Leben, das ihre Mutter nun gewählt hatte. Seit Hais Geburt hatte Djamila keine Funktion, keinen Platz mehr in Da'uds Haus. Wer konnte es ihr verdenken, wenn sie außerhalb des Hauses unschuldigen Zerstreuungen nachging? Amira sollte nicht den Preis dafür zahlen. Sie war unschuldig, sie sollte nicht die Mutterliebe entbehren müssen, auf die sie ein Recht hatte, ein Recht, das man Sari so grausam vorenthalten hatte. Wenn Djamila zu unglücklich war, um dem Kind Liebe zu schenken, dann würde eben sie, Sari, für sie einspringen, so gut sie konnte. Da'ud hatte nichts dagegen, daß Sari seiner Tochter solche Zuneigung zeigte, doch er selbst blieb ihr fern, stets kühl und unnahbar. Er liebte nur seinen Sohn, seinen Hai.

Was hätte er ohne diesen ruhigen Hafen der Liebe, des Vertrauens und des Verständnisses gemacht, in dem er sich von der Plage seiner Tage erholen konnte? Das fragte er sich unweigerlich jeden Abend, wenn er nach Hause zurückkehrte. Die christlichen Fürsten, untereinander zerstritten, hatten den Tribut an ihren arabischen Oberherrn stets nur zögerlich gezahlt, doch ohne diese Gelder konnten die Arbeiten an dem Hospital nicht weitergehen. Genausowenig konnten ohne das Geld die Manuskripte, auf die der Kalif so erpicht war, gekauft oder abgeschrieben werden. Da'ud sah sich also gezwungen, ständig mit den Finanzen zu jonglieren, manchmal sogar Anleihen aus seinem Privatvermögen beizusteuern, um nicht das Vertrauen derer zu verlieren, deren Dienste für ihn lebenswichtig waren. Über diese Probleme sprach er mit niemandem außer seinem Lehrmeister Ibn Zuhr. Allerdings war er sich auch völlig darüber im klaren, daß sein Schweigen weder Geheimhaltung garantieren noch als Schutz gegen die üble Nachrede des Abu Bakr dienen konnte.

Niemand vermochte besser als der schlaue Finanzberater die Kosten der Unternehmungen zu berechnen, mit der al-Hakam Da'ud betraut hatte, niemand konnte die Einkünfte und die Ausgaben, für die er verantwortlich war, besser einschätzen. Sicherlich, würde Abu Bakr vielleicht flüstern, hätte der Jude nicht aus privaten Mitteln Gelder vorgestreckt, wenn er nicht vorher Tributzahlungen zu seinen eigenen dubiosen Zwecken veruntreut und anrüchigen Kunden zu Wucherzinsen geliehen hätte, von denen er nun die Schulden nicht wieder einzutreiben vermochte? Und was war mit den jüdischen Manuskripten? So quälte sich Da'ud, wenn ihn eine seiner dunklen und zweifelnden Stimmungen heimsuchte. Warum hatte er sich vom Vorschlag seines anmaßenden Sekretärs in Versuchung führen lassen, warum hatte er entgegen allen praktischen Erwägungen dem Wunsch nach Unsterblichkeit nachgegeben? Wenn Abu Bakr von der Sammlung erfuhr, die die jüdische Gemeinde zusammentrug, wie schnell würde er dann das

Gerücht in Umlauf setzen, Da'ud mißbrauche al-Hakams Sendboten, sende sie auf Kosten des Kalifen zum Nutzen seiner eigenen Gemeinde aus? Solche Lügen, geduldig von mächtigen Männern in die Ohren nur allzu williger Zuhörer geträufelt, erhielten leicht das Gepräge der Echtheit … Obwohl er seine Bücher gewissenhaft führte, die ihm anvertrauten öffentlichen Gelder untadelig verwaltete und keinen einzigen Piaster Zinsen für die zeitweilig vorgestreckten Summen nahm, lebte Da'ud ständig in einem Zustand der Anspannung, der ihm allmählich den Seelenfrieden raubte.

Immer mehr mußte er sich eingestehen, daß die Umstände und sein eigener Ehrgeiz ihn von seinem jugendlichen Wissensdurst fort und in eine Welt geführt hatten, die nicht mehr die seine war. Sogar seine morgendlichen Unterredungen mit dem Kalifen erfüllten ihn keineswegs mit Stolz und Befriedigung, sondern dienten lediglich dazu, den Unterschied zwischen ihm und den erhabenen Kreisen zu betonen, in denen er sich nun bewegte. Der Kalif, ein Moslem, konnte vor ihm, einem Juden, ungehindert über den Grenzbereich zwischen kalter, intellektueller Logik und religiösem Glauben spekulieren, konnte ganz offen seine Leidenschaft für erstere und seine tiefe Skepsis gegenüber dem letzterem zum Ausdruck bringen, eben wegen dieser unauslöschlichen, tief verwurzelten Unterschiede zwischen ihnen beiden. Nur weil al-Hakam sicher war, daß kein Sterbenswörtchen über seine inneren Zweifel je den stets aufmerksamen Imamen zu Ohren kommen würde, gestattete er es sich überhaupt, seine ketzerischen Gedanken dem jüdischen Vertrauten mitzuteilen.

»Ich ertappe mich manchmal bei der Überlegung«, gestand ihm al-Hakam einmal mit einem traurigen, schuldbewußten Lächeln, wie ein Kind, das man beim Stehlen von Süßigkeiten erwischt hatte, »daß unsere antiken Vorväter recht hatten, als sie Götter mit menschlichen Eigenschaften anbeteten, höhere Wesen, die Krieg führten und Frieden schlossen, liebten und haßten, nach Belieben Belohnungen und Strafen austeilten. Es fällt mir leichter zu glauben, daß wir nach ihrem Ebenbild geschaffen sind als nach dem Ebenbild eines gnädigen, guten Gottes, einer einzigen Gottheit. Es fällt mir leichter, die Menschheit als das Spielzeug kapriziöser Götter zu sehen denn als Spielzeug Eures Jahwe, des Jesus der Christen oder unseres Allah. Denn wenn wir nur Marionetten im kosmischen Theater des Einzigen und Wahren Gottes sind, wie soll man all das Elend erklären, das auf der Erde existiert?«

»Ja, wie«, erwiderte Da'ud unverbindlich, wollte nicht zugeben, daß der gleiche Zweifel auch an ihm nagte. Wie gründlich sein Volk im Exil Elend und Leiden kennengelernt hatte! Jederzeit konnten Unterdrückung und Verfolgung die Juden treffen, sie, die landlose Minderheit, die den Völkern ausgeliefert war, bei denen sie zu Gast lebte, und die daher jederzeit als Opfer herhalten mußte, an dem man allen Unmut auslassen konnte. Und doch, trotz allem glaubten sie unerschütterlich, waren sie trotzig immer noch davon überzeugt, das Auserwählte Volk Gottes zu sein …

Wäre das Los der Juden ein anderes gewesen, wären nicht die Gemeinden in al-Andalus auf ihn angewiesen, auf ihn, den Anführer und Beschützer vor derlei Anfechtungen, er, Da'ud ibn Yatom, hätte sich nur zu bereitwillig aus der Welt zurückgezogen, in die ihn sein Schicksal geführt hatte, hätte nur zu gern auf alle Ehren und Reichtümer, auf die Macht und den Ruhm verzichtet, die man ihm gegeben hatte, und sich dem einfachen, sorglosen Leben der Gelehrsamkeit gewidmet. Ein solches Leben, frei von jeglicher Verpflichtung für seine jüdischen Brüder, wäre möglich gewesen, wenn die Juden ein eigenes, unabhängiges Königreich besessen hätten.

Während seine Gedanken so wanderten, erinnerte sich

Da'ud an einen Abschnitt, den er in der Geographie des Abu Ishak al-Istrakhri gefunden hatte, in einem Band, den er kürzlich für die Bibliothek des Kalifen erworben hatte. Dort wurde kurz ein jüdischer Chakan erwähnt, der vor etwa zweihundert Jahren die Chasaren regiert hatte, einen mächtigen Turkmenenstamm, der irgendwo zwischen dem Schwarzen und dem Kaspischen Meer lebte. War Chasarien ein unabhängiges jüdisches Königreich gewesen? Existierte es noch? Wie und wann, wenn überhaupt, hatten sein Herrscher und dessen Untertanen die Gesetze Moses angenommen? Sollte er einen Gesandten zum Chakan jenes fernen Reiches schicken? Wenn es ein solches jüdisches Königreich gab, dann würde er nur zu gern seine Bürde niederlegen und mit Sari und dem geliebten Sohn dorthin ziehen, um so zu leben, wie es seiner Natur entsprach.

Ehe die Gesandten des Kaisers Otto, die zur Zeit am Hof des Kalifen von Córdoba weilten, nach Deutschland zurückkehrten, würde er vielleicht Menahem in seinem eleganten Hebräisch einen Brief an den Herrscher von Chasarien verfassen lassen und darin all die Fragen stellen, die ihn bewegten. Wenn man sie angemessen entlohnte, würden die beiden jüdischen Mitglieder der Delegation sicherlich Wege finden, dieses Schreiben an seinen Bestimmungsort zu befördern. Falls er eine befriedigende Antwort erhielte, mit welcher Freude würde er über Berg und Tal, Land und See reisen, um zu jenem Ort zu gelangen, wo der Friede und die Ruhe Israels herrschten.

20

Der Winter war streng gewesen, kälter und stürmischer als jeder andere Winter in al-Andalus seit Menschengedenken. Beim ungewohnten Anblick von Schnee, der sich wie Schaum über die milden Gärten von Córdoba breitete, rannten die Kinder vor Freude jauchzend ins Freie. Die Eltern jubelten nicht. Obwohl die seltsame Schönheit ihrer sonnigen Stadt unter der Schneedecke auch sie nicht gleichgültig ließ, schmerzte es sie doch, mit anzusehen, wie die Zypressen unter dem doppelten Angriff von Wind und Schnee hin- und herschwankten, wie die Dachziegel in rötlichen Scherben zerbarsten, wie sich Risse in dem für warme Sommer gebauten Mauerwerk zeigten. Saris größter Kummer war der Tod der Pflanzen, die sie seit den Tagen vor ihrer Heirat sorgfältig gepflegt hatte. Mit den Jahren waren sie so groß geworden, daß man sie im Garten in eine Ecke gepflanzt hatte, doch obwohl sie dort zu gedeihen schienen, überlebten sie den strengen Winter nicht.

Hais Zypresse war inzwischen vier Jahre alt, sie hatte nur wenig gelitten, da sie von den ausgewachsenen Bäumen ringsum abgeschirmt wurde. Nur ein, zwei Äste ragten hier und da wie gebrochene Gliedmaßen hervor, störten die elegante, schmale Silhouette. Sari deutete den Tod der Pflanzen des Einsiedlers als Symbol für das Ende ihrer einsamen, unfruchtbaren Jahre, das Überleben des Zypressenschößlings jedoch versprach große Dinge für Hais Zukunft. Wenn die gelehrten Männer von Córdoba an den Einfluß der Sterne auf das Leben der Menschen glaubten, warum sollte sie dann nicht überzeugt sein, daß ein anderes Geschöpf Gottes ihr etwas über die Zukunft verraten konnte? So erklärte sie es jedenfalls lächelnd Da'ud, um ihn von seinen Alltagssorgen abzulenken. Obwohl er solche Gedanken bei seinen Kollegen ungeduldig abtat, lächelte er nachsichtig über Saris Vorstellungen. Ihr Frohsinn hielt ihn stets ein wenig von seinen Grübeleien ab.

Bei den ersten warmen Strahlen des Frühlings bepflanzte Sari ihre Ecke des Gartens neu. Eines Morgens war sie gerade dort beschäftigt, als Djamila und Amira in frischen, farbenfrohen Gewändern mit strahlend bunten Seidenschärpen um die Taille auftauchten.

»Wir machen einen Spaziergang am Fluß«, rief Djamila ihr zu, während sie die Hand ihrer Tochter ergriff und mit ihr an dem kleinen Wasserlauf entlang zu einem Tor in der Mauer am äußersten Ende des Gartens eilte. Sari winkte ihnen zum Abschied nach, folgte ihnen mit traurigem Blick. Es tat ihr in der Seele weh, daß Da'ud die beiden so offenkundig verachtete. Doch er gestattete ihr nicht, das Thema auch nur anzusprechen. Vielleicht würde sich doch noch eine passende Gelegenheit ergeben, seufzte sie, während sie sich wieder ihren Pflanzen zuwandte und ein Blatt liebkoste, das noch ganz hell und zart war, gerade eben im Frühling neu geboren. Wie gut, daß sie und Djamila so verschieden waren, daß sie so mühelos in Harmonie unter einem Dach leben konnten. Sie fühlte sich zwar noch manchmal ein wenig schuldig wegen der Lage, die sich im Hause ergeben hatte, aber letztlich war Da'ud allein dafür verantwortlich, wie sich die Situation weiterentwickelt hatte. Wenn man ihn schon nicht bewegen konnte, sich seiner zweiten Frau und seiner Tochter gegenüber anders zu verhalten, dann würde wenigstens sie dafür sorgen, daß Hai und Amira als Freunde aufwuchsen.

Amira, die endlich von den Beschränkungen der Wintermonate befreit war, rannte und hüpfte neben ihrer Mutter her, nahm eine frisch gebackene goldgelbe Pastete vom Teller eines Straßenverkäufers und stopfte sie sich in den Mund, kitzelte die zuckenden Ohren eines festgebundenen Esels und bettelte um einen mit Zucker überzogenen Apfel, ehe die beiden das Getümmel des Marktes hinter sich ließen und zum Fluß hinuntergingen. Djamila wußte, daß sie dort die drei Schwestern Bar Simha antreffen würde, die im Laufe der Jahre ihre ständigen Gefährtinnen geworden waren. Die Zeit und ihre unterschiedlichen Erfahrungen als Ehefrauen und Mütter hatten die starke Ähnlichkeit ihrer jüngeren Jahre etwas zurücktreten lassen. Sitbora, die Älteste, war eine herrische, beinahe dominante Matrone geworden. Dona war zu einer nachdenklichen Seele herangereift, während Palomba, die Jüngste, die ihren drallen Busen vorstreckte wie die Taube, der sie ihren Namen verdankte, ein passives, leicht zu beeinflussendes Kind geblieben war, das sich mit allen und jedem einverstanden erklärte.

Der übliche Treffpunkt, eine Wiese unter dem großzügigen Schatten einer Akazie, war vom angestiegenen Wasser des Flusses überschwemmt, das seit der Schneeschmelze wild toste. Djamila fand ihre Freundinnen ein wenig abseits. Sie spazierten durch eine Wiese mit wilden Anemonen, die beim ersten Anzeichen des Winterendes erblüht waren und den Boden mit einem zarten roten Schimmer überzogen. Die drei redeten nicht wie gewöhnlich über die Eheschließungen ihrer Kinder, von denen sich einige bereits im heiratsfähigen Alter befanden, sondern über eine Angelegenheit, die sich im Laufe des Winters ergeben hatte. Ihre Eltern waren beide hochbetagt verstorben, Opfer der Kälte und der Feuchtigkeit geworden, denen ihre ohnehin schon gebrechlichen Körper nicht genügend Widerstand zu leisten vermochten. In seinem Testament hatte der Vater der jüdischen Gemeinde eine beträchtliche Summe für wohltätige Zwecke vererbt, hatte es aber versäumt, die Institution zu benennen, für die dieses Geld verwendet werden sollte. Die Schwestern, die darauf erpicht waren, den Ruhm ihrer Familie zu mehren und den Namen ihres Vaters zu verewigen, sprachen gerade über mögliche Nutznießer, als Djamila und Amira sich zu ihnen gesellten. Das Kind eilte sogleich, einen Strauß seidiger Anemonen zu pflücken, streichelte sich mit den weichen Blütenblättern übers Gesicht und ärgerte dann eine Gottesanbeterin, die es erbarmungslos von einem Blatt zum anderen verfolgte.

Djamila machte einen Vorschlag, der nur ihrem kühnen, freien Geist entspringen konnte. »Warum richtet ihr mit dem Geld nicht eine Talmud- und Thoraschule für Mädchen ein?«

Schallendes Gelächter ließ die Busen der drei Schwestern Bar Simha erbeben.

»Sei doch einmal ernst«, ermahnte sie Sitbora. »Wir suchen nach einem Vorschlag, den wir unseren Männern unterbreiten können. Sie sind ohnehin nicht sonderlich versessen darauf, sich mit dieser Angelegenheit zu befassen, denn in solchen Fällen wird normalerweise der Vorsteher der Gemeinde beauftragt, die Gelder nach seinem Gutdünken zu vergeben.«

»Aber ich meine es doch ernst«, protestierte Djamila. »Warum sollte unseren Töchtern die Bildung vorenthalten werden, auf der wir bei unseren Söhnen so rigoros bestehen?«

»Da ist etwas daran«, nickte Dona nachdenklich, während sie sich die Sache noch einmal durch den Kopf gehen ließ.

»Ja, ich glaube, du hast recht«, pflichtete ihr Palomba erwartungsgemäß bei.

Sitbora jedoch überstimmte sie beide. »Allein der Gedanke ist unvorstellbar«, konstatierte sie mit Entschiedenheit. »Die Männer würden so etwas niemals zulassen, und ohne sie können wir nichts machen.«

»Unsinn!« schimpfte Djamila. »Ihr braucht nur ein Schulzimmer und Bücher. Eine Lehrerin habt ihr schon.«

Drei Paar Rehaugen wandten sich voller Erstaunen auf sie. »Du?«

»Wer sonst?«

»Du, ein Mitglied des großen Hauses Ibn Yatom? Dein Mann würde beim bloßen Gedanken heftig widersprechen! Nein«, erklärte Sitbora, »ich bin nicht bereit, derlei umstürzlerische Gedanken zu unterstützen. Meine Ruhe ist mir lieber. Außerdem, wozu brauchen unsere Töchter Bildung, wenn sie doch ihr Leben ihrem Ehemann, ihren Kindern und ihrem Haushalt widmen werden?«

Nach reiflichem Überlegen schloß sich Dona ihrer Meinung an, und Palomba als folgsames Lamm ebenfalls.

»Was wir uns vorstellen könnten«, meinte Dona dann milde, »wäre der Anbau eines neuen Flügels an das Waisenhaus für Mädchen.«

»Das ist eine wunderbare Idee!« strahlte Palomba über ihr ganzes rundes Gesicht und zeigte ihre Grübchen.

»Aber nur, wenn der Plan voll und ganz von Da'ud ibn Yatom unterstützt wird«, warnte Sitbora, »denn wenn ein Gebäude einmal errichtet ist, braucht es auch Wartung und Pflege, und für die muß die Gemeinde aufkommen. Ehrlich gesagt, ich kann mir nicht vorstellen, daß unsere drei Ehemänner sich damit einverstanden erklären würden, die herzlichen Beziehungen zu Djamilas Ehemann aufs Spiel zu setzen, indem sie einen eigenen Vorschlag unterbreiten. Nur wenn wir uns seines Wohlwollens sicher sind, haben wir überhaupt eine Chance, sie davon zu überzeugen.«

Wieder einmal richteten sich drei Augenpaare auf Djamila, diesmal erwartungsvoll. Denn obwohl die Schwestern wußten, daß sie in Da'uds Haushalt nur die zweite Stelle einnahm, hatten sie keine Vorstellung davon, wie sehr sich die beiden Ehepartner entfremdet hatten.

Die ins Abseits geratene Ehefrau des Da'ud ibn Yatom spürte, wie ihr die Knie weich wurden und die Übelkeit den Magen umdrehte. Niemals würde sie zugeben, auch nicht ihren besten Freundinnen gegenüber, in welch erniedrigende Position im Haushalt sie inzwischen verbannt worden war. Keine Menschenseele außerhalb der engsten Familie wußte, daß ihr Ehemann am Sabbattisch nur einen flüchtigen Gruß für sie hatte, kaum einen zerstreuten Kuß für seine Tochter Amira. Daß ihr Bett kalt war. Daß nur Hai ihren Ehemann auf seinen Spaziergängen begleitete, wenn er den Fortschritt beim Bau des Hospitals in Augenschein nahm. Daß Amira, wenn sie die beiden fortgehen sah, zu ihm lief und bettelte, auch mitgenommen zu werden, dann aber nur einen kleinen Klaps auf das Hinterteil bekam und zu ihrem Kindermädchen oder der Mutter zurückgeschickt wurde. Djamilas Stolz und gesellschaftliche Stellung ließen es nicht zu, daß sie diese Dinge irgend jemandem anvertraute. Niemals könnte sie zugeben, daß sie in den Augen ihres Ehemanns nicht mehr existierte und daher keine Macht besaß, ihn in irgendeiner Weise zu beeinflussen.

Und doch glimmte noch ein Funken Hoffnung in ihr, denn vielleicht würde er sich geschmeichelt fühlen, über ein so ehrenwertes Vorhaben die Schirmherrschaft zu übernehmen. Ein Vorhaben zur Erinnerung an Isaac bar Simha, das stimmte zwar, aber unter der erhabenen Schirmherrschaft von Da'ud ibn Yatom ... Doch dieser Funke erlosch, kaum daß er aufgeflackert war. Wenn sie ihm einen solchen Vorschlag unterbreitete, er würde ihn zurückweisen, nur weil sie ihn gemacht hatte. Wie sollte sie dann ihren Freundinnen je wieder unter die Augen treten? Wie könnte sie eine so unerklärliche Weigerung begründen, ohne ihnen zu offenbaren, daß ihre Stimme im Hause ihres Ehemannes nichts mehr zählte? Sie mußte also einen anderen Weg finden, ihm die Anfrage nahezubringen, vielleicht durch einen neutralen Boten ... Wenn sie sich nun an seinen Sekretär für Angelegenheiten der Gemeinde wandte, diesen unauffälligen, äußerst bescheidenen Menschen, der mit den grauen Wänden des Raumes zu verschmelzen schien, in dem er schweigend die Befehle seines Herrn ausführte ...

»Ich werde mit Da'ud sprechen, sobald sich eine Gelegenheit ergibt, aber jetzt muß ich gehen«, erwiderte sie hastig auf die fragenden Blicke ihrer Freundinnen.

»So bald schon?«

Sie rief Amira zu sich und meinte leichthin: »Ich habe versprochen, mit Amira ihren Großvater zu besuchen, sobald das Wetter besser ist. Jetzt, da er nicht mehr in der Talmud- und Thoraschule unterrichtet, ist sie seine einzige

Schülerin. Ihr könnt Euch gar nicht vorstellen, was für ein Vergnügen er daran hat, ihr das Lesen und Schreiben beizubringen«, erzählte sie lachend im Weggehen.

Djamila war zu unruhig und verwirrt, um gleich in die bedrückende Atmosphäre des Hauses Ibn Yatom zurückzukehren, und wanderte ziellos durch die Gassen und Sträßchen ihrer Wahlheimat. Ihre Nasenflügel bebten vom betäubenden Duft der frischen Gewürze, der vom Markt her wehte, vom Geruch des Pferdedungs, der aus den Ställen des Palastes drang, vom scharfen Gestank des Eselsurins, der in der Sonne trocknete – eine Mischung von Gerüchen, die sie an ihre sorglosen Kindertage erinnerte, an ein Leben, nach dem sie sich immer mehr zurücksehnte. Würde die Ehre, die Tochter Da'uds zu sein, Amira in späteren Jahren dafür entschädigen, daß ihr die Vaterliebe gefehlt hatte? Das fragte sie sich zum tausendsten Male.

»Mami, warum konnten wir nicht am Fluß bleiben, statt durch diese stinkenden Gassen zu spazieren?« beschwerte sich Amira. »Ich will nach Hause. Ich bin müde.«

»Quengle nicht«, antwortete Djamila barsch.

»Aber mir ist schlecht«, jammerte das Kind. »Ich will wieder zum Fluß und für Sari Blumen pflücken. Warum können wir da nicht hingehen?«

»Weil ich es sage.«

»Du bist wie Vater«, murmelte das Kind und senkte den Kopf, während seine Lippen bebten und ihm Tränen über die Wangen rollten. Djamilas Herz krampfte sich vor Reue zusammen. Sie nahm ihre Tochter auf den Arm und drückte sie an sich. Zum Teufel mit den Bar Simhas, murmelte sie vor sich hin. Sie würde mit Menahem sprechen, gleich morgen, am Donnerstag, und die Sache hinter sich bringen. Zur Entschädigung kaufte sie Amira auf dem Markt die schillernden Glasmurmeln, die sie sich schon so lange wünschte.

Trotz all ihres angeborenen Selbstbewußtseins war Djamila beklommen zumute, als sie am nächsten Morgen den mittleren Flügel des Hauses betrat. Sie drang selten in Da'uds Bereich vor, hatte sich in der einschüchternden Strenge dieser Räume nie wohl gefühlt. Jetzt erhöhten die dunklen Holzpaneele, die an den Wänden aufgehängten hebräischen Texte in mattroter Kalligraphie, die dicken weinroten Teppiche, die ihre Schritte dämpften, nur noch ihre Unsicherheit. Die Tür zu Menahems Zimmer stand ein wenig offen. Sie klopfte leise an und betrat den düsteren Raum, ohne eine Aufforderung abzuwarten. Menahem hob den Blick von seinen Urkunden und schaute sie mit unverhohlenem Erstaunen an.

»Guten Morgen. Kann ich etwas für Euch tun?« fragte er höflich.

»Ich denke schon«, antwortete Djamila mit strahlendem, selbstbewußtem Lächeln. »Es geht um die wohltätige Schenkung, die Isaac bar Simha hinterlassen hat.«

»Eine nicht näher bezeichnete Spende, nicht wahr?«

»Ihr seid sehr gut informiert.«

»Das ist meine Aufgabe.«

»Natürlich. Genau deshalb bin ich hier, weil der Zweck der Spende nicht näher bestimmt wurde. Isaac bar Simhas drei Töchter möchten die Mittel im Andenken an ihren Vater für den Anbau eines neuen Flügels an das Waisenhaus für jüdische Mädchen verwenden, und sie bitten um die Zustimmung meines Mannes für dieses höchst lobenswerte Vorhaben.«

»Aus meiner bescheidenen Kenntnis der Gemeindeangelegenheiten«, antwortete Menahem vorsichtig, »ist mir bekannt, daß allein der Vorsteher der Gemeinde den Nutznießer einer nicht näher bezeichneten Schenkung bestimmt.«

»Ich weiß. Deswegen möchte ich Euch bitten, die Sache

so vorzutragen, daß die Wünsche der Schwestern meinem Ehemann bekannt werden und er sie wohlwollend in Erwägung zieht.«

»Warum ich? Warum legen ihre Ehemänner nicht selbst einen offiziellen Antrag dieser Art vor?« fragte Menahem, der inzwischen vorsichtig geworden war.

»Angesichts der langjährigen Freundschaft zwischen den Familien Bar Simha und Ibn Yatom schien es mir einfacher, die Angelegenheit direkt zur Sprache zu bringen.«

»Warum wünscht Ihr dann meine Hilfe?«

»Derlei Dinge werden am besten von Mann zu Mann besprochen«, sagte Djamila leichthin.

»Eure Bitte ist so ungewöhnlich wie der Wunsch der Schwestern Bar Simha, den Nutznießer der Erbschaft ihres verstorbenen Vaters selbst zu bestimmen. Ich bin nur Angestellter und dem Willen meines Herrn in allen Dingen untergeordnet. Ich wiederhole noch einmal, daß es bei den Ehemännern liegt, einen förmlichen Antrag an Da'ud ibn Yatom zu stellen, und daß ich nicht befugt bin, diese Angelegenheit zur Sprache zu bringen. Wenn sie, wie ich vermute, nur ungern von der hergebrachten Tradition abweichen und nicht in die Vollmachten des Gemeindevorstehers eingreifen wollen, dann schlage ich vor, redet Ihr am besten selbst mit ihm.«

»Die Männer von Córdoba neigen nicht dazu, die Wünsche einer Frau in Betracht zu ziehen.«

»Ebensowenig, wie sie kaum unausgegorene Vorschläge von seiten ihrer Untergebenen erwägen«, konterte Menahem trocken und wandte sich wieder dem Studium der Papiere zu, die vor ihm lagen.

Da beugte sich Djamila vor, packte seine kantige Hand mit den wenig gepflegten Nägeln und legte sie mit der Handfläche nach unten neben ihre eigene bebende Hand. »Seht nur!« rief sie. »Seht nur, wie sich Eure Hand und die meine ähneln! Beide sind sie groß und knochig, es sind muskulöse Hände, die auf dem Land hart gearbeitet, geschuftet und gepflügt haben, um den Lebensunterhalt zu verdienen. Wir sind beide Bauern, Wachs in den Händen der Prinzen. Wer und was hat aber jenen die Macht gegeben, uns so zu führen, als wären wir leblose Marionetten ohne eigenen Willen oder eigene Meinung? Was kann der Vorschlag der Schwestern schon schaden, daß Ihr Euch so fürchtet, ihn zu unterbreiten?«

»Es geht nicht um schaden oder nicht. Ich brauche schlicht und ergreifend die Schirmherrschaft Eures Gatten, um mein hebräisches Lexikon und die Grammatik fertigzuschreiben. Ich kann es mir nicht leisten, mir seinen Unmut zuzuziehen, indem ich mich gegen jegliche Tradition stelle.«

»Was Ihr doch für ein jämmerlicher Feigling seid!« beschimpfte ihn Djamila, und Tränen der Verzweiflung brannten ihr in den Augen.

Menahem hob den Kopf und schaute sie unverwandt an. »Zweifellos, so lange diese Einstellung meinen Zwecken nützt. Aber, von einem Bauern zum anderen gesprochen, sie währt vielleicht nicht ewig.«

»Was währt vielleicht nicht ewig?« schnitt Da'uds Stimme wie eine kalte Stahlklinge durch die Luft.

Menahem und Djamila erbleichten, bestürzt über die Anwesenheit ihres Herrn zu einer so ungewöhnlichen Stunde.

»Was währt vielleicht nicht ewig?« wiederholte er eisig.

In blinder Wut fuhr Djamila zu ihm herum. »Die Unterwerfung der Frauen unter ihre Männer«, schrie sie ihm ins Gesicht, und all ihr Zorn lag in diesen unerhörten Worten.

»Wirklich? Und das war das Thema deines Gespräches mit meinem Sekretär?« erkundigte sich Da'ud beiläufig, nahm ein Dokument von Menahems Tisch und überflog es.

»Keineswegs«, erwiderte Djamila und erstaunte Menahem mit der festen Entschlossenheit, die sie angesichts der furchterregenden Gelassenheit ihres Gatten an den Tag legte. »Ich habe mit ihm über eine besondere Bitte der Schwestern Bar Simha gesprochen, die möchten, daß die wohltätige Schenkung, die ihr verstorbener Vater hinterlassen hat, für den Bau eines neuen Flügels am Waisenhaus für Mädchen verwendet wird. Menahem meinte, es sei nicht üblich, daß Frauen in solchen Angelegenheiten ihre Wünsche äußerten, und als ich mein Mißfallen darüber bekundete, meinte er, die Situation würde vielleicht nicht ewig währen.«

»Du möchtest zweifellos, daß sie jetzt gleich beendet wird?« fragte Da'ud kalt.

Djamila galoppierte weiter wie ein durchgegangener Gaul, konnte die Kraft ihrer Auflehnung nicht mehr zügeln. »Ich glaube, wenn man Mädchen eine grundlegende Bildung angedeihen ließe, ähnlich wie den Jungen, dann wären sie besser in der Lage, die Wirklichkeit des Lebens jenseits der engen Grenzen ihrer Häuser zu begreifen und sich eine eigene Meinung zu bilden.«

»Und du hast es also übernommen, die ›Meinung‹ deiner engsten Freundinnen vorzutragen?«

»Es würde mich freuen, wenn ihre Wünsche, die an sich schon großen Wert haben, wohlwollend in Betracht gezogen würden.«

»Da du es bist, die in ihrem Namen gehandelt hat, wäre es der Ehre unseres Hauses abträglich, wenn ich so ungnädig wäre, diese Bitte zu verweigern«, erwiderte Da'ud ohne einen Augenblick des Zögerns und setzte sie damit völlig außer Gefecht. »Ihre Ehemänner müssen trotzdem einen förmlichen Antrag in ihrem Namen vorlegen. Aber laß alle Betroffenen wissen, daß dies unter keinen Umständen als Präzedenzfall gelten darf. Ich verbiete dir strengstens, je wieder eine solche Initiative zu ergreifen. Ich habe deine Freundschaft mit diesen Frauen wider besseres Wissen toleriert. Strapaziere meine Geduld nicht übermäßig.«

Damit drehte er sich auf dem Absatz um, rief Hai aus dem Garten zu sich, der dort mit Amira und ihren neuen Glasmurmeln spielte, und nahm ihn zu seinem Besuch auf der Baustelle für das Hospital mit.

Sari spielte mit Amira weiter, wo Hai aufgehört hatte …

Djamila wandte sich, strahlend vor Triumph, Menahem zu. »Seht Ihr, Unterwürfigkeit zahlt sich nicht immer aus.«

»Ich würde mich an Eurer Stelle nicht zu früh freuen«, antwortete er säuerlich. »Euer Gatte ist ein umsichtiger und entschlossener Mann. Nicht umsonst hat er all die Jahre hindurch seine privilegierte Position halten können. Ich habe oft beobachtet, daß er sich im einen Augenblick zurückzieht, um dann zu einem günstigeren Zeitpunkt nur um so weiter vorzupreschen. Ich sage dies nicht, um Euren Triumph zu schmälern, sondern um Euch vor Eurer eigenen Impulsivität zu warnen.« Er legte seine Papiere zur Seite und schaute sie unverwandt an. In seinen Augen war ein neues Licht aufgeflackert, in seiner Stimme lag eine Spur von Zärtlichkeit. »Ich danke Euch für Eure Geistesgegenwart, als Ihr mich in Schutz genommen habt. Ich bewundere Euren Mut, aber er kann nur etwas bewirken, wenn Ihr ihn auch zu zügeln vermögt.«

»Von einem Bauern zum anderen gesprochen, Ihr redet weise«, gab Djamila offen zu. »Euer Rat ist gut. Darf ich ihn mir auch in Zukunft einholen, sollte sich die Notwendigkeit ergeben?«

»Mit Vergnügen, aber auf diskretere Weise als gerade eben.«

»Ich werde vorsichtig sein«, antwortete sie mit ungewöhnlicher Gefügigkeit, während sie sich zum Gehen schickte. Er folgte ihr mit den Blicken, bewunderte das Wiegen ihrer breiten Hüften, den Stolz ihrer aufrechten Schultern. Nachdenklich starrte er in den leeren Raum, den sie zurückließ, ehe er sich mit einem resignierten Seufzer wieder seinen langweiligen und staubigen Dokumenten zuwandte.

21

Hais Spaziergänge mit dem Vater gehörten zu den größten Freuden seiner Kindheit. Der feste Griff, mit dem seine Hand umfaßt wurde, die Stärke und Kraft der geschmeidigen Schritte seines Vaters, die die Luft durchschnitten wie ein Ruder das Wasser, all das vermittelte ihm ein Gefühl felsenfester Sicherheit, das ihm weder seine nachgiebige Kinderschwester noch seine liebende Mutter geben konnte. Hai war ein stilles Kind, beobachtete schweigend, nahm alles in sich auf, sprach aber wenig. Von Zeit zu Zeit entzog er seinem Vater die Hand, beugte sich herab und hob einen Marienkäfer auf, dessen rote Flügel mit den schwarzen Punkten prächtig in der Sonne glänzten, oder er bückte sich und verfolgte den Weg einer Doppelkolonne von Ameisen, die in militärischer Ordnung von einem Krümelchen Essen zu ihrem Ameisenhaufen hin und zurück marschierten. Geduldig blieb Da'ud dann stehen und erklärte seinem Sohn die Wunder der Schöpfung, ehe sie sich zusammen wieder auf den Weg machten.

Als Hai jedoch an jenem Morgen innehielt, um eine verletzte Amsel zu betrachten, die, von Federn und einer Lache geronnenen Bluts umgeben, am Wegesrand lag und deren einziges Lebenszeichen nur noch das schwache Beben ihrer Brust war, weigerte sich Da'ud, stehenzubleiben und das hilflose Geschöpf zu untersuchen.

»Komm weiter, Kind«, befahl er knapp.

»Aber Vater, der Vogel leidet. Wenn wir ihn mit nach Hause nehmen und die Wunde versorgen, dann kann er vielleicht wieder fliegen.«

»Dazu ist es zu spät.«

»Können wir es nicht wenigstens versuchen?«

»Heute nicht«, antwortete Da'ud, packte sein Kind fester bei der Hand und zerrte den Jungen mit einer ärgerlichen

Gereiztheit weg, wie er sie ihm gegenüber sonst selten zeigte.

Während Hai widerwillig weiter mitging, weinte er vor Mitleid mit dem hilflosen Geschöpf, das sein Leben aushauchte, gleichermaßen aber ließ die strikte Weigerung seines Vaters, der ihm nicht einmal einen Versuch der Rettung zugestehen wollte, seine Tränen fließen. Noch nie hatte man so ohne jeglichen Grund derart streng mit ihm gesprochen. Erst als Hai die hochaufragende Gestalt des Abu Sai'id Hatim ibn Zuhr sah, der ihnen vom Hospital her entgegengeeilt kam, wischte er sich verstohlen mit dem Handrücken über die Augen, und auch diese Geste entging seinem Vater an jenem Morgen.

Hai konnte nicht wissen, daß Da'ud innerlich vor Wut kochte über Djamilas Initiative, mit der sie ihn gegenüber den Schwestern Bar Simha, die er verabscheute, und seinem Sekretär, den er nicht leiden konnte, in eine unmögliche Lage gebracht hatte. Was für eine üble Situation hatte sich da in seinem Haushalt ergeben, dachte er wütend, während er mit großen Schritten voranging. Die Geburt des Kindes, das er an der Hand hielt, war das kaum noch erhoffte Ergebnis von Djamilas Anwesenheit unter seinem Dach gewesen. Aber seither war sie ihm unerträglich geworden, und so sehr er es versuchte, er empfand auch nichts für seine Tochter, die ihrer Mutter in allem so glich. Nun hatten die Dinge jedoch eine schlimmere Wendung genommen, da Djamila die Stellung mißbrauchte, die er ihr in seinem Haus zugestanden hatte, indem sie versuchte, sich in Dinge einzumischen, die sie nichts angingen. Schlimmer noch waren ihre offen geäußerten Ansichten zur Bildung von Mädchen. Wenn sie es sich in den Kopf setzte, derlei Gedanken auch außerhalb der sicheren Mauern seines Hauses zu verbreiten, so konnte das großen Schaden für die etablierte Ordnung der jüdischen Familie heraufbeschwören. Irgendwie mußte er ihr Einhalt gebieten. Mit solchen Gedanken beschäftigt, bemerkte Da'ud gar nicht, daß Ibn Zuhr sich näherte. Erst der vertraute Klang seiner Stimme riß ihn aus seinen Grübeleien.

»Hallo, kleiner Mann«, begrüßte der Meister gerade Hai und wuschelte ihm liebevoll durch die rostroten Locken. »Du wächst wohl gleichzeitig mit den Mauern deiner zukünftigen Wirkungsstätte heran?« Er lächelte und wandte sich dann in dringenderem Ton an Da'ud. »Gut, daß ich dich treffe. Ich wollte gerade die Stadt nach dir absuchen.«

Da'ud erstarrte. Nur ein überaus dringendes Problem konnte Ibn Zuhr bewegt haben, seinen streng geregelten Tagesablauf zu ändern und sich auf die Suche nach ihm zu begeben. Der Meister nahm Da'ud beim Arm und ging mit ihm ein Stück in die Richtung fort, die er mit Hai gekommen war. »Ich habe heute morgen der Baustelle meinen üblichen wöchentlichen Besuch abgestattet, als plötzlich Abu Bakr mit einigen seiner Schmarotzer auftauchte. Seine Anwesenheit machte mich stutzig, also verbarg ich mich hinter einer Säule und beobachtete ihn heimlich. Zunächst war er offenkundig überrascht, daß bisher nur wenig Fortschritt zu verzeichnen ist und daß auf der Baustelle nur so wenig gearbeitet wird – heute war nur die Rumpfmannschaft von Bauarbeitern anwesend. Aber nach kurzer Überlegung wich seine Verblüffung einem befriedigten Grinsen, das ich schon beinahe bösartig nennen würde, und er ging höchst erfreut fort, plauderte gutgelaunt mit seinen Schmeichlern. Da wir ihn als Meister der Intrige kennen, hielt ich es für das beste, dich gleich zu warnen. Man muß kein weltgewandter Höfling sein, um zu begreifen, daß es ihm, dem wichtigsten Steuereintreiber des Kalifen, ein Dorn im Auge sein muß, wenn du Zugriff auf den Tribut hast, den die christlichen Königreiche zahlen.«

»Äußerst ungern zahlen«, ergänzte Da'ud trocken.

»Aber es sind Gelder, von denen Abu Bakr sehr wohl behaupten könnte, daß du sie unterschlägst. Weiß irgend jemand außer mir, daß du dein eigenes Geld vorgestreckt hast, um das Bauvorhaben am Leben zu halten?«

»Meines Erachtens nicht, aber bei Palastintrigen werden Dinge verbreitet, ohne daß irgend jemand weiß, wo sie herkommen.«

»Ich will dich nicht aufhalten. Unter diesen Umständen ist Eile geboten. Gott mit dir«, murmelte der Meister, während er sich müde und mit traurig hängenden Schultern auf den Heimweg machte.

Hai mußte rennen, um auf dem Rückweg mit seinem Vater Schritt zu halten. Noch nie hatte Da'ud ihm dermaßen wenig Beachtung geschenkt. Immer hatte er bisher seine Schritte an die seines kleinen Sohnes angepaßt, nie war Hai gezwungen gewesen, das Tempo seines Vaters mitzugehen. Verwirrt über Da'uds seltsame neue Haltung, völlig erschöpft von der körperlichen Anstrengung, zu der er sich gezwungen sah, kämpfte der kleine Junge tapfer mit den Tränen, die ihm in den Augen standen. Als er jedoch die Amsel sah, die tot und starr dalag, schossen ihm Tränen in die Augen und rollten ihm über die heißen, geröteten Wangen. Kaum hatte er die Schwelle des Hauses Ibn Yatom überschritten, da ließ er die Hand seines Vaters fahren und floh in die beruhigende Sicherheit seines Zimmers, warf sich bäuchlings auf das Bett und erstickte seine Schluchzer in den Kissen, bis ihn der Schlaf übermannte.

Ohne mit irgend jemandem ein Wort zu sprechen, eilte Da'ud in sein Arbeitszimmer und nahm ein Buch zur Hand, das noch in der rauhen Leinwand eingenäht war, in der man es ihm am Vortag überbracht hatte. Er übersah seinen Sekretär vollkommen, befahl, sein schnellstes Vollblut zu satteln und legte die kurze Entfernung zwischen der Stadt und der Medina Azahara in halsbrecherischer Geschwindigkeit zurück.

Ein Ausdruck ungeheurer Erleichterung zeigte sich auf dem aufgedunsenen Gesicht des weißen Eunuchen, der den Eingang zu den Privatgemächern des Kalifen bewachte, als er Da'ud näher kommen sah. »Gerade eben wurden Boten nach Córdoba ausgeschickt, um Euch zu suchen«, sagte er mit flötender Stimme. »Ihr müßt Euch sogleich zum Kalifen begeben. Ihr findet ihn im Lesezimmer.«

Im Lesezimmer, wo er so viele ruhige Stunden im Gespräch mit seinem Herrscher verbracht hatte, dachte Da'ud bitter. Er liebte diesen Raum mit dem grauen Marmor und den Bogenfenstern hoch oben in den Wänden, die mit so feinem Maßwerk verziert waren, daß sie das Tageslicht ungehindert durchließen. Der Raum war nur spärlich möbliert, enthielt lediglich die zum Studium der Bücher absolut notwendigen Dinge – wunderbar geschnitzte Lesepulte mit damaszenischen Intarsien, Tische aus libanesischem Zedernholz, Diwane, bedeckt mit Berbertuchen in dunkeln Tönen und mit Dutzenden von Kissen in allen Formen, Größen und Farben. Vielleicht würde er nun zum letzten Mal über diese Schwelle treten ...

Äußerlich ruhig, machte sich Da'ud auf eine Konfrontation mit seinem Herrscher gefaßt. Würde er Abu Bakr beim Kalifen vorfinden? Und wie war der Steuereintreiber die Sache angegangen? Beschuldigte er ihn direkt der Unterschlagung oder hatte er in Ermangelung handfester Beweise nur tückische Anspielungen und Andeutungen gemacht, die Da'ud nur noch schwerer zu widerlegen vermochte, da sie so vage waren? Da'ud holte tief Luft, als man die Türen des Lesezimmers vor ihm öffnete.

Völlig verdattert blickte er auf die Szene, die sich ihm bot. Das war es also! Al-Hakam II. al-Mustansir, der Herrscher der Gläubigen, lag mit geschlossenen Augen und schmerzverzerrtem Gesicht auf dem Diwan. Sofort bemerkte Da'ud unter den Gewändern den aufgeblähten Leib.

Sollte doch jetzt Abi Bakr kommen und versuchen, ihn in Mißkredit zu bringen, dachte er mit süßen Rachegefühlen, während er das Buch, das er in der Hand hielt, auf einen Tisch aus Zedernholz legte und sich neben dem Kalifen auf den Diwan setzte. Während er mit der Hand leicht über den geblähten Leib strich, stöhnte der Kalif. »Nicht wieder einen Einlauf, bitte nicht. Ich kann den Aufruhr, den das in meinen Eingeweiden anrichtet, nicht mehr aushalten. Es muß eine andere Methode geben.«

»Entspannt Euch, o Herrscher der Gläubigen, entspannt Euch. Atmet tief ein und wendet Eure Gedanken Dingen zu, die Euch Vergnügen bereiten – einem exotischen Parfüm, der Schönheit einer soeben erblühten Rose, der üppigen Rundung einer jungfräulichen Brust, die Ihr mit der Hand umfaßt.«

Während er so sprach, massierte Da'ud sanft den Leib des Kalifen. Als sein Patient ein wenig beruhigt schien, erhob sich Da'ud und richtete einige schnelle Worte an den Eunuchen, der hinter der Tür bereit stand. Wenige Augenblicke später wurde ein warmer Umschlag gebracht. Da'ud legte ihn auf al-Hakams geblähten Bauch und massierte weiter, bis er merkte, daß sich die Spannung im Körper des Kalifen zu lösen begann und die Gase, die ihn aufblähten, sich grollend ihren Weg durch die Gedärme nach draußen bahnten.

»Es ist lange her, daß Ihr derlei Beschwerden hattet«, bemerkte er dann.

»Die Wesire plagen mich unentwegt, weigern sich, mich in Ruhe zu lassen, daß ich mich meinen Studien widmen kann«, beschwerte sich der Kalif weinerlich. »Als hätten sie nichts anderes zu tun, als meine Ohren mit schlauen Anspielungen und vagen Andeutungen zu belästigen, mich dazu anzustiften, selbst die treusten Untertanen zu verdächtigen.«

»Das ist ein Übel, dem alle Herrscher unweigerlich ausgesetzt sind«, antwortete Da'ud gelassen.

Die Blähungen vergingen nun rasch, und während al-Hakams Körper wieder seine normale Form annahm, verfolgte er seinen Gedankengang mit fester Stimme weiter.

»Stellt Euch vor, sie wollten sogar einen Mann von Eurer Statur und Eurer Unbescholtenheit verleumden, einen, der das Leben zweier Kalife in seinen treuen Händen gehalten hat. Ist ihre Boshaftigkeit, ist ihr Neid so mächtig, daß er sie für die Wirklichkeit blind macht?«

»Wir wollen eher sagen, daß sie versuchen, jede Situation zu ihrem Vorteil zu wenden. Nehmt zum Beispiel den Fall des Hospitals«, fuhr Da'ud fort und ergriff geschickt die Initiative. »Die Arbeiten sind dort aus Geldmangel praktisch zum Stillstand gekommen, weil die christlichen Fürsten den Tribut, der von ihnen fällig ist, nur sehr schleppend zahlen. Damit die Bauabeiter nicht abwandern, mußte ich mein eigenes Vermögen angreifen, wofür ich selbstverständlich Eurem Schatzamt keinen Piaster Zinsen abverlangt habe. Aber ich kann nicht das gesamte Vorhaben finanzieren, und ich kann den Lohn für die Arbeiter auch nicht in alle Zukunft vorstrecken. Eine solche Situation bietet natürlich eine hervorragende Möglichkeit, den Verdacht auf mich zu lenken, zum einen wegen Unterschlagung der Tributgelder und zum anderen, weil ich meine eigenen Mittel vorstrecke, um damit ein ordentliches Sümmchen auf Eure Kosten zu verdienen.«

»Das alles verstehe ich, mein getreuer Freund. Ihre üblen Nachreden sind mir nichts Neues. Was ich nicht begreife, ist, warum ich nicht über die Zahlungsunwilligkeit der christlichen Fürsten unterrichtet wurde.«

»Damit Ihr mich nicht auch beschuldigt, daß ich Euch an Euren Studien hindere. Aber ich hätte irgendwann die Sache vor Euch zur Sprache gebracht. Die Prinzen von Leon und Navarra müssen zur Räson gebracht werden.«

»Mit Gewalt?«

»Wenn es sein muß, aber vielleicht reicht eine Drohung schon aus.«

»Wie ist Sanchos Gesundheitszustand dieser Tage?«

»Ich denke, zufriedenstellend. Seine Frau hat ihm unlängst einen Sohn geboren. Es wäre vielleicht angebracht, das Kind zu untersuchen. Wenn es die Krankheit seines Vaters geerbt hat, sollte frühzeitig eine entsprechende Behandlung verordnet werden.«

»Wie gut wir uns doch verstehen«, lächelte al-Hakam und erhob sich von seinem Diwan, stark und gesund, als hätten ihn niemals Krämpfe geschüttelt. »Ich werde eine kleine, aber gut bewaffnete Truppe zusammenstellen, die, falls nötig, eine Strafexpedition unternehmen kann und Euch nächste Woche nach Leon begleiten soll«, sagte er. Dann fiel sein Blick auf das in Leinen eingeschlagene Buch auf dem Tisch. »Ist dies das hundert Jahre alte Exemplar von Al-Fazaris Übersetzung der Werke der indischen Astronomen, das Ihr mir vor einiger Zeit versprochen habt?«

»Sehr richtig.«

»Wißt Ihr, Abu Suleiman – oder vielleicht sollte ich Euch Abu Hai nennen? –, manchmal denke ich, daß sie Euch wegen der Tiefe und Breite Eures Wissens hassen. Was wissen sie denn, diese Nachfahren von Wüstenkriegern, was kennen sie denn schon außer blutigem Krieg und niedrigen Intrigen? Sie glauben, daß sie kultivierte Männer sind, wenn sie einen schönen Reim schmieden oder einen Lobgesang komponieren können, aber es wird noch viele Generationen dauern, bis ihr Geist wirklich verfeinert ist. Wir jedoch, Ihr und ich, wir werden sie verwirren, bei Allah, wir werden sie verwirren.«

Da'ud verneigte sich tief, um das Kompliment des Kalifen entgegenzunehmen. Mit sorgfältigen, aber eifrigen Händen entfernte al-Hakam das Leinen und ließ die Augen über die verblaßten Illustrationen und die winzige Kalligraphie des uralten Werks streifen.

»Mit Eurer Erlaubnis, o Herrscher der Gläubigen, verlasse ich Euch nun«, sagte Da'ud. »Ich muß Vorbereitungen für meine Reise in den Norden treffen.«

»Geht in Frieden«, murmelte der Kalif, ohne den Blick von dem kostbaren Band zu wenden. »Aber vor allem, kehrt in Frieden zurück.«

Da'ud war das Herz leichter als seit vielen Monaten. Er verließ den Palastbezirk und machte sich eilig auf den Heimweg. Beim Stadttor sprach ihn ein reisender Vogelhändler an, ein riesiger, schwarzer Afrikaner, dessen Gesicht vor Schweiß glänzte und in einem breiten Grinsen strahlte. Ein großer Langschwanzpapagei saß ihm auf der Schulter, und in dem verbeulten Käfig, den er vor Da'ud hinhielt, kreischten schrill vielfarbige Kolibris.

»Einen guten Tag Euch, werter Herr. Wie ich sehe, seid Ihr ein Mann von verfeinertem Geschmack, ein Mann, der es wert ist, diesen Papagei zu besitzen, den Ihr auf meiner Schulter seht. Schaut ihn Euch gut an, o ehrenwerter Herr, er ist ein seltener Vogel mit seinem hellgrauen Gefieder und seinem scharlachroten Schwanz, er hat nicht das schreiende Gelb und Rot und Grün anderer Papageien, das Euch die Augen blendet, wenn Ihr sie von den erbarmungslosen Strahlen der Sonne ausruhen möchtet. Ein eleganter Vogel für einen feinen, eleganten Herren.«

Da'ud amüsierte sich über das freche Verkaufsgeschwätz des Händlers, schenkte ihm ein freundliches halbes Lächeln und strich mit dem Finger über die rundliche Brust des Papageis. Dann warf er dem Afrikaner zu dessen großem Erstaunen ein paar Goldmünzen in die ausgestreckte Hand. »Das ist ein kleines Vermögen für einen solchen Vogel«, sagte Da'ud und hielt dem Papagei einen Finger hin, daß er darauf Platz nähme. »Aber das Schicksal hat es heute mit uns beiden gut gemeint. Ich habe nach einem Geschenk für meinen Sohn gesucht, den ich heute morgen davon abgehalten habe, das Leben eines verwundeten Vogels zu retten«, sagte er, als könnte er sein schlechtes Gewissen erleichtern, indem er sich diesem Fremden anvertraute. »Ich hoffe, daß ich das mit diesem schönen Tier wiedergutmachen kann.«

»Sicherlich, Euer Ehren, sicherlich«, stammelte der Schwarze, immer noch völlig durcheinander von dem unglaublichen Glück, das ihm widerfahren war. Er folgte Da'ud mit Blicken, bis er beinahe nicht mehr zu sehen war. Dann wirbelte er den Käfig mit mächtigem Schwung um sich, jauchzte vor Freude und machte sich auf den Weg zum Marktplatz, um seinen neu erworbenen Reichtum zu verprassen.

22

Pedantisch genau, weil er sich nur ungern von beinahe der Hälfte des mageren Lohns trennte, den ihm sein Gönner zukommen ließ, zählte Menahem die Münzen für seine monatliche Miete in die ausgestreckte Handfläche der Witwe Tamara. Obwohl deren rauhe und gerötete Haut verriet, daß sie seit dem Tod ihres Gatten gezwungen war, niedrige Hausarbeiten zu verrichten, so waren doch ihre sorgfältig gepflegten Fingernägel und anmutigen Bewegungen stumme Zeugen der Eleganz und verfeinerten Lebensart, die sie früher einmal gekannt hatte. Sie dankte ihm nicht. Sie dankte ihm nie. Es hätte sie erniedrigt. Sie nahm das Geld einfach, als sei es Wechselgeld, das ihr ein Lieferant feinster Seide aus Córdoba noch schuldete, und steckte es geistesabwesend in die Falten ihres abgewetzten, früher einmal eleganten Gewandes.

Wie an jedem Tag außer am Donnerstag, Freitag und natürlich am Sabbat wandte sich Menahem wieder seinen Papieren und Büchern zu, machte sich an die Arbeit, um die Wortstämme der geheiligten hebräischen Sprache zu definieren und zu klassifizieren, ohne dabei auf arabische Beispiele oder arabische grammatische Ausdrücke zurückzugreifen. Es war still in dem weitläufigen Haus. Kein Diener störte ihn in seiner Konzentration. Doch plötzlich, kurz nachdem er sich an die Arbeit gesetzt hatte, schrillten Frauenstimmen durch die Stille. Eine Weile gelang es ihm, diese Störung zu ignorieren, aber als er den Namen Djamila hörte, legte er die Feder nieder, richtete sich auf und versuchte dem Gespräch zu folgen, das im Nebenzimmer stattfand: Es war die neueste Klatschgeschichte, die die Schwestern Ibn Isaac der Witwe Tamara erzählten, um diesen seltenen Besuch bei ihrer einsamen Verwandten ein wenig kurzweiliger zu gestalten.

»Ich war mir gar nicht sicher, daß sie damit Erfolg haben würde«, sagte Dona, »denn jeder weiß doch, daß sie in Da'uds Haus hinter Sari nur die zweite Stelle einnimmt.«

»Ich war mir auch nicht sicher«, ließ sich Palomba als Echo vernehmen.

»Unsinn«, schimpfte Sitbora. »Da'ud würde es niemals zulassen, daß die Ehre der Familie besudelt wird. Schließlich ist ja Djamila die Mutter seiner Tochter.«

»Das stimmt«, piepste Palomba.

»Das arme ungeliebte Kindchen«, bemerkte Dona traurig. »Ich sehe oft, wie Da'ud Hai zum Hospital mitnimmt, aber ich habe noch nie beobachtet, daß er Amira irgendwohin mitnimmt, nicht einmal auf den Markt, um ihr dort ab und zu einen Zuckerapfel zu kaufen. Wie das Djamila betrüben muß.«

»Sie hat es nicht anders verdient«, keifte Sitbora. »Sie ist nichts als die Tochter eines Fellachen aus den wilden Bergen Marokkos, die nur scharf auf alle Ehren und Reichtümer ist, die sie an sich raffen kann.«

»Du redest manchmal wirklich dummes Zeug«, widersprach ihr Dona. »So wie wir Da'ud kennen, hatte sie wahrscheinlich in der Sache gar kein Mitspracherecht. Er wollte unbedingt einen Erben haben, war aber nicht bereit, seine geliebte Sari in seinem Haushalt und in seinem Herzen vom ersten Platz zu verdrängen. Djamila war die ideale Lösung, eine einfache Bauerntochter, die er seinem Willen unterwerfen konnte.«

Genau wie mich, stimmte ihr Menahem insgeheim voller Bitterkeit zu, während er mit dem Zeigefinger die wenigen Münzen, die ihm von dem spärlichen Lohn, den ihm dieser herausragende Mäzen zudachte, noch verblieben waren, auf dem Tisch hin und her schob. Wenn sein Lexikon endlich fertig und veröffentlicht war, dann wußte er nur zu gut, daß Da'ud als Schirmherr allen Ruhm und alle Ehre ernten würde, während er, der Verfasser, wenn überhaupt, nur wenig Anerkennung erfahren würde …

»Frauen von höherem Rang, als sie es war, hätten ein solches Angebot nur zu gern angenommen«, fuhr Dona fort. »Ob nun an zweiter Stelle oder nicht, es geht ihr unendlich viel besser als in der Position der bettelarmen Tochter eines unbekannten Hebräischlehrers in der Talmud- und Thoraschule.«

»Da bin ich anderer Meinung«, fuhr die Witwe Tamara mit der Erfahrung eines älteren Menschen dazwischen. »Es ist immer noch besser, von einem einfachen Mann geliebt als von einem Großen verachtet zu werden.«

»Wie weise du bist, Tante Tamara«, seufzte Palomba mit vor Bewunderung weit aufgerissenen Augen.

Die Liebe eines einfachen Mannes, die Liebe eines Bauern zu einer Bauerstochter, sinnierte Menahem, während ihm das Bild von Djamilas stolzer Haltung, das Wiegen ihrer breiten Hüften, die Fülle ihrer schweren Brüste quälend vor Augen trat. Sie hatte eine natürliche, erdenschwere Ausstrahlung, die ihn mehr erregte, als alle parfümierte Lässigkeit der hochwohlgeborenen Damen von Córdoba das je vermocht hätte. Hatte sie ihn um seine Liebe ersucht, als sie um die Erlaubnis bat, ihn um Rat fragen zu dürfen, überlegte er. Auf diesem Gebiet, auf dem er kaum über Erfahrungen verfügte, war er sich seines Urteils nicht sicher. Er erhob sich von seinen Kissen und schritt unruhig im Raum auf und ab, um das aufsteigende Begehren zu zügeln. Es war Wahnsinn, solche Gedanken zu hegen, schalt er sich streng. Die kleinste Andeutung einer solchen Verwicklung würde eine Tragödie über sie beide heraufbeschwören.

»Am meisten bedaure ich das kleine Mädchen«, murmelte Dona. »Sie wird nicht nur von ihrem Vater verachtet. Sie hat auch darunter zu leiden, daß ihr Vater den Halbbruder ganz offensichtlich bevorzugt. Wenn wir Frauen uns auch damit abgefunden haben, daß die Söhne den Töchtern vorgezogen werden, so haben doch unsere Väter und Ehemänner niemals ihre Töchter dermaßen ignoriert oder jeglicher väterlichen Liebe beraubt, wie das Da'ud mit Amira macht.«

Als er diese Worte hörte, schoß Menahem ein wilder Gedanke wie ein Blitz durch den Kopf. Amira konnte in vielerlei Hinsicht als vaterlos gelten, war beinahe eine Halbwaise. Er, Menahem, würde also eine heilige Pflicht erfüllen, wenn er sie in seiner Obhut wie sein eigenes Kind aufzog. »Wahnsinn!« murmelte er vor sich hin, erstickte diesen Gedanken gleich im Keim, kämpfte auch die Versuchung nieder, die das sinnliche Bild Djamilas für ihn darstellte. Er verschloß seine Gedanken vor den Stimmen der Schwestern, beugte sich erneut über den Tisch und zwang sich, sich wieder der ordentlichen, systematischen, alphabetischen Liste zu widmen, in der er die hebräischen Wortstämme mit einem, zwei und drei Buchstaben zusammenfaßte, jeweils mit Bibelversen verdeutlicht. Allmählich vertrieb ihm die vertraute Routine die Hirngespinste und brachte seine Gedanken und Gefühle wieder ins Gleichgewicht.

Am folgenden Donnerstagmorgen betrat Menahem das Haus Ibn Yatom mit einem Gefühl unbestimmter Erwartung und unterschwelliger Erregung. Was er erwartete, was der Grund für seine Erregung war, weigerte er sich einzugestehen, denn er genoß die neuen Gefühle und unterdrückte sie doch gleichzeitig. Da Da'ud im Norden bei den christlichen Prinzen weilte, gab es für ihn viel zu tun, und trotz seiner Rastlosigkeit machte er sich mit gewohntem Eifer an die Arbeit. Der Morgen war schon halb verstrichen, ehe er den Kopf hob und zuließ, daß die Geräusche des Haushalts in sein Bewußtsein vordrangen. Hai wiederholte mit dem Hauslehrer seine Lektionen. Die beiden saßen draußen unter den Zypressen in der frischen Frühlingsluft. In seinem Käfig, der hinter ihnen an der Wand hing, kreischte der Papagei seine verballhornte Version vom Namen seines Besitzers: »Ayi! Ayi!« Amira quengelte, ihre Mutter solle ihr einen Kanarienvogel kaufen.

»Schon gut, aber nicht heute«, erklärte ihr Djamila.

»Warum nicht?« protestierte das Mädchen und stampfte wütend mit dem Fuß auf. »Hai hat einen Papagei. Warum kann ich nicht einen Kanarienvogel haben?«

»Weil heute Donnerstag ist. Am Donnerstag drängeln sich auf dem Markt die Muslime, die ihre Einkäufe für den Freitag erledigen, und die Juden, die für den Samstag einkaufen, und die Christen, die für den Sonntag einkaufen. Wir gehen am Montag hin, das ist ein schöner, ruhiger Tag, dann können wir ungestört einen Vogel aussuchen und ein besseres Geschäft machen«, sagte sie mit fester Stimme und stand auf, um sich ins Haus zu begeben.

Der gesunde Bauerninstinkt ist noch ganz stark in ihr zu spüren, überlegte Menahem. Aber als er hörte, wie ihre festen Schritte sich den Gemächern Da'uds näherten, begann er zu hoffen, daß weder die Menschenmengen noch die Hoffnung auf ein besseres Geschäft der Grund für ihr

Zögern gewesen waren. Vielleicht lag es daran, daß heute Donnerstag war und er sich im Hause aufhielt ...

Sie betrat sein Zimmer, ohne anzuklopfen, und kam in ihrer offenen, direkten Art gleich zum Thema.

»Ich bin hier, um mit Euch über den neuen Mädchenflügel des Waisenhauses zu sprechen«, verkündete sie. Menahem war enttäuscht. Er hatte sich gewünscht – und doch auch gefürchtet –, daß sie vielleicht andere Absichten hegte ...

»Wie kann ich Euch behilflich sein?«

»Ganz einfach. Wenn die Zeit gekommen ist, möchte ich mit dem Maler selbst über die Farben und die Muster für die Innenräume sprechen. Ich möchte, daß die Räume eine helle, fröhliche Atmosphäre haben, nicht die traurigen Grau- und Grüntöne, die man so oft in derlei Einrichtungen sieht. Im Leben der Waisenkinder gibt es wahrhaftig ohnehin schon viel zu wenig Freude. Zumindest können wir ihre Phantasie mit strahlenden Farben und Licht beflügeln.«

»Das sollte nicht schwer zu bewerkstelligen sein, da ich zweifellos damit beauftragt werde, die Ausführung des Vorhabens zu überwachen.«

»Wenn wir das Geld mit Bedacht ausgeben«, drängte Djamila weiter und setzte nun erst recht auf den guten Willen, den er soeben gezeigt hatte, »dann ist vielleicht genug übrig, um auch noch Spielsachen und Spiele und ...«

»Ich weiß, was Ihr in Wirklichkeit möchtet«, unterbrach sie Menahem. »Bücher und eine Lehrerin für die Waisenmädchen, wie wir sie auch den Jungen zukommen lassen. Leider kann ich Euch da nicht helfen. Es ist eine Frage der Grundsätze, der Tradition, und die zu ändern steht nicht in meiner Macht.«

»Zum Teufel mit der Tradition! Warum sollten wir den Mädchen die wichtigsten Mittel vorenthalten, die jeder erwachsene Mensch braucht, um in Notfällen mit dem Leben fertig zu werden? Seht Euch nur die arme alte Witwe Tamara an. Hätte man ihr auch nur die Grundzüge des Rechnens und der einfachen Geschäftsvorgänge beigebracht, niemand hätte sie betrügen und ihr das Vermögen abschwindeln können, und sie müßte jetzt nicht selbst ihre Schwelle fegen. Wie, meint Ihr, wären wir zurechtgekommen, nachdem meine Mutter tot war, wenn ich nicht den Bauernhof hätte bewirtschaften können, während Vater als Lehrer in Marrakesch so viel verdiente, wie er nur konnte? Es ist ein Verbrechen, Frauen in völliger Unkenntnis über die Welt ringsum zu belassen.«

Djamila wurde von ihrer Überzeugung mitgerissen und lief mit kräftigen Schritten durch das Zimmer, während sie ihre Gedanken hervorsprudelte. »Es muß eine unauffällige Methode geben, wie wir diesen hilflosen Mädchen eine grundlegende Bildung mitgeben können, die sie vor der Unbill des Lebens ein wenig schützen kann, denn sie haben keine Eltern, die das für sie tun können. Ihr selbst wißt besser als die meisten anderen, wie wichtig Bildung für Menschen von niedriger Geburt ist, und es fehlt Euch sicherlich nicht an Intelligenz. Euch fällt doch bestimmte eine Methode ein, wie man diese Kinder lehren kann, ohne gleich die Gemeinde zu schockieren?«

Djamila fuhr herum, um Menahem geradewegs ins Gesicht zu starren, aber sein durchdringender Blick ließ sie verstummen. »Was ist? Macht Euch meine Waghalsigkeit Angst? Bin ich die erste Frau, die je hilflose Mädchen zu schützen versucht hat?«

»Die erste Frau …«, wiederholte Menahem mit heiserer Stimme, »die erste Frau, die ich je … je …«, aber seine Stimme versagte.

»Je was?«

Menahem senkte den Blick auf seine Papiere und blätterte hin und her.

»Los doch. Sagt es mir. Ihr seid schon zu weit gegangen,

jetzt gibt es kein Zurück mehr. Ich bin die erste Frau, die ihr je ...«, versuchte sie ihm zu entlocken, wie man einem Kind eine Lektion entlockt, die es noch nicht ganz gelernt hat.

»... die ich je als Frau betrachtet habe«, stammelte er schließlich, die Augen immer noch unverwandt auf die Papiere gerichtet.

Djamila brach in schallendes, helles Gelächter aus. »Das nagt also an Euch! Und mit gutem Grund. Von einem Bauern zum anderen, das ist ein außerordentlich unnatürlicher Zustand für einen jungen Mann wie Euch! Aber es gibt in Córdoba viele andere Frauen wie mich. Wir müssen eine für Euch suchen, um das zu ändern.«

»Das hätte keinen Zweck. Die Heilung ist hier, in diesem Raum, aber sie ist mir verwehrt. Und selbst wenn es nicht so wäre, könntet Ihr mir sicherlich keinen Reiz abgewinnen. Ich besitze keine der Eigenschaften, die in einer Frau Liebe erwecken könnten. Allein schon meine rauhen, ungeschickten, herabbaumelnden Hände«, sagte er und legte die Handflächen auf den Tisch. »Die sind völlig abstoßend, und außerdem bin ich mit den höflichen Gepflogenheiten einer Werbung überhaupt nicht vertraut. Und weil es mir ohnehin an den Mitteln fehlt, eine Frau zu ernähren, die meinem Status als Gelehrter entspricht, mache ich mich auf ein Leben in Einsamkeit gefaßt.«

»Was für ein Unsinn!« lachte Djamila wiederum, obwohl Menahems zarte Anspielungen auf die Gefühle, die er für sie hegte, sie sehr gerührt hatten. »Es muß doch irgendwo eine passende Jungfer für Euch geben ...«

Menahem hob den Kopf und hatte sich nun entschlossen, seine Gedanken – und seine Gefühle – offen zu bekennen.

»Jetzt, da meine Augen auf Euch geruht haben, sind sie blind für alle anderen Frauen. Euer natürlicher Stolz, Euer unabhängiger Geist, die üppige Fülle Eures Körpers, großzügig wie Mutter Erde selbst – all das verursacht in mir einen Aufruhr der Gefühle. Und dann ist da noch das besondere Band, das uns miteinander vereint: unsere bescheidene Herkunft und die zynische Art, wie wir alle beide von unserem gemeinsamen Herrn und Gebieter benutzt werden. Nachts träume ich davon, Euch seinen Fängen zu entreißen, tagsüber verlangt es mich selbst danach, mich aus diesen Ketten zu befreien. Und oft, wenn ich dieses Haus verlasse, sehe ich mich als liebenden Vater Eurer Amira, weil es mir das Herz zerreißt, wie Euer Gatte sie behandelt. Doch meine Hoffnungen und Wünsche werden keine Erfüllung finden, ich muß verzichten. Ich erwarte nicht, daß Ihr meine Gefühle erwidert. Ich bitte Euch nur, ihrer nicht zu spotten.«

Djamila lachte nicht mehr, war selbst durch die Gewalt von Menahems offenem Geständnis in Aufruhr geraten.

»Ihr geht jetzt besser«, sagte Menahem und griff wieder zur Feder, als seine grauen Augen – in denen Tränen schimmerten – ihre Verwirrung bemerkten. »Da Da'ud nicht im Hause ist, werden sich die Diener die Mäuler zerreißen, wenn Ihr zu lange bei mir bleibt, und schon bald wird irgendeine unschuldige Bemerkung von meinen Feinden zu bösartiger Verleumdung aufgeblasen.«

»Feinde? Wie könnte ein so milder und zurückhaltender Mann wie Ihr Feinde haben?« rief Djamila aus.

»Jeder Mann von einigen Fähigkeiten hat Feinde, sobald er seinen Fuß in die Stadt Córdoba setzt. Seine bloße Existenz gefährdet den Status, den Einfluß oder den Ruf irgendeines anderen. In meinem Fall kommt die Feinseligkeit von seiten der Gelehrten, aber deswegen ist sie um nichts weniger boshaft. Fragt Euren Vater, wenn Ihr ihn das nächste Mal besucht. Er kann Euch das besser erklären als ich«, schloß Menahem knapp und beugte den Kopf mit entschiedener Miene über die Papiere, zum Zeichen, daß er das Gespräch für beendet hielt.

Djamila ging mit raschen Schritten zum Wassergarten zurück. Ihr einziges Bestreben war, vor den Augen der Dienerschaft die Verwirrung zu verbergen, die Menahems Liebeserklärung in ihr gestiftet hatte.

»Komm«, rief sie Amira zu, die ihre Murmeln am Rand des Wasserlaufs entlangrollte, »wir gehen doch noch deinen Kanarienvogel kaufen.« Mit einer schwungvollen Bewegung packte sie ihre Tochter bei der Hand und zog sie mit sich. Die beiden gesellten sich zu den Städtern, die aus allen Richtungen zum Marktplatz strömten. Obwohl ihr sonst das Gedränge und der Lärm mißfielen, stellte Djamila fest, daß sich in der Anonymität der Menge ihre Verwirrung hervorragend verbergen ließ. Wer hätte gedacht, daß in diesem nichtssagenden, wenig ansehnlichen Körper eine so empfindsame Seele hauste? überlegte sie verwundert, während sie sich an einem staubbedeckten Esel vorbeidrückte, dessen Sattelkörbe voller strahlend bunter Frühlingsblumen waren. Daß er die ganze Zeit über davon geträumt hatte, sie und Amira aus ihrem jetzigen Leben zu erlösen? Und doch war das vielleicht nicht so überraschend. Wenn ein Mann sich so ausschließlich einer Aufgabe widmen konnte, an die er mit glühendem Herzen glaubte, warum sollte er dann nicht fähig sein, denen, die er liebte, ähnliche Hingabe zu zeigen? Wie wunderbar das Gefühl sein mußte, so zu lieben und geliebt zu werden, wie Da'ud Sari liebte und sie ihn. Sie hatte das nie erfahren … Es stimmte, und Menahem hatte es selbst mit entwaffnender Offenheit gesagt: er war kein Mann, in den sich ein junges Mädchen Hals über Kopf verliebte. Doch hatte er so viel Verständnis für das Menschenherz, was ihr weit kostbarer schien als alle oberflächlichen, noch so bezaubernden Hofmanieren Da'uds. Wie seltsam es wäre, überlegte sie weiter, wenn es durch irgendeinen unwahrscheinlichen Lauf der Ereignisse ausgerechnet ihr zufallen sollte, Menahem in der Kunst der Liebe zu unterweisen, in die Da'ud sie mit solchem Geschick eingeführt hatte? Absurd, lächelte sie traurig vor sich hin, als sie diesen Gedanken verwarf, denn obwohl in ihr eine gewisse Wärme aufflackerte, weil sie merkte, daß sie geliebt wurde, fühlte sie doch kaum mehr als vages Mitleid mit diesem ehrenwerten Mann, dessen Liebe sie nicht erwidern konnte.

Aber sie würde ihren Vater nach denen fragen, die er seine Feinde genannt hatte, um herauszufinden, ob es sie wirklich gab oder ob sie nur das Hirngespinst eines Mannes waren, der einen Groll gegen seinen Herrn hegte und gegen alles, für das dieser stand. So in Gedanken versunken, kaufte Djamila nach kaum einer Sekunde Feilschen für Amira den buntesten, rundlichsten, teuersten Kanarienvogel auf dem Markt zusammen mit einem schönen Käfig aus Schmiedeeisen. Fröhlich kehrten die beiden nach Hause zurück und hängten den Vogel gegenüber von Hais Papagei an die Wand. Der kreischte immer noch »Ayi! Ayi!«

23

»Wo ist Amira? Sie ist doch hoffentlich nicht krank?« fragte Bahya ibn Kashkil besorgt, als er seiner Tochter spät an einem Sabbatnachmittag die Tür zu seinem bescheidenen Heim öffnete.

»Sie war fest eingeschlafen, als ich das Haus verließ, und ich habe es nicht übers Herz gebracht, sie zu wecken«, log Djamila. Das Gespräch, das sie mit ihrem Vater führen wollte, war für Kinderohren nicht geeignet …

Bahya nickte enttäuscht. Er stellte nicht in Frage, daß das Wohlergehen der Jugend wichtiger war als das Glück der Alten, aber wenn diese Jungen eine Vorstellung hätten, wie groß die Freude war, die ihre fröhliche, unschuldige, lichterfüllte Gegenwart in das verebbende Leben der Älteren brachte, wie gern würden sie dann auf ein wenig Schlaf verzichten, um ihnen dieses ungeheure Vergnügen zu bereiten ... Aber davon sagte er kein Wort zu seiner Tochter. Um nichts auf der Welt wollte er mit nutzlosen Vorwürfen das Vergnügen trüben, das ihm ihre kurze Anwesenheit schenkte.

»Also, meine Liebe«, begann er, goß ihr einen Becher Wein ein und bot ihr ein paar trockene Kekse an, die er auf einen alten Zinnteller gelegt hatte. Der Teller war zwar verbeult, doch eines der wenigen Besitztümer, das er aus seinem früheren Zuhause mitgebracht hatte. Heute beschwor sein Anblick in Djamila eine schwindelerregende Welle des Heimwehs herauf, die sie mit aller Gewalt unterdrücken mußte. »Wie geht es zu Hause, jetzt da der Herr nicht bei Euch weilt?«

»Wie immer. Da'ud ist so mit seinen vielen öffentlichen Pflichten beschäftigt, daß ich ihn auch dann kaum sehe, wenn er in der Stadt ist. Ich hatte gehofft, daß sein neuer Sekretär ihn ein wenig entlasten würde, aber das scheint nicht der Fall zu sein.«

»Das überrascht mich nicht. Menahem ist eine viel zu umstrittene Persönlichkeit, als daß Da'ud ihm große Verantwortung für die Angelegenheiten der Gemeinde abtreten könnte.«

»Umstritten? Ein so zurückhaltender, bescheidener Mann?«

»Das ist er nur dem äußeren Schein nach, fürchte ich. Auf seinem Arbeitsgebiet hat er sehr ausgeprägte Meinungen, die er ohne Zögern verteidigt. Er hat sich stets kritisch darüber geäußert, daß unsere Dichter arabische Themen und Metren in die hebräische Verskunst übernehmen. Erst kürzlich ist es bei einem Treffen von Literaten zum offenen Disput gekommen, als Saul ben Hayyuj ein neues Gedicht vortrug, in dem er ein Weinfest pries, das in einem herrlichen Frühlingsgarten abgehalten wurde. Äußerst erbost griff

Menahem vor der versammelten Gesellschaft Saul offen an, und es waren, wie ich höre, auch ein, zwei arabische Dichter anwesend, die Saul oft besucht.

›Es ist höchst unmoralisch‹, hat Menahem wohl erklärt, ›ein solches Vergnügen zu besingen, während das Heilige Land in den Händen der Fremdlinge ist und der Tempel in Ruinen liegt. Mehr noch, der Weingenuß lenkt die Männer vom Studium der Bibel, unseres geheiligten Erbes, ab. Diese Sitte ist mit unserer Tradition nicht vereinbar.‹

Saul ignorierte den Zwischenfall, denn das reichliche Lob, das seine Zuhörer ihm spendeten, wog bei weitem diese Einzelstimme auf, die sich gegen ihn erhoben hatte. Ich nehme an, er wollte Menahems Kritik auch keine zu große Bedeutung verleihen, indem er sie öffentlich zurückwies. Doch damit war die Geschichte noch nicht zu Ende. Da Saul nun einmal ein stolzer und arroganter Mann ist, der über beträchtliche Mittel verfügt, beschloß er, sich auf weit subtilere Weise zu rächen. Seit jenem Abend verbreitet er das Gerücht, das Lexikon, an dem Menahem arbeitet, sei kaum mehr als eine Kopie der Werke aus der Schule des Saadiah Gaon in Babylonien und der einzige Unterschied läge darin, daß Menahem sich stur weigere, irgendeinen Vergleich zwischen der hebräischen und der arabischen Sprache zuzulassen. Noch erlaube er uns den Gebrauch arabischer Wörter oder grammatikalischer Prinzipien zur Erklärung. Also müsse er hebräische Entsprechungen für bestimmte arabische Ausdrücke erfinden, die außer ihm selbst niemand verstehen könne. Doch das ist nicht Sauls einzige Waffe. Man sagt, er ermutige inzwischen einen seiner jungen Studenten, zu beweisen, daß die hebräischen Wortstämme nicht aus einem, zwei, drei oder manchmal sogar mehr Buchstaben bestehen, wie Menahem mit großen Mühen beweisen will, sondern daß sie nach einer allgemeinen Regel immer drei Buchstaben enthalten.«

»Und wen unterstützt Da'ud in dieser Debatte?«

»Mit der für ihn typischen Schlauheit keinen. Er spielt den einen gegen den anderen aus, um sich so seine eigene Vorherrschaft zu sichern, aber ich denke, seine Sympathien gehören Saul. Er hat stets die Übernahme arabischer poetischer Regeln durch unsere hebräischen Dichter befürwortet. Obwohl das arabische Versmaß nicht zum Geist der hebräischen Sprache passen will und obwohl Wein- und Liebesgedichte tatsächlich unserer Tradition fremd sind, ist er selbst, wie die meisten unserer Intellektuellen, so sehr von den arabischen Schriften beeinflußt, daß er an dieser Anpassung nichts Absonderliches finden kann. Im Gegenteil, ich habe ihn oft sagen hören, daß diese Vermischung der Kulturen ein innig zu wünschendes Ziel sei. So wie er es sieht, wird eine derartige Entwicklung die hebräische Dichtkunst zu ungeahnten Höhen literarischer Schaffenskraft führen und die hebräische und arabische Sprache auf die gleiche Stufe stellen.«

»Und doch hat er Menahem ausgewählt, um ein Gedicht zu verfassen, das in der neuen Synagoge, die zum ehrenden Gedenken an seinen Vater errichtet wurde, auf der Gesetzeslade steht.«

»Das ist ein religiöses Gedicht. Und es wahrt als solches alle alten Traditionen, die im Heiligen Land verwurzelt sind. Derlei Werke wurden nicht von arabischen Vorbildern beeinflußt. Letztere haben jedoch unsere Dichter zum Schreiben von weltlichen Gedichten inspiriert, was eine völlig neue Entwicklung in der hebräischen Literatur darstellt.«

»Glaubst du, daß Saul gerne Menahems Stelle als Da'uds Sekretär für jüdische Angelegenheiten hätte?«

»Nicht den Posten selbst. Er ist zu reich, als daß er ihn bräuchte, und zu arrogant, um irgendeine untergeordnete Position einzunehmen. Aber er würde vor nichts zurückschrecken, um einen Mann zu ruinieren, der ihn in aller

Öffentlichkeit beleidigt hat, seinen Stolz vor den Augen der arabischen Dichter verletzt hat, deren Werke er bewundert und an deren Meinung ihm viel liegt.«

»Natürlich«, sagte Djamila leidenschaftslos und nagte an einem Keks, während sie die Bedeutung dieser Worte erwog.

Den ganzen restlichen Nachmittag schmiedeten die beiden Pläne für Amiras weitere Bildung. Als die Schatten der Dämmerung sich auf das Haus senkten, verabschiedete sich Djamila.

Schnellen Schrittes ging sie nach Hause, von einer namenlosen Furcht erfüllt. Mit der drängenden, zwingenden Monotonie einer Nomadentrommel dröhnten ihr die Worte ihres Vaters im Ohr: »Er wird vor nichts zurückschrecken, vor nichts ... nichts ... nichts ...« In ihrem innersten Herzen zitterte sie vor der grauenerregenden Wirklichkeit, die hinter diesen Worten lag, vor einer Brutalität, einer Gewalt, die so extrem war wie die köstliche Verfeinerung einer Kultur, die in der gesamten zivilisierten Welt gepriesen wurde. Hatte nicht einer der Herrscher von Sevilla, dessen Hof für seine Musik so berühmt war wie der von Córdoba für seine Dichtkunst, seine Feinde im Bad ermorden lassen, sie dann enthauptet und ihre Schädel als Pflanzkübel benutzt, die er ordentlich auf seiner Fensterbank aufreihte? Und was war mit dem schrecklichen Tod ihrer eigenen Mutter? Wenn Männer wie Saul die arabische Kultur mit solcher Begeisterung übernahmen, lag dann nicht die Schlußfolgerung nahe, daß sie nicht davor zurückschrecken würden, auch deren Methoden bei der Beseitigung ihrer Feinde zu übernehmen? Schaudernd vor Schrecken, suchte Djamila Zuflucht in der unschuldigen kindlichen Umarmung Amiras.

In den folgenden Wochen ging sie Menahem aus dem Weg. Er würde merken, daß sie mit ihrem Vater gesprochen hatte und daß sie nun um ihrer beider willen äußerste Vorsicht walten lassen mußte. In Gedanken war sie jedoch oft bei ihm, wie er da allein über seinen Verben saß, allein mit seinen Wortstämmen, seinen Phantasien. Wie er in seinen wachen Stunden mit dem unerfüllbaren Traum lebte, ihr den Reichtum an Liebe und Ergebenheit zu schenken, der in seiner Seele schlummerte – jenen Schatz im Tausch gegen die falsche, vergoldete Fassade, die sie in ihrer Jugend verblendet und verführt hatte. Und obwohl sein ungelenker Körper nichts von der höfischen Eleganz und Anmut Da'uds hatte, ertappte sie sich doch bei der Frage, ob nicht der Trost seiner ungeschickten Umarmung, die Aufrichtigkeit seiner unreifen Leidenschaft der kühlen Distanziertheit eines Mannes vorzuziehen war, der ihr kein einziges Mal gesagt hatte, daß er sie liebte. Während ihrer Besuche bei den Schwestern Ibn Isaac achtete sie auf allen Klatsch, den man dort austauschte. Doch da die Ehemänner der Schwestern Kaufleute waren, die ihren Status nicht ihrer Gelehrsamkeit, sondern ihrem Geld verdankten und also nicht zur gebildeten jüdischen Elite gezählt wurden, erfuhr sie nur wenig über den Zwist zwischen Saul und Menahem.

Wenige Wochen später erschien Menahem an einem Donnerstagmorgen nicht im Hause Ibn Yatom. Djamilas erster Gedanke war, zu seinem Haus zu eilen. Vielleicht war er krank, brauchte Betreuung? Aber sie unterdrückte diesen Wunsch, aus Angst, ihn zu kompromittieren. Sie könnte vielleicht einen Diener zu ihm schicken, um sich nach seinem Befinden zu erkundigen, aber da Da'ud nicht zu Hause war, würde auch das ein Risiko sein, das sie nicht eingehen mochte. Wenn ihm etwas Schreckliches widerfahren war, würden die Schwestern Ibn Isaac als erste davon hören, von seiner Vermieterin, ihrer Tante. In hastiger Eile kleidete sie sich an und mußte sich noch die Zeit vertreiben, bis der Morgen weit genug für einen Besuch bei Sitbora vorangeschritten war, bei der Schwester, die Tamara wohl am ehesten alarmieren würde, wenn etwas Schlimmes geschehen war.

»Gut, daß du hier bist«, begrüßte Sitbora sie mit säuerlicher Miene. »Da stecken wir in einem schönen Schlamassel. Der unglückselige Sekretär deines Mannes, der sich für berufen hält, selbst den gelehrtesten Männern die Leviten zu lesen, ist gestern abend verprügelt worden. Heute morgen war Tante Tamara hier, sie ist wütend und ziemlich erschüttert, obwohl sie ständig das Gegenteil beteuert. Wir haben getan, was wir konnten, um sie zu beruhigen, und dann hat Samuel sie nach Hause begleitet und nach einem Arzt geschickt, der Menahems Wunden versorgen soll.«

»Was hat Menahem denn getan, um eine solche Behandlung zu verdienen?« fragte Djamila unschuldig.

»Es ist während einer dieser hochgestochenen Zusammenkünfte passiert, bei denen die Dichter in ihren mondbeschienenen Gärten sitzen und sich bei einem, zwei Bechern Wein gegenseitig ihre neuesten Gedichte vortragen und alle darum wetteifern, ihre Talente zur Schau zu stellen. Menahem, so scheint es, hat alle gegen sich aufgebracht, weil er ständig etwas daran auszusetzen hat, daß sie den Stil ihrer arabischen Kollegen übernehmen. Aber sie laden ihn trotzdem immer wieder ein, zum einen, weil er so gelehrt ist, und zum anderen, weil er Da'uds Sekretär ist.

Nun, wie mir Samuel erzählt hat, als er schließlich zum Frühstück nach Hause kam – wütend, wenn ich das noch erwähnen darf –, hat Menahem Saul beschuldigt, ein Gedicht geschrieben zu haben, das wie das Liebesgedicht eines Mannes für einen zarten Jüngling klingt. Saul erwiderte, seine Anspielung auf die Antilope und die Gazelle oder worum es immer in diesem Gedicht geht, sei nur eine Metapher für den lebendigen Gott des Dichters. Daraufhin bezichtigte ihn Menahem rundheraus der Lüge. Die Araber, deren homosexuelle Gepflogenheiten ja allen bekannt seien, benützten derlei Bilder, wenn sie von ihrem ›Geliebten‹ schrieben, soll er angeblich erklärt haben. Und dann ging es los. Die Beleidigungen flogen hin und her, die Mehrheit war auf Sauls Seite, und Menahem verließ unter Protest die Zusammenkunft. Mitten in der Nacht drang dann eine Bande von üblen Schlägern gewaltsam in Tamaras Haus ein, und sie verabreichten ihm die schlimmste Tracht Prügel seines Lebens.

Was für ein Aufruhr! Als hätte die arme alte Witwe nicht schon genug Probleme mit all den Schwindlern, die ihr das ganze Vermögen abgeluchst haben. Jetzt beherbergt sie auch noch einen Unruhestifter unter ihrem Dach! Höchste Zeit, daß dein Mann nach Hause kommt und seinen Sekretär in die Schranken verweist. Samuel meint, wenn dieser Streit so weitergeht, muß irgendwann die gesamte Gemeinde Partei ergreifen, und dann streiten wir uns alle über etwas, das die meisten von uns nicht einmal verstehen. Samuel jedenfalls ist nicht bereit, eine Gemeinde zu finanzieren, die ihre Mitglieder nicht davon abhalten kann, Zwietracht zu säen. Du, Djamila, die du immer wieder darauf bestehst, daß auch Frauen ein Recht haben, ihre Meinung zu Dingen außerhalb des Heims zu sagen, du hast die Pflicht, das deinem Mann mitzuteilen.«

Was für eine jämmerliche Maskerade! schrie Djamilas Seele auf. Sie hatte sich in dem Netz verfangen, das sie selbst geknüpft hatte, und nun forderte man sie heraus, gegen jede Sitte zu handeln und ihren Prinzipien zu folgen, um einen Mann, der sie liebte, bei einem anderen, der sie verstoßen hatte, in Mißkredit zu bringen …

»Bis zu Da'uds Rückkehr ist die ganze Angelegenheit längst vergessen«, sagte sie leichthin, gab vor, die Sache nicht allzu ernst zu nehmen.

»Da wäre ich mir nicht so sicher. Da'ud hält ja wohl große Stücke auf Sauls Gelehrsamkeit. Es wird ihm gar nicht gefallen, wie feindselig Menahem gegen ihn hetzt.«

»Aber er hält auch große Stücke auf die Gelehrsamkeit seines Sekretärs. Niemand, sagt er, kann einen hebräischen Satz so rein und elegant formulieren wie er.«

»Nun, es hat keinen Sinn, daß wir uns aufregen«, erklärte Sitbora mit einer heftigen Aufwallung ihres herrischen Busens. »Es ist an den Männern, diese Dinge nach ihrem Ermessen zu regeln. Wo ist Amira heute morgen?« fragte sie, um das Thema zu beenden.

»Sie und Hai verbringen Stunde um Stunde damit, dem Papagei und dem Kanarienvogel das Sprechen beizubringen. Nichts kann sie da weglocken. Es ist sehr lustig, den beiden zuzusehen.«

Die beiden Frauen sprachen noch über dies und das, bis Djamila sich endlich verabschieden durfte. Unentschlossen wanderte sie durch die Straßen. Schlichte menschliche Freundlichkeit verlangte von ihr, daß sie bei Menahem vorbeischaute, die Furcht vor den Folgen einer so unbedachten Handlung hielt sie zurück. Sie durfte ihm nicht einmal ein mitleidiges Schreiben zusenden, denn der Bote könnte sie verraten. Wenn sie sich zu sehr für Menahems Wohlbefinden interessierte, würde sie nur mißtrauische Blicke ernten. In Gedanken versunken, erreichte sie auf ihrer ziellosen Wanderung den Marktplatz, kaufte Unmengen frisches Käsegebäck und nahm die Köstlichkeiten als Überraschung für die Kinder mit nach Hause.

Am folgenden Sabbatnachmittag besuchte sie ihren Vater wieder, wollte unbedingt seine Fassung der Geschehnisse vom Mittwoch hören. Zu ihrer Überraschung stimmte sie in allen Einzelheiten mit dem Bericht überein, den ihr Sitbora gegeben hatte.

»Alle in der Synagoge waren sprachlos vor Staunen über diese Geschichte. Alle sagten ihre Meinung dazu, wenn auch keiner genau wußte, worum es eigentlich ging. Was für ein Durcheinander!« berichtete Bahya und schüttelte den Kopf.

»Das ist doch absurd«, meinte Djamila, »ein solches Theater um ein paar Gedichtzeilen.«

»Nein, mein Kind, die Sache liegt tiefer. Es geht um die Grenzen zwischen harmonischer Anpassung an unsere Umgebung und Wahrung unserer Identität.«

»Die Moslems werden uns nie als gleichberechtigt anerkennen. Als *Dhimmis* hat uns Omar gebrandmarkt, und *Dhimmis* bleiben wir auch, Bürger zweiter Klasse im Haus des Islam.«

»Ich denke auch nicht, daß wir Gleichheit anstreben sollten. Gerade unser Anderssein schützt uns ja, denn unsere Herrscher vertrauen uns mehr als ihren eigenen Leuten, die alle potentielle Rivalen sind. Aber trotzdem gewinnen wir nichts, wenn wir mit Verachtung auf ihre kulturellen Errungenschaften herabsehen. Im Gegenteil, wir sollten von ihnen lernen, sollten ihre eleganten literarischen Stilmittel zu unseren eigenen Zwecken einsetzen, um unsere schöpferischen Leistungen zu verbessern. Je höher das Niveau, das wir nach ihren Maßstäben erreichen, desto größer der Respekt, den wir ihnen abverlangen, und desto weniger sind wir der traditionellen Verachtung des Islams für die *Dhimmis* in seiner Mitte ausgesetzt.«

»Du meinst also, Menahem irrt sich mit seiner Kritik?«

»Nicht vollständig. Es ist heilsam, daß sich von Zeit zu Zeit eine Stimme wie die seine erhebt, um Übertreibungen zu vermeiden, die zum Verlust unserer ureigensten Werte führen könnten.«

»Ich frage mich, ob Da'ud das auch so sieht.«

»Dein Gatte ist ein kluger Mann. Bisher hat er zwischen den beiden gegensätzlichen Strömungen das Gleichgewicht wahren können. Sollte aber nun dieser Zwischenfall zu einer dauerhaften Spaltung der Gemeinde führen, dann wird er sich wohl gezwungen sehen, eine Position zu beziehen. Wann erwartet ihr seine Rückkehr?«

»Spätestens vor dem Herbstregen.«

»Das sind also noch einige Wochen. Wir wollen hoffen, daß die Angelegenheit bis dahin in Vergessenheit geraten ist.«

Die Worte ihres Vaters hatten Djamila ein wenig beruhigt, und sie schlief besser als in den beiden vorangegangenen Nächten. Am Morgen stand sie erfrischt auf und beschloß, einen langen Spaziergang am Flußufer entlang zu machen. Als sie gerade auf die Straße treten wollte, hörte sie das Klappern eines Spazierstocks, der in unregelmäßigen Anständen auf die unebenen Pflastersteine stieß. Sie blinzelte in die Richtung, aus der das Geräusch zu kommen schien, schaute noch einmal hin und war sich dann sicher, daß es Menahem war, der unter Schmerzen am Stock auf sie zu gehumpelt kam. Sie rannte ihm beinahe entgegen und ging dann langsam mit ihm zum Haus zurück.

»Ich wollte Euch nur eine weitere Tracht Prügel ersparen, deswegen bin ich Euch nicht besuchen gekommen«, entfuhr es ihr. »Wie geht es Euch?«

»Gut genug, daß ich mich hierher bemühen und meine donnerstäglichen Pflichten erfüllen kann.«

»Ich wollte Euch ein Wort des Mitgefühls zukommen lassen, aber ich fürchtete mich, es einem Boten anzuvertrauen.«

»Daran habt Ihr gut getan. Ich wollte Euch versichern, daß die Prügel, die ich bezogen habe, mich nicht sehr mitgenommen hat, aber ich habe aus dem gleichen Grund darauf verzichtet. Stundenlang habe ich dagelegen und versucht, mir eine sichere Art der Verständigung mit Euch auszudenken, aber es ist mir keine eingefallen.«

Djamila zögerte einen Augenblick, ehe sie antwortete. »Nun, am Eingang zu Da'uds Gemächern, von meiner Seite des Hauses aus gesehen, befindet sich eine Nische mit einem Almosenkästchen. Jahrelang stand dieses Kästchen in Ya'kubs Laden auf der Theke, doch nach seinem Tod hat es der Mann, der das Geschäft übernommen hat, durch das aus Elfenbein ersetzt, das sich heute dort befindet. Ich habe ihn gebeten, mir das Kästchen zu geben, als Erinnerung an die Freundlichkeit, die mir Ya'kub trotz meiner bescheidenen Herkunft immer erwiesen hat. Niemand bemerkt, daß es dort steht. Ich bin die einzige, die es ab und zu herausnimmt und abstaubt. Wenn es absolut notwendig ist, könnt Ihr es als Briefkasten verwenden, zumindest bis zur Da'uds Rückkehr.«

»Es sei denn, ich wäre wieder bettlägerig«, meinte Menahem nachdenklich.

»Haltet Euch eine Weile zurück«, drängte ihn Djamila. »Es wäre töricht, Da'ud zu zwingen, in diesem Disput eine klare Position zu beziehen. Ihr würdet dann vielleicht als Verlierer dastehen. Ich staube das Almosenkästchen häufiger ab, ich verspreche es Euch, insbesondere am Donnerstagabend«, sagte sie, ehe sie ihn am Eingang zum Haus verließ. »Seht Ihr jetzt, wie nützlich es ist, wenn eine Frau schreiben und lesen kann?«

Menahem wagte nicht zu fragen, ob er hoffen dürfte, auch von ihr ab und zu einen Brief im Kasten zu finden. Ihm war es schon genug, daß sie bereit war, seine Briefe zu suchen – und daß sie in der Lage war, sie zu lesen.

24

Niemand, am allerwenigsten Da'ud ibn Yatom selbst, hatte damit gerechnet, daß er seinen Auftrag in so kurzer Zeit erfüllen würde. Zweifellos hatte schon der königliche Prunk, mit dem er als persönlicher Gesandter al-Hakams auf dessen dringenden Wunsch hatte reisen müssen, die christlichen Prinzen beeindruckt, doch hatte sie wohl eher noch der Anblick der Elitegarden, die den größten Teil des fürstlichen Gefolges ausmachten, in Angst und Schrecken versetzt. Die Garde war nur leicht bewaffnet, doch die Beweglichkeit der Krieger auf ihren geschmeidigen Araberpferden, vereint mit der blitzschnellen Geschicklichkeit ihrer Schwerter machte sie zu furchterregenden Gegnern für die christlichen Heere, die von ihren schweren Rüstungen behindert wurden. Hier tänzelte wieder einmal ein überlegener David um Goliath herum, hatte Da'ud leise lächelnd gedacht, während er auf dem edlen Roß einherritt, das ihm sein Herrscher geschenkt hatte und das den Schweif stolz und freudig erhoben trug. Da'uds schmale, dunkel gekleidete Gestalt stand in scharfem Kontrast zum perlgrauen Fell des Tieres. Kaum war die Kunde vom Nahen des Gesandten vom Hof des Kalifen bis zu den Palästen von Leon und Navarra und zu Fernan Gonzalez im abtrünnigen Kastilien vorgedrungen, da kamen ihm auch schon hochrangige Sendboten der Prinzen entgegen, um ihn zu begrüßen. Als ihnen die bedrohlichen Trommelwirbel und schrillen Trompetenklänge ins Ohr schallten, die den arabischen Zug begleiteten, begrüßten sie al-Hakams Leibarzt äußerst unterwürfig. Während sie sich verbeugten und Kratzfüße machten, warfen sie verstohlene Blicke auf die arabischen Reiter, die unruhig an den Griffen der Damaszenerdolche hantierten, die an ihren Gürteln blitzten.

Der Sprecher der christlichen Fürsten teilte Da'ud mit, daß ihre Herrscher Kunde von seiner Absicht erhalten hätten, zum Hofe Sanchos von Leon zu reisen, um dessen neugeborenen Sohn zu untersuchen. Deswegen seien sie höchst erfreut, sich diesen glücklichen Umstand zunutze machen zu können, um sich ihrer Schulden beim Herrscher der Gläubigen zu entledigen. Ihre Schatztruhen, so versicherten sie, seien schon von Burgos und Pamplona unterwegs nach Leon. Da'ud war sehr erleichtert. Er war nicht gerade erpicht darauf gewesen, auch noch die anstrengende Reise von Leon nach Burgos und weiter nach Pamplona auf sich zu nehmen, um die Schulden einzutreiben. Offenbar waren Leon und Navarra so sehr damit beschäftigt, das widerspenstige Kastilien in die Schranken zu verweisen, daß sie auf keinen Fall auch noch ihren muslimischen Oberherren provozieren wollten.

Sancho hatte Da'ud mit königlichen Ehren empfangen und ihm voller Stolz die Nachkommen vorgestellt, die er seit seiner Wunderheilung in Córdoba gezeugt hatte – und seit jener stürmischen Nacht im Harem des Kalifen, wie er sich erinnerte und dabei Da'ud mit einer vulgären Geste in die Rippen stieß, die der Höfling widerwärtig fand. Ein einziger Blick genügte, um ihn zu versichern, daß weder Sanchos Sohn und Erbe noch seine anderen Kinder auch nur eine Spur vom *petit mal* ihres Vaters zeigten. Trotzdem untersuchte er sie alle sorgfältig, um seinen Besuch zu rechtfertigen, und verschrieb ihnen eine bis ins einzelne festgelegte Kombination aus Diät, Bewegung und regelmäßigen Vollbädern.

»Vollbäder?« rief Sancho entsetzt aus. »Schön und gut im milden Klima von Andalusien, aber wie könnt Ihr hier, bei unseren strengen Wintern, so etwas Barbarisches verschreiben, wenn von den schneebedeckten Pyrenäen die eisigen Winde gefegt kommen und vom Meer her Stürme mit Schneeregen? Die armen Kinder werden schrecklich frieren und an Unterkühlung sterben.«

»Sauberkeit ist ein *sine qua non* für gute Gesundheit und Wachstum«, beharrte Da'ud. »Einmal schnell vor einem lodernden Kaminfeuer in einer Wanne mit heißem Wasser abgeschrubbt zu werden, das wird ihnen nicht schaden, ich verspreche es Euch.«

Sancho schmollte und war keineswegs überzeugt. Er hatte Da'ud gedrängt, seinen Aufenthalt noch zu verlängern und mit ihm jeden Tag ins gesprenkelte Sonnenlicht der Buchenwälder auszureiten, die der Arzt so sehr liebte. Aber Da'ud hatte dieses Angebot abgelehnt. Das harte Leben am christlichen Hof, die plumpen Manieren der Höflinge, all das bereitete ihm großes Unbehagen. Sobald die wohlgefüllten Geldtruhen aus Burgos und Pamplona angekommen waren, hatte er sich auf den Heimweg gemacht, hatte sein Gefolge immer wieder zu größter Eile angetrieben. Der vom Kalifen erzwungene Pomp und die Pracht dieser Reise behagten ihm nicht, denn sie gingen gegen alle Prinzipien, die nun schon seit über vierzig Jahren sein Verhalten bestimmten. Er hatte nur noch den Wunsch, zur vertrauten Behaglichkeit und in die Zurückgezogenheit seines Heims zurückzukehren, zu seinem bescheidenen Lebensstil, seiner geliebten Sari und seinem vergötterten Sohn Hai, dem Dreh- und Angelpunkt seines Lebens. War der Junge während seiner Abwesenheit wohl merklich gewachsen? Er hatte ihn lange nicht mehr an der Zypresse gemessen, so beschäftigt war er gewesen, warf er sich vor, während er seinem Pferd auf der letzten Strecke des Rückwegs nach Córdoba die Sporen gab. Wenn sie sich beeilten, würde er noch rechtzeitig ankommen, um den nächsten Sabbat mit seinen Lieben zu feiern …

Am Donnerstagabend bei Einbruch der Dunkelheit, sie waren etwa noch einen halben Tagesritt von Córdoba entfernt, befahl Da'ud seinem Gefolge, in der kühlen Nacht weiter in Richtung Heimat zu reiten, anstatt noch einmal in einer staubigen, übelriechenden Herberge abzusteigen und erst am Mittag des folgenden Tages zu Hause einzutreffen. Sogar ihn überraschte es, daß ihn seine ungeduldige Sehnsucht nach Saris tröstender Gegenwart mit der Gewalt jugendlicher Leidenschaft vorantrieb, aber so war es nun einmal. Mit den Jahren war seine Liebe zu ihr nicht geringer geworden. Im Gegenteil, ihrer beider Leben waren so eng miteinander verschlungen, daß diese Verbindung von nichts und niemandem aufgelöst werden konnte. Nicht einmal die Anwesenheit von Djamila und Amira unter dem gleichen Dach konnte ihrer Beziehung etwas anhaben, aber das lag, wie er wohl wußte, lediglich daran, daß er die beiden schlicht übersah. So hatte er sich das nicht vorgestellt, als er Djamila zu seiner zweiten Frau nahm, denn niemals hätte er erwartet, daß Sari ihm doch noch näherkommen würde, wie sie es schließlich getan hatte. So hatte ihm Djamila, ohne es zu wissen, den allergrößten Dienst seines Lebens erwiesen – wie er ihr, als er sie heiratete. Sie waren also quitt.

Aber jetzt? War es richtig, sie so völlig zu übersehen, nun, da er sie nicht mehr brauchte? War es richtig, ihr die Erfüllung als Frau, vielleicht weitere Kinder, zu versagen? War ihre gesellschaftliche Stellung als Mitglied seines Haushaltes hinreichende Entschädigung dafür, wie er sie behandelte? Trotz seiner lebenslangen Erfahrung als geschickter Lenker von Menschen und Situationen stellte Da'ud fest, daß er in einem Dilemma gefangen war. Sein natürliches Gespür für Ehre und Anstand und sein Ruf als Mann von Würde erlaubten es ihm nicht, Djamila mitsamt seiner Tochter aus dem Haus zu vertreiben, nicht einmal unter dem Mäntelchen einer arrangierten Ehe mit einem Mann, der bereit war, seine abgelegte Ehefrau zu heiraten. Und doch, wenn er sie im Haus behielt, verdammte er sie zu einer kalten und unfruchtbaren Zukunft. Vielleicht würde sich mit der Zeit eine Lösung finden, seufzte er und verbannte das Problem aus seinen Gedanken, als die Umrisse der Mauern, Kuppeln und Minarette von Córdoba auftauchten, dunkler als die Dunkelheit. Er hatte nun nur noch Gedanken für seine geliebte Sari. Sobald er innerhalb der Stadtmauer war, entließ er seine königliche Garde und ritt mit wenigen Begleitern weiter, die sich um die Sicherheit der Geldtruhen und seiner eigenen Habseligkeiten kümmerten.

Mit dem beinahe unheimlichen Gespür der Liebenden schrak Sari mitten in der Nacht auf und ahnte, daß Da'ud sich seinem Zuhause näherte. So unwahrscheinlich es auch schien, da Reisende kaum je nachts unterwegs waren, weil sie Räuber fürchteten, lauschte sie doch angestrengt, bis sie schließlich in der Stille der Nachtstunde Hufgetrappel vernahm. Sie stand sofort auf und lief, ihre Diener zu wecken. Schlaftrunken tappten sie herum, um Lampen und Kerzen zu suchen, die ihrem Herrn den Weg beleuchten sollten. Doch das Haus lag immer noch in beinahe völliger Dunkelheit da, als Da'ud, gefolgt von den Trägern mit seiner Habe, eintrat. Die Männer des Kalifen waren mit der Umgebung nicht vertraut und prallten mit den Hausdienern beinahe zusammen. Gepäckstücke wurden in alle Richtungen gezerrt. In der großen Verwirrung rammte jemand eine Truhe in die Nische mit Ya'kubs altem Almosenkästchen. Es schwankte eine Sekunde und fiel dann zu Boden. Das alte Holz zersplitterte in tausend Stücke.

Da'ud gab den vielen Dienern und Trägern, die wie kopflose Hühner umherrannten, einige rasche Befehle. Als die Ordnung endlich wieder hergestellt war, entließ er die Männer, die ihm der Kalif zur Verfügung gestellt hatte, und schickte seine Hausdiener wieder zu Bett. Nachdem alle fort waren, steckte er ein kleines Stück Papier in die Tasche, das ihm jemand in dem Aufruhr in die Hand gegeben hatte, und gesellte sich zu Sari, die in ihrem Schlafzimmer auf ihn wartete.

Mit der gleichen starken Leidenschaft, die ihn durch die Nacht getrieben hatte, liebte er sie nun, abwechselnd zart und stürmisch, sanft und herrisch, aber immer, wie eh und je, mit feinem Gespür für Rhythmus und Tempo ihrer Begierde. Die Morgenröte dämmerte bereits, als sie beide aufstanden, um zusammen ihren geliebten Sohn Hai zu betrachten. Er lag noch friedlich schlummernd da, die roten

Locken umgaben seinen Kopf wie ein kupferner Heiligenschein.

Wie an jedem Donnerstag und Freitagmorgen, ob Da'ud anwesend war oder nicht, erschien Menahem frühzeitig im Hause Ibn Yatom, um seinen regelmäßigen Pflichten nachzugehen. Kaum war er ins Haus getreten, warf er einen schnellen Blick auf das Almosenkästchen. Panik ergriff ihn. Die Nische war leer! Warum? Aber natürlich, sagte er sich schnell. Djamila mußte das Kästchen herausgenommen haben, um es abzustauben, wie sie es ihm gesagt hatte. Es war ihr Kästchen. Warum sollte sie das nicht tun? Er durfte seiner Unruhe – oder seiner Liebe – nicht erlauben, ihn um den Verstand zu bringen …

Er betrat wie immer seine Kammer und begann in Erwartung der Rückkehr seines Dienstherrn die unzähligen Dokumente, die seiner Aufmerksamkeit harrten, in dringende, alltägliche und unwichtige zu sortieren. Er hatte bereits drei Stapel rings um sich ordentlich aufgeschichtet, als sich leise die Tür öffnete. Er hob den Kopf, die Augen strahlend vor Erwartung. Ein wenn auch noch so flüchtiger Blick auf Djamila, während sie das Almosenkästchen an seinen Platz zurückstellte, war mehr, als er erhofft hatte. Doch rasch verblaßte das Leuchten auf seinem Antlitz. Vor ihm stand Da'ud.

Auf diesen Anblick völlig unvorbereitet, fuhr Menahem auf, verbeugte sich tief vor seinem Dienstherrn und murmelte den traditionellen Segen für die Rückkehr von einer langen Reise. Während die vertrauten Worte über seine Lippen kamen, fragte er sich, wann Da'ud wohl eingetroffen war? Er selbst hatte das Haus am vergangenen Abend bei Einbruch der Dunkelheit verlassen, und bei Nacht waren Reisende doch eigentlich niemals unterwegs, um sich nicht der Gefahr eines Überfalls durch herumstreunende Räuberbanden auszusetzen. Aber dieses Risiko hatte Da'ud ja außer acht lassen können, wurde Menahem nun klar, da er im Geleitschutz der Garden des Kalifs sicher war. Sollte er vielleicht bemerkt haben, daß das Almosenkästchen nicht an seinem üblichen Platz stand? Hatte man den Dienern oder gar der armen Djamila selbst peinliche Fragen gestellt? Er musterte Da'uds Gesicht, um Anzeichen für eine Verstimmung festzustellen, fand es aber wie immer undurchdringlich. Das Kästchen gehörte Djamila, sagte er sich immer wieder, sie konnte damit machen, was sie wollte ...

»Hattet Ihr eine angenehme Reise, Abu Hai?« erkundigte er sich, und trotz seiner tiefen Besorgnis klang seine Stimme ganz ruhig.

»Erfolgreich war sie, ja, aber nicht angenehm«, antwortete Da'ud kurz, während er hier und da Papiere von den verschiedenen Stapeln nahm und überflog.

»Dies sind die Angelegenheiten, die dringend Eurer Aufmerksamkeit bedürfen«, sagte Menahem und reichte ihm den kleinsten Stapel. »Die anderen können warten, bis Ihr Euch vollständig von den Strapazen der Reise erholt habt.«

»Wir kümmern uns gleich um alles«, befahl Da'ud und bat Menahem mit einer Handbewegung in sein Arbeitszimmer. »Ist eine Antwort vom König der Chasaren gekommen?«

»Nein, noch nicht.«

Die beiden Männer arbeiteten, bis die länger werdenden Schatten im Garten anzeigten, daß der Vorabend des Sabbats anbrach. Da'ud entließ seinen Sekretär gerade noch so rechtzeitig, daß sie ihr rituelles Bad nehmen, frische Kleidung anziehen und zum Abendgebet in die Synagoge eilen konnten. Hai war schon gewaschen und angezogen und wartete ungeduldig darauf, daß auch sein Vater fertig wurde.

Wie es Ya'kub gehalten hatte, so machte es auch Da'ud mit seinem einzigen Sohn Hai: Hand in Hand, beide in festliche Gewänder gekleidet, gingen Vater und Sohn in stiller

Würde zum Sabbatgottesdienst. Aber sie besuchten nicht mehr die Synagoge, in der Ya'kub gebetet hatte. Seit Da'ud ein kleines, herrlich ausgeschmücktes Gebetshaus auf einem Stück Land hatte errichten lassen, auf dem einmal eines der Vorratshäuser Ya'kubs gestanden hatte, versammelte sich die Familie hier zum Gebet. Einige hervorragende Gelehrte der Gemeinde hatten sich ebenfalls angewöhnt, hierher zu kommen, aber Menahem wie auch Djamilas Vater waren der alten Synagoge treu geblieben, wo sich der Großteil der jüdischen Gemeinde von Córdoba, reiche Händler und niedrige Handwerker, wohlhabende Juweliere und Gerber mit verfärbten Händen, einfanden, um zu ihrem Gott zu beten.

Warme Worte des Willkommens wurden Da'ud ibn Yatom zuteil, während er auf den Ehrenplatz zuschritt, den man für ihn frei gehalten hatte. Nach den Gebeten eilte Saul auf ihn zu, entschuldigte sich wortreich, er habe von Da'uds Rückkehr nichts gewußt und daher auch keinen Lobgesang im arabischen Stil zur Ehre seiner wohlbehaltenen Wiederkehr verfassen können. Die beiden Männer wechselten einige kurze Worte, ehe sich die Gesellschaft zerstreute, und jeder an den heimischen Herd zurückkehrte.

Djamila sah ihren Ehemann erst beim traditionellen Familienmahl an jenem Abend wieder. Seit sie in seinem Haushalt weilte, war dies wohl das erste Mal, daß ihr seine unerschütterliche Miene Furcht einflößte. Im Morgengrauen, als sie nachsehen wollte, ob Menahem ihr in Ya'kubs Kästchen eine Nachricht hinterlassen hatte, erklärte ihr ein Diener, der den Boden fegte, das Kästchen sei im Aufruhr der unerwarteten Wiederkehr Da'uds zerbrochen. Was er ihr nicht sagen konnte und was sie ihn nicht zu fragen wagte, war, ob ein Zettel darin gelegen hatte …

Während die Mahlzeit voranschritt, schien Da'uds Verhalten ihr und ihrer Tochter gegenüber eine Spur wärmer zu sein, als sie es gewohnt waren, obwohl nur Djamila diesen Unterschied bemerken konnte: hier ein halbes Lächeln für Amira, dort eine Andeutung, daß er ihre Gegenwart wahrnahm. Obwohl sie sich hütete, diesen sparsamen, herablassenden Gesten zuviel Bedeutung beizumessen, so trugen sie doch einiges dazu bei, sie ein wenig zu beruhigen. Wenn Da'ud eine Nachricht von Menahem gefunden hatte, als das Kästchen herunterfiel, dann war ohnehin alles verloren. Wenn nicht, und das schien seine veränderte Haltung anzudeuten, und sie wollte es in ihrer Verzweiflung nur zu gerne glauben, dann hatte sie nichts zu befürchten. Es gab für sie keine andere Möglichkeit, das eine oder das andere herauszufinden, als still dazusitzen und die Ereignisse abzuwarten …

Diese Ereignisse sollten mit der plötzlichen Gewalt eines Sommergewitters aus heiterem Himmel über sie hereinbrechen.

Der Sabbat verlief friedlich. Im ganzen Haus herrschte gedämpfte Freude über die Rückkehr des Hausherrn. Nachdem die nachmittägliche Siesta vorüber war, trat Da'ud an Djamila heran, als sie sich gerade fertig machte, um das Haus zu verlassen. Mit dem ihm eigenen unwiderstehlichen höfischen Charme, den er nun schon viele Jahre nicht mehr auf sie verströmt hatte, bat er sie, auf ihren allwöchentlichen Besuch bei ihrem Vater zu verzichten. Es ging ihm nicht gut? Sie konnte ihn auch morgen besuchen. Auch er würde sich anschließen, falls das Fieber noch nicht nachgelassen hätte. Nach so langer Trennung von seinen Lieben wollte er jedoch heute einen ruhigen Abend im Kreise der ganzen Familie verbringen, sagte er mit leisem Nachdruck, während er ihr sanft den Arm um die Taille legte und sie in den Garten hinausführte.

Sobald man Hai sorgfältig an dem Stamm der Zypresse gemessen hatte, die mit ihm heranwuchs, rannte der Junge fort, um sich zu Amira zu gesellen und mit den Unterrichtsstunden fortzufahren, in denen die beiden mit unermüdlichem Fleiß ihren Vögeln beizubringen versuchten, einander zu antworten.

»Wie gut die Kinder miteinander auskommen«, sagte Sari freundlich, als sie, Da'ud und Djamila sich neben den Wasserlauf setzten und in der leichten Abendbrise ihre erfrischenden Scherbetts nippten. Da'ud bestätigte dies mit einem kurzen Nicken und erging sich dann in einer lyrischen Beschreibung der Schönheit des kühlen, klaren Sonnenlichts, das in den Wäldern des Nordens durch das bebende Laub der Buchen drang. Die Frauen hörten ihm wie gebannt zu, als plötzlich der Zauber, in den sie seine Redekunst gebannt hatte, durch einen Aufruhr an der Tür zur Straße gestört wurde. Wenig später kam ein Diener hereingerannt, doch ehe er noch den Mund aufmachen konnte, wurde er bereits von einer Frau zur Seite gedrängt, die sich auf keinen Fall von einem Untergebenen abweisen lassen wollte.

Da'ud stellte sein Scherbett ab und betrachtete die Frau. Seine anfängliche Verwunderung verwandelte sich in die Wärme, die ihm die Gebote der Gastfreundschaft abverlangten.

»Meine liebe Witwe Tamara«, begann er, während er sich erhob und auf sie zuschritt, die Hände zum Willkommensgruß ausgestreckt. »Was verschafft uns die Ehre dieses unerwarteten Besuchs am Sabbat?«

»Es ist kein Besuch«, erklärte die Frau mit steinerner Miene und wimmerte ein wenig, als sie ihre gebeugte und eingesunkene Gestalt aufrichtete, um wenigstens eine Erinnerung an ihre frühere Größe und Würde heraufzubeschwören. »Ich bin gekommen, um mich in aller Form zu beschweren.«

»Es muß eine ernste Angelegenheit sein, wenn Ihr Eure Sabbatruhe dafür gebrochen habt«, erwiderte Da'ud eisig. Er machte sich gar nicht erst die Mühe, seine Verärgerung über diese unerhörte Störung seines Privatlebens zu verbergen.

»Sie ist mehr als ernst. Es ist ein Skandal«, stellte die Witwe mit hochmütiger Empörung fest. Sie drehte mit den Fingern der einen Hand den riesigen Smaragdring, den sie an der anderen Hand trug, hin und her, nahm dann die Haltung einer Frau an, die es gewohnt war, daß man ihr wegen der Stellung ihres Gatten stets gehorchte, und brachte ihren Protest vor.

»Heute morgen, während mein Mieter, Euer Sekretär Menahem, in der Synagoge weilte, brach eine Bande wilder Gesellen mit Gewalt in mein Haus ein. Die Kerle packten Menahems Habe und warfen sie aus dem Fenster, mitten auf die Straße. Dann nahmen sie am Fenster seines Zimmers Aufstellung und warteten dort, bis sie sahen, daß er nach Hause zurückkehrte, worauf sie auf die Straße rannten und ihn überfielen, mit Eisenstangen und Peitschen auf ihn einschlugen, bis er beinahe das Bewußtsein verlor. Schließlich warfen sie ihn, verletzt und blutend, auf seine armseligen Siebensachen, schütteten einen Eimer Wasser über ihm aus, um ihn wieder zu Bewußtsein zu bringen, und brüllten ihm ins Ohr: ›Schlimmeres erwartet dich, wenn du nicht bis zur Abenddämmerung die Stadt verlassen hast.‹ Dann machten sie sich aus dem Staub, offensichtlich höchst zufrieden mit dem, was sie angerichtet hatten.

Ich frage Euch, Abu Suleiman – oder sollte ich sagen Abu Hai? –, was hat dieser stille, rechtschaffene, harmlose Gelehrte verbrochen, daß er es verdiente, mit Gewalt aus seinem Zuhause und aus unserer guten Stadt Córdoba vertrieben zu werden? Als man ihn vor einigen Wochen mitten in der Nacht zum ersten Mal verprügelt hat – und mich dabei zu Tode erschreckte, wenn ich das hinzufügen darf –, sind wir davon ausgegangen, daß in Eurer Abwesenheit Ordnung und Disziplin zusammengebrochen waren. Heute aber ist das nicht der Fall, da ja die Neuigkeit von Eurer Rückkehr sich gestern abend wie ein Lauffeuer durch die Gemeinde verbreitet hat. Ich verlange, die Gründe für diese empörenden Vorfälle zu erfahren! Des weiteren verlange ich volle Wiedergutmachung für die Schäden an meinem Haus sowie für den Mietverlust, den ich nun wegen der brutalen Vertreibung meines Mieters erleiden muß.«

»Aber natürlich, Witwe Tamara«, erwiderte Da'ud gewandt. »Ich verstehe Eure Empörung. Ich bin über die Geschehnisse genauso schockiert und betroffen wie Ihr. Ihr sagt, mein Sekretär wurde während meiner Abwesenheit schon einmal überfallen? Habt Ihr eine Vorstellung, warum?«

»Es hieß, zwischen ihm und dem Dichter Saul habe es ein Zerwürfnis gegeben. Menahem hätte behauptet, Saul hätte in einem seiner Gedichte eine skandalöse Anspielung gemacht, und zwar auf verbotene Beziehungen zwischen Männern und Jünglingen, soweit ich das verstanden habe. Man munkelt, Saul steckte hinter diesem Vorfall.«

»Vielleicht ist der Zwist seither noch gewalttätiger geworden«, bemerkte Da'ud geistreich. »Ich danke Euch, daß Ihr gekommen seid, um mich über diese Angelegenheit in Kenntnis zu setzen. Ich werde sie genau untersuchen, sobald der Sabbat vorüber ist. Was die Entschädigung betrifft, so braucht Ihr Euch keine Sorgen zu machen.« Er hielt einen Augenblick inne, dachte nach und fuhr dann fort. »Es stimmt doch, daß Ihr ein kleines Stück Land zwischen der Stadt und den Ausläufern der Berge Euer eigen nennt?«

»Das ist richtig«, erwiderte die Witwe steif.

»Steht ein Haus darauf?«

»Ein kleines Häuschen, aber es ist verlassen.«

»Könnte man es wieder bewohnbar machen?«

»Sicherlich. Es war einmal ein zauberhaftes kleines Anwesen.« Tamaras Blick schweifte in die Ferne, als sie sich erinnerte: »Wir hatten dort einen Pächter, der uns von diesem Stück Land mit beinahe allem versorgte, was für unseren Haushalt notwendig war. Seine Frau kümmerte sich um das Haus, als wäre es ein Palast, und jeder schlichte Gegenstand war für sie wie ein kostbarer Schatz. Aber das war vor vielen Jahren, als mein armer Isaac noch lebte.«

»Als Entschädigung schlage ich Euch vor, daß die Schuldigen oder, falls man ihrer nicht habhaft wird, die Gemeinde für Euch dieses kleine Häuschen renovieren soll. Dann könnt Ihr es vermieten, vielleicht an Menahem selbst, da ja nun das Leben in Córdoba für ihn unerträglich geworden ist.«

»Hat er denn ausreichende Mittel, um mich regelmäßig zu bezahlen?« erkundigte sich Tamara mißtrauisch.

»Das wird geregelt. Habt keine Sorge, ich will Euch nicht betrügen, wie es schon so viele andere getan haben. Ihr erhaltet von mir eine schriftliche Erklärung und alle notwendigen Sicherheiten, für die ich persönlich bürge. Ich hoffe, das ist zu Eurer Zufriedenheit. Jetzt wird Euch einer meiner Diener nach Hause begleiten und Euch helfen, Menahem wieder auf die Beine zu bringen. Zusammen könnt Ihr ihn dann mit all seinen Habseligkeiten zu dem kleinen Häuschen bringen, und dort kann er die Nacht über bleiben. Es mag dort vielleicht nicht sehr bequem sein für ihn, aber er ist zumindest in Sicherheit.«

Nachdem er einen Diener gerufen und seine Befehle gegeben hatte, geleitete Da'ud selbst die Witwe zur Tür und versicherte sich, daß sie, in Gesellschaft eines seiner Diener, auf dem Heimweg war.

Während Da'uds kurzer Abwesenheit tauschten Sari und Djamila im Garten Blicke äußerster Besorgnis. Obwohl sie im Charakter sehr unterschiedlich waren – Sari so schüchtern und zurückhaltend wie Djamila lebhaft und unternehmungslustig –, waren doch beide Frauen verblüfft darüber, wie Da'ud mit einem Handstreich Menahems Schicksal besiegelt hatte. Die Szene, die sie gerade miterlebt hatten, bot ihnen eine seltene Gelegenheit, ihren Mann zu beobachten, wie er Menschen und Situationen seinem Willen unterwarf. Das Geschick, das er dabei an den Tag gelegt hatte, erfüllte sie beide mit einer Mischung aus Schrecken und Bewunderung. Wie aalglatt er die Witwe beruhigt hatte. Wie glänzend er die Angriffe auf Menahem gleichzeitig verdammt und gutgeheißen hatte und doch seine Vertreibung aus seinem Heim und aus der Stadt bestätigt hatte, indem er eine Lösung vorgeschlug, die für die Witwe außerordentlich reizvoll und zudem geschickt als großzügige Geste guten Willens gegenüber Menahem getarnt war, so daß weder die Witwe noch Menahem sie ablehnen konnten. Aus gutem Grund wollte der Kalif seinen jüdischen Berater immer in seiner Nähe wissen, dachte Djamila traurig, während sie sich fragte, warum Menahem wegen einer scheinbar so trivialen Angelegenheit eine derart harte Strafe auferlegt wurde. Sicherlich hätte Da'ud weniger drastische Maßnahmen ergreifen können, um diesen Disput zu schlichten und den Frieden in der Gemeinde wieder herzustellen?

Die Antwort auf diese unausgesprochene Frage ließ denn auch nicht lange auf sich warten. Als er in den Garten zurückkehrte, nahm Da'ud einen langsamen Schluck von seinem Scherbett, ehe er sich Djamila zuwandte. »Ich hatte immer das Gefühl, daß das Leben in den engen Mauern eines Hauses und einer Stadt, noch zusätzlich zu den Beschränkungen, die dir deine Stellung als meine Ehefrau auferlegt, deinem beweglichen, unabhängigen Geist zuwider ist. Selbstsüchtig und gedankenlos habe ich dich aus deiner natürlichen Umgebung herausgerissen, dich mit Reichtum und Ansehen verlockt. Das war ein Fehler. Das Unglück steht dir ins Gesicht geschrieben. Nicht die höchsten Ehren, nicht der Reichtum von Prinzen kann einen Menschen für das Fehlen der Liebe in seinem Leben entschädigen. Das hast du nun herausgefunden. Ich hege daher die Absicht, dich in eine Umgebung zurückzuversetzen, die deinem Wesen besser entspricht, jedoch nicht, ohne sicher zu sein, daß dich dort liebende Hände willkommen heißen werden.«

Vollkommen verständnislos schaute Sari zwischen Da'ud und Djamila hin und her, konnte die Bedeutung dieser Worte nicht erfassen. Da'ud hielt inne und ließ Stille herabsinken, schuf eine Atmosphäre der Spannung, der Vorahnung, die so deutlich zu spüren war, daß sogar die Kinder ihr Spiel unterbrachen, da sie mit ihren zartfühlenden Seelen bemerkt hatten, daß sich vor ihren Augen ein menschliches Drama abspielte, dessen Bedeutung sie nicht zu ergründen vermochten.

Djamila fröstelte leicht vor innerer Kälte, hielt sich aber aufrecht, während sie darauf wartete, daß Da'ud über ihr Schicksal bestimmte. Mit einer beinahe unmerklichen Bewegung zog er aus den Falten seines Gewandes ein kleines, zusammengefaltetes Stück Papier, dessen Siegel säuberlich gebrochen war.

»Dies hier«, sagte er und hielt das Papier zwischen Daumen und Zeigefinger, »hat mir die Lösung eines Problems beschert, über das ich schon lange nachgrübele. Nicht die Worte der Botschaft, die hier geschrieben steht, weißt du. Menahem ist ein zu kluger Kopf, als daß er sich oder dich kompromittieren würde. Nein. Es geht um das, wofür diese Botschaft steht: daß eine Beziehung so weit herangereift ist, daß beiderseitiges Vertrauen zwischen meinem Sekretär und dir entstanden ist.«

Mit größter Achtsamkeit faltete Da'ud den Zettel auseinander und las laut vor: »›Ich bin nun beinahe vollständig wieder hergestellt und sorgsam darauf bedacht, Euren Rat zu befolgen. Es scheint daher keine Gefahr zu drohen. Stets Euer treuer Diener.‹ Natürlich keine Unterschrift, aber es gibt in ganz Córdoba nur eine Hand, die so schön zu schreiben vermag. Hat dein Vater den großen Irrtum begangen, dir eine Erziehung angedeihen zu lassen, die dich befähigt, derlei Botschaften zu lesen?« fragte er, ehe er fortfuhr. »Deine Besorgnis um Menahem ist lobenswert, und der Rat, den du ihm gegeben hast, war zweifellos gut, doch beides scheint mir einem Gefühl zu entspringen, das tiefer geht, als man es von einer Frau in deiner Position dem Sekretär ihres Gatten gegenüber erwarten würde. Was Menahem betrifft, so verrät er sich nur mit einem Wort: ›stets‹. Die Floskel ›Euer treuer Diener‹ wäre ausreichend gewesen, aber es gibt Zeiten im Leben eines jeden Mannes, in denen die Leidenschaft alle Vernunft zum Schweigen bringt.

Aus all dem schließe ich, daß es zwischen Euch beiden ein Band des Verstehens und der Zuneigung gibt, und wenn mich mein Gespür nicht trügt, leidenschaftliche Liebe zu dir auf seiten Menahems. Ihm werde ich dich daher anvertrauen. Zusammen werdet ihr das Land wieder fruchtbar machen, das ich gerade für euch gepachtet habe, und gemeinsam werdet ihr das verlassene Haus zu neuem Leben erwecken. Ich muß wohl nicht erwähnen, daß alle Formalitäten einer Scheidung und Heirat rasch und mit äußerster Diskretion vorgenommen werden. Und jetzt«, sagte er und erhob sich, um damit anzudeuten, daß die Entscheidung unwiderruflich war, »in Anbetracht der Sorge, die du um Menahems Wohlbefinden an den Tag gelegt hast, erfordert es der menschliche Anstand, daß du unverzüglich zu ihm gehst, dich um seine Wunden kümmerst und ihm etwas zu essen bringst. Morgen früh schicke ich eine Abordnung Bauarbeiter los, die das Haus bewohnbar machen sollen, so daß ihr am Abend dort ein neues Leben beginnen könnt, ein Leben voller Liebe und ohne alle Einschränkungen.«

Empört sprach Sari die Worte, die Djamila in ihrer Erschütterung nicht hervorbrachte. »Und was soll aus deiner Tochter Amira werden, wo kommt sie in all den Vorkehrungen vor, die du soeben getroffen hast?« fragte sie mit vor Zorn bebender Stimme.

»Für sie und ihre Mutter wird großzügig gesorgt, und sie wird immer als meine Tochter gelten. Ihr natürlicher Platz ist jedoch an der Seite ihrer Mutter.«

»Das mag sein, aber ich bestehe darauf, daß du sowohl Djamila als auch mir dein feierliches Versprechen gibst, daß die geschwisterlichen Bande zwischen deinem Sohn und deiner Tochter ein Leben lang erhalten bleiben. Die Kinder sollen den Preis für deine Fehler nicht zahlen müssen.«

Saris leiser, aber unbeugsamer Ton und ihr kaum verhohlener Tadel trafen Da'ud bis ins Mark.

»In dieser Hinsicht habt ihr meine Zusicherung«, antwortete er knapp.

Dann erhob sich Djamila, und in ihrer stolzen Kopfhaltung, in ihrem festen Schritt zeigte sich ihre ganze angeborene Würde. »Mit deiner Erlaubnis, Abu Hai, beginne ich mein neues Leben sofort. Sobald der Sabbat vorüber ist, sei so gut und bitte die Diener, meine Habseligkeiten zu packen und sie heute abend noch am Haus abzuliefern. Amiras Kinderschwester soll sie morgen in aller Frühe zu mir bringen. Auch sie wird das einfache, ehrliche Landleben genießen.«

Ohne einen Blick zurück verließ sie das Haus, das in Wahrheit niemals ihr Heim gewesen war.

In dem eisigen Schweigen, das sich nun herabsenkte, warf Sari ihrem Mann einen Blick unverhohlener Verachtung zu. »Warum?« fragte sie ihn schließlich. »Warum hast du sie so gedemütigt?«

»Um meine Ehre zu wahren.«

»Sie hat deine Ehre nicht befleckt.«

»Ist das hier nicht Beweis genug?«

»Nein, Da'ud. Du hast die Botschaft nur als Vorwand benutzt, um sie loszuwerden, sie für ein Verbrechen bestraft, das sie nicht begangen hat«, murmelte Sari, und die Ruhe, mit der sie ihren Tadel vorbrachte, verlieh der Wahrheit, die sie ausgesprochen hatte, nur noch größere Gewalt und Überzeugungskraft.

»Ich glaube nicht, daß ich sie bestraft habe. Vielleicht war es die größere Strafe für sie, daß ich sie je geheiratet habe. Ich kann sie nicht lieben. Menahem kann es. Hier war ihr Leben falsch und unfruchtbar. Dort wird es Wahrhaftigkeit bekommen und aufblühen wie das Land. Verurteile mich nicht vorschnell. Laß den Schock vergehen, und das Leben beginnt neu in den frisch gepflügten Furchen aufzubrechen. Wenn die Ernte eingebracht wird, ist noch Zeit genug für ein Urteil.«

Sola, die seit Ya'kubs Tod in ruhiger Abgeschiedenheit gelebt hatte, von ihren Enkelkindern und gelegentlich ihren Töchtern umgeben, vernahm mit erschrockenem Schweigen die Kunde von der Verbannung Djamilas. In ihrem Innersten zerriß der letzte dünne Faden, der sie noch ans Leben band. Wenige Wochen später starb sie im Schlaf, stahl sich leise davon, um sich wieder zu dem Mann zu gesellen, dessen Leben ihr Daseinsgrund gewesen war.

25

Sari und Djamila machten es sich auf den aufgehäuften Kissen mit groben Leinenüberzügen bequem, deren Farben von der andalusischen Sonne ausgebleicht waren und von jahrelangem Gebrauch zeugten. Ein dichtes Dach aus Weinblättern über der Pergola schützte sie vor der aufsteigenden

Hitze des Mittags, während sie miteinander sprachen und ab und zu einen wachsamen Blick auf die Kinder warfen: Amira, Hai und die siebenjährige Dalitha. Die drei tobten zwischen den graugrünen Olivenbäumen herum, die in geordneten Reihen hinter dem Haus wuchsen und deren knotige und verschlungene Stämme die flinken Kinderbeine geradezu zum Hinaufsteigen einluden. Sari beobachtete ein wenig ängstlich, wie Hai an einem Stamm hochkletterte, sich in eine Astgabel hockte und dann vorbeugte, um Dalitha seine starke helfende Hand hinzustrecken, damit sie ihm nachkommen konnte.

»Hai beschützt Dalitha, als wäre sie seine kleine Schwester«, sagte Djamila lächelnd.

»Sie hätte sehr wohl seine Halbschwester sein können«, murmelte Sari traurig. »Manchmal bedaure ich, daß sie es nicht ist.«

Djamila blickte mit offener Verwunderung auf. In den acht Jahren seit ihrer jähen Vertreibung aus dem Hause Ibn Yatom war dies das erste Mal, daß Sari auf die Ereignisse damals zu sprechen kam.

»Aber warum?« fragte sie. »Nach Hais Geburt war ich doch kaum mehr als ein Eindringling in eurem Hause. Du, Hai und Da'ud, ihr wart eine so verschworene Gemeinschaft, daß für Amira und mich einfach kein Platz mehr war.«

»Es tut mir auch nicht um deinetwillen leid, sondern um unseretwillen, um Da'uds und meinetwillen. Ich habe die Haltung, die er nach Hais Geburt dir und Amira gegenüber an den Tag gelegt hat, nie gutgeheißen. Es ist das einzige Thema, das er sich strikt mit mir zu besprechen weigert. Bis heute habe ich ihm die Art und Weise nicht vergeben, in der er dich damals aus dem Haus gejagt hat. Es steht zwischen uns, ist ein ständiger unsichtbarer Vorwurf, der das Glück trübt, das wir einmal kannten. Es tut nichts zur Sache, daß du heute unendlich viel zufriedener bist, als du es je unter unserem Dach hättest werden können. Die Art, wie er dich benutzt und dann weggeworfen hat, ohne auch nur einen Augenblick lang deine Wünsche in Betracht zu ziehen, ist unverzeihlich. Selbst gestern, bei einem so feierlichen Anlaß wie Hais Bar Mizwa, die mit all der schlichten Eleganz und ruhigen Würde begangen wurde, die du aus unserem Hause kennst, konnte er sich nicht durchringen, Amira als seine Tochter zu behandeln. Ich selbst fühlte mich für sie gedemütigt. Ich hätte mir beinahe gewünscht, sie wäre nicht gekommen. Du kannst dir nicht vorstellen, wie das meine Freude getrübt hat.«

»O doch, das kann ich«, stimmte ihr Djamila traurig zu. Die Erinnerung an die Beschneidungsfeier war ihr noch schmerzlich im Gedächtnis. »Menahem ist wie du«, fuhr sie fort. »Er wird ihm auch nie vergeben. Er ist immer noch überzeugt, daß Da'ud hinter dem zweiten Angriff und seiner Verbannung aus der Stadt steckte. Saul und er müssen diesen Plan ausgeheckt haben, als sie sich am Abend zuvor in der Synagoge trafen. Menahem kannte seinen Dienstherren gut genug, um sich darüber im klaren zu sein, daß er den literarischen Streit mit Saul für seine eigenen Zwecke ausnutzen würde. Da'ud würde aus der ganzen Angelegenheit mit unbefleckter Ehre und makellosem Ruf hervorgehen und dazu noch die Einheit der Gemeinde wahren, daran bestand kein Zweifel. Da'ud konnte Menahem nie leiden, mußt du wissen. Er hatte ihn mehr oder weniger gegen seinen Willen eingestellt, um seinem ehrenwerten Lehrer Rabbi Samuel einen Gefallen zu tun. Obwohl Menahem ihm stets treu gedient hat, war Da'ud nur zu froh, einen Vorwand gefunden zu haben, unter dem er ihn loswerden konnte – und mich gleich dazu«, sagte sie lachend. »Ich werde nie vergessen, wie charmant er nach seiner Rückkehr aus Leon zu mir war, während er seinen Plan doch schon ausgeheckt hatte. Was für ein schlauer Fuchs er doch ist!«

»Du nimmst das alles so leicht«, wunderte sich Sari.

»Es ist zwecklos, Groll zu hegen. Mein Zorn kann Da'ud nicht erreichen. Er kann mich nur bitter machen. Ich streiche ihn lieber ganz aus meinem Leben und wende mich schöneren Dingen zu. Außerdem mußt du zugeben, daß er klug genug war, aus Menahems unschuldigen Zeilen eine Wahrheit herauszulesen, die keineswegs offensichtlich war, nicht einmal für mich. Nichts hätte mir ferner gelegen als eine Ehe mit Menahem. Und doch, als man uns so zusammengeworfen hatte und wir auf uns gestellt waren, wurde schon bald klar, wie grenzenlos dieser Mann lieben kann: Er fing mich auf, wenn ich strauchelte, beruhigte mich, wenn ich tobte, linderte meine Pein, wenn jede Faser meines Wesens schmerzte. Und er wurde für Amira der Vater, der Da'ud nie war und auch nie sein wird. Weißt du«, lächelte sie und breitete die Arme aus, als wolle sie das weißgetünchte Haus umfassen, die Blumenbeete in allen Farbschattierungen, die es umgaben, die schwer beladenen Obstbäume und die gut gepflegten Weinstöcke und Olivenhaine, »überall ist Leben und Freude und Schönheit. Ich bedaure nur, daß mein Vater es nicht mehr hat erleben dürfen.«

»Wäre Da'ud nicht in Leon gewesen, als ihn das Fieber ereilte, er könnte vielleicht heute noch unter uns weilen.«

»Vielleicht. Wenn ich mir auch niemals vergeben habe, daß ich auf Da'ud gehört, meinen Besuch an jenem Sabbatnachmittag verschoben und ihn so meiner tröstlichen Gegenwart in seiner Sterbestunde beraubt habe, danke ich doch Gott, daß es ihm erspart geblieben ist, die Schande meiner Verbannung aus dem Hause Ibn Yatom zu erleben.«

»Wer weiß?« fragte sich Sari. »Er hätte sie vielleicht als Segen betrachtet, so wie du selbst sie inzwischen siehst. Aber liebst du Menahem so sehr, wie du ihn zu schätzen weißt?« fragte sie.

»Ich habe es gelernt«, erwiderte Djamila und erhob sich

plötzlich, um das Gespräch zu beenden. Sari hatte mit ihrer Frage an etwas gerührt, das sie sich selbst nicht eingestehen wollte. Denn trotz des Grolls, den sie einmal gegen Da'ud gehegt hatte, konnte sie nicht leugnen, daß er es vermocht hatte, sie in einen süßen Aufruhr der Liebe und Leidenschaft zu versetzen, daß schon seine zarte Berührung ausgereicht hatte, sie für ihn zu erwärmen, daß seine Distanziertheit in ihr nur das Verlangen und die Begierde noch vergrößert hatte.

Menahem hatte in ihr keine solchen wirbelnden Leidenschaften erregt, keine Begeisterung entfacht. Hatte sie ihn zu leicht gewonnen? fragte sie sich manchmal. Liebte sie ihn nicht so, weil sie sich nicht bemühen mußte, ihn zu erobern, ihm zu gefallen, ihn zu halten? Aber er besaß alle Eigenschaften, die sie brauchte, um ihr Leben neu aufzubauen: Er war maßvoll, wo sie stürmisch war, vorsichtig, wo sie waghalsig war, er schützte sie und war ungeheuer zuverlässig. Sie konnte nicht behaupten, daß sie nicht geliebt und geachtet wurde. Sie konnte sich nicht beklagen, daß er sie geringschätzte oder übersah. Und wenn auch ihr Herz nie raste, ihre Sinne bei seinem Anblick nicht erbebten, unter seinen ungeschickten Berührungen nicht entbrannten, dann lag der Fehler nicht bei ihm, wahrscheinlich nicht einmal bei ihr. Das Geheimnis der lodernden Leidenschaften lag anderswo, sie wußte nicht, wo. Sie hatte längst aufgegeben, danach zu suchen, war fest entschlossen, ihr Leben in ruhigen, gemächlichen Bahnen verlaufen zu lassen.

»Komm, laß uns Feigen für die Kinder pflücken«, sagte sie fröhlich und ging auf einen Baum zu, der in der Nähe stand. Dalitha kam sofort angerannt. Hai folgte ihr, nahm die runde, dunkelrote Frucht, die Djamila ihm hinhielt, und strich mit einem seiner langen, feinen Finger über den Flaum, der zart darauf lag. Sorgfältig öffnete er die Feige und untersuchte das reife, rote Fleisch, ob auch kein Wurm darin sei, ehe er eine Hälfte Dalitha reichte. Sie ahmte ihn nach und betrachtete die Feige genau. »Oh, das sieht ja wie ein ganzes Würmernest aus!« rief sie und schrak vor Ekel zurück.

»Überhaupt nicht«, antwortete Hai. Er beugte sich nieder, legte ihr einen Arm um die Schulter und ließ sie noch einmal hinsehen. »Es ist wie der Bart eines alten Mannes, lauter wirre weiße und rote Fäden.«

»Dann sind die Samenkörner die Flöhe im Bart«, meinte Dalitha starrköpfig und schauderte vor Widerwillen, während sie zusah, wie er die Zähne in das süße, saftige Fleisch hieb.

»Nein, das sind sie nicht. Es sind die Krümel von seinem Frühstück.«

»Amira, komm und schau dir das an!« rief das kleine Mädchen ihrer älteren Halbschwester zu. »Hai sagt, das Innere einer Feige sieht aus wie der Bart eines alten Mannes.«

»Wenn Hai das sagt, dann muß es stimmen. Er hat doch immer recht!« lachte Amira gutmütig, während sie Sari und ihrer Mutter half, den gelben Weidenkorb zu füllen, der unter dem Baum stand.

»Mach dich nur lustig!« erwiderte Hai und zog Amira spielerisch am Ohr.

»Hai ist immer so glücklich und so fröhlich, wenn er hier ist«, vertraute Sari Djamila an, während sie sich niederbeugten, um die gepflückten Feigen in den Korb zu legen. »So voller Lachen und Leichtigkeit. Wenn seine Studien ihm nicht eine solche Last auferlegten, er würde sicherlich mehr Zeit bei euch verbringen. Er nutzt ohnehin schon jede Gelegenheit, um der lähmenden Nüchternheit und Strenge unseres Hauses und den Launen Da'uds zu entfliehen.«

»Da'ud verhält sich dir und Hai gegenüber launisch? Das kann ich mir kaum vorstellen«, bemerkte Djamila mit einiger Überraschung, während sie sich den schweren Korb auf die starken, sonnengebräunten Unterarme hob.

»Die Zeit fordert ihren Tribut«, erwiderte Sari traurig. »Er leidet neuerdings an Gelenkschmerzen. Er sieht natürlich zu, daß er sich ausreichend bewegt, und beschränkt sich gewissenhaft auf leichte, wenig gewürzte Speisen. Er läßt sich auch ab und zu selbst zur Ader. Das scheint ihm einige Linderung zu verschaffen, doch schon bald kehren die Schmerzen zurück, besonders im Winter. Obwohl er Arzt ist, erträgt er Schmerzen nur schlecht, und er weigert sich, das Mittel anzuwenden, das er so oft anderen verschrieben hat, einen Umschlag aus Taubendung, glaube ich. Er sagt, er könne einfach den Geruch nicht ertragen. Du kennst ihn so gut wie ich und kannst dir sicher vorstellen, wie tapfer er seine Beschwerden vor der Außenwelt verbirgt. Hai und ich müssen den Großteil seines Unmuts ertragen, wenn er sich in der Abgeschiedenheit unseres Heims einmal gehen läßt. Hai ist geduldiger und mitfühlender, als man das von einem Jungen seines Alters erwarten würde, aber wie alle Kinder braucht er die Gesellschaft von Brüdern und Schwestern, die ihm zu Hause fehlt.«

»Er ist ein intelligenter, sensibler Junge. Vielleicht kommt er nur deshalb so gern hierher, weil er den kindlichen Wunsch hegt, uns dafür zu entschädigen, wie sein Vater uns behandelt hat? Er hat vielleicht sogar deine Mißbilligung gespürt und ist davon beeinflußt worden. Kinder bekommen oft mehr mit, als wir Erwachsenen meinen.«

»Ich weiß nicht. Wir haben nie darüber geredet. Später vielleicht, wenn er erwachsen ist. Ich möchte, daß er seinen Vater lieben und ehren lernt, was immer er auch in späteren Jahren über seine Untugenden herausfinden mag. Im Augenblick genießt er wahrscheinlich einfach nur die entspannte Atmosphäre in eurem Zuhause und die Gesellschaft der beiden lebhaften Mädchen.«

Djamila verfolgte das Thema nicht weiter. »Du weißt, daß Hai hier immer willkommen ist. Ich habe stets mein

Bestes getan, damit hier sein zweites Zuhause ist, damit das Band zwischen ihm und seiner Halbschwester nie durchtrennt wird.«

»Das ist dir über alle Erwartungen gut gelungen. Er und Amira sind nicht nur beste Freunde, er scheint auch Dalitha, deine und Menahems Tochter, unter seine brüderlichen Fittiche genommen zu haben.«

»Ja, er ist von Anfang an unendlich lieb zu ihr gewesen. Aber komm, es ist Zeit, daß wir das festliche Mahl auftragen, das wir ihm anläßlich seiner Bar Mizwa versprochen haben. Und dann müssen wir ihm noch unser Geschenk überreichen.«

»Ein Geschenk ist doch nicht nötig. Da'ud hat dafür gesorgt, daß Amira ihm …«

»Nicht Da'ud, liebe Sari«, unterbrach Djamila sie, indem sie ihr fest die Hand auf den Unterarm legte. »Wir. Menahem, Dalitha, Amira und ich.«

»Was für eine Verrücktheit habt ihr euch wieder ausgedacht?«

»Keine Verrücktheit. Komm«, sagte Djamila und ging ihr voraus auf die andere Seite des Hauses. »Wir haben einen Teil unseres Gemüsegartens abgetrennt, mit dem Hai jetzt machen kann, was er möchte.«

Saris Augen wurden vor Rührung ganz feucht. »Wie passend«, murmelte sie.

»Genau, und zudem ist es ein Geschenk, das in unserer Macht steht. Menahem und ich haben oft bemerkt, wie eingehend er jede Pflanze untersucht, die ihm unter die Augen kommt – Blüten, Blätter, Wurzeln, alles. Dieses kleine Stückchen Erde wird es ihm möglich machen, Samen zu säen, zuzuschauen, wie sie wachsen, und seine Studien zu treiben, wohin ihn seine Neugier auch führen mag.«

Während Djamila sprach, blitzte vor Saris innerem Auge die Erinnerung an die Reihe von Pflanzen wieder auf, die in

Da'uds Zimmer in seinem Elternhaus auf der Fensterbank gestanden hatte, zarte Pflänzchen, die er, in seinem Bemühen, sie ins Leben zurückzulocken, ihrer Obhut anvertraut hatte. Jetzt lebte sein jugendlicher Forschergeist in ihrem einzigen Sohn wieder auf. Für welche Zwecke würde Hai all das Wissen einsetzen, das er ansammelte? fragte sie sich. Würde er nur die Grenzen des menschlichen Wissens erweitern wollen wie Da'ud in jungen Jahren, oder würde er sich daran machen, das Los seiner Mitmenschen zu verbessern? Sie für ihren Teil hoffte, daß aus ihm der wahre Arzt würde, der sein Vater trotz seines großen Ruhmes nie gewesen war.

»Mehr konnte man von diesen Bauern auch nicht erwarten«, meinte Da'ud geringschätzig, als Sari ihm von Menahems und Djamilas schöner Geste berichtete.

»Ich finde es rührend, daß sie Hai bei seinem Studium der Pflanzen unterstützen wollen. Weißt du noch, mit welch selbstvergessenem Interesse du die Pflanzen betrachtet hast, die dir der Einsiedler damals hinterließ? Das gehört doch alles auch zu der umfassenden Bildung, die du für ihn vorsiehst, oder nicht?«

Da'ud antwortete mit einem übellaunigen Knurren. »Ich brauche keine Einmischung von dieser Seite.«

»Sie meinen es nur gut.«

»Mag schon sein.«

Hai errötete ob der Mißachtung seines Vaters für die Menschen, deren Warmherzigkeit und Schlichtheit er liebte, sagte aber aus Respekt kein Wort. Sari, die längst gelernt hatte, daß jegliche Diskussion überflüssig war, wenn ihr Mann in einer solchen Stimmung war, schwieg ebenfalls. Am folgenden Sabbat jedoch versuchte Da'ud alles wieder gutzumachen.

»Ich freue mich über dein Interesse an den verschiedenen

Pflanzen«, sagte er zu Hai, als sie sich zum Abendessen niederließen. »Bei Gelegenheit, ehe meine Gelenke noch mehr schmerzen, müssen wir einmal zusammen zur Hütte des Einsiedlers reiten – wenn überhaupt noch etwas von ihr übrig ist –, und ich zeige dir, wo ich die Pflänzchen gefunden habe, die deine Mutter neulich erwähnte. Leider sind sie damals in dem harten Winter eingegangen, als du vier oder fünf Jahre alt warst. Unter den unzähligen Arten, die sich um die Hütte des Alten herum an unser Klima gewöhnten, war auch eine besondere Art von Aloe, deren Namen ich nicht kannte und von der er mir berichtete, daß sie überall im Orient für ihre Wunderkräfte berühmt war. Es waren beinahe seine letzten Worte. Er hat das Geheimnis ihrer Wunderwirkung mit ins Grab genommen.«

»Was ist aus den Pflanzen geworden, die er züchtete?«

»Als ich endlich alle Zutaten des Großen Theriak ermittelt hatte und Zeit gehabt hätte, mir um sie Gedanken zu machen, hatten Banausen sie bereits alle ausgerissen. Seltsamerweise hatte auch mein Lehrer Ibn Zuhr Gerüchte von einer Heilpflanze gehört, die in den Ländern des Ostens gegen bösartige Krankheiten angewandt wird. Aber alle Nachforschungen, die wir im Laufe der Jahre anstellten, waren ergebnislos.«

»Meinst du, es könnte die gleiche sein wie die, von der der Einsiedler sprach?«

»Ich weiß es nicht, aber es wäre wunderbar, wenn du die Suche fortsetzen würdest. Vielleicht hast du mehr Erfolg als ich. Du darfst jedoch nicht zulassen, daß die Liebe zur Botanik dich von deinen medizinischen Studien ablenkt, die nun bald beginnen. Wenn du dich in den wissenschaftlichen Fächern als ebenso brillanter Schüler erweist wie in deinen jüdischen, klassischen und sprachlichen Studien, dann bin ich ziemlich sicher, daß Ibn Zuhr, obwohl er inzwischen ein alter Mann ist, doch zustimmen und dich in den erlauchten

Kreis derer aufnehmen wird, die er heute noch zu unterrichten geruht. Du hast mehr Glück als ich seinerzeit, denn heute haben wir ein Hospital, das diesen Namen verdient und in dem du die Krankheiten und ihre Symptome und die Wirkungen unserer Behandlungen studieren kannst. Du hast inzwischen die religiöse Volljährigkeit erreicht, und ich rate dir: Nimm die Weisheit dieses Lehrers in tiefen Zügen in dich auf und nutze jeden Tag, den Gott ihm noch schenkt.«

Saris Augen strahlten vor Freude, als sie dieses Gespräch zwischen Vater und Sohn hörte. Möge Da'ud noch erleben, wie die ehrgeizigen Pläne, die er für Hai schmiedete, sich verwirklichten.

Angefüllt mit Lernen und unersättlicher Neugier, verging Hais Jugend und frühes Mannesalter wie im Flug. Sein Vater wurde nun allmählich alt und zunehmend streitsüchtig, da ihn die Bürde seiner Aufgaben drückte. Das wachsende Mißtrauen gegen Intrigen im Palast verschlechterte seine Laune noch mehr, raubte ihm die Kraft, die er gebraucht hätte, um seine Gelenkschmerzen zu ertragen. Sari war die Geduld in Person, und auch Hai war voller Mitleid und Zuneigung für seinen Vater, wenn es ihm die Studien einmal erlaubten, mit ihm zusammen zu sein. Bei diesen Gelegenheiten versuchte Da'ud seinen Sohn in die Kunst des Überlebens am intriganten Hof von Córdoba einzuweihen, denn er bezweifelte keinen Augenblick, daß Hai in seine Fußstapfen treten würde. Der aber fand immer einen Vorwand, um derlei Gesprächen aus dem Weg zu gehen – einen Aufsatz über Fieberkrankheiten, den er noch einmal durchlesen mußte, anatomische Zeichnungen, die es anzufertigen galt, Listen von wärmenden und kühlenden Arzneimitteln, die auswendig zu lernen waren. Nie versuchte Da'ud ihn zurückzuhalten. Die intellektuellen Fähigkeiten und die Strebsamkeit seines Sohnes waren außergewöhnlich, und wie er es zu Recht vermutet hatte, gab Ibn Zuhr wiederholt seiner Genugtuung über das Vergnügen Ausdruck, das ihm die Unterweisung des jungen Mannes bereitete.

Auch Hais Besuche in dem Häuschen auf dem Land wurden seltener, je anstrengender seine Studien wurden. Trotzdem bereiteten sie ihm unverändert große Freude. Wann immer er erschien, kam im ganzen Haus eine fröhliche und festliche Stimmung auf. Djamila und ihre Töchter machten sich um ihn zu schaffen, Menahem lauschte in seiner mit Büchern vollgestopften Ecke, wo er sein Lexikon zu Ende schrieb, den neuesten Nachrichten aus Córdoba. Dann gingen Hai und die Mädchen nach draußen, um sich die Pflanzen anzusehen, die auf Hais Gartenstück in den Jahren seit seiner Bar Mizwa herangewachsen waren. Er hatte sie mit großer Sorgfalt und unter Berücksichtigung der Bedürfnisse der Familie ausgewählt: dichte Büsche graublauen Lavendels, dessen Blüten man zwischen die Kleidung und die Wäsche der Familie legen konnte; die gelb blühenden pelzigen Senfpflanzen, aus denen Würze für die Speisen bereitet wurde, die Djamila aus dem von ihr angebauten Gemüse kochte, und schließlich der süße gelbe Steinklee, nach dem Da'ud so fieberhaft gesucht hatte, die einzige Zutat, die ihm für die Bereitung des Großen Theriak noch gefehlt hatte, als er wenig älter gewesen war als Hai jetzt. Die Geschichte der Entdeckung des Steinklees, die im Kreise der Familie immer und immer wieder wie eine Legende erzählt wurde, hatte Hai angeregt, ihn anzubauen. Seit seiner frühen Kindheit wußte er, daß auch dessen Wurzeln schon ein wirksames Mittel gegen Schlangenbisse darstellten, und der Gefahr von Schlangenbissen war Djamilas Familie, da sie ja auf dem Land lebte, ständig ausgesetzt. Wenn ihnen aus irgendeinem Grund der Vorrat an dem kostbaren Heilmittel der Ahnen, dem Großen Theriak, ausging, konnten die Kleewurzeln ihnen von großem Nutzen sein.

In den ersten Sommern nach seiner Bar Mizwa hatten es sich Hai und die Mädchen angewöhnt, die Ernte und das Trocknen der Lavendelblüten und der Senfkörner zu einem richtigen Fest zu gestalten. Sie begannen am frühen Morgen mit der Arbeit, lachten und neckten sich, bis sie völlig erschöpft in der sengenden Mittagshitze niedersanken und die Nachmittage hindurch schliefen. Doch als Hai die Menge seiner Studien derlei Vergnügungen nicht mehr erlaubte, mußte er den Mädchen den größten Teil der Arbeit überlassen. Wie vorauszusehen war, wurde Dalitha als Jüngste geschont. Sie behauptete, die pelzigen Senfpflanzen verursachten ihr am ganzen Körper schrecklichen Juckreiz, weigerte sich, sie auch nur anzurühren, und half Amira nur beim Lavendel.

Sobald aber Hais Studien der verschiedensten Arzneien weit genug fortgeschritten waren, kümmerte er sich wieder um die Pflanzen, die er gesät hatte, in dem verzweifelten Bemühen, einen wärmenden Umschlag zusammenzustellen, der die Schmerzen seines Vaters lindern könnte. Jeden Sommer trocknete er Senfkörner und mahlte sie zu Pulver. Dann fügte er Mehl und soviel Lavendelöl hinzu, wie er aus den Stengeln der Sommerernte gewann, ein zusätzliches wärmendes Ingredienz, das wirksam und – wichtig für Da'ud – zugleich wohlriechend war. Amira stellte sich als fähige Helferin heraus, Dalitha vergnügte sich damit, die Lavendelstengel aufzuheben, die bei der Ölgewinnung hierhin und dorthin flogen. Sie rieb sie zwischen den Handflächen und sog den erfrischenden Duft tief ein.

Dann ruhten sich die drei im kühlenden Schatten der Pergola aus, und während sie das Scherbett nippten, das Djamila ihnen gebracht hatte, erfragte Amira von ihrem Halbbruder zuweilen seine Meinung zu einem Gedicht, das sie geschrieben hatte. Einmal feierte sie das Thema das Frühlings, das Menahem für sie aus dem Hohen Lied Salomos ausgesucht hatte. Ein anderes Mal hatte sie, angeregt von den Wundern der Natur, die sie täglich beobachtete, ein Herbstgedicht verfaßt, in dem es lyrische Anklänge an das Buch Ruth gab. Hai lobte sie immer sehr, und wenn er zuweilen vorschlug, ein Wort oder einen Reim zu verändern, so tat er das so taktvoll und zart, daß er sie nicht kränkte.

Dalitha wurde dann immer ganz unruhig, rannte ins Haus und kam, eine Hand hinter dem Rücken verborgen, zurück. Sie war fest entschlossen, sich nicht von ihrer älteren Schwester in den Schatten stellen zu lassen, näherte sich Hai und errötete mit einer Mischung aus Schüchternheit und Bewunderung für diesen rotschopfigen, blauäugigen Halbgott, der sich mit der Anmut einer Antilope bewegte und der über alles unter der Sonne Bescheid wußte. Scheu und doch voller Stolz zog sie eine Seite mit hebräischer Kalligraphie hervor und hielt sie ihm hin. Hai legte dann immer den Arm um ihre schmalen Mädchenschultern und versprach ihr, er und sie würden eines Tages auch schöne Verse miteinander schreiben. Dalithas Herz hüpfte vor Freude, und wenn Hai sah, wie sich ihr Gesicht erhellte, wurde auch ihm ganz warm ums Herz.

Mit der Zeit war Ibn Zuhr mit Hais Fortschritten in der Kunst des Aderlasses zufrieden und erlaubte ihm, diese ab und zu an seinem Vater zu erproben, um ihn von den dickflüssigen Blutsäften zu befreien, die ihm die schmerzhafte Entzündung seiner Gelenke verursachten. Dabei bemerkten sowohl Da'ud, der Patient, als auch Sari, die als helfender Engel immer in der Nähe war, daß ihr Sohn eine Begabung besaß, die ihn unter allen anderen Ärzten, die sie kannten, hervorhob. Da'ud war sich nicht sicher, ob nicht vielleicht väterlicher Stolz ihn blind machte, und brachte das Thema bei seinem verehrten Lehrmeister zur Sprache, als er ihm aus Anlaß des großen moslemischen Festes Id il-Fitr als Vertreter der jüdischen Gemeinde einen Besuch abstattete.

»Ja«, bestätigte ihm der alte Lehrmeister, »dein Sohn ist

mit einer außergewöhnlichen Begabung gesegnet, deren Zeugen sowohl ich als auch meine Studenten im Hospital bereits wurden. Es reicht aus, daß er seinen mitleidigen Blick auf einem Menschen ruhen läßt, für dessen Leiden wir kein Heilmittel kennen, es reicht, daß er eine schwache, fiebernde Hand in die seine nimmt, und schon kehrt Leben und Hoffnung in Augen zurück, die bereits fast erloschen waren. Wäre ich nicht ein Mann der strengen Wissenschaft, ich wäre versucht zu glauben, daß ein lebenspendender Strom von seinem Auge und seiner Hand in die Menschen überfließt. Schon allein sein Talent für die Diagnose und sein umfassendes Gedächtnis für Heilverfahren und Medikamente läßt ihn als einen der brillantesten Studenten herausragen, den ich je hatte. Wenn er sich trotz der ungeheuer vielen menschlichen Leiden, die zu heilen auch er außerstande sein wird, diese seltene und kostbare Gabe bewahrt, diese Fähigkeit, seinen Patienten ein Gefühl des Wohlbefindens und Vertrauens einzuflößen, ihnen die Prüfung des nahenden Todes zu erleichtern, dann wird aus ihm ein Arzt von ganz besonderem Rang.«

»Euer Lob ist überwältigend.«

»Ich spreche nur die Wahrheit. Ich bin zu alt, um mich mit Schmeicheleien abzugeben, wie das die Herren bei Hofe für nötig erachten.«

»Ich danke Euch, Meister. Möge Gott Euch noch viele Jahre gesund am Leben erhalten.«

An jenem Abend, als Hai auf Da'uds schmerzenden Knie mit leichter Hand den Umschlag auflegte, den er eigens für ihn zubereitet hatte, wußte sein Vater, daß die Linderung, die er verspürte, von dem tiefen Mitgefühl, das von seinem Sohn zu ihm strömte, ebenso ausging wie von den Heilkräutern. In Hais Augen leuchtete eine Wärme, die von seinem Verständnis für jegliche Form menschlichen Leidens zeugte und von dem leidenschaftlichen Wunsch, es zu lindern.

»Diese Bande von Räubern und Schurken!« entfuhr es Da'ud bei seiner Rückkehr aus dem Palast, während er unter Schmerzen in den Garten humpelte. »Da legen sie mir arabische Fassungen von Abhandlungen großer griechischer Astronomen vor und behaupten, sie seien von Hunayn übersetzt. Haben sie vergessen, mit wem sie es zu tun haben? Oder haben sie eine so geringe Meinung von meiner Gelehrsamkeit, daß sie denken, sie könnten mich an der Nase herumführen? Ein geübtes Auge erkennt auf den ersten Blick die Mängel einer Übersetzung. Und für diese plumpen Fälschungen verlangen sie auch noch einen horrenden Preis! Sie verdienen alle Strafen, die die Kadis über sie verhängen! Wenn man ihnen erst die Hände abgehackt hat, dann stehlen sie wenigstens nicht mehr!

Barmherziger Gott, wie müde ich es bin, ständig auf der Hut vor allen möglichen Formen des Betrugs und der Lüge zu sein, vor Verschwörungen und Unwahrheiten und Verleumdungen jeglicher Art. Wie ich die Wesire verachte, deren Eingeweide von Mißtrauen und endlosen Spekulationen über die Verschwörungen zerfressen sind, die ich ihrer Meinung nach mit dem Kalifen aushecke. Es würde mir unendliche Freude bereiten, wenn sie erführen, daß wir stets nur über Bücher und Manuskripte reden oder über das passive Erdulden des von Gott bestimmten Schicksals im Gegensatz zum freien Willen des Menschen und seiner Fähigkeit, sein Geschick selbst zu lenken. Wie satt ich das alles habe«, seufzte er und wandte sich Sari zu, die ihm tief besorgt in sein Zimmer gefolgt war. Ausgemergelt und aschfahl vor Erschöpfung, legte er sich auf seinen Diwan. »Rufe Hai«, murmelte er, »laß ihn kommen, damit er die Schmerzen in meinen Knochen lindert.«

Hai begrüßte seinen Vater fröhlich, als er eintrat, aber

seine tiefblauen Augen umwölkten sich, als er bemerkte, wie ungewöhnlich blaß Da'ud war. »Haben die Fälscher dich wieder geärgert?« scherzte er, während er die Salbe, die er immer zur Hand hatte, auf das linke angeschwollene Knie seines Vaters strich. Beim Auftragen spürte er unter dem Zeigefinger einen Knoten, der keinem Druck wich. Da'ud ließ mit keinem Stöhnen vernehmen, daß ihn die Berührung dieses Knotens schmerzte. Hai warf dem Vater einen raschen Blick zu, stellte erleichtert fest, daß der mit geschlossenen Augen dalag, während die Salbe ihre tröstliche Wärme verbreitete. Noch einmal berührte er den Knoten, ohne daß Da'ud es bemerkte, drückte dann fest auf das umliegende Gewebe. Darauf reagierte sein Patient. Hais Gedanken rasten: kein Schmerz, kein Verlust an Reaktionsvermögen, keine Heilung – *Megatechne*, Band 3 (unzählige Male durch Beobachtung bestätigt) –, außer man nahm einen chirurgischen Eingriff vor, und selbst dann ... Aber vielleicht hatte er unrecht, gebot er sich selbst Einhalt. Vielleicht war es keine Fasergeschwulst, sondern einfach ein verhärteter Abszeß, den man langsam mit aufweichenden Mitteln auflösen konnte – mit Zugsalbe, Honig, getrockneten Feigen, Storax, Knochenmark und Fetten – *De Medicamentorum Facultatibus V* – rasselte er aus dem Gedächtnis herunter.

Zum Glück war Da'ud in leichten Schlummer gefallen und bemerkte die Verwirrung seines Sohnes nicht. Denn hier lag nicht irgendein Patient hilflos und unwissend auf dem Krankenbett. Er war auch nicht nur sein Vater, den er liebte, wie jeder Sohn seinen Vater liebt. Er war selbst ein anerkannter Arzt, hatte bei denselben Lehrern studiert. Wie behandelte man einen solchen Mann? Fragte man ihn nach seiner Meinung, beriet man sich mit ihm? Erklärte man ihm, daß sein Leben bald ein Ende haben würde, wenn sich die Diagnose bewahrheitete? Oder zog man sie in Zweifel, wie offensichtlich sie auch erscheinen mochte, und gab vor, eine Behandlung zu verschreiben, um ihm Hoffnung zu schenken? Würde der Vater sich trotz all seines Wissens an eine solch vage Hoffnung klammern, genau wie jeder andere Sterbliche? Oder verpflichtete gerade seine Gelehrsamkeit den behandelnden Arzt zur absoluten Offenheit? Gott, der in den Himmeln wohnt, führe mich durch dieses Dilemma!

»Ich habe noch etwas zu erledigen«, erklärte er seiner Mutter. Die hatte das Zimmer ihres Gatten verlassen, während Hai ihn behandelte, und saß draußen im Garten in der kühlen Frische der Herbstluft, während sich die Dunkelheit herabsenkte.

»Wie geht es ihm?« erkundigte sie sich besorgt.

»Er ruht sich aus«, beruhigte Hai sie und verließ das Haus, ehe sie seinen inneren Aufruhr bemerkte.

Er vergaß Raum und Zeit und wanderte ziellos durch die Straßen, ein Teil seiner Gedanken so kristallklar wie der andere Teil verwirrt war, die Sinne benommen, der Körper angespannt vor ängstlicher Erwartung. Unaufhaltsam brach die Nacht herein, der Vollmond stieg am Himmel auf und tauchte die schlummernde Stadt in ein gespenstisches Licht. Ein scharfer Wind erhob sich. Hai begann zu frösteln, ihm klapperten die Zähne. Kälte? Furcht? Verzweiflung über die Nichtigkeit seines erbärmlichen Wissens? Mit der Zeit führten ihn seine Schritte zu dem einzigen Ort, an dem er noch Hilfe zu finden hoffte.

Trotz der späten Stunde hämmerte er an die dicke Holztür. Die Dienstboten hatten sich schon längst zurückgezogen, und es dauerte eine Weile, bis er drinnen langsame, zögernde Schritte näher kommen hörte.

»Wer ist denn da zu so unziemlicher Stunde?« ließ sich die vertraute Stimme vernehmen, die noch ganz verschlafen klang.

»Ich bin es, Hai ben Da'ud.«

Ibn Zuhr machte sich an den Riegeln der Haustür zu schaffen, während Hai unruhig von einem Fuß auf den anderen trat und die Arme um sich schlang, um sich aufzuwärmen.

»Komm herein, mein lieber Junge«, forderte ihn sein Lehrmeister auf und hielt eine Kerze in die Höhe, um ihm den Weg zu leuchten. Tröstend legte er den Arm um Hais bebende Schultern, während sie zusammen ins Haus traten. Er dachte an jenen anderen unerwarteten Besuch vor beinahe zwanzig Jahren.

»Etwas quält deinen Vater. Was ist es?«

»Ich bete zu Gott, daß ich mich irre, Meister, aber ich fürchte, es ist eine Fasergeschwulst.«

»Am linken Knie?« erkundigte sich Ibn Zuhr.

»Ja, Meister. Woher wußtet Ihr das?«

»Das ist jetzt nicht wichtig«, antwortete der Arzt knapp, wollte die Wahrheit genauso ungern glauben wie Hai, vielleicht aus besserem Grund ...

»Groß?«

»Nicht größer als eine Murmel.«

»Gut. Ich schaue morgen früh bei ihm vorbei und überprüfe deine Diagnose. Wenn ich deiner Meinung bin, lassen wir die Geschwulst sofort von Abu'l Kasim entfernen, damit sie sich nicht im Körper ausbreiten und dort Schaden anrichten kann. Wenn wir sofort handeln, haben wir gute Aussichten, ihn noch zu retten.«

»Aber Meister, ich muß Euch etwas sagen. Er schlief, als ich die Geschwulst ertastete. Er selbst weiß nichts davon. Wie und was sage ich ihm?«

Ibn Zuhr rieb sich mit der Hand die trüben Augen und die eingesunkenen Wangen, ehe er sich zu sprechen entschloß.

»Es wird nicht notwendig sein, daß du irgend etwas

sagst.« Er legte seinem jungen Studenten die blau geäderte Hand auf das Knie und fuhr fort: »Dein Großvater Ya'kub ibn Yatom hatte ein ähnliches Leiden, und dein Vater kam damals zu mir, genau wie du heute.«

»Ihr wißt also, daß es eine bösartige Krebsgeschwulst ist, und er weiß es auch.«

»Höchstwahrscheinlich, mein Sohn. Aber wir haben sie früher entdeckt als bei Ya'kub. Nur Mut, mein lieber Junge, nur Mut. Es besteht noch Hoffnung.«

»Werdet Ihr das auch meinem Vater sagen?«

»Aber natürlich. Unsere sogenannte Gelehrsamkeit gibt uns nicht das Recht, einem Menschen den größten Trost der Schöpfung zu rauben. Hoffnung ist die einzige Hilfe, die wir ihm anbieten können. All unsere auswendig gelernten Regeln und Prinzipien sind nur allgemeine Schlußfolgerungen, die wir aus der Beobachtung vieler Fälle gezogen haben. Vieler, aber nicht aller Fälle. Was für den einen richtig ist, kann für den anderen falsch sein, was den einen heilt, kann dem anderen sogar schaden. Deswegen, mein Sohn, ist die Hoffnung immer gerechtfertigt, bis Gott sein letztes Urteil fällt, die einzige Entscheidung, gegen die es keinen Einspruch gibt.«

27

Ralambo warf sich die ordentlich gefaltete Lamba über die Schulter und bewegte sich mit langen, lockeren Schritten mühelos zwischen den Warensäcken, den laut feilschenden Händlern und den geplagten Lastträgern hindurch, bis er das venezianische Schiff erreichte, das in Kürze in See stechen würde. Als er seinen Fuß auf die Laufplanke setzte, sog er noch einmal tief die warme, duftende Luft ein. Das Strahlen auf seinem Gesicht spiegelte unendliche Zufriedenheit wider: mit sich selbst, seinem Geschick und der großen weiten Welt. Endlich hatte er den Hafen von Alexandria erreicht und machte sich auf den letzten Abschnitt der lang ersehnten Reise. Bald würde er im Westen ankommen, von dem er die Leute seit seinen Kindertagen reden hörte, den aber die wenigen Besucher in der roten Lehmhütte seines Vaters niemals selbst gesehen hatten. Er wußte nur, daß die Bewohner dieser Welt äußerst begierig nach den Kräutern und Gewürzen, den Juwelen und dem blassen und zerbrechlichen Seladonporzellan waren, nach allem, was die orientalischen Händler in die nördlichen Häfen seines Heimatlandes, der Großen Roten Insel Madagaskar, brachten. Dort verkaufte man die kostbaren Waren an die arabischen Händler weiter, die sie an der Ostküste Afrikas entlang in die geschäftigen ägyptischen Häfen verschifften, wo sie wiederum von geschäftstüchtigen venezianischen Händlern verladen wurden, die diese unschätzbaren Herrlichkeiten an allen Küsten des Mittelmeeres verteilten.

Bisher hatte Ralambo noch keine feste Vorstellung von seinem letzten Reiseziel. Er wollte sich so lange bei den westlichen Händlern erkundigen, die er in den Häfen antraf, bis er erfuhr, was er wissen wollte. Er ging mit festen Schritten über die federnde Planke an Bord, bemühte sich, die lose aneinandergeketteten weißen Sklaven zu übersehen, die man gerade von Bord getrieben hatte und deren helle Haut unter der erbarmungslosen ägyptischen Sonne scharlachrot verbrannt war. Diese jämmerliche Menschenkette wurde nun abgeführt und schlurfte bis zum nahe gelegenen *Bedestan*, wo arabische Händler heftig um sie feilschen und dann die ersteigerte Beute an reiche orientalische Machthaber verschachern würden, die sie für so helles Fleisch fürstlich entlohnen würden. Der kühle, scharfe Geruch von Kampfer stach ihm in die Nase, als ihn ein zerlumpter Träger, der unter seiner Last tief zu Boden gekrümmt ging, unsanft zur Seite schob. Halb schreitend, halb rennend trug der *Hammal* seine Last über die Planke in den Stauraum des Schiffes, wo bereits unzählige Säcke voller Zimt, Pfeffer und duftendem Moschus standen.

Der Kapitän des Schiffes, von so übler Laune wie beachtlichem Leibesumfang, kam mit schwankendem Seemannsgang zu Ralambo herüber und erkundigte sich nach seinem Bestimmungsort.

Ralambo zögerte einen Augenblick, ehe er antwortete: »So weit westlich wie möglich.«

»Sevilla. Drei Dirham für einen Platz an Deck.«

Empört über einen derartigen Wucherpreis für diese Überfahrt erkundigte sich Ralambo: »Und wenn ich von Bord gehe, ehe wir Sevilla erreichen?«

»Genau der gleiche Preis«, grunzte der Kapitän und streckte ihm seine gierige, schwielige Hand hin.

Widerwillig zählte Ralambo ihm die Silbermünzen auf die schmutzige Handfläche und wandte sich dann ab, um sich eine Ecke des Achterdecks zu reservieren, indem er seine Lamba darauf ausbreitete. Abgesehen von der Habgier des Kapitäns konnte er von Glück sagen, daß ein Schiff mit Fahrtrichtung Westen gleich neben dem Boot vor Anker lag, auf dem er erst heute morgen über das Rote Meer angekommen war. Nun zurrten die flinken, drahtigen Matrosen unter den wachsamen Augen des Kapitäns die Ladung fest und bereiteten alles vor, um den Anker zu lichten. Der Wind war günstig, die See ruhig, und die Sonne schien strahlend, als sich das Schiff immer weiter von den Schreien und der emsigen Betriebsamkeit des großen ägyptischen Hafens entfernte und die Segel für seine Reise nach Westen setzte.

Während er sich über das Heckbord lehnte, beobachtete Ralambo den Schaum, der achtern hinter dem Schiff aufwirbelte, aufstob und wieder mit der dunklen See verschmolz. Dieser Anblick fesselte ihn noch genauso wie am

Anfang seiner langen Seereise. Wie schon unzählige Male, seit er die Sicherheit seines Zuhauses verlassen hatte, tastete er nach dem Beutel, der flach vor seinem Bauch hing. Er war an einer langen festen Lederschnur befestigt, die Ralambo um den Hals trug, und war durch eine fest gewickelte Leinenbinde eng am Leib gesichert. So weit, so gut, lächelte er vor sich hin und tätschelte den kostbaren Beutel. Eine ruhige, warme, ereignislose Reise von der Großen Roten Insel nach Norden, keine Piraten, keine Stürme, keine anderen Unglücksfälle, und nun war das Ende seiner Reise abzusehen …

Wenn er zurückdachte, so erinnerte er sich, wie schwierig es gewesen war, seinen Vater davon zu überzeugen, daß die westlichen Händler wahrscheinlich mehr für den Extrakt bezahlen würden als die raffgierigen Inder, die sich jede Unze aneigneten, derer sie habhaft werden konnten, und dafür nach Ralambos Meinung einen Hungerlohn zahlten. Sein Leben lang hatte sein Vater sich als Vermittler zwischen den einzigen Erzeugern des Extraktes, einem Stamm an der Südwestspitze Afrikas, und den indischen Kaufleuten betätigt, die regelmäßig an der Roten Insel anlegten, um den kostbaren Auszug zu kaufen. Auf Ralambos Betreiben hin hatte er ab und zu auf seine schüchterne, naive Weise versucht, eine bessere Bezahlung auszuhandeln, aber die Kaufleute hatten nur ihre schlauen, dunklen Augen zu Schlitzen verengt, sich mit den fetten Händen über die gemütlichen Bäuche gestrichen und ihm unfehlbar immer mit dem gleichen Argument geantwortet.

»Wir sind die einzigen, für die der Extrakt überhaupt einen Wert hat«, lächelten sie selbstgefällig und zerquetschten ihn damit wie eine lästige Fliege. Aber Ralambo hatte ein Gegenargument vorgebracht. Warum sollten diese Inder die einzigen sein, die diesem Extrakt einen Wert beimaßen, dessen Ausgangsstoffe die Afrikaner so grimmig bewachten? Was sie oder ihre Kunden entdeckt hatten, könnten doch auch andere herausfinden. Er würde den Stoff nicht nach Osten, sondern nach Westen bringen. Irgendwo mußte es doch einen Mann geben, der weise genug war, um ebenfalls entdecken zu können, was die Inder daran so hoch schätzten …

Auf seinem Rundgang über das Schiff blieb der Kapitän kurz stehen und lehnte seinen massigen Körper neben Ralambo über das Heckbord. In einem seltenen Anflug von Gesprächigkeit erklärte er dem hoch aufgeschossenen, dunkelhäutigen Passagier, man sei auf dem Weg nach Piräus, wo man eine Ladung Weizen aufnehmen werde, die für den Heimathafen des Schiffes, Venedig, bestimmt sei. Durch die kurz aufgeflackerte Herzlichkeit des Seemanns ermutigt, fragte Ralambo ihn: »Leben in einer dieser beiden Städte die weisesten Männer des Westens?«

»Wenn Ihr weise Männer sucht, so müßt Ihr weiter reisen, als Ihr vorhattet, so weit nach Westen, wie es nur geht, denn nur in Córdoba könnt Ihr die größten Gelehrten des Mittelmeerraumes finden.«

Ralambo wollte gerade fragen, wie weit es von Sevilla nach Córdoba sei, aber da hatte sich der Kapitän schon abgewandt und seinen Rundgang erneut aufgenommen.

Einer nach dem anderen versammelten sich die restlichen Passagiere an Deck. Es waren wohlhabende venezianische Kaufleute, die sich leise miteinander unterhielten und den Sohn der Roten Insel ignorierten, der nun mit angezogenen Knien auf seiner Lamba saß, die Arme um die Beine geschlungen, die nackten Füße an den Knöcheln gekreuzt, den starren Blick ins Nichts gerichtet. Gerne hätte er auch sie gefragt, wo die weisesten Männer des Westens zu finden seien, aber es war ein solcher Hochmut um sie, daß sie ihn einschüchterten. Dieses Gefühl war ihm nicht neu. Als Sohn einer melanesischen Mutter und eines afrikanischen

Vaters war er von Kindesbeinen an von beiden Völkern verachtet worden, die auf der Großen Roten Insel nicht gerade freundschaftlich zusammenlebten, die Melanesier in den kühleren Bergregionen, die Afrikaner entlang der heißen Küste. Auf der Suche nach einer Zuflucht vor den Belästigungen beider Seiten, nach einem Ort, wo er mit seiner zarten asiatischen Frau – »meiner kleinen Porzellanpuppe«, wie er sie nannte – in Frieden leben konnte, hatte sich sein Vater in den Ausläufern der Berge zwischen den beiden Gebieten niedergelassen. Er hatte zurückgezogen gelebt. Inmitten des üppigen immergrünen Regenwaldes und der violetten und blauen Jacarandablüten, fasziniert von den winzigen Vögeln, deren glänzende bunte Federn in der Sonne schimmerten wie Edelsteine in einer saftigen grünen Fassung, hingerissen von den Schmetterlingen, deren zahllose auffällige Muster ein Fest für sein schönheitsliebendes Auge waren, hatte er sich kaum je in die weite Welt hinaus gewagt. Wenn Ralambo immer von einer Reise in den Westen geträumt hatte, dann nicht nur, weil er von Natur aus neugierig und rastlos war. Er wollte auch aus der Abgeschiedenheit ausbrechen, in der er aufgewachsen war, und von der Insel entkommen, zu deren beiden Volksstämmen er nicht gehörte. Im Westen würde er ein Fremder sein, aber kein Ausgestoßener, der wegen seines gemischten Blutes verachtet wurde.

Gegen Abend versammelten sich die Matrosen auf dem Achterdeck und ließen eine Korbflasche kreisen, aus der sie alle in langen, schmatzenden Zügen tranken. In einer freundlichen Geste reichte einer von ihnen die Flasche auch an Ralambo weiter, der so trank, wie er es von den anderen gesehen hatte. Er schauderte beim Geschmack der rötlichen Flüssigkeit, die ihm scharf auf der Zunge brannte, lächelte aber anerkennend, um die Seeleute nicht zu beleidigen oder gar in ihren Augen lächerlich zu erscheinen. Die Flasche ging einmal, zweimal, dreimal, viermal herum, und Ralambo trank, wenn er an der Reihe war, wie alle anderen. Dann jedoch begannen seine Wangen zu glühen, es drehte sich ihm alles vor Augen, und ihn überfiel eine unerklärliche Müdigkeit. Leise zog er sich aus dem Kreis der lauten Matrosen zurück, legte sich auf seine Lamba und fiel in trunkenen Schlaf bis zum Mittag des nächsten Tages.

Demitrios ging unruhig auf und ab, immer auf und ab im halbmondförmigen Hafen von Rhodos. Er war ein Opfer seiner eigenen Unentschlossenheit. Wie oft durfte ein Mann sein Schicksal herausfordern? fragte er sich, hatte immer noch nicht ganz begriffen, wie er den unaussprechlichen Schrecken heil hatte entkommen können, die er seit seiner Ankunft in Chasarien durchlebt hatte. Der König hatte ihn herbeigerufen, damit er dessen kranken Bruder behandelte. Doch einen Tag zuvor waren Berichte eingetroffen, daß die Russen auf den Don zu marschierten. Bei seiner Ankunft im herrlich vergoldeten Palast hatte man ihm nicht einmal genug Zeit gelassen, sich zu baden und nach der langen Reise aus Byzanz ein wenig zu erfrischen.

»Wir müssen in aller Eile in die Festung Sarkel«, hatte ihn König Judah gedrängt und ihn rasch durch eine Reihe goldener Kammern geführt, die verlassen waren, da die Elite des Königreiches in die Schlacht gezogen war. Der gedrungene, bärtige Herrscher hatte ihm die Zügel eines kräftigen Pferdes gereicht, dem man eilig einen Sattelteppich übergeworfen hatte, und ihm knapp erklärt: »Solche Überfälle häufen sich in letzter Zeit. Die Russen versuchen uns zu zermürben, damit sie uns eines Tages ganz erobern können, um einen vor fünfzehn Jahren begonnenen Plan zu vollenden. Wir erwarten, daß sie wie immer in Sarkel angreifen, wo man den Fluß durch die Sümpfe und über die Furten am leichtesten überqueren kann. Wir müssen die Russen unbedingt zurückdrängen, ehe sie einen Fuß auf unser Territorium setzen. Dank der Festung, die Eure Landsleute vor über einem Jahrhundert dort für uns errichtet haben, sind wir ihnen bisher immer erfolgreich entgegengetreten, aber wir haben keine Zeit mehr zu verlieren.«

»Was ist aber mit Eurem Bruder?«

»Als ehemaliger Oberbefehlshaber des Heeres hat er sich kategorisch geweigert, hierzubleiben. Ich habe ihn auf einer Trage vorausgeschickt. Unsere Haupttruppen sind im Morgengrauen aufgebrochen. Wenn Ihr schnell reitet, könnt Ihr sie noch einholen. Wir treffen uns in der Festung«, schloß er und stampfte davon, um einer Kavallerieeinheit, deren feurige Pferde schon ungeduldig mit den Hufen scharrten, seine Befehle zu erteilen.

Es war alles ein grauenvoller Irrtum gewesen. Dieses Mal war das Auftauchen der Truppe, scheinbar nur ein weiterer Überfall im Zermürbungskrieg der Russen, lediglich ein Ablenkungsmanöver gewesen, um die Chasaren in Richtung Nordwesten zu ihrer flußaufwärts gelegenen strategischen Festung zu locken. In der Zwischenzeit drangen die Haupttruppen der Russen von Süden her das Tal des Don hinauf und überrannten problemlos die schwach besetzten Festungen, die König Judah dort zurückgelassen hatte. Als ihn die Nachricht vom vollen Ausmaß der Katastrophe erreichte, waren König Judah und seine Mannen bereits umzingelt. Sie konnten den russischen Angreifern, die Zeit gehabt hatten, sich gegenüber von Sarkel auf dem rechten Flußufer auf erhöhtem Gelände einzugraben, nichts entgegensetzen. Es war keineswegs einer der üblichen Überfälle, vielmehr war diesmal der Angriff auf die Festung der Chasaren Teil einer großen russischen Offensive, mit der man das heiß begehrte Königreich in die Knie zwingen wollte.

Anstatt den Bruder des Königs zu behandeln, der auf der Reise nach Sarkel sein Leben ausgehaucht hatte, kümmerte sich Demitrios nun um die Verwundeten, die wenigen »Glücklichen«, die die Kämpfe und die erbarmungslosen Sümpfe des Flußtals überlebt hatten, wo die Schlacht getobt hatte. Von morgens bis abends und bei Nacht sogar im flackernden Schein einer einzigen Kerze hatte er gebrochene Knochen geschient, Wunden versorgt und versucht, mit freundlichen Worten das Los derjenigen zu lindern, für die er nichts mehr tun konnte. Was für eine völlig andere Welt, als sich um die Blähungen der reichen byzantinischen Händler zu kümmern oder um die Migräne ihrer verzärtelten Frauen, für die er auf Abruf bereitzustehen hatte …

Eines Nachts, als er gerade einem Soldaten, dem er das Bein abgenommen hatte, den groben Beißkeil zwischen den Zähne herausnahm, kam der König und kniete sich neben ihn. Sein Bart war zerzaust, die Augen blutunterlaufen, die Kleider zerrissen und mit Schlamm bespritzt. Er zog den Arzt in eine Ecke des Behandlungsraumes, packte Demitrios bei der Schulter und begann eindringlich zu sprechen.

»Ich weiß nicht, was in der morgigen Schlacht mit mir und meinen Leuten wird, aber welches Schicksal uns auch immer erwartet, Ihr sollt es nicht teilen müssen. Soeben wird ein kleines Ruderboot mit dem wenigen Proviant, den wir entbehren können, auf dem Fluß zu Wasser gelassen. Ihr müßt unverzüglich im Schutze der mondlosen Nacht darin fliehen. Wenn Euch die Russen gefangennehmen, so wird Euch Euer ärztliches Geschick retten. Ich erbitte nur eine Gegenleistung für diese Chance, Euer Leben zu retten. Wer weiß, vielleicht ist es mein letzter Wunsch.«

Er packte Demitrios' Schulter noch fester, als er mit wild glühenden Augen hastig fortfuhr: »Es ist ungeheuer wichtig, daß das Schicksal meines Königreiches jenseits des Kaspischen und Schwarzen Meeres bekannt wird. Vor vielen Jahren erhielt ich einmal ein Schreiben von einem gewissen Da'ud ibn Yatom, einem großen jüdischen Arzt in

Córdoba, der etwas über die Art und die Religion meines Landes zu erfahren suchte. Ich weiß nicht, ob ihn meine Antwort je erreicht hat. Meine Bitte ist nun, daß Ihr nach Córdoba reist, ihn aufsucht und ihm folgendes mitteilt:

Es stimmt, daß vor zwei Jahrhunderten unser großer Herrscher Bulan und seine engsten Gefolgsleute den jüdischen Glauben angenommen haben. Sie entschlossen sich dazu nach einer Debatte zwischen den Vertretern der drei großen Religionen: einem Repräsentanten Eures eigenen orthodoxen Christentums, wie man es im mächtigen byzantinischen Reich praktiziert, das von Südwesten her seine Schatten auf uns wirft; einem Sprecher für den Islam, die Religion der Araber, die uns seit Jahrhunderten an unserer südlichen Grenze zu schaffen machen; und einem Vertreter der jüdischen Religion, deren Rabbis keine weltliche Macht haben, für uns also keine Bedrohung darstellen. Wenige Jahre nach der Bekehrung unserer Anführer gelang uns ein triumphaler Sieg über die Araber in den Ländern südlich des Kaukasus, und mit der Kriegsbeute errichteten wir einen Tempel, der dem in der Bibel erwähnten so ähnlich ist wie nur irgend möglich. Später befahl unser König Obadiah, es sollten Synagogen gebaut werden und man solle Schulen einrichten, in denen die Thora und der Talmud denjenigen unter uns gelehrt wurden, die sich von der Schamanenreligion unserer türkischen Ahnen dem Judentum zugewandt hatten. Ich bin ein Nachfahre dieses Obadiah, und die meisten Mitglieder meines Hofstaates sind auch Juden.

Sagt Da'ud weiterhin, daß unser Königreich Zeiten großen Ruhms und großer Macht gekannt hat, Zeiten, in denen es sich weit nach Westen ausdehnte, weit über das Schwarze Meer hinaus. Erzählt ihm, daß wir uns seit Jahrhunderten der Angriffe der Araber südlich des Kaukasus erwehren. Allerdings muß ich zugeben, daß uns dort auch das Glück hold war, denn sie hatten anderswo wichtigere

Kämpfe auszutragen. Inzwischen haben sich jedoch die Zeiten geändert, und gegen die übermächtigen Russen haben wir kaum eine Chance. Erzählt all das dem Da'ud ibn Yatom und erzählt ihm auch, daß ich mit dem *Sch'ma Israel* auf den Lippen sterben werde.« Judah, dessen Mund vor Furcht ganz ausgetrocknet war, nahm einen Schluck Wasser aus seiner Kürbisflasche, ehe er fortfuhr.

»Geht nun, getreuer Sendbote. Rudert vorsichtig zwischen den Sümpfen und Untiefen hindurch, verfolgt einen diagonalen Kurs flußabwärts. Sobald Ihr in sicherer Entfernung vom feindlichen Lager seid, geht an Land. Wenn der letzte Ansturm vorüber ist, nehmen sicherlich die Flößer wieder ihre Reisen flußabwärts auf. Mit einem von ihnen werdet Ihr bestimmt bis zum Schwarzen Meer kommen, wo Ihr eine Überfahrt nach Byzanz finden könnt. Dies hier soll Eure Reise bis Córdoba bezahlen«, fügte er hinzu und reichte Demitrios einen wohlgefüllten Beutel. »Ich denke nicht, daß Eure Reise vergebens sein wird. Ihr könnt gewiß von diesem jüdischen Gelehrten viel lernen, wenn ich nur die Hälfte dessen glauben darf, was er mir über sich geschrieben hat. Geht darum in Frieden, und Gott mit Euch.«

Wie leicht es geklungen hatte, als Judah diese Reise beschrieb, erinnerte sich Demitrios voller Bitterkeit, als er erneut die Bucht von Rhodos umrundete. In der undurchdringlichen Schwärze der Nacht mußte er vor jedem Ruderschlag mit dem Ruder ringsum tasten, damit er nicht mit einer einzigen falschen Bewegung den dünnen Streifen befahrbaren Wassers verließe, über den sein Boot lautlos glitt, und in einem Sumpf endete, aus dem ihn all sein Schreien und Rufen nicht mehr retten würde. Es hatte in jener Nacht nicht die geringste Hoffnung bestanden, das andere Ufer zu erreichen. Er konzentrierte all sein Bemühen nur darauf, in diesem schmalen Wasserband zu bleiben und sich nach Süden zu bewegen. Als einmal eine Sekunde lang seine Aufmerksamkeit nachließ, spürte er schon, wie der Bug des Bootes auf eine Sandbank auflief. Starr vor Schrekken, falls er etwa den einzelnen russischen Wachtposten aufweckte, der ein wenig weiter flußaufwärts schlummerte, stieß er sich mit seinem Ruder wieder ins Fahrwasser zurück.

In kaltem Angstschweiß gebadet, bewegte er sich die ganze Nacht hindurch Zentimeter für Zentimeter vorwärts, doch als im Osten die erste bleiche Morgendämmerung leuchtete, war er nur wenig vorangekommen. Aufmerksam blickte er sich in der nun weniger undurchdringlichen Finsternis um, versuchte seine Position zu bestimmen. Zu seinem großen Schrecken stellte er fest, daß er immer noch die massige Kalksteinfestung Sarkel und am gegenüberliegenden Ufer die russischen Truppen ausmachen konnte, die allmählich aus dem Schlaf erwachten und die schwelende Glut der Abendfeuer wieder anfachten, um sich eine Morgenmahlzeit zuzubereiten. Jeden Augenblick würden nun die Wachtposten am Ufer entlanggeritten kommen, die man weiter flußabwärts aufgestellt hatte, um die Flanken der Truppen zu schützen, die sich zum letzten Ansturm auf Sarkel bereitmachten. Koste es, was es wolle, er mußte Deckung finden.

Durch das heller werdende Grau des Morgens erspähte er eine Sandbank, die nur wenige Ruderschläge entfernt lag und von dichtem Schilf überwachsen war. Rasch ruderte er dorthin, setzte mit äußerster Vorsicht einen Fuß nach dem anderen auf den schlammigen Boden, bis er ganz sicher war, daß er nicht nachgeben würde. Dann zerrte er das Boot hinter sich an Land und duckte sich ins Schilf. So kauerte er den ganzen Tag, von panischer Angst erfüllt, daß selbst die kleinste Bewegung die Aufmerksamkeit der Soldaten erregen könnte. Zwischen den schlanken Schilfrohren hindurch konnte er den weiteren Flußlauf erkennen und ihn sich für die folgende Nacht einprägen.

Den ganzen Tag lang tobte die Schlacht, erschollen die verzweifelten Schreie der Verwundeten, die im Sumpf versanken, vermischten sich mit dem Klirren der Schwerter und dem Zischen von Tausenden von Pfeilen, die über das Tal hin und her schwirrten. Bei Einbruch der Nacht drangen andere Töne an sein Ohr. Aus der einstmals mächtigen Festung der Chasaren erscholl rauhes Siegesgebrüll aus Hunderten von russischen Kehlen …

Während die siegreichen Krieger feierten, war er von der Sandbank zurück ins Wasser geschlichen, nun des Kurses sicher, den er den ganzen Tag über geplant hatte. Im nächsten Morgengrauen befand er sich unweit des rechten Flußufers und außer Reichweite der russischen Truppen. Beim ersten Morgenlicht hielt er nach einer passenden Landestelle Ausschau, wo er die steile Böschung hinaufklettern konnte, die in Abständen immer wieder von tiefen Klüften durchzogen war. Schließlich entdeckte er einen geeigneten Platz, stützte sich auf das Ruder und setzte vorsichtig Fuß um Fuß, bis er unter großen Mühen die Böschung erklommen hatte. Kaum war er oben angekommen, sackte er erschöpft zusammen.

Er hatte den größten Teil des Tages geschlafen. Aber als er aufwachte, stand er einem neuen Schrecken gegenüber: dem des Verhungerns. Von dem spärlichen Proviant, den ihm Judah mitgegeben hatte, war nichts mehr übrig, und als er sich umschaute, sah er nur die unendliche Weite der Steppe, ohne jegliche menschliche Behausung. Verzweifelt suchte er im Bewuchs des Flußufers nach Beeren, Wurzeln, nach irgend etwas, das ihm die Hungerkrämpfe lindern könnte, die an ihm nagten, das den Schwindel in seinem Kopf zum Stillstand bringen, seine zitternden Knie stärken würde. Nichts. Er wagte nicht, sich zu weit vom Flußlauf zu entfernen, damit er die Flößer nicht verpaßte. Und dann schwebte vor seinen vernebelten Sinnen eine verschwommene Erinnerung.

Irgendwo, fiel ihm ein, hatte er gelesen, daß Schilfwurzeln eßbar seien. Er hatte keine Wahl, er mußte die Böschung wieder hinabrutschen und mit letzter Kraft die robusten Pflanzen mitsamt der Wurzel ausreißen.

So hatte er zwei ganze Tage überlebt, ehe er ein Floß erspähte, das langsam den Fluß hinuntergefahren kam. Einige geschickte junge Männer sprangen leichtfüßig von einem Baumstamm zum anderen, lenkten das Floß weg von den trügerischen Sümpfen ins Fahrwasser. Der Kapitän, ein übelriechender Klotz von einem Kosaken erklärte sich schließlich – gegen einen beträchtlichen Teil der Münzen aus Judahs Beutel – widerwillig bereit, ihn auf seinem schmalen Floß mitzunehmen und mit ihm das trockene Brot, das Salzfleisch, den schimmeligen Käse und Knoblauch, ihren einzigen Proviant, zu teilen. »Kein Alkohol«, grunzte er. Der war ihm allein vorbehalten. Nachdem Demitrios den Brocken groben Schwarzbrots heruntergewürgt hatte, den ihm der Kosak zuwarf, war er erschöpft niedergesunken und hatte beinahe die ganze lange und langsame Floßfahrt flußabwärts verschlafen. Zum Glück hatte er das Rütteln und Rucken der Baumstämme nicht mitbekommen, die mit dem Floß zusammenstießen, war taub für die kehligen Flüche und das übellaunige Knurren des Flößers gewesen, der auf seinem Knoblauch kaute und rülpste und furzte, wenn er nicht gerade seinen Mietlingen Befehle zubrüllte.

Erst nachdem er in Taman an Bord eines Schiffes gegangen war, atmete er auf. Es kam natürlich nicht in Frage, daß er ins ferne Córdoba reisen würde, trotz König Judahs letztem Wunsch. Ihn beherrschte nur noch eine einzige Sehnsucht: nach Hause zurückzufahren, stundenlang in einem heißen Dampfbad zu schwitzen und dann behaglich zwischen seidenen Laken zu liegen, die üppig weichen Rundungen seiner Frau unter sich. So malte er sich gerade die

Heimkehr aus, als aus heiterem Himmel am Horizont plötzlich bleierne Wolkenbänke aufzogen. Die Sonne verfinsterte sich, große Regentropfen fielen schwer auf das Deck. Die See wurde unruhig, begann zu steigen und zu kabbeln. Das Schiff tanzte wild auf den Wellen, die Mannschaft hielt mit aller Kraft die Segel gegen den Wind, während Blitze die Luft durchschnitten und der Regen wie ein aufgeplusterter Vorhang über die schräg liegenden Decks gepeitscht wurde. Zwei Tage und eine Nacht toste der Sturm. Demitrios tat das einzig Mögliche: Er betete – zu Christus, zu Maria, zu Gottvater selbst, flehte, wie er nie zuvor gefleht hatte. Jetzt wußte er, warum die Türken dieses trügerische Wasser »schwarz« nannten, und während sein Leben an ihm voruberzog, fragte er sich, welches Verbrechen er wohl begangen hatte, um eine solche Strafe zu verdienen. Als wie durch ein Wunder das Schiff dann doch in den ruhigen Wassern des Bosporus schaukelte und zur Stille des Goldenen Horns vordrang, schwor er feierlich, zum Dank für seine Errettung würde er tun, was er dem Juden versprochen hatte, der ihm das Leben gerettet hatte.

Wenn er Córdoba erreichen und noch vor dem Winter zurückkehren wollte, mußte er beinahe unverzüglich von Konstantinopel aufbrechen. Während der kurzen Ruhepause, die er sich gönnte, fand er heraus, welchem Kloster der Mönch Nicolas angehört hatte. Der dortige Prior schüttelte nur traurig den Kopf. Seine glatte weiße Hand ruhte auf dem silbernen Kruzifix, das er auf der Brust trug, als er erklärte: »Unser geliebter und gelehrter Mitbruder ist im vergangenen Jahr verstorben, aber ich erinnere mich noch an den jüdischen Gelehrten, mit dem er zusammengearbeitet hat. Es war Da'ud ibn Yatom, ein Jude von ungewöhnlicher Bildung, wie ich höre.« Nachdem so Judahs Worte bestätigt waren, machte sich Demitrios mit einer gehörigen Portion Optimismus auf die Reise. Vielleicht ließ sich wirklich etwas von diesem Juden lernen, dessen Ruf so weit verbreitet war. Aber als das griechische Schiff, auf dem er die Reise nach Spanien angetreten hatte, in der Ägäis in heftige Stürme geriet, beschlich ihn das Gefühl, daß das Schicksal mit ihm spielte. Erfüllte er nicht das Versprechen, das er dem König der Chasaren gegeben hatte? Warum dann diese erneute Qual? Wenn so die ganze restliche Reise nach Sevilla aussehen sollte, war es dann überhaupt klug, sie auf sich zu nehmen? Er konnte schließlich alles, was ihm Judah anvertraut hatte, niederschreiben und diesen Brief mit einem vertrauenswürdigen Sendboten nach Córdoba schicken. Immer wieder war er seit seiner unter einem ungünstigen Stern stehenden Ankunft in Itil gerade eben noch mit dem Leben davongekommen. Durfte er es wagen, das Schicksal noch einmal herauszufordern? fragte er sich, als sein Schiff in den geschützten Hafen von Rhodos einlief.

Bei näherem Hinsehen hatte sich herausgestellt, daß das Schiff erst nach gründlichen Reparaturen wieder seetüchtig sein würde, doch jegliche Verzögerung der Abreise stellte seine Rückkehr nach Byzanz vor Ende des Sommers in Frage. An jenem Morgen suchte jedoch ein robustes venezianisches Handelsschiff gleichfalls Zuflucht vor den wilden Wassern der Ägäis und ging im sicheren Hafen von Rhodos vor Anker. Sobald die Elemente sich beruhigt hatten, würde es die Segel erneut setzen und sein Reiseziel Sevilla ansteuern. Sollte er an Bord gehen oder so schnell wie möglich in die Sicherheit von Byzanz zurückkehren? Christus im Himmel, lenke meine bescheidenen Schritte, betete Demitrios und machte am Ende des weiten Hafenrunds kehrt, um seinen Rundgang erneut aufzunehmen.

28

Moslems in ungeheurer Zahl strömten aus der Großen Moschee und verliefen sich in den engen Gäßchen Córdobas, als Ralambo und Demitrios durch die Stadttore kamen. Neugierig wandten die Menschen den Kopf nach dem ungewöhnlichen Paar: Der eine war groß, hatte rauchdunkle Haut, lief barfuß und mit eleganten lockeren Schritten, hatte eine bunte Decke ordentlich über die Schulter gefaltet und nahm mit wachen, mandelförmigen Augen alles ringsum gierig in sich auf. Der andere war blaß, blauäugig, elegant nach byzantinischer Mode gekleidet, trug ein leicht hochmütiges Lächeln auf den dünnen Lippen, blickte mißtrauisch und abschatzig drein. Sie bewegten sich gegen den Menschenstrom, der langsam von der Moschee wegdrängte, blieben hier und da stehen, um sich nach dem Weg zu erkundigen. Beide waren überrascht, welche Ehrfurcht der Name Da'ud ibn Yatom erregte, und staunten, daß jedermann wußte, wo sein Heim zu finden war.

Ralambo strahlte zufrieden. Seine Geduld hatte sich ausgezahlt. Er hatte gewartet, bis die venezianischen Kaufleute in ihrem Heimathafen an Land gegangen waren und außer ihm nur noch Demitrios als Passagier an Bord war. Erst dann hatte er ihn angesprochen. Die Unterhaltung, die sie mit dem wenigen Arabisch führen mußten, das sie beide sprachen, war elementar gewesen, aber sie hatte ausgereicht, ihn den Namen des weisen Mannes erfahren zu lassen, den er suchte.

Nach und nach hatte er sich dem griechischen Arzt nützlich gemacht, hatte ihm seine Mahlzeiten gebracht, das Wasser für seine Waschungen abgekocht, die er sehr genau nahm, hatte seine Kajüte saubergemacht und aufgeräumt – alles, um sicher zu sein, daß der Grieche nichts dagegen haben würde, wenn er ihn zu dem großen Da'ud begleitete.

Nun bogen sie in die Straße ein, zu der man sie gewiesen

hatte, und als sie das Haus erreichten, klopfte Ralambo auf eine Geste des Demitrios hin an die schwere Holztür. Ein Diener öffnete und fragte sie nach ihrem Begehr.

»Ich habe eine Botschaft für Da'ud ibn Yatom von Judah, dem König der Chasaren«, antwortete Demitrios. Ralambo stellte man keine Fragen. Man hielt ihn für den Diener des Byzantiners.

Da'ud selbst, einen Arm zum Willkommen ausgestreckt, die Augen leuchtend vor Freude, kam an einem Stock über den Flur gehumpelt und begrüßte Demitrios. »Möge der Herr gesegnet sein, der mich diesen Augenblick hat erleben lassen. Wie lange ich darauf gewartet habe!« rief er aus, und seine Stimme bebte. Er nahm Demitrios beim Arm und geleitete ihn in den Wassergarten. Ralambo folgte den beiden stumm auf nackten Füßen, bestaunte mit weit aufgerissenen Augen die Präzision der Gartenanlage, den Schimmer des Sonnenlichtes auf dem ruhigen Wasserlauf, die einzige, schmal zulaufende Zypresse, die groß und elegant von einer kleinen Insel im Zentrum aufragte.

Da'ud hatte nicht die Geduld, so lange zu warten, bis man den Gästen Erfrischungen gereicht hatte oder das Gespräch mit den üblichen höflichen Floskeln eröffnet war. Nachdem er herausgefunden hatte, wer sein Besucher war, führte er ihn zu einer unter Bäumen stehenden Marmorbank und bestürmte ihn sofort mit Fragen über das, was er gern für ein unabhängiges jüdisches Königreich gehalten hätte. Für Demitrios hatte diese Frage zwar keine große Bedeutung, doch ließ ihn Da'uds eifrige Begeisterung nicht gleichgültig. Mit Bedauern begriff er, daß es seine wenig beneidenswerte Pflicht sein würde, Da'ud diese Illusion zu rauben.

»Ich verstehe«, murmelte Da'ud, als Demitrios mit seinem Bericht über die vernichtende Niederlage zu Ende war, die die Russen dem Königreich der Chasaren beigebracht hatten. Das Leuchten in seinen Augen war erloschen, nun beherrschten wieder die dunklen, darunter liegenden Ringe das blasse Gesicht. Doch nach kurzem, tiefem Nachdenken sagte er: »Wir dürfen die Sache nicht auf sich beruhen lassen. Ich werde die Angelegenheit mit dem Kalifen besprechen. Sobald meine Gesundheit wieder hergestellt ist, reise ich nach Itil. Es muß eine Möglichkeit geben, Chasarien aus der Umklammerung der Russen zu befreien.«

»Das müßt Ihr beurteilen«, erwiderte der Byzantiner, dessen Gleichgültigkeit mit einer Spur Skepsis gemischt war. »Ich bin nur Arzt.« Doch hegte er Zweifel, ob der byzantinische Kaiser Nikephoros Gefallen an der Vorstellung von einem mächtigen jüdischen Staat an der nordöstlichen Grenze seines Reiches finden würde, der zudem noch mit den Omaijaden von Córdoba verbündet war …

Während die beiden Männer ins Gespräch vertieft waren, hatte sich Ralambo ein wenig zurückgezogen, seinen Gürtel gelockert und das lederne Band herausgezogen, an dem sein kostbarer Beutel hing. Jetzt, da die Männer verstummt waren und jeder seinen Gedanken nachhing, nahm er das Band vom Hals, ließ den Beutel heruntergleiten und ging auf sie zu.

In seinem einfachen Arabisch sagte er: »Ich bin Ralambo von der Großen Roten Insel Madagaskar. Gewisse Händler aus dem Orient kaufen diesen Extrakt bei uns ein.« Er hielt inne, streckte seine Hand vor, um Da'ud den Beutel zu geben, und fuhr fort. »Für sie und nur für sie ist er von großem Wert. Ich bringe ihn Euch, weiser Mann des Westens, weil ich den Grund dafür herausfinden möchte.«

Demitrios nahm eine Traube von der Platte, die man vor ihn hingestellt hatte, und leichte Belustigung umspielte seine Mundwinkel. Der große Da'ud würde kurzen Prozeß mit diesem lästigen Mischling machen, und dann könnten sie sich beide einer zivilisierten Diskussion über die verschiedenen medizinischen Heilverfahren widmen.

Da'ud nahm den Beutel, öffnete ihn und untersuchte den Inhalt genau. Dann roch er an dem bräunlichen Pulver und verriet mit einer leichten Bewegung seiner Augenbraue ein gewisses Interesse. Vorsichtig nahm er ein, zwei Körnchen mit dem Zeigefinger auf und prüfte mit der Zungenspitze den Geschmack.

»Woher kommt das?« fragte er Ralambo.

»Von der äußersten Spitze Afrikas. Es gibt dort einen Stamm, der es herstellt.«

»Woraus?«

»Das ist ihr Geheimnis.«

»Weißt du, welche Art von Pflanzen in diesem Teil Afrikas wachsen?«

»Große Pflanzen mit langen, stacheligen Blättern.«

Da'ud warf ihm einen raschen Blick zu. »Hai!« rief er über den Garten hinweg. »Komm zu uns, mein Sohn, und bringe Papier und Feder mit.«

Als Hai auftauchte, stellte Da'ud Demitrios und Ralambo kurz vor und fuhr dann eifrig fort: »Ralambo hat uns diesen Extrakt mitgebracht, der von der Spitze Afrikas kommt und bei gewissen orientalischen Händlern sehr gesucht ist. Er hat den weiten Weg zu uns auf sich genommen, um herauszufinden, warum das so ist.« Während er sprach, zeichnete Da'ud ein langes, spitzes Blatt, flach und fleischig mit einer gezackten Kante. »Meinst du diese Art Blatt?«

»Ja«, erwiderte Ralambo. »Aber es wachsen dort viele verschiedene Arten.«

»Auch welche, deren Blätter sich nach außen rollen?«

Mißtrauisch geworden, antwortete Ralambo nicht.

Da'ud und Hai tauschten wissende Blicke aus, während Demitrios, der sich sichtlich langweilte, einen flüchtigen Blick auf Da'uds Zeichnung warf. »Nun ja, das ist die Aloepflanze«, bemerkte er leichthin. »Seit der Zeit der Antike weiß man, daß sie ein äußerst wirksames Heilmittel ist, um den Körper von schlechten Säften zu befreien, und sie beschleunigt auch die Heilung gewisser Wunden.«

»Das stimmt«, erwiderte Da'ud mit ruhiger Autorität. »Aber ich glaube, daß es eine besondere Art gibt, die uns bisher nicht bekannt ist und im Orient als ein wahres Wundermittel gilt, wobei ich allerdings nicht genau sagen kann, wie sie wirkt.«

Nun ließ sich Demitrios herab, doch ein wenig Interesse an dem Thema zu bekunden. Mit ärgerniserregender Überlegenheit meinte er: »Ich hatte einmal die Gelegenheit, einen persischen Arzt kennenzulernen, den unser Kaiser an das Totenbett seiner Mutter gerufen hatte. Er war völlig am Boden zerstört, der arme Mann, denn er hatte den Tod der Frau nicht zu verhindern vermocht. Allen und jedem erklärte er, er hätte sie wahrscheinlich retten können, wenn ein gewisser chinesischer – oder war es ein indischer? – Händler, der ihm irgendein Wundermittel versprochen hatte, Isfahan erreicht hätte, bevor er nach Byzanz aufbrach.«

»Woran ist die Frau gestorben?« fragte Hai.

»Ich glaube, es war die Auszehrung, aber ich bin mir nicht ganz sicher. Ich war zu jener Zeit noch nicht Hofarzt, hatte also keine Gelegenheit, sie zu untersuchen.«

»Habt Ihr herausgefunden, um was für ein Heilmittel es sich handelte?« drängte ihn Hai.

»Offen gestanden, nein. Ich hege größtes Mißtrauen gegen diese schlauen orientalischen Medizinmänner, die uns für horrende Summen das sogenannte Lebenselixier anbieten. Was können sie schon wissen, das unseren griechischen Meistern verborgen war?«

Hai errötete vor Empörung über die engstirnigen Vorurteile und das bornierte Denken des Griechen, aber Da'ud verwies ihn mit einem Blick in die Schranken.

»Wahrhaftig, was schon?« stimmte der erfahrene Höfling

bei. »Nun, mein geschätzter Kollege, darf ich Euch für die Dauer Eures Aufenthaltes in Córdoba die Gastfreundschaft meines Hauses anbieten? Es muß Euch gewiß nach Ruhe verlangen, da ihr eine so lange und abenteuerliche Reise hinter Euch habt.«

Inzwischen fühlte sich Demitrios recht unwohl in der Gegenwart des jüdischen Arztes und seines vorwitzigen Sohnes. So viele Fragen, immer diese rastlose Suche … einfach viel zu schlau für seinen Geschmack … »Ich danke Euch herzlich, aber mein Aufenthalt hier ist nur von sehr kurzer Dauer, und ich würde noch gerne dem Oberhaupt unserer kleinen Gemeinde hier meine Aufwartung machen, ehe ich wieder aufbreche.«

»Wie Ihr wünscht«, erwiderte Da'ud höflich. »Aber ehe Ihr geht, möchte ich Euch noch ein Geschenk machen, zum Ausdruck meiner Dankbarkeit für all das, was Ihr für König Judah, für mich und für das ganze jüdische Volk getan habt.«

Er erhob sich mühevoll, humpelte ins Haus und kam wenig später mit einem massiven Goldpokal wieder, dessen Fuß reich mit großen, viereckig geschliffenen Smaragden besetzt war.

»Ich danke Euch von ganzem Herzen für Eure Großzügigkeit, aber ich verdiene ein so wunderbares Geschenk nicht«, antwortete Demitrios mit offensichtlicher Aufrichtigkeit. »Ich habe nur meine Pflicht getan, habe den letzten Wunsch eines Ehrenmannes erfüllt, der mir das Leben gerettet hat.«

Ein Diener wurde herbeigerufen, der Demitrios zu seinem nächsten Ziel begleiten sollte. Sobald die beiden das Haus verlassen hatten, setzte sich Da'ud wieder hin und wandte seine ganze Aufmerksamkeit Ralambo zu.

»Ihr habt großen Mut bewiesen, daß Ihr so weit gereist seid, um mich aufzusuchen. Aber sagt mir, könnt Ihr die Aloenart erkennen, von der dieser Extrakt stammt?«

Ralambo antwortete nicht.

»Nun, könnt Ihr es?«

»Niemand außer den Stammesältesten darf in ihre Nähe. Aber ich kann Euch so viel Extrakt liefern, wie Ihr wollt«, bot er eifrig an.

»Das wäre ein Anfang, aber es reicht nicht aus.«

Hai betrachtete seinen Vater mit unverhohlenem Erstaunen. Sicher war doch das, was für die orientalischen Ärzte gut genug war, auch für sie hier in Córdoba ausreichend? Gewiß wäre es besser als gar nichts, und es würde ihnen die lang ersehnte Gelegenheit geben, die Eigenschaften dieses Heilmittels endlich zu erforschen. Aber Da'ud verfolgte sein Ziel unnachgiebig.

»Ihr habt gehört, was dem persischen Arzt geschehen ist«, erinnerte er Ralambo streng. »Das Mittel, das man ihm versprochen hatte – ob es nun dieses oder ein anderes war, spielt keine Rolle –, erreichte ihn nicht mehr rechtzeitig, um das Leben seiner Patientin noch zu retten. Praktizierende Ärzte können sich nicht auf eine Arznei verlassen, deren Quelle so weit entfernt liegt. Zu viele Gefahren bedrohen die Handelswege. Wir brauchen die Pflanze, damit wir sie hier ansiedeln und den Extrakt selbst herstellen können.«

Die kindliche Freude und der erwartungsvolle Eifer, die Ralambos Gesicht überstrahlt hatten, erloschen plötzlich. »Die kann ich Euch nicht bringen.«

»Vielleicht nicht Ihr allein, aber da Ihr wißt, wo sie zu finden ist, könnten wir Euch vielleicht helfen.«

Ralambo starrte ausdruckslos vor sich hin, verständnislos, völlig verwirrt. Er hatte erwartet, daß man ihn loben und für seine Taten großzügig entlohnen würde, nicht, daß man ihn ausfragte und wie einen Sklaven bedrängte.

»Zum Beispiel«, fuhr Da'ud fort und lehnte sich unter Mühen vor, wollte ihn unbedingt überzeugen, »könnten wir Euch und dem betreffenden afrikanischen Stammesfürsten so viel Geld, Gold oder Silber bezahlen, so viele Juwelen oder Schwerter oder Dolche geben, wie Ihr wollt, oder irgend etwas anderes, wonach Euch der Sinn steht.«

»Aber nur für den Extrakt«, wiederholte Ralambo störrisch, die Augen zu Boden gesenkt.

Da'ud ließ sich nicht beirren. »Wir könnten Euch auch ein zuverlässiges Schiff geben, das Euch zu Eurer Insel zurück und von dort durch die Meerengen und hinunter bis zur Spitze Afrikas bringen kann, damit Ihr die Pflanze holen könnt.«

Wieder schüttelte Ralambo den Kopf.

»Aber warum nicht?«

»Sie würden mich umbringen«, brachte er schließlich hervor.

»Dann geben wir Euch eine tüchtige Leibgarde mit, die Euch beschützen soll.«

»Nein, Herr. Wenn sie mich entdecken, dann werden sie in ihrer Rache die Rote Insel schrecklich verwüsten.«

»Ralambo«, fuhr Da'ud geduldig fort, als spräche er mit einem Kind. »Ihr habt Euren Mut, Eure Findigkeit und Eure Entschlossenheit bewiesen, indem Ihr ganz allein hierher nach Córdoba gereist seid. Ich bin überzeugt, Ihr könnt diese Aufgabe erfüllen, ohne daß Euch jemand dabei bemerkt.«

»Nein, Herr. Der Stamm dort ist sehr wild und grausam. Ich mache es nicht.«

»Mein Herr und Meister, der mächtige Kalif von Córdoba ist auch ein wilder, grausamer Mann. Wenn er herausfindet, daß Ihr von Alexandria gekommen seid, wo seine Feinde, die Fatimiden, herrschen, dann könnte er Euch verdächtigen, als Spion hier zu sein. Die Strafe dafür ist der grausamste Tod.«

Entsetzt schaute Hai von seinem Vater, der so verbissen sein Ziel verfolgte, zu Ralambo, dem unschuldigen Jungen von der Roten Insel, der drauf und dran war, auf Da'uds zynische Kniffe und Hinterlist hereinzufallen. Er brannte darauf, ihm zuzurufen: »Hüte dich vor den Großen und Mächtigen!« Doch nun war es schon zu spät.

»Wenn ich es mache«, sagte Ralambo mit bebender Stimme und zitternden Händen, »verspricht mir dann Euer Herr, der Kalif, daß ich, wenn ich mit dem Leben davonkomme und nach Córdoba zurückkehre, in Frieden in seinem Königreich leben kann?«

»Ohne Zweifel. Ihr habt mein feierliches Versprechen.«

Mit vor Eifer gerötetem Gesicht und einer Lebensenergie, die Hai nicht mehr an ihm gesehen hatte, seit ihn Abu'l Kasim im letzten Herbst am Knie operiert hatte, begann Da'ud die Einzelheiten der bewaffneten Expedition auszuarbeiten, die Ralambo anführen sollte. Er beriet sich mit Hai über die beste Art, wie man die Pflanze transportieren und auf der Reise pflegen sollte, berechnete Gezeiten, Winde und Jahreszeiten und kam schließlich zu dem Ergebnis, daß das Schiff unverzüglich in See stechen sollte, um im Laufe des folgenden Sommers zurückzukehren. Dann hätte er endlich nicht nur einen hinreichend großen Vorrat an Extrakt, sondern auch die Pflanzen, aus denen man ihn gewann. Man versprach Ralambo eine beträchtliche Summe, von der er einen Teil bei der Abreise, den Rest bei seiner Rückkehr bekommen sollte.

»Bis die Expedition vorbereitet ist und in See stechen kann, seid Ihr als Gast in meinem Hause willkommen«, sagte er lächelnd zu dem armen Tropf, nachdem man ihm alles in klaren und einfachen Worten erklärt hatte. Eine subtile Form des Hausarrests, begriff Hai, und eine Mischung aus Bewunderung und Widerwillen über den *modus operandi* seines Vaters vertiefte noch die Abneigung, die er lange schon gegen die krasse Wirklichkeit der Macht hegte. Wenn die Zeit gekommen war und er eine Entscheidung über seine eigene Zukunft fällen mußte, würde dann sein Vater in der Lage sein, ihn zu verstehen? fragte er sich, während er aufstand, um Ralambo dabei zu helfen, sich im Haus zurechtzufinden.

29

Ralambos Abreise hatte in Da'ud neues Leben geweckt. Seine Kraft kehrte zurück, und er konnte teilweise seine Tätigkeit bei Hofe wieder aufnehmen. Al-Hakam war so beeindruckt von der Entschlossenheit seines Arztes, die Pflanze zu bekommen, aus der man das sogenannte Wundermittel gewinnen konnte, hatte ein so lebhaftes Interesse an der Expedition des Malegassen gezeigt, daß er seine schnellsten und getreusten Sendboten – ausgestattet mit viel Gold für Bestechungen – in alle Häfen entlang des Weges geschickt hatte. Sie sollten sicherstellen, daß das Schiff und alle Mitglieder seiner Mannschaft jede mögliche Hilfe erhielten und daß man ihnen keine Hindernisse in den Weg stellte. Sie wußten sehr wohl, welches Schicksal sie erwartete, wenn sie diesen Auftrag nicht erfüllten.

Aber Da'uds Energie war nur von kurzer Dauer. Als der Winter hereinbrach, die eisigen Winde von den Bergen wehten und selbst die zähesten, sonnendurchtränkten Einwohner von Córdoba bis ins Mark frieren ließ, wurde allen offenbar, wie gebrechlich Da'ud wirklich war. Er konnte immer weniger Zeit im Palast verbringen, blieb schließlich ganz fort. Jeden Morgen stand er ein bißchen später auf, jeden Nachmittag war seine Siesta länger, so daß er sein Bett täglich nur noch für wenige Stunden verließ. Sein Interesse an den Dingen schwand, seine Wünsche schrumpften auf ein Mindestmaß. Seine Welt wurde immer kleiner, sein allmählich versagender Lebensgeist wandte sich immer mehr sich selbst zu, beschäftigte sich ausschließlich mit dem Kampf ums Überleben.

Hai und Sari waren zutiefst beunruhigt. Nicht nur seine innere Stärke schwand; auch sein Körper schien sich beinahe vor ihren Augen aufzulösen. Weder die Gerstengrütze noch die Milchsuppe oder irgendeine andere Köstlichkeit, die Sari liebevoll für ihn zubereitete, konnten seinen Verfall aufhalten.

»Es ist die Kälte«, flüsterte er, ein trauriges Lächeln auf den grauen Lippen, als er sich wieder einmal anschickte, sich zu Bett zu begeben. »Wenn der Sommer kommt, geht es mir bestimmt besser.«

Doch als man die ersten Regungen des Frühlings spürte und süße warme Lüfte die stillen Tümpel und eleganten Zypressen der großen Stadt Córdoba liebkosten, nahm Da'ud beinahe gar nichts mehr zu sich. Panik ergriff seine Frau und seinen Sohn. Nacht für Nacht saß Hai über Traktate und Abhandlungen gebeugt, suchte nach einem Heilmittel, das man im Laufe der Jahrhunderte vielleicht vergessen oder übersehen hatte. Er klappte gerade sein Exemplar von Galens *De Alimentorium Virtutibus* zu, nachdem er wieder einmal eine Nacht erfolglos gesucht hatte. Da fielen seine müden Augen auf einen Abschnitt, den er schon viele Male gelesen hatte:

»Im Altertum lebten die Menschen beinahe ausschließlich von Aloe, weil sie den Körper nährt.«

Aber Galen hatte nicht angegeben, ob diese Menschen krank oder gesund waren. Eindeutig würde doch ein Patient, der so geschwächt war wie sein Vater, die abführende Wirkung einer solchen Nahrung nicht vertragen. Und doch … und doch … Er erhob sich und ging in der Stille der Nacht unruhig im Raum auf und ab. Die flackernde Kerze warf zitternde Schatten an die Wände. Was, wenn der Extrakt, der sich in Ralambos Beutel befand, die gleiche Wirkung zeitigte? War er so teuer, weil seine lebensstärkende Wirkung nicht durch seine wohlbekannte läuternde Wirkung aufgehoben wurde? Sollte er es versuchen? Schon lange war ihm klar, daß sein Vater dahinsiechte, weil die Entfernung der Geschwulst trotz allem die Zersetzung seiner inneren Organe nicht hatte aufhalten können. Das war zweifelsohne seinem Vater ebenfalls klar – auch wenn Da'ud nie etwas davon hatte verlauten lassen. Er hatte schließlich selbst bei seinem Vater die gleiche Krankheit behandelt. Hai hatte nicht viel zu verlieren, schien es, wenn er es versuchte, ein wenig, nur ein wenig, nach und nach ...

Er besprach das Thema vorsichtig mit Sari. Sie hatte keine Einwände gegen das Experiment. »Aber versuche es erst nur mit einer sehr kleinen Menge«, mahnte sie ihn zur Vorsicht. Um den bitteren Geschmack des Pulvers zu übertönen, schlug sie vor, Hai solle es in eine Süßigkeit mischen, die sie manchmal aus Eibischwurzel bereitete. Das war nicht nur eine Köstlichkeit, die Da'ud besonders gerne mochte, er hatte sie auch selbst Ya'kub verschrieben, weil sie eine lindernde Wirkung auf seine verborgenen Verletzungen hatte.

Als die Paste vorbereitet war, rollte Sari sie zu kleinen Kugeln, die sie auf einem silbernen Tablett neben ihren Mann stellte, sorgsam darauf bedacht, sie ihm nicht aufzudrängen, damit er nicht gegen ihre dringende Bitte aufbegehrte. Zu ihrer ungeheuren Erleichterung knabberte er an dem Konfekt, aß es Stück für Stück den ganzen Tag hindurch, bis er am Abend schließlich alles verspeist hatte. War es Wunschdenken, oder schien es ihm am nächsten Morgen wirklich ein wenig besser zu gehen? Jedenfalls nicht schlechter. Auf Da'uds Verlangen bereiteten sie am nächsten Tag eine größere Menge zu. Am Abend waren nur noch ein, zwei Kugeln übrig. Als Da'ud am nächsten Morgen aufstand, schien sein Schritt fester, seine Haut weniger grau. Sari lächelte und sagte ihm, wieviel besser er aussehe, worauf er ihr mit einem Zwinkern in den Augen, die ein wenig von ihrem Glanz zurückbekommen hatten, antwortete: »Ich habe dir doch gesagt, es würde mir besser gehen, sobald das Wetter sich erholt hat.«

Während der folgenden Tage stand ein ständiger Vorrat an Eibischkugeln griffbereit neben Da'ud, und jedesmal war ein wenig von Ralambos Extrakt hinzugefügt. Zwei Wochen später konnte es keinen Zweifel mehr geben: Da'ud hatte nicht unter der abführenden Wirkung zu leiden gehabt, sein Zustand hatte sich merklich verbessert. Aber nun ergriff Hai und Sari Panik. Beinahe die Hälfte des Beutelinhalts war bereits verbraucht. Wenn Ralambo nicht innerhalb des kommenden Monats eintraf, wäre alle Hoffnung verloren, Da'ud noch zu retten. Wie recht sein Vater gehabt hatte, dem glücklosen Eingeborenen so fest gegenüberzutreten, mußte Hai zugeben. Obwohl er mit niemandem darüber geredet hatte, war sich Da'ud offensichtlich über die Art seiner Krankheit im klaren. In dem »Wundermittel« – dem Lebenselixier, wie Demitrios es genannt hatte – hatte er seine einzige Hoffnung auf eine Heilung gesehen, und sein Selbsterhaltungstrieb hatte alle anderen Erwägungen beiseite gefegt.

Aber wo war Ralambo? Als die Expedition aufgebrochen war, hatte Hai sie für so gefährlich gehalten, daß er Zweifel hegte, ob er den Mann je wiedersehen würde. Doch jetzt begann er genau wie sein Vater zu beten, mit der ganzen Dringlichkeit, zu der er fähig war, irgendein Höheres Wesen anzuflehen, das es irgendwo im Chaos der Schöpfung gab. Er flehte, Ralambo möge mit dem Extrakt zurückkommen, ehe der Beutel leer war und nichts mehr zwischen seinem Vater und seinem unvermeidlichen Abstieg ins Grab stand.

Sari konnte das Zittern ihrer Hände nicht mehr verbergen, als sie das letzte Körnchen des bräunlichen Pulvers in ihr Konfekt mischte – zusammen mit einer Träne, die in die Schüssel tropfte.

Hai achtete sorgfältig darauf, daß er jeden Tag zu der Zeit zu Hause war, wenn Da'ud von seiner Siesta erwachte. Mit seiner einzigartigen Mischung aus Mitleid, Zärtlichkeit und sensibler Fürsorge nahm er den Vater mit einer freundschaftlichen Geste beim Arm, überspielte so, wie sehr er ihn stützte. Dann spazierten sie gemeinsam unter den Zypressen des Wassergartens auf und ab, bis Hai bemerkte, daß Da'uds Schritte sich verlangsamten. Es sei an der Zeit, einen Umschlag auf die schmerzenden Gelenke aufzubringen, schlug er dann vor, und trotz der lauen Luft des Sommerabends breitete er seinem Vater die üppige Pelzdecke, die der Kalif ihm mit allen guten Wünschen für eine baldige Genesung zugesandt hatte, über die Knie. Dann saß er neben ihm, lehnte sich auf dem Diwan zurück und knabberte schwach an den saftigen Früchten und köstlichen Süßigkeiten, mit denen Sari ihn zu locken versuchte.

Zwei- oder dreimal in der Woche schickte al-Hakam einen persönlichen Gesandten, um sich nach der Gesundheit seines Arztes zu erkundigen und zu fragen, ob er ihm in irgendeiner Weise behilflich sein könne. Der Bote vertraute Hai mehr als einmal an, der Kalif sei außerordentlich bestürzt über Da'uds Krankheit. Sonst schickte er seinen engsten Beratern seinen Hofarzt zur Behandlung, aber wen konnte er dem Arzt schicken, der sie alle an Fähigkeit und Wissen übertraf? Und wer würde ihn behandeln, wenn seine Zeit gekommen war, sollte der große Da'ud sich nicht erholen?

Auf Anordnung des Kalifen wurde der Hafen von Sevilla genau beobachtet, so daß man die kostbare Substanz gleich, sobald die Expedition zurückkehrte, unter schwerster Bewachung in aller Eile nach Córdoba bringen konnte. Woche um Woche zog sich dahin. Sari wurde immer blasser und unruhiger, während Da'ud zu einer gespenstischen, beinahe schon durchsichtigen Gestalt abmagerte. Manchmal war es, als hätte sich sein Geist schon vom Körper befreit. Hai saß stundenlang weinend bei ihm, und das Mitleid schien ihn von innen auszuhöhlen. Er versuchte mit seinen Gedanken Ralambo zu größerer Eile anzutreiben, strengte sich so sehr an, daß er beinahe die Grenzen seiner Kraft erreicht hatte. Er weigerte sich, die Hoffnung aufzugeben, in Resignation zu verfallen, der Enttäuschung zu erliegen, die jeder Arzt verspürt, der nicht verhindern kann, daß ein Leben, das er umsorgt hat, ihm aus den Händen gleitet. Morgen, übermorgen, spätestens in der nächsten Woche würde die Expedition mit dem Extrakt zurückkehren, der Da'uds Verfall Einhalt geboten hatte, und er würde von dem tödlichen Abgrund zurücktreten, an dessen Rand er jetzt mit schwankenden Schritten stand.

So saß Hai eines Abends und konzentrierte seine Gedanken, als könnte er durch seinen bloßen starken Willen die Rückkehr der Expedition beschleunigen, als sein Vater die matten Augen aufschlug. Er nahm die lange, schmale Hand seines Sohnes – die so sehr Saris Hand glich – in die seine, die inzwischen kalt, bläulich und knochig geworden war, und sprach mit einer Festigkeit in der Stimme, die man lange nicht vernommen hatte: »Es ist an der Zeit, daß wir miteinander reden, mein Sohn. Es gibt Dinge, die gesagt werden müssen, solange ich noch die Kraft dazu habe. Mein Leben lang habe ich die Hoffnung genährt, daß du in meine Fußstapfen als Hofarzt und Vertrauter des regierenden Kalifen treten würdest, daß du zu Ruhm, Macht und noch größerem Reichtum gelangen würdest als ich. Und doch habe ich in dir immer eine Abneigung gegen die brutale Wirklichkeit des Lebens in den Korridoren der Macht verspürt. Als du heranwuchsest, begriff ich allmählich, daß du für ein Leben der Täuschung und Intrige nicht geschaffen bist. Du mußt einen anderen Weg einschlagen. Du hast die Aufrichtigkeit und Ehrlichkeit deiner Mutter geerbt und ihr tiefes Mitgefühl mit allem menschlichen Leiden. Im Verein mit deinem scharfen Intellekt wird dich dies zu einem Arzt im wahrsten Sinne des Wortes machen, zu einem Heiler um des Heilens willen.

Ich habe geduldig gewartet, bis du jetzt deine medizinischen Studien abgeschlossen hast, ehe ich dir von einer Vermutung spreche, die ich schon lange Zeit über die Eigenschaften des Großen Theriak hege. Als ich dieses Mittel zum erstenmal für Abd ar-Rahman III. zubereitete, habe ich ihm, hauptsächlich einem Impuls folgend, geraten, stets eine kleine Menge zur Vorbeugung einzunehmen, wenn er sich in akuter Gefahr eines Schlangenbisses wähnte. Er folgte meinem Rat, und nachdem er tatsächlich gebissen wurde, verspürte er keinerlei unangenehme Wirkung.«

»Gar keine?«

»Überhaupt keine.«

»Unglaublich!« rief Hai aus, wie damals vor so vielen Jahren auch Ibn Zuhr.

»Die einzige andere Person, der ich davon erzählt habe, ist unser Lehrer Ibn Zuhr. Er meinte zu Recht, die vorbeugende Wirkung des Großen Theriak sei nicht eindeutig bewiesen, da der Kalif nach dem Biß auch noch eine volle Dosis davon eingenommen habe. Und sie läßt sich auch nicht beweisen, ohne daß man jemanden der Todesgefahr aussetzt. Trotzdem bin ich nach wie vor davon überzeugt, daß meine Eingebung richtig war. Ich hinterlasse dir diese Einsicht, mache damit, was du willst. Aber gib auf keinen Fall das schwer erworbene Privileg auf, für den jeweils herrschenden Kalifen den Großen Theriak zu bereiten. So hast du stets einen Fuß im Palast, und dieser Vorteil ist nicht zu verachten.«

Mühsam verlagerte Da'ud sein Gewicht, trank einen kleinen Schluck Wasser und ruhte sich ein wenig aus, ehe er weitersprach.

»Was nun Ralambos ›Wundermittel‹ betrifft, so muß ich dich wohl kaum dazu drängen, deine unaufhaltsame Suche fortzuführen. Wenn die Expedition nicht zurückkehrt – und nach meinen Berechnungen sollte sie inzwischen längst wieder hier sein –, dann gib trotzdem nicht auf. Verwende dafür ohne Zögern das gesamte riesige Vermögen, das unsere Familie angehäuft hat, schicke noch mehr Leute zur Großen Roten Insel, um die Pflanzen aufzuspüren, und ruhe nicht eher, als bis du sie entdeckt hast. Ich habe sehr wohl gemerkt, wieviel neues Leben mir der Extrakt geschenkt hat.«

»Du …?«

»Ja, natürlich habe ich es gewußt, mein Sohn. Keine Süße kann diesen ganz besonderen bitteren Geschmack übertönen.«

»Warum dann …«, stammelte Hai.

»Man könnte sagen, ich habe mich mit dir und deiner Mutter verschworen, um euch die zusätzliche Angst zu ersparen, daß meine letzte Hoffnung auch noch schwinden könnte. Ich hatte natürlich darauf gehofft, wie das jeder Sterbliche tun würde, aber mit den Vorbehalten, die einem Wissenschaftler ziemen. Ich weiß nicht, ob der Extrakt mich letztlich hätte retten können. Ich kann nur bestätigen, daß er einen lebensspendenden Energiestrom durch meine Adern geschickt hat. Führe die Suche fort, mein Sohn, suche weiter.«

»Aber Vater«, brachte Hai unter Tränen hervor, »das Schiff müßte jeden Tag einlaufen. Der Kalif selbst hat einen ständigen Beobachter am Hafen postiert, so daß der Extrakt, sobald das Schiff angelegt hat, unverzüglich mit Sonderboten nach Córdoba gebracht wird.«

»Ich bezweifle, daß dazu noch Zeit ist«, murmelte Da'ud. »Ein Mann spürt es, wenn … wenn …«

Er umfaßte Hais Hand ein wenig fester, und seine dunklen, nun nicht mehr ruhigen Augen glänzten vor Tränen, während Hai hemmungslos schluchzte.

»Weine nicht, mein Sohn. Weder die Weisesten noch die Mächtigsten können dem entgehen, was Gott oder die Natur, je nachdem, an was man im innersten Herzen glaubt, jedem Lebewesen bestimmt hat.«

Er schloß kurz die Augen, sammelte all seine schwindenden Kräfte, um seinen Gedanken zu Ende zu bringen: »Wie ich schon gesagt habe, ich kann dich nicht dazu zwingen, am Hofe des Kalifen in meine Fußstapfen zu treten, aber ich muß dich bitten, die Leitung der jüdischen Gemeinde zu übernehmen, wie es dein Vater und dein Großvater vor dir getan haben. Mit deinem Geburtsrecht, deiner Bildung und deinem Wohlstand scheinst du für diese Aufgabe hervorragend geeignet, und ich hege keinerlei Zweifel, daß du trotz deiner Jugend mit der gleichen Hingabe das Amt zum Wohl unseres Volkes ausfüllen wirst, wie das deine Vorväter getan haben. Daß du dich so bescheiden und diskret verhalten wirst, wie das im Haus Ibn Yatom schon jeher üblich war, muß ich nicht betonen. Diese Eigenschaften sind dir angeboren.

Ebenso überflüssig ist es, dich an deine Verantwortung für deine Mutter zu erinnern, die einzige Frau, die ich je geliebt habe. Aber ich habe das Gefühl, daß ich auch von der anderen Familie reden muß.« Hier hielt Da'ud inne, wählte seine Worte sorgfältig. »Du hast nie ein Geheimnis aus deiner Zuneigung zu ihnen gemacht. Als du ein Kind warst, war dies zweifellos spontan. Es war nur natürlich, daß du dich zu deiner Halbschwester hingezogen fühltest, mit der du die ersten Jahre deines Lebens unter diesem Dach verbracht hast, nur natürlich, daß du später die Gesellschaft der jungen Leute deiner Generation gesucht hast. Aber als du älter wurdest, spürte ich, daß du dich in gewisser Weise verpflichtet zu fühlen schienst, sie irgendwie für das zu entschädigen, was du genau wie deine Mutter für eine ungerechte Behandlung meinerseits hieltest. Ich habe nie meinen Frieden mit der Situation geschlossen, die ich geschaffen hatte. Und doch, wenn ich jetzt vom Totenbett zurückblicke, bin ich nach wie vor überzeugt, daß ich unter den unwahrscheinlichen Umständen, die sich damals ergeben haben, im besten Interesse aller Beteiligten gehandelt habe. Als ich Djamila heiratete, um mir einen Erben zu sichern, konnte ich nicht ahnen, daß die Folge davon sein würde, daß Sari dich, meinen einzigen Sohn, zur Welt bringen würde. Das ist jedoch eine Angelegenheit, die nur deine Mutter ganz persönlich betrifft. Wenn sie möchte, kann sie dir eines Tages davon erzählen. Jedenfalls gab es, nachdem du zur Welt gekommen warst, keinen Platz mehr für Djamila und unsere Tochter, weder in meinem Herzen noch in meinem Haus. Es schien mir angemessener, ihnen ein Leben in bescheidener menschlicher Würde zu ermöglichen, als sie hinter einer ehrbaren Fassade ständige Demütigung erleiden zu lassen. Daß ich unrecht daran tat, sie so herabzusetzen, darüber gibt es keinen Zweifel. Aber ich hatte keine Gewalt über diesen Impuls. Verstehe und akzeptiere dies, mein Sohn, aber falls du das nicht kannst, verurteile mich nicht.

Wenn die Zeit gekommen ist, wirst du ebenfalls heiraten. Wie ich bist auch du in der glücklichen Lage, bei der Wahl deiner Ehefrau nicht auf Reichtum oder Rang achten zu müssen. Folge den Neigungen deines Herzens. Dich, den Sohn der Sari und des Da'ud, werden deine Gefühle nicht trügen. Das ist alles, was ich dir zu sagen habe, mein Sohn. Jetzt möchte ich mich ausruhen.«

Hai half seinem Vater, sich in die Kissen zurückzulegen. Sanft breitete er die Felldecke über ihn, während ihm die Tränen über die Wangen strömten und sich mit denen seines Vaters vermischten, dann küßte er ihn auf die Stirn und wünschte ihm eine ruhige Nacht.

Aber sie sollte ihm nicht gegönnt sein.

Gegen Morgen durchschnitt ein herzzerreißender Schmerzensschrei den dämmernden Tag. Der Anblick, der sich Sari bot, als sie zu Da'uds Bett eilte, ließ sie vor Schreck erstarren. Aus allen Körperöffnungen strömte grünlich-schwarzer Schleim, der todbringende Körpersaft, der ihn von innen ausgezehrt hatte. Hai streichelte ihm die Stirn, umfaßte sein hageres Gesicht mit Händen, die dem Vater die einzige Arznei schenkten, die er noch anbieten konnte: seine Liebe und sein unendliches Mitleid. Trotz all seines medizinischen Wissens, trotz seiner Vertrautheit mit dem Tod mußte er einfach versuchen, den schwindenden Lebensgeist seines Vaters mit zitternden Fingerspitzen aufzuhalten und für alle Ewigkeit zu bewahren. Der Schmerz darüber, daß ihm dies niemals gelingen konnte, war tief in sein Gesicht gegraben. Beim ersten Morgenlicht war der Kampf ausgestanden. Von seiner Niederlage zerschmettert, vom Schmerz überwältigt, schloß Hai seine Mutter in die Arme und weinte bitterlich mit ihr.

TEIL III
Hai und Amram

30

Die rituelle Trauerwoche nach Da'uds Tod brachte einen endlosen Strom von Beileidsbesuchern ins Haus Ibn Yatom. Alle wollten dem Mann die letzte Ehre erweisen, den sie geschätzt, bewundert, geliebt – oder gefürchtet – hatten. Die Großen legten beim Eintreten Stolz und Hochmut ab. Die Bescheidenen erinnerten sich daran, wie Da'ud sie von diesem oder jenem Leiden kuriert hatte, und schlichen schüchtern über den Flur, sprachen ein wenig scheu ihr Beileid aus, wischten sich eine Träne aus dem Auge und zogen sich eilig wieder zurück. Juden aus sämtlichen Gemeinden Spaniens mischten sich mit christlichen Gesandten und moslemischen Würdenträgern, wurden ohne Ausnahme wieder einmal daran erinnert, daß angesichts des Todes alle Menschen gleich sind. Von all dem drang nur wenig zu Hai und Sari vor, die sich in ihrem grenzenlosen Schmerz zurückgezogen hatten. Erst viel später hörten sie von Da'uds Schwestern, daß ganz al-Andalus das Gedächtnis an seinen größten Juden geehrt hatte, wie man es noch nie zuvor erlebt hatte.

Der Kalif, sagte man, sei untröstlich. Tagelang hatte er sich in sein Studierzimmer eingeschlossen, jegliche Nahrung verweigert, nur ein wenig Wasser getrunken, bis seine Vertrauten schon um sein Leben bangten. Als seine Leibärzte sich ihm zu nähern versuchten, um den Reizhusten zu lindern, den er sich zugezogen hatte, verweigerte er ihnen den Zutritt. »Abu Suleiman war der einzige Arzt, zu dem ich grenzenloses Vertrauen hatte«, murmelte er verächtlich. Völlig niedergeschlagen zog er sich dann wieder in seine stummen Grübeleien zurück, und alle Angelegenheiten des Kalifats, dessen Schicksal er zu bestimmen hatte, waren ihm völlig gleichgültig.

Wie ein Gespenst bewegte sich Sari durch einen Nebel, die Arme um den Leib geschlungen, als müsse sie sich vor der Kälte der Nacktheit schützen, die sie fühlte. Von Zeit zu Zeit streckte sie die Hand aus, tastete mit ihren zarten Fingern die Leere ab, auf der Suche nach einer Gegenwart, die verschwunden war und ihre halbe Seele mitgenommen hatte. Verletzt und verletzlich, wie sie war, wollte sie gar nichts mehr, bat um nichts. Denn was sie wirklich wollte, das konnte ihr nichts und niemand wiedergeben. Nicht einmal die Zärtlichkeit ihres Sohnes konnte sie trösten. In seinem überwältigenden Schmerz über den Tod des Vaters, den Saris stumme Trauer noch vergrößerte, die herzzerreißender war als jedes Trauergeschrei, verfiel Hai in eine tiefe Melancholie, die ihn viele Wochen lang völlig handlungsunfähig machte.

Erst als die Überreste von Ralambos Expedition zurückkehrten, wachte er schlagartig aus seiner Lethargie auf. Es packte ihn eine wilde Wut gegen das grausame und ungerechte Schicksal bei dem Gedanken, daß ein so kurzer Zeitraum zwischen dem Tod seines Vaters und einer Überlebenschance gelegen hatte, und er stürzte sich mit aller Kraft auf die vor ihm liegende Herausforderung. Wie er es vorhergesehen hatte, war Ralambo nicht unter den wenigen Überlebenden der gefährlichen Reise. Der Kapitän des Schiffes, der zusammen mit dem Boten des Kalifen nach Córdoba geritten war, erklärte knapp:

»Alles ging gut, bis wir die Große Rote Insel erreichten. Dort gingen wir im Hafen vor Anker, und Ralambo verließ allein das Schiff. Am folgenden Tag kehrte er mit diesem Kästchen zurück, das fest verschlossen und versiegelt war und das er mir für die restliche Reise anvertraute, mit der strikten Auflage, es Euch zu überbringen, falls ihm etwas zustoßen sollte.«

Während er so sprach, reichte der Kapitän Hai ein grob geschnitztes Kästchen aus Rosenholz, dessen primitives Siegel noch unverletzt war.

»Aber die Pflanzen?« wollte Hai wissen.

»Leider, leider ist das eine ganz andere Geschichte. Wir folgten den Anweisungen Ralambos und segelten zur westlichen Spitze Südafrikas. Dort gingen wir in einer Bucht vor einer recht trockenen und unwirtlichen Gegend vor Anker. Als die Nacht hereinbrach, führte uns Ralambo auf nackten, leisen Sohlen ins Landesinnere, in ein Gebiet, das von den seltsamsten Pflanzen überwuchert war, die ich je zu Gesicht bekommen habe.«

»Wieso seltsam?«

»Sie wuchsen in großen Büscheln speerförmiger, spitzer Blätter mit sägezahnartigen Rändern.«

»Was ist daran so seltsam?«

Der Kapitän zögerte, wollte seine tief sitzende Angst vor allem Unbekannten nur ungern eingestehen.

»Versucht es mir zu erklären«, drängte ihn Hai.

»Nun, Meister, die Blätter waren so verdreht und gewunden wie die langen drohenden Finger einer bösen Zauberin. Aus den alten Blättern sprossen neue in Büscheln hervor. Diese Blätter waren schmaler, aber sie wanden und rollten sich auch in alle Richtungen wie die Arme eines todbringenden Kraken.«

»Ich verstehe Eure Sorge«, nickte Hai mitfühlend und ermutigte den Kapitän weiterzuerzählen.

»Ralambo bedeutete uns, dies seien die Pflanzen, nach denen man uns ausgesandt hatte, die wir mit den Wurzeln ausgraben und nach Córdoba zurückbringen sollten. Er drängte uns, schnell zu arbeiten, bevor der Mond aufging, weil wir zum Schiff zurückeilen und wieder in See stechen mußten, ehe man uns entdeckt hatte. Ich stellte Wachen rings um den Bereich auf und suchte dann in der Dunkelheit nach Ralambo, um ihm dabei zu helfen, die Büsche aus dem Boden zu reißen. Doch er war nirgends mehr zu finden. Ich suchte das gesamte Dickicht der Büsche nach ihm ab, die wie mit Klauen nach mir griffen, ebenso das ganze offene Gelände jenseits, um eine Gestalt zu finden, die sich durch die Dunkelheit bewegte. Aber er war nirgends zu sehen. Erst dann begriff ich, in welch großer Gefahr wir schwebten. Sie war so schrecklich und furchterregend, daß Ralambo um sein Leben gerannt war, trotz der Reichtümer, die ihn hier bei seiner Rückkehr erwartet hätten. In der kurzen Zeit, die uns noch blieb, stellte es sich als unmöglich heraus, die Pflanzen mit der Wurzel auszugraben, denn sie waren weit und tief in der harten und trockenen Erde verwurzelt. Also befahl ich meinen Männern, mit ihren Schwertern von den kleineren Büscheln so viele wie möglich abzuschlagen. Ich muß zugeben, daß wir die Beine in die Hand nahmen, ehe der Mond aufging, und uns mit Hilfe der Sterne – und einer glücklichen Intuition – zum Schiff zurückschlichen. Da Ralambo nicht mehr bei uns war, um sich auf der Überfahrt um die Pflanzen zu kümmern, die wir hatten abschlagen können, verdorrten viele auf der Reise. Ich habe Euch nur noch diese hier zu überbringen«, sagte der Kapitän schließlich und zog drei ziemlich dicke, ausgetrocknete Exemplare aus seinem Seesack, an denen wenige schlaffe, bräunlich-grüne Blätter gerade noch am Leben waren.

»Einen Eimer Wasser!« rief Hai sofort Yahya, dem alten Diener seines Vaters, zu. »Schnell, und ein scharfes Messer!«

Mit geübter Hand schnitt er das Holz bis zu einer Stelle zurück, an der er Saft vermutete, sah, daß im Inneren noch ein wenig Feuchtigkeit war, und tauchte die Pflanzen ins Wasser. Erst dann wandte er sich wieder dem Kapitän zu.

»Ich danke Euch von ganzem Herzen für Eure Bemühungen, auch wenn Ralambo Euch im Stich gelassen hat. Die Belohnung, die ihm zuteil werden sollte, fällt nun Euch und Euren Männern zu. Ihr mögt sie aufteilen, wie Ihr wollt.«

»Unter den wenigen, die diese Reise überlebt haben«, murmelte der Kapitän traurig. »Auf der Heimreise ist an Bord die Ruhr ausgebrochen.«

»Ich bin zutiefst betrübt, daß Menschenleben zu beklagen sind, aber ich hoffe, daß ich irgendwann beweisen kann, daß Eure Opfer nicht vergebens waren.«

Die Ankunft der Pflanzen und des Extraktes ließen nur kurz einen Funken von Interesse in Saris matten, blauen Augen aufleuchten. Für sie war alles zu spät gekommen. All das gehörte nun Hai, der sein eigenes Leben führen mußte. Ihr hatte die Welt nichts mehr zu bieten. Bei Da'ud hatte sie Sicherheit, Ruhe, Zufriedenheit und mit der Zeit auch die Leidenschaft einer großen und dauerhaften Liebe gefunden. Sie hatte nie gehofft, daß ihr ein solches Glück noch zuteil werden könnte. Wenn Da'ud nicht gewesen wäre, sie hätte niemals erfahren, daß es so etwas überhaupt gab, viel weniger noch, daß man es erleben konnte. Was mehr hätte sie sich ersehnen können? Sie hatte ihren Mann in den letzten schmerzlichen Jahren mit der gleichen Geduld unterstützt, die er ihr gegenüber an den Tag gelegt hatte, als er ihr half, sich allmählich von den Schrecken ihrer Kindheit zu befreien. In der Zwischenzeit hatten sie sich geliebt und alles andere aus ihrer eigenen Welt ausgeschlossen. Nachdem diese Welt nun nicht mehr existierte, hatte sie nichts mehr zu wünschen als einen ruhigen Lebensabend und ein friedliches Ende, vielleicht noch durch Enkelkinder versüßt, die ihr Hai eines Tages bescheren würde. Genau wie Da'ud es gemacht hätte, würde sie diese Kinder an der Zypresse ihres Vaters messen, die groß und herrlich mitten auf ihrer Marmorinsel wuchs.

Teilnahmslos beobachtete sie, wie ihr Sohn mit größter Intensität, die von seiner unterdrückten Wut angetrieben wurde, die seltsamen grünen Pflanzen hegte und pflegte, die aus Afrika gekommen waren. Morgens und abends zog er sie aus dem Eimer und untersuchte an den Enden, ob sich schon neue Wurzeln bildeten. Dann tastete er die Blätter ab und konstatierte mit jedem Tag, wieviel fester sie geworden waren und wie sie sich aufzurollen begannen. Und doch spürte sie in ihm eine seltsame neue Rastlosigkeit, die seinem sanften und ruhigen Naturell bisher fremd gewesen war. Es war, als triebe er ziellos auf dem Meer, als habe er den Anker verloren, der sein Vater für ihn gewesen war, und müßte seinen eigenen festen Platz in einem sicheren Hafen erst noch wiederfinden.

Eines Freitagvormittags, nachdem er seine Pflichten für die Gemeinde erledigt hatte, trat Hai aus dem Männerflügel des Hauses und wollte gerade durch den Garten gehen, um bei seiner Mutter vorbeizuschauen, als Dalitha halb gehend, halb rennend den Flur entlang kam und in den Sonnenschein trat, die Arme gebeugt unter einem schweren Korb voller Feigen und Trauben.

»Wie freundlich von dir, an uns zu denken«, sagte er, als er ihr die Last abnahm und eine reife Feige auswählte, die er mit ihr teilte.

Sie lächelte ein wenig wehmütig, als sie die Hälfte nahm, die er ihr reichte. »Weißt du noch, wie du mir beigebracht hast, daß ich keine Angst haben sollte, Feigen zu essen?«

»Natürlich.«

»Du bist so lange nicht mehr bei uns im Haus draußen

zu Gast gewesen. Wir dachten, du hättest uns vielleicht vergessen.«

»Das wiederum ist kein freundlicher Gedanke. Mutter ist jetzt sehr einsam, und mir sind so viele Pflichten zugefallen, daß ich kaum einen Augenblick für mich habe«, erwiderte Hai entschuldigend und mit ein wenig schlechtem Gewissen.

Betrübt und niedergeschlagen antwortete Dalitha: »Dann will ich dich nicht länger aufhalten. Ich muß jetzt gehen, wenn ich noch vor dem Sabbat zu Hause sein will«, fügte sie hinzu, und ihre tiefe Stimme war vor Verlegenheit ganz heiser.

»Du gehst nirgendwo hin!«

Hai packte sie fest am Handgelenk und zog sie spielerisch naher zu sich heran. »Ich schicke jemanden zu deinen Eltern, um ihnen mitzuteilen, daß du den Sabbat bei uns verbringst. Ah, wie schön es ist, dich wieder einmal zu sehen«, rief er aus und hielt seinen sanften Blick auf sie gerichtet, als sähe er sie zum ersten Mal. »Du hast dich verändert«, murmelte er, schob ihr glänzendes schwarzes Haar zurück, um die breite, wache Stirn freizulegen, ließ einen zarten Finger über die neue Fülle ihrer Wangen gleiten, trat dann einen Schritt zurück, um die Schönheit ihrer erwachsenen Gestalt zu bewundern – die festen jungen Brüste, deren Rundungen das Gewand zart formten, die schmale, biegsame Taille und den eleganten Schwung von Hüfte und Schenkeln. Zärtlich strich er ihr eine störrische Haarsträhne, die ihr in die riesengroßen dunklen Augen gefallen war, hinters Ohr und streichelte ihr dann mit dem Finger liebkosend über die Wange.

»Komm.« Er legte ihr den Arm um die Taille und spazierte gemächlich mit ihr am Wasserlauf entlang. »Wie geht es allen draußen im Haus?«

Während sie ihm vom Erfolg von Menahems Lexikon jenseits der spanischen Grenzen erzählte, von dem jungen Mann aus Sevilla, der aus unerfindlichen Gründen immer wieder bei ihnen vorbeischaute, von den Lavendel- und Senfpflanzen, die er seit dem Tod seines Vaters nicht mehr geerntet hatte, hörte er kein Wort, das sie ihm sagte. Er war wie gebannt von der Bewegung ihrer Lippen, die feiner waren als die ihrer Mutter, von der tiefen Nachdenklichkeit ihrer schwarzbraunen Augen. All das entfachte in ihm den Wunsch, sie in die Arme zu schließen und für immer und ewig eng an sich zu schmiegen. Nicht das Kind, mit dem er gespielt hatte, sondern die Frau, die sie geworden war, so frisch, so lebendig, so begehrenswert. »Und du?« fragte sie ihn jetzt mit heiserer Stimme. »Hast du schwer an deiner Trauer zu tragen?«

»Es ist ein Verlust, den nichts zu ersetzen vermag. Neben meinem persönlichen Verlust stehe ich immer wieder vor der Lücke, die der Tod eines Mannes von der Größe meines Vaters im öffentlichen Leben reißt. Er fehlt an allen Enden, hat seine Zeichen in so vielen Bereichen des menschlichen Strebens gesetzt.«

»Möchtest du die Leere füllen, die er hinterlassen hat?«

»Ganz sicher nicht! Ich habe weder seine subtile Schläue noch seinen Zynismus geerbt, Eigenschaften, die in den Kreisen, in denen er sich bewegt hat, unverzichtbar sind. Ich bin unfähig, Menschen und Situationen nach meinem Willen zu formen. Wichtiger noch, ich bin unfähig, unschuldige Menschen im Interesse irgendeiner größeren Sache zu opfern. Ich habe vor, mein Leben der Medizin zu widmen, in der bescheidenen Hoffnung, die Leiden der Menschen zu lindern, die sich hilfesuchend an mich wenden.«

Genau wie sie es als kleines Mädchen gemacht hatte, schaute Dalitha mit grenzenloser Bewunderung zu Hai auf.

»Siehst du die Holzstücke mit den seltsamen Blättern in dem Eimer da drüben?« fuhr Hai fort, eifrig bemüht, sie mit sich zu ziehen, ihr nahezubringen, welche Herausforderung diese Pflanzen für ihn bedeuteten. »Wenn Ralambo uns nicht alle an der Nase herumgeführt hat, dann liefern sie uns vielleicht ein Heilmittel, von dem wir niemals zu träumen gewagt hätten. Aber es ist noch viel zu tun, ehe wir sie genau erforschen können.«

»Was denn?« fragte sie, nachdem seine Begeisterung ihre Neugier erregt hatte.

»Erst einmal müssen wir sie hegen und pflegen, bis sie stark genug sind, um in den Boden gepflanzt zu werden und Wurzeln zu schlagen. Dann müssen wir ihnen Bedingungen schaffen, die denen ihres normalen Lebensraums so ähnlich wie möglich sind, insbesondere müssen wir sie vor der Winterkälte schützen. Wenn uns all das gelingt, müssen wir geduldig warten, bis sie genügend gesunde, fleischige Blätter bekommen haben, aus denen wir reichlich Saft gewinnen können. Erst nachdem dieser Saft zu Pulver eingedampft ist, können wir unsere Patienten mit dem Extrakt behandeln und die Ergebnisse untersuchen.«

»Was für ein langes, mühseliges Unterfangen! Ich könnte dir doch dabei helfen, nicht wahr, so wie ich dir mit dem Senf und dem Lavendel geholfen habe?« Ein Anflug ihrer alten Zaghaftigkeit kehrte zurück, als Dalitha fragend zu ihm, dem blauäugigen Helden ihrer Kindheit, aufblickte.

»Statt daß *ich* Gedichte schreibe, um *dir* zu helfen, wie ich unserer gemeinsamen Schwester geholfen habe?«

»Ich habe nicht Amiras Begabung für die Dichtkunst, aber Vater unterweist mich neuerdings in der Kunst des Übersetzens.«

»Gefällt dir das?«

»Ich bin noch nicht gut genug, um das beurteilen zu können. Aber Vaters Plan, arabische Werke ins Hebräische zu übersetzen, damit auch die Juden anderer Länder Zugang zu dem darin enthaltenen Wissen haben, scheint mit eine sehr lobenswerte Aufgabe zu sein.«

»Nun, da du eine so schwere Bürde auf deinen hübschen

Schultern hast, wirst du wohl kaum noch die Zeit finden, meine jämmerlichen Pflanzen zu pflegen?« neckte sie Hai mit der jungenhaften Fröhlichkeit, die sie immer so gemocht hatte.

Sie sprachen so leichthin und so lange miteinander, daß sie gar nicht bemerkten, wie die Sonne am blassen Spätsommerhimmel immer tiefer sank. »Du liebe Güte, ich muß mich rasch baden und umkleiden, wenn ich noch rechtzeitig zum Sabbatgottesdienst kommen will«, rief Hai aus. »Mutter leistet dir sicher nur zu gern Gesellschaft, bis ich wieder zu Hause bin. Was für eine Freude, dich heute abend zum Essen zu Gast zu haben! Seit Vater gestorben ist, ist es hier so traurig und einsam geworden.«

Grenzenlose Liebe und Bewunderung strahlten aus den Augen der beiden Frauen – die eine nahe dem Ende ihres Lebensbogens, die andere zögernd am Anfang –, als Hai, der sich in sein dunkles, feierliches Gewand gekleidet hatte, sie noch beide küßte, ehe er zur Synagoge aufbrach, genau wie es bei den Ibn Yatoms immer schon Tradition gewesen war.

Von diesem Tag an war Dalitha häufig in dem großen Haus in Córdoba zu Gast. Als die ersten Winterfröste einsetzten, ließ Hai Djamilas alte Gemächer ausräumen und dort eine zusätzliche Feuerstelle einbauen, die die Wärme spendete, die seiner Meinung nach für das Überleben der Aloepflanzen notwendig war.

»Sie scheinen zu wachsen und zu gedeihen«, sagte er zu Dalitha, als sie die Eimer gemeinsam dorthin brachten. »Die Blätter sind nicht mehr bräunlich, sondern werden wunderbar grün. Aber wir halten sie doch besser bis zum Frühjahr noch in Wasser. Während ich im Hospital bin, werden meine Mutter und die Diener dafür sorgen, daß sie immer in einer angenehmen Temperatur stehen, aber ich möchte außerdem, daß du nach ihnen siehst, wenn du hier bist.«

Wenn sie bei den Aloen fertig war, setzte sich Dalitha zu Sari, bis Hai nach Hause kam, und hörte ihr zu, wie sie sich nach Art der Alten an vergangene Zeiten erinnerte. Aus ihren Erzählungen entstand vor Dalithas Augen ein Ebenbild Da'uds, das sich sehr von dem Bild unterschied, das sich Dalitha aus den Gesprächsfetzen gebildet hatte, die sie in ihrer Kindheit aufgeschnappt hatte. So lernte sie, wo die Quelle für Hais unendliches Mitgefühl war, für seine Zärtlichkeit – und seine Liebe. Wie sie sich danach sehnte, der Gegenstand dieser Liebe zu sein, von ihm so geliebt zu werden wie Sari von seinem Vater …

Sobald sie hörte, wie er das Haus betrat, loderte in ihr ein Feuer auf, ließ ihre Wangen strahlend glühen, ihre Augen vor Vergnügen und Erwartung aufblitzen. Dann zog sich Sari zurück, überließ die beiden ihren endlosen Gesprächen über die Patienten, die Hai geheilt hatte – wofür Dalitha ihn pries –, über diejenigen, die er nicht hatte heilen können – worüber sie ihn hinwegzutrösten versuchte –, oder über die Schwierigkeiten, die sie bei der Formulierung einer hebräischen Erklärung für ein einziges arabisches Wort hatte – wobei er ihr zu helfen versuchte.

»Es ist keine einfache Aufgabe, eine statische Sprache in eine dynamische zu verwandeln«, bemerkte er eines Tages, nachdem er einen besonders komplizierten Satz elegant für sie formuliert hatte. »Noch lieber würde ich die statische Liebe, die uns schon immer aneinander bindet, in eine dynamische verwandeln. Du bist so schön geworden, Dalitha, so begehrenswert, so …«

Sie fielen einander mit der Selbstverständlichkeit zweier Menschen in die Arme, die immer schon gewußt hatten, daß sie vom Schicksal füreinander bestimmt sind.

»Wir heiraten im Frühling, meine Liebste …«

»Ein großes Fest im Freien …«

»Eine fröhliche und freudige Feier …«

»Mit Blumen und Früchten ...«

»Und Liedern und Tänzen ...«

»Und allerlei schönen und wunderbaren Dingen ...«

Zwischen den leidenschaftlichen Küssen sprudelten die Worte aus ihnen heraus.

Sari war entzückt über das Glück der jungen Leute. Sie war auch zufrieden über diese Verbindung, mit der für sie die Gerechtigkeit zwischen Djamila und ihr selbst wiederhergestellt – und somit der einzige Schatten, der sich je zwischen sie und ihren Mann gestellt hatte –, postum überwunden war. Wie würde man sich in der Gemeinde das Maul zerreißen! Sie lächelte vor sich hin. Was für eine Enttäuschung es für all die jungen Damen sein würde, die sich so aufgeputzt hatten, weil sie hofften, dem jungen Ibn Yatom aufzufallen, und für ihre Väter, die solch reiche Mitgift angehäuft hatten, um ihn zu locken! Wie schlecht sie ihn kannten. Wie wenig sie begriffen, wie genau er – zumindest in diesem Punkt – in die Fußstapfen seines Vaters trat. Sie konnte ihm kein größeres Glück wünschen als das, was sie mit Da'ud gefunden hatte. Und doch brauchte sie einige Zeit, bis sie es über sich brachte, auf Hais Vorschlag einzugehen und Menahem, Djamila und Amira zum Sabbat einzuladen, um die Eheschließung zu besprechen.

Die Einladung versetzte alle im Landhaus in hellen Aufruhr. Menahem hatte das Haus der Ibn Yatom nicht mehr betreten, seit man ihn aus der Stadt verbannt hatte, und auch Djamila war erst zu der Trauerwoche nach Da'uds Tod das erste Mal dorthin zurückgekehrt. Beide hatten schmerzliche Erinnerungen, die längst begraben waren und die keiner aufwecken wollte. Was Amira betraf, so konnte sie sich einfach ihren Halbbruder, den stets zu Neckereien bereiten Spielgefährten ihrer Kindheit, nicht als Vorstand dieses großen Hauses vorstellen, dem sie nun untergeordnet sein sollte. Denn auch ihre Hochzeit galt es zu besprechen.

Unter den Besuchern, die nach dem Tode Da'uds ihr Beileid bekundeten, waren auch der Vorsteher der jüdischen Gemeinde von Sevilla und dessen Sohn Ishak gewesen. Der junge Mann hatte einen Blick auf Amira erhascht, die sich in den Frauengemächern aufhielt, und seither war er ein häufiger Gast im kleinen Landhaus gewesen, stets unter dem Vorwand, mit Menahem eine gewisse Theorie über die hebräischen Wortstämme mit drei Buchstaben zu diskutieren. Djamila hatte seine Absichten von Anfang an durchschaut und war daher nicht erstaunt gewesen, als er schließlich bei Menahem um Amiras Hand anhielt.

»Wenn ich auch Amira genauso sehr liebe wie meine eigene Tochter und sie von Kindesbeinen an aufgezogen habe, so habe ich doch nicht das Recht, über ihre Heirat zu entscheiden«, erklärte Menahem dem jungen Mann. »In Abwesenheit ihres Vaters, seligen Gedenkens, solltet Ihr diese Angelegenheit mit Hai besprechen.«

Darauf hatte Amira mit großer Empörung reagiert, und man hatte die Sache eine Weile auf sich beruhen lassen. Dalitha erinnerte sich daran, als nun die Familie über die Einladung nach Córdoba nachdachte. Sie hatte das Gefühl, es sei jetzt an ihr, ihrerseits ein wenig Saris Rolle zu übernehmen und zu verhindern, daß die Bande der Zuneigung, die Hai und Amira seit ihren Kindertagen vereinten, nun für immer zerrissen.

»Wir haben sogar zwei Eheschließungen zu besprechen«, sagte sie leichthin. »Laßt uns eine Doppelhochzeit feiern, ein großes Fest hier draußen im Garten, so fröhlich und offen, wie Mutter es mag.«

»Und was ist mit dem Glanz und Prunk der größten jüdischen Familie in ganz Spanien, in die du einheiraten willst?« erkundigte sich Menahem sachlich.

»Das hat doch nichts mit Hai und mir zu tun«, protestierte Dalitha.

»Vielleicht nicht, aber die Umstände erlegen euch gewisse Beschränkungen auf.«

»Im Gegenteil, wenn wir wirklich die größte Familie sind, dann können wir uns die Freiheit nehmen, den Lebensstil zu wählen, der unseren Neigungen am ehesten entspricht. Hai und ich haben schon längst entschieden, daß wir unsere Hochzeit hier draußen feiern möchten.«

Djamila wurde ganz warm ums Herz, als sie in ihrer jüngeren Tochter, die in so vielem anderem ihrem geduldigen, gelehrten Vater mehr ähnelte, einen Funken ihres eigenen unabhängigen Geistes aufflammen sah. Doch das Alter und die Erfahrung hatten sie gelehrt, ihre spontanen Eingebungen zu mäßigen und vorsichtig zu sein.

»Ich denke, wir sollten warten, bis wir alles mit Hai und Sari besprochen haben«, riet sie nüchtern.

»Es muß doch eine Möglichkeit geben, alle zufriedenzustellen«, beharrte Dalitha.

»Wie wäre es mit einer förmlichen Doppelhochzeit in Hais Haus für all die Würdenträger und dann einem fröhlichen Familienfest hier draußen für uns am Tag danach?«

»Ich heirate nicht unter dem Dach der Ibn Yatom!« platzte Amira heraus, und die ganze Bitterkeit über die Demütigungen ihrer Kindheit floß in diese wütende Weigerung.

Diesmal trat Menahem dazwischen. »Du kannst deine Herkunft nicht verleugnen, Kind. Im Gegenteil, du solltest stolz darauf sein. Was für Fehler dein Vater auch immer hatte, er war ein wirklich großer Mann. Es ist also nur recht und billig, daß du dich mit seinem Hause versöhnst, ehe du in Sevilla ein neues Leben beginnst.«

»Ich brauche mich nicht mit meinem kleinen Halbbruder zu versöhnen«, knurrte Amira. »Er ist vielleicht der Vorstand des Haushaltes, aber für mich bleibt er immer der kleine Junge, mit dem ich Murmeln gespielt habe.«

»Und warum willst du dann nicht in seinem – in unserem – Haus heiraten?« murmelte Dalitha, und ihre Stimme bebte vor Emotionen.

Gegen dieses Argument konnte Amira nichts vorbringen.

Schließlich stellten sich, als der Tag des Besuches gekommen war, die Sorgen, die jeder in der Familie aus ganz eigenen Gründen gehegt hatte, als völlig unbegründet heraus. Mit seiner natürlichen Schlichtheit und seiner wachen Aufmerksamkeit für die Gefühle anderer erreichte Hai, daß alle sich sofort wohl fühlten, und die Wärme und Herzlichkeit seines Willkommens vertrieb alle unguten Gefühle. Die gleiche fröhliche und lebhafte Atmosphäre, die immer bei den Familientreffen im kleinen Haus vor der Stadt geherrscht hatte, umfing sie nun auch hier am Sabbattisch im Haus der Ibn Yatom. Im Gegensatz zu Amiras Befürchtungen hatte sich Hais Einstellung ihr gegenüber in keiner Weise geändert. Nur die Umgebung war eine andere – was allen Anwesenden deutlich vor Augen führte, was weltliche Güter wirklich wert waren …

Hai begrüßte die Nachricht von Amiras bevorstehender Hochzeit und legte die Summe als Mitgift fest, die ihr Vater schon lange für sie bestimmt hatte. Dann war Menahem an der Reihe.

»Djamila und ich wünschen, daß Dalitha in aller Würde verheiratet wird.« Wie ähnlich ihnen das sieht, dachte Sari und erinnerte sich an das Geschenk zu Hais Bar Mizwa. »Wir werden älter, und die Landarbeit fällt uns zunehmend schwer. Jetzt, da unsere beiden Töchter aus dem Haus sind, haben wir beschlossen, nach Lucena zu ziehen, wo man mir an einer der religiösen Akademien eine Stelle als Lehrer für hebräische Philologie und Grammatik angeboten hat. So fällt also unser kleines Häuschen an dich zurück, Hai, und das Einkommen daraus soll die Mitgift unserer Tochter sein.«

»Aber das Haus gehört doch euch!« rief Hai in einiger Verwunderung. »Hat Vater euch nicht mitgeteilt, daß er es von den Erben der verstorbenen Witwe Tamara für euch gekauft hat?«

»Nein«, antwortete Menahem abrupt, schmerzlich berührt davon, daß sein früherer Mäzen ihn über diese Transaktion in Unwissenheit gelassen hatte, eine letzte Beleidigung noch von jenseits des Grabes.

»Ich glaube, er wünschte euch eine Sicherheit für eure alten Tage zu geben«, sagte Hai sanft.

»Um so besser also«, erwiderte Menahem mit einer Spur Ironie. »Dann ist das Landhaus also eine echte Mitgift, nicht nur eine symbolische. Was unsere Sicherheit im hohen Alter betrifft, so ist die Sorge deines verstorbenen Vaters überflüssig gewesen. Die Akademie hat uns in dieser Beziehung ausreichende Zusicherungen gemacht.«

Manch eine Stirn wurde in den jüdischen Gemeinden von Córdoba und auch Sevilla gerunzelt, als die Nachricht von der Doppelhochzeit die Runde machte. Aber Hai trat allen Beteiligten, seien sie nun erlaucht oder bescheiden, mit einer solch angeborenen Freundlichkeit und zauberhaften Leichtigkeit, mit Takt und Eleganz entgegen, daß die Gäste, die zu dem förmlichen Empfang eingeladen waren, der mit aller traditionellen Zurückhaltung des Hauses Ibn Yatom gegeben werden sollte, sogar ein wenig neidisch waren, nicht an dem Ereignis teilnehmen zu können, das Gesprächsstoff aller Klatschrunden war: an der schlichten und spontanen Freudenfeier der Familie im bescheidenen Landhaus vor der Stadt am nächsten Tag.

Der Gesandte, den der Kalif als seinen Vertreter zur Hochzeitsfeier des Vorstehers der jüdischen Gemeinde von Córdoba geschickt hatte, brachte zusätzlich zu dem traditionellen Geschenk von zwölf goldenen Tellern noch die Aufforderung für Hai mit, sich nach den Hochzeitsfeierlichkeiten beim Herrscher einzufinden. Der ignorierte diese Aufforderung, so lange er konnte, mußte ihr aber schließlich Folge leisten.

Am Tag vor der Audienz malte sich das junge Paar genau aus, welche Fragen der Kalif Hai wohl stellen könnte, und gemeinsam formulierten sie die Antworten, die sie für angemessen hielten – Antworten, die so ehrlich, geradeheraus und naiv waren wie sie selbst. Aber Hai wirkte ungewöhnlich angespannt, als er seine junge Frau an sich zog. Zum ersten Mal seit ihren Kindertagen war es nun Dalitha, die ihn beruhigte und leise ermutigte, und all die Liebe und Zuneigung, mit der Hai sie in vielen Jahren umgeben hatte, floß nun zu ihm zurück, nahm die Furcht von ihm und stärkte seinen Geist.

Der Kalif wurde von einem lästigen Reizhusten geschüttelt, als man Hai in sein Gemach bat. Er wirkte gebrechlich und bleich, lag ganz in die Seidenkissen versunken da, die müden Augen tief in den Höhlen, und ließ seinen Blick unverwandt auf dem hübschen jungen Mann ruhen, der vor ihm stand, suchte im tiefen Blau seiner Augen, in dem braunen Haar mit seinen roten Schattierungen, in dem offenen Ausdruck des hellhäutigen Gesichts eine Spur, eine Bewegung, die ihn ein wenig an den Vater erinnern würde. Er war sichtlich enttäuscht.

»Ihr seid also Hai, von dem ich schon so viel gehört habe, der Sohn des einzigen Mannes in meinem ganzen Königreich, den ich geliebt und dem ich vertraut habe.«

Hai verbeugte sich angesichts dieses königlichen Tributs an seinen verstorbenen Vater.

»Ihr ähnelt ihm überhaupt nicht.«

»Nein, Herrscher der Gläubigen. Ich habe starke Ähnlichkeit mit meiner Mutter.«

»Aber als bedeutender Arzt tretet Ihr in seine Fußstapfen. Euer Lehrer sagt mir, daß Ihr Großes für die Zukunft versprecht.«

»Ich muß mich erst noch beweisen.«

»Euer Platz unter meinen Hofärzten erwartet Euch.«

Hais Antwort auf das Angebot des Kalifen, die er sorgfältig mit seiner liebenden Gattin einstudiert hatte, floß ihm glatt von den Lippen: »Ich fühle mich zutiefst geehrt von dem Vertrauen, das Ihr in mich setzt, o Herrscher der Gläubigen, meine aber dessen noch nicht würdig zu sein. Ich habe noch sehr viel zu lernen, bis ich eine so ehrenvolle Stellung bekleiden kann.«

»Euer Vater, möge er in Frieden ruhen, war nicht viel älter als Ihr, als mein Vater, seligen Gedenkens, ihn als Hofarzt einstellte.«

»Mein Vater hat mich an Wissen und Weisheit bei weitem übertroffen.«

»Der Meinung ist Abu Sa'id nicht. Im Gegenteil. Ihr seid zu bescheiden.«

»Ich bin mir meiner Grenzen deutlich bewußt.«

»Nicht Eurer Grenzen, mein junger Gelehrter. Vielmehr der Grenzen des menschlichen Wissens.«

»Beides, o Herrscher der Gläubigen. Ich halte es für meine Pflicht, diese Grenzen zu erweitern.«

»Das war auch immer mein Ehrgeiz, wie Euer Vater sehr wohl wußte. Wie wollt Ihr dieses hehre Ziel erreichen?«

»Durch Studium, durch Experimente und durch sorgfältige Beobachtung.«

»Zweifellos unter anderem durch Beobachtung der Pflanzen, die wir aus Afrika geholt haben?«

»Unter anderem«, bestätigte Hai.

»Aber das hindert Euch nicht daran, mein Hofarzt zu werden.«

Während sich das fein gesponnene Netz des Kalifen um ihn zusammenzog, machte sich Hai bittere Vorwürfe, daß er allen Bemühungen seines Vaters getrotzt hatte, ihn in die Kunst der geschickten Verhandlung und Einflußnahme einzuweihen, die er so meisterlich beherrscht hatte. Kein getreuer Untertan, wieviel weniger ein Jude, durfte es wagen, dem Befehl des Kalifen, am Hofe zu dienen, nicht Folge zu leisten – es sei denn, er war geschickt genug, ihn vom Gegenteil zu überzeugen.

»Ich bin noch nicht erfahren genug, um das Vertrauen zu verdienen, das Ihr in mich setzt«, wiederholte Hai, und seine offensichtliche Aufrichtigkeit war das einzige Mittel, den Kalifen zu überzeugen.

»Noch nicht, sagt Ihr«, sinnierte der Kalif, scheinbar überzeugt. »Wann denn?«

Den Bruchteil einer Sekunde betrachtete Hai den Kalifen als Patienten – beobachtete ihn mit äußerster Konzentration und raschem Auge. Der beständige Husten, das bleiche, graue Gesicht, die zusammengesunkene Gestalt – Auszehrung, ohne jeden Zweifel. In einem fortgeschrittenen Stadium und unheilbar.

»In einem oder zwei Jahren, o Herrscher der Gläubigen.«

»Ein Jahr, und keinen Tag länger! Dann werdet Ihr mich von dieser Krankheit heilen, die mir jeden Tag mehr Kraft raubt und für die mir niemand ein Heilmittel zu verschreiben vermag. Bis dahin werdet Ihr das Wundermittel hergestellt haben, das wir aus Afrika geholt haben. Vielleicht kann mir das helfen?«

»Das kann ich Euch nicht versprechen. Bisher wissen wir nur sehr wenig darüber, nicht einmal, ob die Pflanzen in unserem Klima überleben werden.«

»Wir sprechen im Frühjahr darüber. Inzwischen beauftrage

ich Euch, den Palast weiterhin mit dem Großen Theriak zu versorgen. Diese Aufgabe kann ich keinem anderen anvertrauen als nur dem Sohn des Abu Suleiman – oder sollte ich Abu Hai sagen?«

»Ich werde Euch nicht enttäuschen, o Herrscher der Gläubigen.«

Hais Einschätzung der Krankheit seines Herrschers sollte sich als äußerst präzise herausstellen. Bis zum Frühjahr war al-Hakam tot.

31

Wie beinahe jeden Donnerstag in den fünf Jahren seit Da'uds Tod stand Sari früh auf und ließ ihren Tränen freien Lauf, während sie sich ankleidete. Ungehindert rannen sie ihr über die bleichen Wangen, die trotz ihrer Jahre noch völlig faltenlos waren. Die Zeit hatte die verzweifelte Sehnsucht nicht ausgelöscht, die sie stets überkam, wenn sie sah, wie Hai an Stelle seines Vaters seinen Beruf ausübte, die Sehnsucht nach der Zeit, als sie und ihr Mann das ganze Leben miteinander geteilt hatten, ohne Einschränkungen gegeben und genommen hatten, als jeder für den anderen sorgte, in der innigen Vertrautheit der Liebe, die sie verband. Nur die Aufgabe, die Hai ihr bei seinem allwöchentlichen Sprechtag in Córdoba zugewiesen hatte, war ihr ein geringer Halt im Leben gewesen, hatte sie gehindert, völlig in die tödliche Lethargie der Trauer zu versinken.

Sie hatte sich um die zahllosen Patienten zu kümmern, die bereits vor der Morgendämmerung vor der Tür des Hauses Ibn Yatom kauerten, ehe man die Diener anwies, sie einzulassen. Es waren so viele, daß sie alle leeren Räume des großen Hauses bis auf den letzten Platz anfüllten und Sari und die Bediensteten in ruhigem Ton darauf bestehen mußten, daß sich die Patienten in geordneter Manier niederließen. Wenn Hai von seinem kleinen Landsitz vor der Stadt eintraf, standen sie alle auf, reckten die dünnen, schmutzigen Arme flehend zu ihm hin. Mit freundlichem Lächeln schritt er durch die Menge, und schon allein seine Gegenwart beruhigte sie. Wenn er dann in seinem Zimmer – Da'uds ehemaligem Arbeitszimmer – war, achtete Sari darauf, daß sie alle wieder an ihre Plätze gingen und geduldig warteten, bis sie an der Reihe waren.

Als sie an diesem Morgen ihre Blicke über die jammervolle Schar schweifen ließ, fiel ihr eine Frau auf, deren Haltung sie trotz ihres schlichten grauen Gewandes und des dicht verschleierten Gesichts von der übrigen Menschenmenge abhob, die sich rings um sie herum seufzend und klagend regte. Irgend etwas an der stolzen Neigung ihres Kopfes, an ihrem kaum verhehlten Abscheu über die Nähe so vieler geplagter, übelriechender Körper, an ihren in den weiten Ärmeln gut sichtbaren zarten weißen Händen, die sicherlich keine harte Arbeit kannten, all das verriet eine wohlhabende Frau von Stand, die es sich wohl hätte leisten können, Hai zur Behandlung in ihr Heim zu bitten. Als Hai erschien, um seinen nächsten Patienten aufzurufen, deutete Sari mit einer diskreten Handbewegung auf die Frau, doch er gab vor, das Zeichen nicht zu bemerken. Wer immer sie war, sie mußte warten, bis sie an der Reihe war.

Mittag war schon vorüber, als die Dame schließlich in Hais Arbeitszimmer vorgelassen wurde. Mit einer raschen Handbewegung warf sie ihren Schleier ab, war sich sicher, daß der Sohn des Da'ud ibn Yatom sie erkennen würde, als sie die goldenen Locken schüttelte, die ihr über den Rücken fielen.

»Prinzessin Subh!« rief Hai aus, denn er erinnerte sich lebhaft an die Beschreibung, die sein Vater von der Schönheit des glänzenden Haares der baskischen Prinzessin gegeben hatte, das sie weich umfloß, sich mit ihr bewegte, das die Sonne zu reinem goldenem Licht aufzulösen schien. »Ich hätte nie erwartet, Euch hier zu sehen.«

»Da Ihr Euch so störrisch weigert, am Hof meines Sohnes zu erscheinen und unser Leibarzt zu sein, bleibt mir keine andere Wahl, als Euch hier aufzusuchen.«

»Was bringt Euch zu mir, geehrte Prinzessin?«

»Ihr müßt doch von der schrecklichen Wendung gehört haben, die die Dinge im Reich meines Sohnes Hisham, des rechtmäßigen Herrschers, genommen haben.«

»Es erreichen mich von Zeit zu Zeit Gerüchte, aber meine Arbeit nimmt mich so sehr in Anspruch, daß ich kaum die Muße habe, sie zu überprüfen.«

»Dann will ich Euch aus erster Hand die Wahrheit berichten. Der Regent Ibn Abi ʿAmir ist im Begriff, die Verwaltung des Kalifates von unseren Palästen in Córdoba und der Medina Azahara in den neuen Palast zu verlagern, den er sich errichtet hat und – mit unglaublicher Unverschämtheit – Medina Azahira genannt hat. Das ist der letzte Schritt in seinem Plan, Hisham von allen Angelegenheiten des Reiches abzuschneiden und zu demonstrieren, wer im Kalifat wirklich die Macht hat. Um diese unglaubliche, widerrechtliche Übernahme der Macht von Hisham, dem rechtmäßigen Herrscher, zu rechtfertigen, hat er das Gerücht in Umlauf gebracht, mein Sohn habe beschlossen, ein Leben in Frömmigkeit zu führen, und habe ihm die Herrschaft über das Reich übertragen.«

Puterrot vor Empörung spuckte Prinzessin Subh ohne große Zeremonie auf die Bodenkacheln – ein Ausdruck ihres glühenden Hasses auf den offiziellen Vormund ihres Sohnes. Dieses Gefühl stand der leidenschaftlichen Liebe in nichts nach, die sie für den Regenten nach al-Hakams Tod – wenn nicht, wie manche meinten, schon vorher – empfunden hatte. Während ihrer Witwenzeit hatte er sie beschützt und beraten, hatte ihren elfjährigen Sohn vor den Machenschaften von al-Hakams Bruder bewahrt, als der mit einer Verschwörung dem einzigen männlichen Erben des toten Kalifen den Thron zu entreißen versuchte.

»Wie sehr der Regent uns ausgenutzt hat, da wir so schwach und vertrauensvoll waren! Wie geschickt er das Kind verdorben hat, zu Ausschweifungen der Sinne verlockt hat, kaum daß sich der erste dunkle Flaum auf seiner Oberlippe zeigte. Jetzt, mit sechzehn Jahren, ist Hisham bereits übersättigt von allen Lockungen, die der königliche Harem bieten kann. Ihn langweilen diese profanen Vergnügungen so sehr, daß er sich nach anderer Befriedigung umsieht. Schon hat er sich Männern zugewandt, und während ich zusehen muß, wie er unaufhaltsam in schlimmste Verderbtheit hinabgleitet, fürchte ich, daß ihn schon bald nach den reinen, unschuldigen Körpern kleiner Jungen gelüsten wird ...«

Während er sich den Wortschwall der Prinzessin geduldig anhörte, dankte Hai Gott für die Eingebung, sich von den herrschenden Kreisen Córdobas fernzuhalten. Der Erzintrigant und meisterliche Ränkeschmied Ibn Abi 'Amir hatte sich vom Verwalter der Güter und Einnahmen des einzigen Sohnes von al-Hakam zum Posten des *hajib*, des Großkämmerers, des mächtigsten Würdenträgers im ganzen Reich, hochgearbeitet. Um sich die Unterstützung von Ghalib, dem mächtigsten Militär des Kalifates, zu sichern, hatte er listig dessen Tochter geheiratet. Als nächstes hatte er sich daran gemacht, die konservativen muslimischen Juristen auf seine Seite zu ziehen, eine Aufgabe, bei der ihm seine juristische Ausbildung hervorragende Dienste geleistet hatte. Mit eigener Hand hatte er den gesamten Text des Koran abgeschrieben und danach die Tat begangen, die in Hais Augen das übelste Verbrechen auf seinem skrupellosen Weg zur Macht war: Er hatte Werke, die von unbeugsamen

Vertretern einer starren Auslegung der muslimischen Gesetze für gotteslästerlich erklärt wurden, aus der Bibliothek entfernt, die al-Hakam und Da'ud unter so großen Mühen zusammengetragen hatten, und sie ohne viel Federlesens verbrennen lassen. Wie viele Leichen den Weg des Ibn Abi 'Amir säumten, wußte Hai nicht, wollte es auch gar nicht wissen … Aber die Prinzessin, die ihrem Zorn Luft gemacht hatte, wandte sich nun direkt an ihn.

»Ihr seid der Sohn des Mannes, der Vertrauter meines armen verstorbenen Mannes und dessen Vaters vor ihm war, Ihr seid trotz Eurer Jugend ein berühmter Arzt, und so wende ich mich nun an Euch mit der verzweifelten Bitte, meinen Sohn aus dem Zustand tiefster Lethargie und Machtlosigkeit zu befreien, zu dem ihn sein Vormund auf so zynische Weise verurteilt hat. Alles, was Hisham noch geblieben ist, sind die Segenssprüche auf ihn als den Kalifen in den Freitagsgebeten und sein Name auf den Münzen des Kalifats, dem er nur mehr zum äußeren Schein vorsteht.«

»Geehrte Prinzessin, ich würde Euch nur zu gern helfen, aber ich bin nur ein bescheidener Arzt, kein Höfling, der seinen Einfluß geltend machen kann.«

»Ich wende mich an Euch als Arzt. Ich möchte, daß Ihr Hisham einen Trank verschreibt, der ihn aus seiner Starrheit aufrüttelt, der seine Neigung zu sinnlichen Vergnügungen löscht und ihn dazu anregt, endlich gegen den Mann vorzugehen, der ihm seine Macht geraubt hat.«

Es war ein unglaubliches Ansinnen! Seit Menschengedenken hatten Herrscher Ihre Leibärzte um Liebestränke gebeten, aber das Gegenteil? Das war noch nie dagewesen. Außerdem war Hai so wenig wie eh und je gewillt, irgendeinen Kontakt zum Hof aufzunehmen, der wie nie zuvor von Intrigen und Verschwörungen heimgesucht war. Erst vor einigen Tagen hatte ihm ein christlicher Söldner im Dienst des Regenten, den er wegen eines schweren Falls von Ruhr behandelte, angedeutet, es stünde eine Konfrontation zwischen Ibn Abi 'Amir und seinem Schwiegervater General Ghalib unmittelbar bevor, dem Mann, der ihm vor einigen Jahren erst zur Macht verholfen hatte. Der unrechtmäßige Machthaber hatte bereits Berbertruppen aus Afrika zur Verstärkung gerufen, und nach Meinung des Soldaten gab es keinen Zweifel über das Ergebnis dieser Konfrontation. Ibn Abi 'Amir war so siegessicher, daß man ihn schon den Titel hatte aussprechen hören, den er nach triumphaler Schlacht zu führen gedachte: al-Mansur bi-Allah, »Der, den Gott siegreich gemacht hat«. Was konnten sich die Prinzessin und ihr verweichlichter Sohn angesichts eines so intelligenten, mächtigen, schlauen und skrupellosen Menschen erhoffen, dessen ungeheurer Ehrgeiz jegliches Hindernis aus dem Weg fegte? Trotz seiner Skepsis versuchte Hai mit professioneller Integrität zu antworten.

»Ich muß Eure Bitte überdenken, geehrte Prinzessin. In meiner kurzen Erfahrung als Arzt hat man mich bisher noch nie gebeten, ein Mittel zu verabreichen, das genau die gegenteilige Wirkung eines Aphrodisiakums hätte. Ich muß die Sache sorgfältig bedenken. Inzwischen möchte ich jedoch vorschlagen, daß man den Herrscher der Gläubigen zu regelmäßiger Bewegung anregt und ihm nahelegt, andere Interessen zu kultivieren, die seinen Neigungen entsprechen.«

»Er hat keine, außer der Befriedigung seiner Sinne.«

»Sicherlich könnt Ihr, seine Mutter, die ihn besser als jeder andere Mensch kennt, ihn zu irgendeiner anderen Beschäftigung verlocken – Falkenjagd, Schach, die Komposition eines prinzlichen Verses?«

»Den er seinem neuesten Liebhaber widmen kann, meint Ihr? Das habe ich alles bereits versucht. Ich komme heute aus purer Verzweiflung zu Euch.«

»Ich werde die Werke der großen Meister der Antike

studieren, in dem aufrichtigen Wunsch, Euch zu helfen. Doch ich bezweifle, daß irgendein Mittel Wirkung zeigen kann, wenn Eurem Sohn der Wille fehlt, selbst etwas zu verändern.«

Mit einem resignierten Seufzer erhob sich die Prinzessin zum Gehen. Der einzige Mensch im Reich, an dessen Aufrichtigkeit sie keinen Zweifel hegte, hatte ihre Meinung bestätigt. Es gab nichts mehr zu sagen. Langsam legte sie ihren Schleier wieder an, ehe sie einen wohlgefüllten Beutel aus dem Ärmel zog und auf Hais niedrigen damaszener Tisch setzte. Hai nahm den Beutel sofort auf und gab ihn ihr zurück.

»Donnerstags ist mein Rat kostenlos«, sagte er. »Verteilt das Geld unter den Armen, die Euch unterwegs begegnen.«

Die Nacht war schon weit fortgeschritten, als endlich der letzte Patient das Haus verließ. Sari war noch auf, wartete darauf, mit Hai einen Spaziergang am Wasserlauf entlang zu machen, wie sie das so oft mit Da'ud getan hatte, und noch ein wenig mit ihm zu reden. Wie vorauszusehen war, erkundigte sie sich gleich nach dem heimlichen Besuch der feinen Dame. Hai mußte sie nicht erst darum bitten, niemandem etwas von all dem zu erzählen, ehe er ihr seine Unterhaltung mit Prinzessin Subh wiedergab. Die Diskretion war tief in der Familie verwurzelt.

»Wie seltsam«, meinte Sari, als Hai seinen Bericht beendet hatte, »wie seltsam, daß es ausgerechnet eine Baskin war, die al-Hakam so spät noch einen Sohn geschenkt hat.«

»Eine Vorliebe, die er vielleicht von seinem Großvater geerbt hat.«

»Ja. Die gleiche unwiderstehliche Anziehungskraft, die aus der Verschiedenheit kommt – eine blonde Schönheit in atemberaubendem Kontrast zu den glutäugigen Arabermädchen und den sinnlichen Slawinnen, die seinen Harem bevölkerten. Weißt du«, sinnierte sie, »ich habe mich oft gefragt, ob es auch dieser Unterschied war, oder vielmehr der Reiz des Neuen, der deinen Vater an jenem Tag auf dem Sklavenmarkt so magisch zu mir hingezogen hat.«

»Nicht sein Mitgefühl mit dir?«

»Das natürlich auch. Aber all das liegt in der fernen Vergangenheit, und die Erinnerung macht uns nur traurig. Wir wollen von unseren heutigen Sorgen sprechen. Sag mir, mein Sohn, in welchen Palast wirst du nun den Großen Theriak liefern?«

»In den alten Palast von Córdoba, wie immer, bis ich andere Anweisungen bekomme.«

»Anweisungen von wem? Von der Marionette, die sich Kalif nennt, oder von dem zukünftigen al-Mansur, der die Macht hat?«

»Ich glaube nicht, daß es so weit kommen wird. Der Regent ist zu schlau, um sich in Dinge einzumischen, die auf die Ausübung der Macht keinen Einfluß haben. Die Tatsache, daß er seit dem Tod des Kalifen die Jugend, Unerfahrenheit und Willensschwäche des Jungen noch nicht ausgenutzt hat, um Kalif zu werden, ist Beweis genug, welchen Weg er zu wählen gedenkt. Indem er die Macht hinter dem Thron bleibt, macht er sich nicht so viele Feinde, als wenn er das Herrscherhaus der Omaijaden offen herausforderte.«

»Ich hoffe, daß du recht behältst, und bete, daß du dich nie zwischen den beiden entscheiden mußt.«

»Das, liebe Mutter, ist genau der Grund, warum ich mich vom Hofe fernhalte.«

»Eine wahrhaft weise Entscheidung, mein Sohn. Und wie geht es deinen Aloen?«

»Sie wachsen und gedeihen besser, als wir es je erwartet hätten. Treiben eine Unmenge scharlachroter Blüten, die wie glühendrote Eisen aus dem dichten, gerollten Blätterwerk hervorwachsen. Es ist, als wäre das Haus in einen leuchtenden grünen und roten Umhang gehüllt.«

»Ich hatte befürchtet, daß die Pflanzen in dem strengen Winter letztes Jahr Schaden genommen hätten.«

»Wir auch, aber sie waren beinahe unbeschadet, wieder ein Beweis, wie zäh und lebensstark sie sind. Noch ein Jahr, und dann sollten wir genügend neue Blätter haben, um den Saft aus den älteren Blättern abzuzapfen und in der Augustsonne zu trocknen. Wenn alles gut geht, ist dann der Extrakt im Winter so weit, daß wir ihn den Patienten geben können.«

»Ich habe mich gefragt, warum du keine Versuche mit dem Extrakt gemacht hast, den der Kapitän in dem alten Holzkästchen mitgebracht hat.«

»Ich war oft in Versuchung, aber ich wollte keine Behandlung anfangen, ehe ich nicht sicher wußte, daß wir aus unserer eigenen Pflanzung ständig Nachschub bekommen würden. Die Erfahrung, die wir mit Vater gemacht haben, hat mich davon abgehalten.«

»Du brennst sicher darauf, endlich mit den Beobachtungen anzufangen.«

Hai blieb stumm. Seine langen schmalen Finger zupften nervös an einem störrischen Zweig, der aus der ansonsten sorgfältig beschnittenen Silhouette der Zypresse ragte.

»Was hast du auf dem Herzen, mein lieber Junge?«

»Was mir schon immer Sorge gemacht hat. Wir wissen nach wie vor nicht, ob die Aloe-Art, zu der Ralambo unsere Männer geführt hat, wirklich diejenige ist, aus der die ursprüngliche Probe des Extrakts gewonnen wurde, den wir Vater verabreicht haben. Selbst wenn Ralambo Wort gehalten hat, werden sich dann die Eigenschaften des Extrakts als so stark erweisen, wie wir es gern glauben möchten? Vielleicht ist alles ein makabrer Irrtum, die vergebliche Suche nach einer Wunderheilung, die es gar nicht gibt, gar nicht geben kann?«

»Wir können nur abwarten«, seufzte Sari mit der geduldigen Resignation der Älteren. Um Hais Gedanken abzulenken, fragte sie ihn nach Amram. Wie ging es ihrem Enkel Amram, diesem lebhaften, energiegeladenen Kind, das an Intelligenz, da war sie sich ganz sicher, jeden anderen Fünfjährigen in Córdoba, ja in ganz Spanien übertraf? Plapperte er nicht bereits fließend in arabischer und hebräischer Sprache sowie im örtlichen romanischen Dialekt? Und besaß seine arabische Kalligraphie nicht eine Eleganz, die man bei einer so jungen Hand selten fand? Hais Augen strahlten, als er den Namen seines Sohnes hörte, aber er fühlte sich trotzdem bemüßigt, die liebende Bewunderung seiner Mutter ein wenig zu zügeln.

»Amram hat nur das aufgenommen, was er in seiner unmittelbaren Umgebung sieht und hört. In seinem Alter ist nichts einfacher als das. Mit einer Mutter, die ihre Zeit mit der Übersetzung gelehrter Werke aus dem Arabischen ins Hebräische verbringt, mit einem Großvater, dessen schöne Schrift im ganzen Kalifat berühmt war, mit dem ständigen Kommen und Gehen von Patienten aus ganz Spanien in unserem Haus hat er sich sein Wissen spielend leicht angeeignet, es beinahe wie selbstverständlich in sich aufgenommen.«

»Nicht jedes Kind hat diese Fähigkeit«, beharrte Sari störrisch wie immer. Und wie immer umarmte Hai sie liebevoll, ehe sie sich beide ins Haus begaben und zu Bett gingen.

32

In der Dämmerung eines frühen Winterabends erschien Stella, Amrams frühere Kinderschwester, an der Tür des Landhauses. Sie war in viele wollene Schichten gehüllt und zitterte vor Fieber. Ihre Hautfarbe war von Natur aus dunkel, und sie war immer schon erschreckend dünn gewesen. Die großen braunen Augen, die ihr schmales, knochiges

Gesicht beherrschten, wirkten nun um so eindringlicher. Ihre Wangen waren von der Krankheit eingefallen, und sie bot ein Bild des Jammers.

Schnell brachte Dalitha sie ins Haus, und trotz Hais eiserner Regel, daß alle Patienten warten mußten, bis sie an der Reihe waren, bestand sie darauf, daß er Stella sofort untersuchte. Mit der für ihn typischen Zartheit wickelte er die junge Frau aus den vielen Kleidungsstücken, in die sie sich gehüllt hatte, und half ihr auf den Diwan, auf dem er seine Patienten zu untersuchen pflegte. Schon seine Berührung, als er ihr die Hand auf die fieberheiße Stirn legte, schien sie zu beruhigen. Dann hustete sie, einen harten, trockenen Husten, und ihre Augen blickten ihn flehend an, fanden Trost in seiner Freundlichkeit. Als sie erneut hustete, nahm er ihr die Hand von der Stirn und übte einen leichten Druck auf ihre flache, magere Brust aus, die sich unter seinen empfindsamen Händen krampfartig hob und senkte. Plötzlich horchte er auf. Nicht wegen des Hustens oder des hohen Fiebers. Vielmehr hatte er mit den Fingerspitzen einen Knoten ertastet, einen harten Knoten, der ihr offensichtlich keine Schmerzen bereitete. Er deckte sie wieder zu, stand auf und wandte ihr den Rücken zu, um seine Bestürzung zu verbergen, bereitete die Instrumente vor, die er brauchte, um sie zur Ader zu lassen. Wegen ihrer allgemein zarten Konstitution entnahm er aus der Knievene nur die Mindestmenge Blut, die notwendig war, um sie von dem Überschuß an heißen, trockenen Körpersäften zu befreien, die ihre Adern verstopften.

»Das hat beinahe überhaupt nicht weh getan«, lächelte Stella schwach, erleichtert und unendlich dankbar. Dann verschrieb ihr Hai ein Mittel, das den Husten lockern würde – zuerst Honigwasser, und wenn das nicht half, ein Gemisch aus Honig und Butter.

»Ich möchte Euch auch empfehlen, möglichst nur Speisen

zu Euch zu nehmen, die kühl und feucht sind, zum Beispiel Spinat, Melonen, Gurken, Salat, sowie Aprikosen, Pfirsiche, wenn Ihr sie in dieser Jahreszeit noch bekommen könnt. Macht Euch keine Sorgen. Es geht Euch bestimmt schon bald besser. Zieht Euch warm an, und ich schicke einen meiner Burschen mit Euch, damit Ihr sicher nach Hause kommt.«

Nachdem sie gegangen war, hielt er ein wenig inne, ehe er den nächsten Patienten hereinbat. Er brauchte Zeit zum Nachdenken. Stella hatte sich nur eine schwere Wintererkältung zugezogen. Die würde schon bald wieder vergehen. Aber was dann? Der harte Knoten in ihrer Brust, den sie offensichtlich noch nicht bemerkt hatte, mußte herausgeschnitten werden, sobald das Fieber nachließ. Hoffentlich hatte die Krankheit noch keine anderen Körperteile in Mitleidenschaft gezogen – doch das konnte er nicht sagen. Er wußte auch nicht, ob Abu'l Kasim es für nötig befinden würde, die ganze Brust zu entfernen. Die arme Frau, sie war ohnehin nicht mit übergroßen Reizen gesegnet, und nun sollte ihr auch noch ein Attribut ihrer Weiblichkeit genommen werden … Aber sie war jung, hatte ihr Leben noch vor sich. Ein entstellter Körper war besser als ein Körper mit einer tödlichen Krankheit. Und wer konnte es sagen, vielleicht würde ein aufmerksamer Mann die Schönheit ihres eindringlichen Blicks wahrnehmen, die Wärme hinter ihrem wenig attraktiven Äußeren spüren? Er mußte alles versuchen, um sie zu heilen. Aber konnte er das? Vielmehr, konnte Ralambos Extrakt sie heilen, den er nun in großen Mengen zur Verfügung hatte? Wie seltsam, daß die Frau, die Dalitha geholfen hatte, sich um ihren kleinen Sohn zu kümmern, die erste Patientin sein würde, an der dieses Mittel erprobt würde. Es schmerzte ihn, daß es so war, aber da das Schicksal entschieden hatte, sie mit dieser Krankheit zu schlagen, hatte er nun zumindest die Möglichkeit, einen Versuch der Heilung zu unternehmen …

Stella fühlte sich in Hais geschickten Händen so sicher, daß sie ohne Zögern seinem Vorschlag zustimmte, den Knoten in ihrer Brust unverzüglich zu entfernen. Sie fragte nicht nach dem Warum und Weshalb. Wenn Hai es sagte, war ihr das genug. Und da sie ihn nicht fragte, sah er keinen Grund, ihr zu erklären, daß das Risiko für ihre Gesundheit – ja, für ihr Leben – auch nach dem Schnitt noch bestehen würde, denn er konnte nicht sagen, wie tief die bösartige Krankheit schon in ihren Körper eingedrungen war. Warum sollte er jedoch einen so grauenerregenden Schatten auf ihr Leben werfen, ehe er alles in seiner Möglichkeit Stehende getan hatte, um sie zu heilen?

Vor der Operation ließ Hai sie selbst zur Ader, um ihren Körper von der schwarzen Galle zu befreien, und er bereitete auch den betäubenden Trank aus Opium, Baldrian und Honig in einem solchen Mischungsverhältnis zu, daß sie unter Abu'l Kasims Messer keine Schmerzen verspüren, aber auch keine Nebenwirkungen erleiden würde. Als der Chirurg in das Zimmer eintrat, das für die Operation vorbereitet war – das man auf Hais Geheiß gründlich gereinigt hatte –, lag seine Patientin schon betäubt und reglos auf dem Marmortisch, auf dem er seine Operationen vornahm.

Mit geschickten, sicheren Bewegungen schnitt Abu'l Kasim den gesamten Knoten mit dem umgebenden Gewebe heraus. Dann ließ er das Blut eine Zeitlang frei strömen und dämmte anschließend den Fluß ein, indem er die umgebenden Blutgefäße abdrückte. Während er begann, die Wunde zu versorgen, drängte ihn Hai, all seine Kunstfertigkeit zu benutzen, damit die Narbe, die dort bleiben sollte, wo sonst die sanfteste, weichste Rundung einer Frau war, so glatt wurde, wie es seine geschickten Hände nur erreichen konnten. Wenn sie bekleidet war, würde niemand bemerken, daß die Rundung fehlte, denn Stellas Brüste waren von Natur aus recht flach gewesen, und man konnte sie unter der Bekleidung kaum ausmachen. Aber was war in ihrer Hochzeitsnacht? fragte er sich, während er zusah, wie der Chirurg die klaffende Wunde kauterisierte und verband. Nach der Operation beschäftigte die gleiche, unausgesprochene Frage die Gedanken der beiden Ärzte: Hatte die bösartige Geschwulst auch andere Körperteile befallen, oder hatten sie sie entfernt, solange sie noch auf einen Ort begrenzt war?

Stella war noch immer benebelt von dem Betäubungsmittel und erschien Hai erstaunlich leicht, als er sie hochhob und zu einer bereitstehenden Trage brachte, auf der sie zu seinem kleinen Landhaus transportiert wurde. Er selbst ritt neben ihr her, um ständig über sie wachen zu können. Als sie zu Hause ankamen, brachte Dalitha die junge Frau in einem sauberen, frischen Zimmer unter. Obwohl seine Frau selbst neben der Patientin wachte, die die ganze Nacht unruhig schlief, kam auch Hai immer wieder herein, um nach ihr zu sehen und ihr wohl bemessene Mengen Opium und Baldrian zu geben, die ihr über den schlimmsten Schmerz hinweghelfen sollten. Er verband die Wunde im Lauf der nächsten Tage regelmäßig neu, versorgte sie mit frischen Galläpfeln, den Schalen von Granatäpfeln, Lakritzrinden und natürlich frischem Aloesaft, dessen heilende Wirkung bekannt war. Er achtete peinlich auf erste Anzeichen von Wundbrand, die sich als Folge der Operation zeigen könnten, doch Abu'l Kasim hatte so sorgfältig gearbeitet, daß diese Angst sich als unbegründet herausstellte.

Hais Besuche waren die Glanzpunkte in Stellas ereignislosen Tagen. Die Fürsorge, die sie aus seinen tiefblauen Augen las, die zarte Berührung seiner Hände auf ihrem Körper waren für sie das wirksamste Heilmittel, das er verschreiben konnte. Hätte sie ihn nicht mit solcher Ehrfurcht betrachtet, so hätte sie seine Hand auch auf die andere, die gesunde Brust pressen mögen, um auch dort die süße und erregende Berührung seiner Finger zu spüren. Von seiner ständigen aufmunternden Gegenwart gestärkt, konnte sie schon bald eine Weile aufsitzen und Nahrung zu sich nehmen.

Hai verschwendete keine Zeit und begann ihr sofort Ralambos Extrakt zu verabreichen, gab ihr danach gleich einen süßen Honigtrunk, um die Bitterkeit herunterzuspülen, die sie schaudern machte. Er wartete, angespannt und geduldig, und er mußte nicht lange warten. Schnell kehrten Stellas Kräfte zurück, genau wie die seines Vaters. Ralambo hatte ihn nicht betrogen. So erleichtert er auch war, diesen Verdacht nicht mehr hegen zu müssen, so war er sich zum anderen darüber im klaren, wie gefährdet seine Patientin immer noch war. Nur wenn sie den Extrakt ständig einnahm und dann eine beträchtliche Zeit gesund blieb, konnte er vermuten, daß diese Behandlung wirksam war. *Aber nur vermuten*, denn er würde niemals feststellen können, ob die Operation allein oder der Extrakt allein oder eine Kombination von beidem die bösartige Geschwulst eingedämmt hatte. Er würde unendliche Geduld brauchen und müßte viele ähnliche Fälle sorgfältig beobachten, um eine vorsichtige Schlußfolgerung ziehen zu können.

Als Dalitha etwa drei Wochen nach der Operation mit einem vollbeladenen Frühstückstablett und einem fröhlichen Lächeln in Stellas Zimmer trat, fand sie die Patienten auf und angekleidet. Unter unzähligen Dankesbekundungen gab Stella ihr zu verstehen, sie könne nun die Gastfreundschaft der Ibn Yatoms nicht mehr länger mißbrauchen. Sie wolle nach Hause gehen und in Kürze wieder ihre Arbeit als Kinderschwester bei anderen wohlhabenden Familien in Córdoba aufnehmen, eine Arbeit, die sie sehr liebte.

»Bist du ganz sicher, daß du gesund genug bist, uns schon zu verlassen?«

»Ich habe mich nie besser gefühlt.«

»Das freut mich sehr. Ich spreche nur kurz mit Hai. Er hat wahrscheinlich noch ein Medikament für dich.«

»Was?« rief Hai aus und fuhr sich erstaunt mit den Händen durch das Haar, als sie ihm Bericht erstattete. »Stella geht? Das ist unmöglich. Sie kann nicht gehen. Ich brauche sie hier. Ich muß sicher sein, daß sie den Extrakt genauso einnimmt, wie ich es ihr verschrieben habe, damit ich die Wirkung beobachten und die Dosis verändern kann ...«

»Aber Hai, Liebster«, unterbrach ihn Dalitha, »Stella ist ein Mensch, kein lebloses Studienobjekt. Sie hat ihr eigenes Leben, eigene Bedürfnisse und Wünsche. Da du ihr nicht sagen kannst, wie lange sie noch zu leben hat, hast du auch nicht das Recht, ihr das Vergnügen vorzuenthalten, das sie in ihrem schlichten Alltagsleben findet. Solange sie sich dazu in der Lage fühlt, muß es ihr gestattet sein, ein normales Leben wie jeder andere Mensch zu führen.«

»Ich weiß, aber trotzdem ...«

Schließlich einigte man sich. Stella würde genug Extrakt für eine ganze Woche nach Hause mitbekommen sowie strikte Anweisungen, wie sie ihn einzunehmen hatte. Wenn er aufgebraucht war, würde sie bei Hai mehr abholen. So konnte er überprüfen, wieviel sie von dem Pulver einnahm, und sie unter Beobachtung halten. Als Woche um Woche verging und Stella regelmäßig stark und gesund bei ihm erschien, um sich ihren Extrakt abzuholen, war Hai allmählich zufrieden. Jeder Tag, jede Woche voller Leben und Gesundheit war ein Sieg im Kampf gegen den Tod.

Hai berichtete seinen Kollegen im Hospital kaum etwas von seinem ersten Experiment. Nur Abu'l Kasim erkundigte sich ab und zu nach dem Zustand der Patientin und lächelte wie Hai mit vorsichtigem Optimismus. An dem Tag, als ihm Stella schüchtern mitteilte, sie werde bald heiraten, leuchtete Hais Gesicht vor Freude auf. Ihr zukünftiger Ehemann sei Sklave in dem Haushalt gewesen, in dem sie zuletzt angestellt war, erzählte sie ihm. Inzwischen war er frei und hatte vor, sich auf einem kleinen Stück Land niederzulassen, das ihm sein früherer Herr in Anerkennung seiner treuen Dienste überschrieben hatte. Nein, meinte sie und beantwortete die unausgesprochene Frage, die sie in Hais Augen las, ihr körperlicher Mangel machte ihm nichts aus. Er liebte sie, liebte ihre Wärme und ihr Verständnis für menschliche Schwächen. Ihr Körper sei nur eine Hülle für diese geliebte Seele. Was tat es da zur Sache, wenn er ein wenig beschädigt war?

Hai und Dalitha waren Ehrengäste bei der bescheidenen Hochzeitsfeier. Von allen Anwesenden war nur Hai bewußt, vor welchem Schicksal er die Braut bewahrt hatte. Es war einer der schönsten Augenblicke seines Lebens. Was konnte mehr Befriedigung verschaffen als die Gewißheit, ein junges Lebewesen aus den Klauen des Todes gerissen zu haben, und das große Privileg, dieses Leben aufblühen zu sehen?

Wenige Monate später kam Abu'l Kasim im Hospital zu Hai geeilt, als der gerade einen ausgemergelten alten Mann untersuchte, den man soeben eingeliefert hatte und dessen Magen so grotesk aufgedunsen war, daß er unter dem Druck kaum noch atmen konnte. Dicke blaue Adern traten unter der Haut des wie eine Trommel straff gespannten Bauches hervor, und es schien, als müsse der Leib des Ärmsten jeden Augenblick zerbersten. Den Studenten, die Hai auf seinen Rundgängen begleiteten und begierig seinen Worten lauschten, erklärte Hai:

»Dies ist ein klassischer Fall von Aszites oder Bauchwassersucht, wenn sich wegen einer Geschwulst in den Gedärmen zwischen diesen und dem Bauchfell Wasser ansammelt. Unser Bestreben muß sein, das auffälligste Symptom zuerst zu behandeln, nämlich die Wassersucht. Dieser Fall ist zu akut, als daß wir dem Patienten ein Diuretikum verabreichen könnten. Wir haben keine andere Wahl, als das Bauchfell zu punktieren, um die Flüssigkeit abfließen zu lassen und den Druck auf den gesamten Organismus des Patienten zu verringern. Geht Abu Wafid holen«, befahl er einem der Studenten. »Er besitzt großes Geschick in diesem Verfahren. Beobachtet ihn genau bei der Arbeit. Ihr könnt viel von ihm lernen.«

Abu'l Kasim, der abgewartet hatte, bis Hai mit seinen Erläuterungen zu Ende war, trat nun hinzu und nahm ihn zur Seite. »Ich bin gekommen, um mit Euch einen anderen Fall zu besprechen, aber als ich Eure Diagnose hörte, habe ich mich unweigerlich auch für diesen Fall interessiert. Würdet Ihr eine Behandlung mit dem Aloe-Extrakt in Erwägung ziehen?«

»Ich denke nicht. Die abführende Wirkung auf die Gedärme, die bereits von Krankheit befallen sind, würde den Patienten nur noch mehr schwächen.«

»Aber er könnte doch trotzdem etwas von den lebensspendenden Eigenschaften der Pflanze in sich aufnehmen? Wenn er ein wenig kräftiger würde, wäre es vielleicht möglich, die Geschwulst zu entfernen.«

»Ich bezweifle, daß die Aloe ihn dafür genügend stärken könnte.«

»Es ist einen Versuch wert. Es ist unsere einzige Hoffnung.«

»Meiner Meinung nach eine eitle Hoffnung.«

Und tatsächlich, kaum hatte sich der alte Mann von der Punktierung seines Unterleibs ein wenig erholt, da überkam ihn ein andauernder Durchfall, in dem sich auch mehr und mehr Blut zeigte. Wie immer hatte sich Hais Einschätzung bewahrheitet. Die ernsten Gesichter der beiden Männer, die auf die jammervolle Gestalt herabschauten, war eine stumme Bestätigung seines bevorstehenden, unvermeidlichen Todes.

Abu'l Kasim machte sich Sorgen um eine seiner Basen, eine Witwe, die seiner Frau beiläufig erzählt hatte, sie hätte einen Knoten in ihrer Brust ertastet.

»Ich vermute, der Fall liegt ähnlich wie bei Stella, und ich möchte gern, daß Ihr sie genauso behandelt. Würdet Ihr Euch bereit erklären, sie zu untersuchen?«

»Es überrascht mich, daß Ihr meint, fragen zu müssen«, erwiderte Hai. »Aber wie wollt Ihr sie dazu überreden, sich von mir und nicht von Euch, ihrem Verwandten, behandeln zu lassen?«

»Das überlasse ich meiner Frau.«

Und so geschah es. Wie Stella legte auch Abu'l Kasims Base ihr Schicksal vertrauensvoll in Hais erfahrene Hände und stimmte zu, daß der Chirurg den empfohlenen Schnitt durchführte. Während ihrer Genesung besuchte Hai sie jeden Tag, und allein schon seine Gegenwart, seine tiefe Menschlichkeit beruhigten, ermutigten und ermunterten sie. Wie Stella nahm auch sie den bitteren Extrakt genau nach Hais Vorschriften ein. Und zumindest für einige Zeit war auch sie vor einem Schicksal errettet, das sie nicht einmal ahnte.

Als aus Monaten Jahre wurden, wagten sich sowohl Hai als auch Abu'l Kasim zu der Annahme vor, daß das andauernde Wohlbefinden der beiden Frauen, die sie behandelt hatten, zumindest ein vorläufiger Beweis für die Wirksamkeit des Extraktes in diesen speziellen Fällen sein könnte. Aber sie vermochten sich nicht zu erklären, worin der Grund dafür bestand. Sie konnten nur vermuten, daß sie die Geschwulste der beiden Frauen in ihrem ersten Stadium entfernt hatten und daß daher die Lebenskraft, die Ralambos Aloe ihnen einflößte, das Entstehen weiterer Geschwulste verhinderte. Aber wie lange, wenn überhaupt? Dieser Zweifel blieb.

Inzwischen hatten die Frauen von Córdoba – hochwohlgeboren oder von niedrigem Stand – viel geredet und getratscht. Hais Name war in aller Munde – seine Freundlichkeit, seine Sanftheit, sein Mitgefühl – und sein Charme. Seltsamerweise wuchs der Anteil von Frauen unter seinen Patienten beträchtlich, und viele Frauen kamen nur unter fadenscheinigen Vorwänden zu ihm. Es wäre ihm nicht in den Sinn gekommen, daß sie allein um des Vergnügens willen erschienen, seine Finger auf ihren Brüsten zu spüren – denn auch davon flüsterten die Frauen ... Erst als eines Donnerstags ein Ehepaar in sein Arbeitszimmer trat, der rotgesichtige Ehemann ungehobelt, die Frau ängstlich hinter ihm, dämmerte ihm die Wahrheit.

»Die Freundinnen meiner Frau haben sie so sehr in Aufregung versetzt«, begann der Mann in unverhohlen feindseligem Ton, »daß sie nun überzeugt ist, einen harten Abszeß in der Brust zu haben. Wenn ihn irgend jemand dort gespürt haben sollte, dann doch wohl ich, ihr Ehemann, aber ich habe nichts bemerkt. Das ist alles nur eine Einbildung ihrer lüsternen Phantasie, eine Entschuldigung, damit sie Eure Hände überall an ihrem Körper spüren kann, wie all die anderen, die wegen dieser skandalösen Vergnügung zu Euch gerannt kommen. Nun, ich werde dieser schändlichen Verirrung ein Ende setzen. Untersucht meine Frau, wenn es recht ist, aber in meiner Gegenwart, um diese verworrenen Gedanken ein für allemal aus ihrem Hirn zu verbannen.«

Zitternd vor Verlegenheit und unendlicher Scham, knöpfte die Frau ihr Hemd auf, ließ kaum genug Raum, daß Hai mit der Hand hineingreifen konnte. Während er ihre langen, hängenden Brüste abtastete, schaute ihm der Ehemann über die Schulter und begutachtete jede seiner Bewegungen genau. Die Frau wandte schamhaft die Augen ab. Plötzlich erstarrte Hais Gesichtsausdruck. Seine Hand kehrte noch einmal zu einer Stelle zurück, die er bereits abgetastet hatte, und obwohl er fest zudrückte, verspürte die Frau keinen

Schmerz. Damit war die Untersuchung beendet. Während die Frau ihre Kleidung richtete, wandte sich Hai ihrem Mann zu und sagte mit fester Stimme: »Eure Frau hat recht. In ihrer linken Brust ist eine Geschwulst von erheblicher Größe. Ich empfehle, daß sie unverzüglich entfernt wird.«

»Unsinn«, bemerkte der Mann verächtlich.

»Ich kann Euch versichern, daß ein Irrtum ausgeschlossen ist.«

»Das ist unmöglich. Ich hätte es gespürt.«

»Nicht unbedingt. Die Geschwulst sitzt ziemlich tief.«

»Da habt Ihr sie also ordentlich betastet, Ihr elender Lüstling? Ich glaube Euch kein Wort. Und selbst wenn Ihr recht hättet, dann hat sie ihr Leben bisher mit diesem Ding gelebt und kann auch so weiterleben.«

»Nicht ohne schwerwiegendste Folgen.«

»Ihr erwartet doch nicht ernsthaft, daß ich mich an einer Frau mit nur einer einzigen Brust erfreue?«

»Besser eine Frau mit nur einer Brust als gar keine Frau«, erwiderte Hai trocken, entrüstet über die Brutalität dieses Mannes.

»Was meint Ihr damit? ›Gar keine Frau‹?«

»In einigen Fällen können solche Geschwulste, wenn man sie nicht behandelt, katastrophale Folgen haben.«

»Wenn Allah ihr Schicksal so bestimmt hat, dann soll es so sein.«

»Im Gegenteil. Allah hat sie zu mir geführt, damit ich ihr zu helfen versuche, wie ich schon anderen in ähnlichen Fällen geholfen habe.«

»Allah würde sie nicht zu einem verwerflichen Ungläubigen führen, um sie zu retten. Komm«, befahl er und zerrte seine Frau hinter sich her, »wir müssen diesem Sündenpfuhl entfliehen.«

Wenige Monate später erfuhr Hai, daß die Frau nach schrecklichen Schmerzen am ganzen Leibe angefangen hatte, Blut zu spucken, und bald darauf an einem Fieber gestorben war.

Doch Stella und Abu'l Kasims Base, die regelmäßig den Extrakt einnahmen, waren noch am Leben und bei guter Gesundheit …

War die Krankheit bereits zu tief in den Organismus der Frau vorgedrungen gewesen, als daß er sie noch hätte retten können, oder hätte er zusammen mit dem Chirurgen auch ihr helfen können? Diese Frage ließ sich nicht aus Hais Gedanken vertreiben, sie lauerte ihm im Schlaf auf und erregte in ihm eine Unruhe, die seiner ruhigen und sanften Natur völlig fremd war. Weder Dalitha mit ihrer Milde noch der aufgeweckte kleine Amram mit seinen vorwitzigen Fragen konnten ihm mehr als nur kurze Augenblicke der Ruhe schenken.

33

Monat für Monat voller Ungewißheit und Fragen waren vergangen, als eines Donnerstags Prinzessin Subh wieder bei Hai erschien. Wie beim erstenmal war sie dicht verschleiert, diesmal aber kam sie in Begleitung einer anderen Frau, die ähnlich gekleidet war. Hai war äußerst unwohl zumute, als er die beiden Frauen ins frühere Studierzimmer seines Vaters führte. Offensichtlich waren die Großen – wenn auch nicht die Mächtigen – wild entschlossen, ihn nicht aus ihren Fängen zu lassen … Die Prinzessin stellte ihre Begleiterin als Herzogin Sabina vor, ihre Tante aus dem Baskenland, deren ruhmreiche Vorfahren, wie sie ihn erinnerte, 778 in Roncesvalles Karl den Großen in die Flucht geschlagen hatten. Obwohl das schon von Natur aus schmale Gesicht der Herzogin eingefallen und grau war und sie tiefe dunkle Ringe unter den Augen hatte, trotz ihrer ausgemergelten Gestalt nahm sie all ihre Kraft zusammen, um so hochmütig aufzutreten, wie es ihrem Rang entsprach.

Mit der aufrichtigen Sorge, für die Hai von all seinen Patienten so geliebt und geachtet wurde, hörte er der Herzogin aufmerksam zu, während sie ihm erklärte, warum sie von so weit her angereist war, um ihn um Rat zu fragen. Ständige Schmerzen im Oberbauch und im Rücken raubten ihr nun schon einige Zeit den Schlaf. Sie hatte jeglichen Appetit verloren, und – dabei starrte Prinzessin Subh mit einem besonders vorwurfsvollen Blick zu Hai hinüber – es war ein seltsam harter Knoten in einer ihrer Brüste zu spüren. Angst legte sich wie ein Schleier vor ihre ruhigen grauen Augen, als sie fortfuhr: »Unser Arzt hat mir nur wenig Hoffnung gemacht. Er hat vage von einer bösartigen Krankheit gesprochen, für die es keine Heilung gibt.«

»Ich habe darauf bestanden, daß die Herzogin Euch aufsucht«, warf Prinzessin Subh ein. »Die Frauen von Córdoba behaupten, das Wundermittel, das Ihr mit Hilfe meines armen verstorbenen Gatten aus Afrika hierhergeholt habt, könne solche Geschwulste heilen.«

Hais ungutes Gefühl wuchs. Gerüchte oder Phantasie oder schlicht Wunschdenken, vielleicht angeregt durch die zweifelhaften, vielleicht auch nur zeitweiligen Erfolge, die er bei Stella und Abu'l Kasims Base erzielt hatte, hatten aus ihm eine Art Wunderheiler gemacht, dem man Kräfte zuschrieb, die er nicht besaß und die er auch nicht im Traum für sich beansprucht hätte. Ein Blick auf die eingefallene Gestalt der baskischen Adeligen reichte, um ihn davon zu überzeugen, daß es kaum noch eine Chance gab, sie zu retten. Er konnte sich jedoch nicht weigern, sie zu behandeln, und da ihre Nichte ihr Hoffnungen gemacht hatte, mußte er sich letztendlich vor ihr, der Mutter des Kalifen, verantworten, wenn seine Behandlung fehlschlug. Prinzessin Subh und ihr verderbter Sohn waren zwar der wirklichen

Macht im Reich beraubt, verfügten aber zweifelsohne noch über Mittel und Wege, um seinen Ruf zu ruinieren, wenn nicht gar eine drastischere Strafe über ihn zu verhängen … Eine offene ehrliche Erklärung war also vonnöten.

»Die Frauen von Córdoba schreiben mir Kräfte zu, die jeder Arzt seit der Zeit der Antike gerne besessen hätte, aber leider habe weder ich sie, noch hat je ein anderes Mitglied unseres Berufsstandes über sie verfügt. Es gibt viele Arten von bösartigen Krankheiten. Manche Geschwulste können wir erkennen und gelegentlich durch Herausschneiden beseitigen, wenn sie noch nicht lange bestehen, wenn sie nicht nahe bei einem lebenswichtigen Organ sitzen und wenn der Patient stark genug ist, um die Operation zu überleben. Die Existenz anderer Geschwulste, die unseren Augen verborgen sind, können wir manchmal aus den Symptomen ableiten, die sie hervorrufen, aber bei diesen besteht wenig Hoffnung auf eine Heilung. Hippokrates war der Meinung, man solle einige besser unbehandelt lassen, weil die Operation, mit der man sie entfernt, gefährlicher ist als das langsame Wachstum dieser Geschwulste. In bestimmten Fällen kann unter Umständen, wenn die Geschwulst in einem frühen Stadium entfernt wurde, der Extrakt, den die Prinzessin erwähnt hat, helfen, um ein weiteres bösartiges Wachstum einzudämmen, doch wir wissen auch nicht, ob das wirklich so ist und wie lange es so bleibt. Wir werden noch über viele Jahre Versuche unternehmen und Beobachtungen machen müssen, um die Wirksamkeit des Extraktes festzustellen und die Bedingungen zu erforschen, unter denen man auf ein positives Ergebnis hoffen darf. Die Medizin, verehrte Damen, ist keine exakte Wissenschaft. Das Phänomen, mit dem wir es zu tun haben, ist so vielschichtig wie die menschliche Natur. Was einer Person hilft, kann bei einer anderen wirkungslos, wenn nicht gar schädlich sein. Ein Arzt muß ständig aus dem Schatz seiner Erfahrungen schöpfen und mit Hilfe der Intuition entscheiden, welches Heilmittel er in jedem einzelnen Fall verschreiben soll, und es dann auf die Reaktion seines Patienten abstimmen. Daher kann sehr wohl der Extrakt, den wir mit der großzügigen Hilfe des verstorbenen Gatten Eurer Nichte, des edlen Kalifen al-Hakam II., aus Afrika geholt haben, in einigen Fällen eine Heilung bewirken, in anderen jedoch vollkommen versagen. Ich habe noch keine genügende Zahl von Patienten damit behandelt, um Euch – oder sonst jemandem – verläßliche Aussichten machen zu können.«

»Ich habe meine arme, leidende Tante nicht die lange Reise von Bilbao hierher machen lassen, um einem wissenschaftlichen Vortrag zu lauschen«, erwiderte die Mutter des Kalifen heftig. »Wir suchen Heilung, keine Vorlesungen.«

»Zusammen mit Abu'l Kasim werde ich alles in meiner Macht Stehende tun, um der Herzogin zu helfen. Aber ich möchte noch einmal wiederholen und betonen, daß meine Macht begrenzt ist. Die Schmerzen, über die sie klagt, machen diesen Fall komplizierter als die anderen, die ich behandelt habe, und ich kann Euch keinen Erfolg versprechen. Nachdem ich all das gesagt habe«, fuhr Hai ernst fort und wandte sich nun direkt an die Herzogin, »seid Ihr trotzdem bereit, mich einen Versuch wagen zu lassen?«

»Eure Aufrichtigkeit gefällt mir, junger Mann. Sie flößt mir Vertrauen ein. Und da es keine andere Möglichkeit gibt, wäre ich eine Närrin, wenn ich mich ihr verweigerte.«

»Ich danke Euch, Herzogin. Wir wollen unverzüglich beginnen. Ihr nehmt zunächst eine sehr kleine Menge des Aloe-Extraktes. Wenn ihr keine üblen Nebenwirkungen verspürt, werden wir die Dosis erhöhen, um Euch soweit zu stärken, daß Ihr die Operation aushalten könnt, die Abu'l Kasim durchführen wird, um den Knoten aus Eurer Brust zu entfernen. Danach werden wir Euren Zustand wieder überprüfen und entscheiden, wie die weitere Behandlung aussehen soll.«

Als die beiden Frauen sich zum Gehen anschickten, war Hai zu sehr mit dem ernsten Gesundheitszustand der Herzogin beschäftigt, als daß er darauf geachtet hätte, ob die Prinzessin nun besänftigt war oder nicht.

Die Wirkung des Extraktes auf die Herzogin übertraf Hais Erwartungen. Mit erstaunlicher Geschwindigkeit kam sie wieder zu Kräften, ihr Appetit kehrte zurück, und ihre Gesichtsfarbe war nicht mehr ganz so aschgrau. Nur die Rückenschmerzen blieben. Dafür verschrieb ihr Hai einen Trank, der genügend Opium enthielt, um die Schmerzen zu lindern und ihr Schlaf zu schenken. Sie war, wie er schon bald feststellte, eine Frau von grimmiger Entschlossenheit und einem eisernen Willen. Immer wenn er sie besuchte, hielt sie sich unter seinem musternden Blick stolz und aufrecht, versäumte es nicht, sich erst freundlich nach ihm zu erkundigen, ehe sie von sich sprach. Sie beklagte sich selten, und zu keiner Zeit gestattete sie es sich, niedergeschlagen zu sein oder die Hoffnung zu verlieren. Sie war fest entschlossen, alles Menschenmögliche zu tun, um ihre Gesundheit wiederzuerlangen, unterzog sich ohne Zögern der Operation durch Abu'l Kasim und überraschte sowohl den Chirurgen als auch Hai damit, wie schnell sie sich von dem Eingriff erholte. Der ständige Schmerz in Oberbauch und Rücken verging jedoch nicht.

Hai besuchte die Herzogin jeden Abend, betrat den alten Palast in Córdoba diskret durch eine kleine Seitentür, die direkt in die Apotheke führte. Seine Anwesenheit dort überraschte niemanden, denn er kam, genau wie zu Zeiten des Kalifs al-Hakam, regelmäßig, um die Vorräte an Großem Theriak zu überprüfen. Seine Patientin nahm den Extrakt regelmäßig ein, und er verabreichte ihr nach wie vor Opiat, wenn es nötig war, um ihre Schmerzen zu lindern und ihr einen ruhigen Nachtschlaf zu sichern. Wenn sie ausgeruht war, schien sie erstaunlich wohlauf zu sein. Sie aß mit großem Appetit, und allmählich rundeten sich ihre hohlen Wangen wieder, und auch ihr Körper wirkte weniger ausgezehrt. Es schien wahrhaftig ein Wunder zu sein.

Sabinas Augen leuchteten jedesmal auf, wenn Hai ihr Zimmer betrat. Ihren Retter nannte sie ihn, konnte nicht genug Worte finden, um ihm zu danken und ihn zu preisen. Wenn er sich nach den Schmerzen erkundigte, wischte sie diese Frage mit einer Handbewegung beiseite.

»Nichts, was ich nicht ertragen könnte«, antwortete sie dann und spielte ihre Beschwerden herunter, um sich selbst und alle Menschen in ihrer Umgebung davon zu überzeugen, daß ihr beinahe nichts fehlte. Hais Gewissen warnte ihn, er müsse ihren Optimismus dämpfen. Es war noch viel zu früh, um von einer vollständigen Heilung zu sprechen. Die Geschwulst, die Abu'l Kasim herausgeschnitten hatte, war schon weit in ihr Fleisch eingedrungen, und der ständige Schmerz, den sie verspürte, konnte sehr wohl darauf hinweisen, daß bereits andere Organe befallen waren, die zu entfernen zu gefährlich wäre. Aber seine tiefe Sympathie für diese unerschrockene Frau hielt ihn zurück, genau wie sein Mitgefühl ihn auch daran gehindert hatte, Stella und der Base von Abu'l Kasim das volle Ausmaß der Gefahr zu enthüllen, in der sie geschwebt hatten. Wenn er durch seine Bemühungen für die Patienten nur einen Aufschub erwirkte, ihnen die Möglichkeit schenkte, jeden Augenblick voll auszukosten, ohne daß eine ständige, unaussprechliche Furcht ihnen jeden Atemzug, jede Geste überschattete. Es würde später noch Zeit genug für Leiden und Schrecken sein ...

Eines Tages gegen Mittag überwachte er gerade das Eindicken des Aloesaftes, da erspähte er eine Gruppe von Reitern, die von Córdoba auf sein Haus zu kamen. Als sie sich näherten, konnte er in der Mitte zwei Frauengestalten ausmachen, die von einer Schar von Wachen und unzähligen Dienern umgeben waren. Er eilte ins Haus, um sich zu waschen und frische Kleidung anzulegen, gebot einem Diener, Erfrischungen für die edlen Damen zu bereiten, die zu Besuch kamen, und trat dann auf die Schwelle seines bescheidenen Zuhauses, als sie vom Pferd stiegen.

»Ich komme, um mich von Euch zu verabschieden. Ich breche morgen früh nach Bilbao auf«, verkündete Herzogin Sabina, während sie ihn mit festen Schritten ins Haus begleitete.

Sie nahm sich reichlich von dem frischen Obst, dem Wein, den Nüssen und Süßigkeiten, die man ihr vorgesetzt hatte, ehe Hai vorsichtig fragte: »Fühlt Ihr Euch der Reise gewachsen?«

»Dank Eurer Hilfe fühle ich mich so wohl wie seit vielen Monaten nicht mehr.«

»Und doch, geehrte Herzogin, wäre es vorzuziehen, daß Ihr noch ein wenig länger hier bliebet, damit ich Euren Fortschritt beobachten kann.«

»Mein Wohlbefinden ist mir Fortschritt genug.«

Hai warf der Prinzessin einen flehenden Blick zu, in der Hoffnung, sie könnte ihm helfen, ihre Tante zu überzeugen, aber Subh wahrte ehernes Schweigen. Sie hätte auch nicht viel erreicht. Hai kannte seine Patientin gut genug, um zu wissen, daß nichts und niemand sie, wenn sie sich einmal zu etwas entschlossen hatte, davon abbringen konnte. Nicht einmal der Versuch schien angebracht.

»Wie Ihr wünscht, liebe Dame. Wenn es Euer Wille ist, in Euer Zuhause und zu Eurer Familie zurückzukehren, dann darf ich Euch nicht länger zurückhalten. Ich werde Euch eine ausreichende Menge Extrakt mitgeben, die Euch etwa zwei Monate genügen sollte. Rechtzeitig, bevor alles aufgebraucht ist, schickt Ihr mir zwei verläßliche Sendboten, denen ich einen Vorrat für zwei weitere Monate anvertrauen werde. So wie ich Euch kennengelernt habe, hege ich keinerlei Zweifel, daß Ihr das Pulver täglich nach meinen Anweisungen einnehmt.«

»Wie lange?«

»Euer Leben lang.«

»Mein Leben lang?« wiederholte die Herzogin entsetzt.

»Ich fürchte, ja.«

»Aber wenn ich reise oder aus irgendeinem Grund der Nachschub unterbrochen ist?«

»Ihr werdet gezwungen sein, Eure Reisen auf eine angemessene Entfernung von Córdoba zu beschränken. Ich meinerseits garantiere Euch, daß für Eure Kuriere immer ein großzügiger Vorrat an Extrakt bereitliegt. Wenn Euer Rückenschmerz stärker wird, so bittet Euren Arzt, Euch einen Trank nach diesem Rezept zuzubereiten.«

Rasch schrieb Hai eine Liste der Zutaten auf ein kleines Stück Papier, das er faltete, versiegelte und ihr reichte. »Sollte sich eine ungute Entwicklung ergeben, so laßt es mich wissen, und ich komme persönlich nach Bilbao und behandle Euch.«

Kurz darauf verabschiedeten sich die beiden Damen, hinterließen auf dem Diwan, auf dem sie gesessen hatten, einen Samtbeutel, der großzügig mit Golddinaren angefüllt war.

Wie vereinbart, trafen regelmäßig alle zwei Monate Sendboten aus dem Baskenland in Hais kleinem Landhaus ein – einmal, zweimal, ein drittes Mal. Hais Augen leuchteten voller Zufriedenheit auf, wenn er die staubbedeckten Gestalten sah, die sich auf der Straße von Norden näherten, denn ihre Ankunft bedeutete, daß es der Herzogin gut ging. Um ihn zu beruhigen, schickte sie immer noch eine Botschaft mit. Einmal schrieb sie von dem ungeheuren Vergnügen, das ihr die gemächlichen Ausritte am Fluß entlang bescherten, ein anderes Mal von den köstlichen unschuldigen

Stunden, die sie im Kreise ihrer Enkel verbrachte. Hier schilderte sie ihm die purpurnen Sonnenuntergänge, die das Flußdelta auflodern ließen, dort den süßen, reinen Gesang der Vögel, der am Abend ihre Ohren erfreute. Wie gierig sie jeden Augenblick, jede Seite ihres Lebens genoß! Hai lächelte, wenn er ihre Zeilen las.

Als die Boten jedoch das vierte Mal hätten erscheinen müssen, blieben sie aus. Hai wartete eine Woche, dann noch eine, und von Tag zu Tag wuchs seine Sorge. Als er nach zwei Wochen noch immer kein Lebenszeichen hatte, beschloß er, den Extrakt persönlich nach Bilbao zu bringen, um sicherzustellen, daß der Vorrat der Herzogin nicht zur Neige ging. Während der ganzen Anreise plagten ihn düstere Vorahnungen. Warum waren die Sendboten nicht gekommen? Waren sie von Wegelagerern überfallen worden? Oder hatte die Herzogin das Vertrauen in seine Behandlung verloren? Wahrscheinlich hatte sie einen Rückfall erlitten und war zu krank, um die Boten auszusenden. Es war sogar möglich, daß sie gestorben war und niemand sich die Mühe gemacht hatte, ihn zu benachrichtigen. Was ihn bei seiner Ankunft in dem schmucklosen Steinpalast erwartete, war eine tragische Kombination seiner schlimmsten Befürchtungen.

Er gab sich als der Arzt der Herzogin Sabina aus Córdoba zu erkennen und wurde eilends in ihre Gemächer geleitet. Gerade wollte er in das Zimmer eintreten, in dem sie lag, als der ortsansässige Arzt, der ängstlich neben der Tür kauerte, während ihr die Sterbesakramente gespendet wurden, ihm in den Weg zu treten versuchte.

»Ihr seid also der berühmte Hai ibn Yatom«, zischte er verächtlich und musterte den Gelehrten in seinen dunklen Gewändern mit unverhohlener Abscheu. »Der unsere geliebte Herzogin mit seinem sogenannten Lebenselixier in diesen bedauernswerten Zustand versetzt hat.«

»Das möchte ich lieber selbst beurteilen«, erwiderte Hai und schob sich an der jämmerlichen Gestalt des Medicus vorbei, als der Priester aus dem Zimmer trat. Selbst die Weihrauchwolken, die ihn umwallten, konnten den Geruch der Krankheit nicht übertönen, der aus dem Zimmer drang.

Das eingesunkene Gesicht der Herzogin war kaum auszumachen unter den Pelzen, die man in dem verzweifelten Bemühen, ihrem Frösteln Einhalt zu gebieten, über sie gebreitet hatte. Wie kalt sie sich trotz allem fühlte! Hai setzte sich an ihr Bett und legte ihr sanft seine kühlende Hand auf die glühende Stirn. Obwohl ihre Augen vom Fieber glasig waren, leuchteten sie doch mit seltsamer Zufriedenheit auf, als sie ihn erkannte. Mit einer mitleiderregenden Geste – ob mit der flehentlichen Bitte um Leben oder um den Tod, er konnte es nicht sagen – streckte sie die mageren Hände zu ihm hin. Er nahm sie zwischen die seinen, und ein Strom des Mitgefühls floß von seiner Seele in die ihre. Es war das einzige, womit er ihr jetzt noch helfen konnte.

»Danke, daß Ihr gekommen seid«, murmelte sie schwach. »Eure Gegenwart ist mir ein unschätzbarer Trost.«

Das war alles. Keine Beschwerden, keine Vorwürfe, keine Forderungen. Wie typisch für diese edle Seele, dachte er, als sein erfahrenes Auge über ihre gelbliche Haut und den gelben Schimmer im Weiß ihrer Augäpfel schweifte. Er mußte gar nicht mehr sehen – nicht die dunkle Farbe ihres Urins, nicht das Blut und die schwärzliche Flüssigkeit, die sie ausgeschieden hatte. Der Körper der armen Frau war völlig zerfressen von der Krankheit, wie ihn der Rückenschmerz hatte befürchten lassen. Die bösartige Geschwulst war wohl von ihrer Brust in den gesamten Körper gewuchert, hatte ihn der Fäulnis ausgeliefert und dieses letzte, tödliche Fieber ausgelöst. Der Verfall, dem er hatte Einhalt gebieten wollen, hatte den Sieg davongetragen. Und doch, überlegte er, als er die reglosen, wächsernen Hände seiner Patientin mit festem, ermutigendem Griff umfaßte, hatte er ihr nicht einige wenige Monate Leben gewonnen, kostbare Augenblicke des Sonnenlichtes und des Glücks? Sechs ganze Monate hindurch hatte der Extrakt ihr anscheinend neues Leben geschenkt. Ein lächerlich kleiner Sieg in der ewigen Schlacht gegen den Tod? Vielleicht, aber für die Herzogin und ihre Lieben ein unschätzbar wertvolles Geschenk ...

Auf Verlangen der Sterbenden blieb Hai die ganze Nacht hindurch allein bei ihr. Er benetzte ihr die trockenen, vom Fieber aufgesprungenen Lippen, legte ihr kühlende Kompressen auf die Stirn. In einem letzten Versuch, ihr Leiden zu lindern, bereitete er einen Trank vor, von dem er hoffte, er werde sie beruhigen, aber als er ihn ihr an die Lippen hielt, wies sie ihn zurück, war inzwischen nicht mehr in der Lage, ihn zu trinken.

Im Morgengrauen hörte ihr schwacher Pulsschlag ganz auf, und sie tat ihren letzten Atemzug.

In dem Augenblick, als Hai vor Schmerz gebückt und von seiner Niederlage niedergeschmettert, aus Sabinas Zimmer trat, stürzte sich der andere Arzt auf ihn.

»Euer Aloe-Extrakt allein hat ihr diese tödliche Schwäche beschert!« rief er mit der Aggressivität des Schwachen und Unwissenden. »Es ist allgemein bekannt, daß er abführende Wirkung hat. Was für ein Wahnsinn, derlei einer Patientin zu verabreichen, die schon an ständigem Durchfall leidet!«

»Leicht oder schwer?«

»Immer schwerer.«

»Wann habt Ihr die Verschlechterung bemerkt?«

»Vor etwa drei Wochen.«

»Vorher nicht?«

Ertappt zögerte der Arzt. Sabinas Zofe antwortete schluchzend: »Nein, vorher nicht.«

»Also«, fuhr Hai wütend zu dem Mann herum, »habt Ihr

nicht nur verhindert, daß die Herzogin ihre Sendboten ausschickte, um weitere Vorräte des Pulvers zu holen. Ihr habt auch dafür gesorgt, daß ich nichts von der Verschlechterung ihres Zustandes erfuhr. Ich behaupte nicht, daß ich sie unter diesen weitaus schwierigeren Umständen hätte retten können. Ganz und gar nicht. Aber ich weise mit aller Macht die Anschuldigung zurück, daß der Extrakt sie geschwächt hat. Ich glaube vielmehr, daß sie die letzten wenigen Monate voller Vitalität zumindest teilweise der lebensstärkenden Wirkung des Aloe-Extraktes zu verdanken hatte. Die bösartige Krankheit hat sie so geschwächt, nicht der Extrakt.«

Hai hatte überlegt, in Bilbao zu bleiben und dieser edlen und mutigen Dame bei der Beerdigung die letzte Ehre zu erweisen, aber er sah keinen Grund, warum er durch seine Gegenwart am Grab die Feindseligkeit des ortsansässigen Medicus weiter schüren sollte. Also ging er leise und unbemerkt fort, und Tränen der Trauer verschleierten ihm den Blick, als er sich auf den Heimweg machte.

Als er sich Córdoba näherte, überfiel ihn erneut eine ungute Vorahnung. Würde Prinzessin Subh den Verleumdungen des baskischen Arztes Glauben schenken, wenn sie ihr zu Ohren kamen? Und wenn ja, welche Strafe würde sie über ihn verhängen? Würde sie so weit gehen, seine Verbannung aus Córdoba zu befehlen, ihn dazu zu zwingen, seine Aloepflanzungen im Stich zu lassen, die er mit solcher Leidenschaft gepflegt und zur Blüte gebracht hatte? Oder würde sie, da sie mit eigenen Augen gesehen hatte, auf welche Weise der Extrakt den Zustand ihrer kranken Tante gebessert hatte, die Anschuldigungen als Rachegelüste eines neidischen Berufskollegen abtun?

Hais ständige Zweifel an der Wirksamkeit des Extraktes, seine tiefe Enttäuschung über die Unfähigkeit, konkrete, unwiderlegbare Beweise für die Wirkung des Mittels zu erbringen, wurden noch verstärkt durch die Ungewißheit, wie die Mutter des Kalifen sich verhalten würde. Jeden Donnerstag musterte er die Schar der Patienten, die sich im Haus in Córdoba versammelten, war sich nicht sicher, ob er sich wünschte, daß sie darunter wäre oder nicht. Heimlichkeiten und Hinterlist waren am Hof der Omaijaden so sehr an der Tagesordnung, daß er ständig auf der Hut war, während eine Woche nach der anderen verstrich. Er wünschte sich schon beinahe, die Prinzessin würde ihm endlich offen gegenübertreten und ihn von der quälenden Ungewißheit erlösen. Nur seiner Mutter, die plötzlich alt und gebrechlich geworden war, vertraute er seine Sorge an, aber auch ihre weisen und tröstenden Worte konnten seine Furcht kaum lindern.

Sein Seelenfriede sollte ihm auf völlig unerwartete Weise und unter wesentlich dramatischeren Umständen wiedergeschenkt werden, als er es sich je hätte ausmalen können.

34

Der Befehl, vor dem Kalifen zu erscheinen, wurde ihm von einer gemeinsamen Abordnung von Würdenträgern des Kalifenhofes und aus al-Mansurs Residenz in der Medina Azahira überbracht. Flankiert von einer eindrucksvollen Schar berittener Schwertkämpfer, erschien die Abordnung kurz nach Sonnenaufgang, als Hai sich noch schlaftrunken räkelte. Das Aufschlagen der Pferdehufe, das bedrohliche Klirren der Waffen näherte sich dem kleinen Haus in der Stille des frühen Morgens und weckte in ihm erneut ungute Vorahnungen, die er mit der Zeit beinahe schon gebannt hatte. Obwohl der Morgen mild war, fröstelte ihn ein wenig, als er sein Gewand überstreifte und sich auf die bevorstehende Auseinandersetzung vorbereitete.

Die Wache, die draußen vor der Tür wartete, während die Anführer der Abordnung in Hais schlichtes Heim eintraten, wirkte bedrohlich. Die Abgeordneten waren in so dringender Mission erschienen, daß sie die höflichen Gesprächsfloskeln auf ein Mindestmaß beschränkten und sofort zum Grund ihres Besuchs kamen.

»Unser erhabener Kalif, Hisham, der Herrscher der Gläubigen, und sein getreuer Diener al-Mansur befehlen Euch, Eure medizinischen Fertigkeiten in den ausschließlichen Dienst des Hofes zu stellen. In Sevilla hat man einen Ausbruch der Pestilenz festgestellt, die anscheinend aus den nordafrikanischen Gebieten eingeschleppt wurde. Es könnten schon Überträger innerhalb unserer Mauern sein. Unser großer und mächtiger Herrscher ist nicht mehr gewillt, Eure störrische Weigerung hinzunehmen, ihm zu dienen. Als sein getreuer Untertan und als der gelehrteste und berühmteste Arzt in ganz al-Andalus ist es Eure heilige Pflicht, Euch am Hofe einzufinden.«

An welchem Hof? fragte sich Hai angstvoll. Wie sollte er, ein einzelner, schutzloser Jude in einem Königreich, in dem die Macht so offensichtlich geteilt war, sich unbeschadet aus den Fangarmen dieses zweiköpfigen Ungeheuers befreien? Sein Vater wäre vielleicht schlau genug gewesen und hätte sich zwischen den beiden einen Weg suchen können. Er selbst war es nicht.

»Wo residiert unser ruhmreicher Herrscher im Augenblick?« fragte er den in starrer Haltung dastehenden Sprecher der Abordnung.

»In der Medina Azahara.«

»Und sein Großkämmerer al-Mansur?«

»Er ist auf dem Rückweg von einem triumphalen Feldzug gegen die Grafschaft Barcelona. Wir haben Sendboten ausgeschickt und ihm dringend angeraten, seine Rückkehr zu verschieben, bis die Gefahr gebannt ist.«

»Das Glück war den Großen und Mächtigen dieses Reiches hold«, murmelte Hai feierlich. Seine Erleichterung war grenzenlos. Im Augenblick waren beide Männer in Sicherheit, da sie sich fern von den wimmelnden Menschenmassen der Stadt aufhielten, unter denen sich die Ansteckung ausbreiten konnte wie ein Lauffeuer im trockenen Farn. Da nur der Kalif sich in unmittelbarer Nähe Córdobas befand, war sein Dilemma nicht so groß.

»Ich reite unverzüglich zur Medina Azahara hinaus, um sicherzustellen, daß alle uns möglichen Maßnahmen ergriffen werden, um den Kalifen zu schützen und um zu verhindern, daß die Pestilenz in den königlichen Palast vordringt. Danach werde ich sofort ähnliche Maßnahmen auch in der Medina Azahira treffen. Es ist unbedingt erforderlich, daß beide Palastbezirke von jeglichem Kontakt mit der Stadt abgeschnitten sind.«

»Das ist möglich«, erwiderte einer der Würdenträger nach kurzer Überlegung. »In beiden Palästen sind für den Notfall stets großzügige Vorräte an Lebensmitteln und Wasser eingelagert.«

»Alles Wasser, in der Stadt und außerhalb, muß vor dem Trinken abgekocht werden«, unterwies sie Hai. »Doch bitte entschuldigt mich jetzt, meine Herren. Ich muß eiligst zum Palast des Kalifen. Wir haben keinen Augenblick zu verlieren.«

Die Würdenträger starrten einander an, waren über diese unhöfliche Verabschiedung verblüfft, schrieben sie aber dem Ernst der Lage zu, geruhten also, sie zu ignorieren, und wandten sich zum Gehen.

Nicht der Ernst der Lage hatte Hai bewogen, sie so zu brüskieren. Er mußte dringend seine Gedanken ordnen. Gegen die Pestilenz hatte sich bisher noch kein Heilmittel als wirksam erwiesen. Ralambos Extrakt? Höchst unwahrscheinlich. Wenn die Vorväter der Antike, die viele Eigenschaften der Aloe kannten, sie nie als Heilmittel gegen die

Pestilenz genannt hatten, dann hatte sie sich wahrscheinlich als wirkungslos erwiesen, um so mehr, als ihre abführende Wirkung zusätzlich dagegen sprach. Hier wurde keine Steigerung der Vitalität gebraucht, sondern etwas anderes, etwas, das als Gegenmittel gegen die von der Pestilenz hervorgerufene Vergiftung des Blutes wirken würde. Während er in seinen Truhen nach einem frischen dunklen Gewand wühlte, hielt er plötzlich wie gebannt inne. Die Worte, die ihm sein Vater auf dem Totenbett gesagt hatte, schossen ihm durch den Kopf: »… habe ich ihm, hauptsächlich einem Impuls folgend, geraten, stets eine kleine Menge zur Vorbeugung einzunehmen … Diese vorbeugende Wirkung ist nicht eindeutig bewiesen, trotzdem bin ich nach wie vor davon überzeugt … Mache damit, was du willst.«

Was war denn die Pest, wenn nicht die Ausbreitung einer giftigen Substanz im ganzen Körper? Und was war der Große Theriak, wenn nicht das stärkste Gegengift, das der Menschheit bekannt war? Daß seine Wirksamkeit gegen die Pest nirgends vermerkt und nicht mit all dem anderen Wissen der Antike überliefert war, hatte vielleicht damit zu tun, daß einige Zutaten sehr selten, andere schwer zu bekommen und wieder andere unerschwinglich teuer waren. Damals wie heute wäre es unmöglich, ein solches Gegengift der gesamten Bevölkerung eines Gebietes zur Verfügung zu stellen, in dem die Pest tobte. Einer kleinen, isolierten Gruppe von Menschen konnte man es jedoch verabreichen. Wie schon sein Vater gesagt hatte, schaden konnte es jedenfalls nicht.

Hai griff das erste Gewand, das ihm in die Hände fiel, schlüpfte hinein und knöpfte es hastig zu, während er schon in sein Apothekenzimmer eilte, wo er Medikamente, Kräuter, Gewürze und heilende Mineralien aufbewahrte. Mit einem raschen Blick auf die wohlgeordneten Tiegel und Töpfe auf den Brettern, die alle sorgfältig beschriftet waren, berechnete er, daß er – zusammen mit dem Vorrat an Großem Theriak, der ständig im Palast aufbewahrt wurde – eine Menge zubereiten könnte, die gerade eben für den engsten Familienkreis der beiden Herrscher des Kalifates ausreichen würde – und für seine eigene. Was nun aber mit den königlichen Harems, den Wesiren, den Hauptleuten der Armee? Er hatte keine andere Wahl, als für sie aus den vier Zutaten Myrrhe, Lorbeersamen, Osterluzei und gelbem Enzian, von denen er ausreichende Vorräte besaß, einen anderen Theriak anzusetzen. Diese vier mit geläutertem Honig zu einer Latwerge vermengt, stellten das erste Mittel dar, das die Ärzte der Antike gegen jegliche Art von Gift gemischt hatten. Seinen kleinen Vorrat an Bezoar würde er für unvorhergesehene Notfalle zuruckbehalten. Mehr konnte er nicht tun.

Aber sollte er es machen? Indem er die Hoffnung erweckte, daß man sich gegen die gefürchtete Pestilenz schützen konnte, würde er sich wieder einmal eine Falle stellen, genau wie damals mit Ralambos Extrakt. Wenn er Erfolg hatte, würde sein Ruhm nah und fern erschallen. Wenn nicht, dann wären die Folgen nicht absehbar. Er hatte keine Zeit zum Zögern. Er mußte sich entscheiden. Es gab jedoch nur eine Entscheidung, die er, Hai ibn Yatom, treffen konnte. Seine Mission, sein überwältigender Wunsch, die Krankheiten zu besiegen, die die Menschheit heimsuchten, trieb ihn unermüdlich immer weiter, zwang ihn, es immer und immer wieder zu versuchen … Geduldig würde er den Hohen und Mächtigen erklären, den Männern der Macht, die er immer gemieden hatte, daß die Möglichkeit des Schutzes gering sein mochte, daß sie aber immer noch besser war als gar kein Schutz.

Dalitha kam zu ihm geeilt, und ihr bleiches Gesicht verriet ihre Sorge um ihn. »Was hat das zu bedeuten, daß eine so bedrohliche Delegation zu dieser ungewöhnlichen Stunde hier erschienen ist?« fragte sie, und ihre Stimme überschlug sich vor Angst. Während er die zweiundvierzig Zutaten des Großen Theriak abwog und abmaß, erklärte ihr Hai rasch den Grund, erwähnte aber nicht, daß die Krankheit zunächst in Sevilla ausgebrochen war, damit sie sich nicht noch zusätzlich Sorgen um Amira und ihre Familie machte. Dann vertraute er ihr die letzten Handreichungen in der Zubereitung des kostbaren Gegengiftes an.

»Wenn es fertig ist«, wies er sie an, »mußt du selbst zur Vorbeugung eine Menge etwa von der Größe einer Nuß einnehmen und Amram eine etwas kleinere Menge verabreichen.«

»Und was ist mit dir und Sari?«

»Wir beide werden unsere Dosis aus den Vorräten für den Palast in Córdoba nehmen. Den Rest werde ich dem Kalifen in die Medina Azahara bringen, sobald ich dafür gesorgt habe, daß man Mutter hierher schafft. Sie darf auf keinen Fall in der Stadt bleiben.«

»Für wen ist diese Portion hier?«

»Für al-Mansur, falls er zurückkehren sollte, und für seine engste Familie.«

Bei diesen Worten zuckte Dalitha zusammen. Hai schaute sie traurig an und legte ihr schützend den Arm um die Schulter, während er sagte: »Ich weiß, es ist ungerecht. Warum diese Menschen, warum nicht Stella, Amrams treusorgende Kinderfrau, oder Yahya, der getreue Diener der Familie? Du weißt, wie verzweifelt ich mich bemüht habe, nicht in den Netzen des höfischen Lebens gefangen zu werden, aber diesmal hatte ich keine andere Wahl.«

»Und wenn dein Experiment mit dem Theriak fehlschlagen sollte?«

»Dann bin ich in großer Gefahr, so als hätte ich die Befehle des Kalifen mißachtet. Noch schlimmer wird es, wenn er der Pestilenz zum Opfer fallen sollte. Was immer ich auch tue, man wird mich beschuldigen, meine Pflichten vernachlässigt zu haben, wenn ihm etwas geschieht. Indem ich, wie mein Vater, den Großen Theriak vorbeugend einsetze, könnte ich möglicherweise nicht nur für den Kalifen, sondern für die Menschheit einen Aufschub erwirken. Ich muß es versuchen, Dalitha, ich muß es versuchen.«

Machtlos angesichts des überwältigen Drangs, der ihn antrieb, zeigte sich Dalitha widerwillig einverstanden.

Hai fand den Kalifen wie immer in seine Kissen gebettet vor. Ein kaum zur Frau herangewachsenes Mädchen kauerte neben seinem Haupt und streichelte ihm die niedrige, schweißglänzende Stirn, während ein Junge, der ihr verblüffend ähnlich sah, neben dem Kalifen ausgestreckt lag, eine Hand unter den üppigen Roben des Herrschers verborgen. Bei näherem Hinsehen bestätigte sich Hais erster Eindruck: die beiden jungen Geschöpfe, die auf ihrem Pfad von der Kindheit zum Erwachsensein in die Fänge des Kalifen geraten waren, waren tatsächlich Zwillinge, und ihre geschmeidigen, noch nicht voll ausgereiften Körper eine seltene Delikatesse, die den übersättigten Kalifen erfreuen sollte. Angesichts dieser widerwärtigen Szene tat sich für Hai ein weiteres Dilemma auf. Die Menge an Großem Theriak, die der Familie des Kalifen zur Verfügung stand, war begrenzt – gerade genug für seine Mutter, die Prinzessin Subh, den Herrscher selbst und diejenigen, die gerade seine Gunst genossen. Kinder hatte Hisham noch nicht gezeugt, aber Hai hatte keine Vorstellung davon, wie viele andere glücklose Geschöpfe neben den Zwillingen im Augenblick noch Gegenstand seiner Begierde waren. Wem würde die schicksalhafte Aufgabe zufallen, die wenigen Privilegierten auszuwählen, die zum innersten, intimsten Kreis des Kalifen gehörten? Mit einer trägen Geste deutete ihm Hisham an, er möge sich setzen.

»Also, Abu Amram, habt Ihr Euch endlich herabgelassen,

mir zu dienen«, sagte er, und seine Stimme, die jugendlich fest und kraftvoll hätte sein sollen, klang schwach und müde. »Ich habe kein Auge zugetan, seit ich hörte, die Pest könnte unter uns sein«, fuhr er fort. »Ich bin starr vor Furcht, daran zu sterben. Niemand außer Euch kann mich noch retten«, flehte und wimmerte er, während er sich in seine Kissen kauerte.

»Es ist uns kein Heilmittel gegen die Pestilenz bekannt«, begann Hai vorsichtig. »Aber Ihr habt gute Aussichten, der Krankheit zu entkommen, wenn Ihr hier in der Medina Azahara bleibt, von der Stadt abgeschnitten. Kein Essen und keine Getränke dürfen von außen in den Palastbezirk hereingebracht werden. Es müssen Anweisungen ergehen, daß der Notvorrat an Nahrungsmitteln in gleichen Mengen gerecht aufgeteilt werden soll, so daß allen hier ein Mindestmaß an Nahrung zur Verfügung steht, bis die Gefahr vorüber ist. Am wichtigsten ist jedoch, daß alles Wasser vor dem Trinken abgekocht wird.«

»Erklärt das Yunus«, seufzte der Kalif müde. »Ich bin viel zu schwach, um mich mit derlei Einzelheiten abzugeben.«

»Und schließlich«, fuhr Hai fort und überging die unverzeihliche Gleichgültigkeit des Kalifen gegenüber dem Wohlergehen derer, die ihm dienten, »müßt Ihr strenge Anweisungen geben, daß niemand von außerhalb in den Palastbezirk eingelassen werden darf.«

»Außer Euch«, warf Hisham ein. »Aber wie kann ich sicher sein, daß Ihr die Ansteckung nicht einschleppt? Bei Allah, ich überlege, ob ich Euch nicht hierbehalte, falls ich Euch brauchen sollte.«

»Bei allem Respekt, o Herrscher der Gläubigen, meine Pflichten als Hofarzt verlangen auch, daß ich mich um Euren Großkämmerer und sein Gefolge in der Medina Azahira kümmere.«

»Mein Großkämmerer, immer wieder mein Großkämmerer, der meine Pläne durchkreuzt«, wimmerte der verderbte junge Herrscher. »Aber ich verbiete Euch bei Androhung der Todesstrafe, die Stadt Córdoba zu betreten, was immer auch Euer Vorwand sein mag. Ich könnte Euch jederzeit benötigen, und ich möchte daher, daß Ihr am Leben und bei guter Gesundheit seid. Warum, weiß ich allerdings nicht«, fügte er neckisch hinzu. »Ihr enttäuscht mich. Ich hatte mehr von Euch erwartet. Angenommen, ich werde von der Pest heimgesucht. Was könnt Ihr mit all Eurem Wissen und Eurer Erfahrung dann für mich tun?«

»Wie ich Euch bereits angedeutet habe, nur sehr wenig. Ich kann nur zu verhindern versuchen, daß Ihr Euch ansteckt, indem ich die notwendigen Vorkehrungen treffe.«

»Ich glaube nicht, daß sie wirksam sind«, schmollte Hisham.

»Es könnte noch eine andere Möglichkeit geben«, brachte Hai nun hervor und rieb sich die langen schmalen Hände, während er seine Worte sorgsam abwägte. »Die Ärzte der Antike haben viel Vertrauen in den Großen Theriak gesetzt, als Gegenmittel gegen Gifte aller Art. So wie ich es sehe, ist die Pestilenz auch eine Art Gift. Wenn Ihr ein wenig vom Großen Theriak zur Vorbeugung einnehmt, ehe Ihr Euch unter Umständen ansteckt, dann besteht die Möglichkeit, daß dies Euch retten könnte.«

»Die Möglichkeit, die Möglichkeit!« grollte der Kalif. »Was für eine Möglichkeit?«

»Eine geringe Möglichkeit, aber besser als gar keine.«

In Hishams Augen schien kurz ein Hoffnungsschimmer aufzuleuchten, dann verdunkelten sie sich sofort wieder bedrohlich. »Und wer sagt mir, daß meine Feinde Euch nicht angestiftet haben, ein Gift in Euer sogenanntes Heilmittel zu mischen? Wie könnte man mich besser beseitigen, als wenn man meinen Tod einem Ausbruch der Pest zuschriebe?«

Hai würgte seine Wut über diesen unerhörten Angriff auf

seine ärztliche Berufsehre herunter, richtete sich zu voller Größe auf und antwortete mit tödlicher Ruhe: »Es gibt Zeiten, o Herrscher der Gläubigen, da ein Mann denjenigen, die er zu Hilfe ruft, sein Vertrauen schenken muß.«

»Mich hat die Erfahrung gelehrt, nie jemandem zu trauen«, murmelte der Kalif, und seine dicken, feuchten Lippen verzogen sich.

»Dann fürchte ich, kann ich Euch nicht weiter behilflich sein.«

Mit diesen Worten erhob sich Hai und wandte sich zum Gehen.

»Nein, nein! Wartet! Ich habe Euch noch nicht entlassen. Angenommen, ich nehme den Großen Theriak vorbeugend ein. Kann er mir schaden?«

»Überhaupt nicht.«

Der Kalif musterte Hai nun mit seinen matten, trägen Augen, als versuche er das Ausmaß von dessen Treue und Ergebenheit abzuschätzen. »Werdet Ihr dem Mann, der für mich mein Königreich regiert, den gleichen Schutz anbieten?«

»Ich bin auf seinen wie auf Euren Befehl hier.«

»Wahr, wahr«, murmelte der Kalif und wünschte al-Mansur den Tod auf den Leib, wußte jedoch gleichzeitig, daß er ohne ihn nicht fähig wäre, sein Königreich überhaupt zu halten …

»Nun gut. Ich befehle Euch, den Theriak mir, meiner Familie und allen im Palastbezirk zu verabreichen.«

»Das liegt nicht in meiner Macht. Die Seltenheit einiger Zutaten dieses Gegengifts macht es mir unmöglich, eine so große Menge in der Kürze der Zeit herzustellen. Im Augenblick ist für Euch und Eure engste Familie ausreichend Theriak vorhanden. Bis morgen ist dann der Theriak aus vier Zutaten, ebenfalls ein Gegenmittel von beträchtlicher Stärke, für alle anderen Mitglieder des Hofes fertig.«

»Für mich und meine Familie!« höhnte der Kalif. »Macht Euch nicht lustig über mich. Außer meiner Mutter zähle ich zu meiner Familie noch eine ganze Schar köstlicher junger Geschöpfe wie diese hinreißenden Zwillinge hier, denen ich allen zutiefst verbunden bin.« Während er seine Stimme zu einem Flüstern senkte, hob er eine Hand, um die knospenden nackten Brüste des jungen Mädchens zu liebkosen, und beugte sich dann herab, um die glatte, helle Stirn ihres Zwillingsbruders zu küssen. »Wenn sie mir geraubt werden, verliert mein Leben jeglichen Reiz. Ich befehle Euch, sicherzustellen, daß der Große Theriak allen, die mir lieb und wert sind, verabreicht wird.«

In diesem wichtigen Augenblick in Hais Leben tauchte wie eine Fackel, die ihn leiten sollte, ein tief verwurzelter Instinkt auf, ein kostbares Erbe seines Vaters, wie er später glauben würde.

»Die Korbflasche, die ich aus der Palastapotheke in Córdoba mitgebracht habe, enthält den gesamten Vorrat an Großem Theriak, der im Augenblick vorhanden ist. Die Menge für eine Person entspricht der Größe einer Nuß. Ich überlasse es Euch, o Herrscher der Gläubigen, erhabener Herr unseres ruhmreichen Kalifates, in Eurer großen Weisheit zu entscheiden, wer dieses Mittel erhalten soll.«

Hai stellte die kostbare Flasche auf den goldenen Tisch neben dem Kalifen ab, erhob sich und bat um die Erlaubnis, sich zurückziehen zu dürfen. Er mußte fort sein, ehe der armselige Hisham begriff, welche Verantwortung nun auf ihm lastete.

35

Die Landschaft zwischen der Stadtmauer und den nördlichen Bergen glich einem trunkenen Ameisenhaufen, als sich Hai Córdoba näherte. Kolonnen von verzweifelten

Menschen, denen das Gerücht von der Seuche zu Ohren gekommen war, ehe man die Stadttore verschloß, rannten hin und her auf der Suche nach einer Unterkunft außerhalb der Stadt für die Zeit, bis die Gefahr der Ansteckung vorüber war. Zu ihnen gesellten sich noch die Menschenscharen, die täglich in die Stadt drängten, um dort ihre Geschäfte abzuwickeln: An diesem Morgen hatten sie die großen Tore verschlossen und verriegelt vorgefunden. Während Hai das Bild betrachtete, das sich ihm bot, tobten in ihm widerstreitende Gefühle. Einerseits war er erleichtert, daß man rechtzeitig die notwendigen Maßnahmen ergriffen hatte, daß also die Paläste wahrscheinlich von Ansteckung verschont bleiben würden. Andererseits war er zutiefst enttäuscht, daß man ihm den Zutritt zur Stadt verwehrte und er also seinen Kollegen im Hospital nicht zur Seite stehen konnte, wenn sie die Leiden der Pestopfer zu lindern versuchten.

Er hielt sich nicht lange in seinem kleinen Landhaus auf. Nachdem er sich versichert hatte, daß Sari wohlauf war, nahm er die Menge Großen Theriak, die Dalitha bereitet hatte, füllte, einem plötzlichen Impuls folgend, ein wenig aus der Korbflasche ab und galoppierte dann zur Medina Azahira, um dort 'Abd al-Malik, dem ältesten Sohn des Regenten, das Gegenmittel auszuhändigen. Wie auch beim Kalifen überließ er dem Erben al-Mansurs selbst die Wahl, wem das Mittel verabreicht werden sollte. Es war früher Abend, als er endlich nach Hause zurückkehrte. Mit Dalithas Hilfe bereitete er den Theriak aus vier Zutaten, und nachdem er noch einmal nach Sari geschaut hatte, legte er sich erschöpft zu Bett und fiel augenblicklich in einen tiefen, traumlosen Schlaf.

Einige Stunden später rüttelte ihn Dalitha wach. »Ich glaube, es ist jemand an der Tür«, sagte sie.

Sofort war Hai munter und lauschte aufmerksam. Kein Zweifel: in der Stille der Nacht war deutlich ein schwaches, unregelmäßiges Klopfen zu vernehmen. Hai rannte zur Tür, und als er sie öffnete, fiel ein benommener, fiebernder alter Mann ihm wie betrunken in die Arme. Hai legte ihn auf den Diwan in seinem Arbeitszimmer, leuchtete ihm mit einer Kerze ins Gesicht und erkannte Yahya, den Diener aus dem Haus der Familie in Córdoba. Er hielt dem alten Mann eine Tasse Wasser an die zitternden Lippen und untersuchte dann seine Leisten und Achselhöhlen nach den gefürchteten Pestbeulen. Bisher waren noch keine zu sehen. Es gab noch eine Chance ... Ohne auch nur eine Sekunde zu zögern, eilte er ins Apothekenzimmer, auf dessen weiße Wände der Mond verzerrte Schatten der runden Tiegel und langhalsigen Flaschen zeichnete. Mit ruhiger Hand maß er eine Dosis von dem Großen Theriak ab, den er aus der Flasche für al-Mansurs Sohn abgefüllt hatte, kehrte ins Arbeitszimmer zurück und flößte dem fröstelnden alten Mann das Gegenmittel zusammen mit einem Becher Wein ein.

»Versuche, den Trank bei dir zu behalten«, drängte ihn Hai sanft. »Versuche, ihn bei dir zu behalten.« Wie durch ein Wunder erbrach sich Yahya nicht. Hai wachte den Rest der Nacht neben ihm, befeuchtete ihm die trockenen, aufgesprungenen Lippen mit einem nassen Baumwolltupfer, kühlte ihm die heiße Stirn, murmelte ermutigende Worte, überzeugt, daß der Alte überleben würde. Im Morgengrauen gab er Yahya, ehe er mit dem Gegenmittel aus vier Zutaten in die Paläste ritt, noch eine Dosis vom Großen Theriak und wie zuvor Schluck für Schluck einen Becher Wein. Obwohl der Mann noch im Fieberwahn war, verschlechterte sich sein Zustand nicht. Drei Tage und Nächte wiederholte Hai diese Behandlung, ehe das Fieber allmählich nachließ. Am vierten Tag war Yahya zwar ruhig und schwach, konnte aber doch sprechen.

Auf Hais Frage, wie er das kleine Landhaus erreicht hatte,

antwortete er, als er vom Markt heimgekehrt sei und Sari nicht mehr vorgefunden habe, sei er wie die anderen, die von der Seuche gehört hatten, aus der Stadt fortgegangen. Erst im Laufe des Tages hatte er gespürt, wie das Fieber einsetzte. Sicher, daß er in Hais Haus Hilfe finden würde, hatte er seine letzten Kräfte aufgeboten, um hierherzugelangen. »Gott sei gepriesen, junger Herr, Ihr habt mir das Leben gerettet«, murmelte er unter Tränen und umklammerte voller Dankbarkeit Hais Hände.

Während der drei kritischen Tage von Yahyas Erkrankung hatte Hai seine Mutter genau im Auge behalten, aber als sich keine Anzeichen eines einsetzenden Fiebers zeigten und es Yahya besser ging, war er weniger wachsam und begann Schlüsse aus dem zu ziehen, was er beobachtet hatte. Es stimmte, Yahya war immer schon für sein ungewöhnliches Durchhaltevermögen bekannt gewesen, aber daß er in seinem hohen Alter die Pest überlebt hatte, grenzte an ein Wunder. Gleichermaßen wundersam war es, daß Sari, die Gerichte gegessen hatte, die ihr der Diener zubereitet hatte, sich diese Krankheit gar nicht erst zugezogen hatte. Man konnte all das natürlich dem Zufall zuschreiben. Bei jeder Epidemie gab es Überlebende. Warum sollten Sari und Yahya nicht zu ihnen gehören? Aber das glaubte Hai nicht. Zum anderen war noch nicht bewiesen, daß der Große Theriak eine wirksame Waffe gegen die Pest darstellte, denn bisher war nur Yahya anscheinend durch das Mittel geheilt worden, und bei Sari hatte es offenbar erfolgreich seine vorbeugende Wirkung gezeigt. Die Lage war ähnlich wie bei Ralambos Extrakt.

Die Seuche war von begrenztem Ausmaß. Sie klang recht schnell ab, und aus den beiden königlichen Palästen wurde kein einziger Todesfall gemeldet. Auch hier war es unmöglich festzustellen, ob die Rettung der Isolation oder der vorbeugenden Wirkung des Großen Theriak zu verdanken war.

Manche schrieben ihr Überleben dem einen zu, manche dem anderen. Manche dankten Allah und beriefen sich auf das Schicksal, das ihnen bestimmt war, andere schworen auf eine Mischung aus Göttlichem und Menschlichem. Doch was sie auch glaubten, beinahe alle zollten Hai Dank, ihnen das Leben gerettet zu haben.

Von nun an wagte es im ganzen Reich, weder im einen noch im anderen Palast, vom Niedrigsten bis zum Höchsten, niemand mehr, ein Wort gegen ihn zu sagen. Dank seiner hartnäckigen Ausdauer bei der Suche nach Heilmitteln für die Krankheiten der Menschen hatte er sich das Recht erworben, sein abgeschiedenes Leben als Heiler und Forscher weiterzuführen.

Doch schon bald sollte seine Ruhe aufs neue gestort werden. Als sich das Leben in Sevilla mehr oder weniger normalisiert hatte und die Verbindung zwischen der Hafenstadt und Córdoba wieder aufgenommen wurde, übermittelte ihm der führende Rabbi der Stadt die Nachricht, die er befürchtet hatte: Amira und ihre ganze Familie waren der Pest zum Opfer gefallen.

Es war, als hätte jemand alle Lichter im Haus gelöscht. Ein dunkler Schleier des Schweigens senkte sich herab, und jedes Mitglied der Familie reagierte auf eigene Weise auf diese Tragödie. Hai haderte wütend mit sich, denn er wußte, daß er seine Schwester und ihre Familie vielleicht hätte retten können, wenn sie nur in seiner Nähe gewesen wären. Sari begehrte gegen die Ungerechtigkeit Gottes auf und weinte unaufhörlich. Warum war sie, die ihr Leben gelebt hatte, sie, für die die Welt jeglichen Reiz verloren hatte, gerettet worden, während eine junge Familie hatte zugrunde gehen müssen? Dalitha war niedergeschmettert, zog sich ganz in sich zurück und wütete gegen Gott selbst. Benommen vor stummem Schmerz, vergrub sie sich in ihren Übersetzungen, versuchte verzweifelt, die Tragödie aus ihren

Gedanken zu verbannen. Sie war so sehr mit sich beschäftigt, daß sie Hai zuerst überhaupt nicht verstand, als er ihr mitteilte, daß Sari von nun an bei ihnen im Haus bleiben sollte.

Er hatte das schon lange in Erwägung gezogen. Nachdem seine Mutter ihre gewohnte Umgebung verlassen hatte und zu ihnen auf den Landsitz gekommen war, war ihre Gebrechlichkeit in vollem Ausmaß offenbar geworden. Plötzlich bemerkte er, wie zögerlich ihre Bewegungen geworden waren, wie schwach ihr Augenlicht, wie bebend ihre Stimme. Und nun dieser letzte Schicksalsschlag. Wenn sie jetzt nicht liebevoll von ihrer Familie umhegt wurde, fürchtete er, würde sie ihn nicht überleben.

Sari nahm seine Entscheidung ohne Murren hin. Nachdem sie die erste Trauer über Amiras Tod überwunden hatte, verbrachte sie ihre Tage in der ruhigen Melancholie der Resignation, saß in der Sonne, um ihre alten Glieder zu wärmen, streichelte über den Kopf ihres Enkels, um ihn in seiner Unruhe zu besänftigen, hörte geduldig ihrem Sohn zu, wenn er zu ihr kam und ihr von den Zweifeln, den Verzögerungen und Enttäuschungen erzählte, die ihn bei seinen unermüdlichen Bemühungen plagten, seine Vermutungen zu beweisen. Immer wieder sagte er, die unendliche Vielfalt menschlichen Seins verwirre ihn bei seinen Forschungen zutiefst.

»Warum hat ein Mensch einen so starken Lebenswillen, daß er ihm die Kraft verleiht, um sein Überleben zu kämpfen, während der andere voller Verzweiflung ist und stirbt? Was ist mit dem Alter, was mit den Privilegierten, die wohlgenährt und in guten Häusern leben und umsorgt werden, was mit den anderen, die arm und unterernährt in den furchtbarsten Behausungen ihr Leben fristen? Und was ist mit der Liebe, die dem einen im Übermaß geschenkt wird, der Gleichgültigkeit, die anderen entgegengebracht wird?

Das alles entzieht sich meiner Kenntnis, ganz zu schweigen von einem meßbaren Einfluß dieser Dinge auf meine Patienten, wenn ich auch überzeugt bin, daß all das mit entscheidet, ob sie überleben oder sterben.«

»Du verlangst zuviel von dir, mein Sohn«, antwortete Sari dann mit einem verzweifelten Seufzer. »Du hast schon so viele gerettet und so vielen anderen Trost geschenkt. Du solltest damit zufrieden sein.«

»Ich werde niemals zufrieden sein. Das blinde Vertrauen, das mir die Leute entgegenbringen, ängstigt mich. Jeden Tag erlebe ich, wie wirkungslos meine Bemühungen im Kampf gegen die Mächte ist, die gegen mich angetreten sind. Ich allein weiß, wie viele Patienten ich nicht heilen konnte, und ihre Gräber sind stumme Zeugen meiner Unfähigkeit, die Grausamkeit der Natur gegen den Menschen zu besiegen, und eine bittere Anklage gegen meine Anmaßung, das tun zu können. Je mehr Erfahrungen ich sammle, desto größer ist meine Verzweiflung über das Chaos der Schöpfung. Was für ein wundersames Geschöpf der Mensch doch ist, wie kompliziert, und doch wie vollkommen ist er zusammengefügt. Nur ein göttlicher Geist kann ihn so erdacht und geschaffen haben. Warum dann hat diese Höchste Macht, die ihn ins Leben gerufen hat, es zugelassen, daß Unordnung diese Vollkommenheit stören darf? Zu welchem Zweck hat der Allmächtige das menschliche Leid in seine Schöpfung eingeführt? Ich habe genug davon gesehen, um zu wissen, daß es bei der Verteilung von Krankheit und Leiden keine Gerechtigkeit gibt, daß nicht zwischen den Ehrenwerten und den Bösen unterschieden wird, zwischen den Aufrechten und den Verderbten. Wenn ein so vollkommenes Geschöpf ins Leben gerufen wurde, warum wurde dann die Unvollkommenheit geschaffen, um es zu zerstören?«

»Ruhig, mein Sohn«, flüsterte Sari und legte ihre inzwischen beinahe durchsichtige, von feinen Adern durchzogene

Hand auf die Hand ihres Sohnes, um seine gequälte Seele zu beruhigen. »Jahrelang habe ich deinen Vater, möge seine Seele in Frieden ruhen, ähnliche Fragen stellen hören. Er hat sie mit Philosophen und Gelehrten aller Glaubensrichtungen und Religionen diskutiert. Aber selbst die weisesten unter ihnen wußten keine zufriedenstellende Erklärung abzugeben. Schließlich hat er die Frage außer acht gelassen, war es zufrieden, die Leiden, die in Gottes Schöpfung auftraten, zu lindern, wo er konnte.«

»Und den unergründlichen Plan Gottes zu vereiteln?«

»Nein, mein Sohn. Die Fähigkeiten zu nutzen, mit denen Gott ihn gesegnet hatte, um die Leiden seiner Mitmenschen zu lindern.«

»Aber warum gibt es überhaupt Leiden?« beharrte Hai störrisch. »Warum bleiben einige davon verschont und dürfen friedlich in ihren Betten sterben, während andere eine unendlich schwere Last tragen und unter schrecklichen Schmerzen sterben müssen?«

»Darauf habe ich keine Antwort. Ich bin eine alte Frau und habe gelernt, das Unabänderliche zu akzeptieren, anstatt mich dagegen aufzulehnen. Weisere Menschen als ich haben gesucht und nichts gefunden. Warum sollte ich es mir anmaßen? Ich bete nur, daß ich so ruhig aus dem Leben scheiden kann, wie ich habe leben dürfen.«

Und so war es auch. Eines Morgens wachte Hai auf und fand seine Mutter, die mit einem ruhigen Ausdruck auf dem Gesicht friedlich in die ewige Ruhe eingegangen war.

36

Nach dem Tod seiner Mutter war in Hai etwas zerbrochen. Sein Mitgefühl und seine Empfindsamkeit, die ihn zu einem großen Arzt hatten werden lassen, machten ihn nun so verletzlich, daß er den Verlust all jener, die ihm so lieb gewesen waren, nicht verwinden konnte. Es war, als hätte man ihm einen Teil seiner selbst fortgerissen und eine klaffende Wunde hinterlassen, die nicht heilen wollte. Er suchte Trost bei Dalitha, er brauchte sie so sehr, daß sie selbst aus ihrem stummen Schmerz gerissen wurde. So wie Hai anderen beigestanden, ihnen großzügig gegeben hatte, bis seine eigene innere Quelle versiegt war, mußte nun sie ihm beistehen. Ihre Traurigkeit band sie nur noch fester aneinander und verlieh ihrer Liebe, die sie schon seit Kindertagen vereinte, neue Tiefe und Reife.

Ein Jahr nach Saris Tod wurde ihr zweiter Sohn Natan geboren. In der Sorge um dieses neue Leben fand Hai den Balsam für seine wunde Seele.

Amram faßte sofort Abneigung gegen das schrumpelige, schreiende Geschöpf, das ihm seinen Platz als Dreh- und Angelpunkt des gesamten Haushalts strittig machte. Obwohl sie sich seiner Reaktion bewußt waren, konnten ihn weder Hai noch Dalitha ganz dafür entschädigen, daß nun ein Teil ihrer Aufmerksamkeit dem kleinen Bruder galt. Mit der Zeit wurde seine Abneigung eher größer, sie schwelte noch viele Jahre in seinem Herzen.

Als die Kinder heranwuchsen, nahm auch die Verblüffung ihrer Eltern über ihre gegensätzlichen Persönlichkeiten zu. Während Natan die Empfindsamkeit und Sanftheit seines Vaters geerbt zu haben schien, war Amram seinen Eltern so wenig ähnlich, daß sie manchmal kaum ihren Sohn in ihm erkannten. Kurz nach Natans Geburt entwickelte Amram eine Aggressivität, die die friedliche Atmosphäre im Haus empfindlich störte. Stundenlang zog er sich zurück, war völlig vertieft in die Schlachten, die er zwischen gegnerischen Armeen aus Zinnsoldaten austrug, und die markerschütternden Schreie, mit denen er die Angriffe begleitete, hallten durch das Haus und beunruhigten Hais wartende Patienten zutiefst. Natan, den die grellbunten kleinen Figuren faszinierten, näherte sich schüchtern seinem älteren Bruder und wollte gern beim Kriegsspiel mitmachen, doch der schubste ihn nur unsanft weg, schloß ihn von den triumphalen Siegen seiner aufregenden Feldzüge aus. Niedergeschlagen tippelte Natan dann zur Mutter und kuschelte sich an ihre Knie, um seinen Kummer zu verbergen. Dalithas Herz war voller Mitleid für ihn, und sie unterbrach ihre hebräische Übersetzung von Abu'l Kasims neuestem Aufsatz und nahm den Kleinen auf den Schoß, um ihn zu trösten.

Obwohl Amram sich, wie seine Vorwitzigkeit als kleines Kind hatte vermuten lassen, zu einem hervorragenden Schüler entwickelte, zeigte er wenig Eignung für die Medizin, wie es sein Vater gewünscht hätte. Der rastlose junge Mann verschwand immer öfter aus dem Elternhaus vor der Stadt, oft länger, als Hai für angebracht hielt. Wenn er ihn dann fragte, wo er gewesen sei, erklärte er, er habe bei muslimischen Freunden in Córdoba Arabisch gelernt. Aber das stimmte nur zum Teil. Die meiste Zeit verbrachte er damit, durch die Straßen und Märkte der vor Menschen wimmelnden Stadt zu streifen und aufmerksam allen Gesprächen zu lauschen, die um ihn herum brandeten.

Wenn er von seinen Streifzügen durch die Stadt zurückkehrte, wurden die Gespräche mit seinem Vater in einem Ton geführt, den man zuvor innerhalb der ruhigen Mauern des Hauses nie vernommen hatte. Warum, wollte Amram wissen, hatte sein Vater in voller Absicht dem Hof den Rücken gekehrt, wo dort doch die Quelle aller wirklichen Macht lag? Und wenn er sich schon entschlossen hatte, der Macht und dem Einfluß zu entsagen, warum waren ihm dann auch weltliche Güter gleichgültig, die einzige andere Art der Macht, die als Verteidigung und Schutz dienen konnte? Warum weigerte er sich, von den meisten Patienten jegliche Form der Bezahlung anzunehmen, und akzeptierte selbst von denen, die es sich leisten konnten, nur symbolische Honorare?

Ruhig und geduldig erklärte Hai seinem rebellischen Sohn, er habe genug Leid gesehen, um den trügerischen Wert weltlicher Güter zu kennen. Im Angesicht der Krankheit sind alle Menschen gleich, sagte er, und ihr Vermögen ist ihnen weder von Nutzen, noch tröstet es sie. Er hätte kein Recht, aus ihrem Leid Vorteil zu schlagen. Zu sehen, wie seine Patienten von ihrem Krankenbett aufstanden und wieder ein normales Leben aufnahmen, das war ihm mehr wert als ein Dutzend Truhen voller Gold.

Und wo blieb bei all dem seine Mutter? war Amram oft zu fragen versucht. Mit den Jahren hatte er beobachtet, daß sein Vater so sehr in seine Beobachtungen und Forschungen vertieft war, daß er ihre Gegenwart beinahe vergaß. Dalitha bewunderte ihren Mann wie eh und je und äußerte nie ein Wort des Protests. Sie verlor sich einfach in ihren Übersetzungen. Doch seine Vernachlässigung ließ ihre Augen immer trauriger werden und ihre Erscheinung vor der Zeit altern. Nicht einmal Amram wagte es jedoch, in diesen heiklen Bereich einzudringen, genausowenig wie Hai es gewagt hatte, die intimsten Gefühle seiner Mutter im Zusammenhang mit seiner Geburt zu erfragen.

Nach diesen unguten Gesprächen zwischen Vater und Sohn verfiel Hai stets in tiefe Melancholie, und Amram war voller bitterer Vorwürfe für die ausschließliche Hingabe seines Vaters an die Wissenschaft und die Medizin. Aus all dem, was er während seiner Streifzüge durch die Straßen von Córdoba in sich aufgenommen hatte, war ihm mehr als klar geworden, daß das Kalifat von Córdoba bei all seiner Macht und Herrlichkeit nur so lange überleben konnte, wie ein starker Herrscher, den niemand anzugreifen wagte, auf dem Thron saß. Beim kleinsten Riß, der sich in der Führung offenbarte, würde das Reich zerfallen, sich in die verschiedenen Elemente auflösen, aus denen es sich zusammensetzte und die untereinander erbittert streiten würden, um ein Stück für sich zu ergattern.

Was hatten, so fragte Amram seinen Vater, die blutrünstigen Berbersöldner, die al-Mansur aus Nordafrika zur Verstärkung seines Heeres herbeigeholt hatte, mit den Slawen aus Osteuropa gemein, früheren Sklaven, die in die oberen Ränge der Verwaltung aufgestiegen und damit mächtig geworden waren? Und wie betrachteten die Andalusier, die immer hier gelebt hatten, diese beiden Gruppen von Fremden, die sich in ihrem Lande niedergelassen hatten und dabei fett geworden waren? Wenn die Zeit reif war, würden diese drei Bevölkerungsgruppen einen unerbittlichen Kampf gegeneinander führen, in dem es um einen Teil der riesigen Territorien ging, die die Omaijaden ausgeraubt hatten, aber nun nicht mehr zu regieren vermochten. Wenn er weder Einfluß bei Hof noch ein Vermögen hatte, mit dem er sich Schutz erkaufen konnte, wie wollte sich Hai dann in den schwierigen Zeiten, die bevorstanden, verteidigen?

»Ärzte sind in solchen Zeiten noch gefragter als sonst. Ihr Beruf schützt sie«, erwiderte Hai dann unweigerlich.

»Ich kann Blut und Eiter nicht aushalten. Ich werde meine Zukunft auf andere Weise sichern.«

»Jeder Mensch muß seinen natürlichen Neigungen folgen«, murmelte Hai, »aber welchen Beruf du auch wählst, mein Sohn, übe dich in Bescheidenheit. Das ist der Preis für das Überleben.«

Niedergedrückt vom Kummer über die Revolte seines Sohnes, wandte sich Hai dann dem sanften Natan, seinem anderen Sohn, zu, von dem er spürte, daß er einmal in seine Fußstapfen treten würde.

Al-Mansur starb, wie er gelebt hatte. Er tat seinen letzten Atemzug bei der Rückkehr von einem weiteren Sieg über seine kastilischen Vasallen, einem Feldzug, dem die symbolische Schleifung des geheiligten Schreins der Christen in Santiago de Compostela vorausgegangen war. Als die Nachricht von seinem Tode Córdoba erreichte, verkündete Amram seinen Entschluß, das Elternhaus zu verlassen. Obwohl Hai von tiefer Trauer erfüllt war, war er doch überzeugt, daß sein Erstgeborener wie der Verlorene Sohn wieder zu ihm zurückkehren würde. Doch Amram wußte, das würde niemals geschehen.

Zum Abschied enthüllte Hai Amram das Geheimnis der genauen Zusammensetzung des Großen Theriak und gab ihm den Rat, dieses Mittel vorbeugend zum Schutz gegen die Pest anzuwenden. »Dieses Wissen, mein Sohn, könnte sich sehr wohl einmal als dein bester Schutz herausstellen.«

Obwohl Amram seinem Bruder so fremd war wie eh und je, mußte Natan doch weinen, als er ihn davonziehen sah.

In das unverwechselbare dunkle Gewand des Hauses Ibn Yatom gekleidet, zog Amram ben Hai ben Da'ud ibn Yatom durch die Provinzen von al-Andalus, von Sevilla im Westen nach Granada im Osten, beobachtete, nahm alles in sich auf, hörte zu und lernte. Überall wandten sich die Köpfe nach ihm um, wurden Augen fragend erhoben, wenn der große, kräftige Fremde vorbeikam, dessen Bewegungen – die Bewegungen seiner Großmutter Djamila – so ausladend und frei waren, dessen wache blaue Augen in scharfem Kontrast zu seiner dunklen Haut standen. Aber besonders seine geschliffene Aussprache und seine eleganten Sätze sicherten ihm die Bewunderung aller, die ihm begegneten, und flößten allen, die sich seiner Talente bedienten, Vertrauen ein. Hier verdingte er sich als Unterhändler, handelte Absprachen zwischen muslimischen und jüdischen Händlern mit der Finesse aus, die er sich während seiner jugendlichen Streifzüge durch die wimmelnden Gassen und Märkte seiner Heimatstadt erworben hatte. Dort stellte er seine literarischen Talente in den Dienst eines Berberprinzen, der des Lesens und Schreibens nicht mächtig war, oder eines freigelassenen slawischen Sklaven, der sich mit Waffengewalt aus den Bruchstücken des zerborstenen Kalifenreiches ein unabhängiges Reich geschmiedet hatte.

Genau wie er es vorhergesehen hatte, war das herrliche Reich, das der unfähige Hisham II. geerbt hatte, nach dem viel zu frühen Tod des 'Abd al-Malik, des fähigen Sohnes und Erben al-Mansurs, zerfallen. Das Gerücht ging um, der *hajib* sei von seinem eigenen jüngeren Bruder vergiftet worden. Dieser eitle, arrogante und vergnügungssüchtige Bruder mit Namen Sanchol, Sohn einer christlichen Prinzessin aus Navarra, zeigte ganz unverhohlen seine Verachtung für die Sitten des Moslems, als wolle er seine murrenden, von Steuern ausgebluteten Untertanen nun auch noch damit strafen. Sein letzter wahnsinniger Streich war jedoch, daß er den glücklosen Hisham zwang, ihn als Erben des Kalifentitels einzusetzen. Entrüstet erhoben sich die Bürger von Córdoba, stürzten das Kalifat in wildes Chaos. Nie wieder sollte es sich von diesem Schlag erholen. All seine riesigen Gebiete fielen an jene, die ein Schwert oder einen Säbel zu führen verstanden.

Amram verbannte die Turbulenzen der Zeit einen Augenblick aus seinen Gedanken und gab sich ganz der Freude hin, als er jenseits der gedrungenen Mauern Malagas, dessen mit dem Halbmond verzierte Türme hoch aufragten, am Strand entlangspazierte. Das Meer war ruhig wie kaum je, die Strahlen der Sonne ließen die Wasseroberfläche glitzern und schienen seine eigene gute Laune zu spiegeln. Soeben hatte er einen fabelhaften Handel zwischen einem nubischen Kaufmann, der eine atemberaubende Auswahl ungeschliffener Edelsteine anbot, und Joseph ibn Aukal, dem berühmtesten Juwelier von ganz al-Andalus, vermittelt. Wie viele andere Juden hatte Amram vor den Unruhen der Zeit Zuflucht in dem stillen Hafen gefunden, der Malaga geblieben war, ging seinen Geschäften nach und häufte ein Vermögen an. Geschickt eingefädelt, dachte Amram lächelnd, während die Sonne leicht über die kleinen Wellen tänzelte, geschickt eingefädelt, wie er die Sonne selbst den Handel hatte entscheiden lassen. Er hatte die Edelsteine aus der verschwitzten Pfote des stattlichen Nubiers in seine eigene feine, schmale Hand – Saris Hand, Hais Hand – gleiten lassen, war aus dem düsteren Schatten des *bedestan* ins Tageslicht getreten und hatte seine Hand ein wenig schräg gehalten, so daß die Sonne die glühenden Rubine und die festlich grunen Smaragde hatte autleuchten und erstrahlen lassen. Innerhalb von Sekunden waren vor Joseph ibn Aukals Augen Bilder von Fassungen aus Gold und Perlen entstanden, in die er diese Juwelen einfügen würde, um sie am besten zur Geltung zu bringen. Sein einziger Wunsch war nur noch, sie als Schmuck einer Frau zu sehen, deren Schönheit allein sie überstrahlen konnte. Der Nubier war so entzückt gewesen, seine gesamte Ware an einen einzigen Käufer loszuwerden, der Juwelier so in die Betrachtung der Vollkommenheit dieser Steine vertieft, daß sie beide einwilligten, die völlig überzogene Vermittlungsgebühr zu zahlen, die Amram am Anfang verlangt, aber niemals zu bekommen gehofft hatte.

Mit dieser ansehnlichen Summe in der Tasche konnte er nun an den Kauf eines Hauses denken, am Fuß des Djabal Faro vielleicht, zwischen die Zypressen in der Nähe der Burgmauer geschmiegt. Gedankenverloren hob er eine ovale Muschel auf, deren zartes Muster sein Auge fesselte: Von der Mitte aus verliefen abwechselnd Streifen in braun, beige und weiß nach außen, verschmolzen die Farbnuancen harmonisch, strahlten in vollkommenen, rhythmischen

Proportionen zum Rand hin aus, wie sie keine Menschenhand je hätte erschaffen können. Diese Vollkommenheit der Schöpfung hatte seinen Vater immer verwirrt, erinnerte er sich nun mit einer Zärtlichkeit, die wohl der Entfernung von seinem Zuhause zu verdanken war. Wenn derlei Vollkommenheit in der Welt war, was hatte sie dann getrübt? War Gott seiner Schöpfung müde oder überdrüssig geworden? Hatte er sein kapriziöses Vergnügen an Verirrungen, Unordnung, Konflikten und menschlichem Leid gefunden? Wenn das so war, wie konnte man Ihn dann als weisen, barmherzigen und allmächtigen Gott verehren, dem das Wohl der Menschen am Herzen lag? Amram legte die Muschel wieder in den Sand, gab seine fruchtlosen Grübeleien auf und wandte sich der praktischen Frage des Hauskaufs zu.

Es mußte einen Säulengang haben, mit schmalen Hufeisenbögen, durch die man auf das sich ständig verändernde Panorama des Himmels und des Meeres blicken konnte. Der Gedanke gefiel ihm. Hier in Malaga war er sicher, denn der slawische Gouverneur der Stadt, ein von einem von al-Hakams Höflingen freigelassener Sklave, hatte einen Pakt mit den streunenden Berberführern geschlossen, die ihm versprochen hatten, sein Gebiet in Ruhe zu lassen. Die Berber hatten diese Übereinkunft zweifellos aus purer Notwendigkeit getroffen: Eine friedliche Enklave, in der Handel ohne Störungen möglich war, war für sie lebenswichtig, um eine regelmäßige Versorgung ihrer Männer mit Nahrung, Waffen und Munition zu sichern, damit sie ihre Überfälle auf die Überreste des Kalifenreiches unternehmen konnten.

Ein Haus, vielleicht auch eine Frau, träumte Amram weiter, während er sich auf den Rückweg in die Stadt machte, in die massive Festung mit ihren quadratischen Türmen, die von der Anhöhe des Berges Djabal Faro auf sie herabblickte und ihren schützenden Schatten auf die Behausungen warf, die sich auf der Ebene in den Mauerring schmiegten. Das Klatschen der Wellen, der Duft des Geißblatts und Jasmins, der von den Palastgärten zu ihm herüberwehte, all das versetzte ihn in Hochstimmung.

Um so mehr erschrak er, als er gewahr wurde, wie Joseph ibn Aukal beinahe im Laufschritt über den sandigen Weg zwischen der Stadtmauer und dem Meer auf ihn zugeeilt kam, das makellose weiße Gewand um die Knöchel raffend, um sich schneller fortbewegen zu können.

»Unheil ist über deine große Stadt Córdoba hereingebrochen!« rief er, als er in Hörweite war. Er zog einen Brief aus der Tasche seiner Djellaba, wedelte wild damit in der Luft herum, während er atemlos fortfuhr: »Die Gerüchte, die während der letzten paar Tage im *bedestan* umgegangen sind, sind gar nichts verglichen mit der Wirklichkeit, die mir einer meiner Kunden in diesem Brief beschreibt. Die Belagerung der Stadt durch die Berber war erfolgreich. Sie zwangen die Einwohner durch Aushungern in die Knie, obwohl diese tapfer beteuert hatten, sie wollten lieber sterben, als unter Berberherrschaft gelangen. Beim Eindringen in die Stadt verübten die Barbaren dann Massaker, die sich jeder Beschreibung entziehen. Säuglinge wurden in den Armen ihrer Mütter dahingeschlachtet, ehrwürdige Theologen wurden beim Betreten ihrer Studienhäuser von hinten erdolcht, ihr weißes Haar färbte sich rostrot vom Blut, das aus ihren Wunden troff. Wenn sie von einer Frau wußten, daß sie ein Vermögen besaß, hängte man sie so lange an ihren Brüsten auf, bis sie das Versteck verriet. Was die Plünderungen angeht, so überlasse ich das Eurer Vorstellungsgabe. Sobald ein jeder Gegenstand von einigem Wert aus den Häusern der Reichen gestohlen war, setzten sie die Villen und Gärten in Brand. Alles, was von den herrlichen Wohnhäusern in den westlichen Vorstädten noch übrig ist, sind rauchende Ruinen, zwischen denen um Mitternacht die Schakale heulen.«

Amram erbleichte. »Wo finde ich das schnellste Roß von Malaga?« rief er und umklammerte den Arm des Händlers mit eisernem Griff.

»Überlaßt das mir.«

Amram legte den Viertagesritt nach Córdoba in weniger als drei Tagen zurück. Unermüdlich sprengte er durch die sanfte Hügellandschaft, blind für alle Schönheit – das zarte Grün, den hauchdünnen Schleier des Frühlings, auf den eine Vielzahl bunter Blüten gestreut war, die der erbarmungslose Sommer noch nicht hatte verdorren lassen. In seiner Bitterkeit hätte er wahrscheinlich sogar diese herrliche Pracht als zynische Täuschung betrachtet, die Schönheit der Natur als trügerische Maske, die ihre Grausamkeit verbergen sollte …

Nie hatte der ältere, rebellische Sohn von Hai ibn Yatom so inbrünstig gehofft, daß sich die Argumente seines Vaters bewahrheiten würden. Nur eines ersehnte er: Hai und seinen Bruder Natan vorzufinden, geschwächt vielleicht, aber doch immer noch damit beschäftigt, die Verwundeten von Córdoba in dem Haus vor der Stadt zu versorgen, das sein Heim gewesen war, ihr Arztberuf als Schutz für die ganze Familie … Hätte er noch an den Gott seiner Ahnen geglaubt, er hätte gebetet, aber die bestialische Schlächterei der Berberhorden – auch sie Gottes Schöpfung – hatte seinen Glauben an die Existenz eines Höheren Wesens für immer zerstört. Wenn Er tatsächlich das barmherzige und allmächtige Wesen war, an das die Menschen glauben wollten – glauben mußten –, wie konnte Er dann zulassen, daß an unschuldigen Menschen solche schrecklichen Greueltaten verübt wurden? Und doch, wenn Er nicht existierte, an wen oder was konnten die ganz normalen Menschen sich dann noch wenden, wenn ihnen sonst alle Hilfe verwehrt war? In Amrams scharfem Verstand standen sich blinder Glaube und abgrundtiefe Verzweiflung gegenüber. Keine von beiden Möglichkeiten bot eine Lösung. Was dann? Nur ein skrupelloser Kampf ums Überleben, jeder für sich nach den unbarmherzigen Gesetzen der Natur, ohne Tempel oder Priester, die um die Gnade jenes Allmächtigen flehten?

Die Sonne hatte schon beinahe ihren mittäglichen Höchststand erreicht, als das kleine Landhaus in Sicht kam. Der Anblick der Geier, die darüber ihre Kreise zogen, der Gestank verrottenden Menschenfleisches, der ihm in die Nase stieg, als er näher kam, töteten jede Hoffnung, die er während seiner Reise noch gehegt hatte, im Keim ab. Und doch, als er sich beim Eintreten ins Haus niederbeugte und Dutzende verstümmelter Leichen, die dort auf dem Boden lagen, mit dem Gesicht nach oben drehte, als er gegen jede Vernunft überlegte, wenn er seinen Vater, Natan und seine Mutter hier nicht entdeckte, hätten die drei vielleicht wirklich einen Beschützer gefunden ... Während er sich einen Weg durch die Toten bahnte, wußte er schon, daß das nicht so gewesen sein konnte. Hai ibn Yatom hätte niemals die Verwundeten im Stich gelassen, die hilfesuchend zu seinem Haus gekrochen und gehumpelt waren, und Dalitha wäre niemals von ihm fortgegangen. Als Amram seinen Vater schließlich fand, erkannte er aus der Lage der Leiche, daß man ihn ermordet hatte, während er gerade kniete, um einen Patienten zu behandeln, dessen Körper von Messerstichen übersät war. Ihm selbst hatte man ein Schwert in den Rücken gerammt, das ihn, so hoffte Amram, auf der Stelle getötet hatte. Er war zur Seite gefallen, den Körper gekrümmt wie ein Ungeborener. Dalitha hatte man zu Boden gestreckt, als sie ihm zu Hilfe eilte. Wie viele dieser Unmenschen sie vergewaltigt hatten, ehe sie erdrosselt wurde, konnte er nicht sagen ...

Blindlings stolperte er über die anderen Leichen hinweg

und taumelte aus dem Haus. Benommen vor Schmerz und Grauen, angewidert vom Gestank des Gemetzels ringsum, erbrach er sich, bis er nichts mehr im Leib hatte. Dann wischte er sich den kalten Schweiß von der Stirn und versuchte, des Zitterns Herr zu werden, das ihn am ganzen Leib erfaßt hatte, suchte ringsum nach einem angemessenen Grab, in dem er die Leichname seiner Eltern zur letzten Ruhe betten konnte. Wohin er auch blickte, nichts als Verwüstung. Den Hausgarten, der immer so voller Leben gewesen war, hatten die Horden zertrampelt, den Gemüsegarten völlig ausgeräumt, die Obstbäume ihrer Zweige beraubt, die zarten Weinschößlinge in wilder Zerstörungswut niedergemacht. Die Aloepflanzung hatte man mit dem Schwert zerhackt, die breiten fleischigen Blätter in Stücke geschnitten und am Boden unter den leeren Strünken der Fäulnis überlassen. Amram stand da, betäubt von der sinnlosen, wilden Grausamkeit der Berber, als er hinter sich Schritte hörte, die zögernd vom Haus näher kamen. Noch ein verzweifelter Patient, dachte er, als er sich zum Haus umwandte. Es dauerte einen Augenblick, ehe er in der gespenstischen Gestalt, die auf ihn zugewankt kam, seinen Bruder erkannte.

Wortlos legte Amram seinen stützenden Arm um Natans Schulter, und zusammen machten sie sich mit unsicheren Schritten auf den Weg zum Gärtnerschuppen. Dort setzten sie sich auf einen Stapel alter Säcke. Amram gab Natan den letzten Schluck Wasser aus seiner Kürbisflasche und den Rest seines Proviants, den er aus Malaga mitgebracht hatte. Dann wartete er schweigend, bis Natan die Kraft zum Sprechen aufbrachte.

Mit hängenden Schultern preßte sich Natan den Daumen an die Schläfe und fuhr sich mit den Fingern über die Augen, als wolle er die Bilder auslöschen, die noch immer vor ihm standen. Aber es nutzte nichts. Schließlich murmelte er: »Es war ein unglaubliches Gemetzel. Zunächst hat man uns hier in Frieden gelassen, obwohl wir uns schon denken konnten, was für Greueltaten begangen wurden, weil der Wind das Heulen und Wehklagen aus der Stadt zu uns trug und die Flammen hoch in den Himmel loderten und über dem Leichnam der Stadt dichten Rauch wie ein schwarzes Leichentuch ausbreiteten. Die Verwundeten kamen in Scharen zu uns, Berber und Cordobaner gleichermaßen. Wir arbeiteten Tag und Nacht, um zu helfen, wo wir konnten. Doch dann, als in der Stadt niemand mehr war, den sie hätten töten können, kamen sie, immer noch blutrünstig, hierher gestürmt. Die Verwundeten haben sie ohne Ansehen der Person niedergemetzelt, ganz gleich, ob es ihre eigenen unglückseligen Soldaten oder ausgehungerte Verteidiger unserer geliebten Stadt waren.« Natan schluckte und legte eine kleine Pause ein, ehe er weitersprach.

»Als sie Vater erblickten, kreischten sie wilde Anschuldigungen, er hätte ihre Feinde behandelt, und töteten ihn auf der Stelle, wo er gerade kniete und einem Mann von unbekannter Herkunft die Todespein zu lindern versuchte. Was sie vor meinen Augen mit Mutter gemacht haben«, und hier brach ihm die Stimme, »war so grauenhaft, daß ich es nicht in Worte fassen kann.«

»Und du?«

»Mich haben sie verschont, unter der Bedingung, daß ich mit ihnen in die Stadt zurückging und dort einen ihrer Anführer behandelte, auf den aus einem brennenden Haus ein schwelender Balken herabgefallen war. Das Haus …« Natan unterbrach sich noch einmal, wurde von wildem Schluchzen geschüttelt. Nicht einmal Tränen wollten fließen, um das Grauen zu lindern. »Das Haus«, stammelte er schließlich, »war unseres. Als ich ihnen sagte, der Verwundete würde noch einen oder zwei Tage nicht im Sattel sitzen können, wurden meine Geiselnehmer ungeduldig und galoppierten auf der Suche nach weiteren Opfern davon. Ihre Blutrünstigkeit hat mir das Leben gerettet.«

Benommen vor Grauen standen die Brüder auf, vereint in ihrem Schmerz, wie sie es in ihrer Kinderzeit nie gewesen waren. Zusammen nahmen sie die Spaten, die im Schuppen lagen, und gruben am Fuß der Zypressen an der Grundstücksgrenze der Ibn Yatoms ein Doppelgrab. Sie bahrten die Leichname auf, so gut sie konnten, wickelten sie in den Gebetsschal ihres Vaters, den sie wunderbarerweise unberührt in einer kleinen Truhe fanden. Zusammen trugen sie die Leichen zu ihrem Grab und legten sie sanft in die Erde. Erst jetzt flossen Natans Tränen. Er barg den Kopf an der mächtigen Schulter seines Bruders und weinte, bis er nicht mehr konnte.

»Und jetzt?« fragte Amram schließlich. »Was jetzt?«

»Für mich gibt es keine Frage«, antwortete Natan. »Mein Platz ist hier, meine Aufgabe ist es, unser Heim wieder aufzubauen und alles neu zu pflanzen. Von der Apotheke ist nichts mehr übrig. Alle Tiegel, Töpfe und Flaschen sind zerbrochen, als die Horden durch das Haus trampelten. Wichtiger noch, ich muß Vaters wissenschaftliche Studien dort fortsetzen, wo er aufgehört hat, vielmehr versuchen, sie nachzuvollziehen, den Weg noch einmal gehen, den er so mühsam zurückgelegt hat.«

»Wieso noch einmal gehen?«

»Weil, mein lieber Bruder, seine sorgfältigen Aufzeichnungen zusammen mit unserem Haus in Córdoba in Flammen aufgegangen sind, wo er sie aufbewahrt hat – ein kleines Unglück unter unseren augenblicklichen Lebensumständen, ein ungeheurer Verlust, wenn man es aus einer weiteren Perspektive betrachtet. Und du?« fragte er seinen Bruder mit ernster Stimme.

»Ich weiß es noch nicht. Ich weiß nicht. Das einzige, was ich will, ist Macht, Macht, die ich ausüben will, um all die zu schützen, die mir lieb und teuer sind. Wo immer Macht ist, ich werde sie suchen und mir meinen Anteil daran sichern.«

»Aber wo liegt die Macht? Gestern bei den Slawen, die Córdoba im Namen des Kalifen regierten, heute bei den Berbern, morgen bei den alteingesessenen arabischen und muslimischen Andalusiern von Sevilla. Die dort aufstrebende Dynastie der Abbaditen wird nicht lange untätig dasitzen und zusehen, wie sich die Berber die Überreste des Kalifats einverleiben.«

»Das ist gerade mein Dilemma.«

Es war ein Dilemma, das zu lösen Amram keine Gelegenheit bekommen sollte. Am nächsten Morgen, als die beiden Brüder ausritten, um in der Umgegend nach Essen zu suchen, überholte sie auf dem Weg der Berberführer, dessen Wunden Natan behandelt hatte.

»So treffen wir uns also wieder, junger Mann. Und wer ist das?« fragte er mißtrauisch und wies mit einer knappen Kopfbewegung auf Amram.

»Mein Bruder«, erwiderte Natan und konnte seines Schreckens kaum Herr werden. Der Berber kniff drohend die Augen zusammen, eine Hand am Dolch, während er nach einer Familienähnlichkeit suchte, die Natans Worte bestätigen könnte. Sie hatten weniger ihre Gesichtszüge gemein als ihre unverwechselbare noble Haltung, das überzeugte den Berber schließlich. »Ist er ein ebenso geschickter Arzt wie Ihr?«

»Nein«, antwortete Amram an Natans Stelle. »Nur ein bescheidener Handelsmann.«

»Und doch habt Ihr eine geschickte Zunge.«

»Wie mein Bruder habe ich an den Akademien von Córdoba die beste Erziehung genossen.«

»Das ist offensichtlich. Und da Ihr der Bruder des Mannes seid, der mir das Leben gerettet hat, wäre es unehrenhaft, Euch ein Leid anzutun. Allah erinnert mich daran,

Euch mit mir nach Granada zu nehmen, wo der Anführer meines Sinhaja-Stammes herrscht. Ein Jude von Eurer Bildung und ohne ehrgeizige Landgier könnte für uns von unschätzbarem Wert sein. Kommt, laßt uns zusammen fortreiten.«

37

Als die Gipfel der Sierra Nevada weiß am Horizont erschienen und einen sagenhaft schönen Hintergrund für die sanft gewellten Hügel, die ausgedehnten Olivenhaine und die üppig belaubten Weinberge boten, die sich zu beiden Seiten erstreckten, hatte Amram eine so klare Vorstellung davon, was sein Retter und Geiselnehmer von ihm erwartete, wie das in diesen unruhigen Zeiten nur möglich war. Abu Ali Hamid ibn Abi war, das wurde schon bald offensichtlich, der oberste Steuereinnehmer des Berberprinzen von Granada, Zawa ibn Ziri. Als Sprößling aus dem tunesischen Königshaus war Ibn Ziri ursprünglich an der Spitze einer Gruppe von Männern aus dem Stamme der Sinhaja nach Spanien gekommen, um im Sold von al-Mansur seinen Dienst zu leisten. Als aber das Omaijadenreich zerfiel, hatte er nicht lange gezögert und seinen Vorteil aus den Unruhen gezogen. Während kriegerische Berberstämme erbarmungslos Druck auf die Stadt Córdoba ausübten und ein Marionettenkalif den nächsten auf dem Thron ablöste, gelang es Zawa ibn Ziri, die Herrschaft über das gesetzlose Gebiet Granada an sich zu reißen. Doch trotz seiner beträchtlichen Errungenschaften zeigte er keinerlei Bestrebungen, in einem Land, das nicht sein eigenes war, Wurzeln zu schlagen. Ihn gelüstete es nach der Macht in Tunesien.

»Sobald die Zeit reif ist, kehrt unser Herrscher in sein Heimatland zurück«, vertraute Abu Ali seinem Gefährten und Gefangenen an. »Auf diesen Tag müssen wir gut vorbereitet sein. Unter all den Prinzen in Zawa ibn Ziris Gefolge ist sein Neffe Habbus ibn Maksan derjenige, der am besten zum Regieren geeignet ist. Er ist ein wilder Krieger, er ist ehrgeizig, und er scharrt schon ungeduldig mit den Füßen. Er möchte zumindest einen Anschein von Ordnung in die Verwaltung von Granada bringen, und er brennt darauf, die benachbarten Gebiete zu erobern, um unsere eigenen Ländereien zu sichern und zu vergrößern. Aber sein Endziel ist es, eine Militärmacht zu schmieden, die in der Lage wäre, die aufstrebende Macht der Abbaditen in Sevilla herauszufordern.

Einem Mann von Eurer Intelligenz muß ich nicht erklären, daß Geld, viel Geld, der Schlüssel zu diesem ehrgeizigen Plan ist. Um das zu erhalten, müssen wir ein wirksames System zum Eintreiben der Steuern einrichten. Es reicht nicht aus, daß jeder Bewohner unserer Gebiete sein Soll erfüllt. Wir müssen auch dafür sorgen, daß das eingenommene Geld wirklich in unseren Truhen landet und nicht in denen der Steuereintreiber. Diese raubgierigen Schwindler erpressen ungeheure Summen von den reichen Händlern der Stadt, wenn es sein muß mit vorgehaltenem Messer, aber sie geben dem Kämmerer nur einen Bruchteil dessen ab, was sie eingesammelt haben. Es versteht sich von selbst, daß sie zu faul sind, auch aufs Land hinauszureiten, um dort die Steuern von den Bewohnern der Außenbezirke zu fordern. Das, junger Mann, ist die Aufgabe, die ich Euch zu übertragen gedenke«, schloß Abu Ali in einem Ton, der keinen Widerspruch duldete.

Inzwischen näherten sich die beiden Männer den Mauern der Berberstadt mit ihren eckigen Türmen. Am Westtor trennten sich ihre Wege. Der Wesir wandte mit einem Aufstieben rötlicher Erde sein Roß in Richtung Königspalast an den oberen Händen des Albaicin, während Amram weiter in Richtung Süden über den Darro ritt und dann über das freie Gelände zum Judenviertel.

Dunkle, neugierige und ein wenig mißtrauische Augen folgten dem Fremden, als er in die enge Hauptstraße des Viertels einbog. Er beachtete sie nicht, sondern ritt langsam weiter, besah sich aufmerksam die planlos angelegten Werkstätten und schattigen Läden, in denen Gold- und Silberschmiede, Seidenhändler, Sattler und Lederarbeiter, die die Soldaten mit Schilden und Helmen versorgten, eifrig ihrem Gewerbe nachgingen. Beim Anblick Amrams beschlich die Juden von Granada ein ungutes Gefühl. Von seiner aufrechten, kräftigen Gestalt, von der Ausstrahlung gezügelter Macht und fester Entschlossenheit ging etwas aus, das ihnen eine unbehagliche Mischung aus Furcht und Respekt einflößte.

Vor dem größten Juwelierladen stieg Amram vom Pferd. Nachdem er eingetreten war, empfahl er sich mit Grüßen des bekannten Juweliers aus Malaga, Joseph ibn Aukal, und erkundigte sich, ob im Viertel ein Haus zu mieten sei. Seine Aussprache war so elegant, seine Haltung so gebieterisch, daß der Händler, sich halb verbeugend vor Aufregung und Verlegenheit, erwiderte, ja, ja, natürlich. Wie überaus glücklich diese Fügung für beide war. Sein Vater war kürzlich verstorben, und er hatte gerade seine Mutter zu sich genommen. Also stand das frühere Zuhause seiner Eltern nun zur Verfügung. Er würde sich geehrt fühlen, es dem geschätzten Herrn zu zeigen und ihn als Mieter zu begrüßen. Die Bediensteten im Hause würde er kostenlos dazugeben, fügte er hinzu, unterwürfig, aber nicht ohne einen Hauch Schläue.

Ein zufriedenstellender Anfang, dachte Amram, während er Ibrahims wendiger Gestalt ins helle Tageslicht folgte. Es stimmte, das Herrschaftsgebiet der Berber war noch relativ klein, aber wenn Abu Ali mit seinen Voraussagen recht behielt, und er neigte dazu, dem Mann Glauben zu schenken, dann war Granada dazu bestimmt, zu großen Höhen aufzusteigen – und er mit dieser Stadt.

Der träge Diener, den er geerbt hatte, brauchte beinahe bis zum Abend, um ihm eine Mahlzeit zuzubereiten und aus dem bescheidenen Anwesen den muffigen Geruch der Verwahrlosung und des Alters zu vertreiben, der in alle Wände eingesickert war. Erst dann, als alles ringsum sauber und ruhig war, konnte Amram über das Schicksal des Hauses Ibn Yatom nachdenken. Schon vor der Zerstörung Córdobas war das Vermögen, das sein Großvater Da'ud angehäuft hatte, beträchtlich geschrumpft: sein Vater, dem nichts an weltlichen Gütern lag, hatte immer wieder großzügig Geld ausgegeben, um sicherzustellen, daß seine Familie gut lebte und seine Söhne von den besten Gelehrten Córdobas unterrichtet wurden. Was noch übrig war, hatten die Berber sich genommen, als sie das Haus vor der Stadt und das Anwesen in der Stadt plünderten, ehe sie es niederbrannten. Jetzt war er das Oberhaupt der Familie und hatte somit zwei große Verpflichtungen. Die erste war, die Familie wieder vermögend zu machen, als Vorsorge für Unruhen in der Zukunft. Mit der zweiten hatte er bereits in Malaga begonnen, aber jetzt, nach der Tragödie der Familie, war sie wesentlich dringlicher geworden. Es war an der Zeit, daß er sich eine Frau suchte, um den Fortbestand des Hauses Ibn Yatom zu sichern, das Da'ud und Hai zu solchem Ruhm geführt hatten. Wenn ihm das Schicksal hier in Granada hold war, wären vielleicht schon bald beide Ziele in greifbarer Nähe …

Als die Dämmerung hereinbrach, legte sich die ganze Anspannung der letzten Tage wie Blei auf ihn. Er befahl dem Diener, ihm das Bett zu richten, und legte sich hin, sobald es dunkel geworden war. Doch der Schlaf wollte nicht kommen. Der Anblick seiner ermordeten Eltern stand ihm vor Augen und wollte nicht weichen. Unfähig, die Bilder des Grauens zu verjagen, zündete er eine Kerze an und ging unruhig in dem ungewohnten Haus umher, betastete hier einen verbeulten goldenen Kelch, schob dort ein verschlissenes Kissen zurecht, öffnete ein völlig verklemmtes Fenster und starrte in die Nacht. Seine Gedanken jagten hin und her zwischen der Endgültigkeit des Todes und dem unverwüstlichen Drang nach Leben. Er mußte sich von diesen Gedanken befreien, mußte sie aufs Papier bannen, um endlich Ruhe zu haben. Fast wie von selbst fand er die richtigen Worte, kaum daß er die Feder ergriffen hatte.

Ich betracht' den Himmel und die Sterne,
Sehe Dinge, die sich nun am Boden krümmen,
Und in meinem Herzen weiß ich wohl,
Daß sie einem guten Plane folgend einst gemacht.
Der Himmel gleicht der Laube wohl. Schaut nur hinauf
Und seht dort Tücher aufgehängt mit Haken, Ösen.
Und Mond und Sterne sind dem Hirtenmädchen gleich,
Das Schafe auf dem freien Felde grasen läßt.
Vor den Wolken scheint der Mond ein Schiff zu sein,
Das unter vollen Segeln weite Meere überquert.
Die Regenwolke gleicht der Jungfer, die im Garten
Einherspaziert und ihre Myrrhensträuchlein wässert.
Des Nachttaus Wolken sind wie Mädchen, die, den Kopf bewegend,
Beim Schütteln tausend Perlentropfen gleißen lassen.
All jene, die auf dieser Erde leben, gleichen Tieren,
Die schweren Schrittes auf den Stall, die Scheune zugeh'n.
Sie alle woll'n der Todesangst entflieh'n,
Wie Turteltauben sich im Schrecken Adlers Klauen rasch entzieh'n.
Doch mit der Zeit ergeht es ihnen wenig besser als dem Teller,
Der leicht zerbricht und in den Staub getreten wird – das ist ihr Los.

Als er die letzten Zeilen geschrieben hatte, erbarmte sich seiner der Schlaf.

Früh am nächsten Morgen folgten die Tuchhändler, die ihre Vorräte prüften, um sich auf den Tag vorzubereiten, und die Handwerker, die ihre Werkzeuge auf den Arbeitstischen auslegten, dem Fremden mit den Augen, als er aus dem Judenviertel ausritt und sein Roß in Richtung Norden zum Albaicin lenkte. Schnell machte das Gerücht von einem zum anderen die Runde: Der Mann hatte mit dem Hof des Prinzen zu tun. Welcher Art wohl seine Geschäfte waren? Das war ein Geheimnis. Die Spekulationen überschlugen sich und nahmen noch zu, als Amram an jenem Abend nicht zurückkehrte. Und weder am nächsten Tag noch am ubernachsten.

Erst Mitte der folgenden Woche tauchte er wieder auf, und inzwischen waren die Juden von Granada gründlich verwirrt. Doch niemand wagte es, den Neuankömmling zu befragen, so verschlossen schien er ihnen. Drei ganze Monate vergingen: Immer verbrachte er ein, zwei Tage in Granada, meist bei den Berbern am Albaicin, dann folgte wieder die gleiche unerklärliche tagelange Abwesenheit.

Die Verwunderung der Juden wuchs. Aber das war alles noch gar nichts verglichen mit ihrem Erstaunen, als sie eines Tages mit weit aufgerissenen Augen sahen, wie er an der Spitze eines langen Zugs von Maultieren in das Judenviertel einritt, an der Seite eine hinreißend schöne junge Frau. Jetzt, da eine Gattin in den Haushalt des Fremden eingetreten war, würden die Ehefrauen sein Geheimnis im Nu lüften, frohlockten die meisten. Die reichen Händler waren weniger entzückt. Viele von ihnen hatten Amram als möglichen Ehemann für eine ihrer heiratsfähigen Töchter beäugt. Ibrahim war der erste unter ihnen, aber zu seinem großen Kummer erkannte er auch als erster mit seinen flinken Augen die Braut, sobald sie vom Pferd stieg und ins frühere Heim seiner Eltern eintrat. Die Art, wie sie ging, eine Art wiegendes Schwanken, leicht zurückgeneigt, war unverwechselbar. Bei ihrem Anblick sank sein Herz. Es war Leonora, die älteste Tochter seines Freundes und Kollegen Joseph ibn Aukal aus Malaga. Für dieses wunderschöne Geschöpf war schon seit langer Zeit sein einziger Sohn als Gatte bestimmt gewesen. Da hatte sich also dieser schweigsame Eindringling dazwischengedrängt und sie ihm fortgenommen! Kein Wunder, daß er so verschlossen gewesen war! Allmächtiger Gott, wie naiv er gewesen war, seinen schmeichlerischen Worten Vertrauen zu schenken! Wie ahnungslos! Er hätte wahrhaftig schlauer sein müssen, hätte begreifen müssen, daß etwas im Busch war. Aber damit sollte die Sache nicht abgetan sein, das schwor er sich. Weit gefehlt! Der geschätzte Herr hatte zuviel als selbstverständlich vorausgesetzt. Dachte er wirklich, daß Ibrahim derlei einfach hinnehmen würde?

Amram widmete sich der Kunst der Liebe mit dem gleichen Anspruch auf Vollkommenheit wie allen anderen Dingen, die er in Angriff nahm. Als guter Menschenkenner hatte er sich eine Gattin ausgewählt, bei der er einen Ehrgeiz spürte, der, wie es sich für Frauen geziemte, verborgen war, dem seinen aber durchaus entsprach. So wie sie ihm darin ähnelte, war sie ihm auch bei den Freuden und Leidenschaften des Bettes an Glut und Geschick ebenbürtig. Nun betrachtete er sie, wie ihre großen eisblauen, ein wenig mandelförmigen Augen schmolzen und sich dann mit innigem Vergnügen schlossen, als er ihre kleinen, erwartungsvoll aufgerichteten Brustwarzen mit den Lippen faßte. Er hörte ihre leidenschaftlichen Seufzer und Schreie. Er spürte, wie sie sich um ihn schlang, einmal straff angespannt und dann wieder fügsam unter seinen Händen, und er freute sich an ihrer instinktiven Reaktion auf seine anfängliche Zartheit und die ungestüme Kraft, mit der er sie dann eroberte. Sie vereinigten sich in einem ungeheuren Sturm, einer Explosion, die alle Grenzen ihrer irdischen Gestalten zu sprengen schien, um sie mit dem ewigen Quell des Lebens zu verbinden. Die ganze Nacht hindurch ergötzten sie sich aneinander, einer passiv, wenn der andere aktiv war, einer ruhig und entspannt, wenn der andere erregt war. Von Zeit zu Zeit erfrischten sie sich mit einem Schluck Wein, den Amram aus einer goldenen Karaffe in die blitzenden silbernen Pokale schäumen ließ.

Es war schon beinahe Mittag, als sie strahlend von der Wärme der Liebe in den Tag hinaustraten. Leonora hielt eine üppige Traube in der einen Hand, pflückte mit der anderen eine Weinbeere ab und ließ sie in den Mund gleiten. Auf Zehenspitzen ging sie durch das Haus, in das ihr Ehemann sie gebracht hatte, betrachtete es mit leichtem Abscheu.

»Wir müssen sofort hier ausziehen«, erklärte sie und ließ prüfend den Finger über die abgeplatzte Kante einer Nische fahren, in der die goldene Karaffe stand. »Es ist ja kaum ausreichend Platz für uns beide hier, ganz zu schweigen von den Truhen mit meiner Aussteuer. Außerdem paßt ein so heruntergekommenes Anwesen nicht zu einem Mann deines Ansehens.«

»Ansehen, das ist etwas, das die Ibn Yatoms nicht gern zur Schau stellen«, antwortete Amram leise, aber bestimmt. »Wir ziehen es vor, unsere Größe in der Abgeschiedenheit und Diskretion unserer eigenen vier Wände für uns zu behalten.«

»Aber nicht in so schäbigen wie diesen hier.«

»Nein, meine Liebe«, beruhigte sie Amram, pflückte eine Traube ab, hielt sie zwischen den Zähnen und zog dann ihr Gesicht zu dem seinen, so daß sie beide gleichzeitig in die Frucht bissen und sich ihre Lippen dabei berührten. »Ich suche ein Haus, das deinen Gefallen findet, aber wir müssen jeglichen Prunk vermeiden, trotz der großzügigen Mitgift, die dein Vater dir mitgegeben hat. Als Jude im Dienst des Berberreiches, in dem die Beziehungen zwischen den Menschen wechselhaft, unberechenbar und allein von Eigeninteresse geprägt sind, müssen wir so unauffällig wie möglich bleiben, bis unsere Position durch nichts mehr zu erschüttern ist.«

Leonora schmollte, und Amram mußte sie auf ihre nach unten gezogenen Mundwinkel küssen, bis sie wieder lächelte. »Du mußt an mich glauben«, murmelte er und strich sanft mit dem Finger über ihre gerade Nase, um die breiten Nasenflügel und dann hinauf zu den elfenbeinglatten Wangen. »Unterstütze mich treulich in all meinem Handeln, und ich schwöre dir bei der Ehre des Hauses Ibn Yatom, du wirst nicht enttäuscht sein.«

Ehe er wieder zu seinem Rundritt zum Eintreiben der Steuer im Tal des Genil aufbrach, kaufte Amram ein verlassenes Haus am östlichen Rand des Judenviertels. Es stand an den unteren Hängen des Berges, über dem innerhalb der Stadtmauern die Festung Hisn Maurur thronte, von deren runden Türmen ständig die südlichen Zugänge zur Stadt bewacht wurden. So, neckte Amram seine Frau, als er ihr das Grundstück zeigte, hätten sie immer die Möglichkeit, Zuflucht in der Festung zu nehmen, falls einmal der eine oder andere Feind der Berberprinzen einen Überfall auf Granada wagen sollte.

»Jetzt«, fuhr er fort, »werden wir hinter dieser schlichten Fassade den schönsten Garten anlegen. Ringsum soll ein Säulengang verlaufen, mit Säulen so schlank wie dein Hals, mit Hufeisenbögen, die so vollkommen gerundet sind wie deine Brüste und sich dann so nach innen schwingen wie deine wunderschöne Taille. Von dort wird man in die Gemächer gelangen, deine zur Rechten, meine zur Linken.«

»Und was ist mit dem jetzigen Haus?«

»Wir werden es zu einem großen Salon umbauen, in dem wir, wenn die Zeit gekommen ist, unsere Gäste empfangen. Später verzieren wir noch die Westfassade mit einem Balkon, der genauso elegant sein soll wie der Säulengang. Von dort, meine Liebste, mein Reh, werden wir zusammen zusehen, wie die Sonne über dem Vega untergeht. Und wenn wir uns ein wenig umdrehen, wird es uns scheinen, als bräuchten wir nur eine Hand auszustrecken und könnten den Berg berühren.«

Auf Leonoras leises Lächeln meinte er: »Ich wußte, daß mein Plan dir gefallen würde.« Ehe sie noch Zeit hatte, etwas zu antworten, fuhr er eilig fort: »Die Arbeiten sollen unverzuglich beginnen. Ich komme so bald wie möglich wieder, um die Arbeiter zu beaufsichtigen und um meine Geliebte in den Armen zu halten, nach der mein Herz sich in jeder Sekunde meiner Abwesenheit verzehren wird. Während ich fort bin, kommen sicherlich die Damen der Gemeinde zur dir zu Besuch. Ihre Gesellschaft wird dir die Zeit verkürzen, aber hüte dich vor ihren Versuchen, etwas über meine Tätigkeit herauszufinden. Du mußt als ein Muster an Unschuld und Unterwürfigkeit auftreten, ahnungslos über die Geschäfte, die dein Herr und Meister treibt. Wenn die Zeit reif ist, werden sie sich alle vor dir verneigen, aber noch ist es nicht so weit.«

38

Kaum hatte man Amram die Stadt verlassen sehen, da konnte sich Leonora, wie er vorausgesagt hatte, vor dem ständigen Strom von Besucherinnen kaum noch retten, die alle vorgeblich nur erschienen waren, um sie in der jüdischen Gemeinde willkommen zu heißen. Sie begrüßte sie mit untadeliger Gastfreundschaft, lächelte lieblich, hörte aufmerksam zu und ließ angemessene Bekundungen der Freude und des Mitgefühls hören, wenn sie ihr hier von einer Geburt und da von einem Todesfall berichteten. Und doch wich sie mit einem Geschick, das ihrem Ehemann Bewunderung abgenötigt hätte, allen Fragen aus, die sich auf Themen bezogen, die er ihr zu vermeiden geraten hatte. Schließlich mußten die Damen sich geschlagen geben. Ihre Verhöre fanden ein Ende, ebenso ihre Besuche. Aber ihre Neugier bestand weiter; als das neue Haus fertig war, erreichte sie erst ihren Höhepunkt. Die gleiche Frage lag auf den Lippen jedes Juden von Granada: Wie hatte dieser Neuankömmling, ein Flüchtling aus der verwüsteten Stadt Córdoba, so schnell so viel Geld verdienen können? Oft wurde Leonoras Mitgift als Quelle dieses neuen Reichtums genannt, bis Ibrahim, dessen Entrüstung noch immer schwelte, dieser Spekulation ein Ende bereitete. Obwohl es seinen Stolz verletzte, ließ er verlauten, er selbst hätte mit Joseph ibn Aukal über die Summe gesprochen, die dieser seiner Tochter mit in die Ehe geben würde, wobei die Verlobung mit seinem Sohn – wie er mit leiser Stimme hinzufügte – seit der Geburt der beiden Kinder als abgemachte Sache gegolten hatte.

»Er mag ja ein großer Künstler sein«, säuselte Ibrahim in die Ohren seiner Glaubensgenossen, »aber er ist ein elender Geizhals. Verglichen mit seinem Vermögen hat er nur eine jämmerliche Summe angeboten. Als ich dagegen Einspruch erhob, hat er mich mit vagen Versprechungen zu trösten versucht, zu gegebener Zeit würde seine geliebte Tochter gleichberechtigt mit seinen Söhnen erben. Meine Ablehnung eines solch wertlosen Versprechens, ganz zu schweigen von meinem Zorn darüber, daß er mich für so naiv hielt, all das hat mich vor seinen zynischen Machenschaften bewahrt«, erklärte Ibrahim dann noch, um seine angeschlagene Ehre zu retten. »Glaubt mir, Freunde, mit Joseph ibn

Aukals Geld ist das Haus des Ibn Yatom bestimmt nicht gebaut worden.«

Obwohl Ibrahim es schaffte, in einigen Köpfen Zweifel an Amrams Rechtschaffenheit zu säen, gelang es ihm doch nicht, den Großteil der Gemeinde gegen ihn aufzubringen. Und so wurde seine Mißgunst nur noch größer, als seine Frau und seine Töchter von ihren Besuchen im Hause Leonoras mit neidvollen Erzählungen über die Eleganz seiner Säulengänge und die Schönheit seines Gartens zurückkehrten. Aber erst als er an einem Sabbatabend aus der Synagoge trat und dort die gesamte Gemeinde um seinen Feind versammelt stehen sah, als wäre er ein Prinz, wurde sein Zorn grenzenlos.

»Schau sie dir an!« zischte er zwischen den Zähnen hervor, als er, nur von seinem verschmähten Sohn begleitet, nach Hause eilte. »Geblendet von seinen schönen Reden, seinen höfischen Manieren und seinem berühmten Namen. Aber was wissen sie schon von ihm und seinen finsteren Machenschaften? Ich schwöre, ich bekomme alles heraus und räche die Schande, die man unserer Familienehre angetan hat.«

»Wie denn, Vater?«

Während des Sabbatessens brütete Ibrahim vor sich hin, und obwohl der ganze Haushalt wußte, was an ihm nagte, wagte niemand, seine Gedanken auch nur mit einem einzigen Wort zu stören. Als der Sabbat vorüber war, hatte sich seine Miene jedoch aufgehellt. Er hatte einen Entschluß gefaßt. Wenn die Juden nicht zu ihrem geschmähten Glaubensbruder standen, dann würde er seine Verbündeten eben anderswo suchen …

Als Ibrahim früh am nächsten Morgen sein Geschäft betrat, entfernte er vorsichtig eine lose Kachel aus der Vertäfelung im düsteren rückwärtigen Teil des Ladens und zog aus dem Versteck dahinter ein kleines Kästchen aus Ebenholz, in dem er die kostbarsten seiner Juwelen aufbewahrte. Er streichelte es, wie man einen geliebten Menschen liebkost, öffnete es, neigte es dann ein wenig zur Tür, so daß das Tageslicht das Feuer der Steine aufleuchten ließ. Er nahm sie sorgfältig einen nach dem anderen in die Hand, überlegte, aus welchem er den Ring machen würde, den er dem Mann an den Finger stecken wollte, dessen Gunst er zu gewinnen hoffte. Schließlich fiel seine Wahl auf einen Cabochon-Saphir, dunkel wie das samtige Blau der Nacht. Für den breiten goldenen Reif der Fassung wählte er ein Muster aus Lotusblüten inmitten geteilter, elegant gebogener Blätter. Er würde diese Verzierung mit der feinen Eleganz ausführen, für die er weithin bekannt war. Es war nicht das erste Geschenk dieser Art, das er angefertigt hatte, würde aber bei weitem das schönste werden. Den ganzen Tag und den größten Teil des nächsten verbrachte er über die Werkbank gekauert, und am Abend war der Ring fertig. Liebevoll polierte er ihn, bis es beinahe schien, als schimmerte aus ihm ein inneres Licht. Dann legte er ihn auf ein Samtkissen und barg ihn wieder in dem Kästchen. Nun mußte er nur noch auf die Person warten, für die er bestimmt war.

Die Tage und Wochen schlichen vorüber. Von Ungeduld verzehrt, holte Ibrahim immer wieder, wenn er allein war, das Ebenholzkästchen hervor, wickelte den Ring aus und bewunderte das feierliche, doch lebenssprühende Feuer des Edelsteins und die untadelige Kunstfertigkeit der Ziselierung. Wäre ihm die Gunst, die er sich mit diesem Geschenk zu erkaufen hoffte, nicht so wichtig gewesen, er wäre versucht gewesen, den Ring für sich zu behalten …

Er besserte gerade ein Paar spinnwebfeine Filigranohrringe aus, die er für die neueste Favoritin des Abu Ali angefertigt hatte, als Abu'l Hasan endlich in seinem Laden erschien.

»So, mein guter und getreuer Freund«, dröhnte er und

tätschelte sich gemütlich den prallen Bauch, »sind die Truhen bis zum Überlaufen gefüllt?«

»Leider, Abu'l Hasan, sind die Zeiten nicht mehr, wie sie einmal waren.«

»Ich habe Euch nie etwas anderes sagen hören, und doch gibt es keinen Wesir am Hofe der Siriden, der nicht mit Juwelen protzt, die von Eurer Kunstfertigkeit zeugen, ganz zu schweigen von den ›kleinen Geschenken‹, die Ihr für ihre Geliebten anfertigt.«

»Aber zu einem lächerlichen Preis, glaubt mir, wirklich lächerlich.«

»Ich weine mit Euch, mein Freund, wirklich, ich weine. Also, wieviel habt Ihr für mich?«

Ibrahim verschwand für einen Augenblick im düsteren hinteren Teil seines Ladens und kehrte dann mit einem prall gefüllten Lederbeutel zurück. Sorgfältig setzte er ihn auf Abu'l Hasans ausgestreckte Handfläche, und die Hand des Berbers senkte und hob sich, als er mit Könnermiene das Gewicht abschätzte.

»Weniger als letztes Mal«, murmelte er, die blutunterlaufenen Augen von trägen Lidern beschattet.

»Genau gleichviel, trotz der schlechten Zeiten.«

»Unser Prinz wird gar nicht erfreut sein.«

»Das ist das Äußerste, was ich erübrigen kann. Es ist nicht weise, einen Händler bis zum Ruin auszubluten, denn damit entgehen Euch die erheblichen Summen, die er mit einem gutgehenden Geschäft zur Schatzkammer unseres Herrschers leisten könnte. Aber ich glaube, ich kann heute einen Beitrag ganz besonderer Art machen. Wir haben in unserer Mitte einen Neuankömmling, einen gewissen Abu Musa Amram ben Hai ibn Yatom, der in sehr kurzer Zeit ein beträchtliches Vermögen angehäuft zu haben scheint. Wir stellen fest, daß er um seine Tätigkeit große Heimlichkeit wahrt. Einige eindringliche Fragen könnten sich lohnen.«

Abu'l Hasan platzte mit einem lauten, kollernden Lachen heraus, hielt sich den Bauch, der vor Vergnügen wackelte. »Ihr seid wirklich unverbesserlich! Ihr macht vor gar nichts halt, um Euch meinem Griff zu entwinden, nicht wahr? Aber diesmal habt Ihr kein Glück, mein Freund. Zufällig ist Abu Musa einer meiner Kollegen. Abu Ali hat ihn damit beauftragt, die Steuern in den Provinzen einzutreiben, und er erledigt diese Aufgabe wirklich hervorragend.«

Ibrahim spürte, wie ihm der Boden unter den Füßen schwankte. Das war das letzte, was er vermutet hätte. Seine Eingeweide bebten vor Angst, und er ruderte wild, um die Situation wieder in den Griff zu bekommen. Um seine Verwirrung zu überspielen, verschwand er noch einmal hinten im Laden und kehrte diesmal mit dem Saphirring zurück. Er nahm die rechte Hand des Steuereintreibers in die seine, ließ den Ring auf den kleinen Finger gleiten, schob ihn ganz leicht über die plumpen Gelenke. »Untersucht ihn trotzdem ganz genau«, flüsterte er und drehte Abu'l Hasans Hand zum Licht, so daß der Stein sich in seiner ganzen Schönheit zeigte. »Wieviel er auch der Schatzkammer eingebracht hat, er hat sicher daneben einen beträchtlichen Anteil für sich abgezweigt.«

»Höchst unwahrscheinlich«, murmelte der Steuereintreiber gedankenverloren, entzog seine Hand dem Griff des Händlers, bog die Finger in die Handfläche und streckte den kleinen Finger aus, um den schönen Stein besser bewundern zu können.

»Höchst unwahrscheinlich«, wiederholte er, die Augen starr auf seine Hand gerichtet.

Verzweifelt nahm Ibrahim einen Anhänger mit einer Perle auf, der neben seiner Hand lag. »Ein kleines Mitbringsel für Eure Frau«, flehte er.

»Danke, mein Freund, aber meine Frau findet Perlen schrecklich. Sie hat als Kind einmal eine verschluckt, müßt Ihr wissen.«

Damit wandte er sich zum Gehen.

»Aber Ihr werdet Euch doch umhören …« Die Worte erstarben Ibrahim auf den Lippen. Abu'l Hasan, der sich trotz seiner Leibesfülle schnell bewegte, war schon außer Hörweite …

Wie es seine Gewohnheit war, wenn er von den Rundreisen durch die westlichen und nördlichen Provinzen von Granada zurückkehrte, ging Amram nach Hause, um zu baden und ein sauberes, dunkles Gewand anzulegen, ehe er zum Palast hinaufritt, um die eingetriebenen Gelder dort abzuliefern. Sobald Leonora das Hufgetrappel seines Pferdes hörte, wie es sich dem Haus näherte, eilte sie ihm entgegen, um ihn zu begrußen. Wie immer warf sie sich in seine Arme, sobald er die Schwelle überschritten hatte. Wie weich und warm und tröstlich es doch war, sie nach den Anstrengungen der Reise in den Armen zu halten, wie sicher und geborgen sie sich in seiner festen, starken Umarmung fühlte. So standen sie einen langen Augenblick schweigend vereint. Schließlich löste sich Amram aus der Umarmung seiner Frau.

»Schon?«

»Nur noch ein kleines Weilchen, meine Taube, mein Reh, und dann können wir uns ohne Einschränkungen aneinander ergötzen. Es ist nicht klug, so große Summen in einem Haus aufzubewahren, das praktisch unbewacht ist.«

»Und doch zögerst du nicht, sie auf der Reise über die von Räubern heimgesuchten Straßen bei dir zu tragen«, wandte Leonora ein.

»Dieses Risiko ist unvermeidlich. Das Geld zu Hause aufzubewahren ist ein vermeidliches.«

»Hat es nicht Zeit bis nach der Siesta?«

»Lieber nicht. Bis du gebadet und dich fertig gemacht hast, bin ich wieder bei dir, das verspreche ich.«

Sobald ihr Mann gegangen war, befahl Leonora ihrer Dienerin, ihr alles Haar vom Körper zu entfernen, selbst an den intimsten Stellen. Dann badete sie und ließ sich von der Frau mit Moschus und Jasmin parfümiertes Öl in alle Poren ihrer glatten, makellosen Haut einmassieren. Jetzt war sie bereit. Sie schlüpfte in ein weißes, mit goldenen Borten verziertes Gewand aus Seidenmusselin, das die Umrisse ihres Körpers zart ahnen ließ – schattengleich und ungeheuer verführerisch –, und legte sich – geschmeidig, groß und sinnlich – auf einen üppigen Diwan. Ständig wanderte ihr Blick zu der Sonnenuhr auf dem Patio, und als eine Stunde vergangen war, wurde sie ungeduldig. Nach der zweiten Stunde fing sie an, sich Sorgen zu machen. Aber als noch einmal eine Stunde ohne ein Lebenszeichen von Amram verstrichen war, ergriff sie nackte Panik. Sie stand auf, warf sich einen Leinenumhang über und ging unruhig im Haus auf und ab. Hin und wieder blieb sie stehen und starrte ängstlich auf den Weg, der durch das Judenviertel und über den Fluß zum Albaicin führte, hoffte ihn dort auf dem Nachhauseweg zu erspähen. Aber es war immer noch Siesta. Bleiern und erbarmungslos brannte die Sonne auf die eng gedrängten Häuser der Juden unten und auf die weite, ausgetrocknete Ebene dahinter nieder. Nichts regte sich.

Was mochte ihn aufhalten? Sie konnte sich nur zwei Möglichkeiten vorstellen, und eine war so unwahrscheinlich wie die andere. Die erste war, daß Abu Ali ihn hatte ehren wollen und ihn zu einer ausgedehnten Mahlzeit eingeladen hatte. Vielleicht lag er gerade jetzt auf seidenen Kissen, einen Kelch mit Wein in der einen Hand, und liebkoste mit der anderen die Brüste einer üppigen Kurtisane, die ihm sein Gastgeber als Teil seiner Gastfreundschaft angeboten hatte …

Die andere Möglichkeit war, daß ihm, Gott bewahre, Räuber auf dem Weg zum Palast aufgelauert hatten, ihn brutal ermordet und ihm das Vermögen geraubt hatten, das er mit sich führte. Vielleicht lag gerade jetzt seine Leiche verlassen auf den Wiesen zwischen dem Judenviertel und dem Albaicin, bis zur Unkenntlichkeit verstümmelt. Aber es kreisten keine Geier in der Luft. Hatten seine Mörder den Leichnam in den Fluß geworfen, um alle Spuren zu tilgen?

In der Abenddämmerung senkte sich gerade ein zartvioletter Schleier über die Ebene unten, und Leonora überlegte, ob sie Diener ausschicken sollte, um nach ihm zu suchen. Aber wohin? Wenn er irgendwo in der Umgegend tot am Wegesrand lag, dann hätten ihn schon längst die Raubtiere gefunden und weggeschleppt. An den Fluß? Die Strömung hätte ihn schon längst viel zu weit mitgerissen. In den Palast? Es wäre zumindest unhöflich, schlimmstenfalls ungehörig, ihn dort zu belästigen. Sie suchte verzweifelt nach einer Lösung, wie sie ihn finden könnte, als sie einen Boten aus dem Palast erspähte, der auf das Haus zugeritten kam. Sie schrieb alle Anstandsregeln in den Wind und rannte ihm entgegen, aber auf die Nachricht, die er ihr überbrachte, war sie völlig unvorbereitet.

Ihr Gatte, berichtete ihr der junge Mann, saß im Kerker der Festung Albaicin gefangen. Gegen ihn sei die Anschuldigung erhoben worden, er habe Gelder unterschlagen, die dem Kämmerer Zawa ibn Ziri zugestanden hätten.

»Das kann nicht wahr sein!« rief Leonora. »Das kann nicht sein!«

»Mein Herr Abu Ali glaubt auch nicht daran, aber bei Hofe sind üble Gerüchte über Euren Mann in Umlauf gebracht worden.«

»Von wem?«

»Das kann ich Euch nicht sagen.«

Der Bote begleitete Leonora zurück zum Haus, und da nun seine Aufgabe erfüllt war, wollte er aufbrechen. Sie hielt ihn aber zurück und bat ihn hinein. Mit einer Kaltblütigkeit, die ihn sprachlos machte, ging sie durch den Salon und den Garten, verschwand in einem der Gemächer ihres Gatten und kehrte wenige Augenblicke später mit einem prall gefüllten Lederbeutel zurück. Sie entnahm ihm fünf Golddinare, die sie dem jungen Mann in die Hand drückte. »Das ist für Euch. Die Börse ist für meinen Mann. Wenn Ihr wiederkehrt und mir einen Beweis dafür bringt, daß er sie erhalten hat, bekommt Ihr noch einmal den gleichen Betrag. Nun geht!«

Leonora folgte ihm mit Blicken, wie er durch das Judenviertel ritt, über die Felder zum Fluß und weiter, über die Brücke. Seine Gestalt war nur noch so groß wie ein Stecknadelkopf, verschwand dann an den Hängen des Albaicin, auf dessen Gipfel die Festung lauerte, nur einige Schritte vom Palast entfernt. Erst jetzt gestattete sie sich Tränen.

Doch Tränen, ermahnte sie sich, als ihre Schluchzer verklungen waren, Tränen würden die Gitter von Amrams Gefängnis nicht sprengen. Das Geld, das sie ihm geschickt hatte, könnte ihm vielleicht ein wenig Rücksicht von seiten seiner Wärter erkaufen, aber nicht die Freiheit. Dazu mußten andere Mittel eingesetzt, andere Menschen beeinflußt werden. Aber wie? Abu Ali hatte Amram stets überschwenglich gepriesen, wenn er von seinen Rundritten nach Granada zurückkehrte. Waren das nur hohle Phrasen gewesen? Oder hatte ein Rivale im Palast, irgendein schlauer Andalusier, der Bitterkeit über das Eindringen des Juden in seine Domäne verspürte, ihn bei Berbern in Mißkredit bringen wollen? Als Frau hatte sie keine Möglichkeit, in das trügerische Gewirr von Intrigen einzudringen, in dem die Männer im Gefolge des Prinzen ihren Weg fanden. Sie hatte keine Menschenseele, die sie um Rat fragen, niemanden in der Stadt, dem sie sich anvertrauen konnte. Also nahm sie Feder und Papier und schrieb eine kurze Botschaft an ihren

Vater. Darin teilte sie ihm mit, was geschehen war, und bat ihn, ihr unverzüglich zu Hilfe zu eilen. Nach wenigen Stunden unruhigen Schlafes stand sie in der Morgenröte auf und schickte einen Boten nach Malaga.

Mit einer Fassung, die allen Menschen ihrer Umgebung große Bewunderung abverlangte, wartete Leonora die Woche ab, bis ihr Vater sie erreichte. Aber in dem Augenblick, als er ins Haus trat, brachen all ihre aufgestauten Gefühle aus ihr heraus. »Du mußt mir helfen, ihn zu befreien, du mußt!« kreischte sie hysterisch und warf sich ihrem Vater an den Hals. »Irgend jemand im Palast hat gegen ihn intrigiert. Wer es auch ist, wir müssen einen Gegenplan schmieden, der ihn ruiniert.«

»Beruhige dich, mein Kind. Beruhige dich«, flüsterte Joseph ibn Aukal und streichelte seiner Tochter über den Kopf, ehe er sich aus ihrer heftigen Umklammerung löste. »Nun, du hast mir noch nicht einmal Zeit gelassen, dein wunderschönes Zuhause zu bewundern«, bemerkte er entspannt und anscheinend völlig ungerührt, während er seine Blicke schweifen ließ.

»Später, Vater, später!«

»Es besteht kein Grund zur Panik, mein kleines Mädchen. Ich habe die Angelegenheit gründlich bedacht und meine eigenen Schlüsse gezogen. Meiner Meinung nach liegt der Ursprung des Gerüchts überhaupt nicht im Palast.«

»Unsinn!« rief Leonora und tat seine Worte ungeduldig ab. »Weder Amram noch ich selbst haben je irgendeiner Seele hier ein Sterbenswörtchen über Amrams Tätigkeit gesagt. Alle halten ihn für einen Händler, der viel in Geschäften unterwegs ist.«

»Das mag sein«, antwortete Joseph, weigerte sich aber, darauf einzugehen. »Und jetzt, wärst du so freundlich und würdest für deinen Vater, der von der Reise ermüdet ist, ein Bad vorbereiten lassen?«

Erfrischt streckte sich Joseph im kühlen Schatten des geräumigen Salons auf einem Diwan aus und nippte an seinem Wein, während seine Tochter ihm gegenüber nervös am Rand eines Stapels von Kissen saß. Unermüdlich knabberte sie Süßigkeiten, die man ihnen vorgesetzt hatte, und ihre eisblauen Augen blickten ihn durchdringend an. Schließlich brach er sein Schweigen.

»Wo bewahrt dein Mann seine Dokumente auf?«

»Ich nehme an, in der Zedernholzdose in seinem Arbeitszimmer.«

»Ich muß sie durchsehen. Wenn mein Verdacht über den Ausgangspunkt dieser Verschwörung gegen ihn stimmt, dann muß ich ein bestimmtes Papier finden, um meinen Standpunkt unwiderlegbar zu beweisen.«

»Nur Amram hat einen Schlüssel dafür.«

»Dann breche ich das Schloß auf«, sagte Joseph ganz ruhig.

»Aber Vater …«

»Komm, komm, mein Kind, wir haben jetzt keine Zeit mehr für Nettigkeiten. Dein Mann sitzt im Gefängnis, ist ein Gefangener in den Händen von Menschen, denen an einem Menschenleben nicht besonders viel liegt. In einem solchen Fall sind alle Mittel heilig. Bringe mir sofort das Kästchen.«

Der Juweliermeister war nicht unvorbereitet gekommen. Aus der robusten Reisetasche, die neben ihm am Boden stand, zog er ein Stück feinen Kupferdraht hervor, und mit der Geschicklichkeit seines Berufsstandes öffnete er rasch das Schloß. Ruhig und methodisch ging er die Dokumente durch, die das Kästchen enthielt, und legte sie dann zur Seite. Leonora stand ganz nah bei ihm, und ihr Herz sank, als er ein nutzloses Dokument nach dem anderen weglegte.

»Es ist nicht dabei«, sagte er schließlich, schlug das Kästchen zu und zeigte damit erste Anzeichen schlechter Laune. »Wo könnte er es sonst noch aufbewahrt haben?«

»Irgendwo in seinem Zimmer vielleicht?«

»Führe mich dorthin.«

Zusammen gingen sie durch den schattigen Säulengang in Amrams Arbeitszimmer, wo überall Papiere lagen. Zunächst mit großer Sorgfalt, dann mit wachsender Erregung rollte Joseph Pergamente auf, blätterte Bücher durch, suchte in Papierstapeln, auf denen unzählige Gedichtentwürfe geschrieben standen, bis er endlich fand, was er gesucht hatte, mit einem Seidenband an ein herrliches Liebesgedicht gebunden. Er ließ die Papiere in die Innentasche seines Gewandes gleiten, nahm seine Tochter beim Arm und führte sie in den Salon zurück. »Morgen früh werde ich im Palast vorstellig werden. Mit ein bißchen Glück ist Amram am Abend schon wieder zu Hause.«

Abu Ali Hamid ibn Abi geleitete Joseph ibn Aukal voller vorsichtiger Erwartung in seine schäbige Gewölbekammer. Obwohl er selbst höchst erpicht war, die Unschuld des besten Steuereintreibers von Granada zu beweisen, befürchtete er doch, daß Joseph kaum einen konkreten Beweis zur Unterstützung Amrams beibringen würde. Geduldig schaute er zu, wie sich Joseph mit erstaunlicher Gelassenheit hinunterbeugte, um die feinen damaszener Intarsien an einem Buchpult in einer Zimmerecke zu untersuchen. Mit geübtem Schwung zog der Juwelier einen Samtbeutel aus einer Tasche seines Gewandes und legte ihn auf das Pult, während er seiner Bewunderung für die schöne Handwerksarbeit Ausdruck verlieh. Dann richtete er sich auf und trat seinem Gesprächspartner gegenüber.

»Erlaubt mir, Abu Ali, Euch über eine Angelegenheit ins Bild zu setzen, von der Ihr, wie ich glaube, keine Kenntnis besitzt. Die Frau des Abu Musa, meine Tochter Leonora, war dem Sohn des Ibrahim, des führenden Goldschmieds in Granada, beinahe von Geburt unserer Kinder an versprochen.

Als sie beide im heiratsfähigen Alter waren, kam Ibrahim zu mir nach Malaga, um mit mir die Mitgift Leonoras zu besprechen. Unzufrieden mit meinem ersten Angebot, kehrte er nach Granada zurück, aber da dies nun einmal die Art von Verhandlungen ist, erwartete ich, daß er einen angemessenen Anlaß finden würde, um die Gespräche wieder aufzunehmen. Doch die Zeit verging, und er machte keinerlei Anstalten dazu. In der Zwischenzeit lernte ich Abu Musa kennen, einen Mann, der Ibrahims Sohn in allen Dingen so unendlich überlegen ist, daß ich schon bald mein Bedauern darüber vergaß, daß sein Vater mein Angebot ausgeschlagen hatte. Als nun Abu Musa nach einiger Zeit bei mir um Leonoras Hand anhielt, war ich nur zu gerne bereit, ihm meine Zustimmung zu geben. In Anbetracht des Ruhms des Hauses Ibn Yatom, der Gelehrsamkeit Amrams und seiner außergewöhnlichen Geschäftstüchtigkeit bot ich als Mitgift für meine Tochter eine Summe an, die weit höher war als die, die ich seinem ehemaligen Mitbewerber angeboten hatte.«

Abu Alis Gesichtsausdruck erhellte sich ein wenig, aber er ließ seine Vorsicht noch immer nicht fahren. »Eure Erklärung wirft ein neues Licht auf die Angelegenheit. Doch wenn ihr keine konkreten Beweise erbringen könnt, bleibt sie wertlos.«

»Ich habe den Beweis hier«, erwiderte Joseph unverzüglich und zog den Ehevertrag hervor, an dem immer noch Amrams Gedicht hing.

Abu Ali überflog ihn, legte ihn neben sich auf die Truhe und musterte Joseph aus halb geschlossenen Augen. »Wie könnt Ihr beweisen, daß dies keine Fälschung ist?«

»Hiermit«, antwortete Joseph und reichte ihm eine Urkunde, die er aus Malaga mitgebracht hatte. »Dies ist die Verkaufsurkunde des Anwesens, das laut Ehevertrag Amram und seiner Frau überschrieben wurde. Sie ist von Amram ben Hai ibn Yatom als Verkäufer und von Ahmad ibn

Nasr als Käufer unterzeichnet und dann mit dem Siegel des Landregisters von Malaga versehen. Ein solches Siegel läßt sich unmöglich fälschen. Diese Urkunde beweist ohne jeden Zweifel, daß Amram ausreichende Geldmittel zur Verfügung hatte, um meiner Tochter ein Wohnhaus einzurichten, das ihrem Stand gemäß ist, und sie so zu halten, wie sie es seit jeher gewöhnt ist. Es bestand für ihn keine Notwendigkeit, für diese Zwecke öffentliche Gelder zu ›unterschlagen‹. Ich bin sicher, Ihr seid meiner Meinung, daß er viel zu intelligent ist, um ein solches Risiko einzugehen.«

Erst jetzt ließ Abu Alis Wachsamkeit nach. »Mein Freund, Ihr habt nicht nur Eurer Familie einen unschätzbaren Dienst erwiesen, sondern auch mir und meinem Prinzen. Jetzt müssen wir Ibrahim dafür bezahlen lassen, daß er solche frevelhaften Verleumdungen über einen Mann meines Vertrauens verbreitet hat.«

»Ich denke, das wird nicht nötig sein. Ich habe auf dem Weg hierher kurz bei ihm vorgesprochen. Wenn ich mich nicht irre, ist er bereits aus der Stadt geflohen und hat sein ganzes Vermögen zurückgelassen, das Eure Truhen füllen wird.«

Als Leonora ihren Mann erspähte, der den Hang zum Haus hinaufgeritten kam, rannte sie ihm entgegen. Er sprang vom Pferd und warf sich in ihre Arme, ungeachtet der neugierigen Blicke, die er auf sich spürte. Fieberhaft ließ sie die Hände über sein Gesicht und seine Schultern wandern, über seinen Rücken, wollte sich verzweifelt versichern, daß ihm kein Unheil geschehen war.

»Ich wußte, daß ich mich auf dich verlassen kann«, flüsterte Amram und barg seinen Kopf im seidigen Wasserfall ihres Haares, das sie heute offen trug. »Wir sind verwandte Seelen, du und ich, beide Kämpfer für das, was wir wollen. Wir werden noch viel zusammen erreichen, meine gescheite, mutige und entschlossene kleine Rehfrau.«

In jener Nacht liebten sie einander mit einer Hingabe, die sie nicht einmal in den ersten Tagen ihrer Liebe gekannt hatten. Ihre Leidenschaft war um so stärker, als sie einander wiedergefunden hatten, nachdem sie schon gefürchtet hatten, sich verloren zu haben.

39

Von jenem Tag an hörte das Gerede der Juden über Amram auf. Sie waren ängstlich darum bemüht, das Unrecht wiedergutzumachen, das einer der Ihren Amram angetan hatte, und nun stand die Gemeinde wie ein Mann zu ihm, erkannte in ihm nicht nur ihren Anführer, sondern auch eine wertvolle Informationsquelle – wenn nicht gar einen Fürsprecher beim Herrscher, sollte je ein Einschreiten dieser Art notwendig werden. Die Frauen folgten dem Beispiel ihrer Ehemänner und behandelten Leonora mit neuem Respekt, erkannten sie als die erste Dame in ihren Kreisen an. Sie sonnte sich in dieser Ehre, die man ihr zukommen ließ, spielte ihre Rolle mit Selbstvertrauen und Stil – als Vorbereitung für jene größeren Dinge, die Amram ihr versprochen hatte …

Wie Abu Ali es vorausgesehen hatte, machte sich kurz darauf Zawa ibn Ziri in sein Heimatland auf. Sein Neffe Habbus ibn Maksan ibn Ziri al-Sinhaji brachte sich unverzüglich in eine Machtstellung, und sobald ihn die Kunde vom Tod seines Onkels erreichte, beanspruchte er den Rang eines Königs und legte sich den zusätzlichen Herrschernamen Saif ad-daula – »Schwert des Königtums« – zu. Von Kopf bis Fuß ein Krieger, ein Mann von großer Autorität und schnellen Entscheidungen, machte sich Granadas selbsternannter Herrscher an die Durchführung der Pläne, die er schon so lange erwogen hatte. Er setzte unverzüglich eine Verwaltung nach dem Muster des Omaijadenreiches ein, deren Ränge er mit gebildeten Andalusiern füllte. Abu Ali wurde zum Wesir ernannt, der sich um die Finanzen des Reiches zu kümmern hatte, erhielt den Befehl, das Geld aufzutreiben, mit dem man Söldner aus anderen Berberstämmen bezahlen konnte, die Habbus' Sinhaji-Truppen verstärken sollten. Abu Ali nahm Amram mit auf seinem Weg nach oben, überließ ihm seinen eigenen vormaligen Posten als obersten Steuereintreiber. Amram wiederum versammelte bei seinem eigenen Aufstieg eine Gruppe jüdischer Kollegen um sich, die treu zu ihm standen. So schnell sie das Geld in die königlichen Truhen schütten konnten, so schnell gab Habbus es wieder aus, unternahm Feldzüge, die sein Reich im Norden bis an den Guadalquivir und im Westen bis Cabra ausdehnten. All seine Wesire waren überzeugt davon, daß es nicht mehr lange dauern würde, bis er sich endlich entschloß, im Kampf um die Vorherrschaft in al-Andalus auch seine Erzrivalen, die arabischen Abbadiden in Sevilla, herauszufordern.

Aber die Sevillaner kamen ihm darin zuvor, unternahmen blutige Überfälle auf das reiche, Seide produzierende Fürstentum Almeria, dessen riesige Gebiete im Norden, Osten und Süden an Granada grenzten. Obwohl er nur höchst ungern dem Eunuchen Zuhair, dem slawischen Herrscher von Almeria, zu Hilfe eilte, hatte Habbus keine andere Wahl, als sich mit ihm gegen den gemeinsamen Feind zu verbünden. Erst nachdem die Sevillaner völlig zurückgedrängt waren, konnte man sich wieder an die Vorbereitungen für einen massiven Gegenangriff machen. Doch während Amram seine Bemühungen verdoppelte, um die notwendigen Geldmittel zu beschaffen, mit denen man noch mehr Berbersöldner anwerben wollte, war er von tiefer Unruhe über den Ausgang des bevorstehenden Feldzuges erfüllt. An dem Tag, als ihm Abu Ali übermittelte, wieviel Geld man schätzungsweise für die notwendigsten Bedürfnisse des Heeres benötigen würde, lenkte er allmählich das Gespräch in die gewünschte Richtung.

»Mir scheint«, begann er, »daß wir keine Vorkehrungen für eine Verstärkung unserer Verteidigung im Osten getroffen haben.«

»Warum sollte das notwendig sein?«

»Wenn die meisten Truppen gegen Sevilla gerichtet sind, droht uns möglicherweise ein Angriff durch Zuhair.«

»Aber Almeria und Granada sind Verbündete im Kampf gegen Sevilla.«

»Das waren wir gestern und sind es heute. Aber wenn wir morgen nicht auf der Hut sind, kommt Zuhair vielleicht wirklich in Versuchung, uns an der östlichen Flanke anzugreifen. Wir müssen mehr tun, um sicher zu sein, daß Almeria unerschütterlich hinter uns steht.«

»Und unseren Sieg mit diesem Eunuchen teilen?«

»Eunuch oder nicht, er hat sich ein schönes Königreich geschaffen. Es ist besser, ihn auf unserer Seite als gegen uns zu haben. Wir sind zwar stark, haben aber nicht die Kraft, gleichzeitig an zwei Fronten zu kämpfen. Wenn wir nun auch noch Malaga in unser Bündnis einladen, wären wir in der Lage, einen vernichtenden Schlag gegen die Abbadiden zu führen und all ihre Hoffnungen zu zerschmettern, je die uneingeschränkten Herrscher von ganz al-Andalus zu werden.«

Abu Ali schaute seinen jüdischen Mitarbeiter lange und durchdringend an, wog in Gedanken die Logik seiner Argumente gegen das ab, was seiner Meinung nach der Herrscher dazu sagen würde. Amram, der gewußt hatte, daß sein Vorgesetzter zurückhaltend reagieren würde, fuhr unbeirrt fort. »Ich hätte das Gefühl, mich meinem Herrscher gegenüber nicht loyal zu verhalten, täte ich nicht mein Möglichstes, um sicherzustellen, daß ihm solche Erwägungen vorgetragen werden.«

»Von wem?«

»Von Euch, als dem Wesir und geehrten Mitglied seines Gefolges.«

»Mir fehlt die Überredungsgabe«, antwortete Abu Ali schlau, unwillig, die Verantwortung – und das Risiko – auf sich zu nehmen, seinem König eine so weitreichende Strategie vorzuschlagen. »Aber wenn Ihr darauf besteht, könnte ich vielleicht eine Audienz für Euch erwirken.«

»Ich sehe es als meine Pflicht an, König Habbus auf meine Gedanken aufmerksam zu machen«, antwortete Amram gleichmütig, entzückt, wie leicht er sein Ziel erreicht hatte: eine Gelegenheit, seine Talente vor dem König selbst unter Beweis zu stellen.

Abu Ali ließ ihm keine Zeit, lange über die Folgen seiner Initiative nachzudenken oder seine Meinung zu ändern. Beinahe unverzüglich wurde er vor Habbus zitiert, zum ersten Mal von Angesicht zu Angesicht. Im Gegensatz zu den meisten seiner Stammesgenossen war der Berberkönig von Granada weder groß noch hager. Seine ungeheure Körperkraft war in den schwellenden Muskeln seines Rückens, seiner Schultern und Arme konzentriert, und wenn er wie jetzt stand und seinem Gesprächspartner geradewegs in die Augen schaute, strahlte er absolute Autorität aus.

Nach den üblichen Floskeln und Segenssprüchen gab Habbus Amram einen Wink, er solle sprechen, und hörte mit äußerster Konzentration zu. Amram brachte seine Argumente so knapp und präzise vor, daß der König ihre Logik einfach einsehen mußte. Aber er zögerte nicht, seine eigenen Argumente dagegen zu stellen.

»Man braucht zwei, um ein Bündnis zu schließen, mein gelehrter Freund. Zuhair wird für seine Teilnahme an diesem Feldzug einen hohen Preis fordern.«

»Seine aktive Unterstützung ist nicht notwendig. Wir brauchen lediglich eine Garantie, daß er uns nicht angreift, während wir gegen einen gemeinsamen Feind in den Kampf ziehen. Sind wir ihm nicht zu Hilfe geeilt, als er uns brauchte, um den Angriff der Sevillaner zurückzuschlagen? Wer sagt uns, daß er diese Unterstützung nicht noch einmal brauchen wird? Nur wenn wir zusammenhalten, können wir Sevilla in die Schranken verweisen.«

»Mich habt Ihr überzeugt«, erklärte Habbus mit militärischer Schroffheit. »Aber wer soll Zuhair überzeugen? Meine andalusischen Beamten hegen einen ewigen Haß gegen ihn, einen ehemaligen Sklaven, der ihr Heimatland regiert.«

»Ich empfinde dergleichen Feindseligkeit nicht«, antwortete Amram glattzüngig, griff nach der Gelegenheit, für seinen Herrscher Verhandlungen zu führen. »Und da der Kalif von Malaga zu schwach ist, um sich allein gegen Sevilla zu stellen, kann er auch nur gewinnen, wenn er sich mit uns zusammentut.«

Habbus zögerte nicht. Die Entscheidungsgewalt lag allein in seiner Hand. »So soll es sein, Abu Musa. Wenn Ihr dieses Bündnis mit unseren Nachbarn aushandeln und sicherstellen könnt, daß beide seine Bestimmungen getreulich einhalten …« Habbus hielt einen Augenblick inne, richtete den Blick fest auf Amram, klatschte sich dann mit beiden Händen auf die mächtigen Oberschenkel und erklärte mit der kräftigen Stimme des Soldaten: »Bei Allah! Dann mache ich Euch zum Wesir!«

Amram war wie vom Donner gerührt. Bei all seinem ungeheuren Ehrgeiz hätte er sich dergleichen nie erhofft. Nicht einmal sein Großvater, der große Da'ud, war so erhöht worden. Doch die Belohnung entsprach dem Risiko. Habbus hatte nicht gesagt, welches Schicksal ihn erwarten würde, wenn er versagte.

Doch Amram versagte nicht. Die Sache konnte gar nicht fehlschlagen. Keiner der kleinen, ungebildeten Kriegsherren, die sich die Überreste des todwunden Kalifates angeeignet hatten, war diesem wachen, gebildeten und ehrgeizigen jungen Mann gewachsen, der von seinem Großvater die Kunst geerbt hatte, wie man Gesprächspartner in seinem Sinne lenkte. Er wußte genau, wann er am besten schmeichelte und wann er besser drohte, wann er nachgeben mußte und wann er keinen Fingerbreit zurückweichen durfte, wie er seinen Zuhörern in leicht verständlichen Worten deutlich machte, welche tieferen Gründe es für Streitereien, Verrat und Intrigen gab. Sevilla gegen Granada, erklärte er unermüdlich, Westen gegen Osten, Einheit statt Teilung. Wie Habbus waren sie bald überzeugt. Nun riet Amram seinem Herrscher, sofort zuzuschlagen, solange das Bündnis hielt.

»Ihr werdet mich auf dem Feldzug begleiten«, befahl der König seinem Unterhändler, als er marschbereit war. »Eure Gegenwart wird meine Verbündeten daran hindern, mich zu verraten.«

So eilte Amram mit Riesenschritten auf die Macht zu, nach der es ihn verlangte. Während des Feldzugs erstaunte er Habbus nicht nur mit seinem detaillierten Wissen über das Gelände zwischen Granada und Sevilla – Wissen, das er sich in seinen frühen Jahren als reisender Händler erworben hatte –, sondern auch mit seinem tiefen Einblick in die militärische Taktik – er fand Hinterhalte, die er sich in den langen Stunden ausgedacht hatte, als er noch als Kind auf dem Boden des Landhauses seine Spielzeugsoldaten antreten ließ. Während der Schlacht war er ständig an der Seite des Herrschers, schlug eifrig Stellen vor, wo man dem Feind auflauern konnte, Marschrouten, auf denen man die feindlichen Truppen umzingeln konnte, Ablenkungsmanöver, mit denen man sie zu täuschen vermochte.

Das Ergebnis war ein triumphaler Sieg. Habbus führte seine Truppen ins Herz von Sevilla, gab ihnen freie Hand, nach Herzenslust zu plündern, zu rauben und alles in Schutt und Asche zu legen. Als letzten spektakulären Beweis ihrer Überlegenheit ließen sie die Vorstadt Triana in Flammen aufgehen, die glühend rot in den Nachthimmel loderten und den Guadalquivir in einen Höllenfluß verwandelten, als die brennenden Trümmer in die finsteren Wasser stürzten.

Nach Granada zurückgekehrt, hielt Habbus sein Versprechen. Mit allem nötigen Pomp verlieh er Abu Musa – Amram ben Hai ibn Yatom – den ruhmreichen Titel eines Wesirs. Seine Bewunderung für den jüdischen Berater stand ihm auf das ledrige, sonnenverbrannte Gesicht geschrieben, als er ihm den juwelengeschmückten Turban auf den Kopf setzte und den Brokatumhang mit der Goldborte, die Insignien seines hohen Ranges, um die Schultern legte.

Leonora war entzückt. Liebevoll streichelte sie den Turban, hielt das goldene Tuch zart an die Wange, bedeckte dann den Mann, der zu solchem Ruhm aufgestiegen war, mit unzähligen Küssen und liebte ihn leidenschaftlich bis zum frühen Morgen.

Doch bei dem großen Bankett, das im Palast zur Feier des Sieges gegeben wurde, überraschte Amram die in üppige Gewänder gekleidete versammelte Gesellschaft damit, daß er wieder in dem schlichten dunklen Gewand erschien, das er immer getragen hatte. Sobald Habbus ihn erblickte, kam er mit großen Schritten auf ihn zu.

»Warum tragt Ihr nicht den Umhang und den Turban, den ich Euch als Zeichen für Euren ehrenwerten Status und für meine persönliche Wertschätzung verliehen habe?« feuerte er seine Frage auf den jüdischen Wesir ab.

»Es ist eine alte Familientradition, o Schwert des Königtums«, erwiderte Amram bescheiden und um Entschuldigung heischend. »Mein erhabener Großvater Abu Da'ud ben Ya'kub ibn Yatom hat meine Familie zu einer gewissen Bescheidenheit im Auftreten verpflichtet, die wir über die Generationen hinweg treu bewahrt haben.«

»Sehr seltsam, aber für mich völlig unwichtig«, murmelte Habbus und tat die Erklärung mit einer Handbewegung ab.

»Ich befehle Euch, bei derlei offiziellen Anlässen und wann immer Ihr dazu berufen seid, mich zu vertreten, das vollständige Gewand Eures Amtes zu tragen.«

Amram warf sich zum Zeichen des Gehorsams vor seinem Herrscher zu Boden und verspürte eine leichte Unruhe im Herzen. Das Gefühl war ihm neu, aber als Habbus fortfuhr, seine Wertschätzung auch noch mit einer weiteren fürstlichen Geste auszudrücken, wuchs sein Unbehagen.

»Unter den Frauen meines Harems«, sagte der König, »ist eine Verwandte des Kalifen, der in Malaga regiert, ein süßes, liebes Mädchen, rührend in seiner Unschuld. Im Namen des Hauses der Hammudiden hat sie den Wunsch geäußert, Euch ein persönliches Zeichen ihrer Wertschätzung gewähren zu dürfen, als Dank für Euren ungeheuren Beitrag zu unserem gemeinsamen Sieg. Sie hat ihre Bitte so leidenschaftlich vorgetragen, daß ich ihr diesen Wunsch erfüllen mußte. Sie erwartet Euch nach dem Empfang. Die Eunuchen haben die Anweisung, Euch zu ihrem Gemach zu geleiten.«

Amrams ungutes Gefühl verwandelte sich in beinahe panische Angst. Solch große Ehre ... solche fürstlichen Gesten ... es war schwindelerregend, und Schwindelgefühle waren gefährlich. Je steiler der Aufstieg, desto plötzlicher konnte der Fall sein ... Das Wesen der Männer barg keine Geheimnisse mehr für ihn, aber über das Wesen der Kurtisanen wußte er nur sehr wenig. Und wenn solche Frauen noch mit Herrscherhäusern verwandt waren, so konnte derlei Unwissenheit gefährlich werden. Sein ständiger Kampf, sich einen Weg durch die wechselnden Bündnisse der rivalisierenden kleinen *Taifa*-Königreiche zu suchen, war ohnehin schon gefährlich genug, auch ohne die komplizierten Machenschaften von Frauen. Heute waren Granada und Malaga Verbündete. Aber morgen? Ein in der köstlichen Wärme und Intimität des Bettes in aller Unschuld gesprochenes Wort, das instinktive Verlangen, sich einer Frau anzuvertrauen, bei der man alle Hemmungen abgelegt und mit der man sich vereinigt hatte, das konnte ihn letztlich zu Fall bringen. Doch würde er den Stolz der Dame empfindlich verletzen, wenn er ihr Angebot verschmähte, würde sich ihren ewigen Zorn zuziehen, was schließlich genau auf das gleiche hinauslief. Wie sollte er durch die trügerischen Untiefen steuern, in die ihn die steigende Flut seines Erfolges geschwemmt hatte? fragte er sich, als er sich zum Dank für die königliche Gunst, die man ihm gewährt hatte, vor Habbus verneigte.

So schlicht auch die Gewölbekammer war, in der ihn Rasmia erwartete, sie hatte es geschafft, ihr eine Atmosphäre zu verleihen, die keinen Zweifel an ihren Absichten ließ. Aus einem schwelenden, matt bronzenen Weihrauchgefäß strömte Moschusduft, Unmengen frischer Blumen standen überall, um das Auge zu erfreuen und die Luft mit süßem Duft zu erfüllen. Durch das offene Fenster drangen die pochenden Rhythmen eines klagenden, mit sinnlicher Trägheit gespielten andalusischen Liebesliedes. Obwohl er sich diesem schönen Schein auf jeden Fall entziehen wollte, regte sich Amrams Blut, als sich Rasmia von ihrem Diwan erhob und mit einem Rascheln der Robe aus Seidenmusselin, in den ihre winzige Gestalt gehüllt war, mit ausgestreckten Armen auf ihn zukam.

»Endlich!« rief sie, und ihre großen goldenen Augen strahlten vor Bewunderung, als sie den Kopf hob und ihn ansah. »Man sagt, Ihr seid der klügste Stratege, der beste Dichter und der größte Geldeintreiber in ganz al-Andalus. Aber niemand spricht von der gewaltigen Kraft, die Ihr ausstrahlt, von der unerschrockenen Zielstrebigkeit, auf die Euer festes Kinn deutet, von dem wachen Blick, der unter Eurer klaren, breiten Stirn leuchtet. Eure Lippen sind vielleicht ein wenig schmal«, flüsterte sie, während sie mit dem

Finger darüber strich, »aber wenn sie erst einmal andere Lippen berührt haben, werden sie sich sicherlich entspannen.«

Galant nahm Amram die Hand, die so leicht und verführerisch über seinen Mund streichelte, küßte die Handfläche, umfaßte sie dann mit seinen beiden starken Händen. »Ich fühle mich von der Ehre, die Ihr mir erweist, außerordentlich geschmeichelt. Aber es ziemt sich nicht, daß eine Frau von Eurem hohen Stand ihre Gunst einem Mann meines bescheidenen Ranges schenkt.«

Rasmia begann silberhell zu lachen, und ihre kleine, wohlgerundete Gestalt, die ihm kaum bis zur Schulter reichte, streifte ihn verführerisch. »Laßt das nur meine Sorge sein.«

»Nein, geehrte Dame, ich, ein Mann mit Erfahrung, muß es beurteilen. Ihr gehört der königlichen Familie der Hammudiden an, einem Zweiggeschlecht der Omaijaden, dem der Titel, wenn auch nicht die Macht der Kalifen vererbt wurde. Aber sie bleibt eine muslimische Dynastie, ob sie sich nun entscheidet, diesen Glauben zu achten oder zu verachten. Ich bin nur ein einfacher Mann, kein Sprößling einer Dynastie, kein Prinz mit Ländereien, sondern ein Mitglied der jüdischen Glaubensgemeinschaft. Wenn Ihr es mit dem Lob, das Ihr auf mein Haupt häuft, ernst meint, so müßt Ihr Euch von dem einzigen Gut leiten lassen, das ich mein eigen nennen kann, von meiner Weisheit und meiner Menschenkenntnis. So wie Öl und Wasser sich nicht vermischen, so wäre eine intime Verbindung zwischen Euch und mir eine fatale *mésaillance*, dazu verdammt, uns beiden Unglück zu bringen. Ihr seid ein zu wunderbares Geschöpf, als daß ich es mir erlauben dürfte, Euch Schmerzen und Leid zuzufügen.«

»Aber meine Sehnsucht nach Euch, jetzt, da ich Euch zu Gesicht bekommen habe und habe reden hören, wird mir auch eine Quelle unendlichen Schmerzes sein.«

»Wenn Eure Gefühle aufrichtig sind, so werdet Ihr Trost

im Verzicht finden. Stellt Euch vor, wieviel größer Euer Leiden wäre, wenn Ihr mir durch die Befriedigung dieser Sehnsucht Schaden zugefügt hättet.«

»Ich werde Euch beschützen.«

»Wenn ich heute den Titel eines Wesirs trage, so nur deshalb, weil ich mich stets nur auf mich selbst verlassen habe, was meinen Schutz angeht.«

»Wie streng und unnachgiebig Ihr doch gegen mich – und Euch selbst – seid.«

»Es ist eine Einstellung, die sich bewährt hat. Wie sonst könnte ich heute bei Euch sein?«

Dieses Argument konnte Rasmia nicht entkräften. Still senkte sie den Kopf und wußte, daß sie geschlagen war – zumindest für den Augenblick.

»Es war ein seltenes Vergnügen, einige wenige Augenblicke in Eurer Gesellschaft zu verbringen«, sagte Amram, und ein kaum merklicher Hauch des Bedauerns blitzte in seinen Augen auf, als er auf ihre kleine, zarte Gestalt schaute. »Wäre ich nicht in das Haus Ibn Yatom geboren und Ihr nicht in das der Hammudiden, unser Schicksal hätte anders verlaufen können.«

Rasmia stiegen Tränen in die Augen, als sie ihm nachsah, Tränen der Enttäuschung, des Bedauerns, der Enttäuschung und des Selbstmitleids. Und doch, dachte sie, als sie traurig auf das schöne Gewand blickte, in das sie sich gehüllt hatte, und doch fühlte sie sich nicht in ihrem Stolz verletzt. Seine letzten Worte hatten etwas angedeutet, unter anderen Umständen hätte er sehr wohl auf ihre Liebe eingehen können. Mit der Zeit, vielleicht mit der Zeit …

Nachdenklich ritt Amram die Flanke des Albaicin hinab und über den Fluß in das schlummernde Judenviertel, vor den Augen das Bild von Rasmias kleiner, zarter Gestalt, die sich in seine Armbeuge schmiegte, die er streichelte und schützte wie ein verletzliches Kätzchen. Wie ungeheuer begehrenswert sie in ihrer kindlichen Art war, wie anders als seine zielstrebige, ehrgeizige Leonora, auf die er nun zuritt. Entschlossen vertrieb er das quälende Bild aus seinem Kopf und wandte seine Gedanken wieder der Freude zu, die er in den großen Augen seiner Frau würde aufleuchten sehen, wenn er die Säle der Mächtigen beschrieb, durch die er geschritten war, in getreuer Erfüllung des Versprechens, das er ihr gegeben hatte: ihr Ruhm und Herrlichkeit zu bringen. Zusammen würden sie über die Veränderungen reden, die seiner Erhebung in diesen hohen Stand folgen mußten. Man würde den Salon üppig mit goldenen und silbernen Gegenständen ausstatten, die Wände mit schimmernden Seidenteppichen behängen, damit er der erhabenen Besucher würdig wäre, die ihn nun mit ihrer Anwesenheit beehren würden. Der längst versprochene Balkon würde endlich gebaut werden. Und er würde seiner Frau kostbare Kleider kaufen, als Symbol ihres hohen Ranges. Als erster Jude, der in den Stand eines Wesirs erhoben wurde, mußte er trotz aller Familientradition diese Würde mit dem gebührenden Glanz und Pomp tragen. Wie glücklich würde Leonora darüber sein, wie verzückt würde sie in ihrer Leidenschaft sein, wenn sie sich liebten und sich ihr langer, schmaler Körper wollüstig um ihn schlang.

40

Ein Jahr war vergangen, und äußerst widerwillig verließ Amram Leonora, die inzwischen hochschwanger war. Er mußte an einer Versammlung der Würdenträger Granadas teilnehmen, die im Hause des Abu Ali stattfand. Viel lieber wollte er die kühlen, stillen Abende nur noch mit seiner Frau verbringen, sie dann, wenn sie müde war, zu Bett bringen, sich versichern, daß ihr Rücken gut abgestützt war, und die fruchtbare Wölbung ihres Leibes streicheln, ehe er sie zärtlich zur guten Nacht küßte.

Seit er in den Rang eines Wesirs erhoben war, hatte er viele solche Einladungen von den Berberprinzen und den andalusischen Beamten bekommen, die wie er eine gewisse Macht im wachsenden Königreich hatten. Zunächst war er ungeheuer stolz gewesen, daß ihm Gleichgestellte ihn akzeptierten, aber schon bald war der Reiz des Neuen verflogen. Obwohl sein Einfluß bei Hofe täglich wuchs und ihn seinen ehrgeizigen Zielen immer näher brachte, überfiel ihn doch, wenn er sich in diesen Kreisen bewegte, wieder das gleiche ungute Gefühl, das ihn beschlichen hatte, als Habbus ihm den Umhang des Wesirs um die Schultern legte. »Übe dich in Bescheidenheit, mein Sohn, übe dich in Bescheidenheit. Das ist der Preis für das Überleben.« Immer wieder erinnerte er sich an diese letzten Worte seines Vaters, immer wieder machten sie ihm deutlich, daß er mit der Tradition des Hauses Ibn Yatom gebrochen hatte. Zu Leonora sagte er davon kein Wort. Sie konnte ihm nicht helfen, denn es gab keinen Weg zurück. Als Wesir konnte er es sich nicht leisten, die Salons und Säulengänge der großen Häuser Granadas zu meiden, denn in deren Schatten wurden Intrigen geschmiedet, vertrauliche Gespräche belauscht. Auch das war ein Preis, den er zahlen mußte, um zu überleben.

Zu Leonoras Kummer – sie liebte es, ihn im vollen Ornat seines Amtes zu sehen – hatte er an diesem Abend nicht seinen golddurchwirkten Umhang umgelegt, denn es war kein offizieller Anlaß. Schlicht gekleidet bewegte er sich durch die glänzende Versammlung, hörte zu, stellte manchmal Fragen, ließ aber selten selbst etwas verlauten ... Hinter einem feinen, durchbrochenen Wandschirm zupften Musiker in scharlachroten und gelben Roben mit Adlerfedern an ihren fünfsaitigen Harfen, doch heute klang ihm die Musik mit ihren starren Rhythmen schrill im Ohr. Er war erleichtert, als sie endlich verstummte, mußte dann aber einem der Gäste lauschen, der ein mittelmäßiges Gedicht zum Lob und Preis des »Schwertes des Königtums« rezitierte. Als die Musiker erneut die Instrumente aufnahmen, spazierte Amram in den Garten hinaus, den die anderen Gäste verlassen hatten, sobald die Nacht kühl geworden war. Lustlos zerrieb er einen Zweig Jasminblüten zwischen den Handflächen und atmete den Duft tief ein. Das einzige Vergnügen für die Sinne am ganzen Abend, dachte er gerade übellaunig, als er Abu Alis vertraute Schritte hörte, die vom Haus her auf ihn zukamen.

»Ihr enthaltet uns heute abend Eure glänzende Gesellschaft vor«, bemerkte sein Gastgeber. »Bedrückt Euch etwas?«

»Eine zeitweilige Müdigkeit, mehr nicht. Meine Frau Leonora ist ihrer Zeit nahe, und ich sorge mich um sie.«

»Wie gut, daß Ihr trotzdem gekommen seid. Wie überaus wichtig, möchte ich sogar sagen.«

Amram verbarg das Gesicht in den zerdrückten Jasminblüten, während er darauf wartete, daß Abu Ali fortfuhr.

»Mein getreuer Freund, König Habbus hat gerade einen unerhörten Brief von Abu Dja'far Ahmad ibn Abbas, dem Wesir von Almeria, diesem eingebildeten jungen Emporkömmling, erhalten.«

»Ein großer Gelehrter und Literat«, bemerkte Amram und hob den Kopf.

»Darin stimme ich Euch gern zu, aber von einer maßlosen Selbstbezogenheit. Er mag mit seiner Abstammung von den Gefolgsleuten Mohammeds prahlen, aber das verleiht ihm noch lange nicht das Recht, diejenigen zu verachten, deren Mut auf dem Schlachtfeld ihnen die Oberhand über die Araber geschenkt hat, die sich als unfähig erwiesen haben, das eroberte Land in ihrer Gewalt zu halten. Es schmerzt ihn zutiefst, daß er einem ehemaligen Sklaven und Söldner dienen muß, und einem Eunuchen noch dazu. Und für uns

Barbaren, die er als wilde Krieger ohne jegliche Bildung, Kultur und verfeinerte Sitten sieht, hat er nichts als offene Verachtung übrig. All das mag einmal wahr gewesen sein, aber die Zeiten ändern sich, und schon bald werden unsere Paläste es mit dem Glanz und Prunk der Omaijaden aus vergangenen Zeiten aufnehmen können. Da er weiß, daß er uns die Macht nicht entreißen kann, sucht er nun andere Opfer, an denen er sein Mütchen kühlen kann.«

Amram, äußerlich gefaßt, bereitete sich innerlich auf das vor, was nun folgen mußte.

»Sein jüngster Schachzug besteht darin, daß er sich als Verfechter des Islam ausgibt. In diesem Sinne hat er an uns geschrieben und verlangt, daß Euch, mein Freund, der Titel eines Wesirs aberkannt wird, da es gegen die Gesetze des Islam verstoße, wenn ein Jude Macht über Moslems ausübt.«

»Wenn dies der Wunsch unseres Herrschers ist ...«, murmelte Amram, dem Hais Worte im Kopf widerhallten.

»Na, na«, lächelte Abu Ali und gab Amram einen freundschaftlichen Klaps auf die Schulter. »Könnt Ihr Euch vorstellen, daß sich die Berber von Granada einem solchen Pfau beugen? Wer ist denn Almeria zu Hilfe geeilt, als die Abbadiden aus Sevilla angriffen? Und wer hat den Gegenangriff gegen die geführt, die ebenso unsere Feinde wie die Almerias sind? Ihr habt unserem König mit unverrückbarer Treue und ungewöhnlich brillantem Geschick gedient. Warum sollte er Granada Eurer Dienste berauben? Euch zu entlassen würde ihm einen größeren Schaden zufügen als Euch.«

Mit einer bescheidenen Verbeugung nahm Amram diese schöne Lobrede entgegen und erkundete vorsichtig das Terrain. »Wie, meint Ihr, wird Abu Dja'far auf Habbus' Weigerung reagieren?«

»Wenn Zuhair selbst sich stark genug fühlt, dann könnte sein Wesir ihn leicht überreden, sie als einen Vorwand für einen Angriff zu nehmen, in der Hoffnung, sein Reich auf Kosten des unseren zu vergrößern.«

»Almeria ist eine Macht, mit der man rechnen muß. Wie würde sich Eurer Meinung nach Malaga in einem solchen Falle verhalten?«

»Ihr wißt, wie milde und friedliebend der Kalif ist. Er würde zögern, sich einzumischen.«

»Aber vielleicht könnte man ihn überreden, Euch seine Söldner zur Verfügung zu stellen?«

»Die sind ebenfalls Berber und würden wahrscheinlich nur zu gerne die Gelegenheit ergreifen, Abu Dja'far einen Dämpfer zu geben. Und da Ihr eine diskrete, aber einflußreiche Verbündete im Hause der Hammudiden habt«, fügte Abu Ali mit einem wissenden Lächeln hinzu, »sollte es nicht schwierig sein, ihn zu überreden.«

Sofort war Amram hellwach. Nichts konnte trügerischer sein als ein solches unerbetenes Bündnis. Dafür würde er vielleicht eines Tages teuer bezahlen müssen, zu teuer. Doch dieses Angebot auszuschlagen, das könnte über Sieg oder Niederlage für den König entscheiden, der wiederum sein zerbrechliches Schicksal in der Hand hielt ...

»Bereitet unsere Truppen deutlich sichtbar auf einen Kampf vor«, fuhr Abu Ali fort. »Wenn diese Drohung nicht ausreicht, um die Almerianer abzuschrecken, dann kämpfen wir für die Ehre der Berber und der Juden.«

Als Abu Ali sich wieder zu seinen anderen Gästen gesellte, ging Amram leise fort, überließ seine Kollegen ihrem Wein und ihren Sinnenfreuden. Er galoppierte rasch nach Hause, als könnte die Geschwindigkeit seine widerstrebenden Gefühle besänftigen: Wut und Zorn über Abu Dja'fars Arroganz, ungeheure Erleichterung über Habbus' Entschlossenheit, sich dessen unverschämten Forderungen zu widersetzen, wenn er sich auch keinerlei Illusionen über dessen Motive machte. Eindeutig lagen Stolz und reines

Selbstinteresse dem Handeln des Königs zugrunde, keineswegs der glühende Wunsch, die Ehre seines jüdischen Wesirs zu verteidigen. Doch all diese Überlegungen wurden von der Sorge überschattet, wie er als Jude sich wohl in Zukunft in dem Morast von al-Andalus behaupten könnte. Wenn Habbus einmal nicht mehr war, würden seine Nachfolger mit ihm auch so freundlich umspringen? fragte er sich, als er zu Leonora hineinschaute. Welche Zukunft konnte er dem Kind bieten, von dem sie schon bald entbunden werden sollte?

Als Amram am nächsten Morgen den Albaicin hinaufritt, war er so in seine Pläne für den Feldzug gegen Abu Dja'far vertieft, daß er kein Auge für die Veränderungen hatte, die an den Berghängen vonstatten gingen. Umsichtige Männer, die es in die blühende Berberstadt gezogen hatte und die mit ihr zu Wohlstand gekommen waren, bauten sich im Schatten der uralten Festung herrliche Villen. Und der König, dem klar wurde, daß der verfallene Palast der Omaijaden, mit dem sein Onkel sich zwar noch zufriedengegeben hatte, nun nicht mehr mit seinem neu gewonnenen Ansehen vereinbar war, war schon bald ihrem Beispiel gefolgt. Aus Nordafrika hatte er Steinmetze herbeigerufen, aus Damaskus Handwerksmeister, die aus schlichtem Gips spitzenfeine Gitterwerke zu zaubern vermochten, aus Byzanz die erlesensten Mosaikkünstler, die den Fassaden des herrlichen Baus, der ihm vorschwebte, Glanz und Leben verleihen sollten. Obwohl es Amrams Hauptaufgabe war, die Gelder für dieses ruhmreiche Unterfangen aufzutreiben, zog man ihn als kultivierten Mann auch immer wieder zu Rate, wollte seine Meinung über die Bearbeitung eines Marmorblocks, über die höchst eleganten Proportionen einer Säule erfahren oder einfach nur bewundernde Worte über das komplizierte Gitterwerk eines Stuckpaneels hören, in dem Lotosblumen und Palmetten, dreiblättrige Blüten und Pinienzapfen kunstreich miteinander verschlungen waren. Als Amram sich einen Weg durch die aufgehäuften Baumaterialien und die Handwerker bahnte, die sich überall an der Bergflanke zu schaffen machten, betete er, es mögen nicht wieder derlei triviale Dinge sein, mit denen man ihn heute morgen belästigte.

Diese Hoffnung wurde enttäuscht. Als er sein Gemach im verfallenen alten Palast betrat, wartete dort schon ein Eunuch auf ihn. Man teilte ihm mit, das »Schwert des Königtums« wünsche, seinen Rat über den Entwurf für ein Mosaik zu hören, das den Haupteingang zum neuen Palast zieren sollte. Zutiefst verärgert folgte Amram dem Eunuchen zur Baustelle. Habbus war bereits ins Gespräch mit den Griechen vertieft, die er nach Damaskus geschickt hatte, um dort die Flüsse und Brücken, die Bäume und Paläste zu studieren, die auf den herrlichen Mosaiken in der großartigen Moschee dieser Stadt abgebildet waren. Über einen improvisierten Tisch gebeugt, lauschte er aufmerksam ihren Erklärungen. Sobald sich Amram dazugesellte, unterbrach er die Künstler mitten im Satz. Ein Blick genügte, und der Eunuch, der Amram begleitet hatte, scheuchte die Griechen wieder an die Arbeit, gab ihnen kaum Zeit, ihre Zeichnungen zusammenzurollen und ihre bunten Steinchen einzusammeln. Während sie davoneilten, führte Habbus Amram von der Baustelle weg, ging mit ihm ein Stück den Berghang hinunter auf einen kleinen Zypressenhain zu, wo er manchmal die Abgeschiedenheit suchte und über die Staatsgeschäfte nachdachte.

»Ihr habt zweifellos von der unerhörten Forderung des Abu Dja'far gehört«, begann er, als sie sich dem Wäldchen näherten.

»Abu Ali hat mir davon erzählt.«

»Da Ihr der Vorwand dafür zu sein scheint, bin ich ganz sicher, daß Ihr Euch nach besten Kräften bemühen werdet, damit wir sicher sein können, siegreich aus dieser Konfrontation hervorzugehen.«

»Wie immer, o Schwert des Königtums, ist Euer Vertrauen gerechtfertigt. Aber um unseren Sieg garantieren zu können, wären wir meiner Meinung nach gut beraten, wenn wir die Söldner Malagas in unsere Reihen aufnähmen.«

»Ich habe diese Möglichkeit bereits in Betracht gezogen, doch ich möchte die Verhandlungen Euch überlassen. Wie Ihr wißt, habt Ihr im Herrscherhaus von Malaga eine getreue Verbündete, die Euch behilflich sein wird.«

Wieder die gleiche Anspielung ... Inzwischen waren sie im Hain angelangt. Dort saß auf einer Steinbank, in Wolken aus Seide gehüllt, eine winzige Gestalt: Rasmia.

Darauf war Amram überhaupt nicht vorbereitet. Überrascht und verwirrt wandte er sich, eine Erklärung heischend, an Habbus, doch der König hatte sich bereits wortlos umgewandt und ging mit großen Schritten wieder auf den Palast zu. Dies war einer der seltenen Augenblicke in Amrams Leben, in denen er völlig unschlüssig war, wie er sich verhalten sollte. Diese Situation hatte er nicht voraussehen können. Sie war so ungewöhnlich, daß Rasmia allen guten Sitten trotzte und als erste das Schweigen brach.

»Als Ihr das letzte Mal mit mir zu sprechen geruhtet«, sagte sie und zog die seidenen Tücher fort, die ihr kindliches Erröten verborgen hatten, »versprach ich, daß ich wegen meiner Zuneigung zu Euch stets alle mir zur Verfügung stehenden Mittel zu Eurem Schutz einsetzen würde. Nun hat sich unerwartet eine Möglichkeit dazu ergeben, und ich habe Wort gehalten. Auf mein Beharren hat sich meine Familie in Malaga bereit erklärt, die Truppen Granadas im Kampf gegen Abu Dja'far zu unterstützen.«

Amram war schreckensbleich. Welchen Preis würde sie für ein derart unerbetenes – wenn auch bitter notwendiges – Einschreiten fordern?

Rasmia war bestürzt über seine kühle Reaktion, verfolgte ihr Ziel aber unbeirrt weiter. »Nun? Wollt Ihr mir nicht danken?«

»Auf … auf … welche Weise?« stammelte Amram, völlig verwirrt, weil einmal die Initiative nicht mehr in seiner Hand lag, sondern in den Händen dieses unschuldigen, aber eigensinnigen Kindes.

»Wie Ihr es für richtig erachtet.«

»Vielleicht habe ich mich nicht deutlich ausgedrückt«, entschuldigte sich Amram in onkelhaftem, ja väterlichem Ton, während er um Fassung rang. »Was erwartet Malaga im Gegenzug für seine Unterstützung?«

»Auf mein Verlangen hin nichts.«

»Und Ihr?«

»Auch nichts. Eine Liebe wie die meine kann man nicht durch Feilschen gewinnen. Im Augenblick ist es mir genug, daß Ihr unversehrt und im Triumph des Sieges aus diesem unerhörten Angriff auf Eure Ehre hervorgeht. Wenn eine Frau liebt, so schenkt sie ohne Einschränkungen. Ich glaube jedoch nicht, daß ein Mann Eurer Umsichtigkeit einer so seltenen Liebe gegenüber auf immer gleichgültig bleiben kann oder ihren unschätzbaren Wert nicht erkennt. Eure Wertschätzung dieser Liebe soll mein Lohn sein.«

Wertschätzung? Oder Erwiderung? Wenn er sie nun wertschätzte, überlegte Amram, während er ihr kleines Gesicht mit beiden Händen sanft umfaßte, das sie in flehentlicher Erwartung eines Kusses zu ihm erhoben hatte. Aber er liebkoste es nur zärtlich. Seltsam gerührt von ihrer kindlichen Unschuld, dankte er ihr, machte dann abrupt kehrt und eilte, flüchtete beinahe den Hang zum Palast hinauf. Traurig folgte sie ihm mit den Blicken, bis er zwischen den Baugerüsten verschwunden war.

Blind vor Wut über die Verachtung, mit der der Herrscher von Granada seiner Forderung begegnet war, rief Abu Dja'far seine Truppen mit erstaunlicher Eile zusammen und schickte sie im wilden Galopp auf die Paßstraße zu, die über die Berge der Sierra Nevada in die Ebene von Granada führte. Als die Almerianer jedoch die Brücke über den reißenden Bergbach erreichten, den sie zuvor überqueren mußten, fanden sie nur noch ein paar zerborstene Bretter vor, die aus dem schäumenden Wasser ragten. Amram war schon vor ihnen dort gewesen. Abu Dja'far verfluchte den Juden mit einer Flut von Schimpfworten und jagte dann seine erschöpften Truppen den schmalen steinigen Ziegenpfad hinauf, der hoch über dem Bach in die Bergflanke eingegraben war. Sobald der größte Teil seiner Leute hintereinander auf dem Pfad aufgereiht war, ertönte schrilles Schlachtgeschrei, hallte rings um den schmalen Pfad furchterregend laut wider, als käme es vom Himmel selbst. Auf ein Zeichen Amrams stürzten sich Schwärme von Berbern mit gezücktem Schwert von oben den Hang herab auf die Almerianer und warfen sie von ihrem schmalen Weg in die tosenden Wasser. Ihre Schreie vermengten sich mit denen der Angreifer, wenn ihre Körper auf die dicht unter der Wasseroberfläche verborgenen Felsen prallten. Es war ein schreckliches Gemetzel. Neue Truppen, von Habbus angeführt, verstärkten nun den Vorteil Granadas, bis Abu Dja'fars Niederlage vollkommen war. All sein Flehen, all seine Angebote hoher Summen von Lösegeldern konnten ihn nicht vor dem Zorn des Siegers schützen. Habbus selbst, das »Schwert des Königtums«, durchbohrte ihn.

»Seit Ihr an meinen Hof gekommen seid, hat mich das Glück stets aus vollen Händen beschenkt«, erklärte Habbus und klatschte sich schallend auf den Oberschenkel, als er Amram nach der Rückkehr aus der Schlacht zu sich gerufen hatte. »Dank Abu Dja'fars Unverfrorenheit haben wir unverhofften Gewinn gemacht, nicht zuletzt jenen wichtigen Zugang zum Meer südlich der Sierra Nevada unweit Almunecar. Es war ein Triumph für Granada, aber auch für das jüdische Volk.«

»Ich, o Schwert des Königtums, sehe es als einen Sieg der Toleranz über den Fanatismus, der Offenheit über die Scheinheiligkeit.«

»Ja, natürlich, Ihr formuliert es soviel eleganter als ich, ein ungebildeter Mann des Schwertes.«

»Das hat hier keine Bedeutung. Wichtig ist, daß wir einander verstehen, trotz aller Unterschiede.«

»Ich bedaure, daß Rasmia nicht hier ist und unseren Triumph mit uns teilen kann. Sie wurde nach Malaga gerufen, um dort den Tod eines Vetters zu beweinen, den sie sehr liebte und der darauf bestanden hatte, sich an Eurem Hinterhalt zu beteiligen. Als er sich auf einen Anführer der Almerianer stürzte, verlor er das Gleichgewicht und fiel zusammen mit seinem Gegner in den Tod.«

»Sie muß zutiefst betrübt sein«, erwiderte Amram, unbeschreiblich erleichtert, daß man ihn nicht aufforderte, ihr die Belohnung zu gewähren – noch nicht …

Nachdem die Schlacht gegen Almeria vorüber war, alterte König Habbus zusehends. Er war der Staatsgeschäfte müde, übertrug seinem jüdischen Wesir nun immer mehr Verantwortung, nicht nur für die Verhandlungen über Bündnisse mit anderen Berberreichen, sondern auch in der Führung anderer Feldzüge gegen Sevilla und die kleinen Fürstentümer, die es unterstützten. Dies war jedoch nicht Amrams einzige Sorge. In den eleganten Säulenhallen und blumenduftenden Gärten der großen Häuser der Stadt wurden bereits Intrigen gesponnen, die verschiedene Rivalen um die Nachfolge König Habbus' unterstützten. Wohin er auch blickte, im Königreich oder außerhalb, er sah nichts als Verrat und Betrug; in der blinden Jagd nach dem eigenen Vorteil waren alle Grenzen zwischen Wahrheit und Lüge, Treue und Verrat gefallen.

Bei seiner Rückkehr von einer blutigen Schlacht, die er mit den Verbündeten des Tages – vielleicht den Feinden des nächsten? – geschlagen hatte, fand er ein wenig Trost in der vertrauensvollen Unschuld seines erstgeborenen Sohnes Musa, der auf ihn zugerannt kam, um von den starken Armen seines Vaters emporgehoben zu werden. Das Streicheln seiner sanften Patschhände im Nacken, seine Freude über die Rückkehr des Vaters, all das konnte einen Augenblick lang die Sorgen aus seinen Gedanken verbannen. Amrams andere Quelle des Trostes waren die Gedichte, die er verfaßte, Zeilen, in die er all die Bitterkeit fließen ließ, die an ihm nagte.

Soll ich für immer, einem Beduinen gleich, im Zelte leben?
All meine Tage hinter dieser Zeltbahn nun verbringen?
Zeit und Wildnis haben mich die Freunde längst vergessen lassen.

Nachdem er Zeuge geworden war, wie in einer Schlacht am Genil unzählige tapfere Männer niedergemetzelt wurden, wie der Kopf des Sohnes seines Erzfeindes, des Kadi Abbad von Sevilla, mit einem einzigen Hieb abgetrennt und im Triumph nach Granada getragen wurde, schrieb er:

Am Anfang gleicht der Krieg der schönen Jungfer, mit der zu kosen alle Männer Sehnsucht hegen,
Doch stellt er sich heraus als eine garst'ge Metze, deren Freier alle unter Schmerzen weinen.

Als er eines Abends die Feder niederlegte, nahm Amram noch einmal den Brief in die Hand, der ihn bei der Rückkehr von einem Gefecht an der Grenze erwartete hatte:

Mein geliebter Bruder,

mit großem Stolz und tiefem Ehrgefühl grüße ich Dich, zunächst als Dein Bruder, aber auch in hohem Maße im Namen unserer jüdischen Glaubensbrüder auf dem Boden von al-Andalus. Deine Serie militärischer Triumphe, Deine hohe Stellung als Wesir am Hofe von Granada, all das schenkt uns Juden ein neues Gefühl der Würde und stärkt uns in dem uneingeschränkten Vertrauen, daß wir, sollte unser Volk wieder einmal von schweren Nöten heimgesucht werden, in Dir einen mächtigen Fürsprecher unserer Sache finden werden. Ach, stünden doch Deine Begabung als Heerführer und Dein Geschick bei Verhandlungen, wie es seinesgleichen seit den Tagen unseres verehrten Großvaters Da'ud nicht gegeben hat, im Dienste eines Landes, das wir unser eigen nennen können, eines Königreiches wie Chasarien, das auf unseren Ahnen Da'ud eine solche Faszination ausübte. Müssen wir ewig auf die Ankunft des Messias warten, ehe dieser Traum Wirklichkeit wird? Ist die Zeit noch nicht gekommen, daß wir unser Schicksal in die eigene Hand nehmen?

Das Leben hier im Landhaus geht seinen ruhigen Gang. Ralambos Pflanzen haben ihre Kraft bewiesen, die gleiche unzerstörbare Vitalität, die meiner Meinung nach auch die Quelle ihrer heilenden Wirkung ist. Sie gedeihen wieder, aber wie Du weißt, muß ich meine Beobachtungen über die therapeutischen Eigenschaften des Extraktes beinahe ganz von Anfang an neu beginnen. Es ist eine mühevolle Aufgabe, die mich manchmal völlig entmutigt, um so mehr, als mir das Talent zur unfehlbaren Diagnose fehlt, mit dem unser Vater gesegnet war.

Wie Du in deinem letzten kurzen Brief geschrieben hast, ist es wirklich höchste Zeit, daß ich mir eine Frau suche, aber weißt Du, lieber Bruder, nur sehr wenige Frauen wären bereit, hier draußen im Schatten der Aloepflanzen inmitten ihrer stacheligen Klauenblätter zu leben, während ihr Zuhause täglich von einem nicht abreißenden Strom von Jammergestalten heimgesucht wird, die sich Linderung ihrer Leiden erhoffen. Unsere Mutter war darin einmalig. Die Bildung, die ihr Menahem vermittelte, schenkte ihr die Fähigkeit, sich unabhängig von ihrer Umgebung eine reiche innere Welt zu schaffen, sich von jenen eitlen Dingen zu befreien, die wir Gesellschaft nennen. Aber ich gebe die Hoffnung nicht auf und tröste mich inzwischen mit dem Wissen, daß die Zukunft des Hauses Ibn Yatom durch Dich und Leonora in so würdiger Weise gesichert ist, wie ich es für mich nie zu erhoffen wagen würde.

Möge der Schild Israels Dich bei all Deinen Unternehmungen beschützen, und mögt Ihr, Du und die Deinen, noch viele Jahre mit Gesundheit und Stärke gesegnet sein.

Dein Dich liebender Bruder
Natan

Amram ließ den Brief aus der Hand gleiten und schloß müde die Augen. Wie er sich nach dem Frieden und der Ruhe des Lebens zurücksehnte, das er in seiner Kindheit im Landhaus gekannt hatte, nach einem Leben, das nicht dem Streben nach Macht gewidmet war, sondern der Suche nach Wissen. Hatte er sich in seiner Entscheidung geirrt? Über diese Frage grübelte er oft in Augenblicken der Niedergeschlagenheit nach, wenn er auch die Antwort nur zu gut kannte. Richtig oder falsch, dies war das Leben, für das er geschaffen war, und er mußte seinem Weg folgen, wo immer er ihn hinführte. Seltsam, dachte er nun, und wandte sich wieder Natans Brief zu, seltsam, daß sein Bruder Gedanken ausgedrückt hatte, die seit einiger Zeit Leonora und bei seinen häufigen Besuchen auch ihr Vater angesprochen hatten. Wenn er zu den oberflächlichen Schlußfolgerungen, die sie aus dem äußeren Anschein seines Lebens gezogen hatten, noch seine eigenen intimen Kenntnisse der militärischen und politischen Wirklichkeit seiner Zeit hinzufügte, mußte er notgedrungen ihrer Meinung sein.

Solange Habbus in Granada regierte, war seine Stellung gesichert, seine Treue unerschütterlich. Sobald der König aber starb – und dieser Tag war nicht mehr fern –, würde Chaos entstehen, denn alle Söhne und Neffen würden sich auf Leben und Tod in den Kampf um seine Nachfolge stürzen. In jenen unruhigen Gewässern müßte er dann aufs neue seinen Weg finden, und all das nur um das Recht, wieder einem anderen Prinzen dienen zu dürfen. Heute stand er auf dem Gipfel seiner Macht, einer Macht, die er tapfer erkämpft und behauptet hatte. Wenn Habbus nicht mehr war, würden ihm an jeder Wegbiegung Feinde auflauern und die nächste Gelegenheit abwarten, um ihn zu Fall zu bringen. Welchen Thronanwärter er auch unterstützte, jedes gegnerische Lager würde mit aller Macht versuchen, ihm zu schaden. Vielleicht hatten Natan und Leonora und ihr Vater Joseph recht, wenn sie ihn drängten, seine Talente im eigenen Interesse zu nutzen, im Interesse seines eigenen Volkes und nicht im Dienste kleiner Prinzen, für die er kaum mehr als ein nützliches Werkzeug war.

Jedesmal, wenn er aus den Schlachten und von den Gefechten heimkehrte, von den Städten, die er belagert oder gegen Belagerer verteidigt hatte, von den Hinterhalten, denen er mit knapper Not entronnen war, dann sah er, wie Leonoras Gesicht von Angst zerfurcht war. Wenn sie in der köstlichen Ruhe nach leidenschaftlicher Vereinigung beieinanderlagen, flehte sie ihn an, seinen Ehrgeiz dem zuzuwenden, was in ihren Augen die natürliche Schlußfolgerung war.

»Warum solltest du den Rest deiner Tage damit verbringen, für immer andere Kriegsherren zu kämpfen und Ränke zu schmieden? Was du so erfolgreich für sie errungen hast, könntest du doch auch für dich selbst erringen. Wenn jeder jämmerliche Kriegsherr, Berber, ehemalige Sklave oder Eunuch, von denen keiner auch nur einen Bruchteil deiner Fähigkeiten besitzt, sich selbst als unabhängigen Herrscher einsetzen kann, warum dann nicht du? Vater würde dir nur zu gern sein ganzes Vermögen zur Verfügung stellen und damit ein Heer aus Söldnern finanzieren, das einzige, was dir noch fehlt, um einen Teil des Landes an dich zu reißen, das du so gut kennst. Und wenn du dein Königreich gewonnen hast, dann werden die Juden aus allen Ecken von al-Andalus in hellen Scharen herbeiströmen. Handel und Gewerbe werden blühen, die Kultur wird gedeihen, und unser Hof wird in seinem Glanz dem von Córdoba zu seinen besten Zeiten in nichts nachstehen.«

Es war eine verlockende Vision, und sie deckte sich mit den ehrgeizigen Plänen seiner Jugend. Aber auf wen konnte er sich verlassen, um sie in die Wirklichkeit umzusetzen, in dieser Zeit, in der das Wort Treue jegliche Bedeutung verloren hatte und Eigeninteresse das einzige Motiv für die Handlungen der Menschen war? Eigeninteresse, grübelte er. Einem möglichen Verbündeten mehr bieten, als er, Amram, im Gegenzug bekommen würde. Eines nach dem anderen ging er die Fürstentümer durch, mit denen er irgendwann einmal Bündnisse abgeschlossen hatte: Carmona, Almeria, Malaga. Von allen hatte sich allein Malaga, dessen Herrscher aus dem Hause der Hammudiden nur dem Namen nach Kalif war, als halbwegs verläßlicher Verbündeter erwiesen, wenn auch eher aus Schwäche denn aus Treue. Ein Kalif ohne Kalifat … ein Kalif, der ein Kalifat brauchte … ein Kalifat im Austausch gegen …

Allmählich reifte in seinen Gedanken ein Plan heran und nahm Stück für Stück konkrete Formen an.

41

Wie alle Wesire des Reiches rief man Amram allein an Habbus' Sterbebett, das nur von seinen getreuen Eunuchengarden bewacht wurde. Das Herz zog sich ihm zusammen, als er die ehemals kraftvolle Gestalt des unerschrockenen Berberkriegers erblickte. Er war so in sich zusammengesunken, daß man seine Umrisse kaum noch unter den Felldecken ausmachen konnte, die man in vergeblichem Bemühen als Schutz gegen die Kälte des Todes über ihn gebreitet hatte. Es hatte in den vergangenen Wochen Augenblicke gegeben, da Amram erwogen hatte, Natan zu rufen, damit er den Herrscher vielleicht mit Ralambos Extrakt behandelte. Als er jedoch die möglichen Folgen bedachte, hatte er sich dagegen entschieden. Wenn Habbus sich erholen sollte, würden alle Rivalen um den Thron, die das Ableben des Königs ungeduldig erwarteten, sich gegen ihn, Amram, verschwören. Wenn er starb, dann würde, wer auch immer in dem Kampf um die Vorherrschaft gewann, Amram beschuldigen, ihn ermordet zu haben. Also mischte er sich nicht ein und ließ der Natur ihren Lauf.

Habbus schlug die Augen auf, als er hörte, wie Amram die üblichen Wünsche für eine baldige Genesung aussprach.

»Wie gut es ist, meine letzten Augenblicke mit dem einzigen Mann in meinem Königreich zu verbringen, dem ich je vollständig vertraut habe«, murmelte er schwach. »Sie glauben, ich sei zu krank, um ihre Scheinheiligkeit zu durchschauen, auch die meiner eigenen Söhne, wenn sie kommen und Allah bitten, mich wieder genesen zu lassen. Hinter ihrem maskenhaften Lächeln schmieden sie Ränke und spinnen Intrigen, bestechen und machen Versprechungen, um ihren Rivalen mein Königreich zu entreißen. Wie müßig mir das alles jetzt erscheint. Eitelkeit der Eitelkeiten, wie Euer Prediger es so weise gesagt hat.«

»Alles ist eitel«, flüsterte Amram als Antwort.

Habbus schloß eine Weile die Augen und sammelte dann seine Kräfte, um weiterzusprechen.

»Unter den dreien, die vor meinem Gemach auf und ab gehen und darauf warten, daß ich endlich meinen letzten Atemzug tue, ist mein Sohn Badis am besten geeignet, den Thron zu erben. Er ist stark und aufrecht, verläßt sich nur auf sich selbst und besitzt genug Autorität, um die Kriegsherrn und Wesire in Schach zu halten. Boluggin ist ein jämmerlicher Schwächling, und mein Neffe Yaddair mag gelehrt sein, aber er ist so vom Ehrgeiz zerfressen, daß er Granada in Abenteuer verwickeln könnte, die vielleicht seine Kräfte übersteigen. Ich hoffe, daß die Prinzen meines Reiches und Ihr selbst, mein getreuer Freund, meinen letzten Willen erfüllen und dem von mir bestimmten Nachfolger Treue schwören werden. Aber dann seid auf der Hut! Yaddair wird sich zur tödlichen Gefahr entwickeln. Er wird vor nichts zurückschrecken, um sich zu rächen und das Königreich zu Fall zu bringen.«

»Nicht einmal davor, Granada an Sevilla zu verraten?«

»Nicht einmal davor. Aber diese Probleme kann ich nun nicht mehr lösen«, seufzte Habbus, bedeutete seinem Eunuchen mit einer Handbewegung, er solle ihm die Lippen befeuchten, damit er fortfahren könne. »Ich bitte Euch nur um eines: Kümmert Euch nach meinem Tod um Rasmia. Sie liebt Euch mit einer so starken Leidenschaft, daß ich ihr nichts entgegensetzen, viel weniger noch sie unterdrücken konnte. Sie ist ein vertrauensvolles, aufrichtiges Geschöpf. Es wäre unfreundlich, ihre Gefühle zu verletzen, und unklug, ihren Stolz zu verwunden. Sie erwartet Euch jetzt in dem Wäldchen, wo Ihr sie schon einmal getroffen habt. Ehe Ihr zu ihr geht, rezitiert mir jedoch noch einmal das Gedicht, das Ihr am Vorabend der Schlacht gegen Abu Dja'far geschrieben habt.«

»Es gehört nicht zu meinen besten Werken.«

»Das macht nichts. Aber es ist den Umständen angemessen. Sprecht, mein Freund, sprecht«, flüsterte Habbus, faltete die Hände auf der Brust und schloß die trübe gewordenen Augen, während er sich zum Hören bereit machte.

Einst befahl ich meinen Truppen, ihr Quartier an einem Ort zu nehmen,
Wo in alten Zeiten Feinde eine Stadt dem Boden gleichgemacht.
Wir schlugen unsre Zelte auf und schliefen an der Stelle,
Wo unter uns die früh'ren Herren dieser Stadt geschlafen.
Da dacht' ich bei mir: Wo sind heut' die Menschen,
Die einst vor langer Zeit hier lebten?
Wo sind die Männer, die sie aufgebaut,
Und wo die Feinde, die sie dann zerstörten?
Wo reich, wo arm, wo Sklaven und wo Herren?
Die, welche Kinder zeugten und verloren, und Söhne,
Väter, Trauernde und Ehemänner, wo sind sie?
In langer Folge hier geboren über viele Generationen,
Als aus Tagen Monate und viele hundert Jahre wurden,
So lebten sie dereinst auf dieser Erde,
Und liegen heute hier in ihrem Schoß.
Sie haben ihre Häuser mit dem Grab vertauscht,
Sie sind von schönen Villen umgezogen in die rauhe Erde.
Doch sollten sie den Kopf erheben und das Grab verlassen,
Wie spielend leicht besiegten sie dann uns're Truppen!

Vergiß es nie, o Seele, bald schon kommt der Tag,
An dem auch ich zu ihnen mich geselle und ihr Schicksal teile.

Der stete Rhythmus der Zeilen ließ Habbus in einen friedlichen Dämmerschlaf sinken, und nachdem die letzten Worte in der Stille des Gemachs verklungen waren, ging

Amram auf Zehenspitzen aus dem Zimmer. Er spürte, wie eine Trauer, die er nicht erwartet hatte, in ihm aufstieg und ihn zu ersticken drohte.

Wie benommen trat er in die Marmorflure des großartigen neuen Palastes. Doch als er bemerkte, wie Gruppen von intrigierenden Würdenträgern verstummten und sich zerstreuten, sobald er sich näherte, wurde ihm klar, daß es dringlichere Dinge gab als seinen Schmerz. Jetzt, da Granada sich kopfüber in den Kampf um die Nachfolge des Habbus stürzen würde, war die Zeit gekommen, den Plan umzusetzen, den er so fein erdacht hatte. Alle Elemente waren nun vorhanden, er war bereit zur Tat. Er bedachte sorgfältig die Schritte, die es unverzüglich auszuführen galt, war also wenig geneigt, auf die liebevollen Gesten einer Frau einzugehen, als er in das abgelegene Wäldchen schritt. Beim Anblick von Rasmia, die zerbrechlich und verloren auf der Bank saß, konnte er aber Habbus' letzten Wunsch nicht vergessen, weniger noch seine Warnung: es sei unfreundlich, ihre Gefühle zu verletzen, und unklug, ihren Stolz zu verwunden ... Also nahm er die Hände, die sie ihm zum Willkommen entgegenstreckte, in die seinen und küßte ihr mit einer rührenden Mischung aus Galanterie und verführerischem Zauber die Handflächen.

»Ich wußte, daß Ihr kommen würdet. Ich wußte, daß mein Vertrauen in Euch gerechtfertigt war«, sagte sie mit bebender Stimme. »Mein Onkel hat mir Euren Plan unterbreitet, und ich habe ihm und anderen Mitgliedern meiner Familie, die noch zögern und in deren Macht es läge, Eure Pläne zu durchkreuzen, zu verstehen gegeben, daß sie Euch volles Vertrauen schenken können. Aber nun müßt Ihr mich vor den Risiken beschützen. Bleibe ich in Granada, so ist mein Leben in Gefahr, ob Ihr nun gewinnt oder verliert. In jedem Falle wird man mich verdächtigen, und Eure Feinde werden versuchen, mich zu töten. Auch in Malaga bin ich nicht mehr sicher, sollten sich die Dinge gegen Euch entwickeln.«

Bei all seiner weisen Voraussicht, bei all seinen klugen Plänen hätte Amram diese Entwicklung nicht vorausahnen können. Was war bloß in den Kalifen von Malaga gefahren, daß er dieses Kind in ihren gemeinsamen Plan eingeweiht hatte? Zweifellos das Bedürfnis des Schwächlings, der stets nach Zustimmung heischt, gleich von welcher Seite. Aber mit dieser Indiskretion hatte der Hammudide genau die Situation geschaffen, die Amram hatte vermeiden wollen, seit ihm Rasmia ihre Liebe erklärt hatte. Nun stand er nicht nur in ihrer Schuld für eine Hilfe, die er nicht verlangt hatte. Der Erfolg – oder Mißerfolg – der wichtigsten Unternehmung seines Leben hing jetzt von ihr ab. So wie sie ihren Verwandten geraten hatte, ihm zu vertrauen, genauso konnte sie ihnen auch zum Gegenteil raten und damit die Erfüllung seines kühnsten, ehrgeizigsten Traums zunichte machen: oberster Herrscher über ein Gebiet zu werden, in dem nur sein Wort galt. Aber jetzt war keine Zeit für Vorwürfe. Im blieb keine andere Wahl, als Rasmias Bitte zu erfüllen. Er konnte ihr nur dort Zuflucht bieten, wohin er auch schon Leonora und den kleinen Musa geschickt hatte, sobald sich die Nachricht von Habbus' bevorstehendem Tod verbreitet hatte.

»Aber natürlich«, versicherte er ihr. »Sobald ihr die Nachricht erhaltet, daß Habbus verschieden ist, legt Ihr Euer schlichtestes Gewand an und kommt unter dem Vorwand, mit Eurer Trauer allein sein zu wollen, hierher. Es wird Euch jemand hier abholen und auf Eurem Weg begleiten.«

»Wohin?«

»In Sicherheit. Mehr braucht Ihr nicht zu wissen.«

»Und diese Person wird bei mir bleiben und mich beschützen und mich zu Euch bringen, wenn Ihr nach mir schickt?«

»Wenn das Euer Wunsch ist.«

Rasmia zog ihn nah an sich, preßte ihren kleinen, wohlgerundeten Körper an den seinen, hob die Hände und fuhr ihm mit den Fingern übers Gesicht, verschlang ihn mit Augen. »Wenn sich die Dinge schlecht für Euch entwickeln sollten, mein Liebster, dann sehe ich Euch vielleicht niemals wieder. Wollt Ihr mich nicht einmal lieben, hier und jetzt, nur einmal, damit ich eine Erinnerung an Euch behalte, an der ich mich erfreuen kann? Ist das zuviel verlangt als Lohn für die Gefahren, die ich für Euch auf mich genommen habe?«

Amram kochte vor Wut, in ihm tobte ein teuflisches Gemisch aus Zorn und Verlangen. Er saß in einer Falle, in die er um alles in der Welt nicht hatte geraten wollen. Jetzt hatten Habbus' letzte Worte eine neue Bedeutung für ihn bekommen: »Es wäre unklug, ihren Stolz zu verwunden.« Aber Habbus wußte nichts von seinen Plänen. Die entscheidende Frage war jedoch: Wieviel wußte sie? Wieviel hatte ihr Onkel ihr enthüllt? Kannte sie Einzelheiten oder nur die allgemeinen Ziele? Wieviel konnte sie verraten, wenn ihr Stolz verletzt war? Und wieviel mehr könnte sie noch von ihm zu erfahren suchen, in jenem ekstatischen Höhepunkt der Liebe, wenn ein Mann für Augenblicke völlig schutzlos ist? Viele Große und Mächtige waren in der sinnlichen Atmosphäre des Harems dieser Versuchung schon erlegen. Diese Gefahr mußte er um jeden Preis vermeiden. In einem verzweifelten Versuch, sich aus diesem Dilemma zu befreien, raffte er all seine Überzeugungsgabe zusammen und legte in seine Stimme die zärtliche Sorge, für die sein Vater so bekannt gewesen war.

»Bisher habt Ihr mir doch vertraut, nicht wahr?«

»Blind.«

»Dann vertraut mir bis zum Ende, mein Täubchen. Mein Leben lang folge ich schon einer eisernen Regel: niemals am

Vorabend einer entscheidenden Konfrontation eine Frau zu berühren. Die Liebe verwirrt mir die Sinne, umwölkt meinen Verstand und schwächt meine Wahrnehmung. Der Erfolg, mit dem meine Unternehmungen bisher gekrönt waren, beweist, wie klug dies ist. Ich schwöre Euch nun bei dem unverbrüchlichen Band, das uns beide in diesem Augenblick vereint, daß ich Euch, sobald ich siegreich aus diesem Kampf, meinem größten, hervorgehe, lieben will, wie Ihr es Euch niemals erträumt hättet. Denn auch in dieser Kunst, wie in allem, was ich tue, erstrebe ich höchste Vollendung. Eure Liebe, für die Ihr mir so überzeugende Beweise gegeben habt, wird in den kommenden Tagen mein Schutz und Schild sein. Im Triumph, das schwöre ich Euch, soll dann meine Leidenschaft die Eure noch übertreffen.«

Einen kurzen Augenblick nahm er sie in die Arme, küßte sie zart auf die Stirn und verabschiedete sich. Während er sich entfernte, war er sich nicht sicher, ob er ihre kindlichen Gefühle verletzt oder ihren weiblichen Stolz – den Stolz der Liebenden – verwundet hatte. Er wußte nur, daß diese von allen Gefahren, denen er bald ins Auge sehen mußte, die ernsteste war. Diesmal hatte nicht er die Initiative ergriffen und diese Wendung daher auch nicht in seine Pläne einbezogen. Sein Leben lang hatte ihm seine Beredsamkeit gute Dienste geleistet. Gebe Gott, daß sie ihn auch diesmal nicht im Stich gelassen hatte …

Amram versuchte, seine nagenden Zweifel zu verdrängen, während er mit raschen Schritten über den Grat zwischen dem Palast und der Festung ging. Dort versammelte er seine obersten Heerführer um sich und erklärte ihnen knapp, um einen Angriff der Sevillaner zu vereiteln, die vielleicht die Verwirrung nach Habbus' Tod ausnutzen würden, müßten sie sich unverzüglich mit dem größten Teil des Heeres an den verletzlichsten Grenzen des Reiches in Verteidigungsstellung begeben. Er selbst wolle die Garnison befehligen, die zum Schutz der Hauptstadt zurückblieb. Man preis seine Weitsicht, und als die Heerführer auseinandergingen, um seine Befehle auszuführen, setzte er sich nieder, um einen Brief an Joseph ibn Aukal zu verfassen. Er versicherte seinem Schwiegervater, seine geliebte Tochter Leonora und sein Enkel Musa seien wohlauf, und lud ihn ein, bald einmal zur Feier des Sabbats nach Granada zu kommen. Er schickte das Schreiben mit einem zuverlässigen Boten fort. Nachdem er wenige Stunden später die Truppen vor dem Abmarsch aus der Stadt inspiziert hatte, blieb ihm nichts mehr zu tun als abzuwarten.

Habbus' Todeskampf zog sich noch eine ganze Woche hin, und seine Schmerzen waren so groß und andauernd, daß sogar die, die ihn liebten, beteten, er möge bald von seinen Leiden erlöst werden. Sobald die Nachricht von seinem Tode verkündet wurde, schickte man in alle benachbarten Reiche Kuriere aus, um von dort Vertreter zu seiner Beerdigung einzuladen. Inzwischen stellten sich die Würdenträger Granadas hinter ihre jeweiligen Kandidaten für die Thronfolge. Alle außer Amram, der sich zu keinem bekannte. In der Abgeschiedenheit der beinahe völlig verlassenen Festung hielt er sich von allen Ränken und Intrigen fern, als sei es seine einzige Sorge, das Königreich gegen die Feinde zu beschützen, bis man dem Nachfolger des Habbus den Treueschwur geleistet hatte.

Es gab immer noch nichts zu tun als abzuwarten. Geduldig darauf zu harren, daß der Plan, den er so gut eingefädelt hatte, glücken würde. Während die Tage verstrichen, ging er ständig die Einzelheiten der Operation durch, berechnete immer und immer wieder, wann er die Berbersöldner erwarten konnte, die der Kalif von Malaga angeheuert hatte. Sobald sein Schwiegervater den Brief erhalten hatte, sollte er den Kalifen benachrichtigen, er möge die Truppen auf den

Weg bringen, die er, Joseph, mitfinanziert hatte. Sie sollten unverzüglich marschbereit sein, wenn die Nachricht von Habbus' Tod eintraf. Amram selbst hatte darauf geachtet, daß der Kurier, der die Nachricht nach Malaga brachte, der schnellste Bote des Königreichs war, und hatte ihm strenge Anweisungen gegeben, Tag und Nacht zu reiten. Er hätte also sein Ziel innerhalb von zwei Tagen erreichen müssen. Noch drei, höchstens vier Tage, und die Truppen aus Malaga müßten zu sehen sein, wie sie von Westen her über die große Ebene auf Granada zumarschierten. Sechs Tage insgesamt, im höchsten Fall sieben, und dann stand nichts mehr zwischen dem Herrscher der Hammudiden und dem verwaisten Thron von Granada, denn das gewaltige Heer, das Amram einmal befehligt hatte, war an den Grenzen des Berberreiches aufgestellt. Und wenn erst einmal der Kalif im Triumph in die Stadt Granada eingezogen war und sein Kalifat errungen hatte, würde im Gegenzug er, Amram, sein Königreich bekommen. Malaga wäre sein Lohn, er dort unangefochtener Herrscher.

Die Woche verging, und täglich unterstützten mehr Gefolgsleute den Thronanspruch des Badis. Jeden Augenblick könnte man nun Amram herbeibefehlen, ihm den Treueschwur zu leisten. Wenn die Truppen aus Malaga nicht eintrafen, ehe er sich vor Habbus' ältestem Sohn zu Boden warf, dann wäre nicht nur sein Traum vom Königreich zerschellt. Er hätte auch sein Leben verwirkt, weil man ihn des Hochverrats bezichtigen würde.

Am siebten Tag stieg er auf die Befestigungswälle, stand von morgens bis abends dort und beobachtete ohne Unterlaß die Ebene, bis ihm die Augen schmerzten. Bei Einbruch der Nacht war immer noch nichts zu sehen. Dann der achte Tag, die gleiche ununterbrochene Wache. Nichts. In zwei Tagen sollte Badis vereidigt werden. Die ganze Nacht über wälzte sich Amram auf dem Strohlager. Hatte Joseph die

Nachricht nicht weitergegeben? Waren die Truppen nicht bereit gewesen, zur verabredeten Zeit loszumarschieren? Oder – und bei diesem Gedanken wallte unbändiger Zorn in ihm auf – hatte Rasmia ihn verraten, weil er sich geweigert hatte, sie zu lieben, wie sie geliebt werden wollte?

Der neunte Tag. Keine Bewegung am Horizont. Wenn am Abend des zehnten Tages noch keine Truppen aus Malaga aufgetaucht waren, bliebe ihm keine andere Wahl, als aus dem Königreich zu fliehen, dem er so wertvolle Dienste geleistet hatte. Er mochte Ränke schmieden und Pläne machen wie jeder andere, wenn nicht besser, aber einen Herrscher zu verraten, dem er die Treue geschworen hatte, dazu konnte er sich doch nicht überwinden. Habbus war tot, Badis noch nicht gekrönt. Während dieses Machtvakuums mußte er verschwinden, ehe Badis von der Verschwörung zwischen ihm und dem Kalifen von Malaga erfuhr. Der zehnte Tag. Wieder postierte sich Amram auf den Verteidigungswällen, wenn er sich inzwischen auch beinahe sicher war, daß sein Plan gescheitert war. Als die Sonne unterging und die Ebene mit ihrem tiefroten Schein überzog, kletterte er von seinem Aussichtsturm, stieg die rauhe, schmale Treppe zur Festung hinunter und weckte seinen Stellvertreter auf.

»Es scheint alles ruhig zu sein, ich schlafe heute nacht zu Hause«, erklärte er ihm. »Morgen reite ich aus und inspiziere die Verteidigungsstellungen an den Grenzen, ehe unsere Truppen zurückkehren. Laßt ein Pferd für mich satteln«, befahl er und entließ den schlaftrunkenen jungen Mann.

Er packte gerade einige wenige Habseligkeiten zusammen, als man einen Kurier zu ihm führte. Er erkannte sofort das Siegel auf dem Schreiben, das der Mann ihm brachte.

»Danke ... Ihr könnt gehen«, sagte er und drückte dem Boten eine Münze in die feuchte Hand.

Als er allein war, riß er den Brief auf, die Hände kalt vor Angstschweiß. Man konnte die Nachricht kaum lesen, so hastig hatte Joseph sie verfaßt. Der Inhalt jedoch war sonnenklar.

Die Berbersöldner des Kalifen hatten sich geweigert zu marschieren. Niemals würden sie ihre Schwerter gegen andere Berber erheben, hatten sie geschworen. Verzweifelt hatte der Kalif ihnen entdeckt, daß sie das auch nicht tun müßten, da die Truppen von Granada in alle Winde verstreut wären und die Stadt schutzlos vor ihnen läge. Vergebens. Wer konnte ihnen garantieren, daß dies nicht eine Falle war, die Abu Musa gestellt hatte, eine Hinterlist, wie sie von ihm schon viele gesehen hatten, als sie unter seinem unbesiegbaren Befehl gekämpft hatten? Er würde sie nach Granada locken, dann bis auf den letzten Mann niedermetzeln und damit nicht nur über Granada, sondern auch noch über Malaga herrschen. Nein. Ganz bestimmt nicht. Sie würden nicht marschieren. Alles Gold des Kalifen könnte sie nicht umstimmen.

Amram zündete eine Kerze an und hielt den Brief in die Flammen, bis die Asche, zart wie verbrannte Falter, zu Boden schwebte. Dann verließ er in der hereinziehenden Dunkelheit die Stadt.

Die ganze Nacht hindurch, während er seinem Pferd auf der Straße nach Córdoba die Sporen gab, gestattete er sich keinen Gedanken. Er ritt vier Tage und vier Nächte, trieb sein Roß erbarmungslos an, legte nur ab und zu eine kurze Rast am Wegesrand ein, wenn ihn die Müdigkeit übermannte. Als die vertrauten Umrisse seines Zuhauses vor ihm in der bleichen Morgendämmerung auftauchten, begann sein Herz zu klopfen wie nie zuvor, so hatte es nicht einmal am Vorabend der entscheidenden Schlachten geklopft, die er geschlagen hatte. Leonora und der kleine

Musa waren sicher dort geborgen, das wußte er. Aber Rasmia? War sie auch da? Oder hatte sie den Wachtposten, den er ihr mitgegeben hatte, bestochen, mit ihr nach Malaga zu reisen, so daß sie dort ihren verletzten Stolz an ihm rächen konnte? Joseph hatte sie in seinem Brief nicht erwähnt, aber das bewies nichts, denn er wußte ja nichts von ihrer Rolle in dieser Angelegenheit. Hatten sich die Berber wirklich aus eigenem Antrieb geweigert, die Waffen gegen andere Berber zu erheben? Oder hatte Rasmia heimtückisch Gerüchte verbreitet, Amram liege im Hinterhalt und wolle sie alle niedermetzeln?

Völlig erschöpft klopfte er an die Tür des Landhauses, wie es vor ihm schon zwei Generationen leidender Menschen, die Hilfe suchten, getan hatten. Natan brauchte eine Weile, ehe er in der hageren, staubverkrusteten Gestalt, die da beinahe auf seiner Schwelle zusammensackte, den erhabenen Wesir von Granada, seinen Bruder Amram, erkannte.

»Was in Gottes Namen ...?« stammelte er.

»Das tut jetzt nichts zur Sache. Sag mir nur, ist Rasmia, die Prinzessin aus Malaga, hier bei euch?«

»Eine Prinzessin aus Malaga?« fragte Natan ein wenig bestürzt, und sein Ton verriet die Sorge, daß der Bruder den Verstand verloren hatte.

Erst jetzt geriet der unerschrockene Heerführer ins Taumeln, war nur noch ein verzweifelter, am Boden zerstörter Mann, der vor Müdigkeit, Enttäuschung und dem galligen Geschmack des Mißerfolgs bittere Tränen vergoß.

42

Natan stand still neben seinem Bruder, bis die krampfhaften Schluchzer abebbten. Als Amram schließlich den Kopf hob und ihn anblickte, zeichneten sich auf seinem Gesicht nur

Hilflosigkeit und Scham ab. Erst jetzt half ihm Natan – mit dem tiefen Mitgefühl, das er von seinem Vater Hai geerbt hatte – wieder auf die Beine. Er legte ihm den Arm fest um die Schulter, führte ihn ins Haus und brachte ihn in das Zimmer, wo er als Kind so viele Stunden mit seinen Zinnsoldaten gespielt hatte. Der Raum war jetzt beinahe kahl und leer, die Verwüstung Córdobas hatte auch hier alle Spuren jener glücklicheren Zeit ausgelöscht. Nur die Wände standen noch, die Natan weiß getüncht hatte, als er dem Haus wieder den Anschein eines normalen Alltags zu geben versuchte. Sanft breitete er eine leichte Decke über den erschöpften Bruder, eilte dann in die Apothekenkammer und holte Wein, der Amrams Erschöpfung lindern sollte. Zwischendurch weckte er seinen freundlichen, aber faulen Hausdiener, der noch in der Morgenwärme döste, und bat ihn, ein Bad vorzubereiten. Bis das Wasser warm war, war Amram allerdings fest eingeschlafen.

Als Leonora aufwachte, überbrachte ihr Natan vorsichtig die Neuigkeiten und fuhr dann fort: »Ich weiß nicht, warum er dich hierhergeschickt hat und was geschehen ist. Aber er ist offensichtlich einer Todesgefahr entronnen. Am besten bleibst du mit dem kleinen Musa heute im Haus, falls seine Feinde ihn verfolgen. Wenn nötig, kann ich dich immer noch unter meinen Patienten verbergen.«

»Und Amram?«

»Ich hoffe, es wird gar nicht so weit kommen.«

Den ganzen Tag über ging Leonora in fieberhafter Unruhe im Haus auf und ab, schaute in Amrams Zimmer nach, ob er schon wieder wach war, spähte dann auf den Zugangswegen zum Landhaus nach Reitern, die sich näherten, um ihn hier aufzustöbern. Bei Einbruch der Nacht war weder das eine noch das andere geschehen. Erschöpft sank sie in einen unruhigen Schlaf, in dem immer wieder Pferde vor ihr aufstiegen, ihre großen gelben Zähne bleckten und sie mit ihren blutigen Hufen zu Tode trampelten. Natan hörte ihr leises Stöhnen, ging zu ihr und weckte sie aus ihren Alpträumen.

Amram schlief beinahe vierundzwanzig Stunden. Als er im Morgengrauen des nächsten Tages erwachte, brauchte er eine Weile, ehe er begriff, wo er war und warum er sich hier aufhielt. Kaum war er jedoch wieder ganz bei Sinnen, da sprang er schon mit der im Augenblick gewonnenen Wachheit des kampferfahrenen Kriegers auf und suchte seine Frau und seinen Bruder. Er weckte sie mit militärischer Schroffheit und begann, nachdem er der verängstigten Leonora einen kleinen Kuß gegeben hatte, unverzüglich kurz und knapp von seinem Fehlschlag zu berichten. Dann hielt er einen Augenblick inne, um seine Gedanken zu ordnen, ehe er seinen Lieben seine Schlußfolgerungen unterbreitete. »Mit einem Wort, ich bin Opfer meiner eigenen Intrigen geworden. Die Männer, die ich in der Vergangenheit mit solchem Erfolg geführt habe, kannten meine Vorgehensweise zu gut, als daß sie mir noch vertraut hätten. Das hatte ich nicht in Betracht gezogen. Und das hat all unsere Träume zunichte gemacht: Träume von einem unabhängigen Reich, das von einem Juden für Juden regiert wird. Mein zweiter Fehler war, daß ich den Prinzipien untreu geworden bin, auf denen unser großes Haus aufbaut – Diskretion, bescheidenes Auftreten und ruhige Würde. Jedesmal, wenn ich den goldenen Umhang umlegte, fühlte ich mich unwohl, als spräche unser Großvater, der große Da'ud, eine Warnung gegen eine so offensichtliche Zurschaustellung meiner Macht aus. Wann immer ich in Granada das Haus eines Würdenträgers betrat und so stolz war, daß sie mich als einen der Ihren akzeptierten, mußte ich ein kleines Unwohlsein unterdrücken, eine tiefsitzende Furcht, mein Stolz könne einem Verrat an unseren angestammten, geerbten Werten gleichkommen. Mein Stolz und mein übermäßiger Ehrgeiz. Und doch bereue ich nicht, daß ich versucht habe, ein unabhängiges Gebiet für mein Volk zu erobern. Hätte ich es nicht getan, ich hätte mir den Rest meines Lebens Vorwürfe gemacht, daß ich eine solch hervorragende Gelegenheit hätte verstreichen lassen, Da'uds Traum zu verwirklichen.

So wie die Dinge jetzt liegen, habe ich den einzigen Vorteil verwirkt, den ich meinen Feinden voraus hatte: das Vertrauen meines Herrschers. Doch seltsam genug, ich bedaure auch das nicht. Nur wenige kennen so gut wie ich die tief verwurzelte Schwäche dieses Landes, dem unsere Familie seit drei Generationen ehrenvoll dient. Diese Schwäche werden die Feinde letztendlich ausnutzen, wenn nicht heute, so doch in den kommenden Jahren. Aasgeier werden über dem Reich kreisen und auf den richtigen Augenblick lauern, um sich herabzustürzen. Von Süden werfen die Moslems Nordafrikas begehrliche Blicke. Im Norden lauern die Christen von Kastilien, Leon und Barcelona. Für uns, die Familie Ibn Yatom ist die Zeit gekommen, unsere Zukunft anderswo zu suchen und wie immer unserem Volk den Weg zu bereiten, das im Laufe der Zeit durch die Umstände gezwungen sein wird, in unsere Fußstapfen zu treten.

Natan, in dir soll die medizinische Tradition der Familie fortleben. Ich verzichte von nun an auf das Streben nach Macht und gebe mich mit anderen Tätigkeiten zufrieden, die zum Erbe unserer Familie gehörten und die ich bisher vernachlässigt habe. Es ist viel zu tun, wenn wir das Wissen unserer Vorväter und seine Vervollkommnung durch muslimische Gelehrte sichern und mit uns in die finsteren Länder des Christentums tragen wollen. Da'ud hat damit angefangen, wurde dann aber von anderen Dingen abgelenkt. Unsere Mutter hat diese Aufgabe, soweit es ihr möglich war, mit ihren sorgfältigen Übersetzungen fortgeführt. Ich möchte das Unterfangen wieder aufnehmen und mit Hilfe unserer jüdischen Glaubensbrüder allerorten das Wissen der Menschheit all denen zugänglich machen, die es danach verlangt.«

Inzwischen war die Sonne aufgegangen und erfüllte das Haus mit einer strahlenden Helligkeit, die in Amrams müden Augen schmerzte. Er schirmte das grelle Licht ab und fuhr schnell fort: »Der Tag bricht an. Ich habe zu lange geschlafen und zu viel geredet, und es zählt jetzt jede Minute. Wir müssen sofort aufbrechen, ehe meine Verfolger mich einholen. Kommt, macht euch bereit«, drängte er sie.

»Ich kann nicht so einfach von hier fortgehen«, protestierte Natan ein wenig. »Ich kann die Aloen, die ich mit so viel Mühen wieder zum Wachsen gebracht habe, nicht ohne weiteres zurücklassen. Zumindest muß ich den Saft abzapfen und den Extrakt zubereiten, damit ich ihn mitnehmen kann.«

»Du sprichst wie jemand, der in seiner eigenen, abgeschlossenen Welt lebt, ganz gleich, was ringsum auch geschieht. Darin warst du schon immer besonders gut. Doch die brutale Wirklichkeit des Lebens drängt sich wieder einmal in deine Welt. Wenn sie mich suchen kommen, zerstören sie alles, was sie auf dem Weg vorfinden. Du hast es doch schon einmal miterlebt. Nichts wird mehr von deinen Aloen übrig sein, wenn sie erst einmal über das Haus und das Land hergefallen sind. Sie werden alles in blinder Wut ausreißen, zerhacken, zertrampeln und zerstören. Und das Schicksal, das sie für dich als meinen Bruder bereithalten, wage ich mir nicht einmal auszumalen. Wir werden ein, zwei Pflanzen sorgsam ausgraben und mitnehmen. Ralambos Erfahrung lehrt uns, daß sie robust genug sind, um zu überleben, bis wir unser Ziel erreicht haben. Sobald wir uns in einem gastlichen Land niederlassen, kannst du sie wieder einpflanzen und neu züchten.

Doch jetzt kommt, wir müssen uns beeilen. Es ist Zeit,

anderen Herren zu dienen, denjenigen, die morgen ganz Spanien regieren werden.«

Amram führte die kleine Gruppe auf dem Weg nach Norden an. Der kleine Musa folgte mit Leonora, die wie benommen ritt, unfähig, die volle Bedeutung der Schicksalswendung zu begreifen. Natan bildete die Nachhut. Eine Satteltasche war prall gefüllt mit kostbaren medizinischen Abhandlungen und Aufzeichnungen, die andere mit einem kleinen Apothekenkästchen, in das er seinen ganzen restlichen Bestand von Ralambos Extrakt getan hatte, dazu noch seinen Vorrat an Großem Theriak und einige andere wichtige Heilmittel. Die Aloepflanzen lagen, an seinem Sattel festgezurrt, vor ihm. Er bewachte sie auf Schritt und Tritt wie seinen Augapfel.

Als Amram den Boden seines heimatlichen al-Andalus verließ, bedauerte er nur eines: Jetzt würde er wahrscheinlich nie mehr herausfinden, ob ihn Rasmia wirklich verraten hatte …

Ein dramatisches Schicksal im Spanien der Händler, Könige und Inquisitoren

Spanien 1476: Ferdinand II. und Königin Isabella erlangen die Macht. Für die Jüdin Orovida und ihren Ehemann David, einen der führenden Tuchhändler von Toledo, brechen schlimme Zeiten an. Juden in hohen Positionen müssen entweder zum Christentum übertreten oder ihr Hab und Gut und sogar ihr Leben geraten in Gefahr. Don David verliert sein Land an die Krone. Um weiteren Verfolgungen und Erniedrigungen zu entgehen, zieht er mit Orovida nach Villafranca. Doch auch dort ist ihr Leben nicht sicher. Bei einem mysteriösen Unfall kommt David ums Leben ...

ISBN 3-404-15098-8

BASTEI LÜBBE

Ein packender historischer Roman um die Kunst des Goldmachens im 18. Jahrhundert

Die Geschichte des Lips Tullian erzählt vom Kampf eines Jungen, der sich vom räuberischen Leben seines Vaters, des berüchtigten sächsisch-brandenburgischen Räuberhauptmanns Tullian († 1715) lossagt und ein anständiges Leben zu führen versucht. Nachdem Soldaten das Räubernest ausgehoben haben, findet der junge Mann Unterkunft beim Hofapotheker Zorn. In dessen Diensten steht auch der Alchemist Böttger, der angeblich das Geheimnis des Goldmachens kennt. Lips Tullian, von Kindheit an von der Magie der Alchemie fasziniert, wird zu seinem Gehilfen. Schon glaubt sich Lips am Ziel und träumt von ewigem Reichtum, als sein Vater mit seinen Spießgesellen in Berlin auftaucht und den jungen Mann in tödliche Gefahr bringt ...

ISBN 3-404-15192-5

BASTEI LÜBBE

***»Spannend und witzig -
ein lebendiger historischer Roman.«***

TV Today

Italien 1534: Aus einer Laune heraus kommandiert der Herzog von Corsoli den Holzkecht Ugo als Vorkoster an seinen Hof. Ein lebensgefährlicher Job, denn Giftanschläge sind an der Tagesordnung. Um zu überleben, muss der einfache Ugo lernen, die höfischen Intrigen zu durchschauen ...

ISBN 3-404-15058-9

BASTEI LÜBBE

Ein farbenprächtiger historischer Kriminalroman vor der Kulisse Venedigs

Venedig 1478: Aus den trüben Wassern der Lagune wird vor den Augen des deutschen Händlers Peter Bernward die Leiche eines Kindes geborgen. Bald darauf kommen zwei weitere Kinder ums Leben – Gassenjungen, die als Zeugen gesucht wurden. Wussten sie zu viel? Bernward beschließt, den wenigen Hinweisen nachzugehen. Dabei dringt er tief in das Räderwerk der Macht vor, mit der Venedig seit 400 Jahren den Handel in Europa kontrolliert – und gerät in ein Netz aus Verbrechen und Intrigen, das die dunkle Seite der Stadt offenbart ...

ISBN 3-404-15102-X